ハヤカワ・ミステリ

JOYCE CAROL OATES & OTTO PENZLER

ベスト・アメリカン・ミステリ
アイデンティティ・クラブ

THE BEST AMERICAN
MYSTERY STORIES 2005

ジョイス・キャロル・オーツ&オットー・ペンズラー編
横山啓明・他訳

TOKYO
HAYAKAWA
BOOKS

A HAYAKAWA
POCKET MYSTERY BOOK

THE BEST AMERICAN MYSTERY STORIES 2005
Edited and with an Introduction by
JOYCE CAROL OATES
OTTO PENZLER, SERIES EDITOR

Translated by
HIROAKI YOKOYAMA and others
First published 2006 in Japan by
HAYAKAWA PUBLISHING, INC.
This book is published in Japan by
arrangement with
HOUGHTON MIFFLIN COMPANY
c/o SOBEL WEBER ASSOCIATES, INC.
through TUTTLE-MORI AGENCY, INC., TOKYO.

目次

装幀／勝呂　忠

まえがき

ジョイス・キャロル・オーツよりも頭が切れ、寸暇を惜しんで仕事をし、文学に身を捧げている作家がこの地球上には存在するのかもしれないが、寡聞にして知らない。どなたか教えていただけないだろうか。わたしに彼女ほどの働きを期待しても、それは無理というものだ。

今回のゲスト・エディターをミズ・オーツに依頼したとき、わたしはまだなんの作品も選んでいなかった(文の座りが悪いのでここは「わたしはまだ作品をなにも選んでいなかった」と変えるべきかもしれないが、少々否定のニュアンスが強くなるような気がするので、このままにしておく)。

ホートン・ミフリン社の誉れ高い『ベスト・アメリカン』シリーズではどれも、シリーズ・エディターがその年のベスト作品を五十篇選び、ゲスト・エディターが二十篇にまで絞り込む作業をする。ところが今年は、いささか事情が異なった。ミズ・オーツはわたしよりも先に、作品を読みはじめ、わたしが選ぶ前に候補作を挙げてくれたのだ。五十篇を一度に提示されるのではなく、すべての作品に目を通したかったからだという。わたしたちは頻繁に(執拗に、という言葉を使いたいほどだ)連絡を取り合い、お互いのファックスは毎時間カタカタと音を立て、ついには電話で作品を比較検討し、どれを採用するか議論するにいたった。この二〇〇五年度版は、従来の版に比べて、共同作業という点ではたしかに抜きんでている。ホートン・ミフリン社の担当編集者が定めた指針に忠実であったかは心許ないが、わたしたちの時間と労力は、すべてひとつのことに注がれていたのは確かである。あらゆる努力を傾注し、珠玉のアンソロジーを作り上げること。わたしたちの目的が達成されたと思っていただければ幸いだ。

編集方針といえば、ホートン・ミフリン社のような出版社と仕事をすることが、どれほどすばらしいことか、いい機会なので触れておこう。アンソロジーで成功するには、収録作家のなかに大物を何人か配するというのが、出版界では常識のようになっている。ホートン・ミフリン社は、毎年出版されるこのシリーズで（今年で九年目になる）ただの一度も、大物作家を起用するように要求したことはない。このシリーズの編集に携わった初日から、書かれた作品だけを判断の基準とした。最良の短篇（わたしがもっとも高く評価した作品であることは確かだ）が候補に挙げられ、ゲスト・エディターもその方針に従って取捨選択をする。

人気作家を起用するわけでも、個人的な関係から作品を選ぶわけでもない（この五月にわたしの結婚式にも列席してくれた仲のよいふたりの友人の作品は、今回、選外とした。ふたりは名人芸といわれるほどの筆力の持ち主で、アメリカ探偵作家クラブの巨匠賞を受賞しており、過去に当シリーズで作品を採用しているにもかかわらずだ）。誰が書いたものであれ、最良の作品を選ぶという方針を貫いている。

抜きんでた作家が、著名であることは不思議でもなんでもなく、本書でも、非常に名の知られた作家二、三人に登場願っている（スコット・トゥロー、ルイーズ・アードリック、ジョージ・V・ヒギンズ）が、ほかの作家となると、ご存じない方のほうが多いだろう。しかし、こうした馴染みのない作家の名前が読者の胸に刻まれることは、まちがいないと思う。

トム・フランクリンは、一九九九年度版『ベスト・アメリカン・ミステリ』（以下、BAMSと表記）に掲載した傑作「密猟者たち」で初めて世に出た。その後、ウィリアム・モロー社から短篇集『密猟者たち』を出し、長篇*Hell at the Breech*も発表している。クリストファー・コークの初めて活字になった作品は、昨年のBAMSに収録された短篇'All Through the House'である（日本版には未収録）。彼も短篇集*We're in Trouble*を、名門ハーコート・ブレイス社から出版し、大きな一歩を踏み出した。BAMSには今年で連続四回登場のスコット・ウォルヴンは、二〇〇二年度版に「北の銅鉱」が収録されるまで、作品が活字になったことはない。現在では、スクリブナー社から*Controlled Burn: Stories of Prison, Crime, and Men*が刊行されている。本書に掲載された短篇の質を思えば、この二〇〇五年度版BAMSから、何人もの作家が巣立ち、立派な本を出版してくれることも、充分にあり得るだろう。

大好きな本を読み、心を動かされる映画を見ることは楽しく、またその感動を伝えた友人も同じ作品を好きになってくれるのは、大きな喜びだ。このシリーズの編集が、ひときわ意義深いのも同じような理由による。できるだけ多くの作品をたくさんの人たちに勧めるのがわたしの務めで、たいていの読者の方々に満足していただいていると思うが、本シリーズのタイトル『ベスト・アメリカン・ミステリ』が、面白みを欠き、少々誤解を招きかねない。

本アンソロジーに収めた作品のなかには、警察官、私立探偵、素人探偵が事件に遭遇し、観察と推理によって犯人を追い求める、いわゆる推理小説はほとんどない。ミステリ小説とは、犯罪、あるいは犯罪の脅威をプロットやテーマの中心にすえた小説であるとわたしはこれまで主張してきた。こうした作品では、犯人を見つけることよりも、なぜ犯罪が犯されたか、あるいは、犯罪は犯されるのかどうか、ということに主眼が置かれているので、読者のなかには面食らってしまった人たちもいるだろう。これはどうにも、しかたがないことだ。

長い年月のあいだに、ミステリのあり方は変化をとげ、ふたつの世界大戦の間に栄えたいわゆる黄金時代、アガサ

・クリスティー、ジョン・ディクスン・カー、エラリイ・クイーン、ドロシイ・L・セイヤーズなどが活躍していたころに主流だった犯人捜しの作品は、今日ますます少なくなった。彼ら黄金時代の作家たちは、巧妙なパズルを作り上げ、エルキュール・ポアロ、ギデオン・フェル、エラリイ・クイーン、ピーター・ウィムジー卿などの名探偵よりも先に事件の謎が解けるか、読者に挑戦したのであった。

捜査する側、被害者、あるいは犯人の誰に視点が置かれていようが、犯罪の心理学的な側面が掘り下げられるようになるにつれ、推理をこととした古典的な作品よりも、人物描写や文体に格段に深みをました作品が現われるようになった。もちろん、例外もあるわけで、古典的な衣装をまといながらも卓越した作品が現われれば、本アンソロジーに収録されることになるだろう。

言うまでもないことだが、世界一読むのが速く、頭も切れるミシェル・スラングがいなければ、BAMSが形になることはない。彼女はインターネット、紙媒体を含むありとあらゆる雑誌、文芸誌などを綿密にチェックし、数百――いや、訂正させてほしい――数千に及ぶ短篇小説を読み、そのなかからミステリに該当する作品を選び出す（読者のみなさんが、本アンソロジーの作品の選択権を与えられたとしたら、タイトルに惹かれて「災害郵便」を推すだろうか。あるいは「忠誠」、「オールド・ボーイズ、オールド・ガールズ」か）。ミステリとして選ばれた短篇のなかから印象に残った作品は、クレヨンで走り書きしたメモとともに、わたしへとまわされる。わたしなら一カ月かかるほどの分量を、彼女はわずか一日で読みこなす。彼女の献身と知性がなければ、この年刊アンソロジーを一冊にまとめるのに、三年は必要だろう。

本シリーズに関わったあらゆる人たちに謝意を表するしだいだが、ゲスト・エディターの多大な貢献はやはり特筆すべきことだと思う。彼らの惜しみのない助力のおかげで、このすばらしいアンソロジーを世に出すことができるのだ。一九九七年のロバート・B・パーカーを皮切りに、スー・グラフトン、エド・マクベイン、ドナルド・E・ウェストレイク、ローレンス・ブロック、ジェイムズ・エルロイ、マイクル・コナリー、ネルソン・デミル、そして、今年のジョイス・キャロル・オーツ、彼らの骨折りにたいしてわたしは一生頭があがらない。

わたしたちは全情熱を傾けて、本アンソロジーに掲載するミステリを捜しているわけだが、価値ある作品を見落としてしまうのではないかという恐れにわたしはつきまとわれている。編集者、出版業者、作家、エージェント、あるいはこのジャンルの文学に関心のある方は、誰でもいい、気楽に作品を持ち込んでほしい。二〇〇六年度版アンソロジーの選考対象となるのは、アメリカ人あるいはカナダ人によって書かれ、二〇〇五年にアメリカかカナダで出版された書物で、初出のものに限る。出版されていない作品は対象外となる。インターネット上で発表された作品の場合は、プリントアウトをしていただきたい。本シリーズが始まったとき、わたしはコンピュータを持っていなかった。今はあるにはあるが、画面上で読むのは願い下げだし、インターネット上の雑誌にアップロードされている膨大な数の短篇を、すべてプリントアウトすることなど不可能だ。作品への批評をお求めにならないように。これはたんに時間がないだけのことだ。また、送っていただいた作品の返却もいたしかねるので、悪しからずご了承を。過度の猜疑心の持ち主で、郵便物が確実に配達されたか不安になる方は、切手を貼った返信用葉書に住所を書いて同封しておいていただければ、たしかに受け取った旨、お知らせしよう。

《エラリイ・クイーンズ・ミステリ・マガジン》《アルフレッド・ヒッチコック・ミステリ・マガジン》に作品が掲載された方は、切手代を無駄に払う必要はない。隅々まで読んでいる。また、《ニューヨーカー》《エスクァイア》《GQ》《プレイボーイ》《ハーパーズ・マガジン》《アトランティック》《ゾーエトロープ》などの雑誌、大手出版社から刊行されたミステリ・アンソロジーなどにも目を通しているが、作品を送っていただくのは歓迎だ。

目を通す時期が早ければ早いほど、熟読できる。二〇〇五年十二月三十一日を過ぎて受け取った作品は、検討の対象からはずれる。これはわたしが理不尽で傲慢、あるいは、つむじ曲がりだからではない。本を刊行するには締め切りというものがあり、一月中旬まで作品を読んでいたら、とても間に合わない。四月に作品が出版されたにもかかわらず、クリスマスに送ってきて、妻や友人たちがパーティーで楽しんでいるというのに、わたしを家に釘づけにし、検討させようという気なら、よほどの大傑作をものしている必要がある。

以下の住所まで、作品を送っていただきたい。Otto Penzler, The Mysterious Bookshop, 129 West 56th Street, New York, NY 10019

——オットー・ペンズラー

（横山啓明／訳）

序　文

謎とは無縁に犯罪は起きうる。犯罪とは無縁に謎は生まれうる。容赦なき暴力行為は、人の命を奪うこともある一方、予想も想像もつかぬかたちで他の人々を結びつけることもある。

一九一七年、ニューヨーク州バッファローの物騒な水辺地区《ウオーターフロント・セクション》ブラックロックの酒場で、四十三歳のハンガリー系移民が他の客とけんかをしたすえ火かき棒で殴り殺された。数年後、バッファロー北部の田舎で、やはり移民してきたばかりのドイツ系ユダヤ人が、妻にハンマーで襲いかかったあと、自らに向けて二連式散弾銃を発砲した。両移民の死には酒が関わっていた。ともに〝虚しい〟死だった。こんな暴力がらみの事件で最期を遂げた男二人――わたしの母方の祖父と父方の曾祖父――は知らぬ者同士だった。とはいえ両者の死は、互いの遺族をのちに結びつける様々な出来事のきっかけとなったし、二十一世紀に入っても一族に対して陰に陽に影響を及ぼし続けるだろう。暴力の犠牲者が出たことでばらばらになった家族は、まったき〝癒し〟を望むことはできまいが、再び一つにまとまり昔の絆を取り戻すべくあっぱれなほど努力する。

皮肉なことながら、一世紀近く前の暴力事件で二名の死者が出たからこそ、わたしはこの世に生を受けられたのだ。

なぜならその二つの事件を発端として様々な出来事が起き、結果としてわたしが誕生したからだ。だがわたしが作家として暴力に興味を抱くようになったのは皮肉ではあるまい。暴力には芸術性はない。あからさまで、酷く、むき出しの、容赦なき悪意の表現しかない。しかし生き残った者たちが暴力に耐え、暴力を乗り越え、暴力を変える方策には、芸術は関わりうる。意味なき場においては、死も生も不条理なるものに見えよう。が、意味を見出しうる場ならば、ことによると暴力の罪さえ贖《あがな》われるかもしれない――多少なりとも。

わたしが育ったのは、寒冷地帯《スノーベルト》の一部をなすニューヨーク州北部の、先祖にまつわる謎を秘めた田舎の家庭だった。どんな謎についても、わたしのいる前ではむろんのこと、事情を知る大人たちのあいだでさえおそらく一度も話題には上らなかった。精神に異常をきたした父親の自殺を目の当たりにした父方の祖母は、自分の名字をユダヤ人ふうでないものに変え、自分の民族的・宗教的素性を消し、息子にさえ自分の出自《ルーツ》を認めず、個人としての歴史――悲劇的な歴史はいうまでもなく――を持たぬ者であるかのごとく生きていた。この点で祖母はまさに自己を創造し定義する国民たる〝アメリカ人〟だった。祖母の送った人生は、わたしの両親の若年期もそうだが、振り返ってみればノワールなアメリカに源を発していたかに思える。ノワールなアメリカはアメリカン・ドリームの暗い側面であり、いわば過去の遺物として、フォークバラードやブルースに歌われたり、互いに作風の異なる小説家たち、たとえばセオドア・ドライサー、シャーウッド・アンダーソン、ジョン・スタインベック、ウィリアム・フォークナー、ジェイムズ・M・ケイン、ダシール・ハメット、レイモンド・チャンドラーの作品に記されたりしている。子ども時代のわたしは、たしかに明るく照らされた空間、並外れて親近性と保護性の強い家族空間に暮らしていた。だがそのまわりは悪霊の住み着く暗黒部へつながる半影《ピナンブラ》に囲まれていた気がする。

当時のわたしがまず夢中になった本は、児童文学の体裁を採った悪夢の冒険物語――ルイス・キャロルの『不思議の国のアリス』や『鏡の国のアリス』——であり、エドガー・アラン・ポオの『グロテスクとアラベスクの物語』だった。キャロルもポオも、ゆがんだ鏡に映る像のように不気味なほど本質を突いた超現実的な世界を創り出し、謎を探ってはゆくが解答は示さない。なぜハートの女王はささいなことに怒って「こやつの首を刎《は》ねよ！」（『不思議の国のアリス』第八章）と叫ぶのか。なぜ不思議の国と鏡の国の不運な目に遭う者たちはいつも変身するのか。なぜ「告げ口心臓」の語り手は自分になんの害も及ぼさぬ老人を殺《あや》めるのか。それも妙な手口で（重いベッドで圧殺した）。なぜ「黒猫」の語り手は自分の飼い猫の片目を抉《えぐ》り取り、妻の脳天に手斧で一撃を加えるのか。動機なき凶行！　各自は衝動で動いている。あたかもそうなる——暴力行為とその結果が——以外にないと決め込んでいるかのように。

　事実を隠そうとする雰囲気——〝ミステリ〟の一定義だ——のなかで成長したおかげで、わたしは読者の心を惹きつけるミステリの力を芸術として認識できる。ミステリとは、我々の人生における未解明なる存在の、かたちを与えられ、何かに媒介され、しばしば独創的で、人の目を釘づけにするような似像だ。予測が難しく、危険で、混乱を生む恐れがあり、悲劇的なる存在の似像だ。犯罪・ミステリ小説は不可解な事件の念入りな文章表現である。事件の解決策は事件自体より趣《おもむき》に欠けるのが常だが。犯罪・ミステリの短篇作品は、不可解な事件を要約した世界、すなわち少数の人物および劇的場面にまとめた世界だ。いうまでもないながら、ミステリ作品の読者はたいていこのジャンルの虜になっており、一冊読み終えるや次の一冊を、さらにまた次の一冊を手に取ってゆく。なぜなら、不可解な事件は〝解決〟されても決して解明されぬからだ。だが、あるいはいささか意外なことに思われようが、ミステリ作家もたいていこのジャンルの虜になっており、まるで物に憑《つ》かれたように、不可解な事件や、隠された事実や、手の届かぬところでゆらめき続ける〝謎《ミステリ》〟を追いかけている。このようにして作家は、単に暴力的で無秩序な事象を、読者という他者との共同作業によって成立する芸術へと変えるのだ。

現代のミステリ／犯罪小説作家のなかで、暴力を受けた家族に関する過去に誰よりもつきまとわれているのはジェイムズ・エルロイだ（自伝『わが母なる暗黒』参照）。自身の作家生活の原点たる犯行現場（母親が殺害された未解決事件の現場）に、エルロイが強迫感にとらわれたように幾度も〝訪れている〟ことからもそれと知れる。ただもちろん、同じ記憶に苦しめば誰でも非凡かつ異色の才能を発揮できるわけではないが。もっと前の世代に目を向けると、緻密に組み立てられた筋が過去と現在とを行き来し、過去の秘密を照らし出すことで、現在に起きた事件を解決へと導く、という手法を用いるミステリ／推理作家の顕著な例としては、ロス・マクドナルドが挙げられる。またマイクル・コナリーの描く一匹狼《イソラート》の主人公、ロサンゼルス市警殺人課刑事ハリー・ボッシュは、殺害された女の息子として、数々の凶悪事件に執拗な関心を抱いているが、デニス・ルヘイン作品にもそんな人物がいる。代表作『ミスティック・リバー』における不安にさいなまれる人々や、本書所収の見事な写実描写による一品「グウェンに会うまで」の語り手などだ。私立探偵イージー・ローリンズを主人公とする一連のウォルター・モズリイ作品では、人種問題によって不穏な空気が漂うロサンゼルスの過去数十年の環境《ミリユー》、つまり個人がしばしば暴力を伴うかたちで政治と関わらざるをえない環境が丹念に描かれている。ルイーズ・アードリックの美しい文体による「災害郵便」は、ぎりぎりまで無駄を省いた構成からして、たぐいまれな精度と芸術性を示した〝本格物《フーダニット》〟だ。舞台となっているノースダコタの廃れかかった町は、いまだ過去に強く支配されている。エドワード・P・ジョーンズの「オールド・ボーイズ、オールド・ガールズ」では、社会の片隅に追いやられ、生気を失い、亡霊か囚人を思わせるような男の姿が描かれる（シーザー・マシューズのような〝若き獅子たち〟〔同名の短篇もある〕のことを詳しく知るには、ジョーンズの見事な短篇集 *Lost in the City* を参照してほしい）。驚くほど皮肉の利いた「私が最後に殺した男」では、中西部の州立大学でごく平凡な学者人生を送る主人公の日常が、本人のナチ党員としての過去に侵食されてゆく。作者ディヴィッド・レイチェルはその過去を究明している。

ミステリの長篇は書店や図書館ですぐ手に入るのに対して、短篇はいささか人目に触れにくい。定期的に作品を扱っている媒体はごく少数の雑誌のみだ――《エラリイ・クイーンズ・ミステリ・マガジン》と《アルフレッド・ヒッチコック・ミステリ・マガジン》の名がすぐに思い浮かぶ。ミステリ短篇については、発行部数の限られた十余りの雑誌や文芸書評誌にわずかずつ載せられる例が大半だ。その点で、精選された短篇を一本におさめている『ベスト・アメリカン・ミステリ』は、実に貴重な価値を有する。ゲスト・エディターは一年ごとに代わるが、シリーズ・エディターのオットー・ペンズラーは、スタート当初から変わらず刺激的な存在感を示している。ペンズラーの手がけたミステリならば、質の面で問題があろうはずもない。現代ミステリの代表として信頼の置ける多彩な作品集であることはむろんだ。

本書におさめられた二十篇はすべて〝ミステリ〟ではあるが、一括りにできるのはせいぜいそこまでだ。どの作品を取っても、エドマンド・ウィルソンなどある種の批評家からよく難じられるような、紋切り型の内容になってはいまい（ウィルソンが腹立たしげにミステリをあげつらった『誰がロジャー・アクロイドを殺そうが』〔一九四五年〕参照。筋がわざとらしく心理洞察にも欠けるとして、英国流コージー・フーダニットの書き手、アガサ・クリスティーやドロシイ・セイヤーズ等々がたたかれている）。また、今ふうの犯罪／アクション映画やビデオゲームを思わせる根拠なき暴力を描いた作品や、実際の可能性や妥当な動機を無視して無理な筋を組み立てた作品も皆無だ。いずれの作品でも、たいていは取り返しのつかぬ事柄が起きるのだが、何かが〝起きる〟こと自体に主眼が置かれてはいない。複数の語りからなるケント・ネルスンの「見えなかったこと」では、ひどい暴力をふるった思春期の少年の人生が最初からたどられてゆく。濃密な人間関係のわずらわしさを主題とするオズ・スピースの「強い男の愛」では、悪名高い連続強姦魔の妻として世に知られてしまった女の心理が描かれている。皮肉っぽく追憶にひたるティム・マクローリンの「内側」では、他者に与えた暴力の影響が主題となっている。語り手は唖然とするなかで「おれの記憶が怪しいとでも言うのか?」と問われている。職業人――この場合は警察官――にありがちなご都合主義的な倫理意識に、マクローリン作品の主人公は驚きあきれるが、そんな意識がルー・マンフレドの「一件落着」では狡猾な生活の知恵として描かれている――「正しいことなどないし、まちがったこともない……あるのは事実だけだ」。

長篇小説と比べて短篇小説は、純度が高く、無駄な飾りがなく、展開の速いフィクション形式であるとよくいわれる。ところが実のところ、大半の短篇に間違いなくあてはまるのは長篇よりも短いということにすぎない。本書の場合、一頁ごと一段落ごと一文ごとに見てゆくと、凡百の長篇よりずっと着実に筋が展開する――詩情に欠ける面があるにせよ――作品もあることがわかろう。簡略化した文体を用いたデイヴィッド・ミーンズの「スー・セント・マリー」は、うまい題名をつけたものだ。なぜなら設定された舞台こそ最も興味深い構成要素になっているからだ。洗練された語りによるダニエル・オロスコの「警官はつらいよ」は、物語のジグソーパズルとも評すべき複雑な作品で、通常は詩(ないしポストモダン小説)に対するときと同じような精読が求められる。スチュアート・M・カミンスキーの「ジョン・ロイ・ワースを撃った男」は、いつのまにか主役を入れ替えている荒唐無稽な話だ。しつこいほど曖昧《あい》昧《まい》な表現が使われ、映画的な味のあるジョン・セイルズの「停泊」では、我々はつい早読みをしたくなり、結局また始めから読み直さざるをえなくなる。主人公が語り手を務めるスコット・トゥローの「忠誠」はサスペンスの力業だ。トゥローはシカゴを思わせる架空の土地を舞台とする長篇小説を数篇ものしているが、「忠誠」においても長篇に匹敵する劇的効果を伴いつつ筋が展開されてゆく。ローラ・リップマンの「靴磨き屋の後悔」では、物語の発端となった暴力行為ははるか昔のこと(四十年前)になったので、作品はていねいでそつなく再現された主人公の行動記録に仕上がっている。ジョゼフ・ラケエの「ワン・ミシシッピ……」も、同じく事実が起きたあとになされた暴力再現の記録だ。妻に先立たれた男の頭には目の当たりにした光景がこびりついているが、生々しい場面は描かれていない。物語と哀歌《エレジー》との中間といった作品であり、銃が頻出する我が国のテレビ／タブロイド紙文化への異議申し立てとして説得力を持つ。ダニエル・ハンドラーの「デルモニコ」は、ハリウッド版ノワールに敬意を表する〝密室ミステリ〟の技巧に富む変種だ。サム・ショウの「再建」とリチャード・バーギンの「アイデンティティ・クラブ」は、口ぶり《ボイス》や色合い《トーン》や目配り《パースペクティブ》に独特《スイ・ジェネリス》の出来栄えを示すとともに、まるで読者を戸惑わせんとするかのように、〝文芸〟作品か〝ミステリ〟作品か判然としがたい微妙な魅力――エドマンド・ウィルソンには予見しえなかったはずの魅力――を発揮している。

また論議を呼ぶ一言になりそうだが、短篇はたいてい長篇よりも丹念に仕上げられていて、〝まとまり〟に優れているものだ。だが少なくとも、本書において強い印象を残す点では指折りの二作品、エドワード・P・ジョーンズの「オールド・ボーイズ、オールド・ガールズ」とスコット・ウォルヴンの「バラクーダ」では、読者はほとんど事あるごとに予想を裏切られる。両作品とも実人生を思わせるほど意固地なまでに〝まとまり〟を欠く。長い年月が川のように蛇行して流れている「オールド・ボーイズ、オールド・ガールズ」では、漠然とした筋が取り留めもなく展開される。この作品よりかなり短い「バラクーダ」では、ハンドカメラで精力的に物を写すように何度も場面転換がおこなわれる。『ベスト・アメリカン・ミステリ』シリーズには、ここ数年「バラクーダ」と同じほど印象的なウォルヴン作品がおさめられている。各作品とも、経済的な困難に陥り、伝統的な男らしさに価値を認める余裕のなくなった社会のなかで、人になじめず、はぐれ象のごとく危険視される男たちが起こす暴力事件を主題としている。ウォルヴンの描く人物――伐採所の職員、他人の木を盗む者、汚職をする警察官――にとって、自分の敵と徹底的に戦わんとする衝動を覚えるのは、闘犬が互いにずたずたになるまで嚙み合うのを見物するのと同様に、当たり前のことなのだ。

ジョージ・V・ヒギンズ（一九三九年～一九九九年）は独特の才能の持ち主だった。代表作『エディ・コイルの友人たち』（一九七二年）は、すでにアメリカ犯罪小説の古典となっている。ヒギンズ最晩年の作と思われる「弁護士ジャック・ダガン」を本書に転載できたことに、わたしはゲスト・エディターとして謝意を表したい。この作品が短篇なのか中篇なのかは人により意見が異なろうが、まるで作者自身の胸に刻むごとく描かれた世界の活気や才気、誠意、英知は誰もが認めよう——人間関係に悩まされ、過労に陥りながら、がむしゃらに活動し、ときには危ない橋も渡るボストンの被告側弁護士や地方検事補たちの世界。地元言葉に荒々しい詩情を認めうるヒギンズの聴覚の鋭さは、死後出版された短篇集 *The Easiest Thing in the World* から採った本作にこそ、最もよく表われている。

序文の締め括りにあたり、本書を編むための読書は楽しかったが、作品の選定には苦労したことを言い添えておきたい。オットーもわたしも、各作品を一度読み、さらにもう一度読んだ（「弁護士ジャック・ダガン」については、わたしは少なくとも三読した。読むたびによさがわかった）。お互い、これはと思う作品を推すことでは相手に妥協せず、いわば粘り勝ちを狙った。その作戦も何度かは功を奏した。最後まで意見がわかれた場合は、その作品を残すことに決めた。いちばん激しい議論が起きたのはジョージ・V・ヒギンズ作品をめぐってのときだ。オットーは「弁護士ジャック・ダガン」よりも長い 'The Easiest Thing in the World' を推した。結局シリーズ・エディターは寛大にも譲歩してくれたが、読者としては双方を読んで自分の好みを決めたいところだろうか。

——ジョイス・キャロル・オーツ

（井伊順彦／訳）

ベスト・アメリカン・ミステリ

アイデンティティ・クラブ

アイデンティティ・クラブ
The Identity Club

リチャード・バーギン　広岡美穂訳

作家、編集者、作曲家、評論家、教師と多彩な顔を持つリチャード・バーギン（Richard Burgin）は、マサチューセッツ州ブルックライン生まれ。作家としては十二冊の本を刊行し、作曲した曲は百曲以上、文芸誌《ブールヴァード》を創刊し、セントルイス大学で教鞭をとっている。とくに短篇作家としてはプッシュカート賞を五度受賞するなど評価が高い。二〇〇五年に刊行された、本作を表題作とする*The Identity Club: New and Selected Stories*には、彼の作詞作曲した曲を収録したＣＤがセットになっている。

どんなに努力しても自分には手に入れることができない何かを、実際に手にしつつある人間に出会うことがある。己の分身を見るというよりはむしろ、自分のなかで眠っている可能性が目覚めればどうなるかを目のあたりにする。そんな感覚で、レイミーはユージーンを見ていた。ふたりの外見は似ていたが、ユージーンのほうが何歳か若く、数センチ背が高い。だが、ふさふさしてまだ少しも白いものが混じっていない黒髪と、端整な顔だち、とりわけ上品な鼻はそっくりだった。体つきだけはユージーンのほうが数段たくましかったが。

レイミーが三年間ひたすら広告のコピーを書きつづけているニューヨークの代理店で、ユージーンは瞬く間に出世し、話題の的《まと》になっていた。ユージーンの躍進ぶりは世渡りがうまいせいだと、同僚の多くは大っぴらに陰口を叩いていた。しかし、歯磨きを製造している取引先の重要な新商品キャンペーンにユージーンと取りくんでいるうちに、レイミーには同僚たちの話がでたらめだとわかった。ユージーンはとても頭がよく、宣伝文句を考えだしたりキャンペーンのアイデアを思いついたりする能力はもちろん、人間の欲求や行動を鋭く見抜く力があって、人々が商品を買いたくなる術を心得ていた。世渡り上手どころか、失礼な印象を与えかねないほど人づきあいが悪く、私生活について語ったことは一度もなく、ユーモアを示すこともめったになかった。それでもレイミーはユージーンを心から崇拝していたし、知りあいのなかで、少なくとも若い知人のなかで誰よりも思慮深い彼になら、アイデンティティ・クラブと、もうじき結論を出さなければならないあの重要な一件を打ちあけてもいいかもしれないと思っていた。

ある晩、レイミーが仕事を終えてアパートメントへ帰り、そんなことをあれこれ思いめぐらしていると、電話が鳴った。かけてきたのはポオで、今夜、アイデンティティ・クラブの集まりがあることを忘れずに、という念押しの電話だった。レイミーははっとした。ポオと一緒にタクシーで会場へ行くことになっていたのに、どういうわけか時がたつのを忘れていて、約束の時間まであと三十分しかない。

そもそもクラブというのはそういうものだが、アイデンティティ・クラブも排他的なところがあって、メンバーの口の堅さ、信頼性、時間厳守に重きを置いていた。アイデンティティ・クラブの趣旨は、メンバーがみな、それぞれが心酔する、しかも、もうこの世にはいない著名な芸術家のアイデンティティを受け継ぐことに――つまり、状況が許すかぎり、外見から行動や性格にいたるまでをすっかり真似てその人物になりきることに――ある。レイミーは、メンバーがおのおのアイデンティティを受け継いだ人物の格好をして、ごく普通のパーティーとなんら変わらぬ様子で飲んだり食べたり冗談を言いあったりする月一回の集まりを大いに楽しんでいた。毎回、会場に入った瞬間、自分自身が生まれかわるのがわかった。さえない茶色や灰色だった自分の人生の色彩が、燃えるような赤や黄色や、鮮やかな緑や青に切りかわるかのようだった。レイミーは三年前にニューイングランドからニューヨークへ移り住んだのだが、アイデンティティ・クラブに入るまでは、正直、自分でも情けなくなるほど喜びや目標が欠落した生活を送っていた。ウィンストン・リームズに声をかけられたのはこのうえない幸運だったと、よく思う。今やクラブのメンバーのあいだでサルバドール・ダリとしておなじみのウィンストンは勤め先の代理店の下級幹部で、レイミーを少しずつこの世界に導いてくれたのだ。

今月の集まりは、有名なジャズ・ピアニストのアイデンティティを受け継いだ新ビル・エヴァンスのアパートメントで開かれることになっており、音楽好きのレイミーはことさら楽しみにしていた。おまけに今夜は、亡きオーストリア人作家のトーマス・ベルンハルトも必ず出席するという話だ。世捨て人のような生活を送っていることで知られているだけあって、ベルンハルトが出席するのは特別な場合にかぎられていたが、かつてプロの音楽家だった彼が今回出席するのは納得がいった。

レイミーはシャワーを浴び、急いで体を拭いて、おろしたての服を着た。今夜はとくに興味深い顔ぶれが揃いそうだった。それがクラブの表向きの狙いのひとつでもある。存命中は一度も顔を合わせることのなかった各分野の偉大な芸術家が集まって交流することが。レイミーが目下決断を迫られているのは、自分自身が誰に〝なる〟かということだったが、さんざん考えたものの、まだ決めかねていた。今のところ、彼は〝仮メンバー〟と見なされていて、ナサニエル・ウェストを含む何人かの作家のうちの誰になるかで迷っていた。本気で検討してもいいと思っていたナボコフは、もうほかのメンバーにとられていた。変装するのは楽しみだったが、正式にメンバーとして加入するまでまだ一カ月の猶予があるので、それまでは変装する必要はなかった。ただし、レイミーがクラブに参加してから四カ月がたち、どの人物になるのがもっともふさわしいか決めるための面接を受ける時期がそろそろ近づいていた。面接はメンバー全員によって、どことなく調停を連想させるかたちで行なわれることもあれば、その夜の集まりの主催者、もしくはクラブで一目置かれているメンバーが行なうこともある。面接は新メンバーの本心を探る重要な機会だと受けとめられていたし、ありのままの正直な返答を引きだす必要があるので、予告なしに行なわれることになっていた。

レイミーがどの人物のアイデンティティを受け継ぐか、なかなか決められずにいるのは、そしてそのこと自体にいくぶん不安をおぼえているのは、クラブのメンバーに隠していることがあったからだ。彼は内心、広告業界に対して軽蔑とまではいかなくても疑問を感じており、自分の空虚な私生活にも失望していた。芸術に、そして、有名な芸術家の生活を想像することに彼が救いを見いだしているのも、当然のことだった。ほかのメンバーがまさに同じ気持ちを打ちあけているのを耳にしたこともあったが、レイミーは胸のうちをさらけだすことができなかった。だから、正式なメンバーになるためにクラブのメンバーには隠しとおすしかないと割りきっていたし、仕事とユージーン以外で

（ユージーンが自分にとってかけがえのない存在であることもクラブのメンバーには隠していたのだが）彼が興味を持ち、考える価値があると思えるのは唯一クラブのことだけだった。

ポオはレイミーのアパートメントの前で待っていた。予想どおり、黒いコートを着ていた。真ん中で分けた黒くて長い髪は染めたばかりで、口ひげも、髪とは微妙に色が違うものの、黒く染めたばかりだった。

「ずいぶんお待たせして申し訳ありません」レイミーは言った。

ポオはレイミーの顔をのぞきこんだ。「なにかに気をとられているな」

「たしかにそうかもしれません」レイミーはユージーンを思い浮かべ、今夜の集まりにひょっこり姿を現わしてくれればいいのにと思った。

「歩いていってもかまわないか？」ポオが言った。「なんとも表現しがたいのだが、今夜の空気には強烈に引きつけられるなにかを感じるんだ。陰鬱な鐘の音のような、闇から流れてきてぼくを吸いよせる媚薬の匂いのような……」と、彼は真顔で言い、茶色い紙袋で隠した酒らしきものをひと口飲んだ。「それに、どうせタクシーに乗っても速さ遅さに変わりはないだろうし」

「かまいませんよ」レイミーは言った。とても反対できる立場ではないように思えたのだ。クラブのメンバーがそれぞれの人物になりきる熱心さの度合いには個人差があると、薄々感じていた。ポオののめりこみようはあきらかに尋常ではなく、本名を捨てて詩や短篇小説を書きだし、酒浸りの生活を送り、自分と同じ年頃の女性とはいっさい交際しなくなったほどだ。たいていは自宅で仕事をし、調べものはインターネットで済ませているので、彼はほぼ一日中ポオになりきることができた。

「誰を選ぶかに集中すべきだ。きみは重大な決断を迫られていて、考える時間はあまり残されていないのだから」ポオが言った。

「面接中にわかるといいんですけど。面接のあいだに答えが出ることを祈ります」

「自分の心に耳を傾ければいい。余計な雑音が聞こえてくるとしても」ポオはにやりと笑った。

それから先はふたりとも無言で歩き、ポオは『アッシャー家の崩壊』のロデリックがひどく耳障りな物音に反応するかのように、ときどき両手を耳にあてていた。エヴァンスのアパートメントの部屋へとつづく階段に近づくと、美しくも物悲しいピアノの音が早くも聞こえてきた。ポオがレイミーに向きなおった。「今夜は、女性の問題について票決することになっているんだが?」

「そうらしいですね」

ポオが言っているのは、現在は事実上男性のみの集まりであるアイデンティティ・クラブに女性を積極的に勧誘するべきかどうかという問題についてだった。レイミーはときどき、クラブがいわば生まれ変わりの管理を企てているように思えることがあったが、だからといってメンバーが次の人生でも女性と接触したくないと考えているわけではないだろう。「ぼくは勧誘すべきだというほうを支持するつもりだ。女性がいなければ今の自分はいただろうか?詩を書くうえで女性は欠かせない存在だし、当然、恋愛の対象としても必要だ。クラブはわれわれを女性から遠ざけるのではなく、出会う機会を増やすようにすべきだよ」

「まったく同感です」レイミーは言った。

呼び鈴を鳴らすと、ドアが開き、ダリが仰々しくお辞儀をして奥のほうを指さした。アパートメントのなかは薄暗く、ろくに家具を置いていないのに、どことなく雑然としていた。

「ビル・エヴァンスの家だからな。散らかってると思ったよ」ポオはレイミーに小声で言うと、さきほどの茶色い紙袋からまたひと口飲んだ。

エヴァンスはピアノを前に身を乗りだし、本物さながらの姿勢で鍵盤のすぐそばまで顔を近づけて、故エヴァンスが作曲した《リ・パーソン・アイ・ニュー》の最後の部分を弾いていた。彼もまた黒い長髪だが、ひげはきれいに剃っている。部屋にたったひとつしかない小さなソファに座っていたエリック・サティが声をあげた。「ブラボー!アンコール!」レイミーは、かの有名なフランスの作曲家の写真を見た覚えがなかったが、サティの発音は本場のフランス語らしく聞こえた。絶賛するサティにエヴァンスは感謝の意をこめて、故サティの代表作である三つの《ジムノペディ》のうちの一曲を弾いた。たしかレイミーの記憶では、故エヴァンスのアルバム《ニルヴァーナ》にも同じ曲が収録されていたはずだ。はじめて聴く新エヴァンスの演奏は、エヴァンス通とまでは言えないレイミーの耳にもかなり本格的に聞こえた。エヴァンスのソロやアレンジに関する文献から学びとったのだろうが、音の調和といい、柔らかいタッチといい、そして、憂いを帯びた旋律にいたるまで、あますところなく再現されている。もちろん、ところどころ弾きそこなうこともあったし、タッチの洗練ぶりではさすがに本物にはかなわなかった。それでも、新エヴァンスが本物になりきるために相当な努力をしてきたことは明らかだ。レイミーは最近、ビデオで故エヴァンスの演奏を見たが、体の動きは新エヴァンスも完璧にものにしている。これから選ぶであろう人物になりきるために自分があそこまでひたむきに打ちこむことができるかどうか、レイミーには自信がなかった。

「アンコール、アンコール」ふたたび歓声をあげるサティのほかに、今度はコクトーも同じソファに座ってかつての友人兼仕事仲間と一緒に掛け声をかけた。エヴァンスは引きつづきフランス出身のふたりの喝采に敬意を表して、彼らの母国の作曲家ミシェル・ルグランによる《ユー・マスト・ビリーブ・イン・スプリング》を弾きはじめた。演奏が終わると、レイミーもいつのまにか熱烈な拍手を送っていて、新エヴァンスが以前どういう生活を送っていたのか、ますます興味をおぼえた。知っているのは、ジュリアード音楽院で学んで、現在はコンピュータ部品の販売に携わっているということだけだ。五カ月前の集まりで言葉を交わしたときに、もっとよく話を聞いておけばよかったと後悔したが、もはや手遅れだった。新しい人物に生まれかわったあとでもとの自分について話すことは禁じられているからだ。

《ファイブ》の触りだけをさらりと演奏したあと、エヴァンスが休憩に入ったので、レイミーはさりげなく近づいていった。ユージーンがここにいればいいのにと、またしても思った。ユージーンはいつも無愛想だが、ここぞというときは相手にかけるべき言葉をちゃんと心得ている。言うべきことだけ言うと、それ以上はなにも口にしない。だが、ユージーンには、エヴァンスがピアノでやってのけたように、勘所を押さえる才能があるのだ。

「みごとな演奏でしたね」レイミーはついに声をかけた。

「それはどうも」エヴァンスはおもむろに顔をあげてほほえみかけた。本物と同じように、歯並びが悪く、眼鏡をかけている。

「なかなかできないことですよね。ああやって正確にリズムを刻みながら、トリオのメンバーなしであそこまで盛りあげるのは」

「連中がいないのはさみしいが、ひとりで演奏していると、ときどき音楽と一体になる境地に達することがあるんだ。あの感覚はソロでなければ絶対に味わえない」

故エヴァンスがレコーディング活動をはじめてから、トリオの顔ぶれが少なくとも四回は変わっていることを、レイミーはふと思い出した。しかし、新エヴァンスが今、本物の人生のどの時期を生きているのか定かでないので、どのトリオを懐かしんでいるのかさっぱりわからなかった。レイミーの心を読みとったのか、エヴァンスが言った。

「スコッティが去年あの世に旅立ったときは、演奏をつづける自信さえ失ったよ。長いあいだ、新しいベーシストを探す気にも、レコーディングをする気にもなれなかった。だから、少し前にようやくスタジオに戻りはしたが、結局、ソロでレコーディングしたんだ」

エヴァンスにとって今は一九六二年あたりなのだと、やっと見当がついた。エヴァンスが当時組んでいた若きベーシストのスコット・ラファロは一九六一年に自動車事故で死亡している。

「きみはなにか楽器をやっているのか?」エヴァンスが訊ねた。

「あなたの演奏がどれだけすばらしいかがわかる程度には」レイミーは言った。

「じゃあ、音楽家になる可能性はないのか?」

「そんな、とんでもない。ぼくには無理ですよ」

「ほかの人物になりきるというのも、最初のうちはなにかと厄介《やっかい》だと思うよ」

「ぼくにとってはそうです。ほんとうに厄介だ」エヴァンスの声に含まれた同情の響きに心を動かされ、レイミーは思わずそう打ち明けた。

「芸術でなにか得意なことはないのか？」

「いいえ、あなたやダリやほかのみんなのレベルや腕前に及ぶようなものはなにも身につけていないんです。仕事でちょっとした文章を書いてはいますが……とても芸術と呼べるような代物ではありません。勤め先の広告代理店にユージーンという期待の星がいて、今、一緒にあるキャンペーンに取りくんでいるんですが、彼は独創的な発想をしたり、最高の題材を思いついたりして、まさに芸術家そのものなんです。ぼくなんかじゃなくて彼がここにいたら、ジョージ・バーナード・ショーかオスカー・ワイルドになれますよ」

「彼にはこのクラブのことを話したのか？」

「いや、まさか。そこまで親しい間柄ではないんです。と言うより、向こうはぼくのことなんてほとんど気にかけていなくて」

「じつは、ほかのメンバーとも話してたんだが、クラブに文筆家を迎えたいという声が断然高まってるんだ。たとえば、エドマンド・ウィルソンだとかマーシャル・マクルーハンのような一流の批評家を」

「そんな、ぼくの持っている知識じゃエドマンド・ウィルソンやマクルーハンほどの人物にはなれっこないですよ。正式にこのクラブに入会するのであれば、小説家になるのがいいんじゃないかと思うんです。ナサニエル・ウェストかジェームズ・エイジーあたりを考えてるんですが」

「どっちにしろ、早死にすることになるな」

きっと冗談だと思いながらエヴァンスの顔を見ると、ひどく深刻な表情を浮かべていた。恐ろしい考えが脳裏をよぎる。正式なメンバーのあいだには、それぞれがなりすましている芸術家と同じ年齢で死ななくてはならないという秘密のルールがあるのだろうか？　仮にそうだとしたら、それはなりすましている人物のアイデンティティを失うだけのことなのだろうか、それとも実際の死を極力忠実に再現しなければならないのだろうか？　もしかして、レイミーのこれまでの認識とは異なり、アイデンティティ・クラブのメンバーは生まれ変わりに身を捧げているのではなく、つまるところ、ゆっくりとした自殺を遂げようとしているのではないだろうか？　もちろん、ばかげた空想にすぎないとは思ったものの、それでもやはり完全に否定することはできなかった。

「それなら、あなたも早死にしなくてはならないことになりますね」レイミーは、ビル・エヴァンスが五十一歳で他界したことを思い出して言った。冗談ともとれるように、軽く笑みを浮かべながら。エヴァンスは不安そうにあたりを見まわしてから答えた。

「死と向きあうには禅の教えが大いに役立つようだ」

レイミーは一歩さがって無言でうなずいた。頭が痛かったし、エヴァンスが演奏を再開したがっているようだったので、失礼と言いのこして洗面所へ向かったが、洗面所に入ったとたん、鎮痛剤を忘れてきたことに気づいた。鏡張りの戸棚を開けると、ずらりと並ぶ薬の種類の多さにびっくりしたが、鎮痛剤は見あたらなかった。戸棚を閉めると、エヴァンスが《タイム・リメンバード》の出だしのコーラス部分を弾いているのが聞こえてきた。故エヴァンスが作曲した名作のひとつだ。息をのむほど美しい演奏だったが、まもなく廊下で誰かが激しく咳きこんだので、部分的に聞こえなかった。振り向くと、ハンカチに顔をうずめているトーマス・ベルンハルトの姿が見えた。

「なにかお探しかな？」ベルンハルトがドイツ語訛りで訊ねた。

「頭痛がするものですから」

「人間とはなんと、か弱くも果敢な生き物であることか。ところで、なにをお探しだったかな？」

「鎮痛剤です」

「これはこれは！　きみは頭痛に悩まされていて、なんとわたしは鎮痛剤を持っている」ベルンハルトは、コーデュロイジャケットの深いポケットから小さな瓶を取りだした。

「病気を患ってからというもの、薬漬けの毎日だ。薬のために生きるわが人生。さあ……」彼は瓶を差しだした。

レイミーは二錠取って飲みこんだ。

「どうもありがとう」レイミーは礼を言った。ベルンハルトはうなずき、わざとらしくていねいにお辞儀をした。

「で、ナサニエル・ウェストになるかどうか決めたのかい？」

「ウェストになったら、ずいぶん若いうちに悲惨な死に方をすることになりますよね」レイミーは不安げな笑い声をあげた。

ベルンハルトは目の色を変えてぎょっとしたような表情を浮かべると、またひとしきり激しく咳きこんだ。レイミーはしばらく様子を見ていたが、ようやく声をかけた。

「水を飲んだらどうですか？」ベルンハルトをそれとなく流しへ導いてから洗面所を出ると、レイミーはリビングルームへ戻った。

「彼は大丈夫か？」ポオが廊下で出迎えた。半分空になった瓶からワインを飲んでいる。


「たぶん、大丈夫だと思います」そう言いながら、ぼくは大丈夫じゃないけど、と心のなかでつぶやいた。レイミーがクラブの集まりでひどく落ちつかない気持ちになったのは、これがはじめてだった。誰のアイデンティティを受け継ぐか決めなくてはならない重圧が肩に重くのしかかり、それだけならまだしも、今ではクラブの方針にそこはかとない不安を感じてもいた。当初、クラブの奇抜な発想は刺激を求めていた彼を愉快な気分にしたが、疑念が的中しているのなら、クラブが管理している生まれ変わりは、彼が考えていた以上の意味を持っていることになる。死のルールと呼ぶにふさわしい秘密のルールが実際に存在するのなら、ある人物になると決めることは、死ぬ時期も含めて、その人物の運命をそっくりそのまま背負うことを意味する。決めたあとに考えなおしてルールに従うことを拒んだら、どうなるのだろう？

耐えがたいほど頭痛が激しくなったので、レイミーはさりげなく抜けだせるチャンスがめぐってくるなり暇乞《いとまご》いをし、素晴らしい夜だったとエヴァンスにもう一度賞賛の言葉をかけて玄関のドアを閉めた。そして、ぶるっと身震いした。

その後の二日間にメンバーのうち三人から電話がかかってきたが、レイミーは無視した。アイデンティティ・クラブについてどうすべきか悩んでいるあいだは、下手に話をしないほうがいいと思ったからだ。クラブの秘密のルールを知ってしまったのかもしれないと思ってひどく動揺してはいたものの、クラブはすでに彼の社交生活の中心になっていたので、きっぱりと関係を断つ気にはなれなかった。仕事以外で彼がほかの人間と触れあう確かな基盤は、アイデンティティ・クラブだけだったのだ。

レイミーは、かつて見せたことのない熱心さで新しいキャンペーンに打ちこんだ。ユージーンの働きによってキャンペーンは成功をおさめており、当然のことながら、この仕事でもっとも得をしたのは代理店での昇進を手にしたユージーンだった。もっとも、ユージーンはレイミーよりも一生懸命に働いたわけではない。こういった仕事に必要な才能をそなえているので、レイミーほどの努力をしなくても二倍の成果をあげることができるのだ。だからといって、レイミーはユージーンの成功を妬みはしなかった。それどころか、ユージーンの姿を目で追い、観察しつづけるうちに、ますます彼に興味を持つようになった。ユージーンと親しくなって秘密を打ちあければ、アイデンティティ・クラブとの関係をどうすべきか、適切な答えを出してくれるかもしれない。

レイミーが想像していたとおり、ユージーンの職場での過ごし方にはきわめて規則正しいパターンがあった。偶然をよそおってエレベータホールで声をかけ、断われないような口実をつくって飲みに誘うのはむずかしいことではなかった。劇場街の近くにあるレストラン・ロウのバーに入ったレイミーは、ここ数日間にない喜びを味わった。ただ、オフィスを出てからのユージーンの態度には緊張とよそよそしさが感じられて、バーで向かいあって座っても視線を合わせようとしなかったし、ときどきひどくぶっきらぼうにぽつりとなにか言うだけなので、レイミーは柄にもなく積極的にならざるをえなかった。

「キャンペーンでのきみの仕事ぶりにはみんな心から感謝してるんだ。まったく、すばらしいのひと言に尽きるよ」

そう言ってレイミーが褒めると、ユージーンはうなずいて、ありがとう、とひとこと言った。まるで、「そのシャツいいね」と褒められたときのように。

「きみのような同僚を持ってほんとうに誇りに思うよ」レイミーはさらにつけ加えた。

ユージーンはもう一度うなずいたが、今度はなにも言わなかったので、レイミーは次第に失望と言いようのない焦りをおぼえた。そこで、視線が絡むまで待つと肝心の話を切り出した。「アイデンティティ・クラブというのを聞いたことがあるかい?」ユージーンの顔が即座に赤くなったので、知っているのだとわかった。

「どうしてぼくが知っていると思うんだ?」

「クラブの主要メンバーの何人かはうちの職場の人間だからだよ」

ユージーンは眉を吊りあげたが、やはりなにも言わなかった。

「じつはぼく自身もメンバーなんだ。と言っても、仮メンバーだけど」

「じゃあ、クラブについてぼくがきみ以上になにを知っているというんだ?」

「たしかにそうだな」レイミーは咳払いをして、ビールを飲みほした。

「もう少しはっきり言おう。ぼくはクラブの集まりに出席しているという意味ではメンバーだが、正式に入会したわけではないんだ。クラブの正式なメンバーになるべきかどうか決めようと思ってるんだが、きみを尊敬していて、判断力を大いに買っているから、どうすべきか訊いてみようと思ったんだ」

「ぼくは極端なイデオロギーを持っている団体には近づかないようにしてるんだ。自分たちの世界観を押しつけようとする団体にはとくに。興味が持てないし、危険なことが多いので」

「どうして危険なんだい?」レイミーが訊ねた。

「人生を変えたり危険にさらしたり、多くの場合、投げだしたりさせようとする団体には近よるべきじゃない。疫病と同じだよ。と言うより、実際、疫病そのものだ……もちろん、これは単なる一般論として述べているだけだ。わかるだろ？　具体的にきみのクラブがどうのと言っているわけじゃない」ユージーンは急いで言い、レイミーがまた目を合わせようとすると、視線をそらした。

「助言してくれてありがとう」

「はっきりとなにかについて助言したわけではない。誤解しないでくれ。なかにはそういう団体もあるという、ちょっとした一般論を述べただけだ」

「じゃあ、きみの意見を聞かせてくれてありがとうと言いなおすよ。助かったし、きみが話してくれたことは絶対に誰にも言わない」

ユージーンは少し気持ちが落ちついた様子だったが、五分後には、別の約束があるからと言いのこして店をあとにした。ユージーンがいなくなるとレイミーは失望で身動きできなくなり、立ちあがるのもやっとだった。ようやく体が言うことをきくようになっても、足が地に着いていないような奇妙な感覚にとらわれ、自分が亡霊になって夢のなかの通りをふらついているような錯覚におちいった。まるで、世の中はもともと空虚なものだということをはじめて知って、途方に暮れているかのようだった。ニューヨークに来る前の彼には、つねになにかしらの支えがあった。当然のことながら、幼い頃は両親に頼っていた。ひょっとすると、親離れするのが早すぎたのかもしれない。そのうち学校に通いはじめると、教師に加え、多くの友人に励まされた。今では、彼自身を含めてその友人たちも全国各地に散らばっているが、ニューヨークに住んでいる者はひとりもいない。アイデンティティ・クラブは、たしかに心の隙間を埋めてくれたが、完全には満たされていなかったのだと、レイミーは思った。でなければ、ユージーンの存在がこれほどまでに大きな意味を持つことはなかったはずだ。だが、そのユージーンも、自分となるべくかかわりあいを持ちたくないと思っているのは明らかだ。そればかりか、クラブにはきわめて深刻な問題点があり、その一部はおそらく危険なものだということが、エヴァンスの家での集まりとユージーンの不吉な助言でますますはっきりしてきた。だが、クラブを去るなんて、とても耐えられそうにない。

実際、レイミーは自分の抱えている問題に向きあう気になれず、秩序立ててじっくり考えることもできなかった。身なりを整え、時間どおりに出勤して笑みを浮かべるのがやっとというありさまで、つねに時間を守り、身なりも愛想もいいという、理想的なチームプレーヤーを自負していたのが嘘のようだった。翌日は、仕事を終えるとまっすぐ家に帰った。なにか恐ろしい危険にさらされていて、逃げださなくてはならないかのように。

アパートメントに帰っても、なかなかじっと座っていることができず、とても眠れそうになかった。頭を空っぽにして余計な動きを省くようにしながら、水槽のなかで泳ぐ魚のように部屋の端から端を行ったり来たりして、なるべく同じ軌道からそれないように機械的にその動作を続けた。

やがて、ついに変化が訪れた。電話が鳴ったのだ。レイミーは魚のようにとっさに反応し、わけもなく受話器をとった。すると、受話器の向こうからビル・エヴァンスの声が聞こえてきた。「きみに話があるんだ」

「じゃあ、話してください」

「電話では話せない。今、時間はあるか?」

レイミーは暗い夜道を思い浮かべて、どう答えるべきか考えた。

「大事なことなんだ」

「わかりました」レイミーは言った。

「五十九丁目の〈コリシアム・ブックス〉は知ってるか?」

「知ってます」

「三十分後にそこで落ちあおう。ミステリの棚の前で待っている」

レイミーは受話器を置くと、せわしなく泳ぎまわる魚よろしく、しばらく早足で行ったり来たりを繰りかえした。が、そのうち足を止めて、タクシーを呼ぶべきかどうか思案した。ほんとうにタクシーのほうが安全だと言いきれるだろうか? どうしようかと考えているうちに、水槽の水が蒸発して魚になった気分も消えさったように思えた。あまりのうれしさに、エヴァンスの待つ書店までの二十ブロックを走っていくことに決め、着くまでのあいだはなにも考えまいとした。だが、漠然とした不安は終始つきまとい、どうしても拭いさることができなかった。

約束どおり、エヴァンスはミステリの棚の前にいて、長い黒のコートに黒縁眼鏡という姿でポオの本を見ていた。あるいは、見ているふりをしていた。一瞬目が合うと、エヴァンスはあたりを見まわしてからかすかにうなずいたが、レイミーが近づくまで待って、ようやく囁くような低い声で話しだした。

「ここでなら話せる」

「話ってなんですか?」レイミーはもっと訊ねたいことがあったのだが、言葉が出てこなかった。誰ともしゃべらずに長いあいだ水槽のなかに閉じこもっているうちに、しゃべり方を忘れてしまったかのようだった。

「きみはたぶん知らないはずなので、教えておいてやったほうがいいと思って」

「なにを?」

「うちのクラブやその目的についてだ。このあいだの集まりでおれのトリオの話をしたとき、きみはおれが何歳なのかわからなくて困っているような顔をしていただろ」

「でも、すぐに見当がつきました」

「そりゃそうだろう。スコッティが死んだことや、翌年出したレコードのことをおれが話したからな。見当がついたのは、きみがおれの経歴を知っていたからだ。だが、これからあることをわかりやすく説明してやるよ。きみは今度の集まりで重大な決断を下すことになっていて、いったん決断を下したらそれに全人生を捧げることになると言っても過言ではない。新しい人物になったら報われる部分がたくさんあるが、その反面、多くを求められることにもなる。とてつもない量の調べものをしなければならないし、精神的に強くなければ、もとの自分を完全に捨てさることはできない。つまり、もとの自分を殺してこれまでの生活に別れを告げなければならないんだ。捨てなくてもいいのは仕事だけだが、ナサニエル・ウェストになろうと決めたら、彼になりきって仕事をしなければならない。だからこそ、相当な勇気と信念が必要になるんだ。図書館通いをするなりなんなりして、できるだけ人物研究をする労力のほかにも、だ。で、最後にひとつ教えてくれ。きみは何歳だ？」

「二十九歳ですけど」レイミーは蚊の鳴くような声で答えた。

「よし。じゃあ、きみはウェストが二十九歳のときの生活を送ることになる。彼が二十九歳の頃から年代順に同じ人生をたどっていくんだ。だから、きみが三十歳の誕生日を迎えたら、ウェストも三十歳になるという具合だが、ある時点を迎えると……」

「ある時点を迎えるとどうなるんです？」

「死ぬんだ。そこのところはよく理解してほしい。そこで、勇気と信念が必要になるわけだ」

「でも、ウェストはずいぶん若くして亡くなってますよね」

「このあいだも話したように、おれもけっこう早死にすることになるが、その前に、これまでジャズピアノを演奏してきた誰よりも美しい演奏をしてみせるつもりだ。報われる部分はまさにそこだ。それに、クラブが存在するかぎり、またいつか生まれかわることができる」

「でも、あなたはそのとき、もうこの世にいないじゃありませんか」

「いや、いる。おれはビル・エヴァンスとして生まれかわるんだ。長いあいだ待つことになるかもしれないが、おれの曲の題名にあるように《いつかまた会える》《ウィー・ウィル・ミート・アゲイン》」エヴァンスは皮肉な笑みを浮かべた。

レイミーは床に視線を落として、気を確かに持とうとした。

「みんなはそういうことを承知のうえでメンバーになるんですか？」

「ほかのメンバーのことは気にするな。自分自身のことにだけ集中すればいい」

「でも、ぼくに勇気と想像力が欠けていてやり遂げることができない場合は……」

「クラブの資料をちゃんと読んだか？　とくに、生まれ変わりに関する部分を」

「もっとじっくり読むべきなんでしょうが、あまり読んでいないんです。それで、その、やり遂げる自信がないと判断して、単純にクラブを脱退しようとしたらどうなるんですか？」

「それはまずい」エヴァンスの口調が思いもよらず険しくなった。「はっきり言って、きみの場合はもう遅すぎると思う」

レイミーは思わず後ずさりした。レイミーがわずかに青ざめるのを見て、エヴァンスの目はさらに大きく見開かれ、眼光がひときわ鋭くなった。

「おれたちがどれだけ重要な役目を果たしているかわかっているか？」

「わからなくはないですけど」レイミーは言った。

「おれたちは人類にとってかけがえのない人物を後世に残そうとしてるんだ。彼らのすばらしい芸術がこれから先も人々に感動を与えつづけるように」

「でも、ふたたび殺してるじゃありませんか。例えば、その、あなた自身にでもいいから、もっと長く生きるチャンスを与えて、そのあいだになにができるか確かめてみたらどうなんです？」

エヴァンスは、振り子のようにゆっくりと大きく首をふった。

「運命には逆らえない。自分の限界を受けいれないと」エヴァンスは、また一歩後ろにさがったレイミーの肩に腕を伸ばして手を載せた。

「この世界の美しさには限りがある。それは受けいれなくてはならない。ほら、有名な詩人がうたっているように、〝死こそが美の母〟なんだ」

「それじゃ、アイデンティティ・クラブじゃなくて自殺クラブじゃないか」レイミーはつい本音を漏らした。

「ほんとうに価値のある美しいもののためには、命を投げださなくてはならないこともある。自由のためにそうするように。だからこそ、あちこちで戦争が起きるんじゃないのか？」

「でも、戦争は愚かな殺し合いで、避けようと思えば避けられます」

「だが、死は避けられるものではない。そのことは誰もが知っている。おれが演奏する曲の小節のひとつひとつがそう訴えてるよ。人は誕生と同時に、この世とのあいだに暗黙の契約を結ぶんだ。人はいつか死ぬが、とにかく、与えられた運命をまっとうするのだという同意のもとで」

「でも、あらゆる科学や医療が、人類の寿命を延ばして死に打ちかつべく取りくんでますよね」

「絶対に成功しやしないさ。おれたち芸術家にはそれがわかっているから、あのクラブに集まってるんだ。死と再生は自由なんかよりはるかに確実なものだ。人はその一生をより偉大なる力にゆだねなければならない。それこそが、いったん死というものを理解したら誰もが受けいれる暗黙の契約ではないのか？　そういう謙虚さが人として生きるうえでもっとも重要な要素なんじゃないのかね？」

レイミーはうつむいた。エヴァンスがこれほどまでに力強く、完璧な説得力を持って話したことに驚き、感極まって今にも涙がこぼれそうだった。だが、レイミーが望むのは、とにかくこの場を逃げだして自分のベッドにもぐりこみ、アイデンティティ・クラブも、広告代理店も、ニューヨークそのものも、結局は恐ろしい夢であってほしいということだけだった。

「じつは、こうしてきみに会ってなにもかも説明することで、おれは危険を冒しているんだ」

「そのことは感謝してますし、ここでの話は絶対に誰にもしゃべりません。代理店の人間にもいっさいしゃべらないと約束します。実際のところ、うちの代理店が中心的な役割を果たしてるんでしょう？」

「おれはそこまで立ちいることはできない」

レイミーはうなずきながら、全身に戦慄が走るのを感じた。

「ぼくと会っていろいろ話してくれたことに重ねて礼を言います。もちろん、話の内容はけっして誰にもしゃべりません」レイミーはエヴァンスと握手すべきだと思ったが、どうしても手を差しだすことができず、無意識のうちに身を引いていた。

「美がどれだけ価値あるものかということと、勇気を忘れずにな」エヴァンスはレイミーの目をまっすぐ見すえて言った。

「あなたの話はひとつ残らず胸に刻んでおきます」

「じゃあ、また次の集まりで」

「ええ、また今度」

クラブの誰かに尾行されているかもしれないと思いながら、レイミーはおそるおそる書店をあとにした。エヴァンスがこっそり誰かに知らせて後をつけさせているということも充分考えられるし、ひょっとしたらもう代理店の誰かに知らせているかもしれない。クラブの趣旨に賛同してこのまま正式にメンバーになるつもりでいるという印象をエヴァンスに与えることができただろうか？　そう祈るよりほかになかった。

十二月のニューヨークとはいえ、寒さが身にしみた。風はいつになく強く、自分の体が空洞になっていて、そのまま風が通りぬけていくかのようだった。ニューヨークにはあまりにも人が大勢いるので、かえって自分を見失うような気がしたり、孤独な気持ちになったりするという話は意外によく耳にするが、その夜のレイミーには、通りに人があふれているのを見ても、そのうちの誰かが自分の後をつけている可能性を高めることにしかならなかった。そう考えると、自分のそばを歩いている人間の動きをすべて把握するのはその数からして不可能なこともあって、誰かが尾行している気配をつねに感じずにはいられなかった。

ふたたびアパートへ帰ると、レイミーはまた水槽のような部屋で魚のような動きをした。水槽には嫌気がさしていた。ひどく熱っぽいせいでなおさら不愉快だったが、あれこれ考えずにすむ分だけましだった。そのまま何時間も部屋のなかを行ったり来たりしていたようで、結局、明け方、ほんの一、二時間ほどソファで眠っただけだった。さいわい、一度も病気で仕事を休んだことがないうえに、気分がすぐれないのは事実なので、秘書に病欠の電話を入れても差しつかえはなかった。

電話が済むと、ひどいめまいがしてこれ以上動きまわれそうになかったので、自分の部屋へ行って横になった。だが、枕に頭を休めたとたん、クラブに関するさまざまな考えや、みんなで集まったときに目にした光景や、耳にした会話の断片がとめどなく襲いかかってきた。「もう遅すぎると思う」と言うエヴァンスの険しい表情。「これは単なる一般論として述べているだけだ。わかるだろ？　具体的にきみのクラブがどうのと言っているわけじゃない」と話すユージーンの心配そうな顔。今まで彼があんな表情を浮かべるところは見たことがない。あのとき廊下で見たベルンハルトの怯えきったまなざしと咳きこむ声がまたよみがえる。咳がおさまるまで待って、なんらかの動かしがたい事実を聞きだせばよかった。つづいて、エヴァンスの自宅に集まった夜にレイミーのアパートメントの前に立つポオの表情とそのときの言葉がよみがえった。「なにかに気をとられているな」ポオも例のことを知っているのだろうか？　思いきって教えてやるべきだろうか？　メンバーのなかでも、人によってほかのメンバーより内情に詳しい者がいるようだ。それだけでなく、クラブ内部には、アイデンティティ・クラブが信念とすることと、それを貫くためになにをする覚悟でいるか、完全に把握している秘密のグループが存在するのかもしれない。

レイミーは一日中自宅にこもり、食事は冷凍食品と缶詰のスープですませた。ときどきテレビを見たりラジオを聴いたりしたが、耳にする声がすべてメンバーのものであるかのように、なにもかもがクラブを連想させた。だが、眠れない夜ほど苦しいものはないとわかったおかげで、翌朝は街へ出ることにもはや恐怖を感じなくなっていた。それどころか、代理店にまた出勤することに喜びを感じたと言ってもいいほどで、仕事に没頭しようとひどく張りきっていた。エレベータのなかでは、自分でもいささか驚いたことに、いつのまにか口笛で景気のいいメロディを吹いていた。それはほかでもなく、ユージーンと取りくんでいた歯磨きの新商品キャンペーンのテーマソングだった。

しかし、職場にはあきらかにいつもと違う雰囲気が漂っていた。受付嬢はろくに挨拶もせず、レイミーが近づいてのぞきこむと、涙を拭いているように見えた。口数少なく、石像のごとく硬い表情を浮かべた者たちが、廊下のあちこちで小さな人だかりをつくっていて、死体安置所にいるかのようになにやらひそひそ囁きあっている。レイミーは自分のオフィスへ向かおうとして立ちどまり、受付嬢のもとへ引きかえしてじっと見つめると、ようやく受付嬢が顔をあげた。

「なにがあったんだ?」レイミーは訊ねた。

「ユージーンが昨晩亡くなったんです」受付嬢は涙声で言った。「ほら、新聞にも載ってます」

「そんな、嘘だろう」レイミーはすぐさまその新聞をブリーフケースに押しこむと、兵隊のようにまっすぐ廊下を進み、自分のオフィスに入るなりドアを閉めてロックした。

知りたいことは、新聞の七面に書いてあった。ユージーンはマンハッタンの中心部にある自分のアパートメントのバルコニーから転落死したのだ。記事によると、他殺かどうかについてはまだあきらかにされていないとのことだった。

レイミーは新聞を机の上に放りなげると、いくつもの建物や通りが織りなす迷路を窓から見おろして、身震いした。突然、あらゆることが巨大なジグソーパズルのかけらのように、次々とおさまるべきところにおさまりはじめた。クラブのメンバーの何人もが代理店の人間だということ。ユージーンがクラブを遠回しに非難した際、あきらかに不安そうな様子だったこと。二日前に〈コリシアム・ブックス〉で、エヴァンスが〝危険を冒して〟話していると言っていたこと……。ユージーンの死はどう考えても事故ではない。レイミーに忠告したせいかもしれないし、レイミーの知らないところで代理店のほかの人間に注意を促したせいなのかもしれないが、とにかく、正式に入会するかどうか考えている人間に、入会すべきでないと説得しようとしたせいで処刑されたのだ。

とたんに、ユージーンを失った悲しみによろめきそうになった。ユージーンはレイミーにとってかけがえのない存在で、生きていれば自分のみならず、世界にとって、これまでにもまして重要な存在となる可能性を持っていた。だが、窓の向こうに視線を移した瞬間、その気持ちはとてつもない恐怖に変わり、悲しみがほぼ跡形もなくのみこまれてしまった。

なんということをしてしまったのだろう? レイミーは、

二十九階の窓のそばにある、牢獄も同然の場所に自ら錠をおろして閉じこもっている。だが、代理店の重役は各部屋のマスターキーを持っているし、窓を開けてレイミーを転落させるか、別のかたちで処刑する方法も考えているにちがいない。

すべてを放りだして即刻この建物から逃げださなければ。もっとも危険なのは自宅のアパートメントだろうから、家に帰ることはできないし、したがって、荷物をまとめることもできない。彼の世界は突然、ポケットに入っている現金、財布のなかのクレジットカード、そして今身に着けている衣服のみに狭まってしまった。とにかく、タクシーをつかまえて飛行場へ向かい、ニューヨークからできるだけ遠くへ行くことだ。レイミーはいったんブリーフケースとコートを手に取ったが、ドアの手前で立ちどまり、両方とも床の上に置いた。ブリーフケースを手に、ましてやコートを着てオフィスを出たら、当然怪しまれる。水を飲みに行くかトイレへ行こうとしているかのように見せかけるのだ。そこから十歩余分に歩けばエレベータにたどりつく。

レイミーは自分のラッキーナンバーの七まで数えてからドアを開けた。コートはたぶん飛行場で買えるだろう。石像のような同僚の姿はもうどこにも見当たらない。誰かに話しかけられる可能性を極力減らすためにひたすら視線を前に向け、まっすぐエレベータへ進む。次の瞬間、エレベータのドアが開き、上司のミスタ・ワイアーが降りてくるのが見えた。目が合う前にレイミーは左へ曲がり、ドアを開けて次のフロアまで階段を駆けおりると、さらにもう二階分降りた。一瞬、このまま通りまで走っていこうかと思ったが、誰かに見つかったら一巻の終わりだ。それに、たぶん二十四階には代理店の者はひとりもいないはずだ。レイミーは走るのをやめて、次の階のドアを開けると、はやる気持ちを抑えながらエレベータホールへ向かった。エレベータの前まで行くと、また七まで数えてからボタンを押した。まもなく、この建物ではほとんど奇跡とも言える無人のエレベータがやってきた。

エレベータで下へ降りるあいだ、さまざまな街を思い浮かべた。ボストン、フィラデルフィア、ワシントンD・C。

どこも親戚がいるところだ。だが、親戚に連絡するのはまずいのではないだろうか？　代理店は、レイミーの両親や親戚の住んでいる場所だけでなく、誰が友人でどこに暮らしているかも知っているような気がする。この際、過去とはきっぱり決別して新しい人間として再出発したほうがいい。別の人間として新しく生まれかわって、しばらくなりゆきに任せたほうがいい。

外に出ると、風が強まっており、ちらほらと雪が降りだしていた。ありがたいことに、タクシーはすぐに通りかかった。

「ラ・ガーディア空港まで」と運転手に告げた。運転手はきちんとひげを剃っておらず、この仕事をするにはひどく年をとっているようだった。その年配の運転手を見て、老人は若者の生まれ変わりにすぎないのだとレイミーは思った。いや、厳密に言えば、人は己の根底にある変わらない部分と、つねに変化している部分の均衡を保つために、時の流れとともに絶えず生まれかわっているのだ。だが、そのことをさらに突きつめて考えようとしたとたん、頭痛がしはじめた。気を紛らわすために窓の外を見ると、空に群れをなして飛ぶ鳥の黒い列が目にとまり、そのとたん、ユージーンが転落する光景が目に浮かんで泣きだしそうになった。人は鳥の生まれ変わりで、鳥は恐竜の生まれ変わりで……と、際限なくさかのぼっていくことができるが、無限そのものがそうであるように、そのことをどれだけ考えても答えは出そうになかった。だからこそ、人はあらゆるものに明確な形を与えたがるのだ。そうしないことには、収拾がつかないからだ。そして、だからこそクラブのメンバーは、本物の神を理解することはとうていできそうにないため、自らが神のごとくふるまおうとしたのだ。

運転手とふと目が合うと、恐怖が全身を駆けぬけた。運転手が代理店の誰かに似ているように思えたからで、空港に着いてタクシーが徐行しはじめると、レイミーは料金をはるかに上回る額を渡し、釣りをもらう前に車を降りた。そして、いちばん早く乗れる便を探そうと、人でごったがえす出発ロビーに駆けこんだ。さっき見た鳥の群れのように、あらたな人生に向かって飛びたつために。

災害郵便
Disaster Stamps of Pluto

ルイーズ・アードリック　仲田由美子訳

ルイーズ・アードリック（Louise Erdrich）は一九五四年ミネソタ州リトルフォールズで生まれ、ノースダコタ州で育った。父親はドイツ系、母親はネイティヴ・アメリカンのオジブワ族の血を引く。一九八四年の長篇デビュー作『ラブ・メディシン』（筑摩書房）で全米書評家協会賞を獲得した。これまでに長篇十作を発表しているが、上記の他一九八六年の『ビート・クイーン』（文藝春秋社）、一九九一年の『コロンブス・マジック』（角川書店）、一九九六年の『五人の妻を愛した男』（角川文庫）、および児童書で一九九九年発表の『スピリット島の少女——オジブウェー族の一家の物語』（福音館書店）が邦訳されている。ほかにも詩集や自伝的作品がある。現在はミネソタ州に住み、そこで書店も経営している。本作は《ニューヨーカー》誌に掲載された。

プルートの町では、死体の数が生きている人数を上回り、町の東側の低い丘は、白い墓石が刻みこまれたように墓地が上の方まで広がっている。この町には、酒場も映画館も、金物店も乳製品業者も、車の修理工場もない。あるのはガソリンの給油ポンプがひとつだけ。司祭が教会にやってくるのも月に一度だけというありさまだ。司祭が来るのに間《ま》にあうように芝生を刈るだけで、むろん花などは植えられていない。だが、司祭が来れば少なくとも、町のカフェで食事をする人間がひとりは増える。

この町にカフェが存在することじたい驚くべきことなのに、その店構えはぼろぼろの怪しげな建物ですらない。町から銀行が撤退したあと、経営していたドライブインを強風で失った一家が保険金でその建物を買いとったのだ。みかげ石のファサードやアーチ型の窓、それに二十フィートの天井のおかげで、カフェは重厚で豪華にすら見える。レジの横には、〈本日のお薦めメニュー〉が書かれた黒板が一枚。それに農作業中の事故で怪我をした気の毒な青年の治療費にと、釣り銭を寄付するための葉巻箱が置いてある。この町に残された住民の大多数と同じように、わたしも一日の大半をこのカフェのボックス席で過ごす。カフェは町議会の議員たちや同好会メンバー、教会の信徒やトランプ愛好家たちのオフィスの役目も果たしていて、いまや町庁舎など必要ないほどだ。ここは、一番近い——とはいえ、南に六十八マイルほど離れている——ショッピング・センターへ買い物に行く際の非公式な集合場所であり、この町に数人しかいない若い母親たちが集まってお喋りをする場にもなっていて、彼女たちは車のチャイルド・シートと兼用のベビー・カーを片足で前後に揺らしながら、反対の端のボックス席に陣取った亭主たちに負けず劣らずの激しさで、文句を言い、罵《ののし》り声をあげている。戦争や距離や過疎化のせいで連れあいや子どもを亡くしたり離れて暮らす者たちも、ここで食事をとっている。離婚した者や、わたしのような独り身もだ。だれも皆、何らかの理由で、なけなしの財産である家をここノース・ダコタ州プルートに所有する羽目に陥った者たちだ。

わたしたちがここに留まっているのは、持ち家を購入価格の数分の一で売ったりしたら、プルートの町以外では生涯賃貸住宅暮らしになるからだ。だが、庭やリビング・ルームやガレージにいかに固執しようとも、毎年ひとりかふたりは、けっきょく家を手放すことになる。住民の数はどんどん減っている。わたしたちの町は死にかけているのだ。そんななかでわたしは、予想以上にたいへんな仕事を任されていた。一九九一年に医療の世界から引退したときにプルート歴史協会の会長に選出されたのだ。

当時は、全盛とはいえないまでも、それでもなんとか無事に新世紀を迎えられるかに思えた。ところが、一九九七年に洪水があって、その後の復興に費用がかさんだ。スモールズの町で新たな仕事が生まれ、農機具業者は東へと移っていった。町にはアマ種子とヒマワリが残されたが、州間高速自動車道を使った低コストの物流のせいで、われわれはすでにマーケットで太刀打ちできなくなっていた。こうして、町の人口はだんだんと減っていき、それにつれてわたしは、それまで秘密とされてきたさまざまな話の保管庫となったのだ。これ以上秘密を守りつづける意味はないと考える者たちや、いつの日か、この町は紙の上でしか存在しなくなるのだと悟った人々が、そこに真実を書き残しておきたいと考え、それぞれの秘密を語りはじめたからだ。

ハイ・スクール時代からのわたしの友人ネーヴ・ハープは、一九四二年卒業生の次席であり、プルート歴史協会のメンバーで、この町の創始者の末裔のなかで、最後までここに残っているひとりだ。ネーヴの祖父にあたるフランク・ハープは、投機家兼測量士として、〈グレート・ノーザン鉄道〉の路線に沿って一連のニュータウンを建設するために、〈ダコタ・アンド・グレート・ノーザン・タウンサイト・カンパニー〉のメンバーとともにこの地にやってきた。むろん、彼らの目的は利益を得ることだった。一連のニュータウン建設予定地に、ビジネス用地や住宅用地を購入しようという危険をかえりみない人々のため、その位置が細かく地図に記された。四方八方から鉄道を使って農作物を運んできた農民たちが、町で必需品を買いこみ、盛り場のひいき客になると見込まれた。

ニュータウン造成チームは荷馬車で移動し、特色のある地形や、近隣の町からの距離を見て、新しい町を作るにふさわしいと全員が判断した場所にキャンプを張った。すでに数年にわたって、新しい町を造成し地図に描きこんできていた彼らは、現在わたしたちの町があるこの地点にやってきたとき、新しい町名をつけるためのアイデアをすべて使い果たしてしまっていた。先住民族が話すスー語やオジブワ語の乏しい知識や、大統領や外国の首都、重要な鉱物や偉大な政治家、それに恋人や妻の名前まで。そこで彼らが飛びついたのが、ギリシャ神話やローマ神話の神々の名だった。プルートの東にはゼウス、ネプチューン、アポロ、アテネと名づけられたニュータウンが整然と並んでいる。ヴィーナスの名を使わなかったのはおそらく、遊蕩の町となってしまうことを危惧したからだろう。フランク・ハープがプルートという名を提案し、それが採用されるまえに、自分たちがこの町に冥界の神の名をつけたことに気づいた者はいなかった。これは、にわか景気の一九〇六年のできごとで、冥王星《プルート》が発見される二十四年前の話である。いまにして思えば、太陽系の惑星のなかで、冥王星がもっとも寒く、他の惑星から一番遠くに位置し、おそらく生物が暮らすにはどこよりも適さない環境だというのは、じつに皮肉なことではあるが——むろん名づけ親たちは、この小さな町に悪影響をもたらそうとしたわけではない。

プルートでも特筆すべきいくつかの事件が起こっている。一九二四年、一家五人——両親、ティーンエージャーの娘、八歳と四歳の息子——が殺害された。殺された娘への片思いに血迷ったとされる近所の少年が姿を消し、いまでも、唯一の容疑者となっている。家族のなかでたったひとり生き残った七ヵ月の赤ん坊は、ベッドの裏側に目立たぬように置かれていたベビーベッドのなかで、凶行のあいだもぐっすり眠りつづけていた。

一九三四年、プルート・ナショナル銀行が強盗に襲われ、一万七千ドルが奪われた。一九三六年には、同じ銀行の頭取が、町にある金のほぼ全額を手に海外逃亡を試みた。彼の目的地はブラジルだった。頭取の兄がニューヨークまで追っていき、弟を説得してほとんどの金をとりもどし、すべての顧客を直接訪ねて、彼らの口座は今は安全だと保証したことで、銀行はなんとか破綻をまぬがれた。だが、頭取は自ら命を絶ち、兄がその後釜に座った。

墓地の丘の頂点には、戦没者記念碑が立っている。一九五一年、両大戦の英雄たちのために立てられたみかげ石の石碑で、十七名の名が刻まれていた。そのうちのひとりは、遺体が発見された直後にプルートから姿を消し、例の家族殺しの犯人と世間から目されていたあの少年だった。カナダで志願兵となった少年の戦死の報せが叔母のもとに届いたとき——容疑者の両親は町を出て行ったが、町議会議員の妻であった叔母は、町に留まることを望んだ——彼女は名誉の死を遂げた者のリストに、甥の名をつけ加えるよう強く主張したのだ。だが、町の誰かが記念碑からその部分を削りとり、現在少年の死を示すものは、石碑に残るざらざらした跡だけで、復員軍人の日に石碑の周りに掲げられる旗の数も十六本だけだ。

干ばつや、ぞっとするような事故や他の痴情犯罪などもあったが、良いことだっていくつもあった。一家殺人を生き延びた七ヵ月の赤ん坊は、犯人の叔母に引きとられ、養母は精一杯の愛情を注いで娘を育てあげ、大金を投じて東部の大学へと進学させた。おそらくこの町には二度と帰ってこないだろうと覚悟していたが、九年後、娘が町に戻ってきたときには医者——地域で初の女医——になっていた。娘はこの町で開業し、殺人事件があったあの家——町の東端に建つ、下見板張りの美しい小さな農家を相続し、そこをふたたび住める状態にリフォームした。家と納屋の東側には、六四〇エーカーの農地が広がっている。この農地からの借地料のおかげで、必ずしもすべての患者が治療費を払えるわけではなかったが、彼女は診療所を維持し、看護婦を雇い、医療活動を続けていくことができたのだ。彼女は一度も結婚しなかったが、一時期、大学の教授兼水泳のコーチの恋人がいた。仕事の都合で、彼は大学から離れて暮らすことはできなかったが、定年退職後はプルートに引っ越してくるものと彼女はずっと信じていた。だがけっきょく、男は年のずいぶん離れた若い女と結婚し、屋外プールが通年使える南カリフォルニアへと移っていった。

　マード・ハープというのが、自殺した頭取の兄の名だ。マードは、この町の創始者のひとりだった測量士の息子であり、わたしの友人の父でもある。ネーヴもわたしと同様に八十の坂を越え、わたしたちは関節を錆びつかせないよう、ふたりで毎日の散歩を続けている。ネーヴ・ハープは三度結婚したが、いまでは旧姓に戻り、父から相続した家に帰ってきていた。ネーヴは背の高い女性で、カルシウム不足の食事のせいで、少しばかり猫背気味だが、現在はわたしのアドバイスに従って充分な量をとっている。どのような天気であろうとも（猛吹雪でないかぎり）、毎日わたしたちはプルートの町の周りを二、三マイル歩いている。

「わたしたちって、まるで年をとったふたつの月みたいに、冥王星《プルート》の軌道をぐるぐる回ってるわね」ある日、彼女はそういった。

「もし冥王星《プルート》に住人がいたら、わたしたちを見て時計を合わせられるわね」わたしは応えた。「それとも、わたしたちのことを崇《あが》めたりして」

　自分たちを月の女神になぞらえて、ふたりで声をあげて笑った。

　ほとんどの庭や敷地が空っぽだ。もう何年も前からこの町には、道路に舗装工事を施す予算がなく、ほとんどの道は手つかずで砂利道のまま残されている。現在、アスファルトで舗装されているのはメイン・ストリートだけだが、でこぼこの道もわたしたちには気にならない。そのほうが、足場がしっかりするからだ。わたしたちがなにより恐れているのは、腰の骨を折ることだ――この歳になって動けなくなったら、最後なのだ。

わたしたちの会話はさまざまな時代を滑りぬけ、町の歴史を正しく認識するために激論を戦わせることもしばしばだった。この町でかつて起こったできごとについてはすでに、すべて話しつくしたと思っていたが、もしかすると、自分たちに関することがらについては、まだ知るべきことが残されているのかもしれない。ネーヴは、ある日わたしを驚かせた。

「ずっと、話さなきゃって思っていたんだけど。マードの弟、わたしの叔父のオクターヴが、ブラジルに逃亡しようとした理由について」まるで、それがつい先日起きたスキャンダルであるかのように、ネーヴは話しだした。「歴史協会の会報に、きちんとすべてを書いておくべきだと思うの」

メモをとれるよう、散歩を終えてカフェに戻るまで待ってほしいとネーヴにいったのだが、自分のなかで羽根をばたつかせるその話——どうしたわけか、その朝は、元気いっぱいで執拗だった——にすっかり興奮していたネーヴは、歩きながら話さずにはいられなかった。ヘアクリップから外れたネーヴの白髪が束になって揺れ、表情がふだんよりも険しく見えた。ネーヴは、昔から細身で人目を引く女性だ。わたしは彼女の引き立て役で、彼女にとっての最高の聞き役として、あふれんばかりの興奮や苦しみを吸収する役目を果たしてきたのだ。

「覚えてるでしょうけど」ネーヴが話しはじめた。「オクターヴは川の水位が一番低いときに入水自殺をはかったの。たった二フィートしかない浅瀬で。いわば、水たまりに飛び込んで、一気に水を吸いこんだようなものだった。男にそんなひどい死に方を選ばせるのは女性しかいないって思われたけど、叔父は失恋したわけじゃなかった。恋に破れて自殺したんじゃなかったのよ」あたかも、オクターヴの女性関係のうわさ話をしつこく広めているのがわたしであるかのように、ネーヴは指を突きつけた。考えごとをしながら百ヤードほど歩いたあと、ネーヴはふたたび口を開いた。「切手収集って覚えてる？　どれだけ重要だったかってこと？　あの熱意とか？」

もちろん覚えているし、いまでも切手を収集している人はいる、とわたしは答えた。

「でも当時とは比べものにならないわ。オクターヴとはまったくちがうし」ネーヴはいった。「叔父はね、集めた切手を銀行の金庫室に入れてたの。この町でだれも知らない秘密のひとつは、その切手コレクションがどれだけ価値のあるものだったかってこと。一九三四年に銀行強盗に襲われたとき、犯人たちは金庫室のなかまで押し入って現金を洗いざらい持ち去ったんだけど、そこにあった五十九冊の切手帳と黒檀《こくたん》のフレームがついた特別あつらえの二十二の陳列箱のことは完全に無視したのよ。その切手コレクションは、犯人が手にした現金の何倍もの価値があったのに。じっさいは、あのとき銀行にあった全額とほぼ同じくらいの価値があった」

「そのコレクションは、どうなったの?」はじめて耳にする話に、わたしは興味をそそられた。

ネーヴはいたずらっ子のように横目でこちらを見た。

「銀行の経営者が変わったときに、わたしが保管することにしたのよ。切手のコレクションを見るのが好きだったから。だって——テレビなんかよりずっといいもの。でも、ぜんぶ売ろうって決めたわ。だから、ようやくこの話をする気になったわけ。いまは、玄関を入ってすぐの居間に置いてあるわ。テーブルのうえに積んである。あなただって切手帳を見たことがあるはずだけど、何もいわなかったわね。開いてみもしなかった。もし見てたら、わたしみたいにきっと虜《とりこ》になってたはずよ。あの繊細なところや細部の装飾、それにバラエティーの多さ。おそらく、それぞれの切手についてもっと知りたいって思うはず。そして、もっと知りたい、その来歴を理解したいって思ってしまったら、その時点で魅せられてしまうのよ。叔父がそうだったように、わたしもそうだったわ。さいわい、わたしの場合は叔父ほどの深みにははまらなかったけど。むろん、あなたには他の興味があるでしょうけど」

「そうね、ありがたいことに」

わたしは、来月用に、ネーヴの話をタイプし、編集することになるのだ。

教会の前を通りすぎるとき、月一度の訪問に来ていた司祭の姿が目に入った。大声で挨拶するわたしたちに、哀れな司祭は手を振った。皆がすっかり忘れていたために、司祭みずから芝を刈っている。彼は、いまや五、六カ所の教区をかけ持ちしている。

「収集家たちはね、貴重な切手をまるで生きているかのように扱うのよ」ネーヴはそういうと肩をすくめ、わたしたちは歩きつづけた。「コレクターっていうのは、切手を集めていくうちに、それぞれ特定の傾向に向かっていくんだけど、叔父の場合、いわゆる切手収集の暗黒面と呼ばれる世界がそれだったの」

わたしはネーヴの顔を見た。彼女は興奮すると、いきなり暗い方向に話を持っていくことがある。もしかすると、切手コレクションだけではなく、叔父のひねくれた思考までも受け継いだのかもしれない。

「切手コレクターの垂涎の的《まと》、十九世紀に発行されて今では世界に一枚しかないといわれる《ガイアナの一セント》と、アメリカでもっとも貴重な切手とされる《一セントのZグリル》、それに、そこまで興味をかきたてられるものではないけれど、たとえば本来のブルーグリーンの代わりにオレンジ色をした《スウェーデンの黄色い三シリング・バンコ》や、郵便馬車を事業化したトゥルン・ウント・タクシス家が発行した切手の数々、それにとても貴重だとされる《マルレディ封筒》の逸品、そんなのを手に入れたあと、ふさぎ込みがちだった性格のせいかしら、叔父は世間でいうところの〝エラー切手〟にのめり込んでいったの。《スウェーデンの黄色い三シリング・バンコ》が、そのきっかけになったんだと思うんだけど」

「もちろん、逆さまに印刷された飛行機の切手のことぐらい、このわたしだって知ってるわよ」

「《カーマインローズとブルーの二十四セント切手》、あべこべジェニー（一九一八年米国発行の二十四セント切手は、中央に複葉機カーティスJN四が描かれていたため、収集家のあいだで「ジェニー」と呼ばれる）ね、そのとおり！」ネーヴはとても嬉しそうな顔をした。「叔父は、スウェーデンの切手みたいに色にエラーがあるものを集めだした。それから、とても微妙なんだけど、二重印刷されたもの、無目打ちのエラー切手、値段が抜けているもの、外枠が脱落したものなどの変種を集めるようになったわ。何しろ、南部連邦政府のために古い手動印刷機で切手を印刷した十七歳のフランク・バプティストのために、切手帳を丸々一冊さいているくらいなんだから」

ネーヴは砂利だらけの道を猛スピードで渡り、わたしは話を聞きのがすまいと足を速めた。ネーヴは、息を整えるために樹にもたれながら、オクターヴ・ハープは銀行の金を持ち逃げする六年前に、災害郵便――人類に挑戦し、破滅させるような恐ろしいできごとを切り抜けてきた切手や封筒のことだ――に凝りだしたのだ、といった。それが辿《たど》ってきた来歴ゆえに水染みがつき、ぼろぼろで、ときには血までついたこれらの郵便物は、状態の深刻さに応じて値がつく。そういった損傷が、魅力の一部となるのだ。

そのころにはカフェにたどりつき、わたしは座ってネーヴの告白をメモにとれると喜んで、店のオーナーから紙とペンを借りた。それからコーヒーとサンドウィッチを注文する。わたしはいつも、オムレツを挟んだデンヴァー・サンドウィッチ、ネーヴはベーコンぬきのBLTサンドを頼むのだ。ネーヴは、プルートで唯一の厳格なベジタリアンだ。わたしたちはコーヒーにそっと口をつけた。

「切手収集に関する本を持ってるんだけど」ネーヴがいった。「その本には、切手収集というのは、混乱した人間に逃げ場を、落ち込んだ精神には活力を与えると書いてあったわ。オクターヴは、そういう何かを見つけたいと思ってたんじゃないかと思うの。でも父の話によれば、叔父は災害郵便にのめり込めばのめり込むほど、どんどん気持ちが落ち込んでいったみたい。ただ、コレクションに新しい逸品が加わるたびに、大喜びしてたけどね。世界中の人と連絡をとりあってたわ。驚きなのよ。切手のディーラーとやりとりした手紙のファイルがたくさん手元にあるわ。これはと思う災害現場から回収された切手や封筒を、何年間も追い求めていたの。もちろん、戦争に関するものもあるわ。独立戦争から、クリミア戦争、それに第一次世界大戦まで。多くの場合、兵士たちは手紙を持ち歩いていたから。どうしてそれがコレクターの手に渡ったかは、あまり考えたくないことよね。でもオクターヴは天災を好んでいたの。人災よりもね」ネーヴはコーヒーカップの側面を軽く叩いた。「叔父はきっとヒンデンブルク号の爆発事故に夢中になったはずだし、まちがいなくどこかから数枚の切手は出てきたはず。それをいったら、もちろん、最近起こったあの事件にだって」

ネーヴが何を思い浮かべたかわかった。とつぜん――数えきれないほど紙きれがニューヨークの空にひらひらと舞い落ちる、奇妙なことに陽気にすら見えたあの光景……今では、おそらくあの紙の多くをディーラーが手にしていて、世界中にいるオクターヴのような人間に、それを売ろうとしているのだと気づいて、わたしは愕然とし、悪寒を覚えた。ネーヴとは思考回路が似ているので、彼女がコーヒーに砂糖を入れようとするのがわかった。苦悩している証拠だ。彼女は少しばかり血糖値の問題を抱えている。

「やめときなさい」わたしはいった。「夜通し起きていることになっちゃうんだから」

「わかってるわ」それでもネーヴは砂糖を入れ、ガラス製のシュガーポットをテーブルのうえに戻した。「それにしても、不思議だと思わない？　事件の恐ろしさを時が和《やわ》らげてくれるし、わたしたちの感じかたも変わってくるってことが。でも、こんな話をはじめたのも、なぜオクターヴがブラジルに向かったかを説明するためなの」

「あれだけの大金を持っていたということは、切手を探すためだったんじゃないかって気がしてるんだけど」

「そのとおり。オクターヴが何を探していたか、父が話してくれたの。さっきもいったように、叔父は天災に魅せられてて、コレクションのなかには一八八三年のクラカトア火山の噴火のあとに見つかった手紙もあるの。オランダの消印入りの手紙で、噴火の直前に書かれて水蒸気で吹き飛ばされたものよ。凍った郵便バッグのなかから見つかった手紙っていうのもあって、一八八八年に東海岸の猛吹雪で凍死したニューハンプシャーの郵便屋さんが背負ってたものなのよ。それから、タイタニック号の船上郵便局で投函されたという鑑定済みの手紙なんていうのもあったわ。ただ、叔父が他の手紙のことも書いているところを見ると、どういうわけか相当数が発見されてるみたいね。でも叔父は海難事故にはそれほど興味を持ってなかったの。そうじゃなくて、叔父が探し求めていたのは、西暦七九年の手紙だった」

そんなに古くから郵便制度があったとは知らなかったが、ネーヴの話によると、郵便がかなり昔から存在したのは確からしい。なにしろ「雨でも雪でも、夜の暗闇でも」云々という郵便配達のモットーは、ヘロドトス（紀元前五世紀ごろの古代ギリシアの歴史家）のことばで、ネーヴがいま話していた年、ヴェスヴィオ火山の大噴火でポンペイの街が火山灰に埋まった年よりも、さらに三百年以上も前のものなのだから。「知っているかもしれないけど」ネーヴは話を続けた。「遺跡の再発見から保存のためにきちんとした措置がなされるまでの百五十年のあいだに、好奇心旺盛な探求者たちが、あの場所を調べまわって、いろいろと持ちだしてしまった。そのころには、相当数の発掘品が、コレクターの手に渡ってた。大プリニウスが甥の小プリニウスに宛てたとされる手紙が、いいタイミングでパリで見つかったらしいんだけど、オクターヴがディーラーに連絡をとる前に、その貴重な手紙は盗まれてしまった。でもディーラーは、それが闇の転売ルートを通じて、ポルトガル人のゴム成金の妻の手に渡ったことをつきとめた。彼女はブラジルに住んでて、オクターヴと同じような熱心なコレクターで――とはいっても彼女は切手を集めていたわけじゃないの。ポンペイに関するすべてのものに興味を持っていたの。自宅の壁にポンペイのフレスコ画の完璧なレプリカを描かせたりするような人だった」

「驚きね。しかもブラジルで」

「ノース・ダコタの小さな町の頭取が、国際レベルの切手コレクションをためこんでいるのと同じくらい妙な話。もちろん、オクターヴは独身だった。それに質素な暮らしもしてたけど。それでも、プリニウスの手紙を買いとれるような大金は持ってなかった。銀行のお金と切手コレクションを持って、叔父は国外へ逃亡しようとしたんだけど、切手のせいで足止めを食らったの。たぶん、税関の職員がコレクションについて疑問を持ったんだと思う。これの国外持ちだしを果たして許可していいものかどうか、とかね。

たとえば、フランク・バプティストの切手なんかは、この国の歴史の興味深い注釈だし。数日後、父がオクターヴを見つけたとき、彼はノイローゼ状態でホテルの一室に閉じこもってたの。自分のコレクションが没収されるんじゃないかって、ものすごく怯えてた。プルートに戻ってからは、深酒を繰りかえすようになり、その後は廃人どうようになってしまった」

「で、ポンペイの手紙は――それからどうなったの？」

「ブラジルにいる彼女は、それでもポンペイ書簡をオクターヴに売りたいって希望してた。彼女から来た手紙があるんだけど、訂正線で消された文字だらけの、涙の染みがついた手紙なの」

「災害郵便ってわけ？」

「そう、そうとも言えるわね。どういうわけか、ポンペイ書簡は三歳の息子の手にわたって、ただの紙くずにされちゃったのよ。つまり、オクターヴを打ちのめしたのはある意味、〝女性からの手紙〟だったってわけ」

それ以上つけ加えるべきこともなかったし、そのころには、お互いすっかり物思いにふける気分になっていた。わたしたちは、目の前においてあるサンドウィッチを食べはじめた。

ネーヴもわたしも、夜は室内で静かに過ごす。読書をしたり、テレビを観たり、音楽を聴いたり、独りでささやかな夕食をとったり。昔から独りでいることには慣れっこなので、わたしは夕暮れから深夜のこの時間を楽しんでいるし、孤独を感じることはない。プライバシーと静けさの贅沢を楽しめる時間が、もう長くないのはわかっているので、住み慣れたこの環境を慈しんでいるのだ。それに対してネーヴのほうは、ふたりの子供と孫たちが恋しいのだ。全員がファーゴに住んでいて、ひんぱんに会っているにも関わらず、彼女は夜の時間を電話に費やすことも少なくない。

ネーヴもわたしも、歳をとった自分を奇妙に思っているし、人生が瞬く間《ま》に――ネーヴの場合は結婚生活が、そしてわたしは医者としての開業生活が――過ぎていってしまったことに、驚かされている。ときには、年老いた自分の姿を見てびっくりしてしまうことすらある。この歳になって、ネーヴのような良き友人がいて自分は幸せ者だと思うのだが、近ごろでは、チャンスさえあれば彼女も嬉々としてプルートから出ていくであろうことを、うすうす感じはじめている。

その晩、ネーヴは暗い鬱の症状を起こしていた。わたしは口をつぐんでいたが、コーヒーに入れた砂糖のせいだ。彼女はまだオクターヴの話をするのに夢中になっており、そのうえ妙な発見をしてしまっていた。

明るい読書用ランプを両脇に、所属している読書クラブから送られてきた少しばかり甘ったるすぎる本に静かに熱中しているとき、電話が鳴った。ネーヴは息を切らしながらこういった。今夜はずっと、虫眼鏡を片手に切手帳を見ていた。ついでに、オクターヴの残した書類や手紙にもじっくり目を通した。そこで、気分がすっかり落ち込むようなものを見つけてしまった。それまで開けたことのなかったファイルのなかに、八通あまりの手紙が入っていた。そのすべてが同一人物宛ての消印入りの手紙で、どれも濡れたように紙が歪《ひず》んでいて文字は不鮮明で、切手にほんのわずかなちがいがあった。消印が少し欠けていたり、端が破けていたり。当惑しながらつぶさに調べていったところ、そのうち一通に、消印の日付の二年後に発行された、すみれ色のベンジャミン・フランクリンの五十セント切手が貼られていることに気づいたのだ。消印は、タイタニック号沈没直前のものだった。

「あきらかな事実を認めるのが、すごくつらいのよ。叔父に対して同情心がめばえてきてしまってたんだもの。でも、オクターヴは災害郵便を捏造しようとしていたんだと思うの。わたしが見つけたものは、その証拠に他ならないわ。彼は、ロンドンのディーラーにそれを売ろうとしてた。ディーラーへのオファーと断わりの証明郵便が何通も残ってるのよ」ネーヴは、まるで叔父が自分に偽物を売りつけようとしたかのように、ひどく腹を立てていた。

なんとかネーヴをなだめようとしたのだが、こういう気分になったときの彼女は、これまでのすべての怒りや悲しみが押し寄せてきて、全世界をまとめて非難するか、それぞれに対し個別に嘆き悲しむかしてしまう。だが、これ以外のオクターヴのコレクションは、ネーヴの知るかぎりすべて本物だったので、しばらくすると、彼女はようやく落ちつきをとりもどした。最後には小さな笑い声さえあげ、逸品ぞろいのコレクションのなかに忍びこませれば、オクターヴが捏造した手紙も偽物だと露呈することはないだろうと思いはじめた。

「価格をつりあげられるじゃない」とネーヴはいった。

話をできるだけ短く切りあげ、受話器とともに例の退屈な本も置くことにした。ネーヴの気分が乗りうつってしまった。自分はじきに、プルートに独り取り残されるのだという気がしていた。とつぜん、大しけのように激しい恐怖が襲ってきた。不吉なムードを振りはらおうとはしてみたものの、無意識のうちに、わたしはベッドルームに向かい、ベッドの足下に置いてある収納箱を開けて、家族の衣服を手にとって眺めていた。他のものはすべて廃棄されたか持ち去られてしまったが（おそらく、親切心からだろう）、これだけは葬儀屋が洗ってとっておいてくれたもので、この家に引っ越してきたときに手渡されたのだ。ジョーハンセン葬儀社のロゴが入ったくすんだ色の封筒を見つけ、そのなかからもう一枚の封筒に入ったバレンタイン・カードを抜きだした。おそらくポケットのなかに忍ばせてあったものだろう。血だか錆だかで汚れているのを別としても、レースペーパーにあまりにも感傷的な文章が綴《つづ》られたそのカードが、ひどく悪趣味なものであるのはまちがいなかった。封筒に、フロリダにあるユグノー記念碑の五セントの記念切手が貼られているのに、いまはじめて気がついた。

ときおり、もしかしたら恐怖と苦痛の叫び声やショットガンの轟音が、脳の見えない片隅にひと知れず刻みこまれているのだろうかと思うことがある。発見されるまで三日もかかったのだから、脱水症状で死んでいてもおかしくなかったのだが、それもまったく記憶にはなく、人並み以上に喉の渇きを恐れたり、食べ物や水に異常に執着したことは一度もなかった。それどころか、わたしはとても幸せな子供時代をすごしてきたし、すべてを手に入れていた――ブランコ、子犬、溺愛してくれる両親。わたしには、良いことしかおこらなかった。高校の卒業記念ダンスパーティーではクィーンに選ばれた。とつぜん出生の秘密が明かされて、衝撃を受けたという経験もなかったのは、小さなころから話を聞かされ、自分が誰であるかを受けいれるようになっていたせいだ。わたしたちは、もしかしたら真犯人は今でもこの周辺で息をひそめて暮らしていて、良心の呵責にさいなまれているのではないかとすら疑っていた。何しろ、小さくきっちり折りたたまれた札が、養母かわたしが必ず気づくような屋外の場所、植木鉢の下やわたしの遊び場であるツリー・ハウスのなかや、自転車の空洞のハンドルのなかに隠されているのを見つけていたからだ。正方形に折りたたまれた札を高くかかげ、いつもこんなふうにいったものだ。「あの人、また来たんだわ」だがほんとうに、ふつうの人なら誰でも経験するありきたりの不幸以上のことを数えあげることすらできないのだ。まるで、あそこで生き残ったという異常なできごとのせいで、感謝の念を持つことが、わたしの気質そのものになったかのように。そうでなければ、わたしが経験するはずだったすべての不幸を、死んだ家族が代わりに受けとめてくれたのかもしれない。わたしは、ごくありきたりの満ちたりた人生を歩んできたし、人の役にたてる人間になるという恩恵にも浴した。気がふれるほど誰かの死を悼んだことはないし、もう一回人生をやりなおしたいと思った瞬間も、一度もないのだ。

にもかかわらず、こうして姉のバレンタイン・カードに頬ずりをし、たたんだ姉の麻のベストに触れ、兄たちのオーバーオールや、あの日、母が死ぬとき身につけていたエプロンに手を伸ばし、それらすべてを、まぐさの臭いがする古ぼけた父の洗濯済みの服とともに胸に押しあて、家族全員をこの腕に抱きしめたとき、わきあがってくる激しい感情の波に息もつけなくなるのはなぜなのだろう？　まるで、空中を漂う黒い羽根のごとく、風に足元をすくわれたようになるのはなぜ？　そしてそのとき、自分がいくつかの顔に向かって飛ばされていくような気がするのはなぜなのだろう？　輪郭のぼやけたその顔は、決して消えることなく、星のような動きでわたしから遠ざかっていく。目にも止まらぬスピードで。留まることを知らず。

最後にプルートが空《から》となり、この家が跡形もなくなったとき、戦没者記念碑が倒れ、かつて銀行だったカフェが真鍮やみかげ石目的で解体されるとき、この町の存在を示すものが歴史協会の会報の束だけとなり、地域研究のコレクションの一部としてノースダコタ大学に寄贈されるとき——そのとき、どうなる？　わたしは何を語ればいい？　どのように真実を書き残すべきなのだろう？

容疑者とされた少年は、けっきょく犯人ではなかったし、彼の名を戦没者記念碑から削りとるべきではなかったのだと、このバレンタイン・カードが教えてくれた。姉も彼を愛していたのだから。そうでなければ、この手紙を持ち歩いていたはずがない。そして、ふたりが愛しあっていたのなら、彼は悲しみと絶望のあまり町から出て行ったのであって、自責の念にかられ、逮捕されることを恐れて逃げだしたわけではなかった。だが、もし少年が犯人でないとしたら、真犯人は誰なのだ？　わたしの父？　いやちがう、父はうしろから殴り倒されていた。非難すべき相手がいないのだ。つまり、この町のどこか、あるいはこの世のどこかに、別の犯人が存在するのだ。納屋に隠れていた兄たちに忍びより、まぐさのなかで彼らを殺し、姉や母の美貌に目をつけ、ふたりを撃ち殺した犯人が。だが何のために？　何も盗《と》られていないというのに。犯人が得たものは何もない。どうして、わたしの家族は殺されなければならなかったのだ？

二十年ほどまえ、非常にやっかいなできごとに遭遇し、わたしはそこにあった真実を意識の奥底にしまいこんだ。そのことについて、考えたくもなかったのだ。だがネーヴどうよう、それが今、わたしのなかでがたがたと執拗に騒ぎだし、あのときの患者のことを思いだした。その患者は、我が家の敷地の一番遠い隅に隣接する牧畜農場で、昔から住みこみで働いてる男だった。ウォリン・ウォルドは口数の少ない気むずかし屋だが、動物の扱いには長けていた。合衆国政府に関して異常な思いこみを持つ人物で、その手の話では彼の意見に耳を貸すな、と忠告された。彼の前では持ちだしてはいけない話題というのがある。ひとつは連邦議会の話、また特定の合衆国憲法の修正に関する話も。だが、さしさわりのない話題を選んだとしても、ウォルドは見透かすような目で相手を見つめ、不安な気持ちにさせる。とはいえ、わたしが彼の治療に農場を訪れたとき、ウォリン・ウォルドは他人を不安にさせられるような状態ではなかった。二週間前、ウォルドは農場で飼っていた血統の良い高価な雄牛に角で突かれ、踏みつけられ、そのせいで片足に大怪我を負っていた。彼は医者に行くことを拒み、そのときには熱をともなう感染症を引きおこして傷口が壊死していた。病院に連れて行こうにも、怪力のウォルドが激しく抵抗したため、雇い主はしかたなく、傷を負った脚をなんとか救えるかとわたしに電話してきたのだ。

救うことはできたし、じっさい救ったのだが、その方法は痛みをともなう悲惨なものだったし、そうとうきついスケジュールを押しての日に二度の往診が必要だった。創面切除をほどこし包帯を替えるたびに、ウォルドにモルヒネを投与しようとしたのだが、彼はそれを拒んだのだ。彼は当時、わたしのことをまだ信用しておらず、意識を失ったら最後、目覚めたときには片脚を切断されているのではないかと恐れていた。ゆっくりとだが、傷を癒《いや》すと同時に、彼を落ちつかせることができた。はじめての診察のとき、彼はわたしの姿を見て、わたしがこれまで医者としての人生で一度も目にしたことがないような恐怖の反応を示した。恐れとパニックが入り交じったようなその態度がしだいに和《やわ》らぎ、やがて無言の警戒心へと変わっていった。脚の傷が癒《い》えるとともに、治療にも協力的になり、杖を頼りによたよたと歩けるようになるころには、わたしが来るのを心待ちにしていたようで、その哀れを誘うぎこちない態度は周囲のものを驚かせた。ウォルドが近寄りがたい変人としての表向きの仮面を脱ぐのは、わたしに対してだけで、わたしが帰るとすぐに、怒りっぽいいつもの彼に戻るのだ、と聞かされた。以前の仕事をすべてこなせるほどまでに回復することはなかったにしろ、ウォルドはその後の三年間、同じところで働きつづけた。ある夜、彼は寝ているあいだに急性血栓症をおこして静かに息を引きとった。驚いたことに、数週間後、ウォルドの弁護士から連絡があった。クライアントであるウォリン・ウォルドがわたしに遺品を遺したというのだ。わたしは、それを郵送してくれるよう依頼した。明らかにウォルドのものとわかる下手な字で宛名が書かれた箱が届くとすぐに、わたしはそれを開けてみた。なかには、数百ものさまざまな金種の紙幣が折りたたまれて入っており、その折りかたが、子ども時代にあちらこちらで見つけた札と同じであることに、わたしはすぐに気がついた。子どものころの紙幣のプレゼントと遺産は、わたしのような過去を持った悲劇のヒロインに対する同情と、その後の治療に対する礼だと思うことも、おそらくはできただろう。もし、ウォルドの治療に訪れた最初の数回のことがなければ、そういうふうに考えるようになっていたかもしれない。だが、わたしの姿を見てウォルドがあとずさりするさまは、わたし個人に対する恐怖のあらわれに見えたのだ。ウォルドの顔に、悪夢がよみがえったような何かが浮かんでいることには、当時から気づいていたので、その後、ウォルドの態度が驚くほど変わったときも、心を動かされることはなかった。それどころか、ぞっとして気分が悪くなったほどだ。

この会報の熱心な読者の皆さんはすでにご存じのように、会員数が減るいっぽうの現在では、記事を短くまとめざるをえない状況だ。そこで、きょうはここまでにしておく。ところで、この町の歴史の保存と維持管理について決断を下すために集まるのは、いずれにせよ、このわたしと本協会の会計係であるネーヴ・ハープだけとなり、また、記録に新しい一ページをつけ加えることができるのもわたしたちだけで、ふたりともこれ以上は何も話すことがないことから、このたび本協会を解散することにした。ここに、プルート歴史協会の廃止を宣言する。少なくともわたしは、これからもプルートの町の周囲を歩きつづけていくつもりだ。軌道をまわる足跡が、土にしっかりと刻みこまれるその日まで。プルート歴史協会の会長としての、わたしの最後の仕事はこれだ。わたしの家族を殺した犯人の命を、わたし自身が救った年を記念して、町の祭日とすることを宣言する。これからも風は吹いていく。悪魔はよみがえる。町の新たな祭日を祝うのは死者の霊だけとなるだろう。そして、ここに残されるのは、いずこを見ても塵《ちり》が塵の上に舞い降りる風景だけになるだろう。

まったく、不吉な予言をしてしまった。そう思いながら、わたしは家を出て、眠れぬ夜をかたわらで一緒に過ごしてやるためにネーヴの家に向かう。ネーヴはもうすぐファーゴに引っ越していくだろう。そのための金が手に入るのだから。塵が塵の上に舞い降りるだなんて！　年老いた女が、そよ風を楽しみながら夜歩きできる町など、他にはめったにないものだし、それはプルートが誇れるところだ。真っ暗闇のなか、杖で慎重に足下を探りながら、自分がすでに、人の目には見えない存在になったような気がしている。

デルモニコ
Delmonico

ダニエル・ハンドラー　三浦玲子訳

ダニエル・ハンドラー（Daniel Handler）は一九七〇年カリフォルニア州サンフランシスコ生まれ。作家であると同時に映画脚本家であり、アコーディオン奏者でもある。作家としては*The Basic Eight*や*Watch Your Mouth*といった作品があるが、別名義であるレモニー・スニケットで発表した児童書『世にも不幸なできごと』（草思社）シリーズが世界中でベストセラーになり、映画化もされた。サンフランシスコ在住。本作はマイケル・シェイボンらが編纂したアンソロジー*McSweeney's Enchanted Chamber Of Astonishing Stories*に掲載された作品。

「デルモニコとはどんな酒だ?」

その二人の紳士はこの店には来たことはなかった。入り口は影になっていて、容赦なく照りつける太陽のせいで俺の座っているところからは彼らのシルエットしかわからない。時刻は六時過ぎなのに暑さは厳しく、まだ日が暮れていなかった。俺は昼間は飲まないが、六時以降ならたいてい〈スロー・ナイト〉にいる。いつも座る場所は人が入ってきても振り向かないと誰だかわからないので特等席ではないと言われている。外を眺めたいなら、確かにもっと別の席を選ぶこともできたが、別にそのためにここに来ているのではない。

デーヴィスはドアを背にレジのところにいて、手に握った二、三ドルのつり銭を女連れの男に渡そうとしていた。きっと男はその金を受け取らずデーヴィスに渡すだろう。俺の知る限りいつもそうだ。デーヴィスはいい女だった。そう見えるのではなく、まさにいい女そのものなのだ。彼女が酒をつくって、つりを返すと、何の酒にいくら払っていようが、みんなそのつりをとっておけと彼女に言う。床のカーペットをハイヒールでこづきながらテーブルで待っているガールフレンドがいても、それは変わらない。ささやかな小銭の残りをデーヴィスに与えて、気前良くくれてやったという気分になるのだろう。「デルモニコ?」デーヴィスは二人の男たちの方を振り向いて訊き返した。首をかしげたが、考えているふうではなく、この男たちに本当のことを答える価値があるかどうか値踏みしているようだった。男たちは動かなかった。俺は顔を見ようとしたが、太陽のせいでやはりシルエットしかわからない。ただ片方がもうひとりより背が高いということだけはわかった。デーヴィスはもっと多くのことに気がついただろう。少しだけけレジから目をそらす。「デルモニコは」もう一度言った。「ジン、ヴェルモット、ブランデーのミックス。それにビターズ」

背の低い方が相棒を軽くたたいた。「ほら、彼女ならわかるって言っただろう」ふたりが中に入ってくると後ろで扉が閉まった。デーヴィスはこんな口先だけのお世辞には満足しないとでも言うように腰に手を当てている。女連れの男は小銭をデーヴィスに握らせると席に戻った。

いつだって俺はデーヴィスに惚れていると言いたいのだが、彼女は勘がいいからすでに気がついているのだろう。〈スロー・ナイト〉はまさにメイン通りにあり、半ブロックほど離れたところに〈メアリーズ〉と〈オマリーズ〉という二軒のバー、通りの向こうにももう一軒〈サムシング〉がある。俺は他のバーには入ったことがなかったし、入る気もなかった。たぶん〈メアリーズ〉だと思うが、天井いっぱいに小さな旗が下がっていて、中古車セール場のようにはためいている。ドアを開けっ放しにしているので、通りからでも中が丸見えだ。窓にはネオンが輝き、足早に通り過ぎても中のうるさい音楽や人の笑い声、瓶のキャップが床に落ちる音などが聞こえてくる。世の中にはピッチャーから酒を飲んだり、テレビの下に陣取って大騒ぎするのが好きな輩がたくさんいるので、夕方にはそれらのバーはいっぱいだが、昼間はどの店もぶらぶらしている客はまばらで生気がない。一軒にはビリヤード台があって、それを目あてに人が集まり、玉がぶつかる音が、まるで凍えて歯がカチカチ鳴っているように聞こえる。俺は誰にも敵意はもっていないし、彼らが他のバーへ行ってくれるのをありがたいと思っているだけだ。〈スロー・ナイト〉の窓は分厚いカーテンに覆われ、看板もなく、入り口の上に色褪せた店の名があるだけで、外から見たらやっていないように見える。客が出入りする以外はドアを閉め切っていて、その入り口から二段階段を下がるとバーなのだが、この階段はほとんど見せかけで、実際には地下ではない。だが中の家具は本物だ。本物のスツール、本物のテーブルや椅子、ジュリー・ロンドン、ハンク・ウィリアムズ、誰の曲だかわからないが静かなジャズなどの音楽を流す本物のジュークボックス。時々どこからともなくナッツの皿くらいは出てくるが、それ以外の食べ物はない。唯一の娯楽といえばカウンターの隅に積まれた新聞の切り抜きだけで、外の世界のことをチェックするために置いてある。どこにも宣伝の類はなく、真ん中に*Quill*（羽ペン）とだけ書いてある時計がかかっているだけで、デーヴィスにもこれが何を意味しているのかわからない。最初からあったという。

愚かな輩が買うガイドブックではこのバーはちょっとした評判だ。〝外見に惑わされてはいけない。〈スロー・ナイト〉は本物のもてなしをしてくれる。あなたの両親も体験したかもしれないような。本物の革張りのブース、カウンターの向こうの女性はあなたが思いつくかぎりの酒をつくってくれる〟といったお褒めの言葉が並ぶ。だがうんざりするようなこれらのくだりはみんな嘘っぱちだ。ブースなどないし、カクテルを思いつくことなどない。巷ではデーヴィスはとても頭のいい女だという話が囁かれている。ワールドシリーズのことを知っているバーテンダーの頭の良さでなく、本当に頭がきれるのだ。酒を注文し、ぽつりぽつりと悩みを打ち明けだすと、それを解決してしまうような聡明さだ。実際にそんな場面を見たことがある。離婚専門弁護士、大学院生、地質調査の男などあらゆる男たちがやってくるが、デーヴィスは彼らの悩みを癒してやる。たとえ店を出て行く時に、彼らの問題に何の解決ももたらされていなくてもだ。ふたりの男はこの噂を知っていたに違いないが、背の高い方はクイズ番組の司会者のような問いかけをしないと確信できなかったようだ。ふたりは帽子をとって席に着いた。

「おっかないな」女連れの男がテーブルから何か言いかけたが、女が彼を黙らせた。背の高い男が本気で怒った視線で睨みつけたので、彼は目をふせて自分の飲み物をちびちびと飲んだ。ふたりともマティーニだった。なんでも一緒にするタイプのカップルだ。

「こいつは」背の低い方が言った。「人目につきたくないないんだ」

「人目につきたくないのに歩き回っているわけ」デーヴィスが言った。「それならみんなに知られないようにするべきじゃないの」

「俺が誰だか知ってるのか」背の高い方がたずねた。

「お客でしょう。ここに来る人はみんな客だと思ってるわよ。私が何を飲みたいか訊いて、お客が注文する。そこから始まるのよ。それでうまくいってきた。あなた方、本当にデルモニコをご所望？　あれは通《つう》の酒よ」

「ふたりともスコッチをくれ」背の低い方が言い、同時に背の高い方も口を開いた。「あんたの態度、気に入らないな」

　デーヴィスは腰に手を当てたままだった。俺は自分のバーボンの残りを見下ろした。デーヴィスは何度ももっといい酒を勧めてくれたが、俺の注文はいつも氷を入れたほんの少しのバーボンだ。背の低い方が口を押さえて咳払いをすると、友人を見た。「勘弁してやってくれよ」彼はデーヴィスに言った。「こいつもいろいろ大変でさ」

　デーヴィスは納得していなかったが頷いた。「銘柄は？」

「何があるんだ？」背の高い方が訊いた。

「安いもの、上質のもの、気取ったもの」

「いつもバンクォー・ゴールドだ。あれば八年もの」

「見栄っ張りのくちね」デーヴィスが言うと背の低い方が笑った。「氷？　レモン？」

「やめよう」背の高いのがうめいた。「いずれにしてもばかな考えだった。ブルーノ、ここを出よう。出るべきだ。俺はどうかしていたに違いない。弁護士に金をくれてやっているのだから、俺が自分で伝説的だというバー界隈を歩き回る必要などない」

　単にブルーノという名前の男がまた引きとめようとした。

「リラックスしろよ、いいか？　彼女はからかっているだけだよ、それがどうしたっていうんだ？」

「からかう女なんかもうたくさんだ」背の高いのが言った。

「行こう」

「なあ、飲んで行こうぜ」ブルーノが言った。「とにかく一杯は飲むだろう」

「俺たちが通りを堂々と横切って行ったっていいだろう」背の高い方が言った。

「おまえが通りを横切って行ったらみんな気がつくぜ」

「確かに」デーヴィスが言った。「通りを横切る人はみんな妻を殺した男に一杯奢りたがるでしょうね」

カップルの女の方がはっと息をのんだので、ふたりの男は困ったように女を見た。「俺を知っているんだな」背の高い方が言った。「新聞で知ったのか？」

「新聞でも、テレビでも」デーヴィスは肩をすくめた。

「帽子をかぶればわからないと思ったの？　キャラハン・ジェファーズでしょう。それがあなたの名前」

「俺は女房を殺していない」男は搾り出すように言った。

「だが新聞にそう書いてなけれぱ信じないんだろう」

「新聞にそう書いてもらったら？」デーヴィスが訊いた。

「あなたの身の潔白を広めてくれると思うけど」

「行こう」キャラハン・ジェファーズはブルーノに言った。

「彼女が俺が殺ったと思っている以上、何の役にもたたない」

「あなたが殺ったとは思っていないけれど」デーヴィスは言った。「私のバーで無礼をはたらく人を助けるつもりはないわ」

「俺がどんな無礼をはたらいた？」ジェファーズが訊いた。

「俺がここに座ってから、あんたの方が人をばかにしてばかりいるじゃないか」

「あなたはまだ座ってもいないわよ」

「意味はわかるだろう」

「私が言いたいのは」デーヴィスは言った。「なぜ座って、いいスコッチを飲んで、私に訊きたいことを言わないのかってこと」

ジェファーズはしばらくデーヴィスを見つめると、カウンターに帽子を置いた。「氷とレモン入りで」

「ふたつな」ブルーノがつけ加えた。

デーヴィスが酒をつくり、ふたりは受け取った。まるで危険人物に勧められて逃げ腰になっているような受け取り方だった。ブルーノが紙幣を一枚テーブルに置いたが、俺からは見えなかった。デーヴィスのうんざりした表情からすると高額だったに違いない。彼女は背を向けて音をたてつり銭を取り出し、苦労して稼いだ金を置いて、紙幣を取り上げた。だがふたりはつり銭をそのままにした。後でチップにするつもりなのだ。嫌な奴らだ。要するに紳士なんかじゃない。

ジェファーズは席につき、酒をひと口飲んで頷いた。

「デルモニコの中に透明になれる薬が入っているということはないか？　それともジンやブランデーや何かがそういう薬になるということはないのか？」

「こんなにバカな質問はないと母親に言われても、信じないんでしょうね？」

「こいつは君みたいな女性に慣れてないだけなんだ」ブルーノが言った。「俺が知っている限り、違うタイプに入れ込んでいたからな」

「女のタイプのことを訊きたいわけじゃないわ。その女のことを聞きたいの」

「女じゃない」ジェファーズが言った。「俺の女房だ。いや、女房だった女だ。だがまだ女房か。とにかく彼女はいなくなってしまった」

「もう聞いたわ。お願いだから、もう私が知っていることは言わないで。あなたはキャラハン・ジェファーズでしょう。とてもお金持ちで、一度も働いたことがない。あなたのお父さんもそうだった。あなたは、お金持ちたちが教育と呼んでいることのために、ヨーロッパへ行かされた。普通の人は学校と呼ぶわ。帰国した時、あなたは格好の結婚相手として一世を風靡して、投資でいわゆる生計をたてた。広いスイートルームで開いた七十二時間ぶっ続けの誕生パーティで、ルームサービスのウェイターに暴力をふるって、彼に大金を支払った。二年後に市長はあなたを犯罪委員会の特別市民委員にした」

「俺は酔っていたんだ」ジェファーズが言った。「ホテルでのあの夜のことは、飲みすぎていたのがいけなかった。何度も言っているが、俺は酒癖が悪かったのを克服したんだ」

「多くの人が私のバーにやってきてスコッチを注文するけれど、アルコール依存症を改善した人はいないわ」

「俺は克服したと言ったんだ」ジェファーズが言った。

「そう信じている。あんたが言ったようにウェイターに金をやった話は本当だ。下種《げす》な野郎だった。ああいった連中が欲しがるものを買ってやったさ。ビーチのコンドミニアム、そしてハンサムな顔にする整形。悪いことだとは思わないね。金のことで俺を軽蔑する奴らだって、金を手にしたら同じことをするだろう」

「でもそう話しても、警察はあなたのことを容疑者だと疑っている」

ジェファーズはスコッチに少し口をつけただけで立ち上がった。バーにいると男たちが怒鳴っているのをよく耳にする。バーだから怒鳴るのか、怒鳴るのを聞くのがたまたまバーなのかはわからない。男たちはゴミを漁りまわる動物や、愚かな人間たちがキャンプを張る森の獣のように吼える。「俺は女房を殺してなんかいない!」ジェファーズは叫んだ。「どうやったのかはわからないが、俺はあいつにはめられたんだ。あの女はあばずれで、どこかで俺を笑っているメス犬だ。俺がぶちこまれるまであざけり笑うつもりなんだ」

「おまえはぶちこまれないよ」ブルーノが言った。

「おまえはそう言うが」ジェファーズは立ったままでスコッチを飲み干した。その様子は弱々しく見え、グラスをつかんでいたが、もうすぐにも立ち去ろうとするかのように立ったままでいた。

「まわりもそう言うさ。弁護士を含めて」ブルーノが言った。「死体がないんだ。だから犯罪もない。おまえは逮捕すらされていないじゃないか」

「逮捕されてもされなくても、今は何もかもなくしてしまった。みんな俺が殺したと思っている。市長の特別委員会のメンバーだったのに。俺は市長になるつもりだった」

「こいつはずっと選挙で勝つことを重視してきたんだ。その勝算は変わったがな」ブルーノが言った。

「俺のもくろみは今回のことですべて変わってしまった」ジェファーズは唾を吐く場所を探すように床を見回し、再びデーヴィスを見た。この男が床に唾を吐いたらどうなっただろう? 時々、バーボンの甘ったるさで眠れぬ夜に考える。そんな夜は人生をつらつら考えさせられる。「俺は今、市長ではなく、自分の女房を殺した男になってしまった。俺の将来はなく、妻はあざけり笑っている。あいつが死んでいないのは、俺がサンタクロースでないの以上に明らかだ。とにかくあいつは俺をくいものにしたんだ。俺には理解できない。誰にもわからないだろう。ブルーノはもしかしたらあんたならわかるかもしれないと言ったが」

「わからないわ。なぜ誰かがあなたをくいものにするのか、まったく理解できない。もう一杯飲む?」

「俺にも頼む」即座にブルーノが言って、自分のグラスを渡した。彼のような男とどうやって知り合うのだろう? 先祖に身がわりがいたのかもしれない。

「話して」デーヴィスが言った。「私が他のお客さんにもう一杯つくる間に。ミスター・ジョーンズ、あなたはそこでいい?」

他に客がいる間は俺は何もしゃべらない。だから黙って半分飲んだ自分のバーボンに向かって頷いた。六ヵ月ほど前、盗んだウナギを持った男が店に来た。海兵隊員か何かということだったが、実際に海兵隊にいたようには見えなかった。ウナギは貴重で遠洋を自分で運搬する。男がタンクを開けた時、中は汚れと海藻だけだった。ウナギは生きていないと価値がない。政府に認可された専門家でさえ、ましてや闇取引している悪党ならなおさら、ウナギを生きたまま運ぶのは至難の業だった。だがデーヴィスが解決した。男はよそ者で卸売店の場所を知らなかったので、〈スロー・ナイト〉の名前と住所の入ったナプキンに地図を描いてやったのだ。ウナギとずっとつきあっているような男は人づきあいが下手だと思われているだろうが、彼はとても感謝していた。

「俺が話してやるよ」ブルーノが言った。「ミスター・ジェファーズとナタリーはクラブで知り合ったんだ」

「町にサーカスが来ていた」とジェファーズ。

「そのとおりだ」ブルーノが続けた。「俺はその女はクズだと言ったんだ。彼女の両親は移民で、火を食べる芸で生計をたてていた。彼女も似たようなもので、テントの上からぶらさがっているものに乗って回転するような芸をやっていた」

「空中ブランコよ。結婚式の写真を覚えているわ」

「彼女は足を洗えないだろうと俺はこいつに言ったんだ」ブルーノが言った。「サーカスにいたような女だからじゃない。こいつに言われて俺は彼女の最後のショーを観に行った。彼女は輪の間をくぐり抜けて飛んだ。他に何をやったのかわからないが、彼女はピエロと中国人と一緒に拍手に応えてお辞儀をした。これで彼女と結婚したいだって？」

「彼女は美人だったわ。写真を覚えているもの」

ジェファーズはデーヴィスを見て笑みを浮かべたように見えた。「美人だった。猛烈にガツンときたよ」

デーヴィスは新しいスコッチをふたつカウンターに置いた。彼女の後ろではカップルが自分たちのマティーニも忘れて話に耳を傾けていた。「それであなたはどんなふうに彼女をガツンとやったの？」

「単なる喧嘩だった。彼女はかっとなる性格だったんだ。最初から破綻していたのだと思う。俺はすばらしい家を買い、家具も備えたが、彼女はじっとしていられなかった」

「ウェッソンでしょう？　この町で手つかずだったウェッソンの建物のひとつ」

「建築のことがわかるのか？」ブルーノが訊いた。

「どうしてみんな寂れたバーで日がな一日ぶらぶらしている女は無知だと思うのかしら？」

「家は完璧に修復した」ほのぐらい中でも自信たっぷりだとわかる態度でジェファーズは言った。「階段、手すり、窓の装飾、すべてだ。大枚をつぎこんでくだらない高価ながらくたを言われるままにかき集めたんだ。正面玄関にベンチふたつ、ダイニングテーブルに十二の椅子、黒くて四角い椅子でドイツ製のミニマルアートだ。ナタリーは夢中だった。気持ちが落ち着くというんだ。いや、そうじゃない。何という言葉だったか、研ぎ澄まされる感じがすると言ったんだ。家全体がそうだった。居間にはソファがひとつ、隅にはバランスよく鏡がある。寝室には引き出しつきの大きな黒いタンスがふたつ。俺の書斎にはウェッソンが持っていた数少ない敷物のひとつが敷いてあった。グレイの縞の入った大きな黒いやつだ。彼の個人的コレクションのシャンデリアが蜘蛛の足みたいに天井から下がっていた。

デスクは祭壇のようでとんでもなく大きかった。すべて金がかかるものばかりだ。彼女への愛を示すために買ったんだ」

「書斎よね」とデーヴィス。「あなたが奥さんを最後に見たのは」

「俺たちは喧嘩をしていた」ジェファーズは答えた。

「いつものことだろう?」ブルーノが言った。

「彼女は遅く家に帰ってきた。何がきっかけだったか覚えていないが、ブルーノと俺はボクシングの試合に行っていた。あいつは一度もつきあってくれたことはない。十時頃に帰宅した時、あいつはまだ帰って来ていなかった。一時間後、ティモシー・スピードと一緒に帰ってきたんだ」

「デザイナーね」

「下種《げす》野郎だよ」ジェファーズがカウンターに拳を押し当てて言った。その態度は静かだったが、まるで銃をちらつかせたかのようだった。「妻を研ぎ澄ませてやるために家具に財産をつぎこんだ。その家具デザイナーだと称する野郎だ。たたき出してやったさ」

「ミスター・ジェファーズは少々飲んでいた」ブルーノはわずかに肩をすくめて言った。

「彼女は俺に怒鳴ったので、俺も言い返してやった。それであいつが俺につかみかかってきて……」ジェファーズは言葉を切った。「次に何を言われるかわかっているさ。女を殴るべきじゃないと言うんだろう」

「女を殴るべきじゃないわ」

「わかっている。だが喧嘩だ。戦いだった。争いのたびごとにますます酷い状態になっていった。あいつは俺が女を漁りまわっていると思っていた。そりゃあ、多少はやったがね。元はといえばあいつのせいだ! 結婚してすぐにあいつは少しおかしくなったんだ」

「セレブとの生活についていけなかったんだ」ブルーノが言った。「しょせんサーカスの芸人なんだよ、ミスター・ジェファーズ。彼女は生活のために壁を登っていたから、だんだん気が狂いそうになってたんだ。素姓を飾ることはできないさ」

「あいつは美しく着飾ったよ。だが何をしても幸せじゃなかった。俺にはそれがずっとわからなかった。誰かを幸せにしたくて懸命に努力しても、その甲斐がまったくなかったら、そのうちその不幸な相手と金切り声に嫌気がさすだろう」

「それで彼女は書斎にたてこもったのさ」とブルーノ。

「中から鍵を閉めて出てこようとしなかった」

「それであなたはどうしたの?」

デーヴィスを見たキャラハン・ジェファーズの顔はいつか見た馬のようだった。その馬は子供たちにからかわれていたのだが、目でこう言っていた。〝いつまでも俺はこんな干草の荷馬車を引っ張ったりしないぞ。お前たちが寝ている時に寝室へ忍び込んで、踏み潰してやる。このいまいましいガキどもめ〟ジェファーズは両の拳を上げてゆっくりと、だが力強くカウンターをたたいた。みんなの酒が波打った。「出てこい!」彼は叫んだ。「出てくるんだ! 出てこい! 出てこい! 出てこい!」

ジェファーズは叫ぶのをやめて座った。ジュークボックスも歌うのをやめていた。〝明日を見つめながら私はここにいる。ひとり悲しみにくれ、九十階のフロアで絶望のふちに沈んで〟金が切れて途中で止まったのだ。まるでこの町のようだ。カップルは互いに目配せすると素早く出て行き、ドアがさっと開いてすぐに閉まった。外はもうかなり暗かった。一瞬、俺はキャラハン・ジェファーズが〈スローナイト〉に入ってきて叫び始めるまでの間、自分が何をしていたか思い出せなかった。かつては結婚相手としてふさわしいと言われた独身男で、今再び独身に戻った金持ちの男はポケットからハンカチを取り出すと額を拭った。

俺は飲み物をすすった。ほとんど氷が溶けていた。

「という具合だ」ブルーノが言った。「それがこいつのやったことさ」

「あいつは出てこなかった。俺たちは一晩中待っていた。

「ブルーノとあなたはどこで待っていたの?」

「ブルーノと俺で」

「外さ」ジェファーズが答えた。「鍵のかかったドアの外だ。座り心地の悪い椅子がふたつ置けるちょっとしたスペースがあって、俺たちはとにかく座って待った」

「中から何か音は聞こえた？」

「電話で何か叫んでいた」ジェファーズが答えた。「相手はティモシー・スピードだ。奴が俺にそう話した。実際は奴をぶちのめして口を割らせなくちゃならなかったが、奴のところに彼女が電話してきてすべてを事細かに話し、泣き叫んだと言うんだ。俺に殺されると言ったそうだ。奴はそれを警察にも話した。彼女がそう言ったってな。だから警察は俺がやったと」

「酔っ払いが人を殴るのは、よくある話よ」

「俺はあいつを殺してなんかいない！」ジェファーズが叫んだ。「あいつは奴に大声で訴えて電話を切ると、酒を持ってこいと言った」

「何ですって？」

「酒が欲しいと言ったんだ。デルモニコだ。あいつはいつもしゃれた飲み物が好きだった。初めて会った時もあいつはシンガポール・スリングを注文した」

「またジンベースね。ジンとチェリーブランデー、ビターズ、ライム、ジンジャービールのミックス。ジン好きの女は信用できないという人もいるわ。デルモニコがどんなものか知らないのにどうやって作ってあげたの？」

「俺は家では酒はつくらない。使用人がいるんだ」

「グレガーを起こして作らせた」ブルーノが言った。「遅い時間だったがな」

「グレガーはこういうことが好きなんだ」とジェファーズ。

「彼はナタリーを気に入っていたし、それに……俺にはわからない。まるで芝居だな。魔法のように酒をミックスして、所望する女に的確にグラスを渡す。彼が酒をつくってると、シェーカーと一緒に全部トレイに乗せて、ドアをノックすると、あいつはドア越しにグレガーに、俺たちが少なくとも十五フィート以上離れていることを誓わせた」

「そう、俺たちはドアから離れていた」ブルーノが言った。

「グレガーがトレイを渡すと、彼女はドアを勢いよく閉めてまた鍵をかけた。シェーカーから酒を注ぐ音は聞こえたが、後はしんとしていた」

「何も聞こえなかった？」とデーヴィス。

「二時間の間な」ジェファーズが答えた。「もうほとんど朝になっていた。グレガーはベッドに戻り、ブルーノはあのひどい椅子で寝ていたが俺はドアの外で歩き回り、また扉をたたいてみた。ブルーノが目を覚ました」

「そうなんだ」とブルーノ。「俺は目を覚まして、扉を壊して修理代を払うことになるより寝た方がいいと言ってやった。実際、ドアに傷がつくほどだったからな」

「その時、ガラスが割れる音が聞こえた。もう一杯スコッチをくれ」ジェファーズが言った。

「そうくると思ったわ。もう一杯やらなくても十分に大きな音をたてているけどね。あっちの二人連れが怖れをなしてマティーニを残して逃げ出してしまったくらいに」

「俺の知ったこっちゃない」ジェファーズが言った。

「そうね」デーヴィスはカウンターから離れて、二人連れが残したグラスを片付けた。「こっちには問題だけど。もしかして書斎は円形の部屋で一階にあって、三つの大きな窓が……」

「開かずの窓だ」ジェファーズが言った。「作り直すつもりだったが、まだ手をつけていなかった」

「それに隅に小さな窓があったわ」

「それが割れていた窓だ」ブルーノが続けた。「だがあの窓からはどこにも行けない。ほら、なんと言ったっけ、明かり採り用の窓だ。たとえ彼女がその窓を通れたとしても、どうにもならない」

「通れたかもしれない」ジェファーズが言った。「彼女は痩せ細っていた。写真では元気そうに見えるが、何も口にせずにどんどん痩せていって元にもどらなかった。自分でガリガリになって俺を怒らせたんだ」

「普通はそんなふうにならないわ」

「あいつは落ち込んでいると言っていた」ジェファーズは首を振った。「女が注目されたいために痩せるのはどうしてなんだ？」

「結婚のためよ」

ジェファーズはぶっきらぼうに笑った。「窓の方で音が聞こえて頭の中が真っ白になった。いつかやはり喧嘩した時に、彼女が地面に落ちている釘を見つけた。釘だぞ！それで自分の腕をひっかいた。壊れたガラスなんかで、これ以上彼女におかしな真似をされては……」

「椅子でドアを破ったんだ」ブルーノが言った。「グレガーが俺たちの声を聞きつけて二階から降りてきた。椅子も壊れたよ」

「部屋には他に何があったの？」デーヴィスが訊いた。

「敷物、デスクと言っていたわね。カーテンは？」

「暗い色の重厚なカーテンだ」ジェファーズが言った。

「ここにあるような。この場所のにそっくりだ。ティモシー・スピードが彼女に買わせた。まず最初にそこに目がいった。あいつは大きな窓のひとつから飛び出したのかと思ったが、体重が軽すぎて窓が壊れなかったのかもしれない。誰にそんなことがわかる？　だが彼女はそこにいなかった。ドアの背後も調べたし、いらついて壁を蹴飛ばしたが、彼女はどこにも隠れていなかった。別の窓から出ていったに違いない」

「明かり採りの窓だ」とブルーノ。「大理石でできた天窓まで上がると、光が差し込む。黄色い光で、俺は好きじゃないが、そこしかない」

「天窓を上がると、どこへ降りられるの？」

「地下室のもうひとつの窓だ」ブルーノが答えた。「だがそこも開かない。警察も徹底的に調べたが異常はなかった」

「あいつは消えてしまったんだ」ジェファーズが言った。

「窓をのぞいて、地下室に走っていって調べた。窓際にワインのケースが四つ積み上げられていて、埃が積もっていた。だが彼女はいなかった。屋根にも上った。太陽が公園の方から昇ってきて、いまいましいことに鳥までさえずっていた。だが彼女は屋根の上にもいなかったし、そもそも屋根の上になんかいるはずもなかった」

デーヴィスはテーブルを拭く手を止めた。「高いところを怖がるの？」

「いや」とジェファーズ。「大理石の窓は古くて開かない。ウェッソンは開くように作らなかったんだ」

「誰が屋根に上ったの？　あなたたちみんな？　グレガーも？」

「グレガーは年寄りだから」ジェファーズが答えた。「椅子で居眠りをしていたさ」

「警察は何度も彼に事情を訊いた」ブルーノが言った。

「だからミスター・ジェファーズは逮捕されなかったのだと思う。警察は俺なら殺人を手助けして、死体を隠せるが、グレガーにはそんなことはできないと思った。俺は落とせないと考えたんだろうが、グレガーは二時間警官に尋問されて赤ん坊のようにずっと泣いていたんだ」

「彼は若くして母親を亡くしている。だからあんなに赤ん坊みたいなんだ」

「本当にあなたたちには嫌になるわ」デーヴィスはカウンターの向こうに戻って、木目の表面に手を滑らせながら考え込んで俺のそばまでやってきた。俺は思わずデーヴィスを見たが、まるで学生のように見えたに違いない。「女が古い家具しかない窓の開かない部屋に籠《こも》って、誰かが彼女に酒を持ってくる。ガラスが割れる音がして、通り抜けられない小さな窓だけが割られていて他の窓は壊れていない。それは確かなの？　窓が高くて、上の方の破れを見落としたということはないの？」

「屋根から戻ってきた時、俺がカーテンを自分で引き剝がした」ジェファーズが言った。

「だからあんたの説は成り立たないんだ」とブルーノ。

「部屋全体をめちゃくちゃにしちまって、警官に窓以外は何も壊されていなかったと言うしかなかった。配線を直すイタリア人と、自分のガレージで店をやっている年寄りに来てもらった。ウェッソンの椅子を直せるのは自分だけだと言っていた」

「そう、俺が椅子を投げたんだ」ジェファーズが言った。

「ドアを壊した椅子？」

「いや、別のだ。デスク脇の椅子。王座のようだったが、持ち上げてデスク越しに投げつけた」

「部屋にはもうひとつ椅子があったのね。他には？」

「デスクの上に書類」ジェファーズが言った。「よくわからないが、他には何もなかった。たぶんあとはペーパーナイフか？　それをひっくり返してみたが、他に何かなくなっていなかったかどうかには気がつかなかった」

「酒」ブルーノが言った。

「何ですって？」デーヴィスが訊いた。

「デルモニコだよ。トレイがあって、溶けた氷水でいっぱいの小さなシェーカーもそのままだったが、グラスと中身はなくなっていた。ジン、ヴェルモット、ブランデーのミックス。それにビターズ、だろ」

「透明人間になる薬」とジェファーズ。「俺が言った通り。彼女みたいに消えちまったんだ」

「ミスター・ジョーンズ」デーヴィスが声をかけてきた。

「ジュークボックスで何かかけてくれない？」

デーヴィスがジェファーズの労せずして得た小銭を二ドル俺に握らせると、彼はこちらをにらみつけた。俺はジュークボックスのところへ歩いていって、いつものようにチェット・ベイカーを選んだ。

「奥さんは何を身につけていたの？」

「ネックレス。たくさんの札束を首にぶら下げていた。ダイヤモンド、それにサファイアだと思うが、俺にはわからない。誰かが見つけてきた年代ものだ。喧嘩の後で贈った。それから俺が引き裂いたシルクのドレス、それに靴。だが靴はデスクの上、俺が壁から引き剝がした電話のすぐ脇に置いてあった。彼女がどこにいるのかおしえてくれ。さもなけりゃ、もうバカな質問はやめてくれ。もううんざりだ。サツにも彼女が何を着ていたか同じことを訊かれた。背中にジェット噴射機がついていたとでも言ってやればよかった」

「もう一杯スコッチをつくるわ。それを飲んだら、私の言うことをきいてもう帰るのね。ミスター・ジョーンズにもう一杯バーボンを奢ってあげて」

「いったいミスター・ジョーンズって誰なんだ？」ジェファーズが訊いた。

「面倒を起こさないお客よ」デーヴィスはボトルの棚に戻り、酒を注いだ。それから背伸びをして頭上の棚からマティーニのグラスをふたつ引き寄せた。そうだ。いつもあれを忘れるのだ。ふたりの男たちと俺は残った酒をすすり、デーヴィスはグラスに氷をいっぱいに入れるとそれをカウンターに置いたままシェーカーの準備に余念がない。ジン、そしてブランデー。この次にどうするかはわかっている。

シェーカーにビターズを注ぎ、かき混ぜ、蓋をする。グラスの氷がわずかに動き、ジュークボックスから音楽が流れる。

うまく表現できないような感覚があった。鼻持ちならないジェファーズ、サーカスにいた妻のありえないような騒動、チンピラのようなブルーノ、年老いた執事、閉ざされた部屋。〈スロー・ナイト〉の見事な闇。外の太陽はもう沈み、不相応に早い時間の静かな酒。デーヴィスのような人間にはめったにお目にかかれるものではない。どことなく笑みを浮かべるかと思うと、物思いにふけって不機嫌そうな表情を漂わせる。その様子を見ていると、すばらしいジャズシンガーの軽快さや、見事な歌詞に秘められた魔術のような美しさを感じる。〝知りたくて、知りたくてたまらない。不安なのは耐えられない。今すぐ聞かせて。僕にそばにいて欲しいのか、そうでないのかどうしても知りたい。僕を愛して。そうでないなら放っておいて、ひとりにして。信じてくれないだろうが、僕はあなただけを愛している。他の誰かといるくらいなら、ひとりの方がましだ。キスするのは夜がふさわしいとわかるだろう。だが夜は僕にとって思い出を紡ぎ、誰かとのことを忘れるだけでなく後悔する時間。あなたでなければ他には誰もいない。ひとり憂鬱になるのだ。あなたの愛が欲しいけれど、今日手に入れて明日返すような一時的な愛はいやだ。僕の愛はあなたの愛のため。他の誰のものでもない〟

歌が終わった時、ジェファーズはスコッチのグラスを持ち上げ、飲み干した。残ったレモンの切れ端が歪んだ彼の唇に当たった。「これは何だ?」彼は置いてある氷の入ったグラスを指差しながら訊いた。

「デルモニコよ」デーヴィスが答えた。「消えてしまったのと同じもの。でも消えたんじゃないわ。奥さんがグラスを窓に投げつけた時、両方とも壊れた。でもあなたにはどっちがどっちだかわからなかった」

ジェファーズは自分のグラスをひっくり返した。行儀のいいことではない。スコッチのオンザロック。カウンターが氷の雫で濡れた。こぼれた水は氷が水になりつつあるふたつのグラスの前で流れを止めた。それは誰のというわけではなくさっきデーヴィスが用意したものだ。「それじゃあ俺の女房は？」

「それはわからないわ」デーヴィスは認め、手のひらを開いてジェファーズのこぼした水溜りにゆっくりとさっきの札を払い落とした。「もう帰る時間よ、おふたりさん」

「彼女は別に頭はよくないな」ジェファーズはブルーノを指差して冷笑しながら言った。「彼女にはわからない」

「私は頭がいいのよ」デーヴィスが返した。「あなたたちが帰らないなら、私が出て行くわ。通りの向こうには酔っ払った警官がいっぱい。この町で運が尽きた男、キャラハン・ジェファーズにセクハラされていると訴えてやるわよ」

これは本当だった。デーヴィスは警官にただで飲ませていたが、皮肉なことに彼らのほとんどはこの店に入れ込もうとはしなかった。一方、〈オマリーズ〉は半額で飲ませているが、閉店間際には外に千鳥足の集団がたむろする。

ブルーノがジェファーズの肩をつかみ、彼は帽子を被った。ドアが開くと外は真っ暗だった。ドアが閉まるとデーヴィスはふたつのグラスから氷を捨て、シェーカーからカクテルを注いだ。「つきあってよ」デーヴィスが言った。「長いことこれを飲んでいないわ」

俺はバーボンを脇に置いた。「通の飲み物なんだろう」

「あなたは通でしょう」多めに作り過ぎたのか、氷が溶けたせいだろうか。グラスは今にも溢れそうだった。慎重にゆっくりと彼女はややふらつきながらふたつのグラスを運んできた。「ミス・ブリムレーのクラスでこんなふうに金魚鉢みたいなものを運ばされたのが、やっと役にたったってわけね。私たちに、ミスター・ジョーンズ。私たちの健康のために乾杯」

俺は口をつけなかった。「彼女はどこにいるんだ？」

デーヴィスは肩をすくめた。両肩が上がったり下がったりする様子は風にたなびくシーツのようで見ものだった。「わからないわ。おそらくティモシー・スピードの夏のコテージにでもいるんじゃないかしら。髪を染めるか何かしてね。家出人はたいていサーカスに入りたがるけれど、それではあまりに簡単に足がつくわ。たぶんジェファーズはサーカスで彼女を探すでしょうからね。でも死んだはずの女でも金はかかるのよ」

「スピードが彼女のネックレスを売る手助けをするだろう」

「まずそこから始めるわね」デーヴィスはため息をついた。

「いつわかったの?」

「君がこのふたつのグラスに手を伸ばした時」俺は言った。「みんな上を見るのを忘れていた。デルモニコのグラスが窓を壊したから、視点が狂ってしまったんだ。彼女は時間をかせぎたかった。あのふたりが地下室へ行き、部屋を探し、屋根から戻ってきた時には、彼女は透明人間なんかではなくちゃんと正面ドアの外にいた。スピードが車を残しておいたのだろう」

「グレガーは? 本当に彼が居眠りしていたと思っている?」

「ああ。靴なしなら彼女はしのび足でグレガーの傍を通り過ぎることはできた。でももしかしたら彼が警官に嘘をついた可能性はある。痩せた彼女がシャンデリアからぶら下がっているのを見たのかもしれない。一連の喧嘩騒動を見ていたから、結局彼女をそのまま見逃したのかも。彼女はとても恐れていたに違いないから」

「恐れていた? 彼女はジェファーズを破滅させる計画をもくろんでいたのよ。彼が言っていたようにね。彼は逮捕されないだろうけど、市長にもなれない。彼は殺人の罪を逃れたただの金持ちになるだけ」

「いずれにせよ彼はそういう奴だ。だから彼女は恐れた。落ちるのを恐れたんだ。空中ブランコで落ちたら床にたたきつけられて一巻の終わり。あの時、落ちたら夫から殴りつけられて終わり。賭けだよ。曲芸と同じだ。自分を少しずつすり減らし、最後には無になるのと同じ」

「それで彼女は失うものはなくなった」デーヴィスが言って、酒をすすり唇を開いた。これは苦い酒だ。苦いという意味は少し違う。ぴりっと鋭く難しい味。複雑で、好みでなければ味わうのは難解だ。「自分でもそんなふうに感じることが時々あるわ。失うものはほとんどないって。チェット・ベイカーの歌が思い出させてくれるのかも。ジェファーズにこのことを言わなかったのは間違いだと思っているのね」

「君はデルモニコがどこへ消えたか話した。あの手の輩にはそれで十分。死体がなければ彼は逮捕されない。彼が真実を知ることは決してないだろう。あるいはティモシー・スピードがゆするかもしれないが」

「それとも単に家具に高値をふっかけるとか」デーヴィスが言った。「ウェッソンは敷物はほとんど使わなかった。ウェッソンものの本質はまっすぐなラインなの。床をむき出しにするから木目《ウッド》が見える」

「キャラハン・ジェファーズは決して森《ウッド》を見ないだろうな」

「木も目に入らないでしょうね」デーヴィスも頷いた。酒を置くと、ジェファーズの濡れた札を持ってジュークボックスのところへ行って番号を打ち込んだ。〈スロー・ナイト〉で客のリクエストを待っているマシンの赤いライトにデーヴィスの髪が映えて幻惑され、思わず息をのんだ。デルモニコを飲もうとしたが、好きになれなかった。だがグラスを動かした時の表面の傾きを見るのは気に入った。冷たくてとても泳げそうにない水だ。こんなふうにふたりだけの時は、店がほんの少し沈みこみ、全ての人から隔離されているような気になる。こんな状態でずっといるのは耐えられない輩もいるだろうが、ここは俺のいつもの場所だ。彼女を見つめることのできるカウンターのまさにこの場所が。いつだって俺はデーヴィスに惚れていると言いたいのだが、もちろん彼女は勘がいいから――ほんとうに勘がいいのだから――すでに気がついているのだろう。

弁護士ジャック・ダガン
Jack Duggan's Law

ジョージ・V・ヒギンズ　木村二郎訳

ジョージ・V・ヒギンズ（George V. Higgins）はマサチューセッツ州ブロックトン生まれ。ジャーナリストを経て法曹界に進む。一九七二年発表のデビュー作『エディ・コイルの友人たち』（ハヤカワ文庫NV）で鮮烈な印象を残し、同書は映画化もされた。その後も二十冊以上の長篇作品を発表し、一九八六年の『笑って騙せ』（扶桑社ミステリー）に邦訳がある。一九九九年に死去。本作は「序文」にもあるように、彼の死後に刊行された短篇集*The Easiest Thing in the World*に収録された。

朝の遅い時間に、キャディラック・ドヴィル――スレート・グレイで、ビニール製の黒いルーフ、五年前のモデル――が森の道路から出てくると、カーヴしているハイウェイをあまりにも速いスピードで走った。丘のふもとに建物があった。それは一階建ての低い建物で、白く塗られていたが、ペイントはめくれていた。その建物のまわりに立っている高さ八フィートの板塀は、かつて茶色がかった赤だったが、何年間もペイントを塗っていなかった。その板塀は台形の敷地を囲んでいた。敷地は板塀より二、三フィート高く積みあげられた古タイアでいっぱいだった。板塀は古タイアのまわりでたわみ、膨らんでいた。沼地がその板塀を囲んでいる。そして、その沼地には蒲《がま》や灌木《かんぼく》が生い茂っていた。

キャディラックは建物の前にまわり込み、急停車した。前には古い《テキサコ石油》のガソリン・ポンプがあり、そのメカニズムが中央から上部まで露出していた。上部には、消防署長《ファイア・チーフ》のヘルメットの絵を描いた白い円盤がついている。建物の前にある二つのたわんだ開き戸の上に看板があった。その看板には、《テキサコ。ギフォードの店。ブレーキ。サーヴィス。潤滑液》と書いてある。その文字はかつて黒かったが、今では灰色に褪せていた。板塀の外に古タイアが散在していて、古いバッテリーがそのそばに並んでいる。

キャディラックのドライヴァーが車を少しバックさせて、タイアがもう一度ベル・ホースを踏んだ。ベルが静寂の中で鳴った。ドライヴァーが車のドアをあけて、おりた。年齢は四十代半ばで、髪は黒く、腹が出始めている。フレンチ・カフスの白いシャツを着ていて、縞瑪《しまめ》瑙《のう》のカフスリンクは大きすぎた。締めている赤いネクタイには光沢がありすぎる。スーツの上着は車の中に置いてきた。ズボンはダーク・ブルーで、仕立てがよかった。しかし、茶色の乗馬靴には似合わない。ラップアラウンドのミラーグラスをかけ、テキサス・インスツルメンツ社製の電卓時計をはめていた。右手を髪に走らせて、髪を立たせた。両拳を臀部《でんぶ》にあてがい、ガレージを見つめた。そして、車のドアをばたんとしめ、ガレージのドアのほうへ向かった。

ドアから約八フィート手前まで来たところで、やけに大きなチャウチャウ犬が計り知れない威厳を持って現われた。その犬はたてがみと黒い舌を持っていた。ドアとドアのあいだにあるスペースの中に半分いて、外に半分いる状態で立ったまま、よだれを垂らしている。ドライヴァーはドアから約六フィート手前まで来た。その犬が吠え、突進してきたが、そこでうしろ足で立ちあがった。半インチの輪がついたチェーンに引っ張られたのだ。犬はすわった。ドライヴァーはうしろに下がった。「いい子だ」ドライヴァーが言った。犬は黒い舌をだらりと垂らし、よだれを流しながら、ドライヴァーを吟味した。

「こんにちは」ドライヴァーが建物に呼びかけた。犬があえいだ。「こんにちは」ドライヴァーが建物にもう一度呼びかけた。

犬がうしろのほうに傾き、前足をあげて、建物の中に消えた。

「はいってもいいですか?」ドライヴァーが言った。返事はない。ドライヴァーはためらいがちにドアに近づいた。あいているドアの端から中をのぞいた。中にはいった。中は薄暗く、視力を取り戻すのに、しばらくかかった。真ん中には、カーキ色のカーディガンを羽織って、ダーク・ブルーのウール地のスキー帽をかぶった老人がいた。古い栗色の肘かけ椅子にすわっている。その肘かけ椅子の右側に古いフロア・ランプがあった。肘かけ椅子の横には灯油ヒーターがあった。ガレージの中は窒息しそうなほど暑かった。左側には、新しいタイアの二段棚があった。左側には、新しいバッテリーの二段棚もあった。肘かけ椅子の男のうしろには、木製のショウケースがあり、その前部と上部はガラス板におおわれ、中はキャンディーでいっぱいだった。

犬は肘かけ椅子の男の横にすわった。犬はまだよだれを垂らしていた。

「気をつけな」老人が言った。「グリースがたまっておる、あんたの前に」

ドライヴァーは下を向いた。前に潤滑油がたまっていた。

「ご用かな？」老人が言った。何か読んでいるか、さっきまで読んでいたのだ。膝の上に雑誌のページが開いている。二ページ開きで裸の女の写真が見えていた。

「ああ」ドライヴァーが言った。「道を教えてほしい」

「あんたには前に会ったことがない」老人が言った。

「ここへは来たことがない」ドライヴァーが言った。「道を教えてほしいだけだ」

「ガソリンはいらんのか」老人が言った。

「いらない」ドライヴァーが言った。「ガソリンはいらないんだ」

「よかった」老人が言った。「ガソリンはないからな。六年前に給油するのをやめた。いまいましいほど厄介だ」

「道だ」ドライヴァーが言った。

「道か」老人が言った。「モントリオールは北だ。国境まで行って、左へ曲がれ。ケベックに行きたければ、右へ曲がれ。簡単だ」老人が甲高く笑った。

ドライヴァーは笑わなかった。老人が笑い終わると、ドライヴァーが言った。「エリスの家だ」

「エリスの家か」老人が言った。

「ああ」ドライヴァーが言った。

「ボストンから来たのかね？」老人が言った。

「ああ」ドライヴァーが言った。

「そう思ったよ」老人が言った。

「エリスの家だ」ドライヴァーが言った。

「知らんな」老人が満足そうに言った。

「嘘つけ」ドライヴァーが言った。

「わしの犬を見たかな？」老人が言った。

「ああ」ドライヴァーが言った。

「でかい犬だ」老人が言った。

「おれの車を見たか？」ドライヴァーが言った。

「いいや」老人が言った。

「外にある」ドライヴァーが言った。「でかい車だ。あんたの犬よりでかい」

「冗談はよせ」老人が言った。

「本当だ」ドライヴァーが言った。「おれは約二十秒で車のエンジンをかけて、あんたのでかい犬を轢いたあとで、ここから走り去り、次の角で犬をタイアからこそげ落としてやれる」

「エリスの家か」老人が言った。

「エリスの家だ」ドライヴァーが言った。

「左側の三番目の白い家だ」老人が言った。「家の前に農業用の池がある。丘の上だ」

「ありがとう」ドライヴァーが言った。

「わしはギフォードだ」老人が言った。「犬はマジシャンだ」

「おれはマジックを信じている」ドライヴァーが言った。

「あんたの名前は?」老人が言った。

「ダガン」ドライヴァーが言った。「ジャック・ダガンだ」


ミセズ・エリスは年配で、エプロンをつけていた。度の強い眼鏡でダガンを見つめるので、イースター・バニーにそっくりだったが、馬鹿ではなかった。彼をキッチンの椅子にすわらせると、湯を沸かすために、黒いやかんを黒い鉄コンロの上にかけた。そして、彼に自家製のブルーベリー・マフィンを出した。テーブルクロスはギンガム・チェックだったが、オイルクロスにパターンがプリントされていた。テーブルの真ん中に花びんがあったが、中の花はプラスティックだった。

「あの子には会ってないよ」彼女が言った。「フレデリックには会ってないね」

「ミセズ・エリス」ダガンが言った。「もちろん、あなたはフレデリックに会ってませんよ。フレデリックはボストンの留置所にはいってるんですからね。駐車違反の罰金を払わなかったからじゃないんです。彼がある男を殺したという印象を警察が持っているから、そこにはいってるんですよ。それに、警察は彼の容疑を立証できると思っています。いまいましいお湯が沸くのを待つあいだに、もし構わなければ、いろいろとお尋ねしたいんですがね」

「あの子には会ってないよ」彼女が繰り返した。

「わたしは会いました」ダガンが言った。「会いたくなかったんですがね。殺人容疑のかかったフレデリック・エリスを弁護するようにと、法廷に指名されたんです。彼が自分の弁護士を雇うだけの充分なお金がないからです。ここへ来て、彼の母親がよく肥えた土地と池のほかに、畜牛まで持っていることがわかりましたよ」

「ジャージー牛だよ」彼女が言った。

「フレデリックですが」彼が言った。「自分の着替えは手にはいります。さあ、フレデリックのことを何もかも話してください。さもないと、わたしはボストンの法廷へ戻って、判事にこう言いますよ。『フレデリック・エリスは下水に浮かんでいるようなやつかもしれませんが、彼の家族にはかなりの資産があります』とね。そうなったら、雌牛を抵当に入れる準備をしてください」

「ジャージー牛だよ」彼女が言った。

「雌牛に変わりはありませんよ」

サフォーク郡上級裁判所刑事部第一法廷で、ダガンは起訴状を読むことを先延ばしにした。ダガンは若い黒人男性モーリス・モースの横に立った。ローズ・ウォーターズ強姦容疑で起訴されていることを、廷吏《ていり》のドン・シャーマンがモースに伝えた。

「罪状を認めますか?」シャーマンが言った。「否認しますか?」

「否認します」モースが言った。

「弁護人」シャナハン判事が言った。

「特別嘆願書を申請するために三十日の猶予をいただけないでしょうか、裁判長?」ダガンが言った。「ご承知のように、わたしはエリス事件の準備もしなければなりません」

「十日だ」シャナハン判事が言った。シャーマンは審理予定表に書き込んだ。

「裁判長」ダガンが言った。「わたしにはまだ依頼人と実際の話し合いをする機会がありません。わたしは現在殺人事件を審理中です。特別嘆願書を申請するために三十日猶予の要望を強調してもよろしいでしょうか？」

「きみは現在審理中ではないぞ、弁護人」シャナハンが言った。「まもなく審理中になるんだ。ただちに、きみはマサチューセッツ州対モース事件に関する申請書を提出したまえ。〝ただちに〟とは、十日以内という意味だ。それまで、きみは強く要望してもいいし、ズボンに強くアイロンをかけてもいい。ズボンに強くアイロンをかけたほうが、見映えはいいがね。

検察側は」シャナハンが続けた。「被告人の全供述書と、被告人に有利になるかもしれない性質の全資料と、盗聴の全記録と、検察側が実施して、これから法廷に提出するつもりの全鑑識結果やほかの全科学検査結果のリストと、検察側が法廷に召喚するつもりの全証人のリストと、すべての写真や物的証拠を提供するので、弁護側は都合のいいときに検査を行なうべし。以上のことを命じる」

「裁判長」イーディーが立ちあがった。「わたしはこれがどんな事件なのか、ほとんど存じません。それに、エリス事件も担当しています。裁判長がおっしゃった証拠があるのかどうかも存じません。ファイルを見てさえもいないのです。裁判長もご承知のように、わたしも現在審理中です」

「夜も働きたまえ」シャナハンが言った。「弁護人のようにな。保釈金は？」

「発言してもよろしいでしょうか、裁判長」イーディーが言った。

「したまえ」シャナハンが言った。

「これは同じ地域で起こった数件の強姦事件の一つです」イーディーが言った。

「そのとおりだ」シャナハンが言った。「これは一つの事件だ。被告人は一件の強姦容疑で起訴されている。それで？」

「この地域の女性たちは自分たちの安全を極端に危ぶんでいます」イーディーが言った。

「仕方がないんだ」シャナハンが言った。「被告人はその一人に危害を加えた容疑で有罪の判決を受けてはいないのだから」

「これは深刻な容疑です」イーディーが言った。

「もちろんだ」シャナハンが言った。「被告人はその点できみに全面的に同意すると思うね。アメリカ憲法は重大な文書だ。それによると、保釈金の目的は被告人が出廷することを保証するためだとしている。神経質な女性たちがどこに住んでいようとも、彼女たちの気を楽にさせることについては何も書いてない。保釈金をいくらにしたいのだね？」

「保証人つきで十万ドルです」イーディーが言った。

「保釈保証人に一万ドルか」シャナハンが言った。「ダガン弁護人、きみの意見は？」

「裁判長」ダガンが言った。「被告人は安定した仕事を持っています。地域社会に基盤を持っています。以前に逮捕されたことは一度もありません。法廷の命令に背《そむ》いて被告人が出廷しないと信じる理由はまったくありません」

「そのファイルを見せてくれ、ドン」シャナハンがドン・シャーマンに言った。鼻眼鏡をかけて、ファイルに目を通した。そして、眼鏡越しに目をあげた。「モース」シャナハンが続けた。「ミスター・モース、きみは廷吏に言ったように、本当に一文無しなのかね？」

「そのとおりでさあ」モースが言った。

「そういう奴隷のような言葉遣いはやめたまえ」シャナハンが言った。「一文無しなのか、違うのか？」

「弁護士を雇う余裕はありません、裁判長」モースが言った。

「ミスター・モース」シャナハンは鼻眼鏡を外した。「弁護士を雇う余裕のある者は誰もいない。質問は、きみが一文無しかどうかというものだ。一文無しでなければ、ミスター・ダガンが納税者から巨額の弁護料をもらって、きみの弁護人になる必要はないのだ。もしきみが一文無しなら、ミスター・ダガンにはその必要がある。一文無しなのか、違うのか？」

「わたしは少額のお金しか稼いでいません、裁判長」モースが言った。「週に手取りで二百十ドル稼ぎます。家賃は週に六十ドルです。食料品やら何やかやに週に四十ドルぐらい払います。あとにお金は少しも残りません」

「不動産は所有しているのかね?」シャナハンが言った。

「いいえ」モースが言った。

「車は持ってるかね?」シャナハンが言った。

「はい」モースが言った。

「どんな車だね?」シャナハンが言った。

「ただの車です」モースが言った。

「四角い形のもので、四隅に車輪がついているやつだな?」シャナハンが言った。傍聴席から笑いが起こった。

「ブランド名はあるのかね?」

「はい」モースが言った。

「ブランド名は何というのかね?」シャナハンが言った。

「ポンティアック」モースが言った。

「よし」シャナハンが言った。「やっと前進したぞ。きみはポンティアックを所有している。どんな車種かね?」

「2ドアです」モースが言った。

「そういうことは訊いていない」シャナハンが言った。

「もう一度訊くぞ。どんな車種かね?」

「ファイアバードです」モースが言った。

「ほらな?」シャナハンが言った。「どんどん前進しているぞ。もう少しスピードをあげられるかどうか、やってみよう。もしかして、それはファイアバード・トランザムかね?」

「はい、そうです」モースが言った。

「楽しいときは、時のたつのが速いものだ」シャナハンが言った。「何年型だね? つまり、いつ作られたのかね?」

「去年です、裁判長」モースが言った。

「新車を買ったのかね?」シャナハンが言った。

「はい、裁判長」モースが言った。

「いくら払ったんだね?」シャナハンが言った。

モースはため息をついた。「一万一千三百ドルと少しです」

「どこで金を手に入れたのかね?」シャナハンが言った。

「銀行で」モースが言った。

「借りたのかね？」シャナハンが言った。

「違います」モースが言った。「自分の口座からおろしました。その車を買うために、ためておいたんです」

「じゃあ、借りはないんだね？」シャナハンが言った。

「ありません」モースが言った。

「いくらの価値があると思うかね？」シャナハンが言った。

「わかりません」モースが言った。

「八千かね？」シャナハンが言った。

「そうは思いません」モースが言った。

「七千ではどうかね？」シャナハンが言った。

「たぶん」モースが言った。

「きみが所有するものはそれだけかね？」シャナハンが言った。

「そのう」モースが言った。「家具やら何やらもあります」

「その何やらとは何だね？」シャナハンが言った。

「バイクやら何やら」モースが言った。

「そのバイクを検討しよう」シャナハンが言った。「あとで何やらのほうに移る。十段変速のバイクかね？」

「十段変速？」モースが言った。

「ああ」シャナハンが言った。「どんなバイクかね？」

「カワサキです」モースが言った。

「おお」シャナハンが言った。「バイクというのはモーターバイクのことか」

「ええ」モースが言った。

「ああ」シャナハンが言った。「いつそれを手に入れて、いくらしたんだね？」

「去年です」モースが言った。「三千八百ドルしました」

「金を借りたのかね？」シャナハンが言った。

「いいえ、裁判長」モースが言った。

「例の銀行口座からおろしたのかね？」シャナハンが言った。

「ああ」モースが言った。

「何だって？」シャナハンが言った。

「ああ」モースがもっと大きな声で言った。

「聞こえないぞ、被告人」シャナハンが言った。「きみは自分の貯蓄口座からその金をおろしたのかね？」

「〝はい、裁判長〟と言え」ダガンがモースにささやいた。

「はい、裁判長」モースが言った。

「すると、去年きみは車とバイクを買うのに、一万五千ドル以上の金をその銀行口座からおろしたわけだ」シャナハンが言った。「かなり素敵な銀行口座だな。わたしもそんな口座を持ちたいもんだ。どこにあるのかね？」

「アパートメントに通帳があります」モースが言った。

「どこの銀行かね？」シャナハンが言った。

「そういうことか」モースが言った。「《リヴァー信託》です」

「今はその口座にいくらあるのかね？」シャナハンが言った。

「裁判長」モースが言った。「わたしは一所懸命働いて、そのお金をためたんです」

シャナハンは右手を前にあげた。「聞きたまえ、ミスター・モース」彼が言った。「きみは将来の準備をするために、人生の楽しみの多くを我慢してきたものと確信する。マサチューセッツ州がなかなか支払ってくれない少額の弁護料で無理やりきみの弁護人を務めさせられるのではないかというミスター・ダガンの懸念が現実のものになるようにと、きみは願っているのだぞ。すると、ミスター・ダガンはきみの弁護人となるために、人生の楽しみの多くを我慢しなければならないのだ。その銀行口座にはいくらの金が残っているのかね？」

「確かじゃありません」モースが言った。

「見当をつけたまえ」シャナハンが言った。

「約九千ドルです」モースが言った。

「よし」シャナハンが言った。「おかげできみの家具やら何やらの価値について検討する必要がなくなった。ミスター・シャーマン、被告人のモーリス・モースが弁護人を雇うための資金を持っていることと、被告人が貧困者でないことを、この法廷は理解した。ミスター・モースが弁護人を確保できるように、この審理は一週間延期とする。保釈金は保証人つきで二万五千ドル。休廷」

「裁判長」廷吏が近づいてくると、モースが言った。

「ミスター・モース」シャナハンが言った。「きみはサフォーク郡保安官の管理のもとに拘置される。弁護人を確保できるように、きみの審理は一週間延期される」

「わたしはこのダガンを雇いたいんです」モースが言った。

「ミスター・ダガンが喜んでチャールズ・ストリート拘置所できみと話し合うことと確信する」シャナハンが言った。

「きみは間違いなく彼と弁護料について話し合いたいだろう。ミスター・ダガンは現在審理中だ。もし彼に会いたいのなら、彼の都合のいいときに予約を取りたまえ。今のところ、きみには都合のいい時間がたくさんある。少なくとも、保釈金を払うまではね。休廷」

モースは連れ去られた。

判事が立ちあがり、裁判長席からおりた。傍聴者たちがドアのほうへ向かった。イーディーがダガンに近づいた。

「よかったわね」

「生まれ変わったら」ダガンが言った。「もっと楽なことをして生計を立てるよ。脳手術とかね」

「ええ」彼女が言った。「でも、生まれ変わるまでは?」

「生まれ変わるまでは」ダガンが言った。「自分の事務所へ戻って、フレデリック・エリスに会うつもりだ。きみの無能さのおかげで、エリスは保釈されたんだからね」


夕方、ダガンはドーチェスター地区のネポンセット・サークルにある釣り具店の前にキャディラックを駐車した。その釣り具店はマサチューセッツ州によって公式魚計量センターに認定されたことを宣伝していて、木造三階建ての建造物の一階を占めていた。その建造物はレンガに酷似しているはずのタール紙でおおわれている。窓枠とドアはクリーム色に塗られていた。三階には独身高齢者用のアパートメントがあった。ダガンと、《コモンウェルス清算代理人》と名乗るマリンズという借金取立屋と、《カンケル&コンキャノン》という法律事務所が二階に事務所を持っていた。カンケルは八十歳以上で、コンキャノンはカンケルの娘だ。その二人は離婚法を専門に扱っていた。

ダガンは自分の鍵でその建造物の真ん中のドアをあけた。ドアをしめ、しっかりと鍵をかけた。廊下の床はリノリウムだった。ひどく傷んでいたので、足元に注意した。一つの六十ワット電球が廊下を照らしていた。階段へ向かった。階段の右側には節くれだった支柱がついているカーヴした手すりがあり、左側には丸い棒の手すりがあった。階段をのぼった。スチールの踏板がゆるんでいて、足元で軋《きし》んだ。階段をのぼりきると、右に曲がって、事務所に続く廊下を進んだ。廊下の照明は不充分だった。彼の事務所のドアにはすりガラスがはいっていた。ドアには〈ジョン・F・ダガン法律事務所〉と書いてあった。彼はドアをあけて、中にはいった。

受付室には四人の人間がいた。ダガンの秘書シンシアがデスクのうしろにすわっていた。そのデスクは明るい茶色の合成マホガニー製だった。シンシアは飛び抜けて素晴らしい体型と飛び抜けて鈍い脳みその持ち主で、ガムを嚙んでいた。彼女の亭主は釣り具店から西に約七百ヤード行ったところのモリッシー・ブルヴァードにあるハンバーガー・スタンドの店長として不充分な生計を立てている。シンシアは子供を産むことができない。二十六歳で、落ち着きがなかった。仕事場が近くで、ボスが無害だと思える限り、女房がほんの少しの給料で取るに足りない仕事をすることを亭主は許していた。この条件はダガンにとっても都合がよかった。少額の給料に関してはとくにそうだ。

受付室にいる二人目はフレデリック・エリスだった。ベージュ色のスリップカヴァーでおおわれたソファ・ベッドにすわっている。そのソファはダガンがそこで眠ったように見えた。実際に眠ったのだ。エリスは二日分のあごひげを伸ばしていて見映えが悪かった。黒い髪が立っていて、脂《あぶら》ぎって見えた。デニム・ジャケットを着て、ジーンズをはいていたが、洗ったら少しはましになるだろう。相手を見下《みくだ》しているように見えた。彼の横に二人の警官がすわっていた。

ダガンはまずエリスに話しかけた。「きみはすでにすわっているし、まだ何も言っていない。だから、そのままの状態でいたまえ」そして、警官たちに言った。「何の用だ？」

エリスの横にいる二人の警官はダガンの受付室で制服を

着ていた。その一人はパンサー・エイハーンで、四十代半ばの厳格な男だった。二重あごで、いつも苛立った表情を浮かべている。もう一人はロデリック・フランクリンで、三十代後半だった。膝の上で両手を組んだまま、すわって床を見ていた。フランクリンのホルスターは空《から》で、リヴォルヴァーを固定すべきストラップが外れている。ロデリック・フランクリンは黒人だった。

「エイハーン」ダガンが言った。「きょうはあんたを虫歯みたいに歓迎するぞ。あんたの用を手短に話せ。おれは生活費を稼がないといけないんだ」

「わかった、わかった」エイハーンは首を振ってジェスチャーをした。「このフランクリンがちょっとした問題を抱えてるんだ」彼は肘でフランクリンを小突いた。「そうだろ、ロデリック」

フランクリンがみじめな表情でうなずいた。

「ロデリックが」エイハーンは立ちあがって、ズボンをずりあげた。「きのうの夜、ロデリックが男を撃ったんだ」

「男を撃ったのか」ダガンが言った。

「そうだ」エイハーンが言った。

「厳密には男のどこを撃ったんだ?」ダガンが言った。

「胸だ」エイハーンが言った。「訓練されたとおりにな。心臓の真下だ。二十五セント玉で隠せるほどのところに三発だ。ロデリックは射撃がべらぼうにうまいんだ」エイハーンはフランクリンを見た。フランクリンは顔をあげなかった。

「この厄介事には何かしらの理由があるんだろうな」ダガンが言った。

「ある」エイハーンが言った。「二十四時間営業の食料品屋で消音警報器が鳴ったんで、何事なのか見るために、おれとロデリックはそこへ急行するように命じられた。パトカーでそこへ行くと、確かに何事かが起こっていた。それで、おれたちがリヴォルヴァーを抜いて、パトカーをおり、店にはいったら、いろんなことが起こったんだ。客として店にはいった二人の若造がそこにいた。一人はかなり大きいナイフを持っていて、もう一人はリヴォルヴァーを持っていた。

ナイフを持った若造は」エイハーンが続けた。「わけのわかるやつだった。だから、まだ呼吸をしていられるんだ。そいつはおれのリヴォルヴァーを見ると、そのいまいましいナイフを捨てろというおれの命令に従ったほうが賢明だとすぐに悟った。リヴォルヴァーを持ったもう一人の若造は、理屈のわからんやつだった。そいつはリヴォルヴァーをあげて、おれのほうへ向けた。そのとき、フランクリン巡査がそいつを撃ったんだ。三回な。おれはすごく嬉しかった。ロデリックはそいつを地獄まで吹っ飛ばしてくれたんだ」

「そうか」ダガンが言った。「フランクリン巡査が今リヴォルヴァーを携帯していないことは見たらわかる」

「取りあげられたんだ」フランクリンが言った。顔はあげなかった。

「容疑がかかっている」エイハーンが言った。

「容疑ね」ダガンが言った。

「警察審問会だ」エイハーンが言った。

「そして、あとに起訴が続く」ダガンが言った。

「ロデリックはそのガキを撃つべきじゃなかったと警察上層部が判断すればな」

「それで？」ダガンが言った。

「その審問会の結果が正しい方向へ行くように、あんたはちゃんと確認するんだ」エイハーンが言った。

「エイハーン」ダガンが言った。「あんたは記憶を失いかけてるにちがいない。あんたはおれを心底から憎んでる、覚えてるか？　あんたがおれにそう言ったんだからな。あしたの干潮でゴミが浮かんでいたとしても、おれよりはましだろう、とね。覚えてるか？」

「それはまた別の問題だ」エイハーンが言った。「洟垂《はな》れ野郎が刑務所にぶち込まれるべき事件で、あんたが野郎を無罪放免にしたときのことだ」

「それがおれの仕事だからな」ダガンが言った。

「そうだ」エイハーンが言った。「それをこのロデリックのためにやってもらいたい」彼は手をフランクリンの肩においた。「わかったかい、弁護人？　あんたはおれの不滅の命を救ってくれたロデリックのために、あんたの魔法を使うんだ。こいつに拳銃を取り戻してやるんだ。そして、ロデリックが起訴されることがないようにしてやるんだ。これがあんたのすることだ」

フランクリンがしゃべった。顔をあげずに、しゃべった。「おれはこの白ん坊から施しを受けたくない」

エイハーンは手をあげて、フランクリンの肩を強くたたいた。「おまえは口を閉じてろ、奴隷のガキ。おれには女房も子供もいる。あいつらは芝刈り機みたいに食料品屋の中を進んでいく。けさのおれは地中じゃなくて、地上にいる。それはおまえのおかげなんだ。おまえがおれを助けてくれたから、おれはおまえを助ける」

「おれに弁護料を払ってくれるんだろうな」ダガンがエイハーンに言った。

「当たり前だ」エイハーンが言った。「コーヒー一杯はどうだ？　ドーナツもつけよう」

「気が利くな」ダガンが言った。

フランクリンが顔をあげた。顔じゅうに苦痛が広がっていた。「こいつはこんな事件なんか引き受けたくないんだ、パンサー」フランクリンが言った。「おれはこいつに金を払えない。ずっと前に、こいつがネズミ野郎だって、おまえはおれに言っただろ」

エイハーンはフランクリンを見なかった。ダガンを見つめた。ゆっくりと穏やかに話した。「こいつはネズミ野郎なんだ、ロデリック」エイハーンが言った。「この前おれが死刑になるべきやつをつかまえたとき、こいつはそいつを自由にしやがった。そして、そのあとでおれの目の前で嘲笑《あざ》いやがったんだ。そうだよな、ダガン？」

「そのとおりだ、エイハーン」ダガンが言った。

「ロデリック」エイハーンが言った。「このダガンは西洋世界では最低のネズミ野郎なんだ。こいつは嚙みつきやがるし、たぶんペスト菌も持ってるだろう。おまえにはネズミ野郎が必要だぞ。嚙みついて、ほかのやつらに病気を感《う》染《つ》す野郎が必要なんだ。そして、このダガンがおまえのネズミなんだ」

フランクリンがまた顔をあげた。「おれはあんたに金を払えないんだ、ミスター・ダガン」

ダガンがしゃべりかけた。エイハーンが二人を黙らせた。「心配することはないぞ、ロデリック」彼が言った。「ミスター・ダガンはこの事件で弁護料を請求しないんだ」

「請求しないのか？」フランクリンが言った。

「こいつは請求しない」エイハーンが言った。

「おまえに訊いてない」フランクリンが言った。

「請求しない」ダガンが言った。「それに、こいつが言ったほかのことも本当だ」

そのあと、ダガンはシンシアに言った。「わたしは知りたくないというのに、みんながわざわざ電話で伝えてきた本日の悪い知らせは何だい？」

シンシアはチューインガムをぱちんと鳴らした。ダガンが言った。「それはやめろ」

彼女は彼の言葉に注意を向けなかった。電話の伝言メモの山に目を通した。「そうですね」彼女が言った。「ほとんどは裁判所関係の人たちからですけど、あたしにははっきりわかりません」

ダガンが話に割り込んだ。「もう六時すぎだし、裁判所関係の人間に連絡を取りたいのに、少なくとも三時間は遅れている」

「一つありました」シンシアが反射的にガムをぱちんと鳴らした。「あなたの電話を待ってると言ってました」

「楽しい伝言だ」ダガンが言った。「いったい誰からの電話だ？」

「名前は」シンシアは顔をしかめた。「名前はイーディーで、あなたの知り合いだと言ってました」

「イーディーか」ダガンが言った。

「イーディー」シンシアが言った。「地検の」

「うん」ダガンが言った。「よし、わたしは地検のイーディーに電話をかける」

彼はエリスのほうを向いた。「きみのために言うとだな、ミスター・エリス、地検のイーディーとは、イーディス・ウォッシュバーン地方検事補のことで、きみのやけに大きな尾っぽをやけに小さな裂け目に突っ込みたがる強い傾向がある。きみさえよければ、わたしはしばらく失礼して、彼女に電話をかけるつもりだ」

エリスはダガンを見つめた。エリスは嬉しそうには見えなかった。「あんたはおれを長く待たせてるんだぞ」

「請求書につけておいてくれ」ダガンが言った。


地方検事はハロルド・グールドといった。大きくて威厳のある事務所にいる大きくて威厳のある男だった。六十代前半で、自分の価値観を承知していた。ほかの人間が彼の価値観を共有していないことも承知していて、そのことに憤慨していた。ペンバートン・スクウェアの新裁判所にある彼の事務所は、事務家具が少なかった。ガラス戸のついた本箱が一つあり、数年のあいだ開いていない法律書が収まっている。ボストン・カレッジとハーヴァード・ロー・スクールの卒業証書は、九つの団体の会員証明書とともに壁に飾ってあった。ハロルド・グールドがジョン・F・ケネディと握手をしている写真が二枚あった。ハロルド・グールドは魚雷艇PT109のタイ・クリップをつけている。ハロルド・グールドがリチャード・クッシング枢機卿と一緒にいる写真が二枚あった。ハロルド・グールドがフランシス・スペルマン枢機卿と一緒にいる写真が一枚あった。ハロルド・グールドにマルタ騎士の称号を授けるという認定書があった。大きいオーク材のデスクの上はファイル・フォルダーでおおわれていた。ハロルド・グールドは軋むオーク材の椅子にすわっている。訪問者は軋まないオーク材の椅子にすわっている。その日の夕方、ハロルド・グールドは嬉しくなかった。

イーディス・ウォッシュバーンは居心地が悪かった。三十代前半で、法律家でいっぱいの街で法律家の仕事に就いていた。その仕事を保持したかった。彼女が保持したい仕事に彼女を任命したハロルド・グールドのことが嫌いだった。一度結婚して、離婚していた。六歳の誕生日をまだ迎えていない息子の養育権を持ち、元亭主は養育費の支払いをなんとかうまく逃れていた——離婚手当が一銭もないのは、彼女があまりにも誇り高くて、受け取ることも、要求することさえもしなかったからだ。もし生意気なことを言ったら、ハロルド・グールドに取りあげられるかもしれないこの仕事を、彼女は必要としていた。

「きみはドジを踏んだ」グールドが言った。穴のあいた剃《かみ》刀《そり》の刃のように鋭さのある声だった。「エリスのチンピラを街に放り出したくないと、きみに言ったはずだぞ」

イーディーは自制した。「ボス」彼女が言った。「わたしはドジを踏んでいません。わたしはウィルコックス判事じゃありません。わたしはエリスを保釈金なしで釈放していません。わたしは十万ドルの保釈金を要求したのですが、ウィルコックス判事が釈放したんです。ウィルコックス判事は黒人です。被告人すべてが社会の不幸な被害者だと、この判事は考えています。わたしのせいじゃありません」

「あのチンピラは」グールドが言った。「殺人犯だ」

彼女はため息をついた。「そう言われました」

「あいつは刑務所にいるべきだ」グールドが言った。

「そう言われました」彼女が言った。

「なのに、いない」グールドが言った。

「まだ有罪の判決を受けていません」彼女が言った。

「審理の裁判長は誰だ?」グールドが言った。

「シャナハン判事です」彼女が言った。

グールドがうなずいた。「いいぞ」彼が言った。「よし。シャナハンはまっとうな男だ。手続きの延期はしない。あのクズ野郎を法廷に呼び出し、有罪の判決を下し、いまいましい刑務所にぶち込んでくれる。そうだろ?」

イーディーはまたため息をついた。「ボス」彼女が言った。「ダガンがその事件を担当します。準備をするのに時間を必要とするでしょう。彼は延期を要求し、シャナハンかほかの判事は時間の猶予を与えるでしょう。ダガンは法廷に指名されたんです。この事件では一銭の弁護料もはいりません。彼は食べないといけないんです。すぐに路頭に迷うことでしょう」

「ダガンは誰を殺したんだ?」グールドが言った。

「知る限り」彼女が言った。「誰も」

「そうだ」グールドが言った。「だから、ダガンが路頭に迷おうとも構わない。あいつのことは嫌いだが、危険じゃない。だが、エリスは危険だ」

ダガンはデスクの椅子の背にもたれて、きわめて不快な目でフレデリック・エリスを見た。椅子は房のついたビニール・レザーのイームズ・モデルだった。デスクは大きくて、明るい茶色のマホガニー材で作られていた。エリスは節玉のある空色の布地でおおわれた肘かけ椅子にだらしなくすわって、細い葉巻きを喫《す》っている。ダガンの事務所の壁はまったく飾り気がなく、白く塗られていて、どことなく汚かった。

「なあ、きみ」ダガンが言った。「きみは自分で考える以上の厄介者だぞ。あの女性は本当にきみに腹を立てている。彼女がやる気を出せば、きみはしばらく刑務所暮らしをすることになるだろうと思うね。彼女はきっとやる気を出す」

エリスは葉巻きの灰を茶色のツイード地の敷物の上に落とした。「おれは刑期《ドゥー・タイム》を勤められる」

「ビッグ・ベンの時計だって時《ドゥー・タイム》を刻める」ダガンが言った。「どんな馬鹿でも刑期を勤められるし、どんな時計でも時を刻める。時計は金属で作られている。いくつかの時計は正面にガラスがはまっている。時計は時を刻むために作られているんだ」

エリスは肩をすくめた。「もしかしたら、おれも刑期を勤めるために生まれてきたのかもな」

「そうかもしれない」ダガンは肩を落とした。「それまでのあいだ、わたしはきみのために時間《ドゥー・タイム》を割く必要がある。あの女性がわたしに会いたがっているからだ。今晩な」

黄昏時《たそがれ》の終わる頃、フレデリック・エリスは釣り具店の横のドアから出ると、右に曲がり、早足でギャリヴァン・ブルヴァードを歩いて、《インターナショナル・ハウス・オヴ・パンケークス》というホットケーキ屋へ向かった。駐車場の入口で立ちどまり、あたりを見まわした。駐車スペースの一つに栗色のクーガーXR7が通りのほうを向いてとまっていた。エリスはその車に近づくと、あたりを見まわしてから、助手席側のドアをあけて、車に乗った。

運転席に一人の男がすわっていた。葉巻きを喫っていて、車の中にはその煙が充満していた。エリスはその男をまともに見なかったが、まともに見ても見なくても、たいして違いはなかった。

「おれは肉汁につかってる」エリスが言った。「ベルト・バックルのところまで肉汁につかってる。連中は肉汁を温めている。連中はおれを煮詰めるつもりだと思う。おれは神経質になってきたぜ」

「まずいな」ドライヴァーが言った。「神経質になるのはまずい。部下が神経質になる。ボスも神経質になる。部下が神経質になると、いいことはめったにない」

「なあ」エリスが言った。「いいか？」彼は助手席のバケット・シートにすわったまま、体をまわし、ドライヴァーのまわりの紫煙を見た。そして、両手でジェスチャーをした。「おれは問題を抱えてるんだ、いいか？　おれの弁護人になったダガンだが、こいつが何をしたか知ってるか？　こいつはわざわざ車でおれのお袋に会いに行ったんだぜ、畜生。ずっと昔にシカゴ・カブズがワールド・シリーズで優勝して以来、おれはお袋に会ってないんだ、畜生。おれはお袋に我慢できないし、お袋もおれに我慢できない。こいつはお袋に会いに行き、お袋のくそったれマフィンを食べた。おれはそのことを考えるんだよ、フランチェスコ。このダガンはコトを真剣に考えなくちゃならない。このダガンは裁判に勝ちたいと思っていて、おれが知ってることすべてを話してないと考えている」

「ふうむ」ドライヴァーが煙の中で言った。

「もっとひどくなる」エリスは座席の背にだらしなくもたれて、フロント・ガラスのほうを向いた。「おれを起訴している女検事だがな、この女はいつも裁判に勝つつもりの遣り手検事だと、ダガンはおれに思い込ませている。その二人にはさまれたら、おれはチェーン・ソーの先に立たされる羽目になるだろうな」

「確かに問題を抱えてるな」ドライヴァーが言った。

エリスは怒った。「問題だって？」彼が言った。「前にも問題は抱えていた。おれはときどき爪を噛むし、便秘になったこともある。おれはある男からいくらかの金を借り、返す金がなかった。そのときはそれが問題だと思っていた。ある男からいくらかの金を借りたから、今はウォルポールにあるマサチューセッツ州矯正施設を一日じゅう頭に思い描く羽目になったんだ。おれが問題を抱えてると言うのか？　おれと比べたら、大統領なんて楽なもんだぜ」

ドライヴァーは上体を前に倒して、車を発進させた。

「おれが思うに」彼が言った。「ボスに会いに行ったほうがいいな」


ダガンはトレモント・ストリートの暗闇を出て、〈ディーニのレストラン〉にはいった。店内の照明はバラ色を帯びていて、適当な場所に魚の絵や水槽があった。ドアロにピンクのタイトなジャージー・ドレスを着た好戦的な女がメニューを持って立っていた。その女が彼に挑んできた。

「何のご用でしょう？」

「なあ」ダガンが言った。「きょうは大変な一日だったんだ。ここである女性と会うことになっている。ウォッシュバーンという女性だ」

その女は明らかに彼の言葉を信じなかった。「あなたさまのお名前は？」

「ええい」ダガンが言った。「会員制でない飲食店でディナーを食べるのに、保証人の名前が必要なのか？　おれが誰であろうと、何の違いがあるんだ？　相手の女性の名前を教えたはずだ。彼女はここにいるのか？　おれは小切手を現金化しようとしてるんじゃないんだぞ」

その女の顔がいかめしくなった。「わたしはただあなたさまのお役に立とうとしているだけです」女が言った。

「今晩は数人の女性がお一人ですわっておられます。その方たちのお名前は知りません。あなたさまがお名前をお教えくだされば、あなたさまをお待ちしているのかどうか、女性のお客さまにおうかがいしますので」

ダガンはため息をついた。「もっといい考えがある」彼が言った。「捜させてくれ」彼はその女の横を通って、右に曲がると、少し勾配のある斜面を歩いて、バラ色の照明を浴びたダイニングルームにはいった。右側に小さいブース、左側に大きめのブースが並んでいた。その部屋には一人の人間がいた。イーディス・ウォッシュバーンだった。小さいブースの一つにすわっている。白ワインを飲んでいた。ダガンは小さいブースと大きいブースのあいだの狭い吹いた。

通路を歩きながら、彼女と目を合わせた。彼女が弱々しくほほえんだ。彼は彼女のブースのむかいにある大きいブースのほうへ首を傾けた。彼女は当惑の表情を見せた。彼はにやりと笑った。彼女のそばまで来ると、彼が言った。

「こういう小さいブースは嫌いなんだ。こういう小さいブースに案内されると、航空会社が使うペット運搬箱に入れられた犬みたいな気持ちになる。さあ、移ろう」

イーディス・ウォッシュバーンはさっと立ちあがって、通路を横切った。二人は大きいブースの椅子に同時にすわった。彼女はにやりと笑いかけた。

「大変な一日だったのか？」彼が言った。

「まったくひどい一日だったわ」彼女が言った。「あなたは？」

「酒で忘れたい気分だ」彼が言った。「検屍解剖されそうにないウェイトレスが今晩まだここに残ってるかな？」

「まだ息をしていそうなウェイトレスをさっき一人見かけたわ」彼女が言った。「でも、確かじゃない。脈を調べてないから」

「いいかい？」ダガンは指を口の中に入れ、甲高く指笛を吹いた。

「あらっ」イーディーがどっと笑った。「タクシーをつかまえるときに便利だわね」

「鳥をつかまえるときにもね」ダガンが言った。「一度、南極からペンギンをこの指笛で呼んだよ。可哀想なペンギンは遠路はるばると歩いてきた。おれはそのペンギンを動物園へ連れていったんだ」

年配の女が警戒しながら、ダイニングルームに続くドア口に現われた。ダガンは交通巡査の手ぶりでその女を近くへ呼んだ。

「それで、そのペンギンは動物園を気に入ったの？」イーディーが言った。

「大いにね」ダガンが言った。「おれたちは楽しい時間を過ごした。次の日、おれはそいつを野球に連れていった。レッドソックスが負けた」

ウェイトレスがテーブルのそばまで来た。「お二人でディナーですか？」

「それがディナーの定足数だ」ダガンが言った。「だが、その前にウォッカ・マーティーニをバケツ一杯ほしい。氷をいくらか入れてくれ」

「ウォッカ・マーティーニのオンザロックス」ウェイトレスは書きとめた。「でも、ほかに誰も来られないのなら、小さいテーブルのほうへ移っていただくようにお願いしなければならないんですけど」

「どんどんお願いしろよ」ダガンが言った。「頼んでも、おれたちは移らない。今晩この店には第二機甲師団がはいれるほどの空席がある。その師団が現われて、店が混んできたら、おれたちは素直に移る。それまでは、心地よくすわれるスペースと酒がほしい」

「ルールがあるんです」ウェイトレスが言った。

「おれは意地の悪い性格なんで、あんたの許しを乞いたい」ダガンが言った。「おれは移らないぞ。おれの酒を持ってきてくれ。それと、メニューもな」

ウェイトレスがよろよろと立ち去った。ダガンはイーディーのほうに上体を寄せた。「いいことを教えてやろう」彼が言った。「きみのものを見せてくれたら、おれのものを見せてやる」

彼女はまた笑った。「あなたはあのウェイトレスに意地悪だったわ」

「よし」ダガンが言った。「おれから先に見せよう。おれの依頼人は罪状を認めない。認めるべきだとおれは思う。理屈のわかる依頼人だと、すぐに第二級殺人で話がまとまったところだ。だが、こいつには理屈がわからない」

「自供したわ」彼女が言った。

「供述しただけだ」ダガンが言った。「きみが親切にも提供してくれた供述書を読んだよ」

「被疑者の権利は伝えたわ」彼女が言った。

「ああ」ダガンが言った。「こいつは書類にサインをして、伝えられたことを証明した。こいつは潮路《しおじ》に行ったと話した。トマス・モナハンを知っていると話した。モナハンが死んだことを知っていると話した。モナハンが何者かに撃たれたと思うと話した」

「ねえ、しっかりしてよ、ジャック」彼女が言った。「彼は警官を現場に案内したのよ」

「そうだ」ダガンが言った。「こいつが教えるまで、警察はそこに潮路があることを知らなかったと、きみは言うつもりかい？」

「いいえ」彼女が言った。

「言わないよな」ダガンが言った。「モナハンを海から引き揚げるまで、モナハンが死んでいることを、たぶん警察は知らなかった。血色がなく、膨張していて、あまり息をしていないというのに。そんなことをおれに言うつもりかい？」

「いいえ」彼女が言った。

「イーディー」ダガンが言った。「すべて新聞に書いてあったぞ。おれの尊重すべき依頼人のフレデリック・エリスは、おれが蹴飛ばすそのへんの石ころよりも間抜けだ。だが、こいつは読むことができる。ラジオも聴けるし、テレビも観られる。モナハンを見たことがあるやつなら、そいつがあまり長生きしないことを知っている。それだけでは、フレデリック・エリスがモナハンを殺したという合理的疑いの余地がない証拠にはならない」

「ジャック」彼女が言った。「あなたの一日をましにする悪い知らせがほかにもあるのよ」

「教えてくれ」彼が言った。「ほかのみんなも悪い知らせを持ってくる」

「グールドは司法取引をしないつもりよ」彼女が言った。「第一級殺人で起訴したいの」

ウェイトレスがダガンの酒を持って、よろよろと通路を歩いてきた。「いいぞ」ウェイトレスが来ると、彼が言った。「すごくいい。これこそおれが待ち望んでいたものだ。おれには理屈のわからない依頼人がいて、きみには理屈のわからないボスがいる」ウェイトレスは酒をテーブルに置いた。ダガンはすぐにそれをつかみあげて、飲み干した。「これをもう一杯くれ」彼が続けた。「それに、ハマグリのフライとフライド・ポテトとコールスローも」そして、イーディーに言った。「注文しろよ」

「同じものを」彼女が言った。

「マーティーニも？」ウェイトレスが言った。

「いいえ、白ワインよ」イーディーが言った。「白ワイン」

ボスは背が低く、やせていて、年老いていた。年齢は六十代後半で、白髪をうしろに梳《と》かしていた。セミ・スプレッド・カラーのブロード織りの白いシャツを着て、ダーク・ブルーのシルク・タイを締めている。仕立てのいいアイヴィー・スタイルのスーツを着ていた。色はダーク・ブルーで、腰まわりをほんの少し絞ってある。ウィング・チップの黒靴をはいていた。入念な渦巻き模様を彫り込んだオークク材の装飾的な骨董デスクのうしろにすわっている。アニセットを一口飲んでから、コーヒーを一口飲んだ。顔には何の表情も浮かべていない。

葉巻きを喫っているドライヴァーは四十代半ばで、どちらかと言えば赤ら顔で、どことなく太り気味だった。青のブレザーを着て、革色のズボンをはいている。詰め物をして房つきの革でおおわれた椅子にすわっていた。エリスはドライヴァーのむかいにある背もたれが垂直の椅子にすわっていた。

「こいつは心配してるんですよ、ミスター・カルーソ」ドライヴァーが言った。「このフレデリックは心配してるとおれに言うんです」

カルーソは視線をエリスのほうへ移した。そして、穏やかに言った。「心配は人間にとってよくないぞ、フレディー。心配する人間は寿命より先に死ぬもんだ」

エリスの口調はかなりの不安を露呈した。両手を広げて、椅子にすわったまま、上体を前に乗り出した。そして、真剣に話した。「ミスター・カルーソ」彼が言った。「心配すべきなのは、おれだけじゃありませんよ。ウォルシュも心配すべきだし、チャーリー・カーニヴァルも心配すべきです」

「ウォルシュとカーニヴァルは近くにいない」カルーソが言った。「休暇を取っていて、連絡が取れない」

「それでも、その二人も心配すべきです」エリスが言った。「それに、フランチェスコも」カルーソはドライヴァーのほうにうなずきかけた。「心配すべきなのか?」

「たぶん」エリスが言った。

「それに」カルーソが言った。「おれも心配すべきなのか？」

「こういう事態では」エリスが言った。「少なくとも、あなたもそのことを考慮すべきです」

カルーソはフランチェスコのほうをちらっと見た。そして、エリスを見た。上体を前に乗り出して、指で尖塔を作った。「おまえはうまくやってくれたぞ、フレディー」彼が言った。「なのに、今はおれも心配している。おれは自分の健康のことを考えないといけない老人だ。おれたちはどうやってこの心配事を片づけたらいいんだ？」

「警察はおれに不利な証拠をつかんでいません」エリスが言った。「情報を得たとき、連中は沸き立ち、たくさんのことをほったらかしにしたんです」

「じゃあ、心配することはないな」カルーソが言った。

「弁護士がいます」エリスが言った。「おれの弁護人であるこのダガンはちょっとクレイジーな男だと思います。おれが本当のことを言ってないと、おれを責め立てるんです。おれが罪を認めないので、地検の女検事がダガンを責め立ててます。女検事か弁護士のどちらかが事実を知れば、おれは一巻の終わりだ。地検は第一級殺人で起訴を求めているが、おれは求めてない」

「おまえには何ができるんだ、フレディー？」カルーソがやけに穏やかに言った。

「逃げられます」エリスが言った。

「誰でも逃げられる」カルーソが言った。「問題は、どこまで逃げるかだ」

「休暇を取れます。ウォルシュやカーニヴァルみたいに」エリスが不安げに言った。

「おまえがいないと、たくさんの人間が寂しがると思うぞ」カルーソが言った。

ダガンはボストンのパール・ストリートにある〈99レストラン〉にいた。赤いネクタイはゆるんでいて、どことなく呂律《ろれつ》がまわっていない。ウォッカ・マーティーニを飲んでいて、二十代前半の小柄な金髪女性と話をしていた。花柄のブラウスと革色のスカートを購入して以来、彼女は髪を脱色して、少し太った。体が熱くならないように、ブラウスの上三つのボタンを外していた。「結婚してるのね」

「ああ」ダガンが言った。

「まあ」彼女が言った。「男の人がそんなことを認める日が来るなんて思ってもみなかったわ。まだ一緒に住んでるの、どうなの？」

「そうだ」彼が言った。

「それで、どうなの？」彼女が言った。「夜帰るとき、家へ帰るの？　それとも、どっかへ行くの？」

「そうだ」彼が言った。「夜によって違う。家へ帰るときもあるし、どっかへ行くときもある」

「まったく、もう」彼女が言った。「どっちが好きなの？」

「どっかのほうだ」彼が言った。「ずっと好きだ」

彼女は左腕を彼の右腕にからませた。「わたしたち、お友だちになれると思うわ」

「朝までね」彼が不明瞭に言った。

「オプション年つきよ」彼女が言った。「野球選手みたいに」


翌朝、イーディー・ウォッシュバーンはボストンの政府センター・コンプレックスのニュー・チャードン・ストリートにある第一区警察本部の外でウォルター・ノーラン警部補に会った。「警部補」彼女が言った。「わたしたち、話し合う必要があるわ」

ノーランは三十代前半だった。革色の地味なレインコートを着ていて、どこかしら悪戯っぽい表情を浮かべていた。

「あまりにも急だな、イーディー」彼は彼女ににっこりと笑いかけて、両手をポケットに突っ込んだ。

「楽しいときは、時間が速くたつものよ」彼女は彼の左肘をつかんだ。

「おい」彼は左肘を彼女の手から引き離した。「往来の真ん中ではやめろよ」

「あなたと話をする必要があるのよ」彼女が言った。

「コーヒーを飲めないのか？」ノーランが言った。

「コーヒーね」彼女はまた彼の腕をつかんだ。「じゃあ、歩いてちょうだい。話しながら歩けるかどうか確かめてみましょう」

二人はニュー・チャードン・ストリートの坂道をのぼり、センター・プラザへ向かった。「ねえ、聞いてよ、ウォルター」彼女が言った。

「ずっと聞いてるよ」彼が言った。

「あなたは結婚してるし」彼女が言った。「わたしはアニーのことが好きだわ。これは仕事なのよ。わたしたち、このエリスのことでちょっとした問題を抱えてると思うんだけど」

「あいつはブタ箱にはいるべきだ」ノーランが言った。

「そうはならないわ」彼女が不愉快そうに言った。「そうはならない理由が二つあるの。一つはハロルド・グールドで、もう一つはジャック・ダガンよ」

「あいつはダガンを引き当てたのか?」ノーランが言った。「畜生め、ダガンは自分の人生について嘆いたり、ぼやいたりして時間を過ごしてると思ってたぜ。まだ生きてるのか?」

「ええ、そうよ」彼女が言った。「生きてるだけじゃなくて、ぴんぴんしてるわ」

「あいつはこの二、三年、殺人事件を扱ってない」ノーランが言った。「聞いたところでは、あいつが扱った重大事件は、二人のけちなチンピラがガソリン・スタンドを襲った事件だ。それも約六カ月前のことだ」

「結果はどうだったの?」彼女が言った。

「無罪だ」ノーランが言った。

「あなたは刑事でしょ」彼女が言った。「それはあることを示唆《しさ》してるのかしら?」

「ええい、イーディー」ノーランが言った。「あの事件は有罪確実な事件じゃなかったんだ」

「エリス事件は有罪確実なの?」彼女はノーランを引っ張って、彼の足をとめた。

「いいや、イーディー、畜生」ノーランが言った。「有罪確実な事件なんて一つもないんだ。あんたはこの稼業に長くいるから、知ってるはずだぞ」

「そのとおりよ」彼女が言った。「ダガンもそう。じゃあ、この話も聞いてちょうだい。グールドは司法取引をしないつもりなの」

「おっとっと」ノーランが言った。

「わたし、この事件を裁判に持ち込まないといけないんでしょうね」彼女が言った。

「そのようだな」彼が言った。

「わたし、事件のファイルをもう一度読んだわ」彼女が言った。「愉快な気分になれないの」

ダガンが事務所に着くと、ミセズ・エリスが待っていた。節玉のある薄紫色のコートを着て、黒の浅い縁なし帽をかぶり、飾り気のない黒靴をはいている。髪をカールしてもらっていた。膝の上でビニールの黒いハンドバッグをつかんだまま、すわっている。ダガンが事務所にはいってくると、彼女は不満の目でこっそりとシンシアを見た。

シンシアはペイパーカップからコーヒーを飲んでいた。ずるずると音を立てた。同時にガムを嚙みながら、新聞を読んでいた。

ダガンはひどい格好だった。ひげを剃っていなかった。昨夜と同じ服を着ている。それほど睡眠を取っていないことを、目が物語っていた。表情もそう物語っていた。ドアをしめた。そして、疲れた目でミセズ・エリスを見つめた。

「ミセズ・エリス」

彼女は唇をすぼめた。そして、彼を上から下まで見た。シンシアはその二人に少しの注意も向けなかった。ミセズ・エリスが言った。「あんたに会いに来たよ」

「なるほど」ダガンが言った。「あなたを招待したことは覚えていませんが、あなたがここにいることは見えますよ」

「あんたにものが見えるなんて驚きだね」彼女がいかめしく言った。

「ねえ、ミセズ・エリス」ダガンが言った。「けさ見えないものがたくさんあります。例えば、殺人容疑をかけられたフレデリックを弁護するための金とか。あなたも覚えているとおり、わたしたちはそのことで話し合いました。あなたは興味を示さなかった。もう一つ見えないものは、このとんでもない時間にあなたと会うという約束です」

「あんたは何の約束もなくわたしに会いに来たよ」彼女が言った。「とにかく、あんたは自分に都合がいいときにやって来た」

「あなたは殺人容疑をかけられたわたしの息子を弁護しているわけじゃないし」ダガンが言った。「そのことで大損をしているわけでもない」

ミセズ・エリスはもう一度彼を観察した。「わたしが弁護したら、あんたの息子はもっと有利になるだろうね」

「息子たちのことをしゃべりたいですか?」ダガンが言った。「本当にしゃべりたいですか?　もしそうなら、わたしも喜んでしゃべりましょう。わたしは完璧じゃありませんが、わたしの子供が殺人容疑でつかまるまでは、わたしのほうがあなたよりも有利だ。もしわたしの子供がつかまったら、わたしは弁護料を払います。ダガンに施しは無用です」

彼女はためらって、ハンドバッグを見おろした。そして、ダガンを見あげた。「あんたと話がしたい」

「その見当はつきました」ダガンは腕時計を見た。「今は九時五分です、ミセズ・エリス。わたしは十一時に出廷しないといけません。運がよければ、二十分で行けるでしょう。すると、二時間弱の余裕があります。あなたは朝早くに家を出たはずです。何か食べてきて、十時に戻ってきてください」

「このあたりをよく知らないんだよ」彼女が哀れっぽい声で言った。

「歩きまわって、知り尽くしてください」ダガンが言った。

「気に入らないでしょうね。雌牛がいないから。さあ、出ていってください」

彼女の下唇が震えた。

「本気で言ってるんですからね」ダガンが言った。

彼女は立ちあがって、コートのしわを伸ばした。そして、あいたドアのほうへ向かった。

「シンシア」ダガンが言った。シンシアが顔をあげた。

「起こしたかな?」ダガンが言った。まるで彼が事務所にいることに初めて気づいたかのように、彼女は彼を見つめた。「起こしたようだな」ダガンが言った。「ベーコンふた切れがはいった目玉焼きサンドウィッチと、コーヒー大を二つ買ってきてくれ」

「トーストがいいんですか?」彼女はガムを噛みながら言った。

「トーストにはさんだサンドウィッチがほしいんだ」ダガンが言った。「サンドウィッチと別のトーストはいらない」

「お金を持ってません」彼女が言った。

彼はポケットに手を入れて、しわくちゃの五ドル札を引っ張り出すと、彼女のデスクの上に放り投げた。そして、自分の執務室へ向かった。

「電話はどうしますか、ミスター・ダガン?」シンシアが言った。

「きみが戻ってきたときにもそこにあるだろうよ、シンシア」彼が言った。

彼は歩きながら、ジャケットを脱ぎ、ネクタイをゆるめて抜き取り、シャツのボタンを外していた。

ダガンはオーク材のスウィング・ドアを抜けて、サフォーク郡上級裁判所刑事部第五法廷にはいった。裁判長席は空っぽで、陽の光が高い窓から法廷の中に降り注いでいた。一人の廷吏が詰めていた。五十歳前後の大柄な男で、煙草を喫っている。

「法廷では禁煙だぞ、ベイリー」ダガンが言った。さっぱりとひげを剃っていた。清潔な黄色いシャツを着ている。グレイのホップサック織りのスーツを着て、青と黄金のネクタイを締めていた。

ベイリーはダガンを見た。「おやおや」彼が言った。「けさはなんて素敵な格好の人物を見過ごすところだったんだろう」

「汚れなき生活」ダガンが言った。「そのおかげでこんな格好になれたんだ」

「事務所にシャワーがあるんだな?」ベイリーが言った。

「いいや」ダガンが言った。「だが、着替えは揃っているし、ときどきお湯の出る男性洗面所がある」

ベイリーは首を振った。「おれも弁護士だったらなあ」彼が言った。「今のところ、おれは生活のために働かなきゃならない」

「じゃあ、働き始めたら教えてくれ」ダガンが言った。

「判事はいるかい？」

「シャナハン判事か？」ベイリーが言った。「ああ、シャナハン判事は確かにいるよ。あんたが出廷すべき十一時からずっといる。イーディーもな」彼は椅子から立ちあがり、判事室のほうへ向かった。そして、肩越しに言った。「あんたのシェーヴィング・ローションがいい匂いであることを祈るぜ」

シャナハン判事は血色のよい太った顔に、丸々とした体、白くなりつつある少ない髪の持ち主で、フィルターなしのラッキー・ストライクを喫っていた。背が低く、死刑執行人並みのユーモア・センスを持っている。ダガンが判事室にはいると、判事は傷だらけのデスクのうしろにすわって、イーディーとサム・ウォルドスティーン弁護士を楽しませていた。ダガンにいい加減なあいさつをして、話を続けた。

「それで」シャナハンが言った。「このカンジェロージの馬鹿はうしろ足で立ちあがり、その警官にこう訊いた。被告人が麻薬ディーラーだと疑われていることをいつ書きとめたのか、とな。さて、これからが面白いところだ。この警官がすでにバットを構えている姿が目に見えるようだ。球速の遅いピッチャーに向かうテッド・ウィリアムズみたいに見える。それで、ずっと昔に書きとめた、とその警官は言ったんだ。

さて」シャナハンが続けた。「わたし自身、このことはよく知っている。いまいましい報告書を読むからな。報告書は考える限りのスキャンダラスなゴシップでいっぱいだ。立証できれば法王さえも絞首刑にできるほどのゴシップが、こういう報告書に書いてある。問題は、グールドがどれも立証できないということだ。もしイーディーがこの伝聞を提出したら、わたしは彼女の首をちょん切ってやるところだ。だが、地検はこの伝聞を提出していないし、何らかの理由で、カンジェロージがこの伝聞を提出することに反対していない。その理由をわたしは承知していると思うが、それはどうでもいい。わたしはカンジェロージに提出させた。

「それで」シャナハンは椅子の背にもたれて、紫煙の輪を吐いた。「いつ書きとめたのか、とカンジェロージは警官に訊いた。それで、カンジェロージがいまいましい旗みたいに振りまわしているのと同じいまいましい報告書に書きとめた、と警官は言った。もちろん、確かに警官はそれに書きとめていた。それで、書きとめた箇所を示してほしい、とカンジェロージは警官に要求した。そして、報告書を警官のほうに投げつけて、報告書を読ませた。

「それで」シャナハンはさらに続けた。「警官は読みあげた。ゆっくりと読みあげた。言葉の一つ一つをコールスローと見なして、味をゆっくりと嚙みしめるように読みあげたんだ。

確かにその報告書に書いてあった」シャナハンはにやにや笑っていた。「一部始終が書いてあった。被告人が汚くて、卑劣で、みすぼらしくて、どうしようもない腐り切った麻薬密売人であることをその警官が知っていたと書いてあった。自分の売春婦を殴りつけるヒモだと信じうる理由があるとも書いてあった。被告人が拳銃を携帯していて、撃つ必要のない人間を殴りつけるのに、それを使ったことに少しの疑問もないとも書いてあった。そういうことが書いてあったんだ。陪審員たちはそれを信じ込んだ。まったく素晴らしい内容だった。

警官が報告書を読みあげている最中に」シャナハンが体を前に乗り出した。「カンジェロージが異議を申し立てた。うん、これはわたしにも新鮮なことだった。質問をしている弁護士から異議を申し立てられたことは、これまでなかったからね。『きみは自分自身の質問に異議を申し立てるぞ、ミスター・カンジェロージ』とわたしは言った。自分自身の質問に異議を申し立てているのではない、とカンジェロージは言った。警官の答えに異議を申し立てているのだ、とね。その理由は理解できる。カンジェロージ自身の船を海から吹き飛ばしているようなもんだからな。問題は、質問をしたら、その答えには異議を申し立てられないことだ。『証人は伝聞と根拠のない証拠を伝えています』とカンジェロージが言った。『確かにそうだ』とわたしが賢明にも答えた。『きみがそれを要求したのだから、証人はそれを伝えることができる』とな。そこで、大変な騒ぎになった。検察官はそこにすわったまま、チェシャー猫がうらやむほどのにやにや笑いを浮かべていたよ」

シャナハンは椅子の背に体重をかけて、頭のうしろで手を組んだ。「さて、紳士淑女の皆さん」彼が言った。「きょうの裁判戦術のレッスンはこれでおしまいだ。サム、帰ってもいいぞ」

サム・ウォルドスティーンが立ちあがると、シャナハンはラッキー・ストライクの火を揉み消し、次の一本に火をつけた。そして、ダガンを批判的な目で観察した。「きょうのきみはかなり立派に見えるぞ、ジャッキー坊や」彼が言った。「何をしたんだね？　洗車機の中を歩いたのかね？」

「違います」ダガンが言った。「あなたの遺体防腐処理専門家に会って、あなたと同じ特別割引処理をしてくれと頼んだんですよ」

シャナハンが笑った。「相変わらず法廷に敬意を払ってないな、まったく」ウォルドスティーンが唇をすぼめて、ダガンを不満の目で見つめた。

「やあ、サム」ダガンが言った。「おまえに気がつかなかったよ。もちろん、おまえは見過ごされがちだからな」

シャナハンが馬鹿笑いをした。

「おれはおまえを……」ウォルドスティーンが言った。

「ああ、わかってるよ」ダガンが言った。「いつか試してみるべきだぞ。さあ、出ていけよ。おれは判事と話があるんだから。いいかい？」

ウォルドスティーンはシャナハンのほうをちらっと見たが、シャナハンはただにこっと笑うだけだった。ウォルドスティーンが判事室から出ていった。ダガンは空いた椅子にすわった。

「このエリスの間抜けについて話したまえ」シャナハンが

言った。「われわれは取引をするか何かなのかね？」

「何かのほうです」イーディーが言った。「グールドは第一級殺人容疑での起訴を望んでいます」

「素晴らしい」シャナハンが言った。「ダガン？」

「エリスは無実だと主張しています」ダガンが言った。

「じゃあ、裁判だな」シャナハンが言った。「混乱を招くだけだ。くそ迷惑だ」彼は予定表を手前に引き寄せて、検討した。「頭痛の種だな」

「人生は試練の連続ですよ、判事」ダガンが言った。


ダガンはデスクのうしろにすわっていた。執務室のドアをしめたまま、緊迫した様子で送話口に話していた。「なあ、ハニー、五時半には行くよ。本当に行くから。当てにしていいよ。きみをがっかりさせはしない」


フレデリック・エリスは暗闇の中で《シェラトン・ボストン・ホテル》から出てきた。レザーのカー・コートを着て、不安げな表情を浮かべていた。ドアロに立って、通りを見つめた。栗色のクーガーが視界にはいってきた。そして、入口の前でとまった。エリスは助手席側のドアをあけて、車に乗った。「フランチェスコ」

「フレデリック」ドライヴァーは葉巻きを喫っていた。車の中には煙が充満していた。

「フランチェスコ」エリスが言った。「いったいどこへ行くんだ？」

「フレデリック」ドライヴァーが言った。「ボスは懸念している。心配している。おまえの望みどおりにな。ボスはおまえと同じように心配してるんだ」

「すると、おれはもっと心配するぜ」エリスが言った。

「おまえは心配するのをやめるべきだ」フランチェスコは車のギアをドライヴに入れた。「今の状況でおまえが心配すると、ほかのみんなも心配することになるからな」


キャディラックがボストン西郊外にある二階が前面に突き出た植民地風の黄色い家のドライヴウェイでスピードをゆるめて、とまった。屋根つき通路に続く横手のドアがすぐにあいた。九つくらいの女の子が出てきた。跳びはねている。赤い刺繡《ししゅう》がボタンホールや袖のまわりに施してあるメルトン織りの青いコートを着ていた。白いニー・ソックスとエナメル革の黒いメリージェイン靴をはいている。長い金髪をバレッタでとめていた。車のほうへ駆け出したが、叫び声をあげられるほどの息は残っていた。「パパア」

その女の子のうしろに、三つほど年上の男の子がいた。ブラインドつきの通路のうしろにとどまっている女性に促されるままに、ゆっくりと出てきて、ドアをしめた。両手をポケットに入れて、しばらく空を見あげた。ツイード地のオーヴァーコートを着て、L・L・ビーンのブーツをはいていた。

女の子はダガンを力一杯抱きしめた。ダガンは車からおりる途中だったので、バランスを崩したが、すぐに取り戻し、女の子の体を持ちあげた。女の子を抱いて、揺すった。目にたまった涙を女の子から注意深く隠した。そして、しわがれ声を出して言った。「マーク」

女の子が言った。「会えてとっても嬉しいわ、パパ」

ダガンが言った。「そうだね。マークを連れてきてくれないか?」彼は女の子から顔をそむけた。男の子はやけにゆっくりと近づいてきた。女の子はスキップした。男の子はのろのろと歩いた。女の子は男の子に駆け寄り、左手を取った。女の子は男の子を車のところまで連れてきた。

ダガンが言った。「やあ、マーク。腹ぺこかい?」

マークは数分と思えるほど長くダガンを見つめた。そして、言った。「ステーキを食べていい?」

「もちろんだ」ダガンは無理に愛想よく振る舞った。「頼めば、ジーノがブラチョーレを作ってくれるぞ。丁重に頼めばな」

男の子は思案した。そして、うなずいた。「それはいいね」

ジーノ・フェラーロはボストン・ガーデンのすぐそばにある自分のレストランで楽しそうにおしゃべりをしていた。青のブラザーを着て、革色のズボンをはき、赤のストライプ・タイを締めている。眼鏡が必要になったので、アヴィエーター・グラスの縁を黄金で作らせた。ダガンと子供たちが店にはいってくると、ジーノは感激した。「アニー。マーク。会えて嬉しいよ」二人はジーノと握手した。ジーノがダガンに言った。「三人用のテーブルか、ジャック?」

「頼む」ダガンが言った。

ジーノはダガンの背中をたたいた。「会えて嬉しいよ、親友」彼が言った。「いつ競馬場へ行くんだ?」

「あしたは駄目だ」ダガンが言った。「警察の審問会がある。フランクリンという男のことを聞いたか?」

「可哀想なやつだ」ジーノは首を横に振った。

「おれが担当する」ダガンが言った。

「おまえも可哀想なやつだ」ジーノが言った。「そいつは金を持ってるのか?」

「持ってるとしても」ダガンが言った。「手放そうとはしない」

「あああ」ジーノは三人をダイニング・エリアへ案内した。そして、マークに言った。「お若いの、野球に行くかい?」

「ステーキ」マークはすわりながら言った。

「あああ」ジーノが言った。「ブラチョーレか。あんたは、ミスター・ダガン?」

「ビールをくれ、ジーノ」ダガンが言った。

「あんたが子供たちをここへ連れてくるのを見るのは喜びだよ、ジャック」ジーノが言った。

ダガンは意気消沈した。「デイトだよ」彼が言った。

「自分のいまいましい子供たちとデイトとはな」

ジーノはまたダガンの背中をたたいた。「よくなるよ。そのうちによくなるって」


ハロルド・グールドは朝のミサに行って、コーヒーも飲んでいた。グレイのチェヴィオット・ツイード地のスーツを着て、スズメバチよりも怒り狂っていた。軋むオーク材の椅子にすわるときに、拳をデスクにたたきつけた。そして、イーディー・ウォッシュバーンをどなりつけた。顔は怒りで赤く燃えあがり、静脈が盛りあがった。

「わかりません」イーディーが言った。

「あいつはここにいない」グールドが言った。

「ここにいません」彼女が言った。

「きみをだますことはできないはずだな?」グールドが言った。

「できません」彼女が言った。

「見つけてこい」グールドが言った。

「はい」彼女が言った。

「正午までに見つけろ」グールドが言った。

「それはむずかしいかもしれません」彼女が言った。

「努力しろ」グールドが言った。「人生はまったくきびしいもんだ」


朝早く、ウォルター・ノーランはマリーナにあるマカダム舗装のランチ・スロープで革色のレインコートを羽織った肩を丸めて立っていた。陽差しは冷たく薄暗かった。海面に何かが浮かんでいる。エリスだった。イーディー・ウォッシュバーンがノーランの横に立っていた。革色のレインコートを着ている。

「これは」ノーランが言った。「どういう状況のもとでも司法取引には見えないな」

「被告人は死んでるように見えるわ」彼女が言った。

「救いようのないほど死んでいる」ノーランが言った。


ダガンはかなり朝早く自分の事務所に現われた。顔色はよくなかった。シンシアはガムをぱちんと鳴らし、ダガンをからかった。「大変な夜でしたの、弁護人?」

「すごくね」彼が言った。

「夜は家へ帰るべきですわ」彼女が言った。

「帰ったよ」彼が言った。

「フレデリック・エリスが死にました」彼女が言った。

ダガンは受付室でどすんとすわり込んだ。「死んだか」

「死んだんです」彼女はまたガムをぱちんと鳴らした。

「死因は?」彼が言った。

「銃弾です」シンシアが言った。「検屍台に寝ています。南死体置場の」

ダガンはしばらく何も言わなかった。「教えてくれてありがとう。見に行きたくはないな」

「あなたにお金を払わなかったんでしょ?」シンシアが言った。

「払わなかった」ダガンが立ちあがった。

「じゃあ、放っておきましょう」シンシアは自分のコーヒーと新聞に注意を戻した。

「そのとおり」ダガンが言った。「まったくそのとおり」

審問室には窓がなかった。壁には腰の高さあたりまでウォルナット材の羽目板が張ってあった。腰から上の壁は白かった。ペイントを塗る必要があった。警視総監と二人の制服姿の警察幹部がオーク材の長いテーブルのうしろにすわっていた。警視総監はグレイのフランネル・スーツを着て、厳格な表情を浮かべている。「ミスター・ダガン。ほかに質問はあるかな?」

ダガンはフランクリンのほうをちらっと見た。フランクリンは首を一度横に振った。ダガンは警視総監のほうに向き直った。「ほかにありません」

「何か話したいことはあるかな?」警視総監が言った。

「じつのところ」ダガンが言った。「この審問会でわたしは充分に話したと思います。お聞きになりたければ、もっと話せますが、人間の叡智《えいち》が結集したこの場所でこれ以上付け加えるつもりはありません」

警視総監はにやにや笑いをすぐには隠さなかった。「よろしい、弁護人」彼は木槌をたたいた。「協議するあいだ、審問会は休憩とする」傍聴者たちはすわったまま、体の位置を変えて、コートをつかんだ。「ここで協議をするので」警視総監が言った。「したくなければ、退室する必要はありません」

警視総監は右側の幹部のほうに体を寄せて、手の陰で話した。うなずいて、左側の幹部のほうを向いた。また手の陰で話した。またうなずいた。そして、木槌をたたいた。

「審問会は合意に達しました」彼が言った。「フランクリン巡査に対する告発は根拠のないものと判断しました。フランクリン巡査は同僚の生命と安全を守るために、慎重に思慮深く行動したと。ほかに言うことは?」

「ありません」ダガンが言った。

警視総監はまた木槌をたたいた。「審問会はこれにて閉会する」フランクリンがやけにゆっくりと立ちあがった。エイハーンが傍聴席からやって来て、フランクリンと握手した。二人とも目に涙を浮かべていた。エイハーンはダガンの手を握った。「ありがとう」

「ああ」フランクリンが言った。「ありがとう」

「何でもないよ」ダガンが言った。「簡単なことだ」

「ほらっ」エイハーンが言った。「こいつは腐り切ったシラミ野郎だと言っただろ?」

オールド・ボーイズ、オールド・ガールズ
Old Boys, Old Girls

エドワード・P・ジョーンズ　阿部里美訳

エドワード・P・ジョーンズ（Edward P. Jones）は一九五一年ワシントンDC生まれ、ヴァージニア大学卒。一九九二年の作品集*Lost in the City*で注目され、二〇〇三年の歴史小説*The Known World*でピュリッツァー賞を受賞した。二〇〇六年には最新の作品集*All Aunt Hagar's Children*が刊行された。本作は《ニューヨーカー》誌に掲載。

彼が警察に捕まったのは二人目の男を殺したあとだった。しかし、警察が最初の殺人事件と彼を結びつけることはなかった。そのため、最初の犠牲者――その男は両親の住む家から二ブロックしか離れていないノースイースト通りで、いかつい身体つきのシーザー・マシューズに射殺された。愛し合っている女の上で。彼女にとっては三人目の男だったが――は、自分の身に何が起こったのか捜査当局の誰一人として関心を示さないまま、墓の中で眠っていた。少なくとも警察の記録の上では、シーザーはその殺人事件と無関係ということになっている。

その七カ月後、彼は二人目の犠牲者――若白髪の二十二歳の男は南西部の町から六回しか出たことがなかった――をナイフで刺し殺した。そして、第二級謀殺の罪で、裁判にかけられることになった。裁判中、シーザーに思い出すことができたのは、最初に殺した男の名前――パーシー・ウェーマス、あるいは〝ゴールデンボーイ〟――だけで、訴訟の中で、誰もが口にしていた二番目の男の名前、アントワニー・ストッダードを思い出すことはできなかった。

十四年近く前、シーザーが父親の家を十六歳で飛び出して以来、世間は彼にいろいろな難題を押しつけてきたが、それ以上に彼は自分で問題を引き起こしてきた。

彼はさまざまな悪事をし、数カ月の間、安宿を転々として身を隠していたので、公判中は混乱して、最初の犠牲者〝ゴールデンボーイ〟を殺害した件で裁判にかけられているのだと、何度も思いちがいをした。彼は精神病者ではなかったが、正気とは思えないときもあり、昔のガールフレンド、イヴォンヌ・ミラーは彼の振る舞いを見て、冗談半分に病気だと言っていた。このアントワニーとかいう奴は、一体何者なんだ？　シーザーは公判の最中に何度かそう思っていた。それに、パーシーとかいう奴はどこにいる？

判事は七年の刑を言い渡し、ヴァージニア州にあるコロンビア特別区のロートン刑務所に服役することが決まったとき、ようやく事件についても少しだけ思い出せるようになっていた。警察に連行される際に、アントワニーは《プライム・プロパティー》というナイトクラブの前で大の字になって倒れ、油井から気前よく噴き出すオイルのように、胸から血を流していた。そこで記憶が全て甦った。シーザーが歩道に坐っていると、頭から酒をかけられた。友人たちはそこから逃げるように言った。ナイトクラブのドアが開き、音楽が外まで聞こえてきた。音楽が頭に鳴り響いた。ガン、ガン、ガン。彼はアントワニーから数フィート離れたところに坐っていた。一本の煙草のことでまた人が殺されたのだ。「あんたは病気も同然よ、もうすぐ頭がおかしくなるんじゃない」とイヴォンヌは言っていた。彼女は不幸というものを信じ、幸福は神が創り出した最大の幻影だと考えていた。イヴォンヌ・ミラーは、彼が抜き差しならない状況に陥るときを待っているということだろう。

シーザーがロートンに来たとき、なんとも好都合な噂が広まっていた。マルトレイ・ウィルスンとトニー・キャセドラル——二人とも第一級謀殺の罪で服役し、その刑務所で死ぬ運命にあった——が北西部や北東部の町にいた時代からシーザーのことを知っていたからだ。当時はマルトレイとキャセドラルがロートンの大物二人と言われていた（看守はロートンをマルトレイとキャセドラルの家と呼んでいた）。二人は皆にシーザーのことをいい奴だと言っていた。彼のパンや煙草を取っても危険はないが、「奴には護衛がついている」と。

シーザーがロートンに来てから一週間もたたないときに、キャセドラルから同じ監房の仲間をどう思うかと訊かれた。彼は刑務所に入るのは初めてだったが、拘置所に五日間入っていた。公判がはじまる前も、公判の最中も、拘置所に何日いるかを数えていたわけではなかったが。夕食時、二人は横に並んでテーブルにつき、互いに顔を見合わせることはなかった。マルトレイが二人の前に坐った。キャセドラルは三分で食事を食べ終えた。が、シーザーはいつも食事に時間がかかった。母親から食べ物をよく嚙むようにしつけられていたからだ。「オートミールしか食べられないおじいさんになりたいの？」と母親は言ったものだ。「ぼくはオートミールも好きだよ、ママ」「ちゃんと嚙まないと、死ぬまで毎日、オートミールを食べることになりますよ」

「彼はいい奴みたいだ」とシーザーは答えた。同じ監房の男とはまだ千語も言葉を交わしていなかったが。シーザーの母親は、息子の成れの果てを見ることもなく、すでに死亡していた。

「お気に入りのベッドを取ったのか？　自分の好きなほうのベッドを？」とマルトレイが言った。ロートンには「女」が二人いた。マルトレイはそのうちの一人の横に坐っていた。そいつが「女」だということは、ごく最近わかったことだった。食べ物をよく味わって食べる「女」だった。マルトレイはそういう食べ方をやめるように注意した。もう一方の「女」には、家族があった——妻と三人の子どもがいた。しかし、家族が会いにくることはなかった。シーザーにも、面会者は一人もいなかった。

「俺はかまわないよ」とシーザーは言って、二段ベッドの上を使うことにした。同じ監房の男がすでに下のベッドを占領していたからだ。金属製のベッドの柱のひとつに、男の一番下の子どもから送られた、小さなプラスティックのパンダがぶら下がっていた。「上でも、下でも、同じベッドだからな」

キャセドラルは一インチもある先を尖らせた指の爪で歯に挟まった鶏肉を取り除きながら、シーザーのほうへ身をかがめて言った。「いいか、お前が上のベッドでよくても、奴を叩きのめして下の段を奪うんだ。奴にどっちが偉いかを教えてやるために。言うことを聞かなきゃ、心臓を一突きだと言ってやれ。で、背を向けて、夕飯を食ってデザートを楽しめばいいんだよ」キャセドラルは立ち上がった。「シーズ、そうすれば、あと何日かすれば、誰もお前をばかにする奴はいなくなる」

シーザーは監房に戻ると、上のベッドだとよく眠れないから下を使いたいと、パンチョ・モリスンに言った。

「そりゃ、気の毒だな」とパンチョは言い、ベッドに寝転んだままエホバの証人の本を読んでいた。彼はエホバの証人の信徒ではなかったが、関心を持っていた。

シーザーはその本をつかみとり、監房の格子に投げつけた。本が格子のすぐ傍に落ちた。シーザーはパンチョのわき腹を蹴飛ばした。もう一発蹴ろうとして、足を引き戻そうとしたとき、パンチョがその足を両手でつかみ、ひねりあげ、シーザーを壁に叩きつけた。パンチョが立ちあがり、二人は取っ組み合いの喧嘩をはじめた。一時間ほどして、二人の看守が見回りにやってきた。看守は監房の中に入り、シーザーとパンチョの頭を殴りつけた。「ショー・タイムは終わりだ！　終わりだ！」と、看守の一人は何度も言っていた。

シーザーとパンチョは黙って相手を睨みつけた。翌日の夕食のあとまで、その状態が続いた。二人はほぼ同じような体型をしていた。シーザーのほうが筋肉質だったが、パンチョには、シーザーよりガッツがあった。その日の朝、キャセドラルがシーザーに言った。パンチョはロートンへ来る前、三年間はヘロインだけで生きていたから、闘争心があっても、少ししか続かないか、すぐに消えてしまうはずだ、と。そして、三日が過ぎた。パンチョには五人の子どもがいた。こぶしを振りあげる度に、ヘロインに耽っていた三年間、その子どもたちをこぶしで殴りつけていたことを思い出した。彼は子どもたちの元へ戻り、償いたいと考えていた。が、三日目の朝、シーザーに殺されたら、それもできないことに気がついた。十四分間、シーザーと取っ組み合いの喧嘩をし、腹を殴られたあと、床に崩れ落ちた。彼は立ちあがったが、その場でじっと動かず、黙っていた。二人の看守が笑った。パンダの人形をくれた娘は九歳で、母親はその娘をカトリック教徒として育てていた。

その晩、刑務所の明かりが消される前、シーザーは下の段のベッドに寝転び、パンチョが向かい側の壁に貼った子どもたちの写真を眺めていた。パンチョにその写真を取り外させるか、自分で全て捨ててしまうかを決める必要がある、と思った。写真の中の子どもたちは皆、歯を見せて笑っていた。別々の写真に写っていた末の子どもと、その上の子どもはどちらも初聖体用の服を着て、屋外に立っていた。シーザーも二年間だけ子どもの父親をしていたことがある。ノースウェストにある《Fストリート・クラブ》で知り合った女に、息子の父親だと言われ、しばらくはその言葉を信じていた。が、その子どもは成長するにつれ、耳が大きくなった。シーザーは自分の家族に、そうした特徴を持つ人間が一人もいないことに気づき、一週間に何度もその女に平手打ちを食らわした。そして、子どもが二歳の誕生日を迎える前に、女は「初恋の人」の子どもであることを告白した。「初恋は忘れないものなのよ」とその女は言った。それまで本など一冊も読んだことがない、テレビばかり見ている女がよく言うように。シーザーが家を出て行く準備をしていると、女が訊いた。「子どもに買い与えたおもちゃとか、みんな返してほしい?」子どもは二人の喧嘩に慣れているのか、最後の喧嘩をしている間も、リビングルームの一角にある、月賦で買ったソファーの上で寝ていた。シーザーは何も言わなかった。そして、家を出て、八ブロック先まで歩いたところで、十八金のライターのことを思い出した。女はそのライターを質に入れ、ソファー代を完済できるだけの金を手にしていた。

シーザーとパンチョは洗濯場で働いていた。シーザーは騒がしい部屋を見回した。糸くずが辺り一面に舞っていた。パンチョは汚れ物の仕分けをしていた。制服を左側の大きな箱に入れ、残りは全て右側の箱に入れていた。彼は三年間、この仕事をしていた。ロートンを出たあと、彼が就いた仕事は建設現場の雑用係だったが。ロートンの外にあるクリーニング屋はどの店もパンチョを必要としていなかったのだ。シーザーは仕事場でパンチョに背を向けていたが、常に警戒を怠らなかった。そうやって二週間以上、次に何をすべきかを考えていた。彼は人を見れば、見境なく突っかかっていく人間ではなかった。だからこそ、ロートンの外にいられたのだ。シーザーは監房の壁に貼られた写真をどうすべきか、まだ決めかねていた。二週間がたったある日、パンチョの頭の上にある明かりが点いたり消えたりしているのに気づいた。パンチョは顔をあげ、しばらくその明かりを見ていた。あらゆる問題の答えが天井に据えつけられた電灯の中にあるとでも考えているように。そのとき、シーザーは壁の写真をそのままにしておこうと思った。

三年後、パンチョは釈放された。それまで二人は互いに距離を置いていたが、パンチョの出所が近づくと、ロートンの外に出たら、どうやって暮らしていくかを話し合うようになった。友情が芽生え、シーザーは、パンチョが子どもたちの写真を壁からはずす姿を見て、寂しくなるほどだった。最後の写真が剝がされると、突然、壁が殺風景でわびしく感じられた。彼は子どもたち全員の名前を知っていた。パンチョは子どもの一人からもらった幸運のお守り——ウサギの足——をシーザーに渡した。ロートンの人たちは、望みが叶えられるとお守りの効力はなくなり、別の人に渡すと効力が復活すると考えていた。パンチョはウサギの足に見守られながら、刺激に満ちた月日を過ごし出所した。シーザーのたったひとつのお守りは、ペルー産のキーホルダーだった。キーホルダーは隣の監房にいた、銀行強盗をした男のお守りだった。その男の三年生になる娘が帰宅途中で誘拐され、殺害された二年前までは。

パンチョがいなくなったある日、窃盗が一度と、中高年の女性を三度レイプした罪で捕まった男が入所してきた。その男はシーザーに会釈し、ワトスン・レイニーだと名乗った。そのあと、監房の中に自分専用の居場所——我が家——を作り、最後に壁に据えつけられた金属製の棚の上に、緑色のかさがついた小さなランプを置いた。レイニーは上のベッドにあがり、布団を整えて、寝転がった。シーザーに言った名前は彼の通称だった。シーザーは、レイニーがせっせと巣作りをしている様子を、ベッドの下の段で煙草を吸いながら眺めていた。十分待ってから立ちあがり、壁のソケットからランプのコードを引き抜き、レイニーの片腕をつかんで床に引きずり落とした。そして、ランプをレイニーの顔に押しつけて怒鳴った。「俺のウチにやってきて、挨拶もなしか？」レイニーは口の中をあちこち切り、ただ苦しそうに咽喉を鳴らすだけだった。聖書を読んでいないときに時折、向かいの監房からシーザーたちに目をやる老人以外に、この一件の目撃者はいなかった。全てが四分間で片づいた。レイニーが意識を取り戻すと、持ち物が全てひとまとめにされ、小便で湿った壁の隅に置かれていた。シーザーは再び上の段のベッドを占領した。

四年後、シーザーが釈放されるまで、二人は同じ監房で暮らした。レイニーは昼間、我が家に寄りつこうとしなかった。その場所にいても、シーザーが近づくと、我が家を離れた。レイニーが入所した初日に名前を名乗って以来、二人の間で言葉が交わされることはなかった。

レイニーが来て一週間がたったころ、シーザーはマルトレイから三年前のカレンダーを買った。大判のカレンダーで、製作された当時のまま、何の印もつけられていないものだった。「これが今年のじゃないってことはわかるだろ」とマルトレイは言った。マルトレイの女の一人がシーザーから二十五セント硬貨を一枚受け取り、財布の中に入れた。シーザーは言った。「もちろん、わかってるよ」マルトレイはカレンダーの写真を値踏みするように眺めた。上半分に、人種もはっきりしない裸の女の写真がついていた。女は椅子に腰掛け、両足を大胆に広げ、彼女の前に立っているどこの誰ともわからない男に、彼女自身をさらけ出していた。そのカレンダーはマルトレイのかつてのお守りだった。が、運はつきた。マルトレイはそのカレンダーのお陰で手にできた幸運のことを忘れたわけではなかったが、効力がなくなったので、カレンダーをシーザーに売って元手を取り返すように女に言ったのだ。新しいお守りまで効力を失わないように。

カレンダーの下半分には、その年の月日が印刷されていた。六月の第一週目の月曜日、シーザーは一月一日と書かれた升目の中に、左上から右下に斜めの線を一本描いた。翌日、六月の最初の火曜日には、一月二日の升目に同様の線を引いた。それを毎日繰り返した。翌年の六月、カレンダーの全ての升に斜めの線が引かれた。次に、シーザーは一月一日の升目に、Xの印になるように右上から左下に線を加えた。そうしてまた一年が過ぎた。三年目、升目が半分になるように、真ん中に横の線を一本引いた。そして、四年目には、真ん中に縦の線を一本引いた。

シーザーが持っているカレンダーはこの一枚だけだった。

カレンダーを手に入れた最初の月曜日、パンチョの子どもたちの写真があった場所にそのカレンダーを貼った。壁には他に何も貼られていなかったが、彼は殺風景な壁をどうにかするつもりはなかった。レイニーにも、自分の物を貼ることはできないことがわかっていた。

カレンダーには、確かにお守りとしての効力があった。しかし、シーザーがロートンに来て五年が過ぎようとしていたころ、その効力はもはやなくなったと感じはじめた。しかし、カレンダーは剝がされることなく、線が引かれ続け、写真の女も彼のほうを向いて足を開き続けていた。

そして五年目、マルトレイがシャワーを浴びているときに、何者かに殺害された。犯人――マルトレイのような男には、敵は一人ではなかったにちがいない――が誰なのかはわからないままだった。食べ物をよく味わうマルトレイの「女」は最近、ロートンに来た五歳年下の男が気になっていた。彼はパートタイムでカトリック教会の助祭を務めていたが、南西部に住む「脳細胞がひとつもない」助祭の妻と言われていたバーテンダーを殺害した。そのバーテンダーは十階のビルの上から頭を下にして、真っ逆さまに落ちていったという。ロートンでは、この話が語り種になり、死んだバーテンダーは「平らな頭の恥さらし」と呼ばれ、殺人犯は「正義の曲芸師」として名を馳せるようになった。その曲芸師は「マルトレイの女」を自分のものにしたがっていて、人を雇ってマルトレイを殺したのだ。食べるのに時間がかかるその「女」は、マルトレイがシャワーを浴びている間、見張りをしているのが日課だった。しかし、その日は見張りをしていなかった。曲芸師から指示された通りに。

かつてはキャセドラルとシーザーには何もかも――体力から影響力まで――備わっていた。そのため、誰かに犯人の一派を白状させることもできただろうが、刑務所の若い輩は、この二人が以前どんな力を持っていたかなどまったく気にしない者ばかりだった。それに、キャセドラルの元を、ノースウェストで殺害した男が二度も訪れていた。二度とも、その男はまずキャセドラルの監房の前で立ち止まり、格子の一本をつかみ、どこかの家の木製のドアでも開けるように、監房のドアを押し開けて中に入ってきた。死んだ男がそこに立っていれば、誰でも気が動転するだろう。しかし、問題は他にもあった。彼が何年も見続けた監房のドアは横に開く造りになっていたにもかかわらず、死んだ男は不可能とも思える方法でドアを押し開けた。彼はキャセドラルの前に立っていた。そして、監房を出て行くときは、中で子どもでも寝ているようにドアをそっと閉めていった。キャセドラルは正気ではなかった。だからこそ、マルトレイは彼に仕返しをされることはなかったのだ。

武装強盗をした男が一人いた。彼は自前の針とインクで囚人に刺青をしていた。筋肉質の身体にも貧弱な身体にも、子どもの名前や色鮮やかな絵を彫っていた。血の滴る熊手を持つ王位の標章を身にまとった悪魔、〝母〟あるいは〝母よ、永遠に〟という文字とその周りに描かれた赤いバラや悲しげな表情の天使。天使が悲しげなのは、彫り物師に幸せそうな天使を描く力量がなかったからだ。あるスリは胸の真ん中に父親の顔の刺青をしていた。父親の頭の上には、古風な文字で〝地獄でくたばれ〟と書かれており、「地獄」の最初の文字は火炎のように黄色と赤い色で描かれていた。シーザーがその彫り物師から聞いた話では、人の皮膚は「画家にとって一番理想的なキャンヴァス」だという。彼は〝神が羨む存在〟と刺青をすることもできると言ったが、シーザーはいつも断わっていた。六年目の三月、雪が降る夜に目が覚めた。その日は母親の誕生日であることに気づいた。何曜日かはわからなかったが、ある声が彼に告げたのだ。それは何百万人もの母親を司る、偉大なる母の声だった。シーザーはずっと以前に自分の誕生日がいつであるかも忘れていたが、刑務所の記録を見て、誕生日を調べてほしいと頼むつもりはなかった。

彼は自分の身体に刺青をしてまで賞賛したい人も、賞賛したい物もなかった。二十年前、最初のガールフレンド、キャロルとつき合っていたとき、少し知能の足りない女の子が二人の間に割って入るまでは、キャロルの名前を刺青にしたかもしれないが。そして胸に、つき合っていたある少年の名前を彫ろうかと思ったこともあったが、彼に嘘をついたことがわかってしまい、刺青を彫るには至らなかった。その少年の前には、イヴォンヌとつき合っていた。彼女とはしばらくの間、ノースイーストの街で一緒に住んでいて、彼女の名前を刺青にしようかと思ったこともある。しかしある日、彼女は仕事に出かけたまま戻ってこなかった。三カ月間、イヴォンヌを捜し、そのあと、彼女はどこかで殺害され、動物しか見つけ出せない場所に捨てられたのだ、と思うことにした。イヴォンヌは本当に死んでいた。彼女は、シーザーが抜き差しならない状況に陥ることを望んでいたようだが、自分がしているのがどういうことかは理解していなかった。「自分はいつも不幸だって思っていればいいのよ」と、イヴォンヌは言っていた。暗がりの中でソファーに坐り、フィルターだけになるまで煙草を吸い続けながら。「手持ちのカードがひっくり返ることはないわ。幸せっていうのはツルツルと手から逃げていってしまうものよ。信用できないわね。千回ツキに恵まれたって、不幸につかまったら、すぐに運は尽きてしまうのよ、シーズ」

　そこで、シーザーは左の二頭筋に〝母よ、永遠に《Mother Forever》〟と刺青を彫ることにした。しかし、彫り物師は文字数を増やすと、煙草かキャンディーか金を余分に払わないといけなくなるから、〝母〟だけにするようにと言った。「母親が陣痛にどれくらい苦しむか知ってるか？」とその男がシーザーに訊いた。「あんたをこの世に生み出すために」。二日にわたり、五時間かけて刺青を彫った。二日とも、外は吹雪だった。シーザーは天使はいらないと言った。男が微笑んでる天使を描けないことを知っていたからだ。文字は青色にし、その周りに赤いバラを描いてもらった。シーザーは彼に新聞を渡し、新聞の文字を写してその通りに彫ってもらった。男は字も下手だった。

　三日目に雪はやんだ。不思議なことに、二フィートも積もった雪がたったの三日で解けてしまった。嵐が去るのと同時に、熱波がやってきたのだ。彫り物師は「正義の曲芸師」と仲がよかった。四月の後半に、その男は指示された通りにしなかったら、自分の身に何が起きてもそれは自分のせいだ、と言った。「護身用に武器を持っていても、何の役にも立たない」と。刺青をしてから五日たった、三月三十一日の夜、左腕がズキズキ痛み、シーザーは夜中に目を覚ました。もう眠れなかったので、朝までベッドの端に腰を掛けていた。彼が腕を見ると、誰かがマッチを押しつけたように、刺青の〝e〟の文字に水ぶくれができていた。

シーザーが彫り物師のところへ見せに行くと、心配する必要はないと言われた。次にその男は過酸化水素をスプーンですくい、マッチで温めたあと、その文字の上を軽く叩きながら過酸化水素をつけた。二日もしないうちに、〝e〟の文字が解けたようになり、〝e〟の文字はどれも醜い塊のようになった。一週間後、〝e〟の伝染病は他の文字にも広がり、シーザーは痛みで腕を動かすことができなくなった。彼は医務室に行った。そこで鎮痛剤をもらい、刺青にバンドエイドを貼ってもらった。翌日も、医務室に行くと、同じ医師がいた。

彼は、三年前に出廷して以来、初めてワシントンに戻り、DC《コロンビア特別区》総合病院に四日間入院した。二日間、全身が麻痺していた。退院する日、もう少しで死ぬところだった、とある看護師から言われた。感染症が完治したときには、〝o〟と〝r〟の文字を除くと、刺青の大半が消えていた。残った文字も変形し、英語のアルファベットとしては通用しない代物になり、バラのいくつかは赤いゴミのようになっていた。刑務所に戻ると、彫り物師は煙草と金を返すと言ってきたが、シーザーは返事をしなかった。男は背後に気をつけろというメッセージとして受け取った。シーザーの刺青と、シーザーの身に起こったことがマイナスの宣伝となり、間もなく男に刺青を頼みに来る者はいなくなった。

腕と肩のどこかがだめになったようだった。シーザーは三十五度より上に左腕を上げることができなくなった。彼に敵はいなかったが、腕のことは誰にも話さなかった。それから数カ月間、人目を避けて暮らした。刺青をする前ほど強靭ではなくなったのがわかっていたからだ。向かい側から誰ものぞいておらず、監房に一人でいるときに、腕のリハビリをした。しかし、十一月になる頃には、腕が元通りになることはないと思った。シーザーは以前と変わらないことを示すために、事あるごとにレイニー・ワトスンを痛めつけた。そして、できるかぎりキャセドラルと一緒に過ごすようにした。

が、キャセドラルが殺した男は前よりも頻繁に、定期的に訪れるようになっていた。キャセドラルの隣に住んでいた若い独身男は、彼の元を訪れても何も話さなかった。死んだ男はキャセドラルの監房のドアを開けて中に入り、監房で我が家のように振る舞っていた——キャセドラルだけに見える壁の絵をまっすぐに直し、ストーヴのガスを弱め、シャワーの湯の温度を確かめ、熱すぎないように調節し、子どもたちをベッドに寝かしつけるのだった。キャセドラルは黙ってそれを見ていた。

釈放される六カ月前の十二月半ば、シーザーはキャセドラルの監房に行った。友人は両手を膝の上に置いて、下の段のベッドに坐っていた。シーザーが監房の外で立っていると、キャセドラルが言った。「シーズ、神様はなんで蚊を創るようなまぬけなことをしたんだ？　あいつらは一体なんなんだ？　なんの役目があって生きてるんだ？」シーザーは冗談を言っているのだと思って笑い、話しかけようとした。すると、キャセドラルがシーザーのほうを向き、打ちひしがれた様子で真剣な目をして言った。「俺たちには、新しい神様が必要だ。今の神様がどんなばかげたことをしてるのか、ちゃんとわかってる新しい神様が」キャセドラルは笑っていなかった。彼は再び前を向き、反対側の壁を見つめた。「コウモリはなんで創ったんだ？　そうだ、あいつらは虫を食べるからだ。じゃあ、そもそも虫を創ったのはなんのためなんだ？　俺の言ってる意味がわかるか？　神様は問題を創って、そのあと、その問題を始末するために、またあるものを創らないといけなくなるんだ。で、また二番目の問題をどうにかするために、別のものを考え出す。それが人間だよ、人間！」シーザーはゆっくりとキャセドラルの監房の前から歩き去った。彼はこうした光景を何度も目にしてきた。どんなに愛情を注いでも、このような病気を治すことはできないだろう。ときには、最愛の人がこのような病気になることもある。「それに、ゴキブリもだ。この世の中の人間だって、誰一人、ゴキブリを創ろうなんて思う奴はいない。あいつらはなんのために生きてるんだ、シーズ？　だから、新しい神様が必要なんだ。投票があれば、すぐにでも賛成票を入れるよ。ゴキブリ、ネズミ、トコジラミ。この世を創ってたあの一週間、神様は頭がおかしかったのさ。人間と一部の動物を創ったことを除いたら、あの六日間は無駄になった。そして、七日目には、神様からの大きなプレゼントだと言わんばかりにパーティだ。まったくむかつくよ。いいか、俺の言ったことを忘れるなよ。絶対に」

一月の終わり、キャセドラルはどこかに連れて行かれ、一週間後に戻ってきた。が、二月には新しい神が必要だと、再び遊説をはじめた。シーザーが出所するまで、それが儀式のように続けられた。キャセドラルは厄介者の烙印を押され、どこかに連れて行かれては戻ってきて、別の神の必要性を訴える遊説がはじまると、また連れて行かれた。

シーザーには、ロートンに来たときほどの名声はなくなったが、どうにかその評判を維持しながら出所までの日々を過ごすこと以外にやることがなくなった。自分よりつわものと言われ、百パーセント両腕を動かすことのできる輩の中で、一目置かれる存在であったことを願うだけだった。

四月の初め、シーザーは弁護士から送られた大判のマニラ紙の封筒を受け取った。弁護士の短い手紙が入っていた。「彼らにあなたの居場所は告げていない。私が弁護士であることを誰かから聞きつけたようだ。では、気をつけて」さらに、弟と妹が送ってきた、封のしてある二通の手紙も同封されていた。どちらの手紙も宛名は「シーザー兄さんへ」となっていた。死者が生き返った、と彼は思った。そんなことが頭に何度も浮かび、ようやく手紙を読んだのは、一週間ほどたってからだった。父親の死を知らせる手紙だと思っていたが、そうしたことは書かれていなかった。弟の手紙は五枚にも及び、シーザーがいなくなってから家族にどのようなことがあったのかが書かれていた。弟は最後に、「弟として兄さんにもっと協力すべきだった」と締めくくっていた。三枚の写真が一緒に入っていた。一枚は弟と花嫁が写っている結婚式の写真で、もう一枚には、妹とその夫、四歳くらいの娘と二歳くらいの息子が写っており、三枚目には、シーザーの父親がソファーに腰掛け、男の子を膝に抱き、女の子がその隣に坐っている姿が写っていた。父親は写真を撮られるよりも、もっと重要なことでもあるように、興味深げに左のほうを見ていた。シーザーは父親を見て、老人の一歩手前になったという印象を受けた。妹の手紙は弁護士が書いたものより短かった。「手紙をちょうだい。いえ、コレクトコールで電話をくれてもいいわ。兄さんの都合のいいほうで。そっちを出られたときは、電話をしてね。あと少しで会えるのよね、兄さんに会うためなら、飛んでいくわ」

最初は二人に会いたくて仕方なかったが、二週間後には、手紙を全て破り、ゴミ箱へ捨てた。半年もしないうちに、妹の車から降り立ったときは、迷い、困惑し、悩んだがこれでよかったのだ、とシーザーは思った。妹の娘と息子は車の後部座席に坐っていた。女の子は赤い服に黒い靴をはき、男の子は青いズボンと前面に漫画のキャラクターが描かれたTシャツを身につけていた。男の子は眠ってしまったが、女の子は「おやすみなさい、おじさん」と言った。その晩、彼女は何度も「おじさん」と呼んでいた。

元服役囚のグループ「トンネルを抜け出た人たち」の援助で、シーザーは部屋を借り、F通りに面したレストランの皿洗いと料理を運ぶ仕事に就くことができた。借りた部屋はノースウェストのN通りにある900ブロックの真ん中に建つ、三階建てのビルの一室で、白人たちがそこに住んでいたときは、各階に八部屋を備えたアパートメントが二つあるような建物だった。一階のアパートメントは人が住めるような状態ではなく、何年もの間、南京錠が掛けられていた。二階と三階は、各アパートメントが五部屋に分けられ、部屋の広さと外の眺めによって賃貸料は異なるが、週に二十ドルから三十ドルで貸し出されていた。シーザーは二十ドルの狭い部屋を借りた。ロートンの監房の半分の広さしかなかった。「ばらばらに解体された部屋」だと、彼はふと思った。かつての高級アパートメントは何人もの人間が寄り集まる汚らしい住処に様変わりしてしまった。

細かく分けられた部屋の住人たちは二つのバスルームと広いキッチンを共有していた。しかし、キッチンは黒ずみ、五十ワットの電球がつけられ、電気器具は古びているか、ときどき故障するか、あるいは、その両方で、立派とは言えなくなっていた。シーザーの部屋は建物の正面にあり、N通りに面していた。彼と同じ通路側には、他に二部屋があり、隣には母親と二人の子どもが住んでいた。そして、三週間が過ぎてはじめて、通路の反対側の部屋にイヴォンヌ・ミラーが住んでいることがわかった。

アパートには、各部屋に通じる共通のドアがあった。シーザーの部屋に通じる、そのドアの左にある大きな一室には、六十歳くらいの男が住んでいた。彼はパジャマを着たきりで、シーザーがそこに住んでいる間、一度もベッドから出ようとしなかった。その男は歩けたようだが、歩く姿を見たことはなかった。ある日、「在宅看護助手」の女から聞いたところによると、彼女がいつも男の部屋にいて、料理をしたり、掃除をしたり、男と一緒にテレビを見ているという話だった。また、彼の部屋にだけ、一角に専用のキッチンがあり、ガスレンジと冷蔵庫と流しがついているという。部屋のドアは常に開いていて、男が寝ていることはなかった。ベッドの脇には、高さが三フィートほどの緑色をした金庫が置かれていた。シーザーが引っ越してきて二日目、その男は「高利貸しをしている」と言った。シーザーが中に入り、男のほうへ歩いていこうとすると、その男は看護助手に「そこのお若い方に」出ていってもらうように言ってくれ、と指示した。シーザーが入口に戻り、突っ立っていると、男が言った。「私の名前はサイモンだ。金を貸してる。あんたとはいい友達になれるかもしれないが、ただで金は貸さないよ。あんたの友達にもそう言っておいてくれ」

シーザーはレストラン、《チャウイング・ダウン》で許されるかぎり働いた。それ以外の時間は、映画館へ行き、閉館になるまで映画を観て、そのあとは天気がよくても悪くても、十四番街とK通りの角にあるフランクリン公園のベンチに坐っていた。彼は眠くなるまで公園にいた。帰りが午前二時になることもあった。厄介事に巻き込まれることはなかった。彼は二人の男を殺した。とくに悪事を働く連中はその事実を知っていて、彼に寄りつく者はいなかった。シーザーに知り合いはいなかったし、誰かと友達になりたいとも思わなかった。ロートンへ行く前は、友達もいたが、その友達は皆、地球上から追い出されてしまったようだ。出所する二日前、悪夢にうなされて目が覚めた。ここにもっと閉じ込められることになるのではないか、と恐ろしくなったのだ。ロートンで暮らし、働いていくことになるかもしれない、と。

彼がするセックスと言えば、自分の右手を使ってやるだけで、それも滅多にしなかった。出所した日、世間の人間は皆、新しい言葉をしゃべっていて、その言葉を使えるようにはならないかもしれない、と思いはじめた。彼は売春婦にまで信頼されなくなった。これが手足の指の数以上に女がいた男の成れの果てだった。そして、売春婦には男の魂を打ち砕く力がある、と感じた。「一体、何語で話してるの、ハニー？　何かしてほしいなら、英語で言ってよね」

彼が釈放されたのは三十七歳のときだった。

ある日、シーザーは朝の二時四十五分に公園から戻り、サイモンのドアの前を足早に過ぎようとした。しかし、高利貸しの男に呼び止められた。入口で足を止めた。このウサギ小屋に来て、二ヵ月もたっていなかった。看護助手はシーザーに背を向けて料理を作っていた。彼女は糊の利いた緑色の制服に、趣味のよい黒い靴をはいていた。レンジにかけた鍋の中身を一度かき混ぜ、さらにもう一度かき混ぜた。カラーテレビに映っている人は皆、笑っていた。

「街に行ってたんだろ」とサイモンが言った。「いい思いをして、次のときまであんたが欲求不満にならないといいんだが」「もう行かないといけないんだ」とシーザーは言った。彼はこの男を殺しても、捕まらない方法を見つけられるのではないかと、思いはじめていた。問題は看護助手も一緒に殺すかどうかだ。「あんなふうに友達でうっぷん晴らしをしちゃいけない」とサイモンが言った。どういう訳か、彼はアパートの住人について話しはじめた。そのとき初めて「イヴォニー」のことを知ったのだ。彼女の姿はまだ見ていなかったが。通路で二度すれちがうまで、シーザーが昔知っていたイヴォンヌであることに気づかなかった。「私たちのイヴォニーもすっかり年を取ってしまったよ」売春婦は時がたっても——若くても年を取っても——売春婦に変わりはない。人情の欠片《かけら》も残っていない世間の人からひどい仕打ちを受け続けるのだ。世間には、黄金のハートを持っている人はほとんどいない。「でも、彼女ならただでつき合ってくれるかもしれない」とサイモンは言い、シーザーの右側を指でさした。イヴォンヌはそこに住んでいた。ベッドにいるサイモンの脇の布団の下には、常に小さな何かが置かれていた。シーザーは拳銃ではないかと思った。確かにそれは問題だ。しかし、ベッドに飛び乗り、サイモンが布団の下からそれを取り出す前に、棒か何かで殴りつければ、それで事切れるだろう。が、看護助手はどうする？　「私も彼女を買ったことがある。だから、火急のときは彼女に頼んでみるといい、と言ってるんだよ」とサイモンは言った。「じゃあ、また」とシーザーは挨拶をして、その場を立ち去った。各部屋共通のドアを入ると、通常はすぐに右に曲がって自分の部屋に行くのだが、この朝は通路をまっすぐ歩いていき、イヴォンヌの部屋の数フィート先まで行った。部屋のドアが少し開いていた。中からラジオの音が聞こえてきた。看護助手が一人のときに話しかけ、高利貸しから金を奪おうと言えば、彼女もよろこんで協力してくれるかもしれない。世間の人が今使っている新しい言葉はよくわからないが、金という言葉は昔と同じように使われていた。

どこへ行けば彼を見つけられるかを弟に教えたのは従姉妹《いとこ》だった。ノーラ・メイウェルという名の従姉妹は十二番街とF通りの角の近くにある銀行の支配人をしており、同僚と昼食を食べに《チャウイング・ダウン》へ行き、そこで料理を運んでいるシーザーを見かけたのだ。彼女はそれが本当にシーザーなのかを確かめるため、翌日も店にやってきた。というのも、シーザーとは二十年以上も会っていなかったからだ。しかし、まちがいはなかった。彼女の叔父にそっくりだった。シーザーはノーラより五歳年上だった。子どものころはずっと、大人になったら彼と結婚したいと思っていた。シーザーが姿を消す前に、もっと彼女に気を止めていたとしても、今のノーラには気づかなかっただろう。確かに、彼女も年を取っていた。しかし、彼女の人生はいいこと尽くめだった。昔の貧しく汚い田舎者とは異なり、今は女王のような生活をしていた。

ノーラがシーザーを見つけてから三週間後に、シーザーの弟がやってきた。弟のアロンゾウは一人で食事をし、代金を払うと、シーザーのところへ行って笑った。「会えてうれしいよ」と彼は言った。シーザーはただうなずいただけで、何枚にも重ねられた汚れた皿を持って歩き去った。しばらくの間、弟は身体を震わせてその場に立っていたが、そのあと、後ろを向き、おぼつかない足取りで外へ出て行った。彼は企業の弁護士をしていて、五十七歳になる父親の九倍の金を稼いでいた。弟は何日も店に通った。そして八日目に、レストランの片隅で忙しそうにしていたシーザーのところへ行った。このときはもう九月の初めになっていて、シーザーが出所してから三カ月と五日が過ぎていた。

「兄さんが話をしてくれるまで、僕はここに通い続けるよ」と弟は言った。シーザーはしばらくの間、弟の顔を見ていた。昼食時間は終わろうとしていた。そのため、店の支配人に大声で呼ばれることもなかった。イヴォンヌにアパートの通路で再び出会ったのは、その二日前の午後のことだった。彼女と最初にすれちがったときは消えていた電球も、そのときには新しいものに取り替えられていた。彼には、イヴォンヌであることがわかったが、彼女の目も身体も、シーザーのことは知らないと言っていた。それでも、何かが変わるわけではない。シーザーは彼女が誰であるかを知っているのだから。彼は弟にうなずき、二人は店を出て、通りの角へ向かった。シーザーは煙草に火をつけた。弟のスーツは千八百六十五ドル九十八セントもする代物だったが、彼のエプロンは薄汚れていた。その日の午後は、今火をつけた煙草で七本目だった。彼は煙草を口にくわえず、身体の脇で手に持っていた。それから手を口にもっていき、煙草をくわえた。煙を深く吸いこみ、灰を払いおとした。彼の手は震えていなかった。

「兄さんのことをどれほど抱きしめたいかわかるかい？」とアロンゾウは言った。

「こんなばかげたことはさっさとやめて、自分たちの生活を続けたほうがいいんじゃないのか」とシーザーは言った。「俺が死ぬまで、お前にも、お前の家族にも会いたいとは思わないね。俺の言ってる意味はわかるだろ、だから、お前の時間は他のことに使ってくれ。お前のお客のために。俺もうちの客じゃない人間のために、自分の時間を使うつもりはないよ」

弟は言った。「兄さんにどんなことをしたかは、自分でもわかってるよ。わかってるんだ、シーザー、わかってる」実は、弟は彼に何もしていなかった。それは妹も同じだった。争いごとが起きるのはいつも父親とだった。しかし、弟も妹も常に父親の味方だと考えてきた。「うちに来て、ジョウニーに会ってほしいんだ。一度でいいから。それでもう会いたくないと言うなら、兄さんの気持ちを尊重するよ。もう二度と店にも行かない」

煙草はまだ吸えたが、シーザーはその煙草に目をやり、地面に捨て、火を足で踏み消した。彼は安物の腕時計を見た。刑務所では吸殻のために人が殺されたものだ。「もう戻らないといけないんでね」

「僕たちは家族だろ、シーザー。ジョウニーや僕や、自分のために、僕たちと会いたくはなくても、母さんのためなら、会ってくれるだろ」

「母さんは死んだ、ずっと前に」シーザーは通りに向かって歩きはじめた。

「それはわかってる！　わかってるよ！　日曜日には、母さんの墓に花を供えてるんだ。三週間前の日曜日にも、五週間前の日曜日にも。だから、母さんが死んだことは知ってるよ」

シーザーは足を止めた。母親が死んだというセリフは、何年もの間、幾度となく繰り返してきた言葉だった。人間は何度も同じことを言っていると、その言葉は意味のない作り事のようになってしまうものだ。母親が墓に埋葬され、最初にその言葉を言ったときほどの痛みはもはや感じなくなる。言葉は単なる物に過ぎないが、「墓」はそうではない、まったく異なる類の存在だった。墓はこの世に存在していて、目にすることも手で触れることもできる。男は、いや、死んだ母親の息子は墓のある場所に出向き、何度も思い返すものだ。母親がどれほど自分を愛していてくれたか、そして、学校から帰ってくると、小ぎれいな家の玄関にエプロン姿で立ち、どれほど温かく迎えてくれたかを。母親の墓に行き、墓石の名前を読み、なんで死んでしまったのかと言う。母親がこの世を去ったのがつい先週のことのように。

シーザーは振り返って言った。「お前にも、お前の家族にも、俺にはかまわないでほしいんだ」

「じゃあ、そうするよ」と弟は言った。「兄さんにはかまわない。でも、一度でいいから食事に来てくれ。日曜日に。フライドチキンに、ご馳走を一揃い出すから。そうしたら、二度と兄さんにはかまわない。ジョウニーとうちの家族以外には、誰も呼ばないよ。僕たちだけだから、来てほしいんだ」最後の言葉を聞き、父親に会わなくてすむと知り、シーザーはほっとした。

彼はもう一本、煙草を吸いたくなった。が、弟とは十分過ぎるほど話をしていた。

アパートの通路で二度目にイヴォンヌと出会ったとき、シーザーは挨拶をしたが、彼女は何も言わなかった。彼女は単にうなずいただけで、シーザーをよけて通った。三度目に、二人が通路ですれちがったとき、シーザーはもう一度話しかけてみたが、彼女は通路の脇へ寄り、通り過ぎようとした。しかし、後ろを振り向いて、煙草を一本借りられるか、と訊いた。

シーザーは部屋に戻れば、煙草がある、と答えた。すると、取りに帰って部屋まで持ってきてほしい、と彼女は言った。

彼女の部屋はシーザーの部屋の三倍の広さがあった。冷蔵庫、ベッド、鏡のついたドレッサー、ベッドの横に置かれた小さなテーブルと、ドアの脇に置かれた椅子があり、その他に目ぼしい家具はなかった。ベッドは部屋にひとつだけある窓とTの字になるように置かれていて、その窓は隣に建つ窓のないアパートメントの壁に面していた。窓には、他のもっといい部屋に掛けたほうが似合いそうな、青と黄色のきれいなカーテンが掛かっていた。彼は何かを期待していたわけではなかった。何も望んではいなかった。人生の一時期に特別な関係にあった人を見るだけでよかったのだ。シーザーがかつて愛していた女が、彼のことを愛していてくれたことがわかれば、もっとよかったが。彼は煙草を手にして、入口のドアの傍に立っていた。

シーザーが戻ってきたとき、彼女は色あせた紫色のバスローブを着て、冷蔵庫の中をのぞき込んでいた。そして、冷蔵庫のドアを閉め、彼を見た。シーザーは彼女のほうへ歩いていき、手を差し出すと、彼女は封を開けていない煙草のパッケージを彼の手のひらから取った。シーザーはその場に立っていた。

「坐ってちょうだい。あんたが立ってると、この部屋がみすぼらしく見えるから」と彼女が言った。シーザーはドアの傍にあった椅子に腰掛けた。彼女はベッドの上に坐り、一本目の煙草を取り出して火をつけた。イヴォンヌは彼に横を向いたままだった。そして五回、煙草の煙を吸い込んでから言った。「あんたがいいことをしてもらえると思ってるんなら、それは見当ちがいよ。こっちはそんなことをするつもりはないから。ぶらぶらしてると、身を滅ぼすことになるわよ」

「何も望んでないよ」

「何も望んでない、何も望んでない」と彼女は言って、ベッド脇のテーブルの上に置いてあったトマトスープの空き缶に煙草の灰を落とした。「そう言うけど、私たちは皆、何かを望んでるのよ。あんたみたいな人は立ちあがるとすぐに、嫌なことを忘れて、まともな世界で暮らしはじめることができるわ。でも、嫌なことをしてるこっちは、そのまともな世界に仲間入りはできないのよ」二人はノースイーストで小さな家を一軒借りていて、二年たったら子どもを作ろうと話していた。ある晩、シーザーが家に戻ってくると、彼女は暗がりの中で坐っていて、幸せなんて絶対に信じられない、と言った。家を借りて一年半たったときのことだった。その二カ月後、彼女は出て行った。それから三ヵ月間、シーザーは彼女を捜した。そして家に留まり、女性ならそこに戻りたいと思うように、家をきれいにしていた。「嫌なことがどういうものか、最初に教えてくれたのは母親だったわ」と彼女は続けた。「それがどんなものかを知っても、少しも役に立たなかったけど。いろんな人が私の目の前に立って、言ったものよ。『お前なんか死んでしまえ』とか、『ちょっといいことをしようじゃないか』とか、『ポケットにある金を全部だせ』とね。皆が嘘をつくのをやめたら、世の中は天国に変わりはじめるんじゃないかしら」彼女と出会う前、シーザーは盗みをしたり、強盗をしたり、麻薬の売人をしたりしていた。そして、彼女がいなくなってから三ヵ月後、以前と同じことをするようになった。彼は傷つき悲嘆に暮れていたが、寂しかったからではなく、昔に戻るほうが簡単だったからだ。シーザーはまぬけではなかったので、イヴォンヌを責めることはできないと思っていたし、実際に、責めることはなかった。パーシー・"ゴールデンボーイ"・ウェーマスとアントワニー・ストッダードを殺害したのはそれから何年もたってからのことだった。

その日、シーザーは一時間以上、彼女の部屋にいた。彼女は最後に煙草の代金を支払うと言った。二週間後に、彼女は弟と妹と一緒に夕食を摂ることになっていた。約束の日が来る前に、彼はイヴォンヌに煙草や食べ物を差し入れ、そもそも二人は自由の身で、自分の好きなようにしていいのだと話した。イヴォンヌが部屋代をどうやって払っているのかは、シーザーにはわからなかった。差し入れをはじめて四日目になると、彼女も、シーザーが本当に何も望んでいないことを信じるようになった。彼はいつもドアの傍の椅子に腰掛けた。彼女はいつも同じ話をしたが、そんなことは少しも気にしなかった。世間の人は嘘をつくのをやめるべきだ、という彼女の話はためになると、彼は思っていた。

夕食の約束をした日、イヴォンヌの部屋で毎日過ごしたことで、弟の誘いを受け入れたときにはなかった強さが自分にはあることに気づいた。アロンゾウとは、《チャウイング・ダウン》の前で待ち合わせることにした。住んでいる場所を知られたら、これからもずっとつきまとわれるように感じたからだ。

妹の家はノースイーストの十六番街から少し外れたところにあった。そこは裕福なアフリカ系アメリカ人の住む地域で、ゴールド・コーストと呼ばれることもあった。弟と妹一家は温かく迎えてくれ、ジョウニーは一分以上シーザーを抱きしめ、泣いていた。そして、グラスに入ったワインを勧めた。シーザーが酒を口にするのは、ロートンに入って以来、はじめてのことだった。彼は監房の十倍の広さがありそうなリビングルームにある深緑色のソファーに坐らされた。ワインを三口飲んだ頃には、妹の子どもたちが彼の膝に乗りたがっても気にならなくなった。この十年以上の間、子どもがまとわりついてきたことはなかった。女の子は家に入ったときから、シーザーのことを伯父さんと呼んでいた。

料理は妹の家のメイドが運んでくれた。夕食の間じゅう、いや、その晩はずっと、大人――妹と弟、そして二人の配偶者――とはできるだけ言葉を交わさないようにし、もっぱら子どもたちと話した。シーザーには、子どもたちの気持ちがわかったからだ。大人たちは彼を質問攻めにすることはなく、ただその場に一緒にいてくれることをよろこんでいた。夕食が終わりに近づいた頃には、四杯目のワインを飲んでいた。姪に自分たち兄弟の母親に似ていると言うと、その子は、祖母が大変きれいだったことを知っていたので、恥ずかしそうに顔を赤らめた。

帰り際、玄関のところで足を止めると、弟はこれで今年はいい年になったと言った。目に涙を浮かべ、シーザーを抱きしめたい様子だったが、彼は笑みも浮かべず、手を差し出しただけだった。弟は最後に言った。「もう二度と僕たちに会いたくないとしても、父さんが兄さんのことを愛しているのだけは忘れないでほしんだ。嘘じゃない、本当だよ。父さんは昔とは変わったんだ、シーザー。父さんは兄さんの身に何が起きたかは知らないから、僕たちよりずっと兄さんのことを大事に思ってるよ。だから、再婚しなかったんじゃないかな」この二十一年間に彼がしてきたことが話題に上ることはなかった。

妹のジョウニーが車で送ってくれた。車の後部座席には子どもたちが乗っていた。妹はアパートの前で車を止め、二人が別れの挨拶をすると、彼の頬にキスをした。シーザーはワインに酔っていたこともあり、「今晩はそれほど悪い夜じゃなかった」と思い直した。また、新たに伯父になったうれしさもあり、後部座席を向き、ふざけて子どもたちの足を引っ張ろうとした。寝ていた男の子は遠くにいて手が届かなかったが、女の子は彼の手を振りほどきながら楽しそうに笑った。彼は姪に言った。「おやすみ、お嬢さん」。姪は、自分はまだお嬢さんじゃなくて、おチビさんだと言った。もう一度、手を伸ばしたが、姪の足には届かなかった。振り返ると、妹が嫌悪感をあらわにしていたので、胸が締めつけられる思いがした。妹が何を考えているかがすぐにわかったので、姪に触るのをやめた。彼はやっとの思いで別れの挨拶を言い、車から降りた。車のドアを閉めようとしたとき、「電話をちょうだいね」と妹が言った。妹の言葉には、その晩、兄に会えてよろこんでいたときのような感情は感じられなかった。シーザーは何も言わなかった。失態を犯しただけでなく、失言までしてしまったのか？　子どもにいたずらをする変質者は、幼い女の子を「お嬢さん」と呼ぶのだろうか？　妹に電話をかけることはないと、自分でもわかっていた。ロートンにいたとき、写真も手紙も破り捨ててよかった、と思った。

車が見えなくなるまで、シーザーは目をつぶっていた。痛みが身体じゅうを駆け抜けるのを感じた。何も考えずに、彼はおぼつかない足取りでアパートを離れ十番街へ向かった。N通りの、彼が歩いていた側に面した建物から音楽が聞こえてきた。妹に自転車の乗り方や、自転車から落ちたり、怪我をする恐怖をどうやって乗り越えたらいいのかを教えたのはシーザーだった。しかし、今のジョウニーの目には、子どもに危害を加える可能性のある動物とでも映ったようだ。刑務所では、異常な人間は殺される。たった数時間のうちに、伯父として子どもたちが愛おしくて仕方なくなっていた。彼はアパートメントの脇にある芝生の上に身を乗り出し、嘔吐して、手の甲で口を拭いた。「きっと落ちちゃうわ、シーザー」と、妹は自転車の乗り方を習いはじめた週によく言っていた。「いつか自転車から落ちちゃうわ」

高利貸しの男が話したがっていると、看護助手から言われても、シーザーは無視した。彼はイヴォンヌと会うつもりはなかったが、まっすぐ彼女のところへ向かった。部屋の中がほとんど全て見渡せるくらいに、ドアが開いていたので、中をのぞき、それから背を向けて自分の部屋へ戻ろうとした。彼女の部屋の明かりに映し出された影が床から壁にまで長細く伸びた。その影を見て、彼はもう一度、振り返った。彼女の部屋の隣にあるバスルームが空いているのを確かめたあと、部屋の入口から小さな声で名前を呼んだ。そして、三度声をかけてから、ドアをそっと押し開けた。ドアは完全に開かなかったが、彼女の身体が半分ベッドからずり落ちているのが見えた。酔っ払っているのだろう、とシーザーは思った。ベッドにきちんと寝かせようとして、彼女のほうへ近づいた。しかし、生きている人間なら不可能な形に、身体がねじれていた。死んでいなければ、ありえないような形で。彼女は死んでいた。顔をベッドに押しつけ、生きている人には苦痛に感じられる角度に身体を曲げていた。片足を身体の下で折り曲げ、もう一方は後ろに伸びていたが、どちらの足も彼女の身体の一部には見えなかった。厄介なことに、両足に自分の意思でもあるような形になっていて、誰かが故意にそうやって出て行ったとしか思えなかった。

シーザーは彼女の名前を小さな声で呼んだ。ベッドの脇には彼女の嘔吐物が広がっていたが、それを無視して彼女の横に坐った。そして、頭を動かし、横を向かせた。最初、誰かが彼女を殺したのだと思った。しかし、金がドレッサーの上に置かれ、部屋の中にも争った形跡がないことから、彼女は事切れたのだと、被害者と犯人は同一人物だとわかった。彼女の伸びた足の先に目をやると、空になったウイスキーの壜が転がっていた。

それから、彼女をベッドの上に寝かせ、シーツと毛布を掛けた。朝には、誰かが気づくだろう。シーザーはドアのところで立ち止まり、部屋の明かりを消して立ち去ろうとした。が、こうした状態で発見されることになるのが忍びなく思えた。彼が昔知っていたイヴォンヌは盗みや麻薬をやるような汚い人間ではなかった。家の手入れを怠らない、愛すべき女性だった。しかし、このまま朝発見されたら、そうは思われないだろう。

彼はいくつかのものを元の場所に戻し、椅子とベッドに投げ出されていた衣類をクローゼットに掛け、ランプのかさをまっすぐにして、床に散らばっていた新聞やその他のものをひとまとめにした。それだけしても、まだ不十分だと思った。

彼は自分の部屋に戻り、二枚のシャツを破り、雑巾を作った。まずは彼女のベッドの足元をきれいにし、次にブラシや櫛、化粧品、小物が置かれたテーブルの上を拭いた。テーブルやそこにあった物の埃を払うと、全てをきちんと並べた。朝、彼女がそれらを使うかのように。

そして、右から順番に、部屋じゅうの埃を拭ってきれいにした。真夜中になっても、片づけは半分も終わっていなかったが、シャツはすでに真っ黒になっていた。彼は自分の部屋へ行き、さらにシャツを二枚持ってきた。朝の三時になる頃には、ズボンを切り裂いて雑巾を作った。部屋じゅうを掃除したあと、テーブルの上にあった物と同様に、全ての物をきれいに並べた。冷蔵庫脇のテーブルの上に置かれた、ネズミ除けのついた小さな箱の中にあった食べ物、左に傾いていた額入りの山のポスター二枚と、ドレッサーの上に置かれた、どこの誰かもわからぬ子どもの写真、五枚を並べ直した。それをやり終えると、クローゼットからバケツとモップを取り出した。ネズミがモップをねぐらにしていたので、そのネズミを追い払わなければならなかった。バスルームへ行き、バケツに水を注ぎ、冷蔵庫の横のテーブルの下にあった粉石けんを入れた。床のモップ掛けを終えると、しばらくドアの傍で立ったまま、床が乾くのを待った。壁やクローゼットの中のネズミが慌しく走りまわっているのが聞こえた。

四時近くになってようやく部屋が片づいた。イヴォンヌは乱れたままのベッドの上で毛布にくるまれ、横たわっていた。シーザーはドアのほうへ向かいかけたが、今度もまた動くことができなかった。全てが静寂に包まれていた。壁の中でネズミが走りまわっていたが。

彼はベッドの脇にひざまずき、イヴォンヌの肩に手をやった。ある火曜日の朝、学校へ行く前に、彼は父親のベッドへ行きひざまずいた。そのベッドの中で、母親は冷たくなろうとしていた。父親の傍に行くと、力強く抱きしめられ、息ができなくなった。電話で人を呼んだほうがいいと言ったのは弟だった。しかし、父親は「いや、あと一分だけ、一分だけ待ってくれ」と言った。一分すれば、神様が考え直して、妻を生き返らせてくれるとでもいうように。「あと一分だけ」シーザーはつぶやいた。嘘じゃない、本当だよ……弟はそう言っていた。

彼は部屋着を脱がせ、イヴォンヌを裸にした。そして、深鍋をひとつ取り出し、バスルームで鍋に湯を注ぎ、自分の部屋から持ってきた一度も使ったことのないコロンと、ドレッサーの横の使い古された容器の中にあったバスオイルの玉を中に入れた。オイルの玉はなかなか溶けなかったので、手で押しつぶした。鍋の湯を彼女にかけ、汚物で汚れた口を拭った。そのあと、クローゼットから緑色の服を、ドレッサーから下着とストッキングを取り出して、身につけさせ、胸に色あせたカメオをつけた。彼は残っていた湯をイヴォンヌの髪にかけ、櫛とブラシで梳き、髪をヘアピンでとめた。枕には、彼が部屋から持ってきた清潔な枕カバーを掛け、彼女の頭を枕の真ん中にのせた。靴ははかせず、毛布も掛けなかった。彼女は整えられたベッドの上に横たわっていた。死んだ女の部屋は、シーザーがいつもしてきたように、清潔で整然としていた。そのときには、朝の六時を過ぎ、辺りは明るくなり、鳥が囀りはじめていた。天上の明かりとランプを消し、ドアのチェーンを手にしたまま、一日のはじまりを告げる周囲の音に耳を傾けていた。

彼は何時間も前に掃除をした窓を開けた。窓から、爽やかな風が入ってきた。風が吹いてくるほうへ片手をかざすと、冷たい空気が心地よかった。そして、ふと思った。自分はもう若くはない、と。

シーザーはベッドに腰掛け、煙草を次から次へと吸った。イヴォンヌが死んでいるのを見つける前は、北部の街ボルチモアへ行き、そこに住んで昔一緒に悪事を働いていた仲間を見つけようと思っていた。悪事といっても、子どもに性的ないたずらをしていたわけではなかったが。今はただ皿を洗ったり、料理を運んだりして残りの人生を過ごしたくないと考えていた。自分の持ち物と、イヴォンヌの汚れた部屋やキッチンから出たゴミを入れた袋二つをどうしようかと悩んでいた。九時三十分頃、彼は隣の部屋のドアをノックした。息子がドアを開けたので、母親を呼んでくるように頼んだ。その母親に、イヴォンヌの部屋で見つけた百四十七ドルを手渡し、さらに自分のラジオと小さな白黒のテレビをやった。そして、少したったら、イヴォンヌの様子を見てきてほしいと言った。あとで彼女に会いに行きたいから、と。彼は大人になってこんな感傷的な嘘をついたことはなかった。

そして、狭い部屋が連なるアパートを出て行こうとしたとき、サイモンに呼び止められた。「すぐに戻ってくるんだろ?」とサイモンが訊いた。シーザーはうなずいた。「じゃあ、私にラム酒を一本、買ってきてくれないか? 今朝起きたら、どうしても飲みたくなってね」シーザーはうなずいた。「昨晩はイヴォンヌと一緒だったんじゃないのか?」サイモンはベッドの脇にあった金庫の上から金を取って言った。「楽しいパーティーだったみたいだな?」シーザーは何も言わなかった。サイモンは看護助手に金を渡した。シーザーはその看護助手から十ドル二十五セントをもらった。「一ペニー足りない」とサイモンは言った。「酒を持ってきてくれたらチップをやるよ」。「すぐ戻る」とシーザーは言った。サイモンはそれが嘘だとわかったにちがいない。シーザーがドアを出て行く前に、彼はできるだけ陽気な声で「しばらく待つことになりそうだ」と言った。

彼は昼間の街中に出て行った。まっとうな方法で、イヴォンヌの葬式を出せるようにするにはどうしたらいいかを考える以外に、何をしたらいいのかがわからなくなった。コロンビア特別区の政府当局は彼女をアパートから運び出すだろう。しかし、彼女が無縁墓地に埋葬される前に、どこへ行けば彼女を見つけられ、引き渡してもらえるかはわかっていた。シーザーはポケットに紙幣を入れ、手の中にある二十五セント硬貨に目をやった。一九六七年に製造された古い硬貨だったが、まだ光沢があった。世の中はこの硬貨に優しく接してきたようだ。彼は慎重にアパートの前の階段を下り、歩道に立った。世の中の人は皆、自分のことをしている。彼もそういう人たちの仲間に入るときがきたのだ。顔面を殴られ、意識を失ったような感じに襲われた。左手には、九番街があった。N通りをさらに進むと、八番街とぶつかる角に、イマキュレイト・コンセプション・カトリック教会があり、七番街との角には、銀行があった。彼は硬貨を投げた。右手には十番街があり、その通りをビジネス街のほうへ歩いて行くと、店が軒を連ね、エイブラハム・リンカーンが死んだ家——白人皆のかけがえのない記念建造物——があった。十番街を反対側に一ブロック進み、十一番街に出ると、Q通りとの交差点に《ハイズ・ストア》が建っていた。シーザーが子どもだった頃は、一パイントのサクランボとバニラのアイスクリームを二十五セントで売っていた。さらに十番街を歩いていくと、フレンチ通りとぶつかったところに、二階建ての家がある。玄関のドアを入るとすぐに、彼の母親が作った小さな敷物と、一フィートほどの陶磁器製の黒い子犬の置物が置かれていた。その置物は結婚三周年の記念に、母親が父親にプレゼントしたものだった。子犬は三十五年間、休日以外は、シーザーの父親が毎日仕事から帰ってくるのをじっと待っていた。嘘じゃない、本当だよ……あと一分だけ。彼は放った硬貨をつかみ、手の甲に押し当てた。ジョージ・ワシントンの肖像が出たら十番街のほうへ行くと、彼は決めていた。硬貨を覆っていた手をどけ、決めた通りにした。

十番街とN通りの角で、彼は立ち止まり、硬貨にもう一度目をやった。十番街をビジネス街のほうへ進むと、リンカーンが死んだ家がある。その反対側に行くと、彼が少年時代を過ごした、子犬の置物が父親の帰りを待っていた家があった。ある女の子がその角で自転車をいじっていた。自転車の輻《スポーク》の間にトランプの札を差し込み、タイヤの様子をチェックしていた。彼女は、シーザーが二十五セント硬貨を投げるのを見ていた。彼は硬貨をつかみ損ね、硬貨は地面に落ちた。この賭けは除外することにした。その女の子は以前、叔母が六個の硬貨でお手玉をするのを見たことがあった。最初、ウォーミングアップとして一枚の硬貨を投げ、次に三枚を使い、最後に六枚を使ってお手玉をした。まるでショーを見ているようだった。叔母は六枚の硬貨を見せてくれた。どれも古びた重量のある、銀でできた一ドル硬貨だった。非常に大きな硬貨で、今はもう誰も使っていない代物だった。その女の子は、叔母と同じショーがまた見れるかもしれないと思った。シーザーが硬貨を放った。女の子は息をのんだ。シーザーも息をのんだ。硬貨が弧を描き、落ちてきた。

ジョン・ロイ・ワースを撃った男
The Shooting of John Roy Worth

スチュアート・M・カミンスキー　酒井武志訳

スチュアート・M・カミンスキー（Stuart M. Kaminsky）の著作は既に六十冊を超え、短篇作品も四十作以上を数える。邦訳された作品も多い。また映画脚本、TV脚本もあり、戯曲や詩、グラフィック・ノヴェルも手がけている。本作は《エラリイ・クイーンズ・ミステリ・マガジン》に掲載された。

大酒飲みの女か頭の回転の遅い男がいつかおれを殺すだろう。

――《大酒飲みの女》ジョン・ロイ・ワース

ウォリー・ツェルビアクは正気だった。少なくとも、モンティ・ヴィターレと同程度には正気だった。モンティは、カット五ドル、理髪師三人で待ち時間なし、が売りの床屋〈クリーン・カット〉に三つ並んだ椅子の真ん中の担当だった。しかし理髪師が二人だけになることもあった。一人だけになることもある。実のところ、いつもはモンティ一人だけだった。たいした問題ではない。〈クリーン・カット〉では、仮に待たされることがあったとしてもそう長くはかからないのだ。

ウォリーは髪を刈ってもらいながらモンティの話を聞いていた。モンティは時代錯誤な男だ。床屋というものを映画で、床屋がひたすらしゃべり続ける古い映画で知ったのだ。床屋になったのはそれが主な理由だ。なんであれ語るのが好きだった。野球、株式市場、年俸数億ドルのバスケットボール選手の薬物乱用に関する最新のゴシップ、ローダ・ブライアンの胃の縮小手術。

ウォリーはただ座って聞いていた。頭の中を通り抜ける歌、シーンに合ったBGMだ。ウォリーが看板屋になった主な理由は、父親が看板屋で、関節炎で手が利かなくなってウォリーに刷毛とペンキを譲ったからだ。ウォリーには才能があったし、ただ看板を描くだけなら、医者か何かになるためにしなければならないことをするよりずっと簡単だった。実のところウォリーは頭の回転が遅かったのだ。学校は解けないパズル、どうしてもルールを理解できないゲームだった。

それに、ウォリーには誇りにできる仕事もいくつかあった。それらはまさにやりがいのある仕事で、たとえば数カ月前に描いた看板には、黄色の地に黒のオールドイングリッシュ体で〝ケーキ一切れ（PIECE OF CAKE）〟と書き、流れるように繊細な文様を白いアイシングで描いたケーキの絵を添えた。

それはチェリー入りバニラ風味のケーキだった。看板を見ただけではわからないが、ウォリーにはわかっていた。そうしたことを知っておくのは真に迫ったケーキを描くために重要なのだ。中に何があるのか知っていなければ、それはうつろな殻にすぎない。

ときにウォリーは自分がうつろな殻のように感じる。そんなときはすぐに自分を食物で満たす。ウォリーはモンティが話し続ける間、ビッグマックのことを考えていた。ビッグマックのことを考え、どうやってジョン・ロイ・ワースを殺そうかと考えていた。

「わかるか？」モンティが訊いた。

モンティは小枝のような、幅広い茶色のサスペンダーをつけた、はげ頭の小枝のような男だ。青い目にペパーミントの匂いの息。まだ彼らが子供だった一九八〇年代の昔、ウォリーのいとこのケネスが覚醒剤を打っていたのと同じ感覚で、モンティはミンツの口臭消しキャンデーを口に放り込んでいた。

「うん」ウォリーは鏡の中の自分の姿を見つめ、モンティがしゃべりながら刈った毛が丸まって落ち、毎日替えるサスペンダーを支えている幅の狭いごつごつした肩が揺れるのを見ていた。〈クリーン・カット〉は古い店で、天井は模様のついたブリキ、床の白いタイルには蛇行する川のようにひび割れが走り、壁紙の模様は昔の飛行機の絵だった。

きょうはモンティ一人だけだ。他の理髪師はおらず、ガーデン・ゲーブルズ老人ホームで暮らすミスタ・ローゼンバーグが一人で座って待っていた。ミスタ・ローゼンバーグはガーデン・ゲーブルズからのバスで連れて来られた。一時間たつと迎えが来ることになっている。ミスタ・ローゼンバーグは五時間かかっても気にしないだろう。彼は理髪店の匂いが好きだ。小さなテーブルの上に放り出された雑誌の丸まった角を直すのが好きだ。モンティの話を聞くのが好きで、口を挟めるときは常にそうする。

「だから、奇跡なんだよ」モンティが言った。「これら全部が」

彼は間をおくと、櫛を持った手をさっと振り、店内を指し示した。ウォリーは鏡でそれを見ていた。

「考えてもみろ、ウォリー」モンティは続けた。「人間が地球上に存在していて、他には何もない、まったく何もない、何一つないんだ。人間と地球と動物と、なんであれ育つものだけがある。そこから人間は家、車、コンピュータ、ケーキミキサーを作ったんだ」

「それに通りと電話と飛行機も」ミスタ・ローゼンバーグが言った。

「おれはきょう、人を撃つつもりだ」ウォリーは穏やかな口調で言いながら、四十年以上も前に父親がウィンドウに書いた優美な文字を見ていた。これぞまさに格好《クリーン・カット》のいい男の理髪店、と書いてあった。

「そうなのか?」モンティが言った。「悩みでもあるのか?」

「いいや、特にない。きょうはおれが人を撃つ日というだけのことだ」ウォリーはもう一度、きわめて穏やかで落ち着いた口調で言いつつ、モンティの刈り方が望みどおりか、短くなりすぎていないかを鏡で確かめていた。短すぎるとウォリーの顔は風船のように見える。ジョン・キャンディのように。

「誰かを殺さねばならんのなら、ドワイト・スペンサーを殺すがいい」ミスタ・ローゼンバーグが言った。「誰も困らん。誰か殺さねばならんのならスペンサーにしろ、すっきりするぞ、反ユダヤ主義を世界からなくせ」

「スペンサーなんて知らないよ」ウォリーは言った。

「わしの隣の部屋だ」ローゼンバーグは言った。「百歳にはなっているにちがいない。神が生かしておられるんだ、やつの周りにいる連中の生活を厳しいものにして罰するために。わしは八十六歳だ。やつはわしより長生きするだろう。とんでもない性悪の死に損ないだ。わしの言う意味がわかるか?」

「あんたの言うことはわかる」ウォリーは言った。「だがおれは大物を殺さなきゃならない」

「たとえば誰だ？」ローゼンバーグは訊いた。「このバードに大物がいるか？」

「ジョン・ロイ・ワース」ウォリーは言った。

「そいつは誰だ？」ローゼンバーグは訊いた。

「カントリーミュージシャンですよ」モンティは夢想しているような様子で答えながら、なおも世界の奇跡、櫛の驚異、手にしたはさみの驚異について考えていた。「生まれも育ちもこのバードです。母親も父親もまだここに住んでいる。なにやら汚れた女のことを歌って去年グラミー賞を受賞したな。いま町にいるのか？」

「《大酒飲みの女》だ」ウォリーが言った。「カントリー・ウェスタンでグラミー賞を受けた最年少の歌手だ。うん、いま町にいるよ」

「終わった」モンティはそう言うと、刈った髪がガラス球の飾り物の雪のように床にきれいに舞い降りるよう、ウォリーのあごの下からさっと覆いの布を抜き去った。闘牛士のように布を振り回し、空いている隣の椅子に一動作できれいに載せた。いわばモンティのトレードマークだった。そのちょっとした動作が。

ウォリーは椅子から降りた。いつもモンティにチップを一ドル与えるのだ。モンティはいつも言う。「どうもご親切に、ミスタ・ツェルビアク」

モンティは今回もそうした。ローゼンバーグは雑誌を置くと、ゆっくりと、背中を丸めて椅子へ歩み寄った。秘密を持った小鬼のようだった。ローゼンバーグは基本的な知性の欠如を隠すために物知りをよそおうことに長けていた。

世の中そんなものだ、とウォリーは思った。

「銃を持ってるのか？」モンティは訊きながら、ローゼンバーグの皺の寄った首に布を巻きつけた。

「うん」ウォリーはそう言うとドアからフォース・ストリートへ出て行った。ポケットに入っているのは父親の銃だった。挿弾して店の引き出しにしまってあったものだ。

テキサス州バードにジョン・ロイ・ワースが来たのは両親を訪ねるためであった。近くへ来たら立ち寄るのだ。短い訪問の際、両親には必要なく、ほしくもないものを携えて来る。ジョン・ロイの両親は、モダンなデザインのランプや、新しいテレビがあるのに息子がくれる新品のテレビにいつも喜んだふりをしていた。ジョン・ロイは決して長居はせず、せいぜい一、二時間しかいない。いつも急いでいて、いつも行くところがある。ジョン・ロイの母親はすでにあきらめていた。

「行きなさい、ジョニー」母親はいつも言った。「忙しいのはわかってるわ。わたしたちは誇りに思っているのよ」

「たいへん誇りに思っている」父親のリーはいつも作り笑いを浮かべながらそう言い、髪を染めイヤリングをつけカウボーイ・ハットをかぶった息子が自分とかかわりのないところへ消えてくれることをよろこんでいた。リーは元警官だった。保安官事務所に勤務していた。歌一つ歌えなかった。妻も歌えず、リーは息子のジョン・ロイが歌手として途方もない成功を収めるとは思っていなかった。それに、ジョン・ロイがたばこを吸っていたことは息の臭いでわかった。服にも臭いが染みついていた。妻の父親の名を取ってジョン・ロイと名づけた息子が立ち去り、スイッチを切ることができるテレビやラジオやテープの中へ戻っていくのをよろこんでいた。

そんなリー・ワース夫妻のアパートへ、きれいにひげを剃り、散髪したばかりの頭で、決意を顔に表わしたウォリーが向かっていた。徒歩だった。車を使うこともできた。一九九七年製のジオ・プリズムで色は青だ。良い状態に保っていたが、乗っていく場所があまりない。

車は必要なかった。きょうは必要ない。ジョン・ロイ・ワースをポケットの銃で撃ち、そこで警察を待つ。ジョン・ロイの他にも人がいるかもしれない。彼らも撃つつもりだ。ジョン・ロイを三回か四回、あるいはそれ以上撃たなければならないかもしれない。銃には十分に弾がある。確実を期したい。多少は名の知られたジョン・ロイ・ワースを殺そうとした男になりたいのではない。有名人を殺した男になりたいのだ。

ウォリーは歩いた。天気がいい。いくらか風がある。どこかでカラスが鳴いているが姿は見えない。すでに通りは閑散としている。セカンド・ストリートにあるフェア・ブリーズ・マンションの私道へ入った。白い手袋をはめた女性が玄関に現われ、笑みを浮かべてウォリーのほうへ歩いてきた。ウォリーの母親の友人、ステラ・アームストロングだ。

「ウォリー」ステラが言った。

「ミセス・アームストロング」

「誰かに会いに来たの?」

「いいえ」ウォリーは言った。「ジョン・ロイ・ワースを撃《シュート》ちに来たんです」

　ミセス・アームストロングはウォリーが写真を撮《シュート》りに来たのだと思った。彼はカメラを持っていないが、最近のカメラは小さいのでポケットにも入る。ウォリーはペンキ屋であって写真家ではないが、たぶん写真を撮ってそれを元に看板を描くのだろう——記憶にある限り、ウォリーが今までに実在の人物を描いたことはなかったが。

「医者に予約があって、行かなきゃならないの」彼女はわびるように言った。「背中が痛むのよ。ほら、このあたり、わかる? お母さんによろしくね」

　ウォリーは通り過ぎる彼女に笑みを浮かべてうなずいた。ライラックの香りがした。

　さて、なぜジョン・ロイ・ワースを撃つのかと訊く人がいたなら、ウォリーは何らかの理由を答えただろう。別の人が訊けば別の答えかたをしただろう。頭の中には質問する人間といつ訊かれるかに応じた答えのリストがあった。特に、警察ではなんと言おうかと考えていた。逮捕された後はどういう仕組みになっているのだろうと思った。尋問され、弁護士と話し、囚人服を与えられ、独房のベッドに横になり、出廷することを待ち望んでいた。断固として「無罪」と答弁するのだ。司法取引はしない。裁判所に出頭することが目的の一つなのに、司法取引に何の意味があるだろう?

　ウォリーは、制服姿で受付にいる警備担当のリッチー・ストーンにうなずいて挨拶しながら《大酒飲みの女》を鼻歌で歌おうとした。リッチーは自分の制服と仕事を気に入っていた。詩を書く時間がたっぷりある。その多くを、両親の住む4G号室を訪れるこの有名な歌手のジョン・ロイ・ワースに渡していた。ジョン・ロイはいつもリング・バインダーを持ち歩いており、リッチーはその中に大ヒットを待つ歌詞が入っているのだと確信していた。少なくとも彼はそう願っていた。

「誰に会いに来たんだ、ウォリー?」リッチーは訊いた。

「ジョン・ロイ・ワースを撃《シュート》つために来た」

「小さなカメラでか?」

「そうだ」ウォリーはようやく、カメラか何かもって来るべきだったと思うようになった。撃《シュート》つという言葉がまったく別の意味にとられるとは考えてもみなかった。

リッチーはリンドン・ジョンソン高校でウォリーより三年上級だった。友人ではなかった。敵でもなかった。二人に共通していたのは、どちらも学校で何の活動にも参加していなかった点だ。フットボール、野球、バスケットボール、レスリング、写真部、コレクターズ・クラブ、爬虫両生類学クラブ、青年共和党員《ヤング・リパブリカンズ》、何一つ参加していなかった。ウォリーは学校のダンスパーティ、選挙、ミーティングの看板をすべて描き、どれにも参加しなかった。描いたものはすべて捨てられるか、風雨にさらされて時とともに朽ちていった。すれすれで卒業して以来ずっと、同窓会、卒業式、町の創立記念日、プレーリー・フラワー・フェスティバルの看板を描いてきた。

理由は――ウォリーはエレベーターを待ちながら考えた、これから数分間でするつもりのことについて、もし訊かれたなら答えたであろう理由は。

ジョン・ロイ・ワースはイラクとの戦争に反対だった。愛国的ではない。

ジョン・ロイ・ワースは生まれた町のために何もしていない。

ジョン・ロイ・ワースは歌の中でむやみに主の名前を唱えている。

ジョン・ロイ・ワースは姦淫を犯した。

ジョン・ロイ・ワースは何か大がかりでよこしまなことをたくらんでいる。それが何か、ウォリーにははっきりとはわからないが、やつの歌にはっきりと示されている。

ジョン・ロイ・ワースはよくいる鼻持ちならないスター気取りの男で、いかにも人を虫けらのように思っているかのような、外聞をはばかる他人の秘密を知っているかのような顔をしている。

ジョン・ロイ・ワースが死ねば、ウォリーはしばらく有名人でいられる。〈グッドモーニング・アメリカ〉の天気予報の前にダイアン・ソーヤーにインタビューされる。

ジョン・ロイ・ワースが死ねば、ウォリーは終身刑になり、もはや自分で決めなければならないことはほとんどなくなる。看板を描かせてもらえるかもしれない。父親のように関節炎で働けなくなるまで。刑務所に看板描きの仕事があるだろうか？

理由として挙げられるのはこういうことだった。一つか二つは本当のことかもしれないし、そうでないかもしれない。

「ワースが待ってるんだな、ウォリー？」リッチーが訊いた。

「いいや」

「それなら電話しなきゃならん」リッチーはため息が大仕事であるかのように、大きくため息をついた。

リッチーが番号を押している間にエレベーターのドアが開いた。ジョン・ロイ・ワースが出てきた。黒い紐と小さな羽根飾りのついた上等な革のカウボーイ・ハットをかぶっていた。きれいにひげを剃っているのは両親に譲歩したのだろう、ビデオやテレビではいつも無精ひげを生やしていたから。

きれいな、新品と思われるジーンズをはき、ダラス・カウボーイズのシャツはTシャツではなく襟つきで、ポケットにダラス・カウボーイズの小さな紋章が入っていた。

ジョン・ロイ・ワースはたばこを吸いながら物思いにふけり、リッチーもウォリーも目に入っていない様子だった。二人のそばを通ってドアへ向かった。

「ミスタ・ワース」リッチーが呼びかけた。

ジョン・ロイは少し間を置いて向き直ったが、まだ何か考え込んでいた。会ってきたばかりの両親のことか、ナッシュビルのスタジオのことか、ベッドを共にした女のことかもしれない。彼はリッチーを見た。

「ウォリーがあんたを撮《シュート》りたいそうだが」リッチーが言った。「かまわないか？」

ジョン・ロイはウォリーの頭の先からつま先まで見て、何かに見覚えがあるような顔をした。

「おれを撮る？」

「肖像だ、写真だよ」リッチーが説明した。

ウォリーは両手をポケットに入れていた。銃が驚くほど温かくなっていた。口の中、舌の上にガンメタルの味を感じた。

「ウォリー・ツェルビアク？」ジョン・ロイがウォリーに一歩近づいて訊いた。

ウォリーはうなずいた。

「おまえさん、俺が卒業した年に、リンドン・ジョンソン高校の前の歩道で同窓会のために馬を描いてたよな」

「うん」ウォリーは言った。

ジョン・ロイは笑みを浮かべた。「たいした馬だった。今の今まで忘れていたよ。いろんなことを忘れてて、急に思い出すのはおかしなもんだ」

「馬の詩を書いたんだ」リッチーはうそをついた。「あんたが町を離れる前にホテルへ届けに行ってもいいよ」

ジョン・ロイは聞いていなかった。

「まだ絵を描いてるのか？」ジョン・ロイはたばこの煙を深く吸い込みながら尋ねた。

「看板さ」ウォリーは言った。

「あの馬」ジョン・ロイがそう言って天井を見上げたのは、その馬を思い出そうとしていたのかもしれない。「全身が白で、目が大きかった。頭かどこかに何か、翼か角がついていたな」

「両方だ」ウォリーが言った。「空飛ぶユニコーンだ」

「空飛ぶユニコーン」ジョン・ロイはひとりごとのように繰り返した。

「いや驚いたな」リッチーはまたうそをついた。「おれの詩は白い空飛ぶユニコーンに関するものなんだ」

「それでいいアルバムのジャケットができそうだ」ジョン・ロイはウォリーを見て言った。「おれは帰郷の歌を書くよ、あの馬のこと、コニー・アップルトンのこと。だが彼女の名前は使わない。わかるだろ」

リッチーはため息をついた。ジョン・ロイに話を聞いてもらえなかった。リッチーにはわかった。一生この制服を着る定めなのだ。

「名刺を持ってるか？」ジョン・ロイが訊いた。

「持ってない」ウォリーは言った。

「それじゃ、名前と電話番号を書いてくれれば、誰かに電話させるよ」

「あんたは忘れる」ウォリーは言った。「あんたはポケットに突っ込んで忘れ、五カ月もすれば、なぜおれの名前と電話番号が書いてあるのかも忘れ、捨ててしまうだろう」

ジョン・ロイはカウボーイ・ハットをかぶり直してにやりと笑った。

「おまえさんの言うとおりかもしれないが、そもそもあてにしないでくれ。おれの写真を撮りたいのか？」

「いや」ウォリーはポケットから銃を抜いてジョン・ロイに狙いを定めた。

「ウォリー」リッチーが机についたまま叫んだ。

銃を見てジョン・ロイ・ワースの笑みが消えた。

「待て、ウォリー。おれは財布に五百ドルほど持ってる。今すぐそれを出して渡す。銃を離してくれれば、それを貸すことにしよう、いや、空飛ぶ馬のアルバムカバーの最初の支払いだ」

「金のことじゃないんだ」ウォリーは言った。「おれはファースト・ファーマーズ銀行に一万一千四百六ドルの貯金がある」

「おまえさんに何かしたか？」ジョン・ロイが訊いた。「恨みか何かあるのか？　妹かいとこか、誰かをはらませたとか、おまえや家族を侮辱したとか？　いいか、おれは子供だったんだ」

「みんなだ」ウォリーが言うと、ジョン・ロイは誰も言わないのに両手を上げ始めた。

ジョン・ロイは助けを求めてリッチーを見た。リッチーにはどうすることもできなかった。

ウォリーはふとあることを思いついた。何の脈絡もない思いつきだった。ジョン・ロイ・ワースは大物だ。ジョン・ロイ・ワースはテキサス州バードに住んでいたカントリーミュージシャンというだけではない。ジョン・ロイはテキサスであり、アメリカ合衆国であり、世界だった。世界には意味がない。それが、ウォリーが銃を携えてはるばるやって来た理由だった。すべて作りごとだ。すべて作り話だ、いつか自分たちが死ぬこと、互いに話して聞かせ、いずれ世界が爆発するか吹き飛ぶか凍りつくか燃え上がるかすることを忘れるための。

　前に一度、モンティが何かそういうことを言っていたかもしれない。そうした考えがウォリーの中で体を丸めて眠っていて、今になって目覚め、何が起きているのかといぶかしんでいるのだ。

　ウォリーは流れ星《シューティング・スター》になる。数分間だけ明るい光を放つ。彼はスターを撃《シュート》つ。彼はスターになる。さもなければ、指が関節炎で動かなくなるまで看板を描いて終わるだけだ、父親と同じように。それから一人で過ごし父母とテレビを見て、フリーズドライのフルーツの入ったシリアルに牛乳を足してふやけたのを食う。

　リッチーが言った。「ウォリー、よせ」

　ウォリーは引き金を引いた。ジョン・ロイ・ワースから十二フィートほどしか離れていなかったが、それまで撃ったことがなかったので的が外れ、《大酒飲みの女》を作曲し歌っている男の背後の窓ガラスが割れた。

　その刹那、現実では計れないわずかな時間、夢かと思うその一瞬に、ジョン・ロイが床に伏せてポケットから何かを引っ張り出すのが見えた。

　ウォリーはもう一度撃とうとした。たぶん撃ったのだろう。覚えていない。誰かが押し戻そうとして殴っているかのような衝撃が胸に走った。次いで、大きなビタミンの錠剤が詰まるように、何かがのどに詰まった。ウォリーは両膝をつき、咳とくしゃみが同時に出そうになった。それから窓ガラスの破片の上にうつぶせに倒れた。

　もはや銃を手にしていなかった。何も持っていない。顔を左側に向けていた。大小のガラスの破片が何かの形をなしていた。偶然か、神か、彼の想像力がステンドグラスの窓を作り始めたのだろうと思った。空飛ぶ白い馬か？

誰かがウォリーの体をひっくり返した。見上げると、ジョン・ロイ・ワースが小さな銃を手にしていた。ジョン・ロイは叫んでいた。「警察を呼べ！」

ウォリーは話をしたかったが言葉が出てこなかった。

「この狂人め」ジョン・ロイが言った。

どこか遠くで、たぶんヒューストンほども離れた場所で、リッチーが電話に向かって話していた。

「ヒーローだ」ウォリーはあえぎ、息を詰まらせた。

ジョン・ロイがウォリーの顔からガラスの破片を払い落とした。

「おまえはヒーローなんかじゃない」ジョン・ロイが言った。「静かにしてろ。警察が来る」

「ちがう」ウォリーは言った。「あんただ。あんたがヒーローだ。狂った看板描きを撃ち殺した。完全に打ち負かした。どこでも大ニュースだぞ。その銃は登録ずみか？」

ジョン・ロイはうなずき、ロイ・ロジャーズやジェイムズ・ガーナーのようにカウボーイ・ハットを後ろへ傾けた。

ウォリーはまだ言いたいことがあった。なんなのかはわからなかったが、もう口がきけないのでどうでもよかった。目を閉じた。ジョン・ロイがウォリーの頭を持ち上げると、ウォリーは突然、白い空飛ぶユニコーンをはっきりと見た。ジョン・ロイ・ワースがカウボーイ・ハット片手にまたがり、馬は彼を振り落とそうと雲の間で飛び跳ねていた。

誰かがウォリーの口に息を吹き込んだ。ジョン・ロイが彼を生かそうとしていた。ヒーローだ。

そのとき、ウォリー・ツェルビアクは死なないことに決めた。彼は死ななかった。

グウェンに会うまで
Until Gwen

デニス・ルヘイン　加賀山卓朗訳

五冊のパトリック＆アンジー・シリーズ、『ミスティック・リバー』、『シャッター・アイランド』で高い評価を得ているデニス・ルヘイン（Dennis Lehane）だが、以後の新作がないのがファンには寂しいところだ。本作は二〇〇三年にイギリスで刊行されたジョン・ハーヴェイ編のアンソロジー*Men From Boys*に書き下ろされ、アメリカでは二〇〇四年に《アトランティック・マンスリー》誌に掲載された。（《ミステリマガジン》二〇〇四年九月号に訳載）

きみの父親は、出所したきみを、盗んだダッジの〈ネオン〉で迎えにくる。車のグラヴ・コンパートメントにはビリヤードの八番球が入っていて、後部座席にはマンディという名の娼婦が坐っている。走り出して二分、まだ刑務所がバックミラーに斜めに張りついているうちに、マンディは、売春はパートタイムでやってるのと言う。残りの時間は独立資本のビデオ・チェーンで秘書みたいな仕事をしたり、地元の海外戦争復員兵協会《VFW》で隔週日曜にバーテンダーをしていると。けれど彼女の本当の仕事は——人生を捧げる天職は——書くことだ。

きみは訊く。「本を？」

「本よ」と彼女は言って鼻を鳴らす。音の半分は面白いから、あとの半分はきみの拳に引いた白い粉の線を左の鼻孔で吸い上げているからだ。「台本よ！」なぜか彼女はルームランプに向かって叫ぶ。「わかるよね。映画の台本ってこと」

「気のふれた聖人の話をしてやれよ」ときみの父親は言う。「聞けば映画館に飛んでいきたくなるぜ」これからふたりを高校の卒業記念ダンスパーティに連れていくかのように、バックミラーできみにウィンクをする。「さあ、早く」

「わかった。そうね」彼女は座席の上できみのほうを向く。膝と膝が触れ合い、きみはグウェンを思い出す——かつて彼女が見せた表情を。とくに変わったところはない。ただ玄関のドアで立ち止まって振り返り、家の鍵を見なかったかときみに訊いただけだ。四年間、刑務所で毎日思い出していなければ、忘れてしまっていた一瞬の表情。

「……でね、彼の列聖式（徳のある人物を教会が公に聖人と認める儀式）で」とマンディが話している。「何か、その、起こるわけ。聖人の霊が戻ってきてその司祭の体に宿るの。でも、あれ、司祭がね、脳腫瘍なの。そのことを自分では知らないか、心のどこかで知ってて認めたくないんだけど、とにかくめちゃくちゃになっちゃうのよ。彼の、あれ――」

「脳が？」ときみは言ってみる。

「思考が」とマンディが言う。「つまり聖人が体のなかに入って、そいつがやるわけ。まえは聖人だったんだけど、魂を失ってから邪悪な霊になったの。で、この司祭は、あれ、映画の残りのあいだずっと法王を殺そうとするの」

「なんで？」

「いいから聞けよ」ときみの父親は言う。「これからよくなるんだから」

きみは窓の外を見る。誰も乗っていない車が一台、路肩に停まっている。色はベージュで、車体に誰かが金の翼を描いていて、それがフロント・バンパーから前後のドアを横切っている。屋根にマークと何かのことばが書かれているが、なんだろうと思う頃には通り過ぎている。

「でね、ヴァチカンのために働く秘密のグループがいるの。ちょうど、あれ――」

「暗殺団みたいなものだ」ときみの父親が言う。

「そういうこと」とマンディは言い、指できみの鼻を押す。「それでそのリーダー、団長？　彼がヒーローなの。数年前にテロリストがヴァチカンにしかけた攻撃で妻と娘を失って、ちょっといかれてて、でも――」

きみは言う。「テロリストがヴァチカンを攻撃した？」

「え？」

きみはマンディを見て、待つ。彼女の顔は小さく、両眼が鼻に寄りすぎている。

「映画の話よ」とマンディは言う。「現実じゃなくて」

「いや、もちろん、四年間刑務所にいたから大事件をいくつか見逃してたって不思議はないだろ――」

「そうね」彼女の顔は曇り、時化《しけ》を予感させる。「最後まで話していい？」

「いや、つまり」ときみは言い、拳からまた一本白い線を吸う。「それほどの事件なら、死刑囚の耳にだって入ってるはずだよな」

「いいからつき合えよ」ときみの父親は言う。「とても現実の話には聞こえないだろ」

　窓の外を見ると、鶏の着ぐるみをかぶった男がガソリン缶を手に下げ、路側帯を歩いている。きみは現実の生活がいかに現実らしくないかを考える。きっとこの哀れな間抜けは翼の描かれた車に乗っていて、ガス欠に見舞われたのだ。そして、どうしてこんな目に遭うんだろう、以前の現実の人生で自分は誰を怒らせたんだっけと考えているのだ。

　父親は、きみとマンディがふたりきりで過ごせるように〈エコノロッジ〉というモーテルをふた部屋予約している。しかしきみは、マンディがフェラチオを二度も中断して、マイケル・ベイ（「アルマゲドン」「パール・ハーバー」などの監督）の映画のすばらしさについて講釈を垂れるので、彼女を家に帰らせる。

　暗い部屋でちかちかと青く光るＥＳＰＮ（スポーツ専門のテレビ局）の画面を見ながら、自動販売機で買ったビニール袋入りのピーナッツを食べ、モーテルの駐車場で父親に渡されたジム・ビームをプラスティックのカップに注いで飲む。きみは失った時のことを思う。ダブルベッドにひとりで坐り、テレビを見られることの幸せを思い、グウェンのことを思う。一瞬、口に入ってきた彼女の舌の味がする。四十七ヵ月の刑務所暮らしのあと、この夜、モーテルのこの部屋まで自分を導いてきた道について思う。人はそれをやたらカーヴの多い、ゆがんで奇妙な道だと言うだろう。しかしきみにとってはほかのあらゆる道と変わらない。正しいと信じているか、ほかに選択肢がないために車を走らせ、走ってこそわかることを発見し、たどり着いてこそわかる終点を見出すだけだ。

　翌朝遅く、父親がきみを起こしにくる。彼はマンディを家に送っていった、今日はいろいろやることがある、人にも会うと言う。

　父親についてきみがほかのどんなことより知っているのはこれだ――彼が近づくと、人は消えてしまう。

　父親はプロの泥棒で、腕の立つ詐欺師、この稼業で並ぶ者のない達人だが、心の奥の核の部分には、プロ意識をはるかに超える何か、途方もなく無軌道で身勝手な何かがある。一度誰かから聞いて、おそらく笑いもしたが、決して自分では繰り返さない話のように、それを体のなかに秘めている。

「昨日の夜、彼女といっしょにいたの？」ときみは訊く。

「おまえが要らないと言ったから、誰かが彼女のエゴを満足させてやらなきゃならなかった。ああいう哀れな女はな」

「でも家まで送っていったんだ」ときみは言う。

「おれはチェコ語でもしゃべってるか？」

きみはしばらく父親の眼を見る。大きく、柔和で、思いやりのない新生児の無邪気さを映し出す眼。そこには動くものも、息づくものもない。ややあってきみは言う。「シャワーを浴びたい」

「シャワーなんていい」と彼は言う。「野球帽でもかぶっとけ。さあ出発するぞ」

しかしとにかくシャワーは浴びることにする。これもまた今まで思いも寄らなかったが、なくて寂しいと思っていたことのひとつだ。横に誰もいないところで、細かい飛沫の下に立ち、思うさま熱い湯を浴びる。工場の煙のにおいのしないシャンプーで髪を洗う。

髪の毛を乾かし、歯を磨いていると、父親が次々とテレビのチャンネルを変えているのが聞こえる。ひとつのチャンネルに三十秒以上とどまることがない。ホーム・ショッピング――ぱっ。ジェリー・スプリンガー――ぱっ。オプラ・ウィンフリー――ぱっ。連続ドラマの声、連続ドラマの音楽――ぱっ。大型トラックの特集番組――しばらく見ている。コマーシャル――ぱっ、ぱっ、ぱっ。

湯気をたなびかせて部屋に戻り、ベッドからジーンズを拾い上げて着る。

父親が言う。「溺れたのかと思ったよ。下水管にプランジャーを当てて、おまえを吸い出さなきゃならないかと思った」

きみは言う。「どこへ行くの？」

「ドライヴだ」父親は小さく肩をすくめて言い、漫画の画面をとばす。

「最後にそう言われたときには、二発撃たれた」

父親は振り返ってきみを見る。六歳の子供のように大きく柔和な眼。「車から撃たれたんだろ?」

きみは父親とグウェンの家に行くが、彼女はもうそこにいない。黒人の子供がふたり、前庭で遊んでいる。エンジンをかけたまま停まっている不審な車を確かめようと、黒人の母親が玄関ポーチに出てくる。

「ここには置いていかなかったのか」と父親が訊く。

「置いてった記憶はない」

「考えるんだ」

「考えてるよ」

「置いていかなかったんだな?」

「だから置いてった記憶はないって」

「まちがいないな?」

「まちがいない」

「おまえは弾を一発、頭に食らってたんだぞ」

「二発だよ」

「一発はそれたんじゃなかったか」

きみは言う。「あのさ、頭を二発も撃たれたら細かいことにこだわってられないだろ」

「そうか?」父親は黒人女性がポーチの階段を下りてくるのを見て、路肩から車を発進させる。

最初の一発は車のうしろの窓を砕いて飛んできた。ジェントルマン・ピートは身を屈め、ハンドルをめいっぱい右に切って、高速道路の出口の柵に突っ込んだ。エアバッグが爆発し、水の樽が爆発し、きみの頭のうしろで何かが爆発した。砂利のようなガラスの破片がシャツの背中にどっさり入った。グウェンは言った。「何これ。どうなってるの?」

きみは彼女——グウェン、きみのグウェン——を抱き寄せ、うしろのドアから外に出て、出口の傾斜路を横切り、木立のなかに走り込んだ。そこで二発目の銃弾が当たったが、かまわず走り続けた。どうやったのかも、なぜそうしたのかもわからない。噴き出した血が顔を流れ、頭には火がついていた。雨でも消し止められないほど、炎が激しく明々と燃えていた。

「ほかに何も憶えてないのか」と父親が訊く。すでに町じゅうを車で走っている。ウェスト・ヴァージニア州サムナーで入り込めるあらゆる通り、あらゆる砂利道、あらゆる穴を見てまわった。

「そう。気がついたら彼女に病院に運ばれてた」

「思いつくなかで最低最悪の行動だ」

「そのときには血を吐いて、うわごとをつぶやいてた。それはなんとなく憶えてる」

「ほう、そんなことは憶えてるわけか。だろうな」

「これだけ時間があったのに、グウェンとは話してないの?」

「三年前に言っただろう。あの女は消えた」

きみはグウェンを知っている。グウェンを愛している。

そのことを考えるのはつらい。グウェンはきみの車にいた。トウモロコシ畑にもいた。午《ひる》も近い頃、彼女の母親のベッドのなかにいた。裸で、柔らかく、わずかに震えながら。彼女の髪の生え際にひと粒の汗が浮かび、首の横を伝っていった。彼女はきみの肩胛骨に顔をのせ、片足の爪先をきみの土踏まずに当てて、軽くいびきをかいていた。きみは彼女が眠るのを見ながら、はっきりと眼覚めていた。

「つまり彼女が持ってるってことだ」ときみは言う。

「いや」と父親が言う。小犬の毛並みのような声に怒りがにじんでくる。「電話してきただろうが。あの夜」

「おれが?」

「しっかりしろよ。病院の外の公衆電話からかけてきたじゃないか」

「なんて?」

「〝あれは安全な場所に隠した。おれ以外誰も知らないところに〟って」

「へえ」ときみは言う。「そんなに長くしゃべったの。で?」

父親は首を振る。「その頃には警官が追いついて、おまえを罵り、電話を切れと叫んでた。だからおまえは電話を切った」

父親は、オーク通りのタイヤ・ディーラーの陰にある赤煉瓦の低い建物のまえに車を停め、エンジンを切って外に出る。きみはついて行く。二階建てだ。通りに面した店は、保釈保証屋、金物屋、油で汚れた壁が老いぼれ犬の歯の色をしたテイクアウトの中国料理屋、黒人女性客ばかりが入った〈ガールフレンドがおれを引っかけた〉という名の美容院。建物の裏にまわり、廃業したドライクリーニング店の白く濁ったガラスのまえを過ぎると、小さな黒いドアがあり、すりガラスにステンシルで〈精密・能率エキスパーツ社〉と書かれている。

父親は鍵を開け、ローストチキンとニスのにおいがする十フィート四方の部屋へきみを招き入れ、裸電球のスイッチの紐を引く。きみは封筒と紙が散らばった床を見渡す。部屋の唯一の家具は壊れかけた机だ。おそらくまえの住人が残していったのだろう。

父親は郵便受けの穴から放り込まれた郵便物を拾い、紙を蹴りながら、カニのように横歩きで床を進む。きみは紙の一枚を拾い上げて読む。

拝啓

五十ドルの小切手をお送りします。お話のあった資料と試験問題のサンプルが届くのを心待ちにしております。少しでも早くいただけるように返信用封筒を同封しました。いつの日か空港でお目にかかりたいと思います。

敬具

ジャクスン・A・ウィリス

きみはそれを床に落とし、別の紙を拾う。

関係当事者殿

二カ月前、私は御社あてに五十ドルの郵便為替を送りました。政府試験に合格し、警備員になって、アルカイダに対する愛国者としての義務を果たすために、資料と試験問題のサンプルを入手しようとしたのです。しかしまだ資料は届かず、御社に電話しても誰も出ません。早く就職したいので資料を至急送付してください。

敬具

エドウィン・ヴォガード

四四五〇二　オハイオ州ヤングスタウン

ヒンクリー通り十二番地

きみはこれも床に落として、父親が部屋の隅の机につき、新しい封筒の束をペンナイフで開けるのを眺める。何通かは読み、残りは小切手だけを封筒から振り落として床に捨てている。

きみは外に出て中華料理屋に行き、コカコーラを買う。金物屋に入り、ナイフと、接着剤〈クレイジー・グルー〉を二本買い、父親の事務所に戻る。

「今度は何を売ってるの」ときみは訊く。

「空港警備員の仕事さ」と彼はまだ封筒を開けながら言う。「今、すごい勢いで伸びてるんだ。誰もがなりたがってる。飛行機に乗り込むまえに悪人を捕まえて、新聞で讃えられ、お国に尽くす。うまくすりゃスターバックスの売店の近くに配置されるってな」

「いくら稼いだ？」

父親は肩をすくめる。一ペニーの単位まで金額を知っているのはまちがいないけれど。

「まずまずだ。ほかに何をしろってんだ。このくそみたいな町に戻ってきて、三カ月おまえを待ってたんだから。だがそろそろ店じまいだ」六十枚ほどの小切手の束を取り上げる。「これを入金して口座の中身を引き出す。それでも最初の二カ月は、一週間に千枚とか千五百枚の小切手が届いた。神様、人の脳細胞に差をつけてくれてありがとうってなもんだ」

「どうして？」ときみは言う。

「どうして？」

「どうして三カ月も町をうろついてた？」

父親は小切手の束から顔を上げ、眼を細める。「おまえを丁重に迎える準備をしてたのさ」

「ウィスキーのボトルと、くそ面白くないフェラチオをする娼婦のこと？　それに三カ月もかかった？」

父親はさらに眼を細くする。ふたりのあいだに灰色の仕切りができる。それは光ではなく、埃の舞う空気かガスのようなものだ。きみの父親はその向こう側から、とても血がつながっているとは思えないといった眼できみを見る。そして一分ほど経って言う。「そうさ」


父親は昔、きみはニュージャージーで生まれたと言った。ニューメキシコだと言ったこともある。そのうちそれがアイダホになった。きみが撃たれる数カ月前には、へべれけに酔っ払って言った。「いや、ちがう。本当のことを言おう。おまえはラスヴェガスで生まれた。ネヴァダ州だ」きみはインターネットで自分のことを調べてみたが、何も見つからなかった。


母親はきみが七歳のときに死んだ。夜も更ける頃、ときおりきみは彼女の顔を思い浮かべようとする。まるで思い出せない夜もある。一瞬、眼や顎の線が見える夜もある。ベッドの足もとに立って両脚にストッキングを巻き上げていたかと思うと、突然、完全に服を着て現われ、においまで感じることもある。

しかしたいていはその中間だ。きみに微笑み、それで消えてしまう。パンケーキのタネがぽたぽたと垂れるへらを手にして、なぜか眼に炎を宿し、口をOの字にしているが、そこで顔が消え、壁紙しか見えなくなる。あとはへらだけだ。


一度、どうして彼女の写真が一枚もないのかと父親に訊いたことがある。どうして写真を撮らなかったのか。どんなに写りが悪くても、一枚でもあればよかったのに。

父親は答えた。「それであいつが生き返るのか？　まさか、本当にそう思ってるのか？　なんと」と言って、顎をこすった。

きみは言った。「そりゃすごい」「もういい」

「もしアルバム一冊分の写真があったら」と父親は言った。「ときどき飛び出してきて、朝飯を作ってくれるのか」

刑務所に入った以上、きみの記録は残っているが、彼らも記録を一から作り、きみ同様、与えられた名前をそのまま信じるしかなかった。きみには社会保障番号も、出生記録も、パスポートもない。定職についたことも。

グウェンはかつて言った。「あなたが誰かってことを教えてくれる人はいないんだから、そんな人をわざわざ探す必要はない。あなたはあなた、それだけよ。あなたは素敵」

グウェンにとっては、ふだんそれで充分だった。きみは父親や母親や出生地で決まるわけではないし、クレジットカードや、運転免許証や、小切手の左上に書かれた名前で定義してもらう必要はない。グウェンの定義するきみが彼女に受け容れられるなら、きみもそれでよかった。

ふと気がつくと、きみはネブラスカの小麦畑に立っている。十七歳で、五年前に車の運転を憶えた。学校にかよったのは一度だけ、八歳のときに二カ月ほど。しかし読書は好きで、三桁の数字のかけ算を計算機より速くでき、父親と国じゅうを見てまわっている。そして人々がそれほど利口でないことを学んでいる。宝くじの詐欺や、道路のアスファルトを盗んでよそに使うペテンのやり方も、茶色の眼を少し上に向けて無料の食事にありつく方法も学んでいる。他人の眼のまえで十ドル札をちらつかせ、うまく言いくるめれば、相手がそれを手に入れるために二十ドル払うことも。うまい嘘には必ず真実が織り込まれていることも、受け容れられた真実から必ず嘘が漏れ出すことも。

きみは十七歳で小麦畑に立っている。夜の微風は木をくべる煙のにおいがして、乾いた指のようにきみの前髪を額からかき上げる。その夜のことは何から何まで憶えている。グウェンに会った夜だから。刑務所には二年世話になっておらず、きみは生きてもいいと誰かに許可を与えられたような気分になっている。

ウェスト・ヴァージニア州サムナーについて、ごく少数の人だけが知っていることがある——ときおりダイヤモンドが見つかるのだ。一九五一年に、嵐で予定の針路を大きくはずれて墜落した飛行機に積まれていた。飛行機はイスラエル産のダイヤモンドの木箱を東海岸沿いにマイアミまで運ぶ途中だったが、炭坑に突っ込んで、第三坑に火を放ち、夜間シフトの坑夫たちの命を奪った。政府の職員が国際宝石協会の人間を引き連れて現われ、穴から死体を回収したのち、ダイヤモンドを探しにかかった。そのほとんどは見つかった——少なくとも彼らはそう報告した——が、その後何十年のうちに噂が広まった。そしてときおり、まだ炭坑の煤塵で茶色に汚れた坑夫が、突然キャディラックで町を徘徊して、噂の正しさを裏づけた。

トレーラー・パークで台風保険を売り歩いていたきみは、誰かがカジノのチップほどの大きさのダイヤモンドを見つけたという話を聞いた。ジョージ・ブランダという名の坑夫がいきなり人に酒をおごりだし、旅行代理店と話しはじめたという。きみとグウェンはある夜、彼とビリヤードをして、老人の眼の下の暴飲暴食の腫れと、明るすぎ、焦りすぎ、恐怖で咽喉が干上がったような笑い方に、真実を見て取った。

ジョージは老いさき短かった。それは本人も承知しているが、母親を療養所に入れていて、別の場所に移動させる手配をしていた。ジョージはでっぷりと太り、三重顎だった。抱いていたことさえ忘れていた夢がまた甦り、顔にのしかかって、じゃらじゃら音を立てながら肉を引っ張っていた。

「もう二十年は女と寝てないんだろうね」ジョージがバスルームに行くと、グウェンが言った。「かわいそう。哀れで気の毒なジョージ。愛を知らないなんて」

彼女のキューがきみの胸に押しつけられた。グウェンはきみにキスをした。舌に残ったテキーラと、塩と、ライムの味がした。

「愛を知らないなんて」彼女はきみの耳もとで囁いた。熱のこもった囁きだった。

「サーカス広場はどうだ?」〈精密・能率エキスパーツ社〉の事務所を出て、きみの父親が言う。「あそこに隠したんじゃないか。おまえは昔からあの場所が好きだった」

きみはちくりと痛みを感じる。脚のあたりに。右のふくらはぎがちょっと引きつるような感覚だが、気にせず歩いているうちに消える。

車のまえまで来て、きみは父親に言う。「今朝、本当に彼女を家に送っていったの？」

「誰を」

「マンディ」

「誰だって？」父親は運転席側のドアを開け、振り返ってきみを見る。「ああ、あの淫売か」

「そう」

「家まで送っていったかって？」

「そう」

父親はドアの縁を軽く叩く。デニムのジャケットの袖が手首のまわりではためく。眼がきみに向けられている。昔からそうだったように、きみはそこに自分の姿が映っているような気がする。そんなことはないのに。あるはずがないし、あってほしくもないのに。

「おれが家まで送っていったか？」父親のゴムのような顔で笑みが弾む。

「送っていったの？」ときみは言う。

今や笑みは顔じゅうに広がっている。眉毛にまで。

「〝家〟ってなんだ」

きみは言う。「知らない」

「おれがあのデブを殺したから、まだ腹を立ててるのか」

「ジョージ」

「え？」

「彼の名前はジョージだ」

「あいつはおれたちを密告したかもしれない」

「誰に？　被害届なんて出せないさ。くそ宝くじとちがって証拠はないんだから」

父親は肩をすくめ、通りのさきを見る。

「彼女を家まで送ったのかって訊いてるだけだろ」

「送った」と父親は言う。

「本当に？」

「もちろん」

「どこに住んでる？」

「家に」と彼は言い、ハンドルのまえに坐ってエンジンをかける。

まさかジョージ・ブランダに知恵があるとは思わなかった。一日じゅう彼の家を探し、しまいに石の壁まではずし、また戻してペンキを塗り、もとどおりにしたあとで、グウェンが言った。

「母親はどこにいるって言った?」

きみたちは制服を着た。グウェンは看護師に、きみは看護助手になった。ジェントルマン・ピートが外の車で待ち、きみの父親はジョージの炭坑の入口を見張りながら、警察の無線を傍受していた。

ジョージの母親が言った。「新しく来た人ね。なんてきれいなの」グウェンはそれを聞きながら彼女にフェノバルビタールとヴァリウムを注射し、きみは病室のなかを探しはじめた。

そこでまちがいが起こった。きみはジョージが車で仕事場に向かい、炭坑に入るのを見た。けれど彼が出てくるところは誰も見なかった。丘の反対側を見張っていなかったからだ。彼はまったく別の坑道から出てきた。きみの父親が炭坑の表側を見張っているときに、ジョージは裏から出て車に乗り、お宝の無事を確かめにきた。そしてちょうどきみが彼の母親のラジオのうしろから石を取り出したときに、病室に入ってきた。ジョージはまちがった部屋に入ったと思ったのか、驚いて礼儀正しくふるまった。

きみとグウェンに微笑み、申しわけないというように片手を上げ、そのまま部屋を出ていった。

グウェンはドアを見て、きみを見た。

きみはグウェンを、窓を、そして手の真ん中にある石——手のひらの中央を完全に占めるほどの石——を見た。

そしてドアを見た。

グウェンは言った。「たぶんわたしたち——」

そこでジョージがまた入ってきた——礼儀などかなぐり捨てた表情で、手に銃を持って。ふつうの銃ではなく、なんと西部劇で見るような六連発拳銃だった。銃身が細長く、おそらく高々祖父の時代から伝わる家宝だ。用心金さえついておらず、引き金しかない。いかれた太っちょのくそジョージ、愛を知らない孤独な老人は、その引き金を引いて二発撃ってきた。一発目は窓から外に飛び出した。二発目は部屋の何かの金属に当たり、跳ね返った。母親は薬を打たれて気を失っているにもかかわらず、「うっ」と言った。何か体に合わないものを食べたときのように。彼女がレストランに坐り、コーヒーを半分飲んだところで片手を下腹に当てて、「うっ」と言うところが眼に浮かんだ。ジョージがテーブルをまわって彼女の椅子に駆け寄り、「大丈夫、ママ?」と言うところも。

しかし今の彼はそんなことはしない。老女がベッドから逆さに床に転げ落ちると、ジョージは銃を落とし、彼女を見つめて言った。「お袋を撃ったな」

きみは言った。「撃ったのはあんただ」体じゅうの毛穴から一気に汗が噴き出していた。

「ちがう。おまえだ。おまえが撃ったんだ」

きみは言った。「馬鹿言え。銃を持ってたのは誰だよ」

しかしジョージは聞いていなかった。よろよろと三歩進んで、がくっと膝を突いた。老女は横向きに倒れていた。さほど大きくない血の染みが入院服の背中に広がっているのが見えた。

ジョージは彼女の顔に両手を当て、じっと見つめて言った。「母さん。ああ、母さん、母さん、ああ、母さん」

きみとグウェンは部屋から脱兎のごとく走り出した。

車のなかでグウェンが言った。「見た? あの人、自分の母親を撃ったわよ」

「そうだっけ?」

「撃った」と彼女は言った。「ベイビー、あれで彼女、死んだりしないよね」

「たぶんな。でも年寄りだから」

「そう、年寄りね。ベッドから落ちたのはもっとまずかった」

「おれたちは彼女を撃った」

「撃ってない」

「彼女のケツを」

「わたしたちは誰も撃ってない。銃を持ってたのは彼よ」

「でも世間ではそう言われる。わかるだろ。年老いた母親だぜ。くそっ」

きみを見つめるグウェンの眼はダイヤモンドほどの大きさだった。彼女は言った。「うっ、だって」

「やめてくれ」

「だってどうしようもないじゃない。ボビー、本当に」

彼女はきみの名前を言った。それがきみの名前だ――ボビー。きみは彼女がその名を呼ぶのが好きだ。

うしろからサイレンが近づいてきた。きみは彼女を見ながら思った。可笑しくなんかない。笑い話じゃない。悲しい話だ。気の毒なあの婆さん。しかしそこで思った。そう、悲しい話だ。でもグウェン、そう、おれはきみなしでは絶対に生きられない。きみのいない人生なんてもう想像できない。おれは……なんだろう。

そこで風がどっと車に入ってきた。サイレンはますます大きくなり、今や数台になっていた。パトカーの軍団が追いかけてくる。グウェンの顔はきみの顔のすぐそばにあった。耳のうしろから髪が飛んで口に当たっている。彼女はきみを見ていた。きみを見て、理解していた――心の奥底まで。そんなことをした人間はこれまで誰も、誰ひとりとして、いない。果てしなく広がる小麦畑の端に立ち、真っ青な空の下で赤い光をまたたかせている無線塔のように、きみに波長を合わせていた。きみの前髪をかき上げる夜風は彼女だ。そう、彼女の笑いだ。彼女は笑っている。髪の毛を歯に張りつかせて。老婆がベッドから落ちたことを笑っている。面白くもなんともないのに。きみはさっき頭のなかで「おれは」と言った残りの部分を口に出した――

「きみのなかに溶けてしまいたい」

ハンドルを握り、暗い田舎道を走るジェントルマン・ピートが「何？」と訊いた。

けれどグウェンは言った。「わかってる、ベイビー。わかってる」ことばの途中で声がとぎれた。笑い、怖れ、罪悪感に苛まれてとぎれた。彼女は両手をきみの顔に当てた。ピートは州間高速をひた走る。うしろの窓で独立記念日の大きなアイスクリームのようにパトカーの警告灯がきらめき、その窓が引っ張られた網のように崩れ落ち、砂利のようなガラスの破片がシャツに飛び込んで、きみは頭に得体の知れない感触を覚えた。頭のなかで何かが解き放たれ、煙草の吸いさしのように熱くなった。

サーカス広場は空っぽで、きみと父親はしばらくそこを歩きまわる。いくつかの屋台に掛かった防水シートが留め紐からはずれ、風と材木のあいだにとらえられて、ぱたぱたとはためいている。父親はきみを見つめ、きみが何か思い出すのを待つ。きみは言う。「記憶が戻ってきた。少しずつ」

父親は言う。「そうか？」

きみはどうかなと言うように手を上げて左右に振る。

夏のあいだ、ダンキング・マシン（顔を水中に入れて歯でリンゴを釣り上げる出し物）と、ひげ女の椅子と、ピッチング・マシンが置かれる檻の裏手にまわると、最近掘られたばかりの四角い土地がある。きみはそのまえに立つ。父親が横で足を止め、きみは言う。「マンディと何したの」

父親は低い声で笑い、靴で足もとの土を削り、はるか地平線に眼をやる。

「おれはあれをこの手に持ってた」ときみは言う。

「だろうな」と父親は言う。

あたりは静まりかえっている。どの方向を見ても、何マイルもさきまで金属のように青い空っぽの平坦な土地が続いている。防水シートのはためく音のほかには何も聞こえない。父親がきみを殺すためにここまで連れてきたのがわかる。殺すために刑務所に迎えにきたのだ。きっと現実世界に連れ戻したのも、最後にきみを殺すためだ。

「手のひらの真ん中が見えなくなった」

「大きかったのか？」

「かなり」

「もうそろそろ我慢の限界だ」と父親が言う。

きみはうなずく。「だろうね」

「我慢するのは得意じゃない」

「そうだね」

「会えたのはよかった」と父親は言い、空気のにおいを嗅ぐ。「昔みたいに。絆を取り戻すとか、そういったくだらないことだが」

「あの夜、おれは彼女に逃げろと言った。ひたすら逃げて、おれが出てくるまでできるだけあんたから離れていろと。誰も信じちゃいけない。理屈で考えてどれほどあんたがあきらめたように思えるときでも、必ず血眼になって追ってきていると。たとえおれが持ってるとあんたに言ったとしても、あんたは両方に賭けるはずだ。どうしても彼女を探さずにはいられなかっただろう」

きみの父親は腕時計を見て、また空を眺めた。

「おれは彼女に、もしあんたにつかまったらサーカス広場に連れていけと言った」

「誰のことを話してるんだ」

「グウェンだよ」彼女の名前を、空中に、はためく防水シートに、寒さにつぶやく。

「おまえはそんなことは言わない」父親は銃を抜く。それを膝の外側に打ちつける。

「それしか知らないと言え。そう彼女に教えた。おれはあれをここに隠した。ここのどこかに」

「ここはずいぶん広い」

きみはうなずく。

父親が振り返り、きみと向かい合う。股の上で手を交差させている。銃はそこで出番を待っている。

「あの宝石を売って得られる金があれば」と父親は言う。「楽に引退できる」

「どこに」ときみは訊く。

「メキシコに」

「それから？」ときみは言う。「今みたいな腐った爺さんになる？　あんたにはほかに何ができる。盗みもせず、人も殺さず、生きてる人間が一日たりとも幸せに過ごせないようにすることをやめたら？」

父親は肩をすくめる。頭を働かせている。きみはそれを見守る。ついに何かが彼を悩ませはじめた。今まで思いも寄らなかった何かが。

「今思ったんだが」と彼は言う。眼をすがめてきみに焦点を合わせる。

「何？」

「三年前から知ってたんだな。つまり、グウェンがもういないことを」

「死んだことを」

「そう言いたいなら」と父親は言う。「死んだことを」

「ああ」

「三年間」と父親は言う。「ずっと考えてたわけだ」

きみはうなずく。

「そして計画した」

またうなずく。

父親は手に持った銃に眼を落とす。「これは撃てるのか？」

きみは首を振る。

父親は言う。「弾は込められてる。重さでわかる」

「スライドを引いてみな」ときみは言う。

彼は数秒考えて、やってみる。少し腰を屈めてスライドを強くうしろに引くが、何も起こらない。石のように固まっている。

「〈クレイジー・グルー〉だよ」ときみは言う。「銃身にも詰めた」

きみはポケットから手を出し、ナイフを開く。ナイフの扱いは怖ろしくうまい。父親もそれを知っている。きみがナイフを使って金を稼ぐのを見てきたからだ。指のあいだに何本も刃を挟み、揺らしながら、一本ずつ投げて標的に当てる。

きみは言う。「どこに埋めたのか知らないけど、掘り出せよ」

父親はうなずく。「トランクにスコップがある」

きみは首を振る。「手で掘るんだ」

夜明けが訪れる。地平線まぎわの空が曙光でブロンズ色に変わる頃、きみは父親にスコップを使わせる。彼の爪は剝がれ落ち、古い傷に血が凝り固まっている。新しい傷には赤い血がにじむ。父親は一度、泣き崩れた。また別のときにはきみを蔑み、どうせおまえはおれの子じゃないと言った。どこかの淫売の赤ん坊が樽に入れられていたんだが、当時やっていた赤ん坊を誘拐して懸賞金を稼ぐ詐欺に使えるかもしれないと思って拾ったのだと。

きみは言った。「それはラスヴェガス？　それともアイダホ？」

スコップが骨に当たると、きみは言う。「スコップをここに投げな」そしてうしろに下がる。老人はスコップを墓から放り投げる。

陽が昇り、きみは父親がしばらく土を指でかき分けていくのを見つめる。そして彼女が現われる。全身黒々と腐敗して、ところどころ骨が露出している。彼女の肋骨を見て、昔オレゴンの浜辺に打ち上げられて死んでいた大きな魚のうろこを思い出す。

老人は言う。「さあ、どうする？」両眼から涙が流れ、顎の先から滴り落ちる。

「彼女の服はどうした」

「燃やした」

「どうしてそもそも服を脱がせた」

老人は骨のほうを振り返り、何も言わない。

「もっとよく見ろよ」ときみは言う。「彼女の胃があったところを」

老人はしゃがみ込み、土のなかに眼を凝らす。きみはスコップを拾い上げる。

グウェンに会うまで、きみは自分が何者かこれっぽっちもわからなかった。グウェンといたときには、それがわかった。グウェンがいなくなると、また訝りはじめた。

きみは待つ。老人はよく見ようと首を曲げ、さらに曲げる。そしてついに、やっと、それを見つける。

「なんと」と彼は言う。「やられた」

きみはスコップで彼の頭を殴る。老人は言う。「おい、ちょっと待て」きみはまた殴る。グウェンの顔を、左胸のほくろを、ポップコーンを口いっぱいに頬張った笑みを思い浮かべながら。スコップを三度目に振り下ろすと、老人の頭が首の上で妙な角度に曲がる。念のためもう一度振り下ろして、坐り、墓穴で足をぶらぶらさせる。

父親の下に横たわる黒く縮んだものに眼をやり、車の窓から吹きつける風のなかで彼女を見る。彼女の髪が歯に張りつき、眼がきみを見て、食べ物のように、血液のように、呼吸しなければならないもののように、きみを体のなかに取り込んでいる。きみは言う。「願わくば……」そのまま長いこと坐っている。太陽が地面を暖め、きみの背中を暖めはじめる。また微風が吹いてきて、防水シートがやるせなく、柔らかくはためく。

「きみの写真を撮っておけばよかった」ときみはついに言う。「たった一枚でいいから」

そしてきみはほとんど昼までそこに坐って泣く。彼女を守ってやれなかったこと、彼女を二度と知り得ないこと、そして自分の本当の名前がわからないことを泣く。本名にしろ、本名になったかもしれないものにしろ、それは彼女といっしょに埋められるのだ——きみの父親の下に。きみがまた投げ入れはじめた土くれの下に。

靴磨き屋の後悔
The Shoeshine Man's Regrets

ローラ・リップマン　吉澤康子訳

ローラ・リップマン（Laura Lippman）はボルチモア育ち。大学卒業後は《ボルチモア・サン》紙で記者を勤めていたが、その経験を活かして元新聞記者（のちに私立探偵）の主人公テス・モナハンを生み出した。一九九七年のデビュー作『ボルチモア・ブルース』でシェイマス賞の最優秀新人賞候補となり、つづく『チャーム・シティ』（一九九七年）でアメリカ探偵作家クラブ賞、シェイマス賞の最優秀ペイパーバック賞を受賞。その後も、アンソニー賞、アガサ賞、ネロ・ウルフ賞、バリー賞などの賞に輝いている。テス・モナハンの登場する本作は、ロバート・J・ランディージ編のアンソロジー*Murder...and All That Jazz*に収録された。

「ブルーノマリ？」

「ううん、違う。バリーよ」

「どうしてそんなに自信たっぷりなの？」

「子どもって小さいころ、動物のカードをもっていたりするでしょ。うちのママは雑誌から切り抜いた靴の絵をあたしに見せてたみたいなの。残念ながら、彼女のひとり娘は、白いエナメルのローファーをはいた人を家へ連れてはこなかったけど。戦没者追悼記念日から労働記念日までのバカンス・シーズンですらね。ほら、うわさをすれば――いかにもタウソンの住人がいるわ」

「うわっ――白い靴に、白いベルトに、白いネクタイ。しかも、自然生息地のボルチモア郡庁舎から十マイル近くも南に出没してる。〝いかにもタウソン〟は絶滅の危機に瀕してる服装のリストにのってると思ってたけど」

「悪趣味なものって、絶対になくならないのよ。それどころか、どんどん広がっていくものなの」

六月の心地よい夕方、テス・モナハンとホイットニー・タルボットは〈ブラス・エレファント〉の外に立ち、駐車場係に車を預ける列に並ぶ、目の前の人々を眺めているところだった。レストランの敷地に入るドライブウェイを洗濯屋のトラックがふさいでいて、いつものようにすみやかにことが運ばないため、レストランの常連客はあたりをうろうろし、その大部分はいらいらしている。演奏会のチケットや、オリオールズの試合や、チャールズ・シアターで行なわれているヘルツォーク作品の一挙上映などについて、ぼそぼそ話す声がしていた。

けれど、テスとホイットニーはナス料理をつまみながらマティーニを飲んだあとだったし、いい天気でもあったので、のんびりした気分になっていた。しかも、これからの予定はとりたててないため、大急ぎでどこかへ行く必要もない。ふたりが周囲の人々の装いの品定めを始めたのは、ひとえにテスが観察力に磨きをかける努力をしているとホイットニーに打ち明けたからだ。それは私立探偵としての能力向上にふさわしい練習だったし、ホイットニーのように生まれつき辛辣な人間にとっては格好の暇つぶしだった。

ちょうど友人ふたりは別の男のローファーのブランド名をあてようとしていた。フォローシャイムだ、とテスは思ったが、ホイットニーは昔ながらの上質なウィージャンズだと言った。そのときふたりは、片方の爪先にどろりとした白いものがついていることに気づいた。すると、まるで魔法のように、ウィージャンズをはいた男のすぐそばに靴磨き屋が現われた。

「そこになんかくっついてますぜ、旦那。さっとひと磨きしましょうかね?」

まだブランド名あてゲームに夢中だったテスは、その靴磨き屋が年寄りであることを見て取ったが、そういえば最近の靴磨き屋はみんな年寄りのような気がする。白い靴に白いベルトをこれ見よがしに身につけるタウソン風の人間と同じく、靴磨き屋も絶滅の危機に瀕しているとしたら、次の世代の靴磨き屋はどこから現われるのだろうと、テスはよく考える。この男はやせぎすで、やや猫背、手が震えており、ごましお頭を短く刈っていた。駅かベルベディア・ホテルからの仕事帰りに違いなく、市の中心に近いもっと南の、東西に走る通りにあるバス停に向かうところなのだろうと、テスは判断を下した。

「なんだ、こりゃ——?」ウィージャンズ氏は背が低く、引き締まった体つきで、ライムグリーンのズボンに黄色いポロシャツをたくしこんでいた。赤みがかった顔と、頭のはげている部分の日焼けからして、ゴルフをする人だ、とテスは結論づけた。彼が車待ちをしている姿を見て、この男が〈ブラス・エレファント〉のタスク・ラウンジで酒を何杯飲んだかを考えると、テスはいやな気分になった。男はオリオールズのチケットについての話をずっと大声でしていたひとりだったのだ。

いま男は左足を伸ばし、〈ファンタジア〉に登場する踊っているカバみたいな格好で、爪先を指さしながら、靴についた白い汚れを怒りと狼狽の入り交じった目で見つめていた。

「この野郎」男は靴磨き屋に怒鳴った。「俺の靴にこんなクソをどうやってつけやがった?」

「何もしてませんて、旦那。ちょうど通りかかったら、汚れてる旦那の靴が見えたんでさあ。レストランで何かを踏んづけでもしたんでしょうよ」

「これは詐欺みたいなもんだよな?」男は暇でしょうがない周囲の人々に訴えかけた。人々はちょうど気晴らしができそうなので、喜んでいる。「こいつがどうやって俺の靴にこの汚いものをつけたか、だれかわかるかい?」

「その人がつけたんじゃないわ」ホイットニーが言った。いつものように自信たっぷりな声が、あたりに響き渡った。「あなたがレストランから出てきたとき、もうついてたのよ」

それはウィージャンズ氏が聞きたい言葉ではなかったので、彼はホイットニーを無視した。

「よし、じゃあ靴を磨いてもらおう」男は年寄りに言った。「ただし、チップは払わないぞ」

靴磨き屋は道具箱をおろし、手早く仕事にかかった。

「マヨネーズですね」靴磨き屋はそのかたまりを靴から布でふき取った。「それとも、サラダのドレッシング。そんなもんでしょう」

「あんたならわかってるだろうよ」ウィージャンズが言った。「自分がつけたんだからな」

「違いますって、旦那。あっしはそんなこと、しやしませんよ」

靴磨き屋が男の反対側の靴に最後の仕上げをしているとき、駐車係がハムヴィーをかたわらに停めた。黄色のタクシーは、テスが見るかぎり、まだ正常な営業を続けている。ハムヴィーは湾岸のナンバープレートで、男がダウンタウンの高級ヘルスクラブの会員であることを示すステッカーが貼ってあった。

「五ドルでさあ」と靴磨き屋が言い、ウィージャンズは大げさにもったいぶって五ドル札を取り出して——駐車係に渡した。「ペテン師に払う金はないね」とすっかりご満悦な顔で言う。だが、ウィージャンズがこの無法な仕打ちに対する同意を明らかに期待して、あたりへ目を向けたとき、彼が見たのは驚きと非難の顔ばかりだった。

恥ずかしさが妙な方面へ向かい、ウィージャンズはさらに冷たい仕打ちをした。靴磨き屋の道具箱を蹴飛ばし、中身を歩道へばらまいたのだ。そのあと、ハムヴィーに飛び乗り、猛スピードで去ろうとしたが、サイドブレーキがかかっていたため、すみやかな発進の効果はそがれることになった。ハムヴィーはがくんと揺れてから、タイヤをきしらせて飛び出した。

靴磨き屋は散乱した道具箱の中身のほうへ手を伸ばしたが、テスは彼が捨てられた炭酸飲料の缶を拾って、ハムヴィーのフェンダーに投げつけるのを見た。缶はあたりさわりのない軽い音を立てて跳ね返ったのだが、車は大きなブレーキ音を響かせて停まり、ウィージャンズが降りてきた。いかにも喧嘩腰で、靴磨き屋に飛びかかっていく。

だが、年寄りはやられてばかりではいなかった。からっぽの箱をつかむと、しっかりした手応えのある音を立てて、襲撃者の腹にぶちあてた。テスはだれかが、だれでもいいから、何かしてくれないかと待ったが、ひとりとして動く者はいない。仕方なく、携帯電話をホイットニーに投げて、ふたりのあいだに割り込んだ。かつてワシントン大学のボートチームの女子四人乗りボートで動きを共にしていた長年の友人とあって、ふたりはいざというときにはいまだに同じことを考えたりできる。ホイットニーが九一一番に電話をかけているあいだ、テスはウィージャンズの襟をつかみ、できるかぎり耳のそばで金切り声をあげた。「やめなさいよ、ばかね。警察が来るわよ」

男はうなずき、自制するかに見えたが――次の瞬間また靴磨き屋にかかっていった。テスは男のベルトをつかんで引き戻そうとしたが、男は振り向きざまに勢いよく腕を振り回し、テスの顎を殴った。情けないことではあるが、この暴力は男が年寄りの黒人に殴りかかったのとは違う影響を人々に与えた。白と青で塗られたパトカーがやってきたときには、駐車係たちがウィージャンズを取り押さえ、みるみるあざになっていくテスの顎の具合をホイットニーが念入りに調べていた。

「この阿呆を訴えましょうよ」とホイットニーは言った。

「へえ、だったら俺はこの靴磨き屋を訴えるぞ」まったく反省の色のないウィージャンズがわめいた。「そもそもこいつが引き起こしたことなんだから」

パトカーでやってきた警官は三十代なかばで、おそらくこの地区ではないだろうが、数々の喧嘩を仲裁してきたベテラン巡査らしかった。「どうしても訴えるというなら、できますけど、署まで来てもらって四時間ほどかかりますよ」

その言葉で、みんなの意気が萎えた。ホイットニーですらも。

「いいでしょう」警官が言った。「簡単に事情聴取したあと、みなさんには帰ってもらいます」

洗濯屋のトラックが移動し、駐車係たちがいつものようにてきぱきと仕事を再開したので、人々はこのちょっとした見世物よりも自分たちの目的のほうが気になって、立ち去り始めた。靴磨き屋もその場を離れようとしたが、警官が残るようにと合図して、関係者の名前を尋ね、生年月日とともに無線で報告した。「単なる手続きですので」と警官はテスに説明したが、その表情がまもなく変わったところをみると、手続きではすまない、ただならぬ何かがあるらしい。警官は彼らから離れて、声の届かないところへ行き、肩に背負った双方向無線機の通話スイッチを入れたり消したりした。

「あなたたちは帰ってけっこうです」戻ってきた警官は、ホイットニーとテスに言った。「でも、この男は連行します。逮捕令状が出ていますので」

「この男?」ホイットニーはウィージャンズのほうへ顎を突き出し、期待をこめて尋ねた。

「いいえ、こちらです」警官は心底すまなそうな顔をした。「何かの間違いかもしれません。別のだれかが彼の名前と生年月日を使った可能性はあります。それでも、署まで来てもらわないと」

「逮捕令状って、どんな罪の?」テスは訊いた。

「殺人ですよ、本当に知りたいのなら」

とたんにウィージャンズは、自分がこの喧嘩でいったいだれに食ってかかったのかを考えたらしく、喜びと恐怖がないまぜになった顔をした。この一件はカントリークラブでさぞかし自慢話になるわね、とテスは思った。自分が殺人狂に飛びかかって勝ったことを、とくとくと仲間に聞かせるに違いない。

とはいえ、靴磨き屋はまったく落ち着き払っていた。自分の無実を言い立てもしなければ、間違いに決まっていると抗議もしない。こうした状況のもとで犯罪者ですら口にしそうなことは、何も言わなかった。ただため息をつくと、自分の選択の神に短い願いをかけるかのように、目を空へ向けてから、こう言った。「道具を拾いたいんですけど、よかったら」

「いやあ、仰天したよ、テス。あの靴磨き屋ったら、これ以上ないくらいの勢いで白状するんだ。弁護士をつけたがらないし、なんの質問もしないで、座ったかと思うと立て板に水で話し始めたんだよ」

殺人課刑事のマーティン・タルは、ボルチモア警察署でテスがただひとり心を許せる友人で、パトロール巡査が逮捕令状のことで連絡を取ったとき電話に出たというだけの理由で、この靴磨き屋の一件を担当していた。本来なら大喜びしてしかるべきだ。簡単に落着する事件で、ほとんど苦労しなくてすむのだから。古い事件ではあるけれども、今年度の解決済み総殺人事件数がひとつ増えることにもなる。

「ちょっと簡単すぎるよな」タルはテスといっしょに、ふたりがひいきにしているコーヒーハウスのそばのベンチに座って、インナーハーバーを行き来する水上タクシーを眺めていた。

「だれにだって幸運は来るものよ、あなたにだってね」テスは言った。「逮捕令状がこれまでずっと見逃されてきたなんて、まったく信じられないわ。それがどうして見つかったのか、わからないんだけど」

「警察署がコンピュータ作業に対するちょっとした助成金

をもらったおかげだよ。すごいだろう？　ＤＮＡの標本を安全に保管しておくまでの金はないんだけど、あるシンクタンクが警察署に金をくれたもんで、大学生に夏じゅうかけてデータを入力してもらったのさ。あの靴磨き屋は殺人のあと二週間ぐらいして引っ越したんだが、それは逮捕令状に名前が書かれる前だったんだ。引っ越したのは西ボルチモアからボルチモア郡までの、たった五マイルほどだけど、やつは移転先の住所を残していくような男じゃなかったんだな。あるいは、その事件担当の警官が抜け作だったんだろう。とにかく、やつは四十年ものあいだ、殺人容疑のお尋ね者だったわけさ。おとといの夜、あの喧嘩をしなかったら、あと四十年も逃げのびていられたかもしれない」

「彼は自分に逮捕令状が出ていることを、ちゃんと知ってたの？」

「ああ、そうとも。自分が現場にいた理由も、はっきりわかってたよ。リハーサルをしてたみたいに、すらすらと言葉が出てきてね。こう言いっぱなしなんだ。〝ええ、ええ、あっしがやりました。間違いありません。取るべき手続きをしてくださいよ、おまわりさん〟って。だから、警察は彼を告訴して、裁判所は彼に十万ドルの保釈金を課し、保証人が一万ドル出したので、本人は家に帰ったよ」

「同じ場所に三十九年も住んでた人間は、逃亡のおそれがあるとは思われないからでしょうね」

「逃亡のおそれだって？　署の事件簿を開いたままにした部屋にあいつを残しておいたとしたら、やつはボルチモアのあらゆる殺人の犯人だと告白するだろうな。あんなに自白したがる犯人は見たことがない。刑務所に入りたいのかと思っちまうほどだよ」

「市の陪審員が実刑を下さないって確信してるのかもしれないわ。あるいは、有罪を認める代わりに罪を軽くしてもらえるって。被害者はどんな死に方をしたの？」

「強盗による鈍器損傷だよ。物証によって犯人は特定できない。逮捕令状は目撃者による証言をもとに出されたんだが、その目撃者はもう十年前に亡くなってるんだ」

「だったら、裁判になったとしても、たぶん有罪判決は出そうにないわね」

「そうだな。だからよけいに変な事件って気がするんだ。目撃者が生きていたとしたって、そろそろ九十に手が届きそうな歳だから、証人席でことときれるってことも大いにありうるしな」

「捜査ファイルにはなんて書いてあるの？」

「隣の女性が、被害者宅の敷地から出るウィリアム・ハリソンを見たと言ってるんだ。怪しい様子だったらしい。彼はその近所で片手間仕事をしてたし、その女性もときたま雑用を頼んでたもんで、顔を知ってたんだって。ただ、夜そんな遅くに彼が被害者宅にいる理由は何もなかったんだが」

「証拠管理所に証拠が残っていて、よかったわね」

「そこにまだ凶器があったなんて、信じられるかい？　被害者は頭をアイロンで殴られたんだ。だけど、証拠はそれだけ。あの靴磨き屋が白状しなかったり、おれに協力しなかったり、弁護士をつけたりしたら、こっちはお手上げだっただろうよ」

「だったら、わたしから何を聞きたいわけ？　わたしはあの男といきなりタッグチームを組んで格闘するまで、彼に会ったこともないのよ。けっこうおとなしそうに見えたけど、四十年前にどうだったかなんて、わからないしね。たぶん良心のある人で、だれかに捕まりたいと思いながら、いままでずっとすごしてきたんだわ」

タルは首を横に振った。「知りたいことは、ひとつ。やつは殺人の凶器が何か、わからないんだ。忘れたって言うんだよ」

「まあ、四十年だものね。ありうるわ」

「かもな」すでに自分のコーヒーを飲み干していたタルは、上の空でテスのコーヒーに手を伸ばし、それがラテだと気づいて顔をしかめた。カフェインはタルのエネルギー源であり、身についた悪癖で、彼はいかなるものであっても薄めるのを好まなかった。

「一件落着にしちゃいなさいよ、マーティン。逮捕令状にはあの男の名前が書いてあるんだし、彼は自分がやったと言ってるんだから。あの靴磨き屋は短気よ。それだけは、わかる。この前の夜に投げたのは、炭酸飲料の缶だったわ。四十年前は、アイロンを投げつけたってことだって、充分ありうるでしょ」

「おれにだって良心はあるんだけどな」タルは気分を害したようだった。

そのとき、テスは気づいた。タルがテスに電話してきたのは、テスが知っていることを聞きたいからではなく、テスにやってもらいたいことがあるからなのだ。とはいえ、タルはあからさまに頼まないだろう。そんなことをしたら、テスに借りができるから。タルはなんといっても、男なのだ。けれど、タルがやってもらいたがっていることをテスが察してやってあげれば、次にテスが頼み事をするときに便宜をはかってもらえる。テスのほうはしょっちゅう頼み事をする必要に迫られるのだった。

「あたしが靴磨き屋と話してみるわ。タッグチームのパートナーに打ち明けてくれるかどうか、やってみる」

タルはこの申し出への感謝として、ろくにうなずきもしなかった。テスの暗黙の了解が、げっぷだとか、あらたまった場では話題にしない何か別のものででもあったかのように。

あの靴磨き屋――そうそう、もう名前がわかってるんだっけ、とテスは思い出した――ウィリアム・ハリソンは、こぎれいな平屋建ての家に住んでいた。ボルチモア郡のウッドローンと呼ばれる地区に入ってすぐのところだ。四十年前なら、ハリソンは初めての黒人居住者のひとりだったに違いなく、自宅からほんの数ブロックしか離れていない遊園地への入場を拒否されたことだろう。いまやこの界隈は白人よりも黒人が多いが、それでもまだ中流だった。

ハリソンの平屋住宅の玄関に出てきたのは、小柄な女性だった。目は明るく、好奇心にあふれている。

「ハリソンさんの奥さんですか?」

「あたしは独身よ」テスの憶測を非難する響きがある。

「テス・モナハンと申します。二日前の夜、お兄さんとお会いしたんです。あの、喧嘩のときに」

「ああ、あれはとんだ災難だったようね。情けないことだって、兄が言ってたわ。兄を助けようとしたたったひとりの人間が、どうして女性なんだって。あきれちゃったそうよ」

彼女は最後の言葉を引き延ばしながら発音した。そうすると、特別気持ちがいいかのように。

「お兄さんは気の毒なことに巻き込まれちゃいましたね。おまけに、逮捕令状だなんて手違いが……」

明るい猫のような目が、わずかに細くなった。「手違いって、どういう意味？」

「いえ、ハリソンさんはだれかを殺せるような人には見えないってことです」

「だけど、兄はやったと言ったのよ」天気やら、取るに足りない何かほかのことが話題ででもあるかのように、さらりと口にする。「あたしは何も知らないわ、もちろん。逮捕令状のことも、殺人のことも」

「そうでしょうとも」テスは同意した。この女性は、愛する家族の秘密を四十年ものあいだ背負ってきたようには見えない。兄が猫背でしゃちほこばった感じなのに対して、小柄な妹は与えられた背丈をせいいっぱい伸ばして堂々とした姿勢だった。落ち着いてはいるが、上機嫌といってもいいほどの、浮き浮きした雰囲気がある。兄が好きではないのだろうか？

「ウィリアムったら、ばかよ」妹は兄の名を長く引き延ばし、もったいぶって、うなるように発音したので、ウィルーヤムと聞こえた。「弁護士に話しもしないで、ぺらぺら白状して、供述書にサインしちゃうなんて。待ったほうがいいって、言ったのに。警察がなんて言うか、様子を見たほうがいいって。なのに、そうしなかったのよ」

「でも、あなたがその件について何も知らなかったのなら……」

「何も知らなかったのは、ふた晩前までよ」ミス・ハリソンが明確にした。そう、テスの頭に浮かんだのは〝明確〟という言葉で、テスはそのことについて考えた。だれかが何かを明確にするのは、ものごとのつじつまを合わせようとするときだ。

「で、あなたは驚きましたか？」

「あら、兄は若いとき、短気だったの。何があってもおかしくないわ」

「お兄さんは家にいらっしゃる?」

「仕事よ。なんたって、あたしたち食べていかなくちゃならないんだから」いまや妹は怒っているような口調だった。

「あんな立派な行ないをするって決めたとき、そのことを考えなかったのかしらね、まったく。この家を売ることになるもしれないって、兄に言ってやったわ。それでも、あたしたちは食べていかなくちゃならないし、あたしの車のガソリン代を払わなくちゃならないの。刑務所に入ったら社会保障手当が打ち切られるって、知ってた?」

テスは知らなかった。親戚は清廉潔白からほど遠いとはいえ、実刑を食らうまでには至っていないからだ。これまでのところは。

「そうなのよ」ミス・ハリソンが言った。「打ち切られちゃうの。でも、ウィル-ヤムはそのことを考えなかったんだわね。男ってそういう変なところがあるのよ。勇敢に——」ふたたび、妹は子どもが偉そうに話すような口調で、心底うれしそうにその言葉を発音した。「ふるまおうとするあまり、ものごとをよく考えないのね。兄はいい気分でしょうけど、あたしはどうなるの?」

「では、あなたには収入がないのかしら?」

「あたしは洗濯女をしてたの。洗濯女には年金がないのよ。だけど、兄は社会福祉事務所の守衛だったわ。ここウッドローンでね」

「お兄さんは靴磨きだと思っていましたけど」

「ええ、いまはね」ミス・ハリソンはテスに苛ついてきたようだった。「でも、いつもじゃないの。ウィリアムは行動的でね、若いときでも。社会福祉事務所の守衛をしてたから、年金は入るのよ。だけど、片手間仕事をしたり、靴を磨いたりしてたの。ぶらぶらしてるのが嫌いなのね。兄がどう思うか知らないけど、刑務所は好きになれないでしょうよ」

「お兄さんは殺した人のために雑用をしていたんですよね?」

「少しはね。しょっちゅうじゃなかったわ。というか、あんまりしてなかったのよ。ほとんど知らない仲だったし」

ミス・ハリソンは、そのことが罪を軽くしてくれるかどうか考えているようだった。つきあいが浅かったことで、兄の行ないが大目に見てもらえるかもしれないと。

「警察はずっと強盗だと思っていたんですか？」テスは自分の口調によって何かしら打ち明け話が聞けることを期待して言った。あるいは、少なくともまた何かが明確になるかもしれない。

「そうよ」妹は言った。「ええ、そのとおり。ものが盗まれたから。そのことはだれだって知ってたわ」

「では、あなたは事件についてはよく知っていたけれど、お兄さんがそれに関係していることは知らなかったんですか？」

「あのね、あたしは被害者を知ってたのよ。モーリス・ディックマンをね。だって、近所に住んでたんだもの。そりゃあ、うわさの種になったもんよ。大きな事件だったわ、殺人だものねえ。四十年前の。でも、思いがけない出来事でもなかったのよ。だって、被害者は派手な男だったから。それでいいと思ってたのね、お金持ちで、事業をしてたもので。あんなに目立つ格好をするべきじゃなかったんだわ。そうすれば、あの人から盗もうなんてだれも思わなかったでしょうに。聖書の話を知ってる？　金持ちの男が天国に入るよりも、ラクダが針の穴を通るほうがやさしいって話。あれは正しいわよ。いつもじゃないけど、たいていはね」

「どうしてお兄さんは彼の家に強盗に入ったんでしょう？　支払いの足しにするために、強盗もしていたのかしら？　いまもしているんですか？」

「兄は」ミス・ハリソンが背筋を伸ばしたので、あと数センチほど背が高くなった。「泥棒じゃないわよ」

「でも――」

「あなたとは話したくないわ」ミス・ハリソンはいきなり言った。「あなたはあたしたちの味方だと思ったけど、どうやらあたしの勘違いだったみたいね。どんないきさつだったのか、わかったわ。あなたが警察に連絡したのね。急いで告訴するように話したのも、あなたでしょ。あなたがいなかったら、こんなことにはならなかったわ。ひどい人ね。四十年間、あたしたちは平和でいられたのに、あなたがすべてをぶち壊したんだわ。あなたが持ち込んだのは悲しみばかりで、あたしたちはなすすべもないのよ」

ミス・ハリソンは足を踏みならした。小さな音ではあったけれど、激しいしぐさだった。足を踏みならして、家のなかへ入ると、すぐに網戸の掛け金をおろした。まるでテスが礼儀をわきまえていることをはなから疑い、あとを追ってくるとでも思っているかのように。絶対にテスをなかには入れないぞという態度だった。

靴磨き屋は結局、ペン駅で仕事をしていた。テスがいつも座るのをためらう古くさい木製の椅子の前に陣取って。ひとりの人間が別の人間よりも高いところに腰を下ろすというのが、テスにとってはどうもしっくりこないのだ。とりわけ、どっかりと腰かけた人間の靴の上に、もうひとりがかがみこむというのが。

とはいえ、ペディキュアをしてもらうのだって、見方によれば、相手に屈辱を与える行為にほかならないのかもしれないけれど。

「本当にごめんなさい、ハリソンさん、わたしのせいで、ひどいことになってしまって」テスは彼の用意した椅子に座るのを断わり、壁に寄りかかることにした。

「自分がまいた種だよ、実を言えば。あっしがあの炭酸飲料の缶を投げなけりゃ、こんなことにはならなかったんだ。だれからも煩わされずに、あと四十年やっていけただろうさ」

「でも、刑務所に入れられるかもしれないわ」

「そのようだね」彼はそのことを喜んでいるかのようだった。

「弁護士をつけて、白状したことを取り消すべきよ。供述がなければ、警察は何も立証できないんだから」

「警察は事件を解決したんだ、それでいいんだよ。一件落着。それに、執行猶予がつくかもしれないし」

「そう期待するのは悪くないけど、危険性はかなり高いわ。たとえ五年の刑だって、あなたは刑務所で亡くなるかもしれないのよ」

「そんなことにはならないさ」

「それでも、妹さんはかなり心配しているみたいだったけど」

「ああ、マティはいつだって何かしら心配してるんだ。母親はマティにシバの女王みたいにふるまうことを教えたりして、ちゃんと教育してるつもりだったんだよ。ところが、何をしても、ことごとく裏切られてたっけ。まあ、マティはあと十年も遅く生まれてたら、違った人生を送ってただろうさ。でも、そうじゃなかったし、あっしもそうじゃなかった。仕方ないよ」

「妹さんは……きちんとした方ですね」テスは彼女の非の打ち所のない身なりと、大切な言葉を強調するやり方を思い出して言った。

「マティはレディになるように育てられたもんでね。残念ながら、レディの仕事にはつかなかったけど。いや、服を洗うのが卑しいってわけじゃないが、栄えあることでもないからね。マティみたいな女にとっちゃ。あいつは学校に残って、教師になるべきだったんだ。なのに、上昇志向のある男と結婚するほうが楽だと思っちまってな。上昇志向のある男ってのは、やっぱり上昇志向のある女が好きなんだってことを、考えなかったのさ。自分に気品や美貌がたっぷり備わってるわけじゃないってことをね。上昇志向のある男は、ベッドから出たあとでそのシーツを洗うような女に惚れないんだ。すでに女房になってれば別だけど。マティは学校を中退しなければよかったのに。残念だよ、あきらめちゃって」

「教師になるってことを」

「そう」彼の声はかすかで、遠くから聞こえてくるようだった。「そうだよ。中退したあとだって、戻ろうと思えばできたんだ。なのに、足を踏みならして、かわいい顔をぱっと上げた。かわいい顔をぱっと上げて、泣いたんだ」

「かわいい顔をぱっと上げて泣く——聞き覚えがあるのはなぜかしら？」

「さあ、どうだかねえ」

「かわいい顔をぱっと上げる——ああ、わかったけど、出てこないわ」

「なんだろうねえ」彼は口笛で曲を吹き始めた。「これは《ビギン・ザ・ビギン》だな」

「ハリソンさん――あなた、あの男を殺してないでしょう?」

「いや、いま、自分がやったと言ってるのに、どうしてそれに反対するんだね? しかも、あっしはその夜、被害者の家から出てくるところを見られてるんだよ、間違いなく。隣に住むあの女、エドナ・ビュフォードは、あのあたりで起こることを見逃さないからね」

「被害者を何で殴ったの?」

「アイロンだよ」彼は勝ち誇ったように言った。「アイロン!」

「二日前はわからなかったじゃないの」

「気が立ってたせいさ」

「あなたはそういう人じゃないわよ、聞いたところによると」

「あっしは年寄りだからね。覚えてるべきことをいつも覚えてるとは、かぎらないのさ」

「じゃあ、凶器はアイロンなのね?」

「確かだよ。昔風のやつさ、鋳鉄製の。熱しなきゃならないタイプのだよ」

「そういうタイプのものって」テスは言った。「洗濯女が使ってたんじゃないかしら」

「そうかもしれないな。だけど、そんなこと実際にはどうでもいいだろう? それほど大事なことかい? だとしたら、あっしを見つけるのに四十年もかかったかね? これだけは言えるよ――モーリス・ディックマンが白人だったら、あっしはこれまでずっと娑婆を歩きまわってはいなかっただろうさ。ディックマンはいいやつじゃなかったけど、警察はそんなこと知らなかった。警察が知ってたのは、ディックマンがいい市民だったってことだけさ。ある男が殺されて、だれも気にかけなかったんだ。エドナ・ビュフォードだけは、カーテンの隙間からのぞいてたけどね。警察はもっと前にあっしを見つけるべきだったんだよ。実は、ほかにもあるんだ」

「何?」テスはいまにも告白が始まると思い、身を乗り出した。

「あの男の靴にマヨネーズをつけたのは、あっしなんだよ。あの日はここであんまり儲からなくてな、帰り道であとちょっと稼ぎたかったのさ。いつもはもっとうまくカモを見つけるんだけど。あんな間違いは二度としないよ」

テスの知人である弁護士、タイナー・グレイが、ウィリアム・ハリソンの自白は強要されたものであるとの理由をつけて、彼に対する告訴を棄却するよう裁判所に申し立てた。その代わりに、有罪答弁取引を提案されて、五年の執行猶予がついた。「だから言ったじゃないか」ハリソンは自分の予想どおりになったことに少し気を良くして、うれしげにテスに言った。

「かわいい顔をぐいと上げて泣いた」テスは言った。

「なんだい？」

「あなたが引用したと思った歌詞よ。あなたは〝ぱっと〟と言ったけど、歌詞は〝ぐいと〟だったわ。突き止めるには、グーグルを使っていくつかの方法で検索しなきゃならなかったけど、わかったの。《ミス・オーティス・リグレッツ》よ。恋人を殺して、絞首刑になる女性の後悔を歌ったものなの」

「コンピュータってのは、おもしろいもんだね」ハリソンが言った。

「いったい、どういうつもりだったの？　まだ妹さんをかばおうとしていたの？　これまでずっと守ってきたように？　それとも、しばらく妹さんから離れようとしていただけ？」

「あんたが何を言ってるのか、さっぱりわからないな。マティはおふくろから見たら、悪いことなんか何ひとつしてないよ。おふくろはあの娘を愛してたし、あっしはおふくろに幸せでいてほしかったんだ」

というわけで、マーティン・タルは殺人事件をひとつ解決し、かなり高潔な良心を満足させもした。ハリソンの妹は頼れる兄を奪われずにすみ、兄の年金も取り上げられなかった。

そしてテスは、ペン駅を通ったときはいつでも、一生ただで靴を磨いてあげようと言われた。けれど、テスはハリソンの好意を丁寧に辞退した。なんといっても、ハリソンは感謝の表わし方を知らない女性に、もう四十年もぬかずいてきたのだから。

内側
When All This Was Bay Ridge

ティム・マクローリン　関麻衣子訳

ティム・マクローリン（Tim McLoughlin）はニューヨーク州ブルックリンで生まれ育ち、現在もそこに住んでいる。二〇〇一年に発表した長篇*Heart of the Old Country*はイタリアのプレミオ・ペンネ賞を得た。二〇〇四年には地元ブルックリンを舞台にした作品を集めたアンソロジー*Brooklyn Noir*を編纂。本作はそこに書き下ろされた。同書は好評で、二〇〇五年には*Brooklyn Noir 2 : The Classics*が刊行されている。

教会で父の葬儀に参列しながら、わたしは十七歳の誕生日の夜に逮捕されたことを思い出していた。コニー・アイランドのアヴェニューXにある、鉄道操車場でのことだった。わたしとパンチョ、それにフレディという少年も一緒になって、車両三台分にわたる絵を描いていた。それまで一番大胆な挑戦で、単なる不法侵入よりも、時間がかかるだけに危険性も高い。二台目のなかばまで来たとき、ジャーマン・シェパードを連れた交通担当の警官ふたりに見つかった。わたしはペンキのスプレー缶を放って逃げだした。ブロンクス行きの地下鉄につながる地下道を二百フィートほど走ると、そこに手が落ちていた。人間の大人のもので、外科手術を施したように、手首のところですっぱりと切断されている。見た瞬間、腕時計のない手は淋しげだという思いがよぎった。それから我に返って悲鳴をあげ、あえぎながら、踵を返して警官と犬のほうへ駆けだした。

わたしたち三人は、第六十分署の小さな房に押しこめられた。数時間後に扉がひらかれ、わたしだけが外に出された。署の部屋では、窓口の前に父が待っていた。

中年の黒人警官が、退屈しきった顔で父をちらりと見上げた。「この子かね？」

「この子だ」父の声には落胆が滲みでていた。

「ご苦労さん」警官が言った。

父はわたしの腕をつかんで歩きだした。署の出口を抜け、じめついた夜気のなかに出ると、父がこちらを向いた。

「最初で最後だ。一度だけなら許してやる。二度とやるんじゃない」

「いくら払ったの？」

父は数年前に退職するまで警官だったので、わたしは保釈金が安いものではないことを聞き知っていた。

父は首を振った。「これで最後にしろ。話はそれだけだ」

「友達がふたり残っているんだ」車に向かって歩く父の背中に言った。

「知ったことか。しょせんヒスパニックだ。あいつらと付きあうのをやめれば、おまえの問題の半分は解決だ」

「あとの半分はなんなの？」

「おまえには分別ってもんがない。馬鹿な真似もいいかげんにしろ。夜遅くに黒人やヒスパニックと遊び歩いて、列車にくだらない落書きか。ほかにやることはないのか」父の声は徐々に大きく高くなり、最後には声変わり中の少年のように裏返った。

「ただの落書きじゃないよ。絵を描いているんだ」

「同じことだ。公共の財産を傷つけて、チンピラの真似事のつもりか。自分の行きつく先を考えたことがあるのか？」

「さあね。考えたことなんかないよ。父さんだって、警察をやめたあと、あてもなくふらふらしていたじゃないか。自分でそう言ってたよ。二年もぐうたらしていたって」

「ちゃんと働いていたぞ」

「アルバイトでしょ。ビール代の足しにするために、屋根の修理をしていただけさ」

「その程度稼げれば十分だったからだ」

「ぼくだって、その程度で構わないよ」

父は首をゆっくりと左右に振り、汚れたフロントガラスの向こうに何かを探るように、目を細めた。

「そうじゃない。ずっと昔はちがったんだ。あのころベイリッジはどこにも代えがたい場所だった。だからあんなふうに生きられたのさ」

〝ベイリッジはどこにも代えがたい場所〟。威圧的な父が口癖にしていた言葉だ。白人たるものとか、アイルランド系たるものとか、あるいはこうしたほうが安全とかいったことは一切言わない。その代わりに、ベイリッジはどこにも代えがたい場所だと言うのだ。場所こそが重要で、どこかへ移動するときは、サンセット・パークの下の地殻ごと動くのだと言わんばかりだった。

わたしは父に、手が落ちていたことを話した。

「警察には言ったのか」

「言ってない」

「一緒にいた奴らには言ったのか」

「言ってない」

「それなら気にするな。この街にはバラバラ死体なんていくらでもある。父さんが現役だったころは、集めたら野球チームが作れると思うほど見たもんだ」

父は黙ったまましばらく車を走らせた。やがて、わたしには聞こえない誰かの意見に賛同するように、何度かうなずいてから言った。

「おまえは大学に行きなさい」

葬儀のときに思い出したのはそこまでだった。パンチョが聖餐を済ませて台を離れ、わたしの前を通る。最後に会ったときよりもずいぶん痩せている。病気でもしているのか、ドラッグのせいなのかはわからない。だぶついた黒のスーツが痩せこけた身体をよけい際立たせている。わたしの席の前にある棺の脇に来ると、パンチョはウインクをして、いたずらっぽい笑みを浮かべた。十六のころなら、その笑みに引き寄せられて少女たちはベッドに入り、少年たちはくだらない危険ないたずらに加わったものだ。

わたしのシャツのポケットには、父が母ではない女と写っている写真が入っている。裏に書かれた日付は五年まえのものだ。父と女はお互いの腰に手をまわし、カメラに微笑みかけている。教会から墓地に着くと、わたしはその写真を取りだして眺めた。もう五十回は見ている。女が誰なのかはさっぱりわからない。父よりもだいぶ年下に見えるが、若くはない。四十がらみといったところだ。親密に見えるのは思い過ごしかもしれないと、父の表情を探ってみる。だが、自分の目をごまかそうとしても無駄だった。真面目くさったいつもの父の顔とは明らかにちがう。腰を抱く手を見れば、女は父の友人でもなく、友人の恋人でもなく、パーティで手に入れた一夜だけの女でもないことがわかる。父は自分の所有物として女を抱いている。工具を手にするように。母を抱くように。写真が撮られたのは母が死ぬまえのことだった。わたしは写真をポケットにしまった。

父は過剰な心配性で、どうでもいいことにも綿密な計画を立てる癖があった。そんなところが嫌だったはずなのに、いまになって初めて、父の生き方に興味が湧いてきた。

グリーンウッド墓地を出ると、そのまま父が行きつけにしていた〈オルセンズ〉というバーに向かった。そこの常連客に話を訊くつもりだったのだが、喜んで行く気にはなれなかった。昨日の通夜を除けば、そこの客たちには何年も会っていない。店はアイルランド系の客で占められている。多くは生粋のアイルランド系だが、ノルウェーやデンマーク出身の者も仲間とみなされ、プエルトリコ系も年配であれば同様だった。年を重ねるにつれ、みな一様に醒めた目つきになり、むすっとした表情で口を引き結んでいる。よほどの重役かと思うほどのふてぶてしさが身についている男たちなのだが、みな中年を過ぎるころには、女の乳首を思わせるようなしなびた顔になっていく。

バーの扉をひらくと、ビールのすえた臭いのこもる冷たい湿気に迎えられた。この臭いを嗅ぐとボーイ・スカウトを思い出す。毎週木曜の夜は、ベタニヤ・ルーテル教会の地下で集会があった。そこから家へ帰る途中に〈オルセンズ〉があるので、いつも父に会うために寄っていた。父はビールをグラスに二杯ばかり飲ませてくれた。十三歳ではその程度が限度だ。一時間ほど店で過ごしてから、ふたりで歩いて家に帰ったものだ。

ここからは世間が一味ちがって見える。異国にある大使館を想像してみるといい。縁もゆかりもまったくない異国だ。親米的な西ヨーロッパの国ではなく、原理主義の根付いた紛争の絶えない国で、空爆に備えて常に土嚢を用意しておかねばならない場所。そうしたところにあるのが〈オルセンズ〉だ。そこにやって来るのは、サンセット・パークの白い恐竜と揶揄されるほど、昔気質《かたぎ》の頑固者たちだ。ジューク・ボックスにはカースティ・マッコールやクランシー・ブラザーズなど、アイルランド出身のアーティストばかり。ペンキの剝げた壁には、ステップ・ダンスの教室、ゲール語の教室などの広告が貼られている。募金集めのマラソンの広告もある。集まった募金は、最近殉職した警官の名を冠した奨学金になるらしい。店から出れば三ブロックも歩かないうちに、闘鶏賭博やクラックの売人や娼婦に出会うような地域だ。だが、〈オルセンズ〉に一歩入れば、そこは一九六五年で時が止まっている。

数年ぶりに店に入ると、そこは記憶と異なって見えた。思っていたよりも狭く、薄暗い照明は陰気くさく、昔のような妖しさが感じられない。気難しげな顔が並ぶ店内を歩いていくと、客たちの会話が尻すぼみになって途絶える。

〝青い壁〟に例えられる、警察の堅固な秘密主義が垣間見えた。ずっと昔から警察にアイルランド系が多いのは、偶然ではないだろう。ここの男たちは、他人に郵便番号を教えることとすら断固拒否しかねない。本人たちですら理解不能なのではないか、と思うほどの頑なさだ。

カウンターは、記憶にあるものよりも表面がたわんでいた。鏡は年月を重ねて曇り、床の白いタイルはところどころ欠けていて、そこに形の合わない緑色のリノリウム板がはめられている。まだあまりバーが歓迎されない土地柄にありながら、地元に根付いている身近な店だ。この店がわたしの住むイースト・ヴィレッジにあれば、今ごろは多くの人が集う流行りの店になっていただろう。マンハッタンに住んで五年になるが、どうにもなじめないことがある。各地から移り住んでくる人々がみな、摩天楼に畏敬の念を抱き、ここでの暮らしに憧れていることだ。ある同僚の女性も移り住んできたのだが、わたしの自宅に近い店のコーヒーは〝本物〟だと言う。コーヒーショップなら当然コーヒーを出すから、たしかに本物ではある。

カウンターのなかほどにある椅子に腰を下ろし、ビールを注文した。父がいないと妙に落ち着かない気分だ。見つかるのを恐れながらいたずらをしている子供の心境とでも言おうか。この店の誰もがわたしを知っている。猫背のバーテンダー、マーティが、氷を砕きながらこちらへやって来た。あいかわらず、太くて湿っぽい葉巻をくわえている。しゃべるときもくわえたままなので、とても邪魔そうに見える。いつも、葉巻など一度も喫ったことがないのに気づいたら口にくわえていた、とでも言わんばかりの表情をしている。

「ダニエル、よく来たな。このたびはご愁傷さま」

マーティが手を差しだす。その手を取ると、マーティはしばらくのあいだ、両手でわたしの手を包んだ。するとそれを合図とするように、店中の客がぞろぞろとこちらへ向かってくる。まるで老人ホームの慰安にゾンビものを演じる劇団だ。みな握手をし、ぎこちなくわたしを抱きしめ、たどたどしいお悔やみの言葉を述べていく。父の親友だったフランク・サンチェスが、わたしを抱きしめて首の後ろをつかんだまま離さないので、思わず身を引いた。わたしはそれぞれに心からの感謝の言葉を述べて、酒のおごりを受けた。

誰が言い出したのかはわからないが、父が愛飲していたアイリッシュ・ウィスキーのジェムソンがわたしに勧められた。わたしは決して酒飲みとは言えない。金曜の夜にビールを二本飲むくらいだし、酩酊するまで飲むのはせいぜい年に二回だ。蒸留酒はほとんど飲んだことがないのに、周りがおごりだと言って、しつこく何杯も勧めてきた。父もこんなふうに、自分の好意には相手に有無を言わせない人間だった。

ポケットの写真に何度か手を伸ばしては止めた。ようやく取りだして、マーティに見せる。

「マーティ、この女性《ひと》が誰か知っているかい」

マーティは写真をまじまじと眺めている。すぐに誰だか思い当たったのに、顔に出さないように演技をしているのがわかる。父の顔すらわからないとでも言いたげに、当惑した表情を取りつくろっている。

「どこでこんなものを見つけたんだ」

「父さんの勤め先にある地下室だよ」

「そうか。たまたま見つけちまったのか」

その声にこめられた嫌悪の響きが身体に沁みて、ウィスキーの酔いが急に醒めた。マーティは知っている。ということは、この店の誰もが知っている。そして、わたしには何も話さないとすでに決められていたのだ。

「たまたまじゃない。父さんが、探すようにと言って場所を教えてくれたんだ」わたしは嘘をついた。

マーティがわたしの目をじっと見つめる。

「それで、あいつはなんて言ったんだい。どうにかしろとか、してくれとか言ったのか?」

「大事にしてくれ、と言われたよ。何があっても大切にしてほしいって」わたしは平静を保ちつつ言った。

マーティがうなずく。

「そのとおりだ。死んだ者は眠らせておくのがいちばんいい。そう思わないか。このことはもう忘れろ。放っておけ」

マーティはぞんざいな手つきで酒のお代わりを注いだ。あいかわらず大ざっぱで、カウンターにこぼれた酒を常にタオルで拭っている。何千回となくこぼされた酒の発する臭いを、軽く拭うだけで根絶できるとでも思っているのだろうか。

酒をぐいっとあおると、酔いがすぐに戻ってきた。何杯飲んだか覚えていないが、飲みすぎていることは確かだ。めまいがしてきた。店内の客たちは、わたしが来たときから様子が変わらないようだ。十三歳のころから変わっていない気もする。煙で黄ばんだ鏡に、フランク・サンチェスが映っている。いくつか離れた椅子に座り、こちらを見ている。目が合うと、フランクは手招きをした。

「座れ、ダニー」そう言ったフランクは、ビールをチェイサーにしてウィスキーを飲んでいる。そして、わたしに訊ねることなく、ふたり分の酒のお代わりを注文した。

「マーティと何を話していたんだい」

わたしはフランクに写真を渡した。「その女性が誰かと訊いたんだ」

フランクは写真をしばらく眺めて、カウンターに置いた。

「それで、やつはなんて言ったんだい」

「放っておけと言われたよ」

フランクは鼻で笑った。「あいつらしい。訊かれたことに答えないで、いつも偉そうな口をききやがる」

薄暗い店内で遠くから見たときは、フランクは昔と変わらないように見えた。だが、いまは目の前にいるし、昨日は遺体安置所の蛍光灯にしっかりと照らされた姿を見た。わたしが幼いころのフランクは、すらりとした身体に端整な顔立ちの持ち主で、漆黒の髪を後ろに撫でつけ、ジョン・ウェインの映画に出てくるネイティブ・アメリカンのような雰囲気を醸しだしていた。いまは肥満ではないものの、腹が出てきている。赤らんだ褐色の頬には、切れた毛細血管が地図のように拡がっている。それはまるで、〈オルセンズ〉の常連客としての証みたいだった。髪はあいかわらず黒々としているが、ジェリー・ルイスばりの艶を出す整髪料に頼っているし、後頭部はかなり頭皮が見えてきている。フランクは現役時代、殺人課の刑事だった。この地域に住みはじめた最初のヒスパニックがフランクの一家だ。だいぶまえにニュージャージー州のフォートリーに引っ越したが、それでも〈オルセンズ〉に毎日やって来ていると父が言っていた。

フランクは写真をふたたび手に取って眺めてから、壁際の棚に乱雑に並んだ酒壜の列に目をやった。ところどころ歯が抜け落ちたように、隙間が空いている。

「おれたちは同類だ。おれとおまえさ」

「同類って、何が?」

「外側にいて、内側に入りたがってるところだ」

「入りたいなんて思ったことは一度もない」

フランクはわたしに写真を返して言った。

「いまは思ってる」

フランクは立ち上がり、おぼつかない足取りでトイレへと向かった。しばらくすると、マーティがわたしの隣に来て酒を注ぎ、フランクの酒のお代わりを置いた。

「フランクはおかしな男だよ。ヒスパニックのくせに、昔から同郷の人間を嫌っている。だからわざわざ白人の居住区に移ったのに、そこにだんだんヒスパニックが増えてきちまった。だから、毎日車に乗っては、この店で白人と飲むために、ヒスパニックばかりの居住区に戻ってきているんだ。それでふてくされてるんだよ。それに——」マーティはグラスに向かって顎をしゃくった。「今夜は飲みすぎている。あいつの言うことは話半分で聞いておけ」

フランクが戻ってきたので、マーティは口をつぐみ、カウンターから離れた。

「ミスタ・バーテンダーはなんて言っていた?」フランク

が言う。

「フランクが飲みすぎているって。それと、ヒスパニックを嫌っているって」

フランクは目を丸くした。

「そいつはたいした暴露話だな。おい、マーティ！　次はこいつに、ケネディが暗殺されたって言っておいてやるよ」フランクはウィスキーをあおってからビールを飲み、わたしを見た。「よく聞いておけ。もうずっと昔の話だが、おれが新米警官のころ、警察に黒人はごくわずかしかいなかったし、ヒスパニックはもっと少なかった。管区内のヒスパニックはおれひとりだったし、ブルックリン中でもほかには聞いたことがなかった。最初に赴任したのはクラウン・ハイツで、そこに五年ほど勤めた。たしか、これは一年目あたりの出来事だ。

ある日、おれは二階の大部屋で出欠報告書をタイプしていた。当時は手動のタイプライターしかなかった。おれはタイピングが得意で、一分間に単語を五、六十は打てた。言っておくが、おれの母国語は英語じゃないんだぞ。大事なのは、正しい姿勢を身につけることとさ。キーひとつだってお行儀よく並んでるから、文字がきれいに打てるんだ。ただ打つだけなら一分間に二百だって可能だろうが、姿勢が悪きゃあ間違いだらけだ。丸一日座ってるはめになるぜ。

ともかく、おれはタイプしていた。部屋は私服刑事ばかりで、制服警官はおれひとりだけだ。それに、アイルランド系のなかでたったひとりのヒスパニックだ。そこへ、酔っ払いがひとりしょっぴかれてきたんだ」

そこでフランクは酒のお代わりを注文した。わたしにもお代わりが運ばれてきた。腹が減ってきたし、外に出て新鮮な空気を吸いたくてたまらないが、フランクの話の続きを聞きたかった。フランクがなぜわたしを同類と思っているのか知りたいし、最後に写真のことを話してもらえるかもしれない。フランクは天井を仰いで、雨を口で受けようとする子供みたいに口を大きく開け、酒を一息に飲み干した。

「いいか。クラウン・ハイツは、当時はまだ白人の居住区だった。まともな民間人も浮浪者もみんな白人だ。そのへべれけ男もそういった白人のひとりに過ぎなかった。だが、そいつは本当に胸くその悪くなるような男で、でかい声でわめいていた。

酔っ払いをしょっぴいてきたのはもうひとりの制服警官で、おれとほぼ同期の新人だった。そいつは酔っ払いをトラ箱にぶち込むと、おれの隣の席に座って、報告書を打ちはじめた。そいつはただひとり、からっきしタイピングがだめなやつで、一日中でも席にかじりついているのさ。タイプライターにまっすぐ紙を入れるのに十分もかかっている。そのあいだも、たちの悪い酔っ払いは耳をつんざくような大声でわめきちらしていて、それが大部屋中に聞こえていた。当然、刑事たちはいらだちはじめた。黙れと何回言っても聞かない。何をわめいていたかって、そいつをしょっぴいてきた新人をずっと罵っていたのさ。かわいそうに、新人はまだタイプライターと格闘していて、指先はインクリボンのせいで真っ黒になっていた。

酔っ払いの憎まれ口は途切れることがなかった。『おまえの母ちゃんはオカマのちんぽをしゃぶってる……おまえの女房は犬とヤってる……おまえらはみんな、ひとり残らずオカマだ』とかいった感じだ。延々とわめき続けてるんだぜ。疲れることを知らないみたいにな。

すると、新人が酔っ払いをトラ箱から連れ出して部屋に連れてきた。部屋の隅にはボイラーの蒸気管があった。床から天井まで伸びてるパイプで、なんの覆いもついていない。死ぬほど熱いんだぜ。新人は酔っ払いの両腕をパイプのまわりに回して手錠をかけた。こんなふうに立つ格好だ」

フランクは両手で大きな輪をつくった。太った女を抱いているように見える。

「下手したら火傷しちまう。それだけ熱いものが目の前にあったら、おっかねえだろ。だから、新人は酔っ払いが黙るだろうと踏んだんだが、さらにひどくなっちまった。

刑事たちは新人に文句をつけはじめた。しょっぴいて来るまえに、殴って気絶でもさせておけってな。新入りならみんな一年目に現場で学ぶことだ。新人はまだタイプライターと格闘していて、一時間で単語ひとつしか打てずにいる。酔っ払いもあいかわらずだ。『おまえの娘は黒んぼとヤってる。ここから出たら、おまえの女房を探してヤってやる。初めてじゃないけどな』

そう言ってから、酔っ払いは新人をじっと見すえた。新人が顔を上げた。ふたりの目がしばらく合う。そして、酔っ払いがこう言ったのさ。

『この部屋にいる全員に、役立たずの腰抜けだと思われる気分はどうだ?』

それから、そいつは口を閉じて微笑んだ」

マーティがまたやって来た。話を中断されるのがもどかしかったが、酒を断わるために口をひらくのもはばかられた。フランクはマーティが酒を注ぐあいだ、黙って待った。そして離れていくまで見送った。

「そこからは」フランクは一段と声をひそめた。「まるでスローモーションさ。水中の映像を見るみたいだった。新人が立ち上がって銃を取り出し、酔っ払いに向けた。それでも酔っ払いは微笑むのをやめない。新人は、そいつの顔めがけて引き金を引いた。酔っ払いの頭が吹き飛び、身体がパイプのまわりをくるっと一周したかと思うと、崩れ落ちた。

一瞬、すべての動きが止まった。銃声がこだまし、硝煙が漂い、壁と窓には血が飛び散っていた。それから時が動きだした。ちっこい部長刑事が部屋の壁際から飛んできた。身長が合格基準に満たないぶん、金を積んで警察に入ったんだろうな。部長刑事は机を飛び越えると、警棒を手に取った。そして、まだ銃を構えている新人の隣まで行って、力いっぱい前腕を殴りつけた。バシッ、バシッ、バシッと、五、六発は殴りつけただろうな。はじめの一発で銃は手から落ちたのに、何度も殴ったもんだから、しまいには腕の折れる音が聞こえた。

新人は悲鳴をあげて手を引っこめた。部長刑事は警棒を投げ捨てて、怒鳴りはじめた。

『今度……今度は、おまえの頭蓋骨をへし折って阻止するからな。わかったら、あの男に火傷ができるまえにパイプから離せ』そう言って、部長刑事は部屋から飛び出して行っちまった」

フランクはウィスキーを飲み干し、ビールも飲み終えた。
わたしは身じろぎもせずに座っていた。フランクがわたしに向かって微笑む。「大部屋の全員が一斉に動きはじめた。酔っ払いから手錠が外される。おれは病院へ連れて行くために、新人を外へ連れ出した。雑巾とバケツを持ち出して、掃除を始めるやつもいた。なあ、考えてもみろ」

フランクは身を乗りだし、よりいっそう声をひそめた。

「おれはたったひとりのヒスパニックだ。その新人以外の制服警官もおれひとりだ。刑事は十人はいた。部長刑事は指図も口止めもしなかったし、何ひとつ言い残していく必要はなかった。ヒスパニックのおれが一部始終を見たというのに、誰もそんなことは気にかけていなかった。みんな、いつでも自分が当事者になりかねないってことを知っていたんだ。そのときおれは、自分が内側にいることを一番強く感じた。いまの警察組織はどうだ。差別撤廃措置、異文化交流。笑っちまうぜ。そのせいで、誰もまわりの人間を信頼できなくなったのさ。自分の相棒にさえ怯える始末だ」ささやき声になり、語尾が聞き取りにくい。

吐き気がこみあげる。こんな話はうそっぱちだ。警官のあいだで流れる噂話に過ぎない。

「フランク、そいつは死んだのかい」

「えっ？　誰が？」

「その酔っ払いだよ。撃たれた男さ」

フランクは目を白黒させ、怪訝な表情を浮かべた。

「死んだに決まってるじゃねえか」

「即死だったのか」

「知るわけねえだろ。あっという間に部屋から引きずり出されちまったからな」

「病院に連れて行かれたってことかい」

「安らかに眠れる場所さ。おれに言えるのはそれだけだ。ダニー、おまえはずっと内側にいろ。決して外へ出ちゃいけない。外へは誰もついてきてくれないぞ」

フランクもアイルランド訛りでしゃべっていたのだろうか。父の世代が話すような独特の口調は、少なからず身についていたのだろう。それでも、スラム街生まれの移民の子供は、中途半端な訛りにならざるを得ない。

早く店から出たかった。あと少しでもここにいたら、わたしまで連中と同じような口調でべらべらとしゃべり出しそうな気がする。

わたしは立ち上がった。唐突すぎたらしく、よろめかないようにカウンターに手をついた。

「写真のことは話してくれないのかい、フランク」

フランクは写真をわたしに返した。「マーティの言うとおりさ。放っておけ。過去の女なんて、気にしてもしょうがない」

「過去の女？　もう死んだひとってことなのかい。マーティが死んだ者は眠らせておけって言ったのは、そういうことなのかい」

「マーティが言ったのは……」

「わしならここにいる、フランク。自分でしゃべれるぞ」マーティはそう言ってから、わたしに向きなおった。「フランクはだいぶ飲みすぎている。奥のボックス席ですこし横になれば、そのうちしゃきっとして帰るだろうよ」

「いま話したことは実話なのかい、フランク？　本当に起きたことなのかい」

フランクはグラスに向かって微笑んでいる。夢見心地で、安らかに眠れる場所を眺めているように。「おれの記憶が怪しいとでも言うのか？」フランクは言った。

「おやすみ、ダニエル。来てくれて嬉しかったよ」マーティが言った。

わたしは返事もせず、踵を返してゆっくりと出口へ向かった。ふたりほど手を振ってくれる者がいたが、それ以外の客はわたしに気づかないか、気にも留めていなかった。

外に出て、ポケットから写真を取りだした。その動作は、十字を切るかのように儀式めいたものになりつつある。今回は眺めることはせずに、写真を縦に少しずつ引き裂いた。歩きながら、道の隅にかがみこんでは、四番街の側溝に切れ端を捨てていった。

父は交通事故で腕を骨折したのだと言っていた。宝石店に強盗に入った黒人の若者ふたりを車で追っていたという。側溝に被せられた鉄格子から写真の切れ端を捨てながら、地下道に落ちていた手のことを思い出した。父は、この街の往来の少ない場所はバラバラ死体だらけだと言っていた。腕、足、頭、胴。細かく千切られた写真の切れ端は、やがて切り落とされた手に行き着くのかもしれない。たくさんの手が、道路の下のヘドロのなかで、写真の切れ端を握り締めている。身体から切り離されたときに失った過去や歴史を取り戻し、わたしには探せなかった繋がりを見つけだすのかもしれない。

一件落着
Case Closed

ルー・マンフレド　漆原敦子訳

ルー・マンフレド（Lou Manfredo）はニューヨーク州ブルックリンで生まれ、セント・ジョン大学を卒業。ニューヨーク市で教師と法律調査員を経験した。「内側」と同じく二〇〇四年のアンソロジー*Brooklyn Noir*に書き下ろされた本作を第一章とする長篇作品が、間もなく完成する予定である。現在はニュージャージー州マナラパンに在住。

彼女は恐怖に包まれていた。それなのに、いや、それだからだろうか、狭苦しい地下鉄の駅の通路から暗くなった雨の通りへ半狂乱で飛び出すと、妙なことに、からだから抜け出した魂になったような気がした。

いまは、意識的な思考と無関係に、生理機能が全身を支配していた。瞳孔が広がって微かな光をとらえ、通りを、店先を、不揃いに駐められた車の列を探っていく。視覚がレーザー光線のように男の姿をとらえたが、遠すぎて識別できない。脳が距離を計算する。百ヤード。両脚がその数値を受け取り、彼女のからだを彼の方に向けて一目散に走らせた。なんて奇妙なの！　上空から自分の姿を眺めて恐ろしくなった。まるで、生命のない物体が逃げていくようだ。怯えた若い女のようには見えなかった。

ついに悲鳴がほとばしり出た。その声が彼女自身の奥深い部分を揺さぶり、それに押されるようにして足を速めた。悲鳴は百万分の一秒遅れて男の耳に届き、その頭がはじかれたように彼女の方を向いた。帽子の頂の銀色の物体が淡い街灯の光にきらめいたとき、彼女は胸の内側で心臓が激しく飛び跳ねるのを感じた。

ああ、警官だわ。神さま、感謝します、警官だわ！

男が縁石を離れて彼女の方へ向かうと、彼女は気が遠くなった。魂が急降下して肉体に飛び込んだ。膝の力が抜けて足がもつれ、ついに意識を失った彼女は、濡れてひび割れたアスファルトの道に激しく倒れ込んだ。


マイク・マックィーンはダークグレイのシヴォレー・インパラの運転席に坐り、低いアイドリング音に耳を傾けていた。他に聞こえるものといえば、断続的なワイパーの音と車のボディに当たる穏やかな雨音だけだった。尻の横に置いたモトローラ社の無線機は沈黙を守っている。湿気たタバコの臭いが、車の内装に染み込んでいる。活気のない九月の夜、その陰鬱さに彼は身震いを覚えた。

ダッシュボードの緑色のデジタル文字が、午前一時を告げようとしている。彼は助手席の窓越しに外を覗いた。パートナーのジョー・リッツォが、釣り銭をポケットに入れながら、終夜営業の食料品店を出てくるところだった。彼は左手に茶色の袋を下げていた。ニューヨーク市警で六年の経験を持つマックィーンだが、今夜は初出勤の新米警官になったような気分だった。制服警官として六年、最初はマンハッタンのグリニッチ・ヴィレッジに配属され、最後は同じマンハッタンのアッパー・イースト・サイドに回された。ここブルックリンのベンソンハースト地区という、イタリア系アメリカ人居住区の中心で車のなかにいると、まったくなじみのない土地に連れてこられたよそ者になったような気がする。

三級刑事になって丸三日が過ぎた。今夜は初めて現場へ出て、十四年の経験を持つ一級刑事の〝コーヒー買い〟リッツォと、夜中の十二時から翌朝八時まで勤務することになっていた。

六年におよぶ優秀で堅実な経歴、重罪犯逮捕での功績、市民からの苦情は皆無、いくつかのメダルと褒賞、市民から送られた熱烈な感謝の手紙が詰まったファイル、それが彼にもたらしたものはイースト・サイド管区への抜擢にすぎなかった。そしてある夜、終夜営業のダイナーで用を足そうとしてラジオカーを縁石へ寄せると、争うような物音を聞きつけて路地の奥へ様子を見に行った。それから先はあっという間に三級刑事に昇進、三週間後、市長直々に金色の記章が手渡された。

もし、誰かを逮捕しなければならないような状況に陥るとしたら、ニューヨーク市長の美しい令嬢の、これも美しい大学のルームメイトがあわや暴漢にレイプされそうな場面に遭遇するといい。経歴のことを言うなら、それに勝る状況はないだろう。

マックィーンが思い出し笑いをしていると、リッツォが助手席にどっかりと腰を下ろし、大きな音を立ててドアを閉めた。

「くそっ」大きなからだをシートに合わせながら、リッツォが言った。「まったく、シートにもう少しスプリングを入れることはできないのか？」

彼は袋からコーヒーの容器を取り出し、マックィーンに手渡した。二人が無言で坐っていると、この八十六丁目の上を走る高架軌道をB列車が轟音を立てて通り過ぎた。第三軌条の接触面から飛んだ火花が雨の夜空をきらめきながら舞い降り、やがてちらちら揺らめいて消えるのを、マックィーンは眺めていた。平行に並んだ高架軌道の隙間から、最後尾車両の二つの赤いテールライトが彼方へ消えていくのが見える。列車が通り過ぎたあとに、鋼鉄の車輪や無数の金属部品やI鋼の触れ合う騒音が響き渡った。それが、ひと気のない雨の通りをますます陰鬱なものにした。マックィーンは、マンハッタンが恋しくなっていた。

この食料品店は先週強盗事件の現場となったところで、リッツォは夜勤の従業員に事情聴取したかったのだ。コーヒーと事情聴取、どちらが付け足しなのかマックィーンにはよくわからない。リッツォとはまだ二日の付き合いだが、この先輩は決して熱心な捜査官ではないように思えた。

「署へ戻ろう」リッツォはコーヒーをすすりながら六十二分署へ戻るよう指示し、コートのポケットに手を入れて命の糧のチェスターフィールドを取り出した。「おれがいまの事情聴取の報告書を書き終えたら、それをどこへファイルすればいいか教えてやる」

マックィーンはゆっくりと車を出した。この地区の道を覚えるため、おまえが運転しろとリッツォから言われていた。それが理にかなっていることはマックィーンも認めるが、方向感覚を失って呆然としていた。なにしろ、分署がどちらの方角かということさえわからなかったのだ。

マックィーンが困っているのを、リッツォも感じ取ったらしい。「Uターンしろ」そう言って、チェスターフィールドに火をつけた。「八十六丁目を戻って十七番街で左折しろ」そしてタバコを吸い込み、横目でマックィーンを見た。彼はにんまりしてからまた口を開いた。「どうしたんだ、おまえ？　もう川向こうの街の灯が恋しくなったのか

?」

マックィーンは肩をすくめた。「まあね。そのうち慣れる。それだけのことさ」

小雨の中をゆっくりと車を走らせた。八十六丁目の商店街を外れると、一戸建てや二軒続きのいくぶん古いレンガ造りの家が建ち並ぶ住宅街に入った。ほとんどの家が二階建てで、ところどころに三階建てが混じっている。家の前に、手入れの行き届いた小さな庭や芝生のある家も見える。多くの家に聖母マリアや聖アントニウスやヨセフなどの装飾的で良く手入れされた像があり、その一部はフラッドランプでライトアップされていた。マックィーンは、運転しながら家の正面に目を走らせた。ところどころの窓が、屋内の常夜灯でぼんやりと光っていた。平和で暖かそうだ。目覚まし時計をセットし、明日の仕事に備えてベッドにもぐり込む家族を、マックィーンは思い描いた。誰もが安全で何もかも守られている。みんな幸福で健康なのだ。

ずっとそんなふうに思ってきた。だが、あの家々のどこかで別のことが起こっている可能性を、六年の歳月が教えてくれた。帰宅して妻を殴る飲んだくれの夫。ドラッグにはまった息子や娘。病弱で孤独な老人たち。隣人が腐臭に気づき、誰かが九一一をダイアルしてはじめて遺体で発見される見捨てられた親。

元パトロール警官の思い出だ。尻の横に置いた無線機が、雑音とともに息を吹き返した。彼は半ば耳を傾けながら、いつか元刑事となったときの思い出は、どんなものになるのだろうと考えていた。

リッツォのため息が聞こえた。「よし、マイク。いまの呼び出しはおれたちだ。この道をまっすぐ行って、ベイ八丁目で左折しろ。ベルト・パークウェイまで直進するんだ。ベルト・パークウェイの東行きに乗ったら、二つ三つ先のオーシャン・パークウェイ出口で降りろ。コニー・アイランド病院は、ベルト・パークウェイから一ブロック行ったところにある。長い夜になりそうだな」

病院へ入ると、緊急治療室の周りでうろうろしている数人のパトロール警官のなかから、目指す相手を探すのに数分かかった。マックィーンが、目当ての警官、二十三歳くらいの背の高い痩せた若者を見つけ出した。マックィーンは相手のネームタグに視線を落とした。「どうした、マリーノ？　おれはマックィーン、マイク・マックィーンだ。今夜はおれとリッツォが事件の受付だ。何があったんだ？」

若者は、尻ポケットから分厚い革のバインダー・ノートを取り出した。パラパラとめくって自分の記入したページを開き、それをマックィーンの方に向けてビックのボールペンを差し出した。

「ちょっと書き込んでもらえませんか、刑事？　巡査部長がまだ来てないので」

マックィーンはノートとペンを受け取ると、ページ下の余白いっぱいに、日付、時間、CIHOSP E/R（コニー・アイランド病院、緊急治療室）と書き込み、自分のイニシャルと記章ナンバーを書き添えてマリーノに返した。

「で、何があったんだ？」あらためて訊いた。

マリーノは咳払いをした。「現場にいたのは私じゃないんです。ウィリスです。ウィリスの勤務は十二時までなので、私たちに任せて家に帰りました。ここにメモしてあります。白人女性、エイミー・テイラー、二十六歳、独身、住所、六十一丁目一八六〇番地。十一時ごろ、つまり二三〇〇時ごろですが、六十二丁目で地下鉄を降りています。あの駅には午後九時以降は駅員がいません。彼女は例の――何て言うんでしたっけ？――一方通行の出口、回転式改札口とかいう、出られるけど入れない、あれに入りました。すると、男がどこからともなく飛び出してきて彼女を捕まえたんです」

ここまで話したとき、リッツォが近づいてきた。「おい、マイク、しばらく任せてもいいか？　姪がこの病院のナースなんで、ちょっと顔を出してきたいんだ。いいか？」

マイクはパートナーに目を向けた。「ああ、いいとも、大丈夫だ。ジョー、行ってこいよ」

マックィーンはマリーノに向き直った。「つづけてくれ」

マリーノは視線をメモに戻した。「男は回転ドアのなかで彼女を押さえつけて、顔にナイフを突きつけたんです。

協力しなかったら、ズタズタにしてやると言って」

「何に協力しろというんだ?」

マリーノは肩をすくめた。「そんなことわかりませんよ。男は片手にナイフを持って、もう一方の手で自分のナニを握っていました。マスターベーションをしようとしたんです。そのあとは何も言わず、彼女の喉にナイフを突きつけていただけです。とにかく、何かのはずみで男がナイフを落としたので、彼女はふりほどいて逃げ出しました。男は彼女を追いかけました。彼女が悲鳴を上げて駅から飛び出したとき、ウィリスは午後四時から十二時までの徒歩勤務中だったんですが、叫びながら走ってくる彼女を見て駆けつけたんです。彼女は気絶か何かしたんでしょう、倒れた拍子に頭を打ち、膝を腫らしたうえに指を二本骨折しています。頭を怪我しているので、様子を見るために二階の病室に運ばれました」

マックィーンはちょっと考えてから言った。「ウィリスは男を目撃したのか?」

「いいえ、見ていません」

「女から特徴を聞き出したか?」

「さあ、私は会っていないので。私がここに着いたときは、もう二階へ運ばれたあとだったんです」

「わかった、巡査部長が来て任務を解くまでこの辺で待っていてくれ」

「あなたじゃだめなんですか、刑事?」

「何が?」

「任務を解いてもらえませんか?」

マックィーンは眉をひそめ、指で髪を梳いた。「さあな、できないこともないだろうが。だが、頼むから巡査部長を待っていてくれ、いいな?」

マリーノは首を振りながら口をへの字に曲げた。「ええ、いいですよ、よろこんで。エーテルの臭いでも嗅いでますよ」彼はその場を離れたが、まだ首を振っていた。

廊下の先でリッツォが壁にもたれ、煌々と照らされた緊急治療室を見回した。マックィーンは近づいていった。同じくらいの年格好の、五十歳のリッツォと同じくらいの年格好の、髪をブロンドに脱色したナースと話し込んでいた。マックィーンは近づいていった。

「おい、ジョー、姪御さんに紹介してくれないか?」

ジョーが振り返り、きょとんとした顔でマックィーンを見つめたが、すぐに笑みを浮かべた。

「いや、ちがうんだ、姪は今夜勤務していなかった。それで、新しい友だちを作ってたんだ」

「ところで、被害者のエイミー・テイラーに事情聴取しなくちゃならない」

リッツォが眉をひそめた。「彼女はディッツーンか?」

「何だって?」マックィーンが訊いた。

リッツォは首を振った。「黒人か?」

「いや、警官は白人だと言ってた。何で?」

「新入り、おまえがベンソンハーストに来て日が浅いのはわかってる。だから、大目に見てやろう。いいか、この地区でエイミー・テイラーなんていう名の女は、芸術家かダンサーかブロードウェイのスターを志してボストンからやって来た、厄介者のディッツーンかヤッピーと相場が決まってる。パーク・スロープやブルックリン・ハイツや川向こうに住む金がないってことだ。ここはイタリア人の地区だ。誰も彼も――警官も、悪党も、肉屋も、パン屋も、燭台作りの職人までも――みんなイタリア人だ。むろん、おまえは別だが。おまえは例外だ。ところで、紹介は済んでたかな? こっちは朝番のナース長で、ロザリー・マッツァリーノだ。ロザリー、新入りの驚異の相棒、マイク・マックーくそったれークィーンに挨拶してやってくれ」

女はにっこりして手を差し出した。「よろしく、マイク。この人の言うことを真に受けちゃだめよ。新しい友だちを作ってるなんて! あたしは、彼があなたくらいの歳で、ここのナースを誰彼かまわず追っかけてたころから知ってるんだから」彼女は目を細めてマックィーンを見ると、頭に載せていたメガネを顔に戻した。「あなた、いくつ?――十二歳?」

マイクは吹き出した。「二十八歳です」

彼女は唇の端を上げて満足そうに頷いた。「それでもう三級刑事なの? すごいわ」

リッツォが笑い声を上げた。「ああ、市長もそう言ってた。母校のギャルのあいだじゃ、こいつは正真正銘のヒーローなんだ」

「わかったよ、ジョー、すばらしい。では、被害者に会いにいこうか?」

「なあ、新入り、おれはどうも気が進まない。彼女の言いそうなことなら、いまここでぜんぶ言い当てて見せる。ボストン出身で、スターになりたい。おまけに、レイプ犯を逮捕したとたん、社会の犠牲者である弱者を尊重していない、とか何とかいって抗議するんだ。おまえが話を聞いてくれ。おれは医者に会って、レイプに使った道具やパンティなんかを預かってくる。そしたら、ここを出よう」

マックィーンは首を振った。「罪状がちがうぞ、相棒。レイプじゃない。強制わいせつか暴行未遂か、そんなところだ」

「いいから行けよ、新入り、彼女から事情聴取してこい。いい経験になるぞ。戻ってきたら、おれとロザリーはそこらのリネン庫にいるからな。ロザリーはナース長だって言ったろ、男を慰めるのが得意なんだ」

歩み去るマックィーンの耳に、ロザリーの笑い声が響いていた。長い夜になりそうだ。ジョーの見込みどおりに。

ルームナンバーを二度確かめてから、部屋へ入った。病院ベッドがかろうじて二台入るだけの狭い病室だった。ベッドは、ひどくうなだれたように見えるカーテンで仕切られていた。ドアに近いベッドは空っぽで、マットレスがむき出しになっている。薄暗い照明の下で、もう一つのベッドの足元が見えた。寝具の上から足の輪郭がわかる。微かな、無害だがどこか不快な臭いが鼻を突いた。まぶしい蛍光灯に照らされた廊下から入ってきたので、暗いライトに目が慣れるまでもうしばらく待った。そして、自分がいることを知らせようと、周囲に目を走らせてノックするものを探した。彼は手前のベッドの足板に目を留め、冷たい金属を軽く叩いた。

「もしもし?」そっと声をかけた。「もしもし、ミズ・テイラー?」

寝具の下の足がわずかに動いた。リネンのすれ合う微かな音が聞こえた。いくぶん大きな声でもう一度声をかけた。

「ミズ・テイラー？　マックィーン刑事です。警察です。ちょっとお目にかかりたいんですが」

カーテンの向こうで、ベッドの枕元にあるライトが灯った。マックィーンは立ったまま待っていた。

「ミズ・テイラー？　もしもし？」

その声は眠たげで、鎮静剤を投与されているのかもしれない。穏やかで澄んだ声だが、緊張といらだちを含んでいた。マックィーンに起こされたことで記憶が一気によみがえり、現実のものとして迫ってきたのだろう。そう、あれは現実に起こったこと、決して夢ではなかった。こういう場面を、彼は幾度となく目にしてきた。強盗にあった人、殴られた人、レイプされた人、奪われ、撃たれ、刺され、ひどい目に遭ったたくさんの人々。彼は目にしてきたのだ。

「刑事？　〝刑事〟って言ったの？　ねえ？　会いたくないわ」

彼は部屋の奥へ足を進め、思いきってゆっくりとカーテンをくぐった。ゆっくり、一歩ずつ、急激な動きを避け、穏やかな話し方を心がけろ。彼女の緊張をほぐし、パニックを起こさせないようにするのだ。

一目でその美しさに魅せられた。彼女は二つの枕にもたれ、シーツを胸まで引き上げて坐っていた。両腕をまっすぐ横に伸ばし、ベッドに手をついている。まるで、何か目に見えない、とてつもない力に負けまいとしてベッドにしがみついているかのようだ。透き通るような肌が柔らかな光を発している。離れた目は澄んだサファイアのようで、彼の視線をとらえて放さなかった。ふっくらとして丸みを帯びた唇がまっすぐで細い鼻の下の完璧な位置にあり、その顔は肩までの黒髪に縁取られていた。化粧気はなく、こめかみと頬骨の一部に紫と黄色の醜い傷痕が残っていた。それでも、彼女はマックィーンがこれまで出会ったなかで最も美しい女だった。

世界一豊かで洗練された一平方マイルを三年近く担当したあと、いまここで、この寂れたブルックリンの片隅でこの女に出会ったのだ。しばらくのあいだ、彼はここへ来た目的を忘れていた。

「何なの？　何かご用？」彼が視界に入ると、彼女が口を開いた。

彼はわれに返って咳払いをした。口を開くまえにもう少し時間を稼ぎたくて、手にしたノートの何も書かれていないページに目を落とした。

「ええ、そうです、ミズ・テイラー。六十二分署の刑事課から来たマックィーン刑事です。二、三分お話をうかがいたいんですが。もしよかったら」

彼女が眉を寄せ、その目に苦痛の色が浮かんだ。一瞬、胸が張り裂けそうになり、彼は微かに首を振った。いったいどうしたんだ？　これはいったいどういうことなんだ？

「もう二人か三人の警官と話したのよ。何があったかは彼らに話してあるわ」彼女は目を閉じた。「とても疲れてるの。頭が痛いのよ」目を開けたとき、涙があふれていた。彼女に近づいてその頭を抱き、もう大丈夫だ、何もかも終わったんだ、ぼくがここにいる、そう言いたい気持ちを、マックィーンはありったけの自制心でこらえた。

「ええ、わかってます」代わりにそう言った。「でも、パートナーと私が事件の受付でして。私たちが話を聞くことになっているんです。情報がほしいんです。二、三分で済みますから。早く捜査に取りかかれば、それだけ逮捕のチャンスが増えますからね」

彼の目を見つめながら、彼女は思案しているようだった。涙を払おうとして瞬きをすると、頬が濡れた。だが、それを拭おうとはしなかった。「いいわ」彼女の答えはこれだけだった。

マックィーンはからだの力が抜けるのを感じた。あまりの緊張に、いつの間にか背中や肩が痛くなっていた。「坐ってもいいですか？」彼は静かに訊いた。

「ええ、もちろん」

この部屋には大きすぎる椅子をベッドの横へ動かし、窓に背を向けて腰を下ろした。ガラスに当たる雨音が聞こえ、その音に寒気を覚えて身震いをした。彼は、彼女が気づかなかったことを願っていた。

「何があったかということはだいたい聞いています。もう一度はじめから話す必要はありません。ただ、二、三質問したいことがあるんです。ほとんどは形式的なものですから、深く考えないでください。正確なことを知りたいのです。報告書を書かなくてはならないので。それに、それが犯人を捜す手がかりになるんです。いいですか？」

彼女がもう一度ぎゅっと目を閉じると、また涙がこぼれた。彼女は〝いいわ〟というように頷き、ふたたび目を開けた。彼はその瞳から目が離せなかった。

「事件があったのは、十一時ごろ、十一時十分ですか？」

「ええ、だいたい」

「六十二丁目の駅で地下鉄を降りたのですね？」

「ええ」

「ひとりで？」

「ええ」

「どの電車ですか？」

「Nトレインよ」

「どこへ行くつもりでしたか？」

「家へ」

「どこから帰ってきたんですか？」

「マンハッタンのアート教室よ」

マックィーンはノートから目を上げた。アート教室？ リッツォのくだらない前口上を思い出した。彼は彼女にちらりと目をやって言った。「ボストンの出身じゃないでしょうね？」

はじめて彼女が微笑み、それは不釣り合いなほどかわいらしかった。「いいえ、コネティカットよ。あたし、ボストン訛りでもある？」

マックィーンは笑った。「いえ、いいえ、全然。ある人が言ったことを思い出しただけです。話せば長くなるので、気にしないでください」

彼女がまた笑みを浮かべ、顔を動かすと痛みが走ることが目の表情でわかった。「あなたたちブルックリンの人って、よそから来た人はみんなボストン出身だと思ってるのね」

マックィーンは椅子の背にもたれ、憤慨した振りをして眉を上げた。「〝ブルックリンの人〟ですって？ 私がブルックリン出身だと思うんですか？」

「ええ、そうよ」

「なるほど、ミズ・テイラー、実を言うと、私はシティに住んでいるんです。ブルックリンじゃありません」努めて淡々とした口調で言った。

「ブルックリンって、シティの一部じゃないの?」

「ええ、まあ、地理学上は。でも、シティといえばマンハッタンのことです。私はロング・アイランド生まれですが、シティに住んでもう十五年になります」

「わかったわ」彼女は小首を傾けて頷いた。

マックィーンはペンで軽くノートを叩き、彼女のこめかみの醜い傷痕に目をやった。そして、副木を当てて包帯を巻いた右手の指に視線を落とした。

「どうですか? ひどく転んで怖い思いをしたことはわかってます。でも、いまの気分はどうなんですか?」

彼女が一瞬おののいたように見え、彼は訊いたことを悔やんだ。だが、彼女は彼の目をまっすぐ見つめて答えた。

「いまに元気になるわ。指以外はどれもかすり傷だし、指だって治るんだもの。そのうち元気になるわよ」

そうだね、そう、むろんきみの言うとおりだ、きっと元気になる。彼は本気でそう思っていることを示そうとして頷いた。だが、彼女は本当に元気になるのだろうか?

「男の特徴を教えてもらえますか?」

「とっさのことで、あの、とても長い時間にも思えたんだけど……でも……」

マックィーンは身を乗り出し、よほど集中しないと聞き取れないほどの小さな声で話しかけた。生々しい記憶ではなく、ことばを聞き取ることに神経を集中させるために。

「あなたより背が高かったですか?」

「ええ」

「あなたの身長は?」

「五フィート八インチよ」

「彼はどうでした?」

彼女はちょっと考えた。「五フィート九インチか、十インチ」

「髪の毛は?」

「黒くて、長くて、とても汚かった」彼女はシーツに視線を落とし、ほつれた糸を神経質そうに引っ張った。「それは……それは……」

マックィーンがさらに身を乗り出し、膝がベッドの縁に当たった。彼女に触れたらどうなるだろうと想像してみた。「それは、どうなんですか？」彼は優しく訊いた。

「いやな臭いがしたわ」不意に彼女が視線を上げ、その目には怯えた鹿のような狼狽の色が浮かんでいた。彼女は小声で言った。「彼の髪はとても汚くて、いやな臭いがしたの」

彼女が泣きはじめた。マックィーンは椅子の背にもたれかかった。

この男を見つけ出さなくてはならない。何としても。

「この件を担当したい」

マックィーンはエンジンをかけ、腕時計に目をやってリッツォに話しかけた。午前二時、長時間起きていたせいで目がズキズキする。

リッツォは坐ったまま尻の位置を直し、上着を整えた。シートに身を沈め、年下の刑事に顔を向けた。

「何だって？」彼は気のない様子で訊いた。

「この事件を担当したい。このまま捜査をつづけたいんだ。おれたちで解決できる、ジョー、それに、そうしたいんだ」

リッツォは首を振り、眉をひそめた。「そんなわけにはいかないぞ、新入り。朝番は受け付けをしてちょこちょっとほじくり、被害者に声援を送ってから事件を昼番に回す。わかってるはずだ、そういうことになってるんだ。署へ戻って報告書をやっつけたら、一眠りしようじゃないか。つぎに昼番が回ってきたときには、自分の仕事で手一杯だ。関係のないことに手を出す必要はない、わかったな？」

マックィーンは、暗い道路を濡らす雨を窓越しに見つめていた。そして、顔をそむけたままリッツォに話しかけた。

「ジョー、おれは本気だ。この事件を担当したい。あんたと組めれば言うことなしだが、それがだめなら明日課長のところへ行って、この事件と、パートナーをひとりほしいと言うつもりだ」彼はリッツォに顔を向け、その目をじっと見つめた。「あんた次第だ、ジョー。あんたが決めてくれ」

　リッツォは目をそらし、目の前のフロントガラスに向かって話しはじめた。ガラスにぼんやり映るマックィーンの影が目に入る。「たった三日の経験しかないクソ野郎にしちゃ、ずいぶん荒っぽいな」彼はため息をつき、ゆっくりと向き直ってからつづけた。

「緊急治療室にいた警官に聞いたが、その女はすごい美人だそうだな。つまり、おまえのアソコが硬くなったせいで、おれが余分な仕事をしなくちゃならないってことか?」

　マックィーンは首を振った。「ジョー、そんなんじゃない」

　リッツォは笑みを浮かべた。「マイク、おまえはいくつだ? 二十七か? 二十八か? そういうものだ、いいんだ、昔からそういうものなんだ」

「いや、これはそうじゃない。それに、おれはちがう。ジョー、あんたがまちがってる」

　それを聞くと、リッツォは大声で笑った。「マイク」クスクス笑いながらつづけた。「まちがったことなんかない。正しいこともな。あるのは事実だけだ」

　今度はマックィーンが笑い出した。「そいつは誰のことばだ? ヒンドゥー教の導師か?」

　リッツォは上着のポケットをまさぐり、つぶれて曲がったチェスターフィールドを取り出した。「まあ、そんなようなものだ」そう言って火を点けた。「じいさんから聞いたんだ。おれがどこで生まれたか知ってるか?」

　マックィーンは怪訝な顔をして首を振った。「知るはずないだろ。ブルックリンか?」

「ネブラスカのくそったれオマハだ。おれのおやじは空軍の軍人で、オマハに配属されていた。ところが、おれが九歳のときに急死したんだ。おれとおふくろと姉さんは、じいさんたちと暮らすためにブルックリンへ戻ってきた。そのころ、じいさんはチャイナタウンを担当する一級刑事でね。じいさんの家に着いた晩、おれはこらえきれなくなって泣きわめいた。おやじが死んだことがどんなにまちがっているかとか、どんなに正しくないかとか、そういったことをな。じいさんは膝をついて、まっすぐおれの顔を見て屈み込んだ。じいさんの息の、ビールとガーリックソースの臭いをいまでも覚えている。じいさんは顔を寄せて言った。〝坊主、まちがったことなんてない。正しいこともない。それは事実でしかないんだ〟そのことばが忘れられない。それに関しちゃ、じいさんの言うとおりだった。本当だぜ」

マックィーンは指で軽くハンドルを叩き、ミラーを覗いた。通りに車は見えなかった。彼はインパラを発進し、ベルト・パークウェイへ向かった。西行きのレーンに入ると、リッツォがまた口を開いた。

「それにな、マイク、この事件は刑事課の仕事ですらないだろう。レイプ事件は性犯罪課に回されて、女や、たわごとの基礎科と高等科で修士号をとったような男が扱うことになっている。考えてもみろよ、おれみたいに無神経な男がレイプ事件を扱っていると知ったら、ベティ・フリーダンやベラ・アブズグがどんな苦情を持ち込んでくるか」

「ジョー、ベラ・アブズグは二十年もまえに死んでるよ」

リッツォは頷いた。「そんなことはどうでもいい。肝心なことがわかればいいんだ」

「それに、まえにも言ったが、これはレイプ事件じゃない。男が彼女を捕まえてナイフで脅し、押さえつけたままマスターベーションをしたんだ。レイプはしていない。最高でも強制わいせつか暴行未遂だ」

リッツォがつぎに口を開いたとき、その口調にマックィーンがコンビを組んではじめて聞く微かな好奇心が感じられた。

「ナイフ？　マスターベーション？　やつはイッたのか？」

マックィーンはちらりとパートナーに目をやった。「何だって？」

「その男は射精したのか、しなかったのか？」

マックィーンは、目を細めてフロントガラスの先を見つめた。おれは彼女にそのことを聞こうと思っただろうか？　否。いや、思わなかった。ただ単に思いつかなかったのだ。

「それがそんなに大事なことなのか、ジョー？　それとも、あんたの無神経さを立証しようとしてるだけなのか？」

リッツォが大声で笑い出し、灰色の煙の塊を吐き出した。マックィーンは、パワー・ボタンに手を伸ばして窓を細く開けた。

「いやいや、新入り、とんでもない、公的な質問だ。そのマヌケ野郎はイッたのか？」

「さあ。彼女に訊かなかった。なぜだ？」

リッツォはまだ笑った。「最初のデートで彼女にいやな思いをさせたくなかったんだな、マイク？　気持ちはわかるが、刑事の仕事としてはいただけないぞ」

「それが何か役に立つのか、ジョー？」

リッツォは頷いてにんまりした。「もちろんだ。おれたちがこの事件を担当するという、おまえの図々しい要求を認めさせるためにな。おれならすぐに解決できる、という事件なら、必ずおれが担当することになる。実はな、四、五年まえ、あるマヌケ野郎がこの管区をうろつき回って若い女を戸口や路地に引っ張り込んでいたんだ。ナイフを使ってな。そいつは女たちを押さえ込んだまま、アソコが厚切りの骨付き肉みたいになるまでマスをかくんだ。被害者のひとりの話では、彼女はその状況から気を紛らそうとして、はじめから終わりまでずっと通りの反対側にある銀行の時計を見ていたんだが、男は二十五分もシコシコやっていたそうだ。ところが、仕事をやり遂げることはできなかった。たぶん、精神的なものだろう。やつの選りすぐりの犯罪における重大な欠陥てとこだな。誰も傷つけていない、肉体的にはな。だが、被害者のひとりはまだ十三歳だったんだ。彼女はいまもどこかで、抗うつ剤のプロザックを一摑みずつ口に放り込んでいるにちがいない。おれたちはその男を逮捕した。おれ自身じゃないが、うちの課の刑事がだ。捕えてみると、そいつはおれたちみんなが知ってるヤク漬けのクソ野郎だった。実際のところ、麻薬常用者《ジャンキー》ってのはふつう性犯罪に手をださないものだ。現金やヘロインが絡んでないからな。おれは、今度の事件も同じ男だとにらんでいる。やつはもうとっくに出所しているはずだ。地下鉄という点を別にすれば、こいつはやつの手口だ。この件はおれたちで解決できる、マイク。おまえとおれとでな。おまえを最初の事件でスターにしてやるぞ。市長もおまえにあの金の記章をやったことを誇りに思って、おまえをクソ本部長にしてくれるだろうぜ！」

二日後、マックィーンは狭苦しい刑事課のデスクに向かい、ふたたびエイミー・テイラーの瞳を見つめていた。口を開こうとして咳払いをした彼は、彼女のこめかみの傷痕がいくらか薄くなったことと、それをメーキャップで隠そうとしていないことに気づいた。

「あなたに写真を何枚か見てもらいたいんです。何人かの容疑者の写真を見せますから、加害者のものがあったら教えてほしいんです」

彼女の目に笑みが浮かんだ。「ここ二、三日のあいだに五人くらいの警官と話をしたけど、〝加害者〟なんて言ったのはあなたがはじめてよ」

彼は顔が赤らむのを感じた。「なるほど」無理に笑顔を作って言った。「ここでの仕事にはふさわしいことばなんです」

「そうね。ただ、実際に使われるのを聞くと落ち着かない気分になるの。わかってもらえるかしら？」

彼は頷いた。「おっしゃることはわかっているつもりです」

「よかった」彼女が小首をかしげて頷いたとたん、彼はこれこそ自分がもう一度見たかったものだと悟った。「侮辱したりするつもりはないのよ。いますぐ前科者ファイルを見るの？」

今度のマックィーンの笑いは本物だった。「いや、それはあなたの言い方です。私たちはフォト・アレイと呼んでいます。あなたが言った特徴に合う男の写真を八枚お見せします。そのなかに目当てのものがあったら教えてください」

「わかったわ、どうぞ」彼女は坐ったまま背筋を伸ばし、両手を膝の上に組んだ。骨折した右手を、長くほっそりとした左手の指で支えている。そのしとやかさに、マックィーンはめまいを覚えた――なぜだろう？――悲しみのせいだろうか？――哀れみのせいだろうか？　彼にはわからなかった。

彼女の側へ回ってデスクにカラー写真を広げると、すぐに確信した。彼女が彼を見上げたのだ――あのサファイアにまた涙があふれていた。彼女は写真に向き直り、一枚に軽く触れた。

「彼よ」彼女が言ったのはこれだけだった。

「なあ」リッツォがハンバーガーをほおばりながら話しかけた。「こういうマヌケどもの愚かさは想像を超えてるな」

木曜日の午後九時を回ったところだった。二人の刑事はシヴォレーの車内で食事をとっていた。車はバーガー・キングの駐車場の奥の一区画にバックで入れられ、街灯と街灯のあいだの暗がりに身を潜めている。エイミー・テイラーの暴行未遂から三週間経っていた。

マックィーンはパートナーに顔を向けた。「どのマヌケのことを言ってるんだ、ジョー？」リッツォとコンビを組んだ短い期間に、マックィーンはいやでもこの先輩を尊敬しないわけにいかなくなっていた。リッツォの熱意に欠けるように見える点は、経験と、皮肉屋で老獪な一種の処世術で補ってお釣りが来た。これまで彼から多くのことを学んできたマックィーンには、いま、また何か学ぼうとしていることがわかっていた。

「犯罪者どもだ」リッツォはつづけた。「ごろつきどもはたいていそうだ。この強盗の通報を受けて思い出したことがある。七、八年まえに扱った古い事件だ。十三番街の宝石店に強盗が入ってな。おれと、相棒のジャカローネが、現場へ行って被害者に会った。被害者は長年この地区に住んでいる年とったシチリア人で、〝地の塩〟といったタイプの男だった。だから、おれもジャカローネもこの男のために全力を尽くしたんだ。指紋チームを呼んだほどで、その点ではまちがっちゃいなかった。そこで、おれたちはあたりを捜索してから、その男に事情聴取して犯人や使用した銃の特徴を聞き出し、指紋チームが来るまでその場を動かずに待て、おれたちは二日もしたら連絡する、と言ってやった。すると、そのじいさんはえらく感謝して、車のところまで送ってきた。いまにも車を出そうとしたとき、じいさんが言った。〝実はな、強盗に入った男はあらかじめ店の下見に来たんだ〟想像してみろよ――〝店の下見に来た〟だとさ――このじいさん、おそらくテレビの見過ぎだろう。それで、おれは言った。〝どういうことです？　店の下見とは？〟じいさんは答えた。〝ああ、二日まえ、同じ男が時計の修理を頼みに来たんだ。時計をわしに預けてな、預かり証に、名前や住所や電話番号を書き込みさえしたんだ。あれは店の下見だったにちがいない。そうだ、わしを騙したんだ〟」

リッツォが含み笑いをし、ハンバーガーにかぶりついた。

「それでな」彼は口いっぱいにほおばったままつづけた。

「ジャカローネがギアをパーキングに戻して、おれの前に身を乗り出して言った。〝預かり証はいまも持ってるんですか？〟じいさんは言った。〝ああ、だが、ぜんぶでたらめに決まっている。あの男は、店の様子を見にきただけなんだ〟そこでおれとジャカローネは店にとって返し、預かり証を手に入れた。指紋の連中に断わりの連絡を入れて、カナーシーまで車を走らせたんだ。どうなったと思う？　マヌケ野郎が家にいたんだ。おれたちはそいつを逮捕して、アパートの捜索令状を取った。銃に宝石に現金、ビン・バン・ブーンだ。男は第三級強盗の罪で四年から七年の刑を食らったのさ」

リッツォはマックィーンの顔を見てにやりと笑った。

「そいつの女がこの管区に住んでいてね。女のところへ来たとき、やつは時計を修理に出そうと思ったんだ。で、行ってみるとじいさんがカモに見えたんで、名案を思いついたというわけだ！　な？　マヌケどもだ」

「へえ、そうか、そいつはよかった」マックィーンは言った。「警察でも天才にはあまり会ったことがないからな」

リッツォが吹き出し、膝に広げた包み紙を丸めて言った。

「確かにな」

二人は無言で坐っていた。リッツォはタバコを吸い、マックィーンは駐車場に出入りする人や車を眺めていた。

「なあ、ジョー」しばらくして、マックィーンが口を開いた。「この地区に関するあんたの理論は少しばかりまちがってるぞ。イタリア人しかいないはずだが、アジア人がいやに目につくぜ。ロシア人は言うに及ばずだ」

リッツォはタバコの煙をかき分けるように手を振った。

「ああ、誰かが中華料理屋のウェイターやお抱え運転手をしなきゃならないからな。それでも、イタリア人に当たらないように石を投げることはできないぜ」

マックィーンの傍らで、モトローラが鳴りだした。分署に電話しろという緊急連絡だった。リッツォが無線機のボタンを押して「了解」とぞんざいな返事をする間に、マックィーンは上着から携帯電話を取り出した。

電話は受付から刑事課に回された。ボレッリという刑事が電話に出た。マックィーンは耳を傾けた。その目が鋭くなり、シャツのポケットからペンを出して新聞の余白に何ごとか書きつけた。そして電話を切り、リッツォに顔を向けた。

「やつがいたぞ」彼は小声で言った。

リッツォが大きなゲップをした。「誰が？」

マックィーンは前かがみになってエンジンをかけた。ヘッドライトを点灯し、車を出した。ベンソンハーストに来て三週間経ったいまでは、もう道案内はいらない。行き先はわかっていた。

「フレインだ、ピーター・フレインだ」

リッツォはうしろに手を伸ばし、シートベルトを装着した。「やったな」彼は薄笑いを浮かべた。「しかも、たったいまマヌケどもの話をしてたところだぜ。想像できるか？」

マックィーンは十八番街へ向けて車を飛ばした。交通量は少なく、ベイ・パークウェイの赤信号を慎重に通り抜けると、左折して七十五丁目に入った。そして十八番街までスピードを上げて突っ走り、右へ曲がった。

車を走らせながら、彼はいままさに進展を見せようとしている捜査のことを考えていた。

きっかけは、リッツォが同じ手口の古い事件を思い出したことだった。彼は署内を訊いて回り、誰かが犯人の名前を覚えていたというわけだ。それが、フレイン。ピーター・フレインだった。

分署のコンピュータが、彼が最後に住んでいたブロンクスの住所と、この麻薬中毒の前科者を担当した保護観察官の名を吐き出した。保護観察官に電話をすると、フレインは数年間ブロンクスに住み、何事もなく仮釈放期間を勤めていたことがわかった。メタドン・プログラムを課せられ、麻薬中毒からも立ち直っている。ところが、いまから三カ月ほどまえ、彼は姿を消した。保護観察官がブロンクス中を調べたが、フレインは文字通り消えてしまったのだ。保護観察官は仮釈放条件違反のかどでフレインを告発し、州警察、ニューヨーク裁判所、NYPD本部に通報した。彼が知っているのはそこまでだった。

マックィーンは、コンピュータのカラー写真をプリントアウトしてフォト・アレイを作った。そのなかから、エイミー・テイラーがフレインの顔を選び出した。フレインは六十二管区に戻っていたのだ。

リッツォが実際に動きはじめたのはそれからだった。四時から十二時の勤務時間の大半を使い、管区内の麻薬常習者のたまり場をかたっぱしから回った。バー、賭博場、酒屋、定刻過ぎまで営業する店、行く先々でフレインを捜していることを知らせ、おれの機嫌を損ねたくなかったらフレインをかくまったりせずに刑事課に電話して引き渡すんだぞ、と釘を刺したのだ。

そして今夜、電話があった。

マックィーンはシェヴィーを縁石に寄せ、ライトを消してゆっくりと停止した。三軒先の六十九丁目の交差点の手前で、〈キーボード・バー〉という色あせた蛍光灯が闇夜に浮かび上がっていた。彼はキーを回してエンジンを切った。取っ手に手を伸ばし、まさにドアを開けようとしたそのとき、大きなリッツォの手が彼の右肩をがっちりとつかんだ。彼はリッツォを振り返った。

リッツォの表情からは感情が読み取れなかった。彼は、低い、落ち着いた口調で話しはじめた。この先輩がこれほどはっきり発音するのを、マックィーンは聞いたことがない。「新入り」リッツォが切り出した。「おまえがあの女を気に入っているのはわかっている。先週、食事に連れ出したこともな。つまり、おまえが被害者と付き合っていて、本当はこの逮捕にかかわることもできないことは、二人とも承知しているわけだ。おまえと組んで三週間になるが、おまえはいい警官だ。だが、こいつはおれたちに課せられた最初の本格的な仕事なんだ。おれが指揮をとる。バカなことは考えるな。おれたちはやつを逮捕して権利を読んでやったら、やつとはさよならだ」リッツォはことばを切り、ダークブラウンの目でマックィーンの顔を見回した。そして、その淡いブルーの瞳に視線を戻し、じっと覗き込んだ。「いいな?」

マックィーンは頷いた。「ひとつだけ頼みがある、ジョー」

リッツォはそっとマックィーンの肩を放した。

「何だ?」

「手続きはおれがする。おれが逮捕手続きに連行し、おれが書類を作る。ただ、ひとつだけ頼みがある」

「何だ?」リッツォは繰り返した。

「おれはブルックリンの検事補に知り合いがいない。今夜担当の検事補に、あんたから話してほしい。おれは厳罰を望んでいる。二件の最高クラスの訴因、クラスDの重罪を望んでいるんだ。第二級暴行未遂と第一級強制わいせつだ。このクズ野郎を、暴行の脅迫みたいなクラスAの軽罪や、ばかげた罪状のクラスEの重罪で済ませたくないんだ。いいだろ?」

リッツォが笑みを浮かべた。彼の表情が緩むのを見て、マックィーンはこの先輩が緊張を隠していたことにはじめて気づいた。「いいとも、新入り」彼は頷いた。「おれがいっしょに行って、ひと肌脱いでやろう。おやすいご用だ」彼はバーの方に顔を突き出して言った。「さあ、行くぞ」

リッツォが先に立って入り、まっすぐカウンターに向かった。マックィーンはドアの近くにとどまり、飾り気のないバーの壁に背を向けていた。広い部屋の薄明かりに目が慣れると、ばらばらに坐っている数人の客に視線を走らせた。飲み物や現金やタバコが、疵だらけのフォーマイカのカウンターに散らばっている。その前の、二脚の空のバー・ストゥールが目に留まった。少なくとも二人の人間が、店のどこか見えないところにいる。彼はジョー・リッツォに目をやった。

リッツォは両手をカウンターに載せ、無言で立っていた。六十がらみのバーテンダーが、おもむろに近づいていった。

「よう、アンドルー」リッツォの声がマックィーンの耳に届いた。「調子はどうだ?」二人の男は他の者に聞こえないように、短い耳打ちを交わした。マックィーンは、異変を感じた客のあいだに動揺が広がりはじめていることに気づいた。ひとりの男の足下に、小さな封筒が落ちるのが見えた。

リッツォがカウンターを離れ、マックィーンのところへ戻ってきた。

彼はにやにやしていた。「この店はかなりヤバイことをやってるな。あそこにいるアンドルーじいさん、おれを追っ払うためなら、イエス・キリストだって引き渡すにちがいない」彼は人差し指をはじき、左隅の奥にある男性用トイレを指した。

「やつはあそこだ。アンドルーの話じゃ、今夜はあまり元気がないらしい。フレインは麻薬中毒者《ジャンキー》に戻っている。重症だ。一晩中コカインをやってたんだ。もう二十分もあそこに入ったきりだそうだ」

マックィーンは離れたドアに目をやった。「居眠りでもしてるんだろう」

リッツォが口をゆがめた。「あるいは、アンドルーの考えを読み取って窓から逃げ出したか。行ってみよう」

リッツォは左手でコートのボタンを外しながら、トイレに向かった。マックィーンは、不意に、右腰に固定した九ミリ弾グロック・オートマティックの重みを感じた。アパートを出るまえに装塡したかどうか覚えていないことに気づくと、突然、股間に汗が吹き出した。彼はコートのボタンを外し、パートナーにつづいた。

トイレは狭いものだった。左手の壁に小便器があり、茶色くなった尿と黒ずんだタバコの吸い殻であふれそうになっていた。ひびの入った鏡が、青緑色の錆が浮いたシンクの上に掛かっている。くたびれて使い物にならない換気扇が、騒々しい金属音を立てていた。そして、消毒薬の強烈な臭いを消すほどのこの悪臭は――何だ？――嘔吐物か？

そうだ、嘔吐物だ。

目の前の壁に個室がひとつあった。ドアは閉まっている。その下から、足が覗いていた。

マックィーンがグロックに手を伸ばしてリッツォに目をやると、彼はコートの下から古めかしいコルトのレヴォルヴァを抜くところだった。

リッツォがうしろに重心を移すと、その肩がマックィーンの胸をかすめた。彼はがっしりとした足を持ち上げてドアに当て、思い切り体重をかけた。ドアが勢いよく内側へ開くと、すばやく脇へ退きながら、マックィーンを軽く反対側へ押しやった。ドアは大きな音を立ててなかの人物にぶつかり、リッツォは跳ね返るドアを片手で押さえながら、もう一方の手でコルトを構えて踏み込んだ。

ピーター・フレインは、身じろぎもせずに便器に坐っていた。ズボンと下着が、足首の周りでくしゃくしゃになっている。大きく広げた脚は青白く、異常に膨れ上がり、骨張った膝で繋がっていた。がっくりと前に垂れた首はぴくりともしない。マックィーンは、男の脂じみた黒い髪に目を留めた。フレインの汚れた灰色のシャツは、血の混じった褐色の泡状の嘔吐物にまみれている。おまけに、黒ずんでどろどろした血液が鼻孔から流れ出し、顎のくぼみに溜まっていた。彼は両手を固く握りしめていた。

リッツォが屈み込み、慎重に流動物を避けて頸動脈に二本の指を当てた。

そして、すっくと立ち上がり、銃をホルスターに戻した。彼はマックィーンを振り返った。

「死んでいる《モルテ》、クズ野郎が死んじまいやがった！」

マックィーンはリッツォから目をそらし、フレインに視線を戻した。リッツォの胸の内を感じ取ろうとしてみたが、できなかった。「さて」彼は意味もなく言った。

ドアがリッツォの手を離れてフレインの姿を隠した。リッツォは、急に怒った顔をしてマックィーンの方を向いた。

「これがどういうことかわかるか？」

マックィーンの目の前で、ドアがまたゆっくりと開いた。彼はフレインに目を向けたまま答えた。

「つまり、彼が死んだということだ。終わったんだ」

リッツォが憤然として首を振った。「いや、ちがう、そういうことじゃない。有罪判決が下りないということだ。有罪の申し立てができないということだ。つまり、〝死亡により捜査中止〟ってやつだ！　そういうことなんだ」

マックィーンは首を振った。「だから？　だから何だ？」

リッツォは顔をしかめ、タイルの壁にもたれかかった。怒りはいくらか収まっていた。「だから何だ、だと？」いまは怒っているというより悲しげだった。「〝だから何〟なのか教えてやる。有罪判決か有罪申し立てがなければ、この事件を解決したことにならない。この事件を解決しないということは、手柄を立てられないということだ。このいということは、おれたちのしてきたことがすべて無駄だったということだ。こいつを捕まえるために、おれたちがしゃかりきになって働こうと働くまいと、どのみちこのクズは今夜死ぬことになっていたんだ」

二人はしばらく無言で立ちつくしていた。やがて、不意にリッツォの表情が明るくなった。彼は抜け目のなさそうな笑みを浮かべ、マックィーンに向き直った。口を開くと、口調が穏やかになっていた。

「ただし」彼は言った。「ただし、おれたちがうまくやれば話は別だ」

この六年のあいだには、いろんな状況で、仲間の警官のひとりがこういう笑い方をしながら「ただし」と言う場面に居合わせたことがある。彼は、顔の筋肉がこわばるのを感じた。

「何だ、ジョー？　ただし何だというんだ？」

「ただし、おれたちがこの便所に入ったとき、こいつがまだ生きていたとすれば別だ。ひどい呼吸困難で、自分の反吐にまみれて、怯えていた。今度ヤクをやりすぎたらお終いだとわかっていたので、ひどく怯えていたんだ。それで、助けようとしたが、おれたちは医者じゃない、そうだろ？　で、死期が近いことを悟ったこの男が〝すまなかった〟と言ったんだ。おれたちは言った。〝何だ、ピート、何がすまないんだ？〟やつは言った。〝あの女のことだ。地下鉄に乗ってた、このあいだのいい女。あんなことをするんじゃなかった〃おれは訊いた。〃何だ、ピート、何をやったんだ？〃やつが答えた。〃ナイフを使って他の女にやったのと同じことだ〃そう言ったかと思うと、あっという間にくたばっちまった！　そういうことなら、話はちがってくる」

マックィーンは額にしわを寄せた。「言ってることがよくわからないんだが、ジョー。それで何か変わることでもあるのか？」

リッツォが身を乗り出した。「大ありだ」彼は片手をすぼめて手の平を上に向け、マックィーンの鼻先で振りながら囁いた。「わからないのか？　臨終の懺悔だよ。岩みたいに動かぬ証拠だ。法廷でも認められる。バン――一件落着！　しかも、解決したのはおれたち二人だ。どうだ？　鮮やかなもんだろ」

マックィーンは、死んだ麻薬常用者のグロテスクな遺体に視線を戻した。胆汁がこみ上げてくるのを感じ、それを飲み込んだ。

遺体に目を据えたまま、彼はゆっくりと首を振った。

「何言ってるんだ、ジョー！」胆汁が喉を焼いた。「冗談じゃないぞ、ジョー、それは正しいことじゃない。できるわけないじゃないか。とんでもないことだ！」

リッツォの顔が真っ赤になった。急に怒りがぶり返したのだ。

「新入り」リッツォが言った。「言いたくはないが、おまえには貸しがある。こんなことを言わせるなよ。おれは、おまえのためにこの事件を担当したんだぞ、忘れたのか？」

だが、それはマックィーンの記憶とは少しちがっていた。彼は先輩の目を覗き込んだ。

「よしてくれ、ジョー」

リッツォが首を振った。「そんなことを言っても無駄だ」

「まちがってる、ジョー」マックィーンは自分たちがしようとしていることに気づき、耳を真っ赤にしていた。「とにかくまちがってる」

リッツォは顔を寄せ、いっそう穏やかな口調で直接マックィーンの耳に囁きかけた。誰かがトイレに近づいてくる物音がし、リッツォはすがるような声を出した。マックィーンはリッツォの息の温かさを感じた。

「言っただろ、新入り。まえに言ったはずだ。正しいことなどないし、まちがったこともない」彼は振り返り、ぞっとするような死体に目を落とした。「あるのは事実だけだ」

スー・セント・マリー
Sault Ste. Marie

デイヴィッド・ミーンズ　林香織訳

ニューヨーク州ナイアック在住のデイヴィッド・ミーンズ（David Means）は、多くの短篇作品を《ニューヨーカー》、《ハーパーズ・マガジン》、《エスクァイア》などの各誌に発表し、一九九三年の*A Quick Kiss of Redemption*、二〇〇〇年の*Assorted Fire Events*、二〇〇四年の*The Secret Goldfish* の三冊の作品集が刊行されている。本作は《ハーパーズ・マガジン》に掲載された。

アーニーはペンナイフの先でプラスティック製の展示ケースの上をしきりに引っかきながら、ミニチュアの閘門がスペリオル湖とヒューロン湖のあいだで動くのに目をやっていた。マーシャは窓辺に立ち、俺たち二人には目もくれず、外の景色を眺めながらタバコをふかしている……巨大なタンカーが水の力で持ちあげられ、閘門の中にゆっくり浮かびあがってきた……マーシャは閘門がちゃんと働き、船荷が大きな運河を行きかうのかが気になるのだろうか。鉱石がダルース（とんでもなく退屈なところだ）の内陸部から東部の海岸や岬に運ばれるのが問題だとでもいうのか。観光センターが日の光を浴びているのが気にかかるとでも。

みやげ物のカウンターの後ろにはひとりの老女が座ってペイパーバックを読んでいて、アーニーがナイフで引っかく乾いた音をできるかぎり気にしないようにしながら、時おりしょぼついた目を上げ、見事に結った髪に手をやって掌で整えていた。――おまえに話してたボートのことで、これからタルってやつに会いに行ってくる、とアーニーは言い、俺にナイフを渡した。黒く長い髪を横に払い、ズボンに手を入れて滑稽なほど銃身の長い四四レミントンマグナムを引っ張り出すと、それを老女に向けた。――だがまずこのばばあから頂戴することにしよう。――両手を挙げろ、とアーニーは言い、老女のところへ行った。老女はペイパーバック越しにアーニーの方をじっと見つめていた。老け込んだ顔だった。顎の下の皮膚はたるみ、顎の先には毛がうっすらと生えて尖った顎ひげのようにみえる。その顔はバーのホステスのような安っぽい美しさと、何ものにも動じない強靭さをとどめていた。せめてもの救いは鳥の巣のように高く結いあげられた見事な銀髪だ。ボビーピンで留め、目のとても細かいヘアネットをかぶせて崩れないようにしてある。――何でも望みのものを持っていくがいいよ。老女はしゃがれた声で言い、何かを捧げるように両手を上にあげた。――べつに撃ちたきゃ撃てばいい。どうでもいいよ。もう八十になるんだから。寿命だけは生きたし、いろんなことを見てきてすっかりいやになったし、それに指のリューマチ性関節炎がひどくて鉛筆も持てやしないしね。(老女は片手を上げて裏返し、かぎ爪のような形の指が俺たちに見えるようにした)――レジを打つのも苦痛なんだよ。――くそったれ、とアーニーは言った。あんたを撃ったって、人助けのとんだお笑いぐさになるだけかよ。そう言うと銃をズボンに戻し、シャツの裾を直すと、さっき話していたボートの男を捜しに行ってしまった。マーシャはまだ窓辺にいてもう一本タバコをふかし、船をじっと見つめていた。俺は展示ケースの上からアーニーのナイフを取り、あいつがやっていたようにまた引っかきはじめた。事が収まると、みやげ物のカウンターの後ろにいる老女はペイパーバックを顔に近づけて読みはじめた。外では巨大なタンカーがゆっくりと浮かびあがっていた。それは細長い鉱石運搬船のひとつで、フットボール場ほどの長さがあり、何人もの男たちが自転車で船首から船尾まで行き来している。その巨体が水の力で持ちあがり、運河の水位の低いところから出てくるさまは途方もなく美しいだろう。だが俺は見なかった。その頃の俺にとっては、その船もまた目の前の時代遅れの機械でしかなかったから。

数分後アーニーが駐車場でタルという名の男を撃ったとき、閘門の中に浮かんで先へ進むのを待っているタンカーの船べりに銃声が反射して、張りつめた小さな音がした。船体に横に引かれた喫水線は、観光センターから見るとずっと上にあった。その白い線から下の船体の表面はみすぼらしく、錆が幾層も重なってフジツボの痕がついていた。船は自分の姿がすっかり人目にさらされたのを、まるで風でスカートがめくれあがった貴婦人のように恥じているみたいだった。ヘンリー・ジャックマンという船名が舳先に真っ白い文字で書かれている。ひとりの船員が、照りつける日差しに片手をかざしながら俺たちを見おろしていた。

そいつの目に映ったのは悲惨な光景だったろう。銃から上がった青い煙の輪がアーニーの撃った男のまわりに漂い、男は罵り言葉を呟きながら体を二つに折り曲げていた。股のあたりに血だまりができている。俺たちが急いで男のトラックに乗り込んでそこから逃げたときには、男は信じられないほど低いバーをリンボーダンスでくぐり抜けようとしているかのように、舗道で静かに震えていた。請合ってもいいが、男はその朝死ななかったはずだ。一年後、俺たちはベイシティの近くの遊園地でやつとばったり会った。ぴんぴんしていて、ジェットコースターの座席に体を固定され――俺たちと目があって数秒後には――一時間に八十マイルのスピードで三回転していた。ジェットコースターの座席から俺を見たせいでやつがおかしくなり、この先生きているかぎり頭がいかれたままでいればいいのに。

どうでもいいことだが、ミシガンのスー・セント・マリーの裏通りは石のかけらが混ざったコンクリートでできていて、十字型の亀裂が入り、立派な古い家も荒れ果てるに任せてある――家々は壊れた窓から白カビと木の蒸れる臭いを吐き出していた。パトカーのサイレンが午後の熱気の中を追ってくるあいだ、アーニーは片手を真上にあげて運転した。その音は弱々しく、遠く、無意味だった。ここ三週間というもの、町から町を回るあいだに少なくとも十二回、同じ音を耳にしたが、それはいつも遠慮がちに遠くで聞こえ、やがて煙がかすかな風に吹かれてほどけるように消えていった。アーニーは俺たちをやばい状況から救うわざを心得ていた。俺たちはコンビニを襲い、五十ドルとメントールタバコの緑と白のカートンを五個奪って逃げた。それから数日後、酒屋の店員を縛りあげ、カティサークを一箱とミシガン州のスクラッチ宝くじの券を五束いただいた。アーニーの指示に従い、虚勢を張って魚眼レンズのついたビデオモニターの前で被害者を縛った。バラクラヴァ帽をかぶってはいたが。俺たちはVサインをして叫んだ。みんなに自由を！　そればかりかカメラに向かってわめきもした。パティ・ハーストは生きてるぜ！　翌朝《デトロイト・フリープレス》紙の日曜版に驚くほど不鮮明な一枚の写真が載った。銃を高く掲げた俺たち三人は、レンズのせいで歪んで太ってみえた。添えられた記事は俺たちのことをあれこれ意味づけしようとしていた。それによると俺たちはよく統制の取れたグループで、カリフォルニアと強いつながりを持っているらしい。俺たちの活力と情熱は、六〇年代に活動したウェザーマンのような過激な若者たちが全米で復活したことを示すものだそうだ。――タルのボートを浮かべる場所はちゃんと見つかるだろうさ、とアーニーが言った。閉じた唇にだらしなくタバコをくわえ、煙をふかしている。マーシャはグローブボックスの中を探ってフライングナイフを見つけた。のこぎりのような刃のついた恐ろしげなもので、オークの柄に乾いた血がついていた。マーシャはそれを俺に渡し、さらに手を入れてクスリの入った小袋を見つけた。青い小さなのがいくつもと、真っ赤なのが数個。神秘と不吉な予感に満ちた代物だ。マーシャは袋を数回振りまわすと長いヨーデルを響かせ、俺たちの耳を疼かせた。彼女はヨーデルが得意だった。もちろん俺たちはそのクスリを口に放り込み、水なしで飲み込んだ。アーニーは町の中心部を猛スピードで走り抜け、赤信号を二度突っ切った。トラックの後ろにはおまけのようにボートが引っ張られている。マーシャはダッシュボードに両足を載せていて、髪が目のまわりや唇のあたりで美しく絡み合っていた。ボートを牽引して警察から逃げるのは最高に気持ちがよかった。曲がるとき魚の尾ひれのように大きく車を振り、後輪を曲がり角の壊れたところに突っ込ませ、ガタガタ揺れながら地面にあいた穴の上を通り、轟音を立てて肥だめのような街を走るのは気分がいい。この街は今という時代の中に必死で浮かんでいようとしているが、青く果てしない空の下でいっそう惨めに沈んでいくだけだ。ありがたいことにクスリが速く効いたおかげで自制心がなくなり、目の前の世界が逆転して、人間はしょせん生々しい感覚のかたまりに過ぎないとはっきり気づかされた。マーシャは膝上で切ったショートパンツから美しく伸びた脚を見せ――そのショートパンツについてはまた別の話があるが――爪を鮮やかな赤色に塗った剥き出しのつま先を、窓から吹き込む風の中でぶらつかせていた。通りの突き当たりには数軒の人気《ひとけ》のない家があり、その前に水路が広がっている。薄い灰色をした壮大な家々は今にも倒れそうで、夏の熱さに焼かれていた。干乾びて、はじけるような音をたてている。今にも爆発して炎を上げそうだ。すべての希望を奪われたようにみえる。ヴィクトリア様式の家の前で、一匹の犬がぴんと張った長いロープにつながれて吠えていた。自由になろうとして、くるくる回ったり身をひねったり、自分を苦しめているロープの届くかぎりの範囲を動き回ったりしている。通りの向かい側に駐車し、トラックから降りて見ていると、犬も俺たちを見返してきた。それは助けを求めて吠えた。何度も何度も。吠えて吠えて吠えて吠えまくった。ついにアーニーがベルトから銃を引っ張り出してすばやく狙いをつけ、両手を伸ばして安定させると一発撃った。不意に犬のそばで土煙が上がる。次の弾は犬の頭を超えてポーチの横木を粉々にした。犬は吠えるのをやめ、まわりの空気は張りつめてかすかにきらめいた。それはさらに明るくなり、縁のところが光っていたが、やがて夏の小さな街に独特のどんよりしたもやに戻った。あたりは人気《ひとけ》がなく犬が一匹いるだけで、それはようやく吠える気をなくし、座って俺たちを見つめている。どこも何ともないが、石のように動かなかった。水路にはコンテナ船が厳かに浮かび、この運河を通るのにひどくうろたえているかのように、鮮やかな緑色の防水布に包まれていた。――ここでボートを浮かべよう、とアーニーが言い、ボートを降ろして縛ってあるひもを解き、自分が何をしているかちゃんとわかっているところを見せようとした。ボートにたまっていた水が波状の鉄板から五フィートほど下に流れ落ち、セメントの控え壁を伝っていく。陸軍工兵隊がそこにばかばかしいほど大きな防波堤を造っていた。俺たちはヒッチを上げてボール状の金具から外すと、トレーラーを小刻みに動かしてボートの舳先が縁にかかるようにした。それから特に示し合わせもせず――クスリのせいで昂ぶった互いのエネルギーを発散させて――トレーラーを持ちあげると、ボートを縁から落とした。それは水音を立てて着水し、どうにかバランスを取って新しい環境と折り合いをつけた。ボートが安定すると、アーニーはボートにつけたロープを操ってそれを縄梯子の横に持ってきた。この話をラブストーリーなんかじゃないと言うなら、スー・セント・マリーのことを何もわかっていないことになる。空が暗くなりかけたのと、血管を流れるクスリの力で気持ちが昂ぶったせいで水は力を増し、金属の船体は水音を立てて波間を進んでいった。近づくにつれ、コンテナ船（緑色の防水布で覆われたやつ）がのしかかるように姿を現わした。こんな細かいことをあれこれ話していると、要点がずれてしまう。あの頃、俺はマーシャを深く愛していた。この世でマーシャほど大切なものはなかった。あいつのためなら人殺しもしただろうし、卵を飲み込むヘビみたいに地球を丸飲みにすることだってできただろう。皮を剝がれて裏返しにされてもよかった。ボートから足を踏み出し、水の上をすり足で軽々と歩くこともできたはずだ。キリストも同じことをしたが、俺のほうがもっとうまくやれたと思う。キリストは自分の主張が正しいと証明するために水の上を歩いた。俺は何の意味もなくそうするだろう。冗談半分で。俺の愛の証として。舳先にはアーニーが船べりにかかとを乗せ、膝に片方の肘をついて立っていて、ヴァイキングの船につけられた船首像のようにみえた。俺はマーシャと一緒に船尾に座り、彼女がゴムのグリップを持って、信じられないほど手入れの行き届いた指でモーターを動かすのを見ていた。その指が小刻みに震えていたので、マーシャがボートを乱暴に横に回そうとしているとわかった。おそらく悪意があったわけじゃなく、ただアーニーをからかおうとしただけだったろう。アーニーはまっすぐ前を見て小さな叫び声を上げ、銃を軽く叩きながら言っていた――おまえを捕まえに行くぞ。くそったれのコンテナ船を乗っ取ってやるぜ。俺はマーシャの手に自分の手を重ね、しばらくそのままにした。彼女の脚は膝上で切ったぴっちりしたジーンズの切りっぱなしの縁から伸び、水しぶきで光っていた。（マーシャはマニスティーのホテルでそのジーンズを切り、俺たちが見ているところで剝き出しの腿にそれを乗せ、ぞろぞろした糸を引き抜いて具合よくした）小さな水の玉が腿の上の柔らかい毛につき、股にはさまれてくいこんだカットオフジーンズの縁を飾っていた。はっきりとは言えないが、多分マーシャも俺の脚を見ていたはずだ。自分の脚と反対の方に伸ばされ、ジーンズの穴から白い半月のような膝がのぞいているのに目をやっていただろう。手を重ね合ったとき、二人のエネルギーは一つになって、アーニーをボートから投げ出したいという強い思いが生まれた。

二晩が過ぎたとき、俺たちはアッパー・ペニンシュラのはきだめみたいな場所にある古いモーテルに二人きりでいた。ホートンの街の近くで、マーシャの友だちのシャーリーンがクスリのやりすぎで数年前に死んだところだ。まったく同じホテルの、同じ部屋。マーシャは、そこへ行って死んだ友だちの通夜をしなくてはならないと俺を説得した。(――同じホテルへ行かなくちゃ、とマーシャは言った。――同じ部屋へね)そのホテルは常連客のほとんどが船員、それも商船員で、嫌な臭いのする湿ったカーペットが敷かれ、不潔なタオルが置いてある汚いところだった。ベッドで俺たちはタルのクスリをいくつか飲んだ。マーシャは裸で横向きに寝そべりながら、厳かな声で俺にシャーリーンの話をした。互いに相手を大切に思っていたある夏のことや、マーシャの父親が怒って暴れると二人で空港の近くに身を隠し、フェンス沿いにうろついて、時おり飛んでくる飛行機がまるで魔法を使って飛ぼうとしているかのようにプロペラを激しく回転させ、翼を軽く叩くような動きをするのを眺めていたことを。二人はマリファナを吸って静かな声で喋り、ヤクでハイになった少女にしかできないような秘密のばらし合いをした――相手が話し終わると、互いにそれよりすごい秘密を次から次へと喋ったわ、淡々とね。デトロイトに住んでる男と寝たの、ヤクの売人で奥さんがいる人。その男の車で海へ行って二日間やりまくった、って。マーシャの話を聞いていると、涼しい夏の夜に二人がタンポポに似た雑草やニワトコの茂るところに座り、亀裂が入ったまま放置された静かな滑走路を見つめながら、シカゴからの飛行機を待っている姿が目に浮かんだ。俺もそこで過ごしたことがある。マーシャも俺も、不思議な巡り合わせでその町に結びついていた。俺たちの父親は、二人とも車体を製造するフィッシャー・ボディ社の塗装ブースで死ぬまで働き、エナメルが均一に吹きつけられるようにしたり、マスクの隙間から溶剤を吸い込むのに手を焼いたりしながら高級車を作りつづけた。

俺はマーシャと裸でベッドにいてクスリのせいでぼうっとしていたが、意識が朦朧となるほどではなかった。マーシャの腰に手を当てて滑らかな窪みまで這わせていると、今度は彼女が俺の体に手を回し、尻を撫でまわしたりそっとつかんだりし、自分の体に重なるように俺の体を引きあげると、耳元で小さな声を上げた。それは意味のある言葉じゃなく、ただ抱いて欲しいとねだるかすかな吐息にすぎなかった。俺はそっとマーシャの体の向きを変え、彼女の尻をあらわにして自分の身をもたせかけ、肩甲骨に唇を押し当てながら彼女の中に入ろうとした。そのとき、ホテルの部屋に漂う灰色のシンダーブロックの匂いに気づいた。湿ったカーペットのゴムの芯も、壁を汚している白カビも、バスタブの中の水が滴る部分と便器の上の縁についた大きな赤褐色の染みも見えた。そのホテルは――外壁のピンクの化粧しっくいが剝がれていて、カーブした薄い青色のすべり台の先に空のプールがあるが――古い林道沿いに建っていて、とっくに下火になった観光ブームの名残りがまだそこかしこにあった。向かいの森は下草が茂り、木々のすき間には星々のあいだにある暗黒物質が満ちているように思われた。チェックインしたのは日没をちょうどすぎた頃だったが、森のせいですでに太陽の光は差していなかった。森は何マイルも続いていた。長いあいだ眺めているだけで道に迷い、堂々巡りしているような気分になる。俺たちがアメリカの北の外れにいたとわかってもらえるだろう。そのあたりはもう北極に近く、オーロラの光が空に広がっていた。あのとき俺たち二人は、一緒にオルガスムに達する中で互いの殻を脱ぎ捨てたと思う。二つの限りなく孤独な魂が――二人ともついさっき別の人間を殺したと怯えていた――もっと大きくてすばらしい宇宙の感覚を求めて、肉体的に結び合ったと思いたい。人生の中でほんの一瞬でも、手を伸ばして神様の髪の毛を撫でることができたのかもしれないと。だがそんなこと、誰にわかる？　本当のところは誰にもわからないだろう？　真実はあの瞬間に閉じ込められたままで、その一瞬はすでに過ぎ去った。間違いなく言えるのは、俺たち二人が情を交わしたまさにそのとき、死んだ仲間のアーニーに深い愛情を感じていたことだけだ。（情を交わすというのはアーニーが使っていた言葉で、あそこの女と情を交わしたいもんだな、とか、情を交わす相手を見つけなきゃ、とか言っていた）俺たちはベッドに横たわり、ホテルの窓から入ってくる微風――冷たく、黄色い松の花粉を含んでいた――に湿った腹部を撫でられていた。ミシガン北部の空気はカナダの爽やかな空気とはまったく違う。いつも鉄鉱石の燃えかすが混じってよどみ、海岸近くの石のあいだにたまった死んだハエの臭いがする。マーシャは天井を見つめていたが、死んだ友人のことを話さずにはいられなくなったらしい。タバコに火をつけ、深く吸い込むと煙を歯のあいだから吐き出した。（二本の前歯のあいだにすき間があいたままになっているのが、たまらなく魅力的だった）マーシャがそのとき話したことをできるだけ詳しく思い出してみよう。

シャーリーンは根っからの流れ者で、オンタリオ州のサーニアで生まれた。ポート・ヒューロンの対岸にある町だ。母方の祖母に育てられたが、俺たちの町で何度か夏を過ごしたことがあり、そのときは自動車工場で働いている乱暴な父親のところにいた。それから何らかの理由でノヴァスコシアの父方の祖父に預けられた。この祖父というのがすぐかっとなる大酒のみで、シャーリーンをひどく虐待した。シャーリーンの尻には四つ葉のクローバーの形をした小さな傷がある。彼女は祖父のもとを逃げ出してサーニアの祖母のところへ戻ったが、しばらくしてそこからも逃げ、インターナショナル・ブリッジを渡ってデトロイトへ行った。そこでスタンという名の男と付き合いはじめた。養護施設の用務員で、エアコンを直したり、詰まったトイレを掃除するのが仕事だった。暇なときはヤクの精製をやっていた。シャーリーンとスタンは、ディアボーンの近くのなかなかいい場所にある家でヤクを作った。ある日そこで爆発が起き、スタンは希硫酸を顔中に浴びた。シャーリーンはスタンを捨て、キングというサギノーのそばの家で手広くヤクの精製をやっている男とくっついた。その男の仕事を手伝いはしたが、殊勝なことにブツには手を出さなかった。マーシャの話では、キングでさえその慎み深さをある意味、美しいと思ったらしい。ひどい虐待を受けたにもかかわらず、シャーリーンには魂の落ち着きのようなものがあった。その瞳は驚くほど深い青色をしていた。傷はあったものの肌はまだとても白くて美しく、白雪姫の肌さながら、冷たく滑らかな石に似て触りたくなるようだった。シャーリーンはますます美しくなり、ついにキングはその瞳に宿る優しさに耐えられず、何とかしようと思ったのかサンドバッグのようにシャーリーンの顔を殴りはじめた。ある日の午後キングは商売物のヤクをやって興奮し、二人の友人にシャーリーンを抑えつけさせて肉叩きで彼女の顔を殴った。死にそうになるまで——実は本当に死んだのかも知れないが——ただ殴りつけた。マーシャによると、シャーリーンは肉体から抜け出て自分の姿を上から眺め、長いぼさぼさの髪をした男に銀色の肉叩きで顔をぶちのめされているのを見て、こんなふうに死ぬのはごめんだと思って自分の体に戻ったらしい。（それは確かな話よ、とマーシャは言った）シャーリーンの頬骨は砕け、歯は粉々になった。また噛めるようにするだけのために、歯と顎の手術を二十回ほど受けた。それでもちゃんと噛むことはできなかった。入れ歯が上顎から外れておかしな喋り方になり、微笑もうとすると耳の中に入れ歯の鳴る音が響く。声を上げて大笑いすると口が固く閉じてしまい、鈴の鳴るような高い音が聞こえたかと思うと、様々な音が鼓膜を震わせた。風混じりの雨の音、ドームに吹く風の音、支え綱を渡る風の音、乾いた埃っぽい通りに吹く風の音、ティッシュペーパーがカサカサいう音、フライパンの中でベーコンが焦げる音、いつまでも止まらない電話の発信音。シャーリーンは長いあいだ中空に浮かび、自分がキングに襲いかかられ、二人の男に肩をつかまれ、脚をばたつかせるのを眺めていた。肉叩きがきらめき、ついに血まみれの下はどうなっているかわからないほどになるのを。マーシャは一年かそこらあと、ウォルマートの休憩室でシャーリーンに再会した――この世のものとは思えないほどひどい顔をしていた。顔のパーツが間違ったところについてて、考えなきゃ正しい位置がわからなかった。めちゃくちゃだったわ、とマーシャは言った。シャーリーンの鼻は丸まっていた。デトロイトの形成外科医と口腔外科医のチームは、哀れなシャーリーンを元に戻すことはできなかった。ハンプティ・ダンプティのように、一度壊れたら終わりというわけだ。どのみち流れ者の顔なんかに誰も大金をつぎこみはしない。マーシャは目を背けずにいるのに苦労した。そのときシャーリーンがキングとのことやそんな顔になった理由を話してくれ、マーシャはそのあいだずっと、相手の鼻やいびつな頬や魚のような口から目をそらさずにいた。シャーリーンの美しさはどこへ消えたのか、キングに潰される前の天使のような顔とはどんなものだったのか、どうにかして知ろうとした。というのも、そんな顔になるまではきれいだったというシャーリーンの話は疑わしかったから。空港のフェンスの外で一緒に麻薬をやった夜以来、記憶にあるかぎり、シャーリーンは特に器量よしということはなかった。けれどもマーシャは話に耳を傾けながらあれこれ思い巡らせて納得し、そのめちゃくちゃになった顔の造作が元は美しかったのかもしれないと思えてきた。目は確かに明るい青色で大きいし、肌はミルクのように白い。その夜仕事が終わると、二人は一緒に出かけることにした。シャーリーンのことで面倒が起きるといけないのでバーには行かず、ビールを買ってシャーリーンのアパートへ行き、そこで飲もうと決めた。シャーリーンは小粒のクスリを持っていて、それをあの世《ゴー》いき《ナー》とか、あっという間にあの世いき《グッド・ゴッド・ゴーナー》とか呼んでいた。二人はシャーリーンのアパートへ行ってそのクスリとビールを飲み、〈ブルー・ベルベット〉を見ることにした。マーシャによると、何であれそのあと起きたのは驚くような、信じられないほど淫らな出来事だった。二人ともビデオを見るうちにハイになり、不意に互いをたまらなく愛しく思う気持ちが湧きあがったという。マーシャにとって、ソファの上のシャーリーンはキスせずにはいられないほど魅力的にみえた。（マーシャは確かにそう言った）シャーリーンの口は歯が剝き出しになって滑稽で、ただ柔らかそうなだけだったが、どういうわけか二人とも服を脱ぎ――どっちも、そういうことをするのが初めてってわけじゃなかったけどね、とマーシャは言った――マーシャはシャーリーンの膝のあいだに身を横たえてオルガスムに導いてやり、一晩ともに過ごした。数日後シャーリーンは仕事を辞め、橋を渡ってカナダ側へ戻っていった。そのあとマーシャが聞いたところでは、シャーリーンは何人かの男とアッパー・ペニンシュラのこのホテルに泊まっていたが、その後クスリのやりすぎで死んだという。

その話は――早朝、夜も明けようとする頃にマーシャがそれを語った様子もだが――二人とも陶酔から次第に覚め、半分眠った状態で体が疼き出した頃、異様なほど俺を興奮させた。人が痛めつけられる話で勃起するのもおかしなことだが、それでも実際そうなり、俺たちは二度目のセックスをして二人とも激しく燃えあがった。しばらくそのまま横になっていると、ようやくマーシャが白状し始めた。――あれはまったくの作り話。シャーリーンなんていうカナダ出身の流れ者なんか知らないし、そんな顔の潰れた女とは寝ないわ。絶対に。ちょっと話を聞かせてあげたい気分だったのよ。あんたのための作り話をね。そうすれば面白いだろうし、世の中っていうのがどんなものかわかるかもしれないと思ったから――天使のように完璧な少女、非のうちどころのない美しさを持った少女がそんなふうにめちゃくちゃにされる。俺はよくそんな場面を頭に浮かべることがある。マーシャは身を起こしてタバコを吸い、両脚を伸ばした。夜が明けかかっていた。俺は木々のあいだから日が差し、丸太を積んだトラックがうなりを上げて通り過ぎるところを思い浮かべた。不意にマーシャの頭を殴りたくなった。彼女を押さえつけ、その顔を肉叩きで殴るのを想像した。けれどもマーシャの作り話に刺激され、荒々しく風変わりなセックスができたわけだから、許してやる気になった。マーシャにキスして瞳を覗きこむと、それは悲しげにじっと俺に向けられていた(だが俺の関心を引いたのはそのことじゃない)。それじゃ何かって? うまく言葉にすることはできないが、ただマーシャの目には何かを失ったような悲しみと不似合いな落ち着きがあり、瞳から何かが奪われたようだった。――作り話じゃないよな、と俺は言った。――あんたにはそんな話作れないでしょう？マーシャは抑揚のない冷たい声で答えた。――それじゃみんな本当のことなんだな。――そんなこと言ってない。あんたにはできないって言っただけ。

あたしたち、アーニーにしたことのせいで捕まるわね、とマーシャはあとで朝食を食べながら言った。俺たちのまわりでは、長いひさしのついた帽子をかぶったトラックの運転手たちが、食べ物の皿に覆いかぶさるようにしながらステンレス製の重い食器の音を立て、申し合わせたように黙って卵を貪り食っている。ウェイトレスはまるでレストラン用の高品質の食器の耐久性をテストしているように、汚れた皿を深い流しに入れると、それぞれを持ちあげてはまた落としていた。――捕まるな、と俺もうなずいた。そのことで言い争いはしたくなかった。実際のところ俺たちの運はまもなく尽きはじめるだろう。そうしたら俺はマーシャを失い、シャーリーンのような女を捜すはめになると思った。アーニーのことだが、この世界はあいつみたいな人間をたっぷり貪ったはずだ。そいつらは毎日、蒸気になってこの国の広大な水平線に消えて行く。――きっと死んじゃったわね。泳ぎ方は知ってたけど、それほど泳ぎに自信があるようには思えなかったもの。――ああ、と俺はうなずいた。アーニーは水面に頭を出し、汚い言葉で罵りながらおかしな横泳ぎで俺たちの方へこようとしていた。手をばたつかせても上半身しか水に浮かばない。残りの部分は沈んで見えなくなっていて、ブーツを履いているのかどうかは想像するしかなかった。ボートから投げ出されたあと、アーニーはずいぶん長いこと水に沈んでいた。頭を出したとき、その顔はしわくちゃで、約束を破られて拗ねた赤ん坊のようだった。俺たちに向かって水を吐き、唇をぬぐうとしっかりした声で言った。――二人ともぶっ殺してやる。それから俺の両親と二人が生まれた日を呪い、マーシャの前と後ろの穴と彼女の両親を呪い、神と空模様と氷のように冷たい運河の水とおよそ四百ヤード離れたところにいるコンテナ船を呪った（――おい、くそったれども、俺を助けにきやがれ）。アーニーは口一杯に水が入って喉が詰まるまで、そうやって叫びつづけていた。俺たちはボートを回して向きを変え、エンジンを全開にし、弧を描いてアーニーの方へ波跡を残すと岸へ向かった。防波堤に戻って振り向いたとき、アーニーはまだそこにいてほとんど姿が見えないほど水しぶきを上げていた。コンテナ船は間抜けのように向こうで巨大な姿をさらし、アーニーの状況には気づいていなかった。一羽のカモメが頭上で螺旋を描いていたが、あれは不吉な前兆だったとあとで二人で話すことになるのだろう。（カモメは神様が創った死体の探し屋なのよ、とマーシャが俺に言った。あの白い羽なんかにごまかされちゃだめ。カモメは死人を見つけるのがとても上手なんだから）そのあと俺たちはタルのトラックにまた乗り込み、町を通り抜け、北へ向かう道をたどってホートンを目指した。アーニーのことは、どうなるにせよあいつ自身の運命に委ねた。セント・ローレンス運河に異様な漂流物がまた一つ増えるだけだ。マーシャと俺は長いこと一言も口をきかなかった。ただ車を走らせた。ラジオからはニール・ヤングの古い歌が聞こえていた。俺たちはボリュームを上げた。それからさらに音量を上げるとそれはうるさいほどになり、しまいにはただガタガタいう騒音にしか聞こえなくなった。

見えなかったこと
Public Trouble

ケント・ネルスン　吉田薫訳

ケント・ネルスン（Kent Nelson）は四冊の長篇小説と四冊の短篇集を刊行し、また娘と共同で*Birds in the Hand: Fiction and Poetry About Birds*という短篇と詩のアンソロジーを編纂している。バード・ウォッチャーとして知られ、またマラソンを完走するランナーでもある。本作は《アンティアク・レヴュー》誌に掲載された。

もっと気をつけておくべきだった。みんながもっと気づいておくべきだった。近くの住人は何かおかしいと感じていたかもしれないが、イヴォ・ダリウスと妻のフリーダは牛の世話に追われ、冬場の空いた時間には物置を建てていた。歯科衛生士のサラ・ウォーレンが言ってくれていたらと思うが、責めることはできない。エミリー・ジェファーソンの沈黙は無理からぬことで、関係がわかったときは後の祭りだった。わたしたちはみんな福祉局を指差したが、役所は誰かが届け出るまで関わることはできない。目に見える問題——栄養失調、不登校、不審なあざなどが認められた場合は別だが、それはなかった。だが、知っていたら、何とかできたのだろうか。みんながサインを見のがさないようにしていたら、誰かが声に出していたら、未然に防ぐことはできたのだろうか。

オルシャンスキの一家を知らない者はいなかった。父親のデルはパートタイマーとして〈ウォルマート〉で荷受けの仕事をし、町の大通りの〈シルヴァー・ナゲット〉や、ハイウェイ沿いのボウリング場、〈タコベル〉、〈ブランディング・アイアン〉によく来ていた。デルはハンサムな男だった。黒い瞳に、いかつい鼻、近頃の映画スターのような無精ひげを生やしていた。体裁にかまえば、男ぶりも上がっていただろう。酒場で暴れそうな感じはあったが、実際は物静かで、気取ったところがなく、酒は飲むが、わりと人好きのする男だった。身なりはむさ苦しく、ジーンズは膝が抜け、シャツは破れていた。覇気のない男だった。だが、それは犯罪ではない。保安官も町の住人もデルよりひどい男をたくさん見ていた。デルとビリー・ジーンよりひどい夫婦をたくさん見ていた。

オルシャンスキの一家は郊外の造成地よりさらに奥の、

松林のある丘陵地に住んでいた。水の少ない土地で、井戸を掘って、川で磨かれた石で囲った芝生に水をやっていた。一犬用の柵があったが、事件が起きた冬にわたしたちが行ったときには、犬はいなかった。家はトレーラーハウスだった。正面にポーチを設けて緑色のビニール製の雪よけ屋根を付け、安っぽい合成樹脂の壁面を隠すようにコンクリートブロックが積まれていた。裏手にはサングレ・デ・クリスト山脈を望む部屋がふたつ継ぎたしてあった。ビリー・ジーンはベッド数が百床ほどの病院で看護助手をしていたが、庭いじりをする時間はあったらしく、枕木で囲って土を盛った花壇があった。何を育てていたかはわからない。焦げた苗が雪に埋もれていた。

デルとビリー・ジーンを責める者は少ない。こんなことの始まりが解明できるかどうかわからないが、あの学校が発端だったとみんなは思っている。学校がことの発端ではなかったとしても、あそこが事態を悪くした。そうにちがいなかった。一家がこの町にやって来た頃、子供たちは公立学校に通っていた。町を出て、トレーラーハウスに引っ越した後も、二年間はスクールバスで通ってきていた。一番年かさのダニエルは、ビリー・ジーンと前夫との娘だった。利口な娘で、英語教師のメアリー・パドゥアによると記憶力に秀でていた。コールリッジの『老水夫行』を暗唱し、試験の答案に原文をそのまま引用できた。本人が望めば大学にも行けたが、このあたりの高校生はほとんど進学を希望しない。ダニエルも卒業後は上流のナスロップに移って、ラフティング・ツアーの予定を管理する仕事に就いた。

ダニエルの六つ下のマリアが、デルの最初の子供だった。マリアはスポーツが得意だった。同じ年頃の子供をもつ親は、中学、高校を通して、マリアがバスケットボールをする姿を見てきた。マリアはすばらしい選手だった。誰よりも高く跳び、その手から放たれるジャンプショットは宙を漂い、ゴールに沈んだ。器量もよかった。背が高く、しなやかな体をもち、野心家だった。朝、わたしたちが子供を学校に送っていくと、彼女がトレーラーハウスから自転車で六マイルの道のりを通ってくる姿や、運動場でシュート練習をしている姿をよく見かけた。

　末っ子のカルロスはマリアの二年下だった。ヒスパニックではないのに、カルロスと名付けられた経緯はわからないが、ダニエルやカートと同じで別に意味はなかったのだろう。カルロスは――なんと言えばいいのだろう。とにかく目を惹《ひ》いた。ブロンドの長い髪、高いほお骨、完璧な鼻。彫りの深い目に影をたたえ、そのうっすらと青みを帯びた瞳になにがしかの光があたると、空を思い出させた。わたしたちは初めてカルロスに目を留めたとき、こう言ったものだ。「あそこに世界一きれいな男の子がいる」

　学期中はカルロスの話を聞かない日はなかった。子供たちは家に帰ってくるなり、カルロスはこうだった、ああだったと報告し、カルロスがどんなにスポーツができて、どんなに魅力的かを口にした。カルロスが廊下を歩くと、学年や男女を問わず、おそらく全員が手をとめて、話をやめて、通りすぎるカルロスを眺めた。

　カルロスは体は大きくはなかったが、フットボールでハーフバックをつとめ、陸上競技もこなし、勉強の成績はオールAだった。女子生徒はカルロスに恋をし、男子生徒もカルロスには一目置いていた。畏怖の念さえ抱いていた。その美しさゆえに、カルロスはほかの子供とは異なる存在だった。

「カルロスはひとりの女の子を選ぼうとしない」子供たちはみんなそう言っていた。親はそう聞いていた。「どの子も好きみたいだ」子供たちは言った。「カルロスはめったにしゃべらない。どんな女の子が好きかわからない」

「何て言ってくれたらいいんだい」親は訊いた。

　子供たちはカルロスが言うべき言葉を思いつかなかった。沈黙は力。周囲を不安にさせるほどカルロスは寡黙だった。何も言わずに日々を送った。教室で質問に答えることさえしなかった。

　オルシャンスキは北から移ってきた。ワイオミングだか、モンタナだか、誰も確かなことは知らなかった。デルは曖昧にしか答えなかった。わたしたちが一家を知ったのは、彼らが川から六ブロック離れた町なかのリバー・ストリートに住んでいた頃だ。そこに、夫婦二人ならともかく、子供づれで住むにはかなり窮屈な家を借りていた。当時、デルは家の修繕や、芝刈りや、車の整備を仕事にしていた。町の人間はみんなデルに仕事をまわした。フレッド・ラーセンは段差のある敷地に車庫をつくるとき、デルを手伝いに雇った。ジェリー・マトゥチェクは車が故障したとき、デルに修理を頼んだ。デルは無口だが愛想は悪くなく、話しかければしゃべった。一家はリバー・ストリートの家で数年間暮らし、まったく問題はなかった。家主のネッダ・サエンズによると、毎月家賃の支払いに遅れたが、結局は工面できていたらしい。「なぜかいつも後回しになったけど、払ってはくれた」

人に倣うのではなく、自分の流儀を通すタイプだった。あまり信頼できないように見えた。たとえば、ビリー・ジーンは話すときに相手を見ないし、勤務先の病院にはしょっちゅう遅刻した。金の紛失騒ぎがあったとき、みんなはビリー・ジーンがやったと思い、彼女も否定しなかった。ところが、あとで事務の手違いだとわかった。なぜ無実だと言わなかったのだろう。デルは服を買う金はなくても、ビールを買う金はあった。車を買い換える金も貯めず、燃費が悪くても八一年型のダッジ・トラックを走らせていた。怠け者ではなかったが、ある日突然、一家で夜逃げしたとしても、誰も驚かなかっただろう。いずれいなくなるだろうと思っていた。

トレーラーハウスを買って落ちつくと聞いて、わたしたちは少しデルを見直した。だが、それは愚かな選択でもあった。あそこは氷河が運んできた堆積物でできた土地で、井戸を深く掘り下げる必要がある。その費用を月賦で払っていくことになった。郊外の暮らしはかえって高くつく。電話やごみ収集の料金が上がり、電気の修理工や配管工は距離で割増金を請求する。ビリー・ジーンの車通勤の距離も延びる。おまけに周囲に家はない——それは目に見えない費用を意味する。助けが必要なときに、隣人はいないのだから。

向こうに移って数年のあいだに、町の住人は一家をさほど気にかけなくなった。イヴォ・ダリウスと妻のフリーダや、ルーサー・ウォーレンと妻のサラは、砂利道をさらに西に進んだ、ちょうど山から川が姿を現わすあたりに住んでいて、一家の姿を見る機会は比較的多かった。サラは歯科医院につとめているので、毎朝車でそばを通る。バス停でオルシャンスキの子供が三人だけで立っているのをよく見かけていた。暖かい時期は午後の遅い時間に帰ってくると、トレーラーハウスの壁面を修理しているデルや、庭いじりをしているビリー・ジーンの姿を見ることもあった。イヴォ・ダリウスは牧場経営者だが、もう年でもあり、ただの思い過ごしも含めてしょっちゅう病気だと言って床についている。イヴォは何度か銃声を耳にしていた。谷で射撃練習をしているのだろうと思っていた。それは異常なことではなかった。イヴォ自身もライフル銃を二挺持っていて、牧場に入ってきたスカンクやコヨーテを撃っていた。

オルシャンスキの者とじかに接する唯一の機会がサラに訪れたのは、ある春の朝、バス停に走っていくカルロスを見たときだ。カルロスが十二、三歳の頃で、一家がトレーラーハウスに住みはじめてすでに一年以上が経っていた。丘のふもとでバスに乗り遅れたカルロスを、サラは学校まで送っていった。サラはありきたりのことを訊いた——学校はどう？ ここの住み心地はどう？ 今年の夏はどうするの？ しかし、カルロスは喉をわずかに鳴らしただけで答えなかった。フロントガラスの向こうをまっすぐ見つめ、まるで麻薬でも射たれているようでもあり、自分のなかに入りこんでしまって人の声が聞こえないようでもあった。口がきけないのかとも思ったと後にサラは言っている。その朝のことをサラはよく覚えていた。道のすぐ脇の松林に鷲が急降下してきて子鹿を襲った。カルロスは決して目を向けなかった。

クリスチャン・スクールが開校されたのは三年前だった。この町に聖公会、ルター派、カトリックの他にも宗派があることは知っていた（ここにはユダヤ人はあまりいない）。そうした宗派の信者はたいてい家に集い、数が増えると、どこか安い土地を買ってコンクリートブロックの教会を建てる。彼らは町の異端者だった。政治にも、ビール祭りにも、高校のフットボールの試合にも参加しない。町に打ちとけようとはせず、人には改宗を勧める。教会は口伝えに広まり、いったいどういう人々が信者になっていくのか、わたしたちにはわからなかった。

ウォーレン・ニクソンはそうした宗派のひとつを起こした男だった。〈大いなる預言教会〉と称した。ニクソンは離婚歴のある四十代の男で、鼻が大きく、髪は短く刈りあげていた。ファースト・ストリートに事務所をかまえて火災保険や生命保険を売っていた。長年、ニクソンは〈セーフウェイ〉の向かいの長老派教会の信者だったが、ある日曜日の午後、ゴルフをしている最中に突然、教会を起こす幻を見た。幻を見たいきさつや、その意味を聞いても、誰も取りあわなかったし、興奮もしなかった。そんな奇跡を誰が信じるだろう。しかし、二年もすると、ニクソンは十分な数の同志を集めて、町はずれのハイウェイ沿いに教会を建てた。そのために家を売って、〈ギャンブル衣料品店〉の上に部屋を借りた。

そんな経緯はいっさいわたしたちには関係のないことだったし、ましてやオルシャンスキがニクソンの教会と関わりを持つとは思わなかった。罵るとき以外にデルが神やイエス・キリストの名を口にすることはなかった。ビリー・ジーンは教会に通いたかったのかもしれない。後に彼女の姉から聞いた話では、ビリー・ジーンと前夫はサウスダコタのスーフォールズで、メソジスト系の教会に通っていた。だったにせよ、ビリー・ジーンはここの教会には来なかったし、〈大いなる預言教会〉のメンバーでもなかった。

ところが、デルとビリー・ジーンはカルロスをその教会の学校に行かせた。その頃、ダニエルはすでに卒業し、マリアはバスケットボールでさらに飛躍するためにコロラド・スプリングスで下宿生活を送っていた。カルロスは中学三年だった。公立学校を退学すると聞いて、わたしたちはそのことを知った。カルロスは子供たちの憧れのスターだった。子供たちに夢を与える存在だった。子供たちが一生語り続けるような少年だった。「こんな男の子がいた。カルロス・オルシャンスキと言って、世界一きれいな男の子だった」

そして、カルロスは去っていった。

それはひとつの兆しだった。カルロスが転校するとき、わたしたちは何か変だと思ったが、よくはわからなかった。確かめるのが恐かったのかもしれない。福祉局の職員や、保安官や、地域のボランティアといった、そうしたことをよく見ていたはずの人々も、特に気づいたことはなかった。カルロスは教会の学校に通う。それはオルシャンスキ家の選択だった。両親にはその権利があった。

後になって思い当たることはあった——ダニエルが歯医者の予約をすっぽかしたとか、ビリー・ジーンがときどき職場に出てこなかったとか（ただし、毎回病気で休むと電話があった）、マリアがバスケットボールのシーズン中に二週間も帰ってきていたとか。だが、そんな小さな出来事から何をくみとればよかったのだろう。ひとつひとつに、あるいはひっくるめると、どんな意味があったのだろう。混乱に陥った家族、精神の崩壊、それとも惨事の前ぶれ？だが、わたしたちにも暮らしがあった。日々の買い物があり、払わなければならないローンがあり、育てなければならない子供があった。

雪のなかの炎が、キッチンの窓を見あげたフリーダ・ダリウスの目に留まった。フリーダは床についていたイヴォのためにスープをこしらえていた。二月の木曜日の夕暮れどきだった。外は吹雪いていて、フリーダは松林が燃えていると思った。起きられないイヴォの代わりにジープで見に行った。オルシャンスキのトレーラーが燃えていた。

すでに消防車が水を積んで来ていた。トレーラーはおおかた溶けていた。身元がわからない焼死体がキッチンに二体、隣の部屋に一体あった。消防署長はプロパンガスのコンロで鶏肉の脂が発火したと言った。しかし、検死の結果、キッチンの死体はビリー・ジーンとダニエル、寝室の死体はマリアと確認されただけでなく、三人とも先に撃ち殺されていたことがわかった。

デルとカルロスは見つからなかった。トラックがなかったので、最初はデルが三人を殺して、カルロスを連れて逃げたと考えられた。保安官はデルとダッジ・トラックをすぐに手配した。しかし、連絡が行きわたる前に、郵便配達人のクラウディア・リースがダッジとデルの死体を発見した。車は郡道二六八号線沿いのジェファーソンの家の前に止まっていた。デルは助手席でドアに寄りかかり、額に一発の銃弾を受けていた。

保安官はハンドルから指紋を採取しようとしたが、冬でもあり、デルを撃った犯人は手袋をはめていたようだった。運転席側の窓が開いていて雪が吹きこんでいた。あったかもしれない足跡は雪で消し去られ、雪の下の土は岩のように凍っていた。デルが助手席にいたことを考えると、別の場所で撃たれて運ばれてきた可能性もあった。その場合、犯人は少なくとも二人いたことになる。もう一台逃走用の車があったはずだ。

車の発見現場から四分の一マイル以内にある家はジェファーソンの家だけだった。最近、五エーカーの土地の分譲が許可された台地《メサ》の上に建つ伝統的なつくりの家だった。その夜、エミリー・ジェファーソンは家にいた。夫のラリーはコンピューターのプログラミング講座を受けにプエブロに行っていた。エミリーは何も見聞きしていなかった。

風が強く、雪も降っていた。ストーブには薪がくべられていた。

行きずりの犯行。それが次に有力な説となった。頭のいかれた二人組がハイウェイを降りて、最初に行きついたのがオルシャンスキの家だった。それでもう一台の車の説明がつく。二人組は金を要求した。トレーラーには物色したあとが残されていた。奥の部屋のたんすの引き出しが荒らされ、財布の口が開いていた。だが、なぜ犯人は一家をみな殺しにしたのか。なぜデルは二マイル先の車の中で見つかったのか。なぜ犯人はカルロスを誘拐したのか。カルロスも殺されているのだろうか。トレーラーから半径二分の一マイルを捜索したが、カルロスの遺体はなかった。雪のなかにあったのは鹿の糞とうさぎの足跡だけだった。

手がかりはなかった。状況がまるで見えてこなかった。その週末はオルシャンスキの話で持ちきりだった。いったい彼らは何者だったのか、なぜこの町にやってきたのか、なぜ殺されたのか。わたしたちが知るかぎり、普通だった。どこにでもいる家族であり、特別なことはなかった。

デルの親戚は見つからなかったが、ビリー・ジーンは同僚のアグネス・デイにサウスダコタのラピッドシティーに姉がいると話していたので、保安官が連絡をとった。母親がまだ存命で老人ホームにいることがわかった。姉の反応から姉妹のあいだにしこりがあったこともわかった。ビリー・ジーンはデルと駆け落ちしていた。祝福された結婚ではなかった。

土曜の夜に、ウィルファード・バークリーの口から、デルの車が以前にも何度か同じ場所に止まっていたことが明らかになった。ウィルファードは石工で、三十年前のヒッピー全盛期に道のはずれに建てられたA型屋根の家に住んでいる。数頭の羊と山羊を飼い、敷地に迷いこんできた鹿を密猟していた（それで二度罰金を課せられている）。月々の障害者手当を酒代に費やすような、信頼に足る目撃者ではなかったが、デルの車を知っていたし、嘘をつく理由もなかった。

数回問いつめられた後、エミリー・ジェファーソンはデルに会っていたことを認めたが、関係は否定した。ウィルファードもそれには反論できなかったが、誰も信じなかった。いずれにせよ、夫のラリーにはデルを殺害する動機があり、かっとなって皆殺しにいたった可能性が出てきた。その夜、保安官はプエブロに向かい、ラリーを連行した。ラリーがデル・オルシャンスキを知らないことはすぐにわかった。バスケットのスター選手だったマリアの噂から、名字は知っていた。エミリーがデルに会っていたことは知らなかったが、驚きもしなかった。エミリーはラリーには氷のように冷たかった。ラリーは妻のことを冴えない退屈な女だと言った。

これでまた事態は混沌とし、行きずりの犯行説に戻った。そして日曜日、新たに死体が発見された――ウォーレン・ニクソン。ニクソンは教会に現われなかった。電話は半時間たっても話し中だった。副牧師のジェフ・ベイツが見に行くと、ニクソンは部屋でうつ伏せに倒れ、自分のゴルフクラブで撲殺されていた。

学校で子供が子供を銃で撃ったり、重油が海に流れ出したり、人が飛行機でビルに突っこんだりするこの時代に、驚くことなども何もないと思っていたが、わたしたちの町にとってこの事件は驚きだった。ウォーレン・ニクソンの周囲には少年の写真が散らばっていた。コンピューターには小児ポルノの写真や映画がファイルされていた。すべて少年だった。カルロス・オルシャンスキのようなきれいな少年だった。

カルロスは被害者と容疑者の両方になった。

ウォーレン・ニクソンが長年この地域に暮らしていながら、その性的嗜好を隠し通せていたことにわたしたちは驚いた。ニクソンはデンバーやシカゴやロサンゼルスにその欲望を満たしに行っていたらしい。それでも、この町では欲望にさいなまれていたはずだ。目の前に、差し出されたのも同然に、かつて見たことのないようなきれいな少年がいたのだから。ニクソンは慎重にことを進めたのだろう。ゆっくりと機嫌をとっていったのだろう。だが何かをしくじった。

わたしたちはある筋書きを想定した。もうひとり男がいた。町の人間ではないかもしれない。同様にゆがんだ嗜好を持つ男だ。男はウォーレン・ニクソンの仲間で、教会の信徒で、わたしたちが知らない異端者だ。この身元不明の男がカルロスに心を奪われた。そして、怒りと嫉妬で(カルロスがどう思っていたかはわからない)ニクソンを撲殺した。男はカルロスを連れてトレーラーハウスに荷物を取りに行ったが、ビリー・ジーンが邪魔だてしたので口論になり、たまたま持っていた拳銃でみんなを撃った。そのとき、デルがトラックに乗って帰ってきた。

カルロスは関わっているのだろうか。カルロスでなければ誰がもう一台の車を運転したのだろう。それとも、そんな車はなかったのかもしれない。カルロスがひとりでやったことかもしれない。ウォーレン・ニクソンを殺し、次に家族を殺し、父親の車を運転してエミリー・ジェファーソンの家に行き、歩いてハイウェイに出る。距離は一マイルもない。そこからヒッチハイクをしたのかもしれない。

カルロスは薬か何かの方法でむりやり引きこまれたのだとわたしたちは思っている。ひょっとしたら、他に男が二人、別のカップルがいたのかもしれない。カルロスは他人の倒錯の餌食になった無実の犠牲者だ。自分より体格も力も勝る男に、権力者に、神に仕える男に脅されていた。きれいなカルロスはまだ見つかっていない。

事件の後、エミリー・ジェファーソンは夫と別居し、不倫を認めた。エミリーが友人に打ちあけた話によると、デルはさまざまな体位で交わることを要求した――椅子で、壁で、後ろから。デルはカルロスを虐待していたのだろうか。あるいはビリー・ジーンを。あるいは娘を。マリアは練習中にチームメイトを殴ってコロラド・スプリングスの学校を退学になっていた。トレーラーハウスのダニエルの部屋からはマリファナが発見され、職場の同僚によるとダニエルは常用者だった。誰かこの家族のことを知っていたのだろうか。

死んだ者のことを聞きだすのは難しい。カルロスなら真実を語ってくれるかもしれない。そのカルロスはどこにいる？

気になった話がある。話をしてくれたのはアーン・ブラード、ドナ・スノウ、リンダ・セイルズで、三人とも町の中心で働いている。八年前、カルロスが五、六歳のときに、ダニエルとマリアはカルロスに女の子の格好をさせた。ふたりは弟に化粧までしていた。アイライン、頬紅、口紅――ドナ・スノウはよく覚えていた。「まるで女の子だったわ。髪をカールさせて、青いリボンを結んで。ピンクのワンピースがそりゃあ似合ってかわいかった。お姉ちゃんたちは弟を見せびらかすように、大通りを練り歩いていた」アーン・ブラードも自分の理髪店の窓越しに三人を見ていた。「カルロスは喜んでいた。姉さんと手をつないで、はしゃいでいた。ちっとも嫌がっていなかった。もちろん何もわかっちゃいないさ。ほんの子供だったんだから」

今、人々が語るカルロスの印象はまた別のものだ。学校の担任や、フットボールのチームメイトや、廊下でカルロスを眺めていた少女は言う。利口な子だったが、無口で内気だった。礼儀正しかった。誰とでも仲は良かったが、ガールフレンドはいなかった。黙っていても人が寄っていった。

カルロスは死んでしまったのだろう。だから、事件以来、カルロスを見た者はいない。町は殺人事件を過去に追いやった。誰も多くを語らなくなった。トレーラーハウスの残骸は片づけられ、土地は開発業者に売られたが、ルーサー・ウォーレンやイヴォ・ダリウスとフリーダは、一エーカーずつ分譲することに抗議している。マリアの同級生は高校を卒業した。二年経てば、カルロスの同級生も卒業し、オルシャンスキ家の話とともに方々に散って行くだろう。〈大いなる預言教会〉は解散し、看板は下ろされた。あとに入る教会もなく、コンクリートブロックの建物は空き家になり、尖塔は少し傾いた。最近、家具会社があの場所に興味を示している。

この町では景気は順調で、子供も生まれ、老人は患って死んでいく。それは何も変わっていない。世の中ではスペースシャトルが空中分解し、イラクの戦争が終わり、自爆テロが続いている。起きることは変えられないが、起きたことは遠のいていく。これほど情報にあふれた時代ではなおさらかもしれない。幸運なことに、この町、この国、あるいは戦争や飢餓や疫病を抱えた国でさえ、その歴史において、まだ時間を止められたことだけはない。

警官はつらいよ
Officers Weep

ダニエル・オロスコ　奥めぐみ訳

ダニエル・オロスコ（Daniel Orozco）の作品はこれまでに《ハーパーズ・マガジン》、《ゾーエトロープ・オール・ストーリー》などに発表された。現在はアイダホ大学で創作プログラムの教鞭をとっている。本作は《ハーパーズ・マガジン》に掲載された。

七〇〇ブロック、一番通り。駐車違反。車が私道をふさいでいる。違反切符を切る。レッカー車を手配。

五七〇〇ブロック、セントラル・ブールヴァード。公の場での騒動。都市間バスの車内で少年たちが暴れているとのこと。現場に到着する前に逃げられる。

四〇〇ブロック、シカモア・サークル。犬の鳴き声の苦情。犬を静かにさせようとするが、うまくいかず。飼い主の郵便受けにメモを残す。動物管理局に連絡。

一三〇〇ブロック、ハーヴェスト・アヴェニュー。不審な臭い。長期旅行から帰ってきた家主から、異臭がするとの通報。ガス漏れか〝死んでいるものの臭い〟ではないかという。調べたところ、異臭の源は季節はずれに咲き誇る隣家のミモザだと判明。「生きているものの匂いだ」と、警官（バッジ・ナンバー：六四七）が思ったことを口にする。相棒とうなずきあう。家主はぐるりと目をまわし、礼儀として一応うなずく。

三九〇〇ブロック、フェアヴュー・アヴェニュー。〈シェイディ・グレン・リタイアメント・アパートメンツ〉。騒音の苦情。「どういう騒音ですか」と質問。通報者はただ「やかましい音だ」と言うばかり。さらに質問。「銃声？　悲鳴？　爆発？　それとも何です？」通報者はむきになり、握りしめたクルミ材の杖を振りまわす。「だから、やかましい音だと言うとろうが！」警官たちは静かに語りかけながら、警棒に手を伸ばし、やがて通報者を落ち着かせる。現場報告書に記録。

七〇〇ブロック、六番通り。公の場での騒動。〈クリーン・アッザ・ホイッスル・クリーニング〉。蛇革のベストをめぐって、二名の女が殴りあい。床に落ちている預かり証は自分のものだと、それぞれが主張。ふと素晴らしい考えがひらめき、警官（バッジ・ナンバー：六四七）は裁ち鋏をひらひらと振りながら、ベストを半分に切ればいいとの提案。争いの種に近づき、その欲望の的を鍛練された刃のあいだに滑りこませる。かくして、本物の所有者が判明！

三六〇〇ブロック、サニーサイド・ドライヴ。公共物の汚損。フェニックス・パークのハンドボール・コート。スプレー塗料による男と女の親密な姿の落書き。コートの正面側の壁一面に及ぶセックスのパノラマ壁画。細部にいたるまできわめて客観的かつ精密に描かれている。しばし呆然。口をぽかんと開けたまま数分が過ぎ、やがて警官（バッジ・ナンバー：六四七）は一物が硬くなりはじめていることに気づく。ぎょっとなり、必死にほかのことを考えようとしながら、警棒の位置をさっとずらす。もうひとりの警官（バッジ・ナンバー：三二五）は、相棒のもっこりした股間に気づかないふりをして現場報告書を書きながら、自分は女でよかったと思う。汚損状況を公園管理局に連絡。

九〇〇ブロック、メープル・ロード。犬の排泄物に関する違反。家主から、前庭の芝生に犬の糞が放置されているとの訴え。調べたところ、ウンコは出したてほやほやだったので、徒歩で犬を捜索することに。目をすがめ、両手を腰にあてて、並んで歩きだす。手元のベルトにはいろいろなものがぶらさがっている。無線受信機、ペッパー・スプレー、弾薬ポーチ、手錠、鍵、笛、パーキング・メーター用の小銭。動くたびに、サンタ・クロースのそりの鈴みたいな音がする。昔ながらのタフな警官を気取って、肩で風を切り、悠然と腰を揺らして歩いていく。「さっきの蛇革のベストの件だけど」と彼女が言う。彼は返事代わりに低くうなり、周囲に視線を走らせて、厄介な犬の活動の痕跡を探す。「あれ――よかったわ」上ずり、かすれた、ためらいがちな声。彼女のこんな声を聞いたのははじめてだ。彼はうなずき、唇をすぼめ、さらにうなずく。彼女はリボルバーの床尾にそわそわと指を這わせる。彼は警棒の位置をさっとずらす。沈着冷静な顔に赤みが差し、それが相手にも伝染する。ふたりの顔が真っ赤になる。やや威勢が弱まり、肘と肘が軽く触れる。その瞬間、千挺のスタンガンを押しつけられたかのような衝撃が走る。と、前方に新たなほやほやウンコを発見。急にウンコの主を追跡することがアホらしくなる。捜索を打ち切り、動物管理局に連絡。

九二〇〇ブロック、ボニー・ロード。車上荒らし。ピックアップ・トラックから盗まれたのは、作業用ブーツ、ヘルメット、安全ゴーグル、そしてテーアッセルハエファー・サイドワインダー社のエナメル加工されたチェリー・レッドのチェーンソー。被害者によると、そのチェーンソーは八・五馬力で、チタン合金のボディに二サイクル・モーターを内蔵、オートリバース機能付きの四段変速トリガー・クラッチを備え、三十四インチのバーには炎のような橙黄色のステンシル文字で〈親父の愛しのあばずれ〉と記されているという。被害者はおいおい泣いている。警官たちは現場報告書を作成し、被害者に電話緊急相談所を紹介する。

五六〇〇ブロック、フェアヴェイル・アヴェニュー。交通麻痺。違法Uターン。警官（バッジ・ナンバー：三二五）が違反車両に向かう。自分の脚の許容範囲を超えるほどの大股で、思いきりふんぞり返り、まるで砂地を進むかのように一歩ずつ地面を踏みしめて、のっしのっしと歩いていく。パトカーに戻ってくるとき、細くて艶のないくすんだ茶色い髪がひと房落ちてきて、左目の前、ラップアラウンド型のミラー・サングラスの左レンズの前で小さく揺れる。落ちてきた髪を耳にかけ、制帽をかぶり直して、しっかりと元の位置に固定する。小気味よい、断固とした仕種。それはまるで、自分の髪をもっと触っていたいという欲望を抑えこんでいるかのようにも見える。その一部始終を、警官（バッジ・ナンバー：六四七）はパトカーの運転席からじっと観察している。すっかり心を奪われている。ひょっとしたら、慎重で孤独な人生に愛が侵略してくるかもしれない。ごくりと唾を飲みこむ。

七〇〇ブロック、ウィロウ・コート。野良犬の群れがうろついているとの通報。近隣の生ゴミをあさり、ゴミ容器やコンポスト容器をひっくり返しているという。行方不明の猫を心配する飼い主がなれなれしく話しかけてきて、猫は好きかと質問。「ええ、奥さん」警官（バッジ・ナンバー：三二五）が答える。「とくに、フライにするとおいしいですよねえ」相棒と大笑い。ひんしゅくを買う。動物管理局に連絡し、そそくさと現場をあとにする。

二二〇〇ブロック、チェリー・オーチャード・ウェイ。住居侵入窃盗。開いていたガレージから、チェーンソー用の燃料が入った半ガロン缶を三つ盗まれたとのこと。

七八〇〇ブロック、ハイウェイ九九号線の側道。自動車事故および交通障害。セミトレーラーがハイドロプレーン現象を起こして横転し、積んでいた南西部の雑貨が側道の西出口ランプに散乱。交通整理をし、積み荷の残骸を除去しなければならない。割れた牛の頭蓋骨、折れた多肉質のサボテン、ウンコみたいな色をした土器と思われる物体のかけら、精霊ココペリやトランス状態のシャーマンが描かれた銅板の破片。そして、なんと正真正銘、本物のタンブルウィードがアスファルトの上を転がっていく。「タンブルウィードよ！」警官（バッジ・ナンバー：三二五）が叫ぶ。「ヒャッホー！」残骸を回収する。骨の折れる作業だが、彼女は心底楽しそうに顔を輝かせている。いつもは険しい小さな口は左右に引っぱられて微笑を生み、歯は陽光を浴びたサングラスのようにきらめいている。車を迂回させているときに、彼女はふと気づく。熱心に観察されている。注意深くじろじろと見つめられている。こんなふうに切望され、求められていると感じるのは、すごく久しぶりのことだ。全身に鳥肌が立ち、胸が騒ぎだす。いい感じ。公共事業局の職員がオレンジ色のトラックでやってきて、荷台から濃淡さまざまなオレンジ色の用具を下ろし、〈注意〉、〈速度落とせ〉、〈障害物あり〉の看板を立てる。警官たちが現場を保全していると、ようやく、管轄権を有する、ぴかぴかのブーツとへんてこな帽子を身につけた州警察のパトロール隊が到着。

二〇〇ブロック、ウィンドジャマー・コート。〈トール・シップス・エステーツ〉。不法侵入。塀で囲われた住宅地で、片腕の男が雑誌の定期購読の勧誘をしている。四十六歳の容疑者はうろたえ、落胆し、怒り、自分の不運はテレビとファスト・フードと〝くそいまいましいインターネット〟のせいだと毒づく。警官たちはとりあえずファスト・フードを食べる機会をゆっくりと減らしていってはどうかと提案し、警告切符を切って、正門まで送っていき、《銃器マニア》と《法執行ウィークリー》の定期購読を申しこむ。

二二〇〇ブロック、オレンジ・グローヴ・ロード。不法侵入および器物損壊。〈ウィニッキーズ・バールウッド・ワールド〉。店主が昼食から戻ってきたところ、木のこぶ《バールウッド》を利用した木材製のダイニング・テーブルや衣装簞笥や食器棚、バールウッド製のサラダ・ボウルやCDラック、バールウッド製のネクタイ・ピンやナプキン・リングやチーズ用の盆などが破壊されていたとのこと。状況を観察し、数式を解く――バールウッド＋チェーンソー＝木工品の大破壊。

八〇〇ブロック、クリアヴェイル・ストリート。不法侵入の疑い。ヨガ教室から帰宅したとたん〝気配を感じた〟との通報。捜査を開始してまもなく、これはタフな警官を実践してひと暴れできる絶好の機会だと確信。警官（バッジ・ナンバー：三二五）は肩をそびやかし、身体を大きく見せる。警官（バッジ・ナンバー：六四七）は大きく息を吸いこみ、腹斜筋を引っぱる。家中を捜索するが、なにも発見できず。「だいじょうぶ。もう気配は消えたわ」と通報者がのたまう。ヨガなんか、くそくらえだ。

三〇〇ブロック、ガリオン・コート。〈トール・シップス・エステーツ〉。不法侵入および公の場での騒動。片腕の雑誌セールスマンがドアを蹴り、住民を脅かしている。乱闘に発展。警官たちは容疑者に馬乗りになり、応援を要請。警官の公案――片腕の男にどうやって手錠をかける?

二六〇〇ブロック、ブルーム・ロード。公の場での騒動。〈ユージーンズ・タマーレ・テンプル〉で、二名の男が怒鳴りあい。客は、フリホーレス・レフリートスに虫が入っていたと主張。店員は、それはパセリだと主張。調べたところ、その豆料理に入っていたのは蜘蛛の死骸だと判明。「これは虫じゃないわ。蜘蛛は蛛形類《しゅけいるい》だもの」と警官(バッジ・ナンバー:三二五)がきっぱりと言う。「しかも高タンパク質だ」と警官(バッジ・ナンバー:六四七)が付け加える。客はクスリともしない。口論が激化。乱闘に発展。警官たちは三十二歳の男性客を逮捕し、恩義に篤く思慮分別のあるユージーンから、チャチャ・チキン・チミチャンガをふたつとムーチョ・マッチョ・ナチョ・プレートをひとつ受けとる。

六七〇〇ブロック、コースト・ハイウェイ。ビーチに向かう。見晴らしのよい場所にパトカーを駐め、チャチャ・チキン・チミチャンガにかぶりつき、もぐもぐと口を動かしながら物思いにふけり、景色を眺める。空には、コンクリート板のような灰色の雲が重く垂れこめている。海は荒れており、濁った緑色で、腐ったスープのように泡が立っている。警官(バッジ・ナンバー:六四七)は、相棒と一緒にいてもずっと沈黙していられるところが気に入っている。ちょっとした会話はある。きたる警察官組合の投票のこととか、電気銃《テーザー》の使用に賛成か反対かとか、警察犬課の乱闘騒ぎ《ドッグファイト》のこととか。だが、たいていはエンジン冷却装置の音や、遠くの浜に打ち寄せる波の音や、暖炉で薪がはぜるような無線の音だけ。ふたりそろって、ため息をつく。警官(バッジ・ナンバー:六四七)はチャチャ・チキン・チミチャンガで目の前の景色を指し示す。「こういうことわざがある――」

空が青く晴れ渡れば、警官はゲイ
暗い雲に覆われれば、警官はグレイ

相棒はもぐもぐと口を動かしながらうなずき、眉をひそめる。「古いことわざだ」警官（バッジ・ナンバー：六四七）は言い添える。「念のために言っておくが、ハッピーっていう意味のゲイだぞ。同性愛者のゲイじゃない」彼女が笑う。彼も笑う。車内がいい雰囲気になる。重しが取り除かれる。心のなかで扉がぽんと開き、大きく開け放たれる。彼の右手がハンドルから滑り落ち、震えながら彼女の膝に着地する。彼女ははっと息を飲み、ややあってから、ふたたび息をしはじめる――きっぱりと決心したように。ふたりは口のなかのものを飲み下し、ダッシュボードに食べかけのチミチャンガをゆっくりと置く。向かいあう。後部座席の容疑者がわめきだす。そのチミチャンガはもういらないのか、おれだって腹が減ってるんだ、パトカーのなかの誰かさんは料理を食べそこねたんだぞ、誰のことかわかるか？ 警官たちは休憩時間の終了を告げ、ムーチョ・マッチョ・ナチョ・プレートを三等分し、手続きのために容疑者を署に連行する。

四〇〇ブロック、グレンヘイヴン・ロード。建設現場への不法侵入および器物損壊。四パレット分の長さ八フィートの2×4《ツー・バイ・フォー》材が切断され、役に立たない長さ二フィートもしくは四フィートの1×4《ワン・バイ・フォー》材の山と化している。警官たちは現場を歩き、空気を嗅ぐ。おがくず、排気ガス、チェーンソーのオイル。いろいろなものが混ざりあった猛烈な刺激臭。思いきり吸いこんだら、頭がクラクラ。

二六〇〇ブロック、ハイウェイ九九号線の側道。人身事故。地盤沈下により、四十四番通りの入口ランプの路肩が崩壊。三台の車両が転落。警官たちは救急救命センターと運輸省に連絡し、負傷者を助け、現場を保全。州警察のパトロール隊が到着し、エンジンを切り、映画のプレミア試写会にやってきた若手スターよろしくパトカーからさっと現われる。糊のきいた制服に身を包み、不思議と汗をかいていない。警官たちに向かって、ご苦労さんと言って、にかっと微笑み、間抜けな帽子を軽く傾ける。警官たちはパトカーに戻って、シートのなかで身を乗りだし、州警察のパトロール隊が気取って歩くさまを見つめる。「フリーウェイの王子。ターンパイクの君主」警官（バッジ・ナンバー：六四七）がぶつぶつ言う。州警察とのより対等な関係を求めたらどうか、と相棒が提案する。警官（バッジ・ナンバー：六四七）がさらに言う。「インターチェンジのイマーム。アスファルトのアヤトラ」ふたりはククと笑いだす。なんでも笑いの種にしてしまう。そういうところが気に入っている。公共事業局がやってきて、多種多様なオレンジ色の用具と看板を設置。〈速度落とせ〉、〈注意〉――はて、〈地盤沈下〉にしようか、〈路肩崩壊〉にしようか。

二二〇〇ブロック、フェリシティ・コート。私有地での騒動。ゴルフクラブを手にした男がガレージで洗濯機をぶったたいている。ローンチェアに座っている女がスイングのたびに拍手をし、指笛を鳴らし、犬のように吠えている。その騒音のせいで興奮した隣家の犬たちが、ローンチェアに座っている女のように吠えている。壊れた洗濯機の内部から、石鹸水が四方八方に弧を描いて噴出し、私道を伝い、排水溝に流れ落ちていく。警官たちはパトカーのなかにとどまったまま状況を観察。すぐさま暗黙のうちに意見が一致し、エンジンを吹かし、そそくさと現場をあとにする。

一〇〇〇ブロック、クリアビュー・テラス。交通障害。道路に大きな穴が開いていて、底に汚水がたまっているとの通報。穴の大きさは直径二十五フィート、深さ四フィート。警官たちは穴をのぞきこみ、ヒューッと口笛を吹く。公共事業局は汚水だまりに土砂を流しこみ、穴の周囲を徹底的に飾りつける。オレンジ色の矢印と看板。オレンジ色のバリケードと点滅灯、オレンジ色の作業着姿の職員が現場に反射テープを張りめぐらす。まるでカーニバルのイルミネーション。いまや、穴の周囲は安全な祭り会場と化している。この絵画的な情景にそぐわない警官たちは、野次馬を追い払う係にまわされる。「さっさと行きなさい。ここには見るものはなにもない。さあ、行って行って」

二二〇〇ブロック、オーク・ストリート。公の場での酩酊および放尿。〈ジ・オールド・リカー・ショップ〉の外。六十四歳の男を逮捕。署に連行する途中で、警官（バッジ・ナンバー：三二五）が打ち明ける。「ずっと言いたいと思ってたの。『さっさと行きなさい。ここには見るものはなにもない』って」

五五〇〇ブロック、プレザント・アヴェニュー。器物損壊。通り沿いの十八個の郵便受けが、〝メールボックス野球〟の被害に遭い、支柱からきれいに切り落とされている。ただし、使われたのはバットではなく、チェーンソー。「メールボックス伐採ね」警官（バッジ・ナンバー：三二五）が思ったことを口にする。奇抜すぎたのか、まったく受けず。「ファック。くそおもしろくもなんともねえ」と通報者。警官（バッジ・ナンバー：六四七）が、ひょっとして誰かさんはきょうは虫の居所が悪いのかなあと言う。警官（バッジ・ナンバー：三二五）が、口汚くなる薬を飲みすぎたのかもよと言う。口論が激化。乱闘に発展。五十五歳の男性通報者を逮捕。

二二〇〇ブロック、フェリシティ・コート。私有地での騒動。スコップを手にした女が私道でワイド・テレビをぶったたいている。前庭の生い茂った木の下で、上半身裸の男がビール・ケースに腰かけて、ビールをぐびぐび飲みながら、女に向かって下品な言葉を投げかけている。頭上の枝々には、濡れた洗濯物が掛けられていて、雫がぽたぽた垂れている――やれやれ、彼らはまだ狂気の雨のなかだ。隣家の犬たちが長く低くうなっている。警官たちはパトカーをのろのろと進め、ブレーキを踏み、状況を観察し、同意のしるしにうなずき、そそくさと現場をあとにする。

二五〇〇ブロック、フェアモント・ストリート。不法侵入および器物損壊。〈スピヴァックズ・ハウス・オブ・ウィッカー〉。籐製品《ウィッカー》が、チェーンソーでめちゃくちゃに切り刻まれている。警官たちは黙って、粉々にされたウィッカーの灰色の靄のなかに足を踏み入れる。ウィッカーの粉まみれになる。徹底的な破壊ぶりに恐怖をおぼえる。

一九〇〇ブロック、サイプレス・アヴェニュー。不法集会。デモ参加者たちが保健所の入口を封鎖し、解散命令を拒んでいる。群集整理のために、手が空いているすべての警官が召集される。準備地帯で、武力行使の方針と逮捕および収容の手順について指示を受け、いよいよ群集に突撃。興奮し、いきり立ち、ルンバでも踊りだしそうな勢い。長らく忘れられていたらしい接近戦での技の数々――アームロック、チョークホールド、警棒を使ったしなやかな立ち回り――が、またたく間に筋肉の記憶によみがえる。群集整理はスムーズに進んでいく。警官（バッジ・ナンバー：三二二五）が髪を振り乱しながら、強情なデモ参加者をぶんなぐる。髪がひと房滑り落ちてきて、ちょうど括弧の片方のような形で右頬にはりつく。可能性ありのシグナルだろうか、と警官（バッジ・ナンバー：六四七）は考えながら、彼女を目で追いつつ、自分もまた強情なデモ参加者をぶんなぐる。乱闘と逮捕と収容の興奮のなかで、彼女は顔をあげ、彼の姿を探し、見つける。笑みを浮かべ、はにかみながら手を振る。戦場の反対側から、彼が笑みを浮かべ、手を振り返し、舌を出す。突然、彼女のなかに衝撃が走る。彼の姿を見てときめいている自分に驚く。これは愛とか欲望とかではなく、もっとずっと複雑ではないもの、たとえば自動車法と同じくらい簡潔で単純なものだ。彼女は笑い、泣く。涙を浮かべ、めまいをおぼえるほどの喜びを抱きしめながら、デモ参加者の頭をバシッと叩く。デモ参加者たちは手錠をかけられ、手続きを受け、郡の護送車に詰めこまれる。警官たちはみな、ぐったりとし、顔を上気させ、汗をにじませながら、群集整理の余韻に浸る。仲間意識がわき起こる。シャツの裾をたくしこみ、警棒の汚れをぬぐい、煙草を共有する。全員の背中や尻を叩いてまわる。

六七〇〇ブロック、コースト・ハイウェイ。ビーチに向かい、見晴らしのよい場所にパトカーを駐める。疲れ果て、シートに沈みこむ。なにもしゃべらない。ダブル・ラテを飲みながら、景色を眺める。打撲傷のような色をした空の裂け目から黄色がにじむ。陽の光が海に降り注ぎ、水面がきらきらと輝く。彼は彼女を見やり、左の頬骨のあたりが腫れて変色していることに気づく。手が伸び、指がその傷に、彼女に触れる。彼が言う。「痛そうだな」彼女は微笑み、ささやく。「あなたがあの男の相手をしてくれればよかったのに」ふたりはダッシュボードにダブル・ラテを置き、サングラスを外して、目をそらす。偏光されていない世界の強烈な明るさに顔を歪め、ふたたびサングラスをかける。彼の手が彼女の手に伸びる。互いの指と指が巻きつき、絡みあい、うねり、彼女の左手の薬指にぶつかる。そこにはめられている指輪をつかみ、ぐいと引っぱって外し、ダッシュボードに置く。彼は彼女に手を伸ばす。彼女は倒れこむように身を乗りだす。シートが倒れる。時は流れ、ふたりはダブル・ラテを飲んでいる。ダッシュボードの上には、移ろう光を浴びてきらめく結婚指輪。瓶の蓋や古い金属製のボタンや鳥がさっとつかみ去りそうなものと同じくらい無害なもの。ふたりは光のボールが水平線に直撃したかのように燃えているさまを見つめている。その状況を観察し、世界は美しいと確信する。

二二〇〇ブロック、フェリシティ・コート。私有地での騒動。パトカーを停止し、エンジンを切る。ぐずぐずと車内に居座り、ミラーや無線をいじり、サイドブレーキを何度も確認する。大きくため息をつき、パトカーから出て、状況を観察する。ガレージのシャッターは閉まっている。家の窓のカーテンは引かれている。私道を進み、テレビと洗濯機の残骸をよける。ドアをノックし、呼び鈴を鳴らす。応答なし。隣近所から物音は聞こえない。隣家の犬たちの鳴き声も聞こえない。鳥のさえずりも聞こえない。実際、すべてが静寂に包まれている。耳栓をしたときのような、死体安置所にいるときのような、午前三時に廊下を歩いているときのような静寂。目覚まし時計が鳴りだす前の静寂。私道を引き返し、家の西側に歩いていき、塀に囲まれた裏庭へと続く門に向かう。水浸しの芝生を慎重に進む。足の下でぐちゃぐちゃと音がする。歩いた跡に石鹸水が染み出てくる。前方に、家の外壁に立てかけられた切りたての木材が見えてくる。1×4材の支柱に白い板が打ちつけられており、そこに太く黒い文字が書かれている。ひとつは〈人生〉。もうひとつは〈殺人〉。チェーンソーで作られたピケ看板。思わず、うなじの毛が逆立ち、尻がこわばる。親指でホルスターのスナップを外し、門に近づく。掛け金を上げて、ゆっくりと門扉を開ける。空は晴れ渡り、太陽が昇っている。遥か上空を行く飛行機の影が警官たちをかすめ、芝生を横切って消える。裏庭に入る。裏塀は前方に倒れかかっている。蔓が絡まっているトレリスや支柱はおかしな角度に傾いている。煉瓦のバーベキュー炉は、一段低くなっている炉床の石板の上に崩れ落ちている。家の西側に接しているウッドデッキは、床板の一部が陥没して波のようにうねっている。まるで、地球のこの部分だけがなにもかもあきらめて肩をすくめ、六フィート落ちこんでしまったかのようだ。穴のへりを歩き、ウッドデッキに面したガラスの引き戸に向かう。ガラスは割れている。粉々になった安全ガラスが床の上で光を放っている。室内から、ひんやりとした空気が流れてくる。続いて、驚くほど強烈な異臭がどっと押し寄せてきて、目とのどに襲いかかる。家のなかのどこかで、おそろしく大量のミモザの花が咲き誇っているかのようだ。そして、騒音。はじめは、くぐもったやかましい音――ほかに表現のしようがない。次に、地下室から――あるいはもっとずっと深いどこかから――響いてくるチェーンソーの荒々しいグリッサンド、高くなったり低くなったり激しくうなるモーター音。その合間に聞こえてくる不明瞭な倍音、切迫した甲高い声のカデンツ。叫び声か笑い声か。あるいは悲鳴か。ホルスターからリボルバーを抜き、ガラス戸の両端に分かれて立つ。サングラスを外し、室内の暗さに目を慣らすためにしばし時間を置く。互いの目を見交わす。彼の目は暗褐色で、コーヒーか肥えた土のような色をしている。彼女の目は灰色で、鉛のように鈍い色をしているが、虹彩のなかに真珠のかけらのようなきらきらとした輝きがある。ふたりはなにもしゃべらない。なにも言う必要がないところが気に入っている。黙ったまま手を下ろし、腰の弾薬ポーチのなかの予備のクリップを確認し、制服のズボンで手の汗をぬぐう。やがて目が慣れると、リボルバーを持ちあげ、構える。手首に力を入れ、安全装置を外し、黙って三つ数えて息を吸いこむ。そして、割れたガラス戸をくぐり、家に入る。

私が最後に殺した男
The Last Man I Killed

デイヴィッド・レイチェル　鳥見真生訳

デイヴィッド・レイチェル（David Rachel）は工場勤め、森林消防官、病院付き司祭、マッサージ・テラピスト、郵便配達人、教師、教授、プロ作家を経験している。実用書の著作もあるが、近年はフィクションに専念。彼の作品はラジオで放送されたり、アメリカ、カナダ、イギリス、オーストラリアなどの文芸誌に掲載されている。本作は《ユウレカ・リテラリー・マガジン》に掲載された。

私が最後に殺した男——その男の夢はいつも同じだ。ドクター・スコフィールドから、学部を去るとの発表があった日の夜、またその夢を見た。一九六五年のことだ。いつでもその夢には、目を覚まさせられる。クラウゼヴィッツの『戦争論』をベッドサイドに置いているのは、ふたたび眠りに落ちるまでの間に読むためだ。

　ドクター・スコフィールドはドイツ研究学部を去るだけではなかった。オコネル・ステート大学と中西部をも後にして、ジョージアへもどり、そこにある母校の教養学部長になるという。月例教授会の終わりに、当人から正式に発表があった。温かい拍手がそれに続いた。彼は人望があり、その監督下でドイツ研究学部はスムーズに運営されていた。自分が去るというニュースに対し、彼としては落胆の声があがることを期待していたのかもしれないが、快く我々の祝福を受け入れた。

　ジョン・ダンカンとともに、会議室から出た。「ビールでもどうだ？」彼に誘われた。「三十分後に《マルロニーズ》で」

「打って出ないか、トーマス。私が推薦してやろう」腰を落ち着けるなり、ダンカンが言いだした。学部の半分の教員がそうであるように、彼はアメリカ合衆国生まれで、私は残り半分と同じくドイツ出身だ。ダンカンは体重はふやしたが、ここ十年、論文の数はふやしていない。彼は学部の黒幕を自認していた。

「とんでもない」私は答えた。「ジョン、そう言ってくれるのはありがたいが、アンナと張りあうつもりなどないよ。学部長にふさわしいのは彼女だ」

　アンナ・シェインバーグと亡くなった夫君には、オコネル・ステートにきたばかりのころにずいぶん世話になっており、アンナとは親交が深かった。しかし、義理があるから、次期学部長職を彼女と争いたくなかったのではない。投票結果はすでに見えていた。あっさり負けるとわかっていたのだ。

「対抗馬は君しかいないさ。ほかには、退職間近か、若すぎるか、あきらかに無能なやつしかいない」ダンカン自身、もうすぐ退職だ。

「彼女が適任だよ」私は答えた。「学内から募る以上は」

「学長はそのつもりだろう。一人分の報酬が浮くからな。ともあれ、立ってみろよ。上を目指すならいいチャンスだ。トーマス、君は四十だったか？」

「三十七歳だ」私は訂正した。我々はブース席に座っていた。静かなバーで、店内は黒い革張りの椅子と落ち着いた色目の木で統一されている。「目下こちらは、クラウゼヴィッツ研究にかかりっきりだし。アンナにとっては、キャリアを締めくくるにふさわしい地位だと思う。なんといっても、彼女は誰からも好かれている」

「まあな」ダンカンはうなずき、二本目のタバコに火をつけた。「しかし、それだけのしたたかさが彼女にあるかね？　若いライオンどもを手なずけられるだろうか？」

つねに手を焼かされているので、ダンカンは彼らのことを若いライオンどもと呼んでいた。ニック・ジョナスと、名目上は私の学生であるもののジョナスが指導している新マルクス主義者の学生二名のことだ。当然ながら一九六〇年代当時、中西部の大学で新マルクス主義者を自称する者はいなかった。彼らは〝批評理論者〟とか〝ポストモダニスト〟と名乗っていた。

「会議直後に、ウィズネスキーと話したよ」ダンカンが言いだした。「ほら、あいつはちょうど休暇年度《サバティカル》で、ハイデルベルグへ一年間出かけるところだろう？　しかし、君が立候補するのなら、出発を遅らせてでも邪魔立てしたいようだった」数年前だが、ウィズネスキーのお気に入りの女子学生が修士《マスター》論文の数ページにわたり剽窃《ひょうせつ》していることを私が発見した。以来、ダグ・ウィズネスキーは私を目の敵《かたき》にするようになった。

「彼には、これ以上そばをうろうろされたくない。そうだ、私を選考委員に推してもらえないだろうか？　そうすれば、こちらには立つ気がないとウィズネスキーも納得するだろう」

　ダンカンを友人と呼ぶ気持ちはなかったが、私がこの大学にきた当初から、彼はずっと私の擁護者だった。そのころ、ダンカンともアンナ・シェインバーグともちがい、私はしたたかである、ということを周囲に知らしめるのに格好の事件が持ちあがった。ある女性グループが学外へ向けて、教授たちが女子学生と性的関係を結んでいると申し立てたのだ。誰の反応もうかがわず、私はただちに声明を発表した。その不特定の教授陣に私が含まれていないということをはっきりと公表せよ。二十四時間以内にそうしなければ、名誉毀損で訴える手続きに入ると告げたのだ。すぐにほかの教員も私の例にならい、女たちはすごすごと告発を取りさげた。この一件で私は大学じゅうの教員から敬意を払われるようになり、実際に自分の学生に手を出していた教授たちからは感謝されることとなった。

　学長は再発防止の必要性を感じ、まもなく大学側は、当時としては比較的厳しい、教員と学生との性的接触を禁じるという内規を定めることになった。とはいえ、さほどの実効性はなかった。

　私の人生はあの戦争によってがらりと変容されたが、早い時期から学界《アカデミー》へ進む心づもりでいた。父がエルフルト大学の総長だったからだ。父は第一次世界大戦において片脚を失い、鉄十字勲章を得た。よそよそしく厳格な人物で、大学教員に求めるのと同様の高い学業レベルを息子にも要求した。学部一年生のとき、父の地位ゆえにかえって教授たちから辛い評価を受けていたにもかかわらず、私は学年トップになっていたが、すぐに軍役についた。

　私はニック・ジョナスに、彼の敬愛する学者の一人であるハーバーマスの新著を借りにこないかと声をかけた。彼が私の研究室にやってきたのは、アンナ・シェインバーグが選考委員会の前でプレゼンテーションをする前日だった。講師のジョナスは、任期二年の二回目の契約がそろそろ終わりかけており、終身在職権《テニュア》を得ようと躍起になっていた。オコネル・ステートの誰にも、マルクス主義者に落ち着いて座れる椅子を与える気はないということを、まだ受け入れていなかった。しかし、アンナが学部長になれば、さらに事態はむずかしくなるだろうことには気づいていた。

ジョナスには親しい友人と呼べるのは、私以外にいなかったろう。私と同じく、歴史畑の出身だった。ドイツ研究学部は言語学や文学だけでなく、歴史学、比較文化学、政治学まで網羅している。私はマルクス主義者ではなかったものの、専門用語は熟知していた。その難解な理論と複雑な術語を理解するために、フライブルグとフランクフルトでみずから学んでいた。ジョナスは三十代前半だが、すでに頭髪が薄くなりはじめ、喉ぼとけが突きでていた。笑ったところは見たことがない。しかし、たとえば私が「マルクーゼの言葉を借りれば」とか「それについては一度アドルノに質問してみたが」などと、彼の心酔している学者の名を口にすると、目元の表情をやわらげた。

私は彼に期待していた。学部長選の話を持ちだしてくるのを待っていた。「この学部の将来については、憂慮せざるをえない」彼が言いだした。

「コーヒーに付きあわないか、ニック？」私は言った。

「ドアを閉めて入ってきてくれたまえ」私は研究室に、小型冷蔵庫とコーヒーメーカーを用意していた。

「我々の多くは、アンナ・シェインバーグが学部長になった場合の行く末について案じている」彼が続けた。「君のほうがずっと適任なのに」

私がコーヒー豆をひいているあいだ、我々はしばし口をとざした。濃厚な香りが室内に満ちた。「そう言ってくれるのはうれしいが、ニック、私は大学運営には関心がないし、アンナはその役職にうってつけだ。彼女と競おうとする者などいないさ。彼女が任命されないとしたら、なんらかの支障が出てきた場合だろうけれど、そんな可能性もまずなさそうだ」

「だとしたら、この学部の反動主義的な風潮は、さらにこの先五年も続くというのか？」

「アンナは反動主義者じゃない」私は答えた。「正真正銘の自由主義者だ」

「自由主義だって！　デモクラシーは退却中だ、いまこの瞬間にも」ベトナム戦争への抗議運動はまだ始まったばかりだった。

「彼女なら、とりわけ学生の教育面で貢献するだろう」私は指摘した。

「それはたしかだ。院生のセミナーのために、自宅を開放しているぐらいだからな。ワインとピザといっしょに、欺瞞的な自意識まで饗している。選考委員になっている学生たちはみな、彼女の言いなりだろう」その委員の指名を受けていないことに、ジョナスははなはだしく憤慨していた。

「なあ、ニック」私は続けた。「アンナはまったく別の世代の人間なんだ。彼女は、ヒトラーが政権を掌握してからまもなくドイツを離れた。だから、残された者たちがどうやって生きのびてきたかを見ていないのだ。それに、あの経験を分析理解しようと、実直に努力している君のような存在にも気づかない」

「ヒトラーを選んだのは彼女の世代だ」ジョナスが言った。「しかし、どうして彼女らに、自分たちのしている行為が理解できたろうか、ニック。三〇年代初めにヒトラーに投票した者の大半は純真で、理想主義的でさえあった。アンナだって、若いころの自分は無防備だったと発言しているじゃないか。彼女もまた、ほとんどのドイツ人が感じている民族精神《エートス》を共有しているんだ」コーヒーが入り、私はマグカップをニックに手渡した。

彼の目に、ある光がともりはじめていた。「アンナはいくつなんだ?」彼が訊いた。

「五十代後半のはずだが」

「とすれば……」黄色いメモパッドに、彼が数字を書くのを私は見守った。「一九三二年の選挙のときには、すでに二十代だったわけだ」

「あまり実りある議論には思われないな、ニック」私は一言した。「物事には、言わないほうがいいこと、目をつぶって忘れてしまったほうがいいこともある」目をつぶって忘れるという資質を、ジョナスは持っていない。「それより、あのマスターの学生たちはどんな具合だい?」

ジョナスにはその学生二名を任せてあった。私自身は博士《ドクター》課程の学生を三人指導しており、四人目を加えようとしていた。

「残していく学生の面倒を見てもらいたい」退職予定の学部長スコフィールドから相談を受けた。「それに、サバティカルに入ったダグ・ウィズネスキーの学生もいる。どちらがいいかね？」

「ドクター・ウィズネスキーの学生を預かりたいと思っています」私は答えた。「ベリンダ・シーガルはどうでしょう？　前期には、私の講義を受講していました」ダグ・ウィズネスキーは、私が学部長選に出ないと見届けるや安心して、その前日ハイデルベルグへ発っていた。

「しかし、彼女がやっているのはシラーだ」スコフィールドが言った。「君の専門からは、いささかはずれているのじゃないかね？」

「視野を広げるのにいい機会です。彼女は優秀ですし」

すこぶる重要な理由があって、自分の学生としてベリンダ・シーガルを迎えたいと思っていた。翌日、彼女が研究室に私を訪ねてきた。彼女は黒っぽい髪をした、情熱家タイプだった。英語とドイツ語の両方で詩を書く。私は彼女にコーヒーを出し、自分が指導教授になったむねを伝え、この申し合わせに不満はないかと訊ねた。そして、『フリードリッヒ・フォン・シラーの初期詩作における道徳的理想主義』という彼女の学位論文案について、きわめて好意的な評価を述べた。その日の彼女はいつもより、さらに悲愴に見えた。

彼女とはデスク越しに話していたのではなかった。研究室には、座り心地のよい椅子を二脚用意してあった。会話しながら、私は彼女の息づかいに自分の呼吸を合わせ、彼女の仕草や姿勢をまねた。彼女が話しているときには、じっと目を見つめた。彼女の防備が崩れてきて、ついにダグ・ウィズネスキーに対する感情をほのめかしだした。

「君は彼を慕っているのだね？」私は訊いた。

私を見つめるベリンダの目に、涙が盛りあがってきた。

「約束してくれたのに……ハイデルベルグにはわたしも連れていってくれると」

私はデスクからクリネックスの箱を取ってやった。「君たちには親しい付き合いがあったらしいね」彼女がうなずいた。「ベリンダ、こんなことを訊くのは気が引けるし……」私は優しげな口調で続けた。「それに、プライバシーに立ち入るつもりもない。しかし、君とはぜひ、創造的であると同時に信頼しあえる関係を築きたいと思っている。秘密は誰にも漏らさない。彼とは性的に親しい付き合いがあったのかね?」

「ええ」彼女が答えた。

それはつらいだろうと慰めの言葉をかけてから、これからともに学究的で実り多い仕事をしていこうと励ました。彼女が出ていくと私はドアを閉め、デスクの引き出しを開けて、テープレコーダーのスイッチを切った。

選考委員会主催の公開質疑には、大勢の参加者があった。二十年以上現代ドイツ文学を教授してきたアンナ・シェインバーグは、ドイツ研究学部の内外を問わず、人気があったのだ。我々九名の選考委員が会議室の細長いテーブルを囲み、参加者たちは、歴代学部長の肖像画が飾られた羽目板張りの壁を背にして、椅子に座っていた。アンナの数名の学生はもとより、ドイツ研究学部のほとんど全員が顔をそろえ、ほかの学部の教員の姿もちらほら見かけられた。二人の弟子を引きつれたニック・ジョナスは、地方紙の非常勤通信員として働いている院生とともに、後ろのほうに腰をおろしていた。

学部長選に名乗り出ていたのはアンナだけだった。誰もがこの会議はアンナ・シェインバーグをたたえ、新学部長として世に送りだすための、形式的なものだと思っていた。

現学部長に伴われ、彼女が入室してきた。ブルーのスーツを着て、襟元にはさらに濃いブルーのスカーフを巻いている。ショートの髪はいまだ金色で、混じりはじめた白いものとのバランスも好ましかった。まだふっくらしている顔には深いしわもなく、美しく年齢を重ねてきて、物腰には威厳と気さくさとが感じられた。

アンナの口頭発表は入念に練られていた。自身の業績と関心事については手短に触れるにとどめ、ドイツ研究学部の現状を概観し、退職する現学部長の業績も含めて、教員たちの仕事ぶりに賛辞を贈った。私の研究を称賛し、ニック・ジョナスについてまで、ごく最近に研究助成金を獲得したことを褒めたたえた。そして、かくもすぐれた研究者集団を率いられるとしたら、どんなに名誉だろうか。自分としてはぜひ、研究者を支えて激励し、この学部をドイツ研究分野における国内最高峰にしていきたい、と結んだ。彼女が着席するや、長い拍手が沸きおこった。

学長代理として議事進行をつとめる現学部長が口火を切り、さらなる研究費獲得のためにどんな計画を持っているかについて訊ねた。彼女は、西ドイツから新規に研究財源を引きだすつもりであると述べ、さらに得点を稼いだ。委員会のほかのメンバーの質問が続き、二、三のお定まりの質疑がなされた。それから学部長が、参加者から質問を募った。会議室の後ろで、ニック・ジョナスが立ちあがった。

「いささか本題からはずれることになるかもしれませんが」彼はそう切りだした。「ドクター・シェインバーグ、ご自身は、現代ドイツ文学における個人と国家の相互作用に焦点を当て、すこぶる洞察力にあふれた思考を展開されておられます。ところで、個人と国家がもっとも決定的に作用しあった二十世紀の出来事といえば、我々多くの者にとっては、一九三二年七月のドイツ総選挙がそれでしょう。その結果、ヒトラー率いるナチ党は国民議会《ライヒスターグ》で第一党になりました。ドクター・シェインバーグ、あの選挙でどこに投票したかをお聞かせいただけますか?」

学部長の隣りに座っていたイジー・ノイマンがすかさず声をあげた。「そうした質問は――」

しかし、アンナはすでに答えはじめていた。「一九三二年当時、わたしは二十三歳でした。投票した党は、国家社《ナチオナール》会主義ドイツ労働者党《ゾチアリスティッシェ・ドイチェ・アルバイター・パルタイ》です」アドレナリンが噴出するのを、私は感じた。

「その類の審問はひじょうに遺憾だ」イジーが断固たる口調で述べはじめた。「一つには、この国では、投票の秘密という原理が尊ばれているからだ。それにもう一つ、ナチ党がどうなっていくかを予想しえた者は、一九三二年にはほとんどいなかったのだ。当時のドイツは経済的にも社会的にも混乱のきわみにあった。ヒトラーは秩序回復と経済発展、国家的威信の奪回を約束した。後知恵に頼った、非史的分析的な判断に基づいて人を断罪すべきではない」イジーは、ホロコーストで二人の祖父母と、数えきれないほどの血族を亡くしていた。

「ドクター・ノイマンの見解を支持します」私は発言した。「私自身は、ヒトラーの下で軍役についていました。第三《ラ》帝国《イヒ》のために戦ったのです。この質問は、私にも関係していることを認めます。当時ドイツに住んでいた者はみな、民族としての自責の念に苦悩しています。むろん、こうした経験を経ていない者にも、独自に結論を導きだす資格はあるでしょう。しかし、それは一回きりの質疑応答で説明できるほど、単純ではないのです」ジョナスにはやるべきことをやってもらった。もはや、用はなかった。

　学部長は先ほどまでの温容な雰囲気を回復しようと試み、数人がそのような意図の質問を発した。しかし、ムードは沈滞したままだった。公開質疑が終了したとき、アンナに向かって拍手があがったが、人々は言葉すくなに退出していった。

　イジーがアンナのために催したその夜のパーティには、予定者全員が顔をそろえたわけではなかった。「新聞記事を読まないと、どう考えたらいいかもわからない連中ばかりだ」キッチンで私のグラスに飲み物を注ぎながら、イジーが苦々しげに言った。「ジョナスの野郎、ぶち殺してやりたいよ。なぜヒトラーのために、また誰かが犠牲にならなくちゃならないのだ?」彼にグラスを渡されて促され、私はリビングルームへもどり、暖炉のそばでアンナを囲んでいるグループに加わった。

　会話が途切れたとき、私は話しかけた。「会議では、みごとな対応を拝見させてもらったよ、アンナ。くじけないでほしい。大勢が支持しているのだから」一斉に賛同の声があがった。

　アンナはフィルター付き巻きタバコに火をつけた。日頃の威厳と冷静さはいささかも失われておらず、向きになってまくし立てたり、言い訳するような安易な態度は見せなかった。「気にかける者がいても仕方ないわ」彼女が口をひらいた。「だけどいったい誰に、一九三二年当時の状況が再現できて？　現にあの場にいたわたしたちにも無理なことだわ。人の記憶は、後から起きた出来事によって印象付けられるものなのよ」

パーティは彼女を支持するムードに終始した。廉直《れんちょく》性、高潔さ、遡及的正当化が、おおいに語られた。イジーのリビングルームにつどった、知的で自由主義的な同輩をながめながら、権力というものは、理性的な人間集団のなかで、もっとも無慈悲になれる者へこそ委譲されるのだ、と私は考えていた。

この原理については、クラウゼヴィッツの言葉に出合うずっと以前から気づいていた。帰結されうる流血を厭《いと》うことなく、かかる力を仮借なく行使する者こそ、意志力に劣る敵対者に優位する、とクラウゼヴィッツは述べている。私と同様に、カール・フォン・クラウゼヴィッツは十代で入隊し、独露連合軍で長くナポレオン戦争を戦い、プロイセン陸軍では軍事参謀をつとめて少将に昇りつめた。この千三百ページの『戦争論《フォム・クリーク》』は、彼が五十一歳でコレラで死亡したのち世に出された大冊だ。彼の思想はイマヌエル・カントの批判哲学の影響を受けているという視点からの私のクラウゼヴィッツ研究は、ペンタゴンが最終資金拠出者である財団から助成金を受けていた。

今日《こんにち》、クラウゼヴィッツの言でもっとも有名なのは、次の言葉だろう。いわく、「戦争は異なる手段をもってする《デル・クリーク・イスト・アイネ・ブロース・》政治の継続である《フォルツエッツング・デル・ポリティーク・ミット・アンデレン・ミッテルン》」（ポリティークは機略とも訳しうる）。逆もまた真なり。政治とは戦争行為の一形態である、とも言えるのだ。

翌々日の夕刻、学長マッケイから、自宅に寄るように声をかけられた。学長は、大学構内を囲む並木道沿いにある、白い下見板張りの瀟洒なレンガ造りの家に住んでいた。

「スコッチはどうだね、トーマス？」学長が言った。「先週帰国する途中で、ロンドンに立ち寄ったのだ。ソーホーに小さな店があって、シングルモルトばかり五百ほども売っている。これなら君も気に入るだろう。《スタッグズ・ブレス》だよ」そして、気前よく私のグラスを満たしてくれた。アリステア・マッケイは銀髪で上背があり、ハーバード大学のスクールカラーである栗色とネイビーのネクタイを締め、ツイードのジャケットを着ていた。リビングルームの隅にはグランドピアノがあり、壁には、令夫人の手になる、趣味のよい水彩の風景画が飾られていた。

「アリステア、ボンではどんな具合でしたか？」

「上首尾だったよ、トーマス。論文はおおいに賞賛された。君の翻訳が完璧だったからにちがいない。それに、スピーチでもさほど発音間違いはしなかったと思う。君のコーチのおかげだ」

ひとしきり、ユネスコ世界科学委員会フォーラムでのマッケイの役割が、ますます大きくなってきたことについて話しあった。彼の翻訳者であることを、私はたいへん名誉に感じていた。それに彼自身とその仕事ぶりにも関心をいだいていた。一つには、いずれ学長になりたいという目論見があったからだ。

私のグラスをいっぱいまで注ぎ足すと、マッケイが切りだした。「じつは、アンナ・シェインバーグの次期学部長任命の件についてだが、厄介なことになってきた。私も君と同じく、彼女なら人望ある学部長になるだろうと思っていたのだ。たとえ最高の業績から相当年数が経過していようと、堅実な研究者でもあるし」

「おまけに、学生の面倒見もすばらしいですよ」私は言った。

「まったくだな。学内的には騒ぐほどのことでもない。もっとも急進的な少数の学生たちは、色めきたつかもしれないが、彼女なら簡単にあしらえるだろう。問題は学外なのだ」

「彼女がナチ党に投票した、という点ですか？」

「そうだ。それについてはきのうの地方紙で、ごくごく小さく取りあげられただけだった。ところがきょうは終日、中央のマスコミから電話攻勢を受けるはめになった。それで終わればどうにかなったのだが……。大学の自治を守るには、強硬にならざるをえない場合もある。じつは極秘の話があるのだ、トーマス」

「ええ、拝聴します」

マッケイはパイプを詰めて、火をつけた。「きょうの午後、イヴァン・ベリンスキーから電話があった」

「ベリンスキー財団の？」

「ああ。一年近く話しあったすえ、財団と共同で来月早々、公表を予定していたことがある。我々は七百五十万ドルの寄贈とともに、新図書館のために千二百五十万ドルの寄付を受けることになっていた」

「それは大金ですね」私はゆっくりとうなずいた。「新図書館は長年の懸案ですから」

「知ってのとおり、この十年で図書館関係の諸経費は急上昇した。今年からは定期刊行物の二十パーセント、開館時間の十パーセントのカットを余儀なくされたし、現在ある建物の修理をするにしても、百万ドル近くかかる。個人的には今回の寄付を端緒として、ベリンスキー財団とは長い付き合いになりそうな感触を持っているのだ」

「それで、ベリンスキーはなんと言ってきたのですか？」

「理事会のメンバーから、今度の人選について疑義が出されたとほのめかしてきた。ドイツ研究学部の長に、本気でヒトラー支持者を据えるつもりなのか、はっきりさせろと迫られたのだ。私としてはアンナ・シェインバーグの発言をそのまま伝えるしかなかった。しかし、まだ人事は本決まりではないとも断わっておいたが」

「学長、人は変わるものです」私は言った。「仔細な行動までいちいちチェックされたら、誰しも身動きが取れなくなってしまいます」

「君は寛容だな、トーマス。しかしそれでは、マスコミもベリンスキー財団もおさまらないだろう。そこで、君にきてもらったのだ。選考委員会には、委員会が適切だと判断した人物を推挙する権限がある。しかし、委員会がアンナ・シェインバーグを選ぶのなら、私はそれを却下するつもりだ。彼女は最近目立った業績をあげていない、という点を根拠にする。むろん、そこまでやりたくはない。しかし、学外に人材を求めるには遅すぎる。来年まで暫定的な学部長を置いて、学外で人事選考するという手もないではないが、いかにもぶざまだ。とすれば、君に立ってもらうしかない」

「私、ですか？」

「ああ、君だよ、トーマス。君の業績はずばぬけているし、選考委員会でもよくやってくれているうえ、周囲から一目置かれている」

スコッチは明るい琥珀色で、泥炭《ピート》の煙を匂わせながら、温かい後味をじんわりと口中に残した。学長からの申し出を熟考しているように装いつつ、私はグラスを火にかざし、間合いを取るべく薪をくべた。ヒマラヤスギが暖炉で乾いた音を立てた。ふいに二十年前の五月の夕刻がよみがえり、耳朶《じだ》の奥に、大砲と小火器の耳障りな音が聞こえ、脳裏には、赤くけぶる夕日に染められた、私が最後に殺した男の顔が映しだされた。

「躊躇せざるをえません」私は口をひらいた。「いくつか留保事項があります。まず、私はまだ準教授であり、大学の運営管理についてはほとんど経験がありません。なによりり問題なのは、私もアンナと同様の批判にさらされる可能性があるということです。ヒトラーのために従軍していたのですから」

「そこが肝心なのだよ、トーマス。君は自由意志からヒトラーを支持していたのではない。投票したことは一度もなく、徴兵されて国民防衛軍《ヴェールマハト》に入った。軍役経験について、隠し立てしたことはいっさいないし、当時はたいへん若かった。そのうえ従軍していたのはほんの数カ月で、一兵卒のままだった。君は犠牲者だったのだ——ほかの誰でもなく、君こそが。選考委員会には、私から話をつける。ベリンスキー財団へも同様に説明しておこう。昇進については心配無用だ。学部長になってしまえば、そちらはかってについてくる」

「しかし、アリステア」私は言った。「お申し出はたいへん光栄なのですが、はっきりさせておきたいことがまだ二つあります。一つは、アンナ・シェインバーグは友人だという点です。彼女の意志が固いなら、私としては彼女を百パーセント支持するつもりです。いま一つは、もしも私がいまの話を受けるにしても、それは本意からではないということです。大学の利益を最大限に尊重して、不可欠だと考えるからなのです」

「たしかに承知したよ、トーマス。明朝アンナと話そうと思っている。明日の新聞各紙を読んだら、彼女は自発的に応募を取りさげてくるだろう。アンナはすこぶる良心的な人間だ。大学の繁栄をつねに心にかけていてくれる。彼女については、ユネスコの委員会のメンバーに推挙するつもりだ。そうなれば、一年に二度、無料でヨーロッパまで行ける」

返事をもらうまでは帰せないと言われ、お受けする、とついに私は答えた。選考委員会への私の辞表は、明朝いちばんに学長から出してもらうことになった。あすの午後には、学長自身が内密に委員会と面談することになるだろう。私はその夜いっぱいかけて、業績リストを最新のものに書き換えた。

偶然にも翌日は五月四日で、私の記念日に当たっていた。一九四五年のまさにその日、私の人生は永遠に変わったのだ。

その兵士は速歩で駆けていた。上体をかがめ、地面すれすれにライフル銃を握りしめていた。ソ連軍は町はずれの川の対岸まで迫っていた。川には、何百という女の死体が浮かんでいた。ソ連軍から逃れられないことに絶望して、多数の子どもを道連れに川に身を投げたのだ。廃墟と化した町では砲弾が炸裂し、対岸の樹木や建物にはソ連軍の狙撃兵が配置されていた。ヒトラーはすでに世になく、ほとんどの場所で戦闘は終結していたが、そこ東部ボヘミアではまだだった。

私は崩れかけた壁の後ろから姿を現わした。

「止まれ!」私は拳銃を手に男の前に立ちふさがった。男はカモフラージュジャケットを見るなり、私が親衛隊《SS》だとわかったらしい。それはSSにしか支給されていないものだった。男は立ち止まって私を凝視したものの、姿勢を正さなかった。「武器を捨てて、両手をあげろ。逃亡するつもりだな」私はルガーを掲げた。

「ちがう《ナイン》、ちがい《ナイン》ます、親衛隊大尉殿《ヘル・ハウプトシュトゥームフューラー》」男が懸命に声をあげた。顔は土ぼこりで縞模様に汚れ、目は充血し、極度の疲労で全身を震わせている。とても若かった。「曹長《フェルトヴェーベル》殿に言われて、弾薬を探しているんです。我々はこれから——」続く言葉は、三十メートル先に落ちた砲弾の爆音にかき消された。壁は私の右手にあった。

「退避しろ」身振りで男に、壁の後ろを示した。男はライフルを持ち、私は拳銃を握ったままでいた。「部隊はどこだ？」

「八十メートル向こうです」男は答えて、指さした。「全部で七人、倉庫に隠れています」

「武器は？」

「ライフルとスパンダウが一挺、手榴弾が少しだけ。この二日間何も食べてません」

「ここには弾薬も食糧もない」私は男に告げた。「しばらくここで待て。さあ、座れ」

「しかし、もどらないと」

「これは命令だ。瀕死の第三帝国《ライヒ》のために、おまえに何ができる？　もどるのは日が落ちてからでいい」私はルガーをホルスターにおさめた。男が地面に腰をおろし、壁にもたれかかったとき、私はブランデー入りの携帯用酒瓶《フラスク》を取りだした。「まあ、一口やれ」

「助かります」男はぐいっとあおり、深々とため息をつくと、フラスクを返してきた。暖かい夕刻で、男は上着の前を開けた。

「相当へたばってるようだな、若造。名前は？」

　男が告げた。中央軍集団後衛部隊の兵卒だった。私が撃たないとわかるや、男はリラックスした。十八歳だという。軍役について三年以上で二十一歳の私は、中年のようなものだった。男はザクセン州のグロッセンハイン出身だった。父親はスターリングラードで戦死し、母親については無事であればいいのだが、と言った。そして、ソ連軍が母親を見逃してくれるようにと神に祈った。

　私は男にさらにブランデーを与え、部隊の様子、仲間や上官の名前、家族、生まれ故郷、学校、取っていた科目、さらには成績まで話させた。五月の日が翳ってくるにつれ、砲声が間遠になってきた。男が話しているあいだ、私はルガーの手入れをしていた。時折、男からフラスクを取って口をつけたが、舌を湿らせる程度にしておいた。男は二日間寝ていなかった。矢継ぎ早に質問して、眠らせなかった。フラスクがほとんど空になった。それを男に渡し、男が最後の一口を傾けたとき、私は心臓を狙って銃を撃った。説明に窮するほど多量の血がつかないうちに、手早く男の制服をはぎとった。細身のブーツをはき、ヘルメットにはSS徽章をきらめかせ、上着に襟章をつけた男は別人に見えた。あと数時間で、男の部隊はソ連軍に制圧され、いずれ共同墓所行きとなるのだ。誰も男の体を調べはしないだろう。にもかかわらず、私はもう一発撃って、SSの上着にそれらしい穴をあけた。

こうして私はトーマス・ランツベルガーになった。認識票、給与手帳、家族写真があり、それまでの人生について詳しく語ることができた。三歳若返りもした。SSの制服とともに、私はSS保安警察大尉ヘルムート・シュロッサーを置き去りにしたのだ。国家保安本部長官ハイドリヒとともに行動し、アドルフ・ヒトラーと握手したこともある士官だった。プラハでハイドリヒが暗殺されてのち、チェコの知識階級――大学人、聖職者、ジャーナリスト、芸術家、歴史家、音楽家、精神医学者――を排除することが我々の任務となった。私の専門は大学人だった。彼らの多くは死ぬ寸前に、職業選択を誤ったと歯噛みしていただろう。

やや離れた場所に小型バイクを隠してあった。アメリカの戦線が西三百キロと迫っていたが、プラハはソ連軍に取らせる、というアイゼンハワーの命令で足踏み中だった。SSのパトロールをかわすため、国を横断するように、夜間、無灯火で走った。プラハの南は迂回した。そこでは、蜂起した地元民とSSとのあいだで、すさまじい衝突が起きていた。翌日、ピルゼン近郊で、ブラッドリー麾下《きか》の第三軍に投降した。三日後、大戦は終了した。

一八〇五年、クラウゼヴィッツがアウエルシュテットの会戦で捕らえられたように、私はフランスの捕虜収容所に送られた。収容者全員が国防軍の兵士で、SSはいなかった。SSは全員が戦争犯罪人であると連合国軍から宣告され、別のキャンプに送られていた。肌身離さず持ち歩き、私はなんとか少量の金を秘匿しつづけ、それをえさにして替え玉に身体検査を受けさせた。SSの刺青が発覚する恐れがあったのだ。後年、ブラジルで外科手術を受けて、刺青は消した。

　ほかの収容者、とくにザクセン出身の者たちとは、慎重に距離を置いた。中央軍集団の古参兵はほとんどいなかった。戦場に残っていた者たちは、プラハのはずれで、ソ連軍に包囲され捕らえられていた。収容所で、私はほとんどの時間を英語の習得に費やした。解放されるや、シュトゥットガルト大学へ入った。一心不乱に勉学に打ちこみ、故郷と家族から引きはなされたうえ、戦争で精神的打撃を被った厭世家だと見なされるようになった。すでにザクセンは東ドイツに編入されていた。私は、オーストラリアかアメリカ合衆国へ渡ることに狙いをしぼった。マーシャルプランに基づき、ドイツに多数創設されたある財団から奨学金を得て、ウィスコンシン大学でマスターの学位を取得した。さらに三年でドクター課程を修了し、永住権を獲得して、オコネル・ステートではテニュアを得られる地位についた。

　ドイツ研究学部の学部長として私を任命する、と学長が発表した翌日、研究室の電話が鳴った。

「このろくでなし！」ドイツからの電話で、ダグ・ウィズネスキーの怒声が雑音と混じりあって、耳に飛びこんできた。彼の元学生であり元愛人だったベリンダ・シーガルは、私の研究室から出ていったばかりだった。

「そんなふうに受け取られたとは残念だ、ダグ」私は言った。

「アンナ・シェインバーグに対して、よくもそういうことができたもんだな！」

「君は勘違いをしているようだ、ダク。私が何か――」

「ジョナスをそそのかした覚えはない、なんて言わせないぞ。いいか、ランツベルガー。いまだけだ、いい気になっていられるのは。この世で地獄を見せてやる。オコネル・ステートにいられないようにしてやるからな！」

「さあ、どうだろう、ダグ。それは無理だと思うが。ところで、ベリンダ・シーガルが、君によろしくと言っていた」

　一瞬、間があいた。それから、「このブタ野郎！」こうして、電話は切れた。

　クラウゼヴィッツの至言が、アカデミーという場で行政職の階段を上りつづける私をつねに導いてくれた――強者の意志に仕えるのが弱者の運命である。そして戦争は弱者に我が意志を強要させる手段なのだ。みずからに勝機がある場合にのみ攻撃せよ。勝利するうえで、奇襲はもっとも強力な要素である。最良の戦略は、つねにすこぶる強固であらねばならないのだ。思惑どおり、私は学長まで昇りつめた。クラウゼヴィッツは晩年の大半、ベルリンの一般陸《ミリタリ》軍士官学校《リー・アカデミー》で校長をつとめていた。戦争に関する彼の考察は、自身の従軍体験とともに、そのアカデミーでの経験からも発しているものと考えたい。アカデミーでの人生がなんであれ、終局的にはそれもまた、異なる手段をもってする政治の継続にほかならないのだ。

ワン・ミシシッピ……

One Mississippi

ジョゼフ・ラケエ　澄木柚訳

ジョゼフ・ラケエ（Joseph Raiche）は一九七九年ミネソタ州ファリボールト生まれで、セント・クラウド大学卒。現在は同州セント・クラウドの地方紙に勤めている。本作は《ボルチモア・レヴュー》誌に掲載された。

正確に撃てば、銃弾は殺そうとするどんな相手も即死させることができる。撃ち方がまずくてもたやすく殺せるが、ただ少し時間がかかる。場合によっては、はるかに多くの時間がかかる。その威力のすべてを発揮するまで、何日も何週間も費やすことさえある。実際には、生きているものに当てようとせずに発射される弾丸もある。射撃場がいい例だ。だがよく観察してみると、的《まと》は人体のシルエットで、心臓か頭を撃ち抜けばまちがいなく最高得点がもらえるとわかる。

テレビのニュースは見ないようにしている。昨夜と今夜のニュースの違いは単に見かけ上のものだ。〝AがBを銃撃！ 今夜七時〟あるいは、〝Aが××に関連して逮捕された！ 今夜七時〟ラジオや地方紙も同じだが、世の中の動きをまったく無視するわけにもいかない。だから、たいてい新聞の一面を飛ばしたり、ラジオが速報ニュースを告げるとダイアルを回して聞こえなくしたりする。ともかく、わたしが知る必要のあることの大半は大ニュースの外側にあるのだ。そのわたしがニュースの一部になるなんて、考えてもみなかった。〝今夜七時〟ではなかったが、突然止まった地下鉄に乗りあわせていたのだ。

二十四歳のマシュー・ハンスタッドという男が、仕事現場への往復にかかる交通費を充分に支払ってもらっていないという苦情を、職場で申し立てたそうだ。このため、ハンスタッドは自分の車で出勤する代わりに、仕事の道具をみな持って混んだ地下鉄に乗らなくてはならなかった。しばしば地下鉄はマシューと彼の荷物全部を乗せるには混みすぎていて、次の電車を待たされた。おかげでマシューは仕事に遅れ、余分な金を使い、申し立てたように信頼を失った。さて、雇い主はマシューに言った。「いいぞ、車で通勤するという贅沢がしたいなら、自分でガソリン代を払うんだ。でなければ、自分で地下鉄のスペースをもっとあけることだな」

地下鉄の先頭車輌がトンネルから姿を見せ、大きな音を立てて停止し、わたしが一歩後ろに下がったとき、まだ八時にはなっていなかったはずだ。大都市の中心部に向かう電車は、駅に止まるたびに増えてゆく乗客で、市内に入る頃にはすでに混んでいる。わたしと妻のジェニファーは、わたしの休日の木曜日を除く毎日、一緒に職場に通っていた。ほぼ満席の車輌に乗りこんだが、幸運にも隣り合う空席を見つけた。ふだんは話をするためにどちらかがずっと立つことになる。ふつうは、わたしが立つ。その日は単についていた。

ドアが閉まり、モーターが動き、電車はわたしたちを乗せて市の中心部に向かって運んだ。やがて長いトンネルの半ば近くまできたところで、電車が止まった。乗客の大半はわたしたち夫婦のような常連だったから、そんなところで止まるとは思わずによろめいた者も何人かいた。車内の照明はついていたので、乗客はあわてないですんだ。これとは別のとき、地下鉄の車内に缶詰めになったことがある。そのときは明かりが消え、人々はパニックになりかけた。ライターを持っていた数人の客が、再び電車が動きだすまでに何度か点火して、なにも異常が起きていないことを確かめたものだ。今回明かりは消えなかった。仕事に遅れるかもしれないとちょっといらだったものの、文句を言う者はほとんどいなかった。

前のほうの車輌から一発の銃声が響いてきた。わたしはなにか別の音だと思いこもうとしたが、それはまぎれもない発砲の音だった。十秒とたたないうちに二発目の銃声がバンと耳の中で弾け、続いて三発、四発、五発と聞こえてきた。最初の銃声を除けば、二発目以降はとてもリズミカルに響いた。わたしは無言で数えた。〝ワン・ミシシッピ、トゥー・ミシシッピ、スリー〟スリーにくるたびに、銃が発射された。撃たれるたびに銃声は大きくなってきた。乗客はパニック状態に陥った。車輌の端の窓から前方を覗くと、中央の通路を歩いてくる男の姿が見えた。男は一、二歩進んでは、乗客の一人のほうを向いて撃った。だが、あてずっぽうに撃っているわけではない。数秒見ただけで、男が乗客を一人おきに撃っているのがわかった。

犯人はわたしたちの一つ前の車輌に移り、おきまりの手順をくり返した。〝ワン・ミシシッピ、トゥー・ミシシッピ、スリー〟むろん数人の乗客が男を止めようとした。後ろから男に近づき、二挺の銃のうちの一挺を力ずくで奪おうとしたが、失敗した。一人おきに、〝ワン・ミシシッピ、トゥー・ミシシッピ、スリー〟。もうこちらの端近くまで来ている。ドアがすーっと開いて、わたしたちの車輌に踏みこんできた。男はドアが背後で閉まり前で開くわずかな間に、弾丸をこめ直した。逃げようとする者もいたが、後ろの車輌に通じるドアは開かないように外側からとめられ、窓から外に出ようにもトンネルの壁に阻まれていた。後ろの車輌の客は、老人の杖を楔《くさび》代わりに支《か》ってドアが開いてしまわないようにしていた。

わたしが犯人の顔を最初にはっきりと見たのは、男がドアから入ってきた瞬間だった。男は一瞬も立ち止まらなかったが、男の静止画像がわたしの脳裏に焼きついた。なにも目立ったところはない。犯人とわたしを含むほかのだれかを見分ける外見上の特徴がなにひとつないと思うと、恐ろしかった。そう、男性だ。そう、白人だ。それ以外については、自分の外見を説明してもいいくらいだ。

男が一歩踏みこむと悲鳴があがり、射撃が始まった。〝ワン・ミシシッピ、トゥー・ミシシッピ、スリー〟男は両側の列の間を行ったり来たりした。一方の側の客がまず撃たれ、次に反対側の客が撃たれた。〝ワン・ミシシッピ、トゥー・ミシシッピ、スリー〟まず不動産抵当物件の処分を専門とする法律事務所勤務の秘書が撃たれた。この男性とは朝の通勤途中に何度か話をしたことがある。〝ワン・ミシシッピ、トゥー・ミシシッピ、スリー〟次に撃たれたのは市の中心街のデパートで働く黒人女性で、他の客としゃべることは、ほとんどなかった。〝ワン・ミシシッピ・トゥー・ミシシッピ・スリー〟三番目に撃たれた女とは一度も口をきいたことがなかったが、ジェニーの話では……ジェニー。わたしは恐怖に駆られるあまり、妻のことをすっかり忘れていた。席を数えてみると、自分の座っているのが〝安全な〟席とわかった。一瞬だけ、ほっとした。

ジェニーはわたしの腕をつかみ、背中に顔を埋めた。わたしは自分のほうに妻を引き寄せ、妻の体の向こう側にこっそりと移った。妻は射撃の様子を見ていないので、わたしがなぜそんなことをするのか理解できなかっただろう。見つかっていなければいいが、と思った。見られたという徴候は一つもなかった。銃撃は続いた。〝ワン・ミシシッピ、トゥー・ミシシッピ、スリー〟わたしの数人前まできていて、轟音で耳が聞こえなくなりそうだった。〝ワン・ミシシッピ、トゥー・ミシシッピ、スリー〟一人おいて隣の人間の体がぐにゃりと曲がり、床に滑り落ちた。男は反対側を向き、さらに三秒が過ぎた。男はふり向いてわたしを見た。〝ワン・ミシシッピ、トゥー・ミシシッピ、スリー〟わたしはぎゅっと目を閉じた。

なにも起きなかった。痛みも感じなかった。轟音も聞こえなかった。なにもない。目を開けると、男はこちらをじっと睨みつけている。わたしが脅えているうえに、いまや困惑しているのを、男は見てとった。にやりと笑うと、わたしのほうにのしかかるように身を屈めた。唇がわたしの耳に触れそうだ。耳打ちしてくる。「席の交換はなしだ」男は背筋を伸ばして上体を起こすと、銃をジェニーに向けた。バンと一発撃つ。ジェニーは即死はしなかった。死ぬまでにまる四日と半日かかった。二度と意識は戻らなかった。この世からあらゆる色彩を奪ったその一撃。男は反対側の列を向いた。〝ワン・ミシシッピ、トゥー・ミシシッピ、スリー〟

前のほうの車輛に乗っていた数人の乗客が運転士席へと向かい、電車をバックさせ始めた。電車がふいにガタンと動き、凶行をくり返す狂人を含む全員が転んだ。男が床に倒れた瞬間に、男性と女性が一人ずつ飛びかかって男の腕を押さえた。もう一人別の女性が男の両手を踏みつけ、銃を手放させた。踏みつけたときに、女は犯人の指の骨を二本砕いた。男は全部で七十三人を撃っていた。そのうち六十八人が死んだ。大半は電車から生きて降りることができなかった。

男はマシュー・ハンスタッドといった。通勤の交通費の支払いを雇い主から拒否されて、逆上したことを認めた。地下鉄のスペースをもっとあけろという提案を、文字通り実行していたのだという。同じ地下鉄に乗りあわせた乗客の半分を殺せば、自分が荷物全部を持って乗るのに充分な空席ができる。男は精神に異常をきたしていたわけではなく、ただ激怒していただけなので、六十八件の殺人に加えて五件の殺人未遂の訴因により起訴されることになった。

裁判についてはことさら話すようなことはなかった。百人以上の人間が、同郷の市民を几帳面にも一人おきに射殺していった犯人を目撃していた。マシューは心神耗弱による減刑を嘆願するそぶりも見せず、判決のときがくると死刑の宣告を完全に受け入れ、覚悟を決めた。上訴するとも言わなかったので、裁判が引き延ばされないですむことにほっとした。薬物注射による死刑判決が下った。法廷で執行の日が決まり、わたしは初めてマシュー・ハンスタッドを越えて先行きを考えてみることができた。

執行日をカレンダーに書きとめたり、家族に電話で知らせたりはしなかった。なにもかもくだらなく思えた。すべてを忘れたかった。ハンスタッドの死刑は新聞の第一面のかっこうのネタとなり、大見出しのニュースとなった。三回からなる連載記事が載ったが、わたしにとってはすでに終わったことだった。そこへ電話が鳴った。

電話線の向こうの声はわたしの名を呼び、出たのが本人とわかると悔やみを述べた。その女は、ハンスタッドが処刑される州刑務所を代表してかけていると名乗った。死刑執行に立ち会う人間を選ぶ籤《くじ》引きのことを知っているか、と訊いてきた。わたしは電話を切った。

電話は再び鳴り、同じきれいな声が自分は間違いなく刑務所を代表している者だと言った。どうしても話したいのなら、電話番号と内線番号を教えてくれればこちらからかけ直す、とわたしは言ってやった。かけ直すと、交換台の男は当の女に繋いだ。なぜわたしにかまうのか、と女に尋ねてみた。籤引きが実施され、ハンスタッドの処刑を現場で見られる二十五人の一人にわたしが選ばれたのだ、と女は説明した。籤引きなどには参加していないと言って電話を切ろうとすると、だれか他の人間がわたしの名前を使ったにちがいないと相手は言った。籤引きには、地下鉄に乗っていた者と、殺された者の肉親だけが参加できたという話だった。乗客のだれかがわたしを知っていて、名前を入れたのだろうと。わたしは断わった。女は、それは自分には関係なく、ただ選ばれたことを知らせる責任があるから、と弁解した。電話を切る直前に女が言い残したのは、わたしが最初に選ばれたということだった。つまり、最前列の中央の席だと。

どういうわけか、わたしの名前が外部に知れた。すぐに電話が鳴りだした。何本かは、そのうちの一人が言ったように〝あの畜生が罰を食らう〟とき、その場に立ち会えるのが羨ましいといった意味の電話だった。だが大半は、わたしの席を譲ってもらいたいという頼みだった。お礼に金を払うという者や、野球のシーズン・チケットやら、家電用品やら、なんでも欲しい物をやるという者もいた。一人の男が死ぬのを見ることに、だれもが取り憑かれているようだった。あの日の地下鉄の乗客とは何の関係もない人間が電話してきて、三オンスばかりの麻薬ではどうかと持ちかけてきた。わたしは呼び出し音を止め、留守番電話のプラグを抜いた。日刊紙がソファの横にあったので、ひろいあげた。第一面を見もせずにくしゃくしゃに丸める。世間ではたいしたことは起きていない様子だ。ただそんなふうに感じられただけかもしれない。

食料品の買い物は妻がいつもしていた。この頃にはアパートになにもなくなってしまっていたので、買い物に出ないわけにはいかなくなった。住まいから数ブロック行ったところに、夫婦で通ったサンドウィッチ店があった。しばらく行っていなかったが、うまいものが買える一番近い店だった。店に入ると、奥でぐつぐつ煮えているワイルドライスのスープの匂いがした。照明は抑えられ、よく聴きとれない音楽が低く流れている。店主はそうやって客の嗅覚に訴えているのだろう、とわたしはいつも思っていた。電気代を節約してるのよ、とジェニーはいつも言ったものだ。

わたしはカウンターで、三十代前半くらいの背の高い男の後ろに並んだ。近づいたわたしに、男はすぐには気づかなかった。ひとたびわたしがだれかに気づくと、男は喋り続け、どうにもとめようがなかった。あんたはとても幸運だ、としつこくくり返す。わたしが妻を亡くしたことに対する悔やみの言葉は、あとからようやく出てきた。近く処刑される人間の死に夢中になった人々にとって、犠牲になった人間の死はそれほど重要ではないようだ。男は注文をすませたあともお喋りをやめなかった。処刑がどんなふうに行なわれるかを説明した。使用される薬物について。体が感じる痛みについて。次に、注射されてからおよそ三秒たつと、ハンスタッドの身体は死に始めるのだと言った。静かにしてくれないか、とわたしが頼むと、まるで侮辱されたような顔でこちらを見た。ある意味、わたしはそうしてやりたかったのだ。

処刑の一週間前になると、殺された人間の何百という家族たちがハンスタッドの死に立ち会う権利を主張した。どんな法律によってそんな権利が与えられるのか、わたしにはわからない。まるで、自分の家族を奪った男の監房の外に座り、処刑を最初から最後まで見たいと言うみたいだ。

とにかく、人々は権利を要求し、州政府は与えた。家族たちが見られるように、刑務所は食堂にテレビを設置し、処刑場面を生中継することになった。テレビは一台ではない。部屋の周囲に数台が置かれる。どのテレビも、わが家にこれまであったのよりずっと大型だ。

ハンスタッドは土曜日に処刑される。仕事の心配をせずに現場に行きたい大半の人たちの都合を配慮したうえのことだ。二日前の木曜日に刑務所から電話があり、どのように警備をするか、どの席に座ることになるかを見にこないかと訊かれた。見たければ実際に部屋を見ることもできると言う。木曜日に仕事に出かけたことは一度もなかったが、わたしは行けないと断わり、電話で教えてもらえないかと頼んだ。事件以来まったく仕事に出ていなかったから、嘘をついたことで気がとがめた。だが、連中はそんなことは知らない。そこで教えてくれた。どの門から入ったらいいか。どんな証明書が必要か。武器の類はいっさい持って行かないこと。最後の規則はちょっと妙に思えたが、一人の人間が死ぬのを見守るために、一つの建物に何百という人間が集まるせいだと気づいた。まもなく処刑されるはずの人間を殺しても刑務所に入れられるのか、と訊いてみた。相手は〝イエス〟と答えた。最後に係官は処刑室を説明した。説明によれば当の部屋は、狭苦しいアパートの寝室くらいの大きさだ。その部屋に五脚の椅子がわずかの隙間をあけて、五列にぎっしりと並べられている。正面の壁には、同じくらいの大きさの部屋に通じる大きな窓がある。中には椅子が一脚だけ。椅子は床より一フィートほど高い円形の台の上に置かれ、椅子の腕と脚にはさまざまな紐や鎖錠が取りつけられていると言う。まるで劇場の説明を聞いているみたいだった。書類をぱらぱらめくる音がして、男は感じ入ったような声で、わたしの席がどうやら最前列の中央だと言った。その言い方は不謹慎に聞こえた。わたしたちは別れを告げて、電話を切った。

土曜日の朝がきて、わたしは外出の支度をした。派手な服は避けた。オペラ見物のようなイベントに行くと思われたくはなかったのだ。必要な二種類の証明書を用意した。アパートの外には数台のテレビカメラが設置されていたが、レポーターたちは立会人が入っていく様子を見るために、すでに刑務所へと向かったのだろう。わたしが呼んだタクシーは道路脇に駐車していた。おそらくメーターをすでに動かしているだろうからと、急いで行った。客席に座り、刑務所に行かなくちゃならないんだ、と声をかけた。運転手はバックミラーを見て、どうやら新聞で写真を見たわたしだとわかったようだ。〝奥さんが亡くなったのは気の毒だった、本当にひどい事件だ〟と言った。ニュースを見て以来、家族と一緒にわたしのためにずっと祈ってくれているると言う。処刑ではなく起きてしまった事件について他人が話すのを聞くのは、とても意外だった。わたしは礼を言い、久しぶりでどうにか笑みを浮かべることができた。

刑務所に近づくと、そこらじゅうに車が駐車していた。駐車場はいっぱいで、多くの車が野原まであふれ、人々はてんでに車を並べていた。テレビ局のヴァンが道沿いに並び、やぐらが高くそびえている。どこかの抗議グループが刑務所の入り口近くに立っていた。彼らは処刑に抗議していたようだ。奇妙に感じた。完売のロックコンサートの最後の数枚のチケットを手に入れようと待つかのように、たくさんの人々が周囲に立っている。タクシーの運転手は速度をゆるめだした。ウィンカーを動かし、後ろから近づいてくる車をやり過ごす。車が通り過ぎてしまうと、わたしは止めてくれ、と言った。

わたしは、曲がらないでまっすぐ行ってくれ、と言った。数秒後には、新しい目的地を伝えた。市の中心部に近い小さな公園だ。運転手はミラーに映るわたしの顔を見た。その表情にとまどいはない。わたしがだれかを知っている。あそこの前列にいるはずの人間だとわかっている顔だ。彼は一瞬わたしを見たが、運転を続けた。

朝早い時間に比べると、風が出てきていた。指先に風を感じるのは気持ちがいい。夫婦で仕事に出ていたころ、都合のつくときはいつもジェニーと一緒に昼食をとったベンチに座った。座って、並木道の一つをじっと眺めた。どのくらいたったかわからないが、時が過ぎた。二度と腕時計ははめないことにしている。だが、マシューが死んだのは確かだ。いくらかでもほっとしたと言えば、嘘になる。ほっとすることなどないと、ずっと以前からわかっていた。失ってしまったものは死なない。サンドウィッチ店で出会った男のことを思い出した。身体が死に始めるのにおよそ三秒かかると言っていたっけ。わたしは頭の中で数えてみた。〝ワン・ミシシッピ、トゥー・ミシシッピ、スリー〟

停泊
Cruisers

ジョン・セイルズ　横山啓明訳

さまざまな仕事を経て小説を書きはじめたジョン・セイルズ（John Sayles）だったが、娯楽映画の巨匠ロジャー・コーマンに雇われて「ピラニア」「ハウリング」「アリゲーター」などの脚本を執筆し脚光を浴びた。さらに自ら監督した「セコーカス・セブン」は大きな成功を収めている。アカデミー脚本賞にも二度ノミネートされた。作家としては、二冊の短篇集の他、長篇も刊行している。本作は《ゾーエトロープ・オール・ストーリー》に掲載された。

エメットは、朝食のパン屑を防波堤から海へ放り、雑魚《ざこ》が突くのを見ている。青緑色の半透明の小さな魚は、ほぼ一日中、船の影のなかをなにをするでもなく泳ぎ回り、夜は水銀灯に照らされた水面近くに集まってくる。地元の連中は言う。「雑魚はあくせくしないのさ。食いかすが漂ってくるのを、のんびりと待ってるんだよ」

エメットは船の上にいるミューリエルに皿を手渡す。

「ロデリックがいるか、見てこよう」

「八時までは来ないわよ」ミューリエルは洗剤を入れたプラスティックのバケツのなかに皿を浸す。

「ホワイティーとエドナの件だな――」

「きっと遅くまで寝ているわ。ロデリックは叩き起こされて、あれは、何時だったかしら――」

「四時半」

「それより、新聞を取ってきてちょうだい。人に迷惑をかけちゃだめよ」

《セント・オーガスティン》紙の日曜版をふたりは手にする――マリーナの管理事務所に設置された私書箱には、ニュース、広告、求人、不動産情報、漫画などで分厚く脹れ上がった新聞がねじ込まれていた。エメットはまず死亡記事を見るようにミューリエルを急かす。

エメットが言う。「今瀬死の状態にある人たちも、以前はぴんぴんしていたんだよ」ミューリエルは、聞こえないふりをする。

彼らが船を停泊させているのは、エメットが小アンティル諸島と好んで呼ぶ区画で、小さな船の上で生活している者たちはたいていここに集まっており、セキュリティー・ゲートと港湾監督官の事務所からもっとも遠いところにある。午前中はオーシャン・ブリーズ・ライフスタイル・マンションの影も、ここまではほとんど届かない。エメットとミューリエルが住み着く前から海岸通りに軒を連ねていた庶民の店は、マンションの建設ラッシュで取り壊され、姿を消している。オーシャン・ブリーズ・ライフスタイル・マンションの入居がはじまった日に掲げられた「楽しい生活をはじめよう！」と書かれた横断幕は、一年後の今もはためく。このマンションはまだ数戸が売れ残っている。数週間前にシーズンを終えたマリーナは、三分の二ほど埋まっているに過ぎず、停泊している船の多くは、青いビニールシートで覆われ、船の持ち主は島を離れているか、街で暮らしたりしているのだった。

〈ペノブスコット〉号に、ビルとリルの姿がある。ビルはシーダー材の甲板に手を入れ、リルはニスの缶の蓋をこじ開けている。

「やあ」

リルは頷く。「おはよう、エメット」

「まだニス塗りかい？」

ビルは険しい顔で前甲板に紙やすりをかけ、鼻を鳴らしながら、やあ、というようなことを口にする。ビルとリルはともに五十代後半で小柄、タバコのヤニを思わせる茶色に日焼けし、どちらも灰色の髪を短く刈り込んで、ほとんど見分けがつかない。

「こんな早くから、精が出るね」

「これを仕上げたら、まだやることがあるし」リルは答える。「沖に汚い物がいっぱい浮いているわ」エメットは、彼らが船を出したところを一度しか見たことがない。わずか二時間の慣らし運転だった。リルは登録正看護師で、頭痛よりもひどいことになったときには適切な処置を施してくれ、心強い存在だ。ビルは高校で教えているが、仕事に関しては悪いことしか口にしない。

「あの騒ぎで、目が覚めちゃったかい？」

「ぐっすりよ。ビルは声を聞いたらしいけれど、クルーザーでパーティーを開いていると思ったんだって」

「十数人ほど集まっていたよ。煌々と明かりを灯し、ストレッチャーが――」

「わたしたち、くたくただったのよ。今朝、クロウズ・ネストには与太話が飛び交っていたわ。でも、この島は、噂話ばかりだから」

エメットは言う。「騒ぐ声じゃないんだよ。まぶしくて目が覚めたんだ。ミューリエルは、ぼくの耳が聞こえないんじゃないかって言ってる」

「わたしなら運がいいと思うけれどね。あの船」――リルは〈スカベンジャー〉号に頭を振った。地元の人間が所有する小型ヨットだ――「週末はずっとラジオをつけっぱなしなのよ。ラップだとか、その手の音楽。ビルはいらいらのしどおし」

ビルは木釘の周りを丁寧にやすりがけすると、マホガニーの内装を磨きはじめる。ビルとリルは、夜風に当たりながら座っているときは、お揃いのTシャツとショートパンツ、トップサイダー（柔らかい革またはズック製の靴）、それに合わせてフードの付いたウィンドブレーカーを着る。ふたりは服も交換して着ているのではないかとエメットは思っている。

「でも、まさか――ホワイティーとエドナが――」

リルは刷毛《はけ》をきれいに並べた。「まったくね。エドナは先週、このあたりのマンションを検討しているって話してくれたばかりよ」

「スポーツフィッシング用モーターボートでは暮らしていけないと、家内は言っているよ」エメットは応じる。ホワイティーとエドナの古いバートラム（バートラム社製のフィッシング・ボート）、〈シルヴァー・キング〉号のツナタワー（カジキなどを狙うスポーツフィッシャーのフライブリッジの更に上に位置する見張り台）が、林立するマストの間に見える。「あの船をすぐにでも競売にかけるつもりなんだろう。ホワイティーが一年分の停泊料を払わないかぎりね」

リルはニスを見つめながら顔をしかめる。「マンションか。あのふたり、きっとやけになっていたのね」

「そう――もうすぐ、嵐の季節だからね。しっかりとした大地の上で眠りたいと思う者も出てくるさ。セドリックのことで、なにか聞いているかい？」

セドリックとは大西洋で渦を巻いている熱帯暴風で、おそらくこの夏初めてのハリケーンになるだろう。

リルは沖を眺めやる。青く晴れあがった空、波もまったくない。「消滅するでしょうね。勢力を増すのがあまりに急激だもの」

「直撃されたら、せっかく船をきれいに仕上げても、むだになるよ」

リルは肩をすくめた。「木を保護するにはニスを塗るのが一番」そう言って刷毛を一本手に取り、親指で毛先をもてあそんだ。「だめよ。マンション生活を手に入れようと思った時点で、すでに負けを認めたようなものなんだから」

「この何年間で、贅の限りを尽くしたマンションがずいぶんと建っている」

「わたしたち、ペリカン湾（フロリダ・キーズ諸島アイラモラダにあるリゾート地）の開発を目の当たりにしたわ。トランプの山を崩すみたいに、なにもかも台無し」

ビルは顔をしかめる。「ペリカン湾なんて」

リルは夫のほうへ頭を振って言う。「あんなところへ行くのなら、マリーナで嵐をやり過ごしたほうがいいって言いたいのよ」

「セドリックがこの島に上陸しないとしてもだ。そのうちでかいハリケーンがやってくるよ。ホワイティーとエドナが、嵐のことを考えすぎて、おかしくなったとは思えないな」

「風を止めるこたぁ、できねぇ」ビルはロデリックの島なまりの快活なしゃべり方をまねて言う。「来るなら、来いってんだ」

リルは刷毛の先をニスに浸し、垂れないように注意しながら塗りはじめる。「キュラソー島（ベネズエラ北西岸沖の島）へ行こうかと考えているのよ」

「オランダ人ばかりだよ」

「たいていの人は英語を話すし、物価も安いのよ」

「カクテルはどうだい？　ラム・コリンズなんか」

「ここよりは安いわ。ほんとうよ」

「だろうな。メキシコへ行こうかって、ミューリエルとも時々話すんだ」

「時間を守らない国《マニャーナランド》ね」

エメットは肩をすくめる。「ペソの価値は下がる一方だ。ドルの小切手ならはるかに――」

ビルは湿った布を手に、やすりをかけていたところをぬぐいながら言う。「メキシコへ行けば、下痢で悩まされて、あの世行きさ」

　地元のふたりの男が乗った釣り舟が、発動機の音を響かせながら、防波堤代わりに並んだ車のタイヤのあいだを縫い、燃料補給用ドックへ向かっていく。二十年前、エメットが船をここに停泊させたとき、マリーナにはめぼしいものはなにもなく、ペンキも塗られていないがたのきた木製の桟橋は、カモメの落とし物で覆われていた。金がものを言う時代になり、人々がクルーザーを持ちはじめると、蚊の大軍は西のはずれにある、より水深の浅い港へと追いやられ、フランスのなんとかという企業が、新しい防波堤やら施設やらを作りはじめた。今ではヨットや観光客から金をむしり取るチャーター船に湾内は占められ、そのなかにエメットの住んでいるようなおんぼろ船が漂っているのは、違法とさえ言えるかもしれないが、ロデリックが今の職にあるあいだは、締め出しを食らうことはない。船外機を操作している男が気怠そうに手を振り、エメットに声をかける。

「ゴールデン・イヤーズさん、たまには話に来なよ」そう言って笑う。

　地元の人たちはたいてい、彼を船の名前で呼び、ミューリエルはミセス・ゴールデン・イヤーズと挨拶され、苦笑をもって応じる。エメットはよく言う。「まだましだよ。C桟橋で双胴船《カタマラン》でも停泊させていた日には、ベティー・バズーカって呼ばれてるよ」

〈スクワイア〉号のフライデッキにラト・アダムズが姿を現わし、ブラッディメアリーを飲みながら双眼鏡をのぞき、マリーナのはずれに最近やってきたばかりの船を眺めている。

「報告することはあるかい?」

　ラトは双眼鏡をおろし、目の焦点を合わせようとする。

「エメットか。のぞき見しているところを見つかってしまったようだ」

「連中はこっちのことなんか、気にしちゃいないだろうさ」

ある朝、ふと見ると、船というよりも、宇宙時代のホテルといった代物がそこに停泊していた。『巨人の惑星』にでも出てくるような大型クルーザーやメガヨットの建造を手がける老舗チョイ・リーやブラウアド・マリン社製の百フィート級の船も、小さく見えるほどの巨大船だ。後甲板に据えられている四十フィートを越えるスポーツフィッシング用モーターボートも、おもちゃのように見える。ヘリポートが一度使われたこともあったが、一瞬のことで、どんな人物がヘリに乗ったか、あるいは降りてきたか、見た者はいない。

「連中は潜水艦なんかも持っている——あのジャック・クストーみたいにね。船尾の食糧貯蔵室には減圧室があって、衛星アンテナ、映画館並みの大型スクリーンもあるんだよ。ジャクージもふたつ、体を鍛えるために専属のトレーナー、それにシェフなども引き連れて——」

「見たのか?」

ラトは首を振った。「カニを持ってやってくる地元の男で、アーチボールドってやつがいるだろう。あいつ、何度もあの船に乗ってるんだ。メイドのひとりと、いい仲なんだよ。フィリピン女」

エメットは答える。「まだオーナーの男を見たことがないよ。制服を着た連中が走り回って、なにやら仕事をしているのは目にするけどな」

「オーナーは、一、二度、船を訪れている」

「ああいった環境で暮らせたらな。ふと思い立って出かけるぞって言うと、周りの何十人もの人間が一斉に行動開始だ」エメットは、一度、あの船の隣にかかっている舟橋《しゅうきょう》を渡ったことがある。船室には色をつけたプレキシガラスがはめられ、そこに映る自分の姿を見ながらゆっくりと八十メートルは歩いた。船内にはなんの動きもなかった。ミューリエルはあの船を〝マザーシップ〟と呼び、丸く膨らんだ頭をしたエイリアンが乗り込んでいると言う。「それで、どんな男なんだ?」

ラトは咳払いをし、記憶を手繰り寄せている。「浅黒い顔の男だったね——昔、ニクソンといつも一緒だった男がいただろ。覚えてるかい？　レレーノ、いや、リフュージオだったか――」

「リボーゾだよ」

「ああ、あんな感じの男だよ」

「麻薬がらみか？」

「それほど警備が厳重じゃない。ラテン系ではないな。アラブ人でもない。アラブ人は潜らないし」

「そうなのか？」

「連中は絶対に潜らないよ。おそらくギリシャ系で、ＩＴ長者ってやつじゃないかと思うんだ。目の前のなにもないところから、金を産み出す連中さ」

「なんであそこに停泊しているんだろう？」

ラトは石橋を叩いて渡る男で、経験に基づく推測とそうでないものの違いをわきまえている。ラトは大きなハッテラス（ハッテラス・ヨット社製の豪華で高価なエンジン付きヨット）の船首に立ち、今日、最初の一杯で顔を赤くしながら、考えをまとめている。「そいつがわかればいいんだけどね。先日、メギーが来たんだ」

――ラトの妻メギーは、山の手の家に住んでおり、週末に船にやってくるだけだ――「メギーの父親は、デラウエア州の半分ほどの地所を所有すると言ってもいい大富豪なんだけど、そんなメギーもあの船を見て、口をぽかんと開けていたよ。乗組員やスタッフに払う給料だけでも、週に五、六万ドルになるんじゃないか」

エメットは口笛を吹き、振り返って巨大なヨットを眺める。「あれだけでかいと、海の上にいるってことも忘れちまうだろうな」

ラトはにやりとする。「自分らが客を船に乗せるときは、帆を相手に悪戦苦闘して、内臓を吐き出すほど気持ち悪い思いをするからね」

「帆をダクロン（ポリエステル系合成繊維の商品名。しわになりにくく強い）にしてから、少しよくなったよ」

「風がなければ、お手上げだよ。それはそうと、どうなったんだ？　ホワイティーと、ええと、彼女の名前なんだっけ？」

エメットは答えた。「エドナ」

「そう、エドナだ」

「詳しいことはわからないよ。ロデリックから聞き出したいと思ってるんだ」

ふたりはD桟橋に目を向け、黄色いテープを張り巡らせて立ち入り禁止となった〈シルヴァー・キング〉号を眺める。

「ホワイティーは毎晩、釣り師用の椅子に座り、酒を飲んでいたね」

エメットは補う。「G&Tだよ」

「そうだったのかい？　こっちはスコッチ専門だからね。ここから姿を見ることができたよ——ホワイティーはグラスを掲げ、ふたりで夕陽に乾杯したもんさ」

「本当の紳士だったよ、ホワイティーは」

「健康上の問題でも？」ラトは訊ねる。

「おれの知る限り、ないね」

「あの年だと、病気の進行も速いだろう」

「先月、ホワイティーはシロカジキを釣り上げた。椅子に座って——四、五時間も苦戦した後、ようやくシロカジキは力尽きた。船まで引き寄せ、釣り糸を切ったが、海面に横向きに浮いたままだったんだ。それで、そいつの周りを船でまわりながら、サメが集まってくる前に魚鉤《かぎ》で引っ張りあげた。七フィートは優にあったな。七フィート半といったところだ。健康でなければ、とても引き上げられない」

「それくらいの魚を飾るには、壁が相当に広くないとね」

エメットは続ける。「前にも同じシロカジキを釣ったんだってさ」

「なんだって？」

「エドナが言ってたんだが、船に引き上げたときに気づいたらしい。背びれのような形をした傷に見覚えがあったんだ。まちがいないと言っているよ。二、三年前、ドライ・トートゥガス（フロリダ州、キーウェストの国立公園）で釣り上げたんだ」

「リプレー（信じられないような実話を紹介する記事を一九一八年以降新聞に掲載した）が題材にしそうだな」

「ホワイティーはかなりうろたえていたらしいよ」

「シロカジキを殺してしまったから？」

エメットは頷いた。「そういうことだ。同じやつを釣り上げたから、なおさらだったのかもしれない。ホワイティーはいつも言っていたよ。『連中に勝ちたいと思うが、殺すのはごめんだ』ってね」

「唇に針を突き刺され、四分の一マイルの釣り糸につながれて、二時間も三時間も海のなかを引き回されるんだ。ホワイティーはどうなると思ってるんだ」ラトは頭を振った。

「まったく釣り人ってのは、気分屋だよ。あのヘミングウェイは——」

「ホワイティーはヘミングウェイには興味はなかった。彼が好きだったのは、例の犬の——」

「犬って」

「『野生の叫び』『白い牙』」

ラトは答える。「ジャック・ロンドンだね」

「ホワイティーは、そいつが好きだったのさ」

「ジャック・ロンドンって、船の話を書いていたっけな？」

「おそらく」

「ロンドンか。溺れたんだっけ？　それとも酒で命を落としたか」ラトはブラッディメアリーを飲み干す。「死よ、おまえのとげはどこにあるのか」

「彼は結核で死んだんですよ」隣の区画に停泊している〈ロッキン・ロビン〉号の甲板に、チェイス・ポメロイが目をこすりながら出てきて言う。「結核とかその手の病気だったと思うけど。南太平洋へ航海に出て、妙な病気にかかったんだ」

チェイスは三十代の為替投機家で、最近、小型のシーレイ社製の船からサンチェイサー社製のプレデター・ボートに買い替えている。

「そいつは空を飛ぶのかい？」エメットは船に目を向けながら訊ねる。

「動くことは動きますね」チェイスはキャビンに上り、仰向けに横になって、手を目の上にかざし太陽の光をさえぎる。「ケイマン諸島をまわるのに、三時間かからないな」

「そんなに急いでどうするんだい？」ラトはチェイスが海を高速ですっ飛ばすのに不満を並べるが、チェイスが新しいガールフレンドを連れてくると、いつも船に遊びに行く。

チェイスは肩をすくめた。「潮の流れにのって漂いたくなったら、ハイチ人を何人か雇い入れて、いかだでも作らせますよ。そんな代物で、なにができるっていうんです？最高でも十二ノット？」

ラトの顔は赤みを増す。「状況によるさ。昨夜の騒ぎは知っているかい？」

「見ましたよ。二時まで〈ズーマ〉で飲んでたから。真夜中に歯科衛生士たちが大勢クルーザーから降りてきて、ぼくはリッキー・Gと〈ダイキリ・シャック〉へ行き、閉店まで粘ってた。店から戻ってくると、警官のおざなりな説明を聞かされ、レスキュー隊ときたらさらに支離滅裂で——」

ラトは言う。「連中は便器の糞だって救助できない。沖でトラブったら、キーウェストに連絡して、運を天に任せて待つよ」

「身分証明書の提示を求められましたよ。信じられる？リッキーが警部、いや、階級はわからないけど、とにかく指揮をとっていた男にこう言ったんです。『おれのことは知ってるだろ。あんたの妹がおれのレストランで働いていたとき、一発やったからな』」

「一気に解決しただろうね」

「リッキーは連中に袖の下を渡しているんです。ところで、なんの捜査をしていたんだろう？」

「なにも見てないのかい？」

「煌々と照明を灯し、地元の警官がわんさか。あれを見れば老人たちは、さっさと逃げ出したと思うな」

エメットは頷いた。「嵐のことで、新しい情報を耳にしていないか？」

「こっちに来ているってことは聞いたけど」チェイスは目の上にのせていた腕をずらし、目を細めてラトを眺めた。「今日、船を出すつもり。環境を破壊するんですよ。ああ、そう、ステファニーに——」

「新しいガールフレンド？　あの赤毛の？」

チェイスはぐいと顎を引いた。「ええ、尻のでかい女。十時までには〈ズーマ〉に行くと言っておいてくれます？」

三羽のグンカンドリがマリーナの上を飛び、徐々に高度を下げている。速度を増しながら着水しようというのだろう。すでに暑い。ディーゼルのオイルが海面に虹色の膜を広げて杭の周りで渦を巻き、停泊した船のあいだでは、亀が一匹、海のなかから頭を突き出して泳いでいる。エメットは、マリーナを地域共同体とみなす。ほかの地域よりも人々の出入りが激しいことはたしかだろうが、街にはない確固とした生活のリズムがあるからだ。夜明けは活気にあふれ、午前中にさまざまな用事をすませ、昼までは仕事に打ち込む。徐々にペースダウンしていき、夕食前のカクテルアワーとなる。桟橋で船が揺れ、索止《つな》めや船首の湾曲部分とロープがこすれてきしり、あるいは金属類がぶつかり合う。エメットはこうした音を聞くのが好きだ。モーターが咳き込みながら息を吹き返し、沖へ遠ざかっていく単調な音も耳に心地よく、ポリウレタンと虫よけ薬の匂いも気持ちをなごませる。鹿の枝角のような長い防波堤に整然と区画が設けられ、何百もの船が個性を競い合って仲良く停泊し、鮮やかな原色の青、赤、黄色に塗られた装具、目を見張るほど美しい白いグラスファイバーやポリエステル繊維ダクロンなどを眺めるのも、なかなかのものだ。昔好きだったペリカンやカモメは、糞害のために餌をやることが条例で禁止され、今では近くの波止場の雑然とした臭いに引かれて、ただ、頭上を飛んでいくだけだ。

ロデリックはリッキー・Gと話をしている。リッキーは腰かけながら、光り輝く真新しいベネトウ社製ヨットの船首を何気なく眺めやる。蛍光塗料でブダイを描いたシャツを着て、ファイバーグラスの甲板で寝込んだことは、顔に跡がついていることから察しがつく。

「誰かさんは甲板で酔いつぶれていたようだな」エメットが声をかける。

「ひと休みしなくちゃいけなかったもんでね」ひげを伸ばしたことがないリッキーだが、今朝はまだ剃っていないようで、いかにも二日酔いらしく不精ひげが伸びている。

「ヴァーモント州だかどこか、北から来た客でてんてこ舞いさ」

ロデリックが訊ねる。「バーのカウンターで眠っちまって、迷惑かけたらどうなるのかな?」

リッキーが共同経営者兼バーテンダーとして働いている〈Yキキ〉は、地元のいろいろな人種が出入りできる唯一のバーだ。リッキーは目を細くしてロデリックを見る。

「テーブルの下から引っ張り出したのは、一度や二度じゃないぜ」

「閉店後に、そんな迷惑をかけたこたぁないね。昨夜、警察が来て、あんたを逮捕しなかったのは驚きだ」

エメットはふたりに近づいていく。「なあ、ロデリック、なにが――」

ロデリックは手を持ち上げ、その先をさえぎる。

「ミスター・アルフォンスにも、うんざりするほど訊かれたよ。公表されるまで、なにも言うことはないんだってば」

「事務所にいたのか?」

「ベッドから引きずり出され、門という門を開けさせられたよ」ロデリックは頭を振った。「お天道様が昇るまで、どうして待てないんだ。寝てるってのにたたき起こされちまって」

「緊急だったのさ」

「あの船のなかのものは、明るくなるまで、逃げ出しゃしないよ」

リッキーが口をはさむ。「あの男を覚えてるか。二年前のクリスマス、ウミガメの研究をしている年寄りが、浜辺に打ち上げられているのを発見した」

「事故だろ」

「警察はなにもつかめないとき、いつもそういうことにする。あの男がどこから来て、どの船から落ちたのか、なにひとつわからないんだ。しかも、身柄を引き取る者が誰もいなかった」

「この島じゃあ、誰がどこから来たか、わからないことのほうが多いよ」

「だが、あの男がしていた腕時計、明らかに旅行者で――――」

ロデリックは言う。「黒人が溺れたって、お上は捜査なんかしない。白人が溺れりゃあ、謎だってことになる」

離婚してフロリダ州西部サラソタからきたブロンド女が、十代の娘とお揃いのビキニを着て、隣の桟橋を歩いていくのを一同は見つめ、沈黙が降りる。リッキーが小さな声でうめく。

「どっちでもいいな」

「殺されるよ、リッキー。ラム酒で役たたずになってるんだろう」ロデリックがまぜかえす。

エメットが割り込む。「噂を聞いたんだが、三日前に起こったらしい。ホワイティーとエドナのことだよ」

「まさか。彼は昨日、店に来たばかりだぞ」リッキーは目覚めているときは、たいていバーのカウンターのなかに入り、酒を作っているので日に焼けていない。「四時くらいだ。バーのはずれにすわり、G&Tを三杯、勘定を払って出ていった」

「彼と話はしなかったのか?」

「ベルギー人の娘たちがいたんだ。それでおれは、イエロー・バードを作ってやってたのさ——知ってるだろう、アーモンド風味のあるリキュール、アマレットを入れたカクテルさ。お嬢さんたちが、すぐに寛ぎだしちゃったもんで、ホワイティーには注意がいかなかったよ」

ロデリックが言う。「ホワイティーは、いつも自分の船でカクテルを飲む。なんで、倍の金を払ってあんたの店で飲む?」

「心理学の専門家じゃないんでね。注文された酒を作るだけだ」

「ホワイティーはどんな様子だった?」エメットが訊ねる。

「いつもと変わりないね。二十フィートの海の怪物を引っ張ってきた戦艦から、ちょっと降りてきたって感じだ。例によって、目を細め、笑みを浮かべて——」

「ミューリエルは、ホワイティーのことを〝マリーナの遺物〟って呼んでた」

「そんな年寄りじゃないぞ」ロデリックが口をはさむ。

エメットはロデリックのほうを振り返って言う。「おれよりも、二歳上だ。おれもそろそろ遺物の仲間いりさ。このマリーナの住人として、知る権利があると——」

「船の停泊許可を与えてるのはおれだよ。それにみんな聞きたがってるしな」

リッキーが言う。「エメットに話せば、噂が広まるよ」

ロデリックは笑い、歩きはじめる。「公式見解を待つこった。そしたら、どこに嘘が混じってるか教えてやるよ」

エメットが最後にホワイティーと話したとき、彼は元気でご機嫌だった。マリーナから一マイル歩いたところにある地元の食糧雑貨店で出くわした。その店は、オーシャン・ブリーズの豪華マンションに入っている〈キャプテンズ・ラーダー〉の半分の値で買い物ができる。

「今じゃ家内は、これしか食わないんだ」ホワイティーは、白パン四斤と一ダースのハムの缶詰をレジに並べながらエメットに話しかけた。

「料理は好きだったんじゃないのか」

「昔はね。わが船のささやかな調理室には、三品も並んだものさ。焼きたてのパンやパイもな。今じゃ、まるで──わかるだろ」ホワイティーは肩をすくめた。「別の食い物だよ」

エメットは頷いた。「うちも、ディナーとはほど遠い。二十五年も子供たちを食わせてきた──」

「まったくだよ」

「それで、古いヒバチに火をおこして──」

「焼くんだろう──昨夜はブリか？」

「臭っただろう」

「気にしちゃいない。マリーナの管理人には見つからないことだ」

「ロデリックとはつうかあの仲だよ」エメットはレジカウンターに並べた食料品を前に動かし、ホワイティーが特売のジンのケースを置けるように場所を作った。「釣りはどんな調子だい？」

「フェアプレイをやってるさ」ホワイティーとエドナは、釣った魚はほとんど逃がしているが、それでも毎日のように海に出ていた。「青二才のルーミスが、この前、東のはずれでカマスサワラの大群に出くわしたって言うんで、そっちに行こうかと思っている」

「地元の連中は、なにを捕まえているんだ?」

「伝染病さ」

ふたりは声をあげて笑った。若い連中がますます流れこんでくるようになり、バーやレストランで働く地元の人間の数は減少していった。オーシャン・ブリーズは広告で、スタッフは「プロ中のプロ」ばかりだと謳っていた。つまり、黒い顔をした人たちは、ほとんどいなくなってしまったということだ。小さな食糧雑貨店は、エメットが島で生まれた人たちと触れ合う数少ない場所だ。

ホワイティーは言った。「遅かれ早かれ、こうなった。『まあ、いいか』って風潮が蔓延してるんだ。誰でも便利な生活を求めるだろう。ここの問題を口にしようというのなら、そのことをうんと考えてからにしなくっちゃな」

「しかし、文化ってものが——」

「文化のためにこの島に来るやつはいないよ」

年に一度、この島でカーニヴァルが開かれ、エメットはできることなら避けたいと思っている。人々はふだん足を踏み入れない地域までやってきて酔いつぶれ、地元のバンドが大音量で演奏し、数キロメートル離れた海上にまで聞こえてくるほどだ。この島でエメットが一番驚いたのは、真水がまったくなく、食用となる物がなにも育てられないことだった。昔この地を訪れたヨーロッパ人たちは、船に積んできた豚とヤギを放牧しようとしたが、水分不足であっという間に死んでしまった。サトウキビやサイザルアサの栽培もうまくいかなかった。極貧の農場で働いていた人たち、あるいは、一八〇〇年代初頭、このあたりを行き来していた奴隷船から逃げてきた人たちが、島の住人の祖先だ。

「ほかの作物を育てるのを考えるより、旅行者相手の商売のほうが地元のためになるって、みんな思ってる」ロデリックの口癖だった。

「赤道から緯度にして十度から二十五度の間の地域では、どの港も同じような有り様だよ」ホワイティーは、ジンのケースの上にライムの袋をのせながら言った。

「まだしばらくは、ここにいるんだね」

「ああ、根をおろそうと思って来たからな。パンフレットにも書いてあるだろう」ホワイティーはここでエメットにウィンクした。「『この楽園では、いつも穏やかな海でセーリングを堪能できます』」

　シュメクラー親子が、フレールズのデザインした大きな船首三角帆を備えたケッチ（二本のマストに縦帆を張った小帆船）の操舵室の陰に座り込み、防水シートの上にエンジンの部品を広げている。エメットはふたりの名前は、フリッツとステファンだと知っているが、父親と息子のどちらがフリッツでどちらがステファンなのか、覚えられない。

「まだ部品が届かないのかい？」

「税関だよ」父親のほうが答えた。「連中が盗んじまったんだ」

「燃料噴射装置さ」息子はばらばらに分解したエンジンを見おろしながら言う。「やつらは、それがなんだかわからないくせに、かっぱらった」

　ふたりとも背が高く、肩幅もがっしりとしていて、情熱をほとばしらせ、濃い顎ひげは太陽に焼かれて白っぽくなっている。マリーナに入港してきた日、ミューリエルは、ビールのコマーシャルの撮影隊がきたと思ったという。

「あんたは、あの病人《デジーズド》の友だちだったよね？」父親が訊ねる。

「病人って――」

「瀕死の男さ」

「故人《デジースト》だよ。ホワイティーという名前さ――そう、お隣さんだ。彼らはD桟橋に停泊していたから」

「あんたの船はなんていうんだい？」

「〈ゴールデン・イヤーズ〉。アイランド・パケット社製のカッターさ」

「見たことがあるよ」

「この船とは比べ物にはならないが、わが家と呼んでいるんだ」シュメクラーの妻グレタがキャビンから笑顔を浮かべながら出てきて、右舷から海へ手を伸ばし、敷物を振って埃を払う。エメットは続ける。「ホワイティーとエドナは、わが家から八、九区画向こうに停泊していたんだよ」

「あの夫婦は、なにか問題でも抱えていたのかな？」

エメットは考え込む。「自分たちの夢を実現させているっていう感じだったな。太陽を求めてここにやってきて、魚を追い、差し迫った問題はなにもないように見えた。でも、同じような――」

「うちの家族の夢は、この〈リーベンシュトラウム〉号で世界をまわることだよ。先へ先へと進むんだ」父親が言う。

「それで、世界一周を成し遂げたら？」

答えたのは息子だ。「別な夢を追いかけるのさ。ハヴァナへ行ったことはある？」

「ハヴァナって、キューバか？　いいや――アメリカ人だからな」

「次の目的地なんだ」

「嵐が来るかもしれない」

父親が割り込む。「このシリンダーの修理ができなければ、ここで年をとる。根づくのさ」

冗談だろうとエメットは思うが、シュメクラー一家のことはよくわからない。「もっと酷い運命もあるからな」

息子が言う。「人間は何世紀も、エンジンなしで航海してきたんだ。風の力だけで、先へ進めると思うよ」

「ハヴァナでメルセデスの燃料噴射装置が手に入るなどとは思わないほうがいい。通商停止やらなにやらで、不景気のどん底だ。強風のなか、エンジンもなくこの船を係留させていたら――」

父親は笑顔を浮かべる。「船を出すのはやさしい、そう《ヤ》だろう《ー》？　上陸するのが難しいのさ」

二週間ほど前だっただろうか。その日も雲一つない快晴だった。うねる波をかき分けながら船は、風のなかにマストを揺らし、北東へ進んでいた。カモメが、五、六羽、航跡の上を滑空している。帆を調整するミューリエルの感覚は本能的なもので、お互いに相手の次の動きを予想しながら、ほとんど口を利かず、微風のなかを十ノットというのんびりとした速度を保っていた。

最初エメットは、雲が漂ってきて太陽を隠したのかと思った――いきなりひんやりとし、暗くなったからだ。それから、心に穴があき、みるみる大きくなっていくのを感じた。どちらを見ても水平線の上にはなにもなかった。まったくなにもだ。しかし、その感覚は、恐怖、あるいは大海原で自分をちっぽけな存在と感じるような類いのものではなかった。これまでずっと、気の向くまま船を走らせ、どこだろうが停船し、少なくとも一晩はそこで過ごして楽しんだ。目的地。出航し、同じ港に帰ってくる。待っている者は誰もおらず、ただ、航路を左右する天候と潮の流れが声もなく迎えてくれるだけだ——エメットは突然、方向感覚を失った。すべての機械のスイッチを切り、操舵輪から手を放して椅子に寄りかかり、成り行きに任せてみたいという誘惑に駆られた。数分のあいだ、エメットはこの衝動にとらわれていた。血糖値の問題、いや、ちょっとした気紛れに過ぎないのだろう。エメットはミューリエルに船の向きを変えるように言った。ミューリエルはエメットを見つめたが、なにも訊ねなかった。帰路も来るときと同じ雄大な光景が広がっていた。

ラリーは、〈ゼファー〉号のマストの下に積み上げた救命具のなかに座り、ノート型パソコンのキーボードを叩いている。電源コードは彼の裸足の上をはい、操舵席へと消えていく。

ラリーは顔もあげずに言う。「昔、船の乗組員を雇いたいと思ったら、水夫の集まるバーに行き、これだと思う連中に強い酒を飲ませ、船まで引っ張ってきて船倉に放り込めばよかった。港を出て丸一日たったところで、出してやるのさ。ところが今じゃあ、ネットで捜すときた」

「女たちはどうした？」

三週間前、ラリーは二十代の女ふたりとマリーナにやってきて、わが船の奴隷たちだとエメットに女を紹介した。

「逃げてったよ」

「ふたりとも？」

「あのふたりは、コンビを組んでいたようなものだからな。昨日、街で痩せてるほうの女、キムを見かけた。ブロンドをドレッドヘアにして、サーフボードを抱えた連中がいるだろう。そんなやつのひとりと、いちゃついていた。あの女、手を振って『こんにちは、ラリー船長』と言いやがった。ずんぐりむっくりのもうひとりの女と一緒に、おれをコケにしたくせに、けろりとしたもんだ」

ラリーは五十代前半、ごま塩のひげを生やし、彼のカタリーナ・ヨット社製のスループ（一本マストの縦帆装船）がバハマ諸島からここにたどり着いた日以来、毎晩のように〈Yキキ〉に出かけている。のんびりとタヒチに行こうと船を出し、当初は信頼できる乗組員もいたらしい。

エメットは陽気に応じる。「船のことならなんでも知っている若者がふたりほどいるよ。スキップ・アンダースンの息子のニッキーと、餌《えさ》屋で働いている――ジェイだったかな？　いやジョーダンだったか――」

ラリーは頭を振る。「ひとりしか、乗せる余裕がないんでね」

エメットは肩をすくめる。「船長はあんただよ」

「若いやつらは受動攻撃性人格ってのが多い。女房はその典型だよ。女房ならこう言うのさ。『ああ、心配いらないわ。だいじょうぶ』ところが、次にこう来る。『また悪態をついて。まったく冷たいったらありゃしないよ、このろくでなし』」

ラリーは、いつもより興奮気味のようだ。別れた妻とその悪徳弁護士のことを話すときは、不機嫌になるので、エメットはラリーが離婚したのはつい最近のことで、傷が癒えていないのだろうと思っていた。ところがラリーは、八年間、一人暮らしを続け、航海に出て五年になる。コンピュータにデータを蓄積したエーハブ船長（『白鯨』の主人公）は性夢を求めている。

「船首旗の掲揚の仕方がわからなくとも、毎日の仕事は覚えてもらわなくちゃ困る」

エメットは笑顔を崩さない。「みごとな体をした水着姿の女性が広告している、労働者選びのサイトはないのかい？」

「近いのはあるよ。だが、ひとり雇ってみな、女子学生クラブの女どもをみんな引き連れてくる。ひとりでこの船が扱えるなら、今すぐにでも出航するところだ」ラリーは顔をあげてエメットを見る。「あの老夫婦の噂は聞いたかい？」

「ロデリックは話そうとしないんだ」

「ロデリックはなにを知ってるんだ？　船に乗り込んだわけじゃない」

「あんたは乗ったのかい？」

　ラリーはコンピュータの電源を切り、液晶画面を倒すと、脇の甲板に置く。彼の目は充血し、手がわずかに震えている。

「昨日の午後、リッキーの店で、ホワイティーの爺さんを見かけたよ。それで昨夜は眠れなくってね。ベッドから出て、波止場を散歩していたんだ――」

「でも、あれは明け方近くで――」

「三時はまわっていたはずだな。彼らの船が停泊しているD栈橋の入り口までぶらぶらと歩いていくと、ラジオの音が聞こえたよ。天気予報だかなんだかやってたな。セドリックの最新情報とやらについてしゃべってた」

　エメットは口をはさむ。「エドナは天気予報中毒患者だったよ。彼女に訊けば、ここに座っているだけで、コルテス海で雨が降っているってわかる」

「そんなこと知ってどうする」

「一度、ハリケーンについて詳しく説明してくれたことがあるんだ。ハリケーンの風は、真っ直ぐ吹いてきて人を押し倒すって、ほとんどの人が思っている。ところが、真空のなかに引き込まれるというのが本当らしい。下水に落ちていくみたいにね」突然、エメットは詳しいことを知りたくないと思い、他の人にこの事件のあらましを伝えることの責任の大きさに怯える。エメットは付け足す。「すさまじい音と破壊力だが、その内部は空っぽなのさ」

　ラリーは自分の両手を見つめ、眉根を寄せる。「つまり、うるさかったんだな。ラジオがだよ。そのまま通り過ぎたんだけどね、戻ってきたときに、明かりがついていないと気づいたんだ。ラジオをつけっぱなしのまま街へ出かけ、まだ帰っていないんだと思った。それで、よきサマリア人（苦しむ人々に惜しみない援助と同情を与える人）になることにしたのさ」

　エメットはいきなり目眩《めまい》に襲われ、沖に目を向ける。明らかに雲ではないなにかが、北の空でわきおこっている。

「招待もされていないのに、人様の船に上がるのは、ためらわれるね。とくに、人が暮らしている船はな」

エメットはうろたえながら言う。「それはまずいだろう。プライヴァシーの侵害だ」

「今も罪の意識に苛まれている。でも、あんたが真実を知りたいだろうと思ってがまんしてるのさ」

エメットは先延ばししようと話頭を転じる。「しばらくエドナの姿を見ていない」

「ああ、当然だろうね」ラリーはつま先で電源コードをもてあそびながら考えている。「大物を釣りに行くときに、ホワイティーは椅子の脇にサメを撃つための銃を置いていたのを知っているだろう？」

「銃身の短い四五口径――」

「ライフルと同じほどの威力がある。水中でなければ、直接弾道距離はどれくらいだと思う？――彼は下の食堂のカウチにいた。銃は膝の上にあったよ。それから、女房のほうは――枕とシーツの血は乾いていた。寝てるときに撃ったにちがいない」

エメットは三匹のクラゲが、舟橋のほうへ漂っていくのを眺める。色もなく、輪郭も定かでなく、海水のその部分が、わずかに不透明にぼやけるところから、その存在を知ることができる。「仰向けに？　天井を見上げて？」

「ああ――」

「なら、目を覚ましていたんじゃないか。なにが起こるか、気づいていた」

「安楽死みたいなものか？」

「ちがうか？」

ラリーは考え込み、かすかに震える。オーシャン・ブリーズ・ライフスタイル・マンションの影がふたりを覆う。ラリーは肩をすくめる。「人の頭のなかでなにが起こっているか、誰にわかる？　リッキーの店でホワイティーに会ったときは、すでに女房が死んで三、四日はたっていたんじゃないかな。どんな調子だいって訊いたら、ターポンを釣ろうと思ってるって答えたよ」

「それだけ？」

「ターポンを釣ろうと思う、その一言」

エメットとラリーは長いあいだ黙り込む。微かに風が起こり、二区画向こうに停泊した改造されたタグボートの後甲板でウィンド・チャイムが鳴る。共同利用契約でも結んでいるのか、ヒッピー・スタイルの連中が、よくきて利用している船だ。ミューリエルは〝ラヴ・ボート〟と呼んでいる。

「おれは腰を抜かしたままここにたどり着いて、携帯電話をつかみ、なんとか警察に連絡した。船内には戻らなかったよ。ただ、見たことを警官に話しただけさ。あの忌々しいラジオのことはもう頭になかったね。連中は一時間ほどして、ようやくラジオを消した」ラリーは防波堤の向こうを見つめる。「ラジオが消える前、番組に男が電話をかけてきて、セドリックはハリケーンになると思うって言ってたな」

エメットは頷いた。海には小さな三角波が立っている。

グンカンドリが姿を消した。

エメットは言う。「暴風が吹き荒れるといいと思うよ。空気が澄むからな」

再建
Reconstruction

サム・ショウ　大野尚江訳

サム・ショウ（Sam Shaw）はニューヨーク市に生まれ育ち、子供の頃からオットー・ペンズラーの〈ミステリアス・ブックショップ〉で探偵小説に親しんでいた。ハーヴァード大学卒業後はアイオワで創作工房に学び、現在は処女長篇作品を執筆中。本作は《ストーリー・クォータリー》誌に掲載された。

ある爽やかな秋晴れの日、グイネヴィアが誤って隣家のレン・ヘインズを殺してしまった。俺がブリキの切れ端で作った隠れ場から、二人でシマリスを狙い撃ちしていたときに、ヘインズの頭が丘のてっぺんから現われたのだ。彼女はまるで狙撃手の本能にかきたてられたかのように引き金を引き、彼は少しばかりの血と、脳みそらしきものを飛び散らして姿を消した。グイネヴィアの口から悲鳴が漏れた。

「何だ」俺が言った。「どうしたんだ?」

「うっ」

俺たちは隠れ場を出て野原を走った。

ヘインズは淡い黄色の草の上に、ひどくおかしな格好で横たわっていた。ダンスの途中でストップがかかったように腕と脚を広げている。段ボール箱が近くに置いてあった。開いた所から雹《ひょう》の粒のような物がこぼれている。グエンが一粒舐めて、不思議そうに言った。「防虫剤だわ」

俺はそれまで死人を見たことがなかった。シッドの死に顔さえ見ていない。シッドの灰は弟と俺で、彼が大好きだったパスクアニィ・クラブの第四ホールのウォーターハザードに撒いた。ヘインズの顔は穏やかと言ってもよさそうだったが、驚くほどの赤い血が、右目の一インチばかり上の穴から流れていた。俺は彼の眉のあたりを自分のシャツの袖で軽くぬぐった。

「おい」ヘインズに言った。「おい。あんた」

ヘインズはいい隣人とは言えなかった。しょっちゅうドアの外にゴミ袋を置きっぱなしにしては、動物たちがその中身をうちの庭に散らかしていたのだ。しかし、その時、はっきりわかった。俺たちは運命共同体なのだ。

「大丈夫」グイネヴィアが言った。「目が動いているわ」

動いてなどいなかった。大きく見開いたガラス玉のような目は、冷たい大空を驚いたように見上げている。俺はかがんで彼の手首を摑み、振ってみた。

その時、二発目の銃声らしき音が聞こえた。網戸がバタンと閉まる音だった。グイネヴィアと俺はパッと立ち上がった。ヘインズは我が家から百フィートばかり離れた緑色の家に、バカでかい妻と、おびえた表情の何匹もの犬や猫と住んでいた。ヘインズの妻が玄関に立っている。手に持った銀色のザルが、陽を受けてやけに光った。

「ろくでなし」彼女が気味の悪いバリトンのような声で叫んだ。すると、今もってその理由はわからないのだが、グイネヴィアがまだ手に持ったままだったライフルを持ち上げ、女に狙いを定め、それから、思い直したように宙に向かって一発ぶっぱなした。ヘインズの妻はザルを放り出して、家の中に駆け込んだ。

俺たちはまず、荷物をまとめ、今後のことを考えるためにグイネヴィアのトレーラーに向かった。ビールの缶が散らかっている暗がりに入ったとたん、彼女はハードカバーの図書館の本をどさっと俺の腕に押しつけた。一番上の本は『世界のオウム』というやつだった。全部で五ポンド以上はあったはずだ。

「この本は持っていくつもり」彼女が言った。「こんなことしちゃいけないのはわかってる。でも、そうするの」

俺は押しつけられた本を入口に置くと、彼女がスーツケースに服を詰め込んでいる間、キッチンで、傷だらけの合成樹脂板のカウンターに座っていた。蛇口が壊れ、シンクの中で小さな水の流れがかすかな音を立てていた。これほどうらさびしい音は聞いたことがなかった。

「俺たち、何をしているんだ?」彼女に聞いた。

半開きのドアから、彼女がスーツケースを見下ろすように立っているのが見えた。透き通った黄色のブラウスを、まるで買おうかどうか迷っているかのように目の前に持ちあげている。俺はこの機会をとらえて、財布の中にしまっておいたマリファナの吸いさしを吸いきった。

「グエン、俺たちはいったい何をしてるんだろう?」

「私は荷物を詰め《パッキング》てるわ」彼女が言った。息を切らしている。「あなたは……そうねえ。パニック《パニッキング》でも起こしているんじゃない」

「そんなもの起こしてなんかないさ」俺が言った。「いいか、お前も俺もこれからどうなるかわかってる。町に行ってこの事件の片をつけるんだ。少しは考えても見ろよ。俺が正しいってわかるから」

「ゲッティ、だめよ」

「よくよく考えれば、俺たち何も悪いことなんかしてないんだ」青い煙を吐きながら言った。

彼女はしばらく信じられないといった顔で俺を見つめた。

「冷蔵庫に何があるか見てくれない」彼女が言った。「私たち、メキシコまでドライブよ」

と言っても運転するのは俺だ。グエンは免許をもっていなかった。この計画をどう説明したらいいのだろう？　ともかく、その時はまともだと思ったのだ。俺たちはボルボに乗り込んだ。俺たち二人と鳥一羽。

グイネヴィアはこの前のクリスマスに、ソーサリート市の退役軍人からシャイアンを手に入れていた。つやつや光る羽と、威厳のある黒い目をした巨大なバタンインコだ。頭を百八十度回して肩越しにじっと見つめ、人を落ち着かない気分にさせる癖がある。まあ、鳥にも肩があるとすればの話だが。判断を誤ったな、と思った。エキゾチックなペットは人の注意を引く。ところが、逃避行の車はまわりにうまく溶けこまなければならないのだ。それに国境越えも考えなければならない。メキシコではきっとこの鳥は歓迎されないだろう。

「今からあれこれ心配してもしかたがないわ」グイネヴィアが言った。「いざとなったら、この子を放すわよ。もしかしたら、国境の向こう側で私たちを見つけてくれるかもしれない」

「死んじまうさ」そう言ったとたんに後悔した。

俺たちはハイウェイに乗るまで口をきかなかった。どこもかしこも広告板だらけだ。彼女が俺の脚に手を置き、腿をもんだ。すると急に元気よく勃起した。

「誰かさんが目を覚ましたわ」彼女が言った。

グエンはセックスに対し、まるで自分がセックスというものを編み出したかのように、独特の動物的信頼をおいていた。俺たちは血のように染まった空の下を、時速八十マイルで飛ばしながら車の中でキスをした。

俺は七年近く、一種の無気力状態に陥り、抜け出せないでいた。自殺を考えるほどの絶望的状態ではなかったが、シッドには一度手紙でそうすると脅してやった。しかし、もうすぐ三十の大台を迎えようとしているのに、着替えすらしない日もあり、食べるものといっても、ジョージ・フォアマン・グリル（料理も後始末も簡単な調理器具）で作った味も素っ気もないしろものばかりだった。九七年にはポート・ウエスコットに引っ越していた。自分の人生を滅茶苦茶にするのが目的だった。その土地は絶望の臭いがかなり染みこんでいた。出会う人は皆、人生という一撃をまともに顔にくらったかのように、呆然とした表情をしていた。誰もが以前は相当な人物だったのだ。地上に降りたパイロット、怪我のために一軍に入り損ねた天才的野球選手、役者くずれ、事業に失敗したビジネスマン、弁護士資格を剝奪された者、役職を解かれた者、そして土地や財産を奪われた者たちだ。俺はと言えば、シッドのようにならないために、考え得る限りのことをやらかしている息子だった。シッドは三十五歳までに製薬帝国を築き上げていた。一方、俺は崩れかけたポーチから手当たり次第にリスを撃っていた。そろそろ俺も変わってもいい頃だった。

逃避行には一ついいことがある。セックスが信じられないほど素晴らしいのだ。これまでに別れのセックスや仲直りのセックス、見知らぬ人とのセックス、旧友とのセックス、人前でのセックス、クローゼットの中のセックス、複数の相手とのセックス、そして一人だけのセックスなどいろいろやってきた。でも本当なんだ、この世に警察に追われているときのセックスほどいいものはない。

その晩は、アフリカの村に似せて造られたモーテルに泊まった。化粧漆喰を塗ったオフィスや、腎臓の形をした空っぽのプールや、人工の草葺き屋根のスイートがつらなる廊下がある。俺は偽の名前と車のナンバーを受付の男に教えた。リスみたいなアジア人で、そいつも指名手配犯のように見えた。俺は緊張し疲れていたが、グイネヴィアは部屋に着くなり俺の上に覆い被さってきた。

その夜は一晩中、断続的にセックスをした。彼女は俺の髪を引っ張り、耳に嚙みつき、叫び、悪態をついた。まるで雷だ。夜明けに、シーツにくるまったまま、俺は愛していると彼女に言った。彼女はレスリングの固め技のように俺に脚をからめて、首にキスをした。愛しているとは以前にも言ったことがある。白い服を着たテニスの臭いがするアストラッド・フェイソンに。一九八九年にはあのフランス人の救助員に。アンティオクを離れるときには戻る気もないのにコレーンに。物事には終わり方があるのだ。

「中央アメリカに行ったことがある？」グエンが訊いた。

「ないよ」俺は嘘をついた。

マリファナに火をつけると、天井の扇風機が面白い煙のパターンを描いた。

「木からもいだばかりのマンゴーを食べられるのよ」彼女が言った。「それから、信じられないような鳥がいるの。すごい鳥。みんな、猛禽にばかり夢中で、ハゲワシが最高だなんて言うけど、ケツァールを見てごらんなさいよ。目がくらむほどだから。エメラルドグリーンで尻尾が三フィートもあるのよ」

たまたま俺は野生のケツァールを見たことがあった。グアテマラで、シッドとフィリスと一緒だった。いやシフィリスと一緒だったと言ったほうがいいかもしれない。その頃はすでに両親のことをそう呼んでいたのだから。いつものように、おやじとお袋はラムコークで酔っぱらい、その週を家の中で過ごしていた。俺は午後のハイキングでその鳥を見た。グループで一緒だった五、六人の旅行者は、過去のバケーションがわかるTシャツ（胸に〈プラ・ヴィダ・コスタリカ〉とか〈オアフ・ナイト〉とか書いてある）を着ていたが、全員胸を押さえて恍惚としていた。しかし、高い木の枝に止まっていた目がくらむほどのケツァールも、俺にはシャンデリアのほこりを払うはたきぐらいにしか見えなかった。

「本当は、俺、こういうのが好きなんだ」

「わかってるわ」グエンが言った。

彼女は立ち上がってトイレに歩いていった。真っ裸で恥ずかしげもない。ドアをあけたままおしっこをしてベッドに戻ってきた。

「それ何だよ?」

「えっ?」

「背中だ。ESPって書いてある」俺は指で文字をなぞった。

「超感覚的知覚(Extrasensory perception)よ」彼女が言った。「私、ものすごく当たるんだから。一から五十までの数字をどれか考えてみて」

「Eの文字が濃いぞ」

彼女は俺の手を彼女の胸にのせた。

「新しいからよ」

どういうことか考えた。

「SPって誰のことだ?」

「どうでもいい人よ」

彼女は俺の知る限り、間違いなく、最高の美人だった。

「メキシコに着いたら、私どこに行くと思う?」彼女が言った。「ベラクルスよ。なぜだかわかる?」

「泳ぐのかい?」

「学位を取って鳥類学者になるの。とってもいいカリキュラムがあるのよ。たぶん、最高のが」

「おい、おい」俺の指が彼女の口に入っていた。「俺たち本当にあいつを殺したんだぜ」

彼女は俺の手をベッドの上に置き、背筋を伸ばした。

ハイウェイに戻り、南に向かった。車はオンボロで、座席には鳥の糞があり、布張りのダッシュボードは鳥につつかれて裂け目や穴ができていた。しかし、ある種の爽快感もあった。窓を開け放しておいたから、風がうなり、大声を出さなければ互いの声が聞こえなかった。グエンは膝の上にシャイアンをのせて頭の羽毛をなでていた。俺はラジオを楽器のようにあやつり、ゴスペルやスイングや賑やかなスペイン語のトークに周波数を合わせた。

心配してもしかたない。それはわかっている。しかし、ヘインズのことを心配せずにはいられなかった。たぶん、どこかで車輪付き担架の紙のシートに寝かされているだろう。家の前には警察の車が止まっていて、警察犬が草むらを嗅ぎ回っているだろう。俺は荷物を持ってこなかった。だから、もう二度と見られないものがたくさんある。弟のアンティータムが州の地理コンテストでもらったトロフィー、俺の日記、一時はジェフ・ベックのものだったフェンダーのエレキギター。そして、十四歳のときにパスクアニィで、石のように冷たいヤマネコの頭からくり抜いた目玉が一箇。ヤマネコはシッドが自分の手でしとめ、記念にクラブに贈呈してあったものだ。俺に言わせれば、価値なぞない。しかし、彼のすべての宝物——財産を投げ捨てるために見つけてきたような馬鹿げた珍品ばかりだったが、その中で彼の心に一番近いのはそのヤマネコだった。彼はそれを見るたびに立ち止まってグラスをかかげた。まるで、彼が戦場で倒したあっぱれな敵兵のために乾杯しているようだった。俺は乳白色の目玉をバックギャモンの駒と入れ替えた。両親がトロフィールームでコーディアルを飲んでいる間に、ペンナイフを使って五分でやってのけた。

いろいろあったが、ドライブ自体はよかった。時々、グエンの方に顔を向け、鳥を可愛がっている様子を見た。すると車を脇に寄せて、後ろの座席を倒したくなった。特に愛し合いたいからではなく、彼女を抱き、追い抜いていくトラックの衝撃波を感じたいからだった。俺は二度目のチャンスを与えられたような気がした。ヘインズが死んだ今、愛し愛され、俺たち三人の壊れた人生のかけらから何か真実のものを生み出さなければという強い思いにかられたからだ。

昼飯はトラックのサービスエリアで食べた。グレーの骸骨のような垣根に挟まれたファーストフードの店だ。俺が汚れた服を着た子供や親たちと一緒に並んでいる間、グエンは駐車場で電話をかけていた。カウンターの向こう側では、ストライプのシャツを着た女たちが、ハンバーガーと、口紅のついた退屈そうな微笑をばらまいていた。コンセントを抜いたピンボールとゲーム・マシーンが、戦前の墓地の記念碑のように壁際に並んでいる。板ガラスの窓をじっと見つめていると、誰かの手が脚に触れた。フランネルのパジャマを着た男の子だった。

「おじちゃん、海に入ってるよ」彼が言った。

床はブルーのタイルが一面に敷き詰められ、ところどころに白い島があった。彼はおどけた仕草で腕を広げ、島から島へ跳んでいた。

「泳ぐのが好きなんだ」俺が言った。

「鮫がいるよ」男の子がまじめくさって言った。女が彼の腕を摑んで引きずっていった。

グエンがもどってきて、片手を俺の後ろポケットに突っ込み、頬にキスをした。

「うまくいった?」俺が訊いた。彼女は、俺の質問が二人を危険にさらしたと言わんばかりに眉をひそめた。突然、やけに心配になり空腹を感じなくなった。狭いブースで面白くもない昼飯を食った。

外に出ると彼女が言った。「今夜はアリゾナよ。トラックがお金と新しい車を用意して来てくれるから」

「待てよ」俺が言った。「メキシコはどうなったんだ?」

「どうにもなってないわ」彼女が言った。「ただ、あいつら、あんたの車を探していると思って。お金ならトラックが二千ドル持ってるわ。もっと持ってるかもしれない。お金はいくらでも欲しいでしょ」

「金なら俺も持ってるぜ。そうだな、五、六百ドルなら引き出せる。プラス、月初めにはもう千ドル」この金は俺の信託基金から、ゆっくりとした点滴のように入ってくる給付金。俺にはまだ手をつけることができない元金の利子なのだ。

「足りないわ」彼女があきれたように首を振った。

「何に足りないんだ、日焼け止めか? メキシコのいいところは物価が安いってことじゃないのか」

「授業料よ」彼女が言った。「鳥類学、覚えていないの?」

「大学院ていうのは、金の詰まったスーツケースを持って新入生説明会に行けばいいってもんじゃないんだ。試験もあれば、成績証明書や推薦状もいるんだ」

車に戻った。シャイアンが大声で鳴いて挨拶した。あるいは、文句を言ったのかもしれない。

「で、トラックって何者なんだよ?」

「いとこよ」彼女が言った。「逃走の天才なの。逃亡芸術家といってもいいわ」

グエンはバッグの中をあさってコンパクトや爪やすりをダッシュボードの上に並べた。女が持つ細々としたもののの中に何かがあった。握りが真珠色の小さなリボルバー。

「どうしてそんなものを?」俺が訊いた。

「何か起きるといけないから」

「どんなことが起きるんだ、ちゃんと言えよ」

彼女は手のひらでその重さを量った。「予測できない何か、がね」

「予測できないなら、対策もたてられないじゃないか」

「あとになって」彼女が言った。「私に感謝するかもしれないわ」

ハイウェイを降りたときには暗くなっていた。しばらく荒れ果てた裏道を走って目的地に着いた。月面のような瓦《が》礫《れき》だらけの平原に立つ漆喰のモーテル。車のヘッドライトがステーションワゴンのフェンダーを捉えると、グエンが自分の席でピンと背筋を伸ばした。

「彼よ」彼女が言った。「あれがトラックの車」

旧式のシボレーだ。濃い灰褐色。車のサイドは錆がポリープのように浮き出ていて、窓には段ボール紙が貼ってある。夜気は微かに薬剤の味がした。間違いなく俺は重大な過ちを犯している。

大型のゴミ収集箱の後ろに車をとめ、グエンのあとから駐車場を横切って半開きのドアまで行った。見えたのはベッドの端と、だらんと投げ出された大きな足だけだ。胃がひっくりかえるような緊張を覚えた。テニスの巡回トーナメントに遠征していた頃の輝かしい中学時代以来のものだ。むかし、フラグスタッフのグラスコートで名選手イリ・ナスターゼとラリーをしたことがある。よく晴れ上がった日だった。強い風がふき、頭上では飛行機が飛び交って柔らかな青空にくっきりとした航跡を描いていた。俺は緊張のあまり、どうにかサーブを打つぐらいしかできなかった。今は足を一歩踏み出すごとに、引き返すという考えが遠のいて行くようだった。グエンが俺の迷いに感づいたかのように、ベルト通しに指をかけてぐいっとひっぱった。

トラックはハンチング・ハットをかぶり、腕の所に房飾りの付いたスエードのジャケットを着ていた。目は片時もテレビの画面から離れない。こちらが質問をしたときでさえ、釘付けになったままだ。俺との会話はほとんどグエンを通してだった。俺は実体がなく、彼女にしか見えない幽霊みたいなものだ。グエンといえば、あいつに会えて有頂天になっているようだった。靴を脱ぎ、ほこりっぽいカーペットに座り、おかしくもないのに、あいつの言うことにいちいち声をあげて笑った。ウイスキーと、サンドイッチと、トウモロコシの粒を（かわいいシャイアンちゃんのために）買ってくるように頼まれたときには、感謝したい気分だった。

店までは往復二十分かかった。その間、例の鳥はずっと悲しげに羽をバタバタさせていた。

トラックがドアを開けるのにあまりにも手間取ったため、一瞬違う部屋をノックしたのかと思った。浴室でシャワーを使っている音が聞こえ、椅子の上にグエンの服が積み重なっていた。トラックはベッドに横になった。テレビでは時代遅れのボクサーが白黒画面の中で軽くジャブをとばしていた。

「ゲッティか」トラックが画面に向かって言った。名前がどんな響きか試している。「いったいゲッティってどこからとってきた名前なんだよ？」

「おやじに訊いてくれ」

「あまりいい名じゃないな」

「俺が決めたんじゃない」彼にそう言った。なぜ〈トラック〉なんて名前の男に弁解しなきゃならないんだ？

しばらくして俺が言った。「あんた、面白い車を持ってるんだね」

「PTクルーザーとでも思ってたのか？」彼が訊いた。

そうじゃないけど、と俺は言った。しかし、あいつのシボレーは俺のボルボのスピーカーほどの値打ちもない。だから、そう言ってやった。やつは眉をしかめて向こうを向いた。こぶしを握りしめ、ときどきテレビに映るブローを避けるように身体をピクッとさせた。

「実際、あんたが来てくれて助かったよ」俺は言った。

「そうでなきゃ、盗みでも働かなきゃならないからな。おまけに、どうやるかも知らないんだ」

「お尋ね者とばっかり思っていたぜ」トラックが漠然と俺の方を見ながら言った。

「それはグエンさ」俺が言った。「俺はそういうふうに生まれついてないんだ」

「あんたが言い出したんだろう。俺じゃないぜ」トラックがそう言って鼻を鳴らした。

浴室のドアが開いて、湯気がもうもうと立ち上った。グエンが出てきた。優雅なオウムガイのように巻いたタオルで髪を包んでいる。一瞬、部屋は高原の温泉になった。彼女はスエットパンツとTシャツに着替えていた。Tシャツには「愛しているなら、自由にせよ。戻ってこなかったら、探して殺せ」と書いてあった。

ダブルベッドの上で、ピクニック・シートの代わりに新しいタオルを敷いてサンドイッチを食べた。トラックがウイスキーのボトルを取って、モーテルのスタッフからただでもらったプラスチックカップにトールドリンクを注いだ。俺は自分のカップを一、二分手に持っていた。それから床の上に置いた。トラックが俺をじっと見ていた。

「飲めないんだ」俺が言った。

「そうなの」グエンが、この一週間ずっと彼女を悩ませてきた質問に俺がようやく答えを出したかのように言った。

俺はマリファナを巻いて火をつけた。俺が吸っている間、トラックはもの欲しそうに見ていたが、決してくれとは言わなかった。俺もやるとは言わなかった。グエンを真ん中にして全員ベッドに横になった。二人は酒を飲み旧友のうわさ話をした。金を手に入れた者、姿を消した者、思いがけない怪我に苦しんでいる者。俺にわかった範囲で言えば、友人の半分は刑務所に閉じこめられているか、閉じこめられそうな連中だ。驚いたり失敗したりの話ばかり。おそらく、他にもいるだろう、相も変わらず頑固につまらない人生を生きている友人たちが。しかし、グエンとトラックはそういう連中のことは話題にしなかった。時間がたつにつれ、二人はますます声を張り上げ、楽しそうになっていった。

俺は、そろそろ出発した方がいいんじゃないかと言ってみた。

「もう部屋代は払ってあるのよ」グエンが言った。

「そうかもしれないけど」俺が言った。「明け方にはくたくただよ」

「その時はトラックが運転すればいいわ」

彼女が俺を抱こうとするかのようにもたれかかってきた。が、そうするかわりに、床から俺のカップを取りあげてトラックに渡した。

「マリファナ野郎《スモーキー》に落ち着くように言えよ」あいつが言った。それから、うきうきした声を出した。「落ち着けよ、スモーキー」

俺はグエンに二人だけで話がしたいと言った。俺たちは部屋を出てモーテルの裏に歩いていった。頭上でいきなりどぎつい黄色の電球がつき、俺たちはビール缶やガラクタと一緒に照らしだされた。

「『トラックが運転すればいい』だって？」

彼女が目をパチクリさせた。「だって自分の車じゃない」

「つまり、トラックは俺たちについてくる。そういうことなんだな？　まいったな」

「いいじゃないの」彼女が俺の胸を触りながら言った。

「それからもう一つ、あいつは絶対お前のいとこじゃないぜ」

「あら、もちろん私のいとこよ」彼女が言った。「一番好きないとこだし、たった一人のいとこ」

「おかしなことになったら、あいつを殺すからな」俺はそう言って、彼女がその意味をよく理解するまで待った。「俺はそういう男だ。お前と同じ人殺しさ」

彼女は近づいてきて、俺の両脇に手を巻き付けた。俺たちは一緒に、よろめきながら後ろ向きのダンスステップを踏んだ。

「信じて」彼女が言った。

あの清らかな微笑みを浮かべていた。いつもの俺なら、密猟者の車のヘッドライトに照らされた子鹿のように為す術もなかったろう。しかし、その夜は頭上で蛾が乱舞していたせいか、雰囲気がどことなくいつもと違っていた。だから、俺の心からは、愛とセックスがきれいさっぱり消えていた。それに、彼女に抱きつかれては、俺の怒りもあと十五秒すらもたないと感じたのかもしれない、俺は彼女を振り払った。

「この鳥類学ってやつだけどさ」自分の言っている声が聞こえた。「どういうことかわかっているんだろうな？　冗談だろ。馬鹿げてるよ。第一、学士号も持ってないんだろう」

グエンはたじろがなかった。

「訊くけど、高校は卒業したのか？」

「じゃあ、あなたはどこかの模範生ってわけ？　人生で重要なのは、精神病患者みたいに一日中寝間着を着たままってことなのね。自分を高めようとして悪かったわ。でもね、人生には麻薬やビデオ以上のものがあるのよ」

部屋に戻ると、トラックはシャツを脱いでいた。筋骨隆々たる肉体は何か甲冑でも着ているようで、俺は水槽に入れられたロブスターを思い浮かべた。パンツと靴をはいたまま床の上に大の字になっている。グエンが彼にベッドカバーと枕を渡して電気を消した。俺は服を脱いで、自分たちの呼吸が微かな海のような音をたてているのを聞きながら、そろそろとベッドまで行った。グエンはみじろぎもせずに横になっていた。できれば、彼女の声がききたかった。

しばらくしてから、遠くでサイレンの音がした。冷たい指が俺のショーツの前部をまさぐった。俺は三フィートほど離れたところで寝ているトラックのことしか考えられなかった。寝返りを打ち、何とか眠ろうとした。

朝になると、太陽が金色のシーツのように駐車場に降り注いでいた。グエンとトラックはまだ眠っていて、俺は車のボンネットに座っていた。

中で鳥が死んでいた。座席の上に横たわっている様子でわかる。小さな人間のように横向きに寝て、羽が一方に傾いている。俺にはどうでもいいことだ。新しく思いついた計画をじっくりと考えていたからだ。

もしメキシコで暮らすことになれば——否が応でもそうなりそうだ——グィネヴィア、さらには一時的にせよ、トラックと一緒に暮らすことになれば、金が必要となる。他にも何かもっととらえどころのないもの、たとえば、権威といったものが必要となる。その両方を東へ三百マイルも行かないところで手に入れることができる。

プロスペクトのシャトー・シフィリスに行こう。そこでは母が一人で、いやもしかしたら青二才のテニスコーチか、第三世界の庭師と暮らしている。主寝室には金庫があって、アンティークのコインや宝石類に混じって電話帳の厚さほどの債券が一束入っている。俺には正当な所有権を持つ信託財産があるから、それを担保に借りることにしよう。これは窃盗ではない。一種の経理処理だ。

グエンが透き通った黄色のブラウスを着て部屋から出てきた。セロファンで包んだクリスマスプレゼントのように胸がはっきりと見える。俺はその姿に釘付けとなり、車の中で待ち受けている哀れな状況について、前もって彼女に言うのを忘れてしまった。彼女はお腹を押さえ、気分が悪くなったかのようにかがみ込んだ。

「落ちつくんだ」俺が言った。

車のドアにはまだ鍵がかかっていた。鍵を渡すと、折り畳んだ州道路地図の棺台に横たわっているのが自分の赤ん坊ででもあるかのように、悲しみにうちひしがれた顔で俺を見た。たっぷり一分間、動かなかった。やっとシートに這い上がると、ぎこちなく鳥の隣に横たわった。彼女が鳥に手を触れるのを見て、俺はそいつが飛び立つんじゃないかと思った。彼女は話をしていた。俺にではない。彼女の声は、テレビに出てくる親が子供を寝かしつけるときに出すような声だった。彼女が車から降りてきた。それはちょうどテレビのチャンネルが変わるような感じだった。彼女はシャイアンを抱き、神や、世の中や、俺やトラック、そして自分自身にも暴言を吐いた。「人間の愛情なんてクソ食らえだわ」と言った。自己中心的で嫉妬や疑いに毒されていると。「だけど、汚れのない鳥は心《ハート》から愛するのよ」

俺の頭に突如、鳥の心臓《ハート》はカシューナッツぐらいの大きさだという考えが浮かんだ。しかし、口には出さなかった。

トラックがシャツも着ずに、途方に暮れた様子で戸口に立っていた。俺たちはグエンにとって何の慰めにもならなかった。

トラックは片手で運転し、もう片方の手でタバコを吸っていた。俺は灰色の窓から次々と現われては遠のいていく家々を見ていた。その一つ一つの家に家庭があることが信じられなかった。

一時間かそこらして、俺は地平線に向かって言った。「もう少し先で寄りたいところがある。二人とも俺を信じてくれ」

トラックが口笛を吹いた。「お前がこいつをおかしくしたんだ」彼がグエンに言った。「自分で始末しろよ」

振り向くと、彼女は泣きはらした真っ赤な目をしていた。「この人の言うとおりにして」彼女がトラックに言った。「ゲッティと私は同じ運命なんだもの」

ハイウェイが二手に分かれるところで、俺たちは東へ進み、プロスペクト、そして七年間も見ることのなかった家へと向かった。

殺人者として追われ、しかもヤクのフンボルト・ゴールドでハイになっていると、サターンに乗ったティーンエージャーまでが覆面捜査官のように見える。俺たちは家のそばまで来ていた。トラックは後部座席で手足を伸ばし、片手でパンツを押し下げて眠っている。首の周りに彫った稲妻の刺青を除けば、子供みたいだ。

グイネヴィアが黙ったまま何時間か過ぎた。じっと座って、垂らした髪の毛を引き抜いては日にかざしている。俺は前途に横たわる多くの苦難を想像し、ひどく動揺していた。あたかも俺の恐怖によって呼び出されたかのように、滑らかで悪意に満ちた巨大な十八輪車の隊列が、どこからともなくリアウインドウに現れ、抜き去っていった。牛が満載されていた。痩せた哀れな生き物。牛は一列に並んだ覗き窓に群がり、日曜の楽しいドライブに連れてきてもらった犬のように鼻面を見せている。鈍重な頭は迫り来る虐殺を知っているのだろうか？　俺は自分の運命を垣間見るような気がした。道路標識が半マイル先にガソリンスタンドと食べ物があることを示していた。警察が張っているに決まっている。自首するのが一番簡単だろう。しかし、そうすればグエンと別れることになる。何があったにせよ、俺の心は彼女に対する押さえがたい憧れ、七年生の時以来感じたことのないあの胸の痛くなるような憧れでいっぱいだった。彼女は俺が見捨ててきたものの全てだ。

「見ろよ」俺が言った。「牛だ」

彼女はシートベルトを外し、膝を抱えた。

「あんなことしなければよかった」彼女が言った。口の端にはっきりとしたそばかすがあった。それを見て、希望がわいてきたような気がした。

「運が悪かっただけさ」俺が言った。「間が悪かったというやつだ。こんなふうに考えてみろよ。お前を妊娠した夜、お前の両親が実は〈ロッキー〉を見に行ってたとか、チャイニーズの出前を頼んでいたとしたら、どうなっていたかって。お前のおやじが違ったズボンでもはいていたら、今頃お前はアルプスでスキーをしていたかもしれない。世界的に有名なテニス・プレーヤーになっていたかもしれない。あの牛を運んでいたかもしれない、運命の巡り合わせを恨むんだな」彼女の手をとったが、それは俺の手の中で死んだようにぐったりしていた。「事故ってやつは起きるものなんだ」俺が言った。「そして、関わった者はみんな犠牲者なんだ」

「違うの」彼女が言った。「そうじゃなかったのよ。本当は違うの。私、ちょっとだけ思ったの……命中させられるかなって」

俺はフロントガラス越しに真っすぐ前方を見た。空は淡い錆色だった。バレーボールぐらいの大きさの穴から二頭の痩せ衰えたヘルフォード種の牛が俺を見返していた。一頭が口を開け、ピンク色の舌を見せた。しばらくして、俺は思いきってグエンをちらっと見た。助手席にちょこんと座った彼女は、どこにでもいる娘のように見えた。彼女の指を様子をうかがうようにそっと握った。

「わかってるさ。後悔してるんだろう？」

彼女が握り返してきた。二度も。まるで暗号を送っているかのように。俺は目眩《めまい》がしそうなほどの暖かさに包まれた。

「メキシコで償いをしよう」俺が言った。「木でも植えるか。あそこに行けばまったく違う人生が始まるんだ」本気でそう言った。鮮明な思い出とともにその全てを思い描くことができた。寝袋の中の砂、午後のひと泳ぎ、魚を焼く臭い。

「やり直すことができたらと思うの」彼女が言った。

「俺もそう思うよ」俺は彼女にそう言った。しかし、言ったとたんに嘘だと気付いた。

暗くなるまで待って、低い尾根の頂に立つ家に向かった。壮大な石造りの建物で、その両翼が装飾的に設計された庭園を抱いている。と言っても、冷ややかな感じだ。俺たちは門のところで車を止めた。俺はトラックに、ラジオとヘッドライトを消し、しばらくの間のんびりしているようにと指示を与えた。それから車を降り、ドアをそっと閉めた。

その夜は草むらで鳴く虫の声が、大きく口を開いた円形競技場のような庭園に響き賑やかだった。その時気付いた。車に戻った時にはグエンもトラックも消えているに違いない。俺は立ち止まり、空中に両手を開いて見せた。〈十分で戻ってくる〉。トラックのタバコの赤い火が微かに上下に揺れた。しかし、どちらかが手を振ったとしても、俺にはわからなかっただろう。白亜のドライブウェイが暗闇の中で川のように光っていた。風があった。庭の旗竿に打ちつける綱の音が弔鐘のように聞こえた。

一九八〇年代、シッドはこの家で何度も贅沢な晩餐会を開いた。アリゾナでもっとも裕福かつもっとも影響力のある酔っぱらいが集まる騒々しい催しだった。連中は俺たちの家をタバコの煙とけたたましい笑い声で満たした。そういう晩は、しきたりに従ってことが運ばれた。ロビーでのカクテルが一時間。続いてアンティークの鐘が鳴り、客はダイニングルームに席を移す。そこには、自在板を広げれば三十人もの客が座れるテーブルが用意されていた。一時間後、シッドは自分のグラスを満たすと、長たらしい乾杯のスピーチをし、フィリスと神と共和党に感謝の言葉を捧げる。それから子供たちを呼ぶ。俺たちはホールから入っていった。アンティータムが太鼓でゆっくりと重々しい行進のリズムを叩きながら先を歩き、両親の客たちがショボショボした目で見守る中、俺がジュリア・ウォード・ハウの《リパブリック賛歌》を五番まで全部歌う。運がよければ、ファンファーレをせずに引き上げることができた。しかし、たいていの夜は、握手やキスを強制され、時には二度も歌わなければならなかった。中学生の時、学校で見かけたことのある女の子が親と一緒にシッドの夜会にやって来た。彼女が、「ユリの美しさ」のくだりを歌っている間ずっと流し目をよこすのを見て、俺はカーッとなった。怒りのあまり、あとで寝室の壁を蹴って六インチの穴をあけてしまった。あれはその後も続いた俺の戦いの、最初の一撃だった。

家には車がなく、窓に明かりもなかった。ほっとしたが、別に驚くことでもなかった。お袋は、時間をブリッジと教会と慈善活動にふり分けて、通院患者のように家にいることがなかった。やれシンポジウムだ、コンサートだ、昼食会だといっては、アンティグアやパームスプリングスのような所へ一度に何週間も出かけていた。家や、家にまつわる鮮明な思い出や、その騒々しさ、嗅ぎ慣れた臭いなどを忘れさせてくれるものなら何でもよかったのだ。

玄関のドアは鍵がかかっていた。そこで、そうっと温室にまわった。錆ついたじょうろに鍵を隠してあったはずだ。嬉しいことに簡単に見つかった。玄関に戻り、鍵を開け、一分間ほどそこに立って一息入れた。それから、敷居をまたぎドアを閉めた。

家は壮大な霊廟のように静まりかえっていた。ほこりの舞い落ちる音が聞こえるほどだった。おぼつかない足取りでそろそろと、目の見えない人のように手を伸ばして歩いていった。確かに一瞬だが俺は目が見えなかった。

二階の背の高い窓から庭を見下ろすことができる。お袋が作らせた装飾庭園は、かつては整然と刈り込まれていたが、今では怪奇で無秩序な姿を曝している。月光が寄せ木細工の床をサッと照らした。俺は敷居をまたいで父のオフィスに入っていった。部屋には防水シートをかけた家具が詰め込まれ、俺はテーブルや椅子や電気スタンドのお化けに囲まれているような気がした。長いソファに座った。時間がたち、俺は手足を伸ばした。すると顔が防水シートに触れた。

その時、明かりがついた。俺はじっとしていた。

「呼吸もするな」後ろから声が聞こえた。「こっちは武装しているからな」間違いない。弟のアンティータムだ。

電気スタンドがひっくり返る音がした。

「やあ」俺はソファから声をかけた。「アント、ゲッティだ。俺だよ」

「ほんとだ」彼が言った。青白い顔でボサボサ髪のアント。髪があまりに長く野放図なので、初めはカツラかと思った。チェ・ゲバラの写真がついたジャージを着ている。腕いっぱいに南軍の歩兵用ライフルとおぼしきものを抱え、銃剣まで装備していた。

「信じられないな」彼は微笑らしきものを浮かべてそう言ったが、銃は降ろさなかった。「シッドにそっくりだよ。わかってるのか?」

「そりゃおかしいな」俺が言った。「お前、学校に行ってるはずじゃないのか?」

「やめたよ。あんたと同じだ」

「同じじゃないさ」俺が言った。「俺は二十歳だった。お前は何だ、十七か?」

「俺は紛れもない早熟の天才なんだ」

立ち上がって抱擁すれば、あいつは銃を置く気になるかもしれないと思った。だが、気が付いたら俺は銃身を握っていた。銃剣の先が俺の胸に軽く触れている。それから一種の逆綱引きという格好になり、二人は静かに武器を相手方に押しつけていた。この押し合いは、ドアの方から大声がして中断となった。

「銃を捨てろ」トラックが言った。たぶん、弟に向かって言ったのだろう。

アンティータムは言われたとおりにした。俺もそうした。銃は床に落ち、残念ながらひびが入った。トラックが拾い上げ、銃床を見た。グエンは壁のエッチング画に見入っていた。俺は戸惑いながら紹介した。

「あんたの家なのか？」トラックが不思議そうに言った。

「自分の家に泥棒に入るやつがいるか？」

「泥棒じゃないさ」俺が言った。「メモを残していくつもりだった」

「あなたの部屋はどこなの？」グエンが訊いた。

「兄貴の部屋はないんだ」アンティータムが言った。「シッドが書斎にしちまったからな。とにかく、好きなものを持っていけよ。俺は屁とも思わないから」

どういうわけか疲れ果て、俺はまたカバーのかかったソファに座りこんだ。

グエンがシッドのコレクションを見つけた。防水シートを一つ一つ開けていったら、宝物が姿を現わしたのだ。擦り切れたユニオンジャック、ラッパ、青いベルベットのペチコート、サーベル、火器、厚ぼったい書類、メダル、そして銀板写真。どれも重々しいガラスの飾り戸棚に入っている。

「あらあら」彼女が言った。「いったいこれは何なの？」

「おやじは南北戦争に特別の思い入れがあったんだ」アンティータムが言った。

トラックがシルクハットを取りあげ頭に載せた。「これはどのくらいの価値があるんだい？」

「俺とゲッティよりはある」弟が言って、乾いたシニカルな笑い声をあげた。「たぶん、この家よりもある。なかなか売れないだろうけどな。とにかく、上にご婦人の客がいるんだ。静かにしてくれよ」そう言うと、あとは俺たちにまかせて行ってしまった。俺は階下で用事を済ましてくる間、のんびり待つようにグエンとトラックに言った。

主寝室は一階にある――アンティータムと俺の部屋からは二階下にあたり、核シェルターのように防御してある。金庫を開けるのにちょっと手間取った（サムター要塞の砲撃は一八六〇年だったか？　それとも一八六二年？）。ようやくカチッとタンブラーの落ちる音がして開いたものの、中は空っぽだった。いや、完全に空っぽというわけではなかった。安っぽいグラスが入っていた。中に干からびたライム、縁に口紅の跡がある。取り出そうとも思わなかった。その夜はベッドに潜り込み、そのまま数年眠ってしまいたいような気分だった。

上の階にあがっていくと、玄関のドアが開けっ放しになっていた。階段のところに後ろ向きに車が止めてある。ガラスの割れた窓から、トラックがものを詰め込んでいた。グエンは腕にアンティークの拳銃をいっぱい抱えていた。

「あいつを見ろよ」しばらくしてトラックが言った。「現場監督みたいだぜ」そして二階に戻る途中、俺とすれ違う時にこちらに向かって頷き「監督殿」と呼んだ。

俺は外に出て、車の中を覗き込んだ。移動ミュージアムになっていた。キラキラした金属製品、軍隊用地図、軍隊の太鼓、色あせたチョクトー族の頭飾り、ユリシーズ・グラントのポートレート。トラックはトランクに地球儀を二、三個つっこみ、ビールの缶を持って現われた。缶をあけて啜り、残りを草むらに捨てた。グエンが何かを赤ん坊のように胸に抱えて出てきた。

「驚いたな」トラックが言った。「コカインならプエルトリコ人に売れるだろうが、それに金を出すやつなどどこにもいないぜ」親父が大事にしていたヤマネコだった。グエンはそれを砂利のドライブウェイに置き、二人は再び明るい家の中に飛び込んでいった。

何と不思議で悲しい再会だろう。俺は十三年前にえぐり取ったあの穴に触ってみた。ざらざらと乾いた感触だった。クラブはシッドの死後、この狩猟記念品を返却してきたのだろうか？　ヤマネコは以前と同じように攻撃の姿勢で固まっていた。着色された歯の間に舌を巻き上げ、カビくさい四肢を広げている。剝製師のペテンだ。シッドは動物保護区で、檻に入れられていたあのヤマネコを撃ったのだ。おそらく、眠っていただろう。可哀相にあいつにはチャンスがなかった。哀れみの情がこみ上げてきた。ヤマネコに対して、アンティータムに対して、そしてシッドに対してさえも。シッドは酔っぱらいで暴君だった。しかし、一人の男であり、彼の期待に添えなかった二人の息子の父でもあった。

トラックがどくようにと俺を急き立てた。どうやらアンティークものには飽きてしまったらしい。腕にワイドのテレビを抱え、グエンが後ろで、まるでウエディングドレスの裾を持つようにコードを捧げ持っている。俺は、テレビを車に押し込もうと奮闘しているトラックを見ていた。

「ちょっと待てよ」俺が言った。

トラックはテレビを地面におくと、急いで後部座席に入れたものを出し始めた。グエンが間に合わないほど速く次々と手渡している。彼女はシッドが大切にしていたものを車の屋根の上に積んでいった。

「全部もとに戻さなきゃならないんだ」俺が言った。「すまない。俺が間違っていた」

トラックがテレビを膝の上にのせ、その重さに喘いだ。

「そのピューマをどけろ」彼がグエンに言った。彼女がヤマネコを引きずって場所をあけた。

俺が退学した週、シッドは褒美にクラブでディナーを奢ってくれた。親父は三品からなるディナーとデザートの間中、気味悪いほどの平静さを保っていた。食後、タバコの煙の向こうから言った。「安心しろ。俺はお前よりずっと前からこうなることはわかっていた」これは必ずしも真実ではなかった。俺は子供の頃から自分が失敗するだろうと直感的にわかっていた。鈍い慢性的な痛みだった。いつだって俺は予見することができたのだ。特に自分のことはよくわかった。しかし、助手席にグエンのバッグを見つけ、中に手を入れ、彼女の銃を取り出したときは、我ながら驚いた。俺はトラックに銃を向けた。

「もとに戻せ」俺は言った。「全部だ」

「ああ、ハニー」グエンが言った。

トラックはじっと俺を見つめた。それから、ゆっくりとかがみ込んでテレビを降ろした。頭の中で長々とわり算をしているかのように目を細めた。それから頷くと腕を広げ、手のひらを開いて、俺に撃つように促した。

「撃つぞ」俺は言った。撃ちたかった。手が震えた。俺たちは立ったまま目で会話した。

トラックが注意深く近寄ってきて、俺の手から銃を取りあげた。それから銃を下に向けて撃った。ドンという銃声が聞こえ、腿に鋭く燃えるような圧力を感じた。涙があふれ出た。俺はしりもちをつき、気付いたら脚を組んでいた。かっこよく見えたかもしれない。

「車に乗れ」トラックがグエンに命じた。

彼女が俺の目を覗き込んだ。愛らしく悲しげだが落ち着きを保っていた。彼女は一人の男を殺していた。そして鳥も死んだ。俺の頭にキスをすると助手席のドアを開けた。

車は北軍の遺物をまき散らしながら走り去った。俺は暗闇に座ったまま血を流し、ヤマネコが目玉のある方の目でじっと俺を見つめていた。俺はすぐにも片足を引きずりながら家の中に入り電話を見つけるつもりだ。しかし、しばらくの間は、足をかかえて数えていた――呼吸と心臓の鼓動、カバの木、そして空の飛行機の数を。とにかく、少しは二人の時間稼ぎになるだろう。

強い男の愛
The Love of a Strong Man

オズ・スピース　青木千鶴訳

オズ・スピース（Oz Spies）は一九七八年ワシントン州カークランド生まれ。各地を転々とした後コロラドに定住する。コロラド州立大学を卒業後、作家を目指して創作を開始。彼女の作品は本作も掲載された《オンタリオ・レヴュー》誌などの文芸誌やアンソロジーに収録されている。夫と共にデンヴァー在住。

これは始まりと終わりのない物語だ。知らぬ間に人々を巻きこみ、いつまでもつきまとって離れず、裁判が終わっても、彼が死んだあとも、わたしたちに重くのしかかる。けっして忘れることはない。何から話せばいいのか。そう、あの出会いから始めよう。わたしは十四歳。タイト・ジーンズに真新しい白のスニーカーを履き、褐色の髪を背中まで伸ばして、ガムを噛んでいた。彼は十七歳で、ブロンドの髪を顎の長さに伸ばし、逞しい胸をぴったりとした白いTシャツで包み、破けたジーンズを穿き、煙草をくわえていた。そして、凄みのきいた低い声で言った。「いい天気だな」なんと答えたらいいのかわからなかった。ありふれた問いかけとは不釣合な、映画に出てくるタフガイのような声に心臓が高鳴った。わたしは彼の強さを愛するようになった。細い肩を抱く太い腕が好きだった。その気になればどんな男でも叩きのめせるだろうと皆から恐れられていたけれど、けっしてそんなことはしなかったし、喧嘩に加わったこともない。ただの一度でもパンチを食らったことさえない。そんなところにも惹かれた。けれど、結婚してからは、その強さも幻想のように思えた。全身にオイルを塗ってポーズをとるしか能のないボディビルダーのように。いつの間にか、わたしが求めていた強さも、強引さも、愛も消え失せてしまっていた。

けれど、それが始まりだったわけではない。十四歳のわたしは無知な小娘だったけれど、彼の素行に問題はなかった。食料雑貨店でガムを万引きしたことや、授業中に居眠りばかりしていたせいで停学になったことが、のちの出来事に関係しているとは思えない。わたしが真実を知ったのは、それから何年も経った、数ヵ月前のことだった。広々としたきれいな芝生に囲まれた袋小路の家に、わたしたちは住んでいた。ある日、印刷の粗い奇妙な似顔絵が、ある事件の容疑者として新聞に掲載され、街中に張りだされた。えらの張った顎と高い鼻が、驚くほど彼に似ていた。数日後に彼が逮捕されたことで、不安は現実に変わった。ときどき思う。ただの恐ろしい偶然ではないのか。あるいは、恨みを抱いた患者か何かに罪を着せられただけのことではないのか。そのうちにCNNが彼の無実を伝え、地元警察の無能ぶりを叩きはじめるのではないか。けれど、そんな証拠は何もない。わたしは法廷に出ることは、拒んだ。上品な水色のスーツや借り物の真珠のアクセサリーを身につけて、夫に寄り添い、無実を訴え、嗚咽を漏らしたりハンカチを握りしめたりしながら、「夫はそんな人じゃありません。無実です。歯科医がそんなことをするはずがありません！」と涙ながらに語る。そんな哀れな妻を演じるなんて、とても耐えられない。

逮捕の時点から話を始めたのでは、どうしてわたしが彼と結婚したのか、そんなに知らないことや知りえないことだらけの結婚生活がありうるのかと、誰もが疑問に思うだろう。わたしにもよくわからない。彼のことも、すべてを知ることは一生ないのかもしれない。けれど、結婚なんてそんなものではないのだろうか。別れたり縒《よ》りを戻したりを何年か繰りかえしたのちに、わたしたちは駆け落ちした。それを機に、彼は歯科学校に入学した。歯科医になることを選んだのは、収入もいいし、命に関わる決断をする必要もないし、虫歯を削ったり詰物をしたりすることだけ考えていればいいのだと、わたしが言ったからだった。歯科医はストレスの少ない職業だ。化粧品売り場の売り子という、わたしの仕事にしてもそうだった。わたしたちは共に仕事を持ちながら、休暇をとってハワイへ旅行したり、蚤の市でアンティークの家具を買ったりした。

どうしたら、一緒に暮らす相手のことが何も見えずにいられるのか。どうしたら、そんな相手と結婚したり、愛し合ったりできるのか。誰でもそう思うだろう。こんな話はやめて、もっと昔のことから話しはじめるべきなのかもしれない。例えば子供の頃にまで遡り、彼自身も被害者であったということや、実の父親から虐待を受けていたということを詳しく語って聞かせれば、彼もそれほどの凶悪犯には見えなくなるのかもしれない。けれど、彼はそうした過去を打ち明けてはくれなかった。しょっちゅう悪夢にうなされて、冷や汗を流していただけだった。わたしが詳しいことを知ったのは、一般の人たちと同じく、新聞記事の中でだった。〈被告人は児童虐待の犠牲者〉という大きな見出しが、地域欄に躍っていた。夫は地域の関心の的《まと》となっていた。

友人たちからは、元気でいるのかと声をかけられる。額に皺を寄せた気遣わしげな顔つきで、わたしの腕に軽く触れて、「ねえ、大丈夫なの？」と尋ねてくる。でも、わたしは知っている。彼女たちが本当に知りたいのは、どうして彼があんなことをしたのかだとか、わたしたちの結婚生活がどんなふうだったのかだとか、いつになったらわたしが人前でヒステリックに取り乱すのかということだ。そうすれば、友だちや《ナショナル・エンクワイアラー》に、それを言いふらすことができるから。だから、わたしはただこう答える。「見てのとおり、わかるでしょ」もちろん、彼女たちにはわからない。ただただ、わたしのような境遇に陥らなかったことを神に感謝しているにちがいない。最近では、電話をかけてくることもなくなった。

頭の上に手を伸ばし、ナイトテーブルからコントローラーを取りあげて、テレビをつける。ベージュ色のスーツを着た身重のレポーターが、郡裁判所の前に立っている。

「一連の強姦事件の容疑者であるヘンリー・カールストンの裁判で、七名の被害者による証言が来週にも行なわれる予定です。カールストン容疑者は、性的暴行、略取誘拐、不法侵入の廉《かど》で、七件の罪に問われています。まだ名乗りでていないだけで、ほかにも被害者がいるのではないかとも噂されています」わたしはすぐに電源を切った。心臓が激しく鼓動する。広々とした寝室を見渡すと、壁の暖炉に目が留まる。雰囲気があっていいとヘンリーは喜んでいたが、灰で汚れるのを嫌って、一度も使ったことはなかった。積みあげられた段ボール箱の向こうを覗きこみ、誰もいないことを確かめる。クローゼットまで歩いていって、その中も確認する。いつもの場所に戻り、絨毯に腰を下ろして、壁に背をあずける。キングサイズのベッドとお揃いの桜材のナイトテーブルにもたれかかる。ここなら、通りに面したふたつの窓と、寝室のドアが視界に入る。ナイトテーブルの上に手を伸ばし、ヘンリーの母親から送られてきた擦り切れた恋愛小説を取りあげて、ぱらぱらとめくってみる。黒い文字と白い紙がしだいに混じり合い、灰色に霞んで見えてくる。

本を置き、記憶をたどる。昔、ふたりで恋愛コメディー映画を見に行った。孤独なバイオリン奏者と、彼女に恋するトラック運転手の話だった。トラック運転手が自分で摘んできた雛菊でバイオリン奏者の寝室を埋め尽くすという場面で、とつぜんヘンリーが言った。「あんなに掛け離れた人間同士が恋に落ちるわけがない」まわりの人たちが振りかえるくらい大きな声だった。わたしは言った。「バイオリン奏者同士だったら、もっと共通点があるって言うの？　それとも、何かほかの弦楽器奏者とか？」ヘンリーは笑いながらわたしの手を取り、その甲にキスをした。あのときは取るに足りないことのように思えたけれど、いまでは、すべての思い出に意味を探してしまう。彼がわたしの唇ではなく手に口づけたのは、自分のしていることに罪悪感を抱いていたからなのだろうか。それとも、一般的な夫は妻の手に口づけるものだと思いこんでいて、正常なふるまいをしようとしただけのことなのだろうか。あの日の記憶をいくらたどってみても、ヘンリーが自分のセーターを脱いで渡してくれたことや、その大きすぎる灰色のセーターを赤いクルーネックのリブニットの上から羽織ったことや、彼の汗の匂いがしていたことばかりが頭に浮かんで、そんな夫婦の出てくる映画があったかどうかも思いだせない。そのことに身震いが出る。

もう映画は見られない。ヘンリーならどんな感想を口にするだろうかと考えてしまうから。本も読めない。テレビも見られない。誰かに会ったり、話したりもしたくない。ただ、真っ白な絨毯に紛れこんでいる黒い繊維をむしりながら、夫がしたことについて考えてばかりいる。着古した黒いスウェットパンツ姿で寝室の絨毯に腰を下ろし、ベージュ色の壁紙の縞模様を眺めながら、さまざまな質問の答えを探している。

いまでは、思い出のすべてが穢らわしいものに思えてしまう。ナイトテーブルの上には、結婚式を挙げた〈愛のチャペル〉でエルヴィス・プレスリーの横に立つ、ダークグレーのスーツを着たヘンリーの写真が載っている。その写真が、証人席ですすり泣く被害者を描いた新聞の挿絵と混じり合う。クローゼットやバスルームの戸棚に貼りつけられていた〝やることリスト〟のメモが、同じ筆跡で書かれた拘置所からの手紙と重なり合う。腹が立って仕方がない。分けて考えるのは簡単なはずだった。強姦魔から愛する夫を切り離し、別個のものと考える。思い出を選りわけて、きれいなものだけを残しておく。簡単なはずだ。けれど、ヘンリーは何もかもに痕跡を残していった。それが何より腹立たしいのだ。

時計に目をやる。午前一時。ベッドに這いあがり、掛け布団の上に仰向けになる。明かりを点けたまま天井を見つめているうちに、太陽の光が射しこみはじめる。シャワーを浴びて服を着替えると、コーヒーを入れたカップを持って、ダイニングルームの大きなテーブルに座る。九時になって仕事に出かけるまでの時間をつぶす。座るのは、ヘンリーがいつも座っていた場所だ。そうすれば、空っぽの彼の椅子を見つめたり、背筋を伸ばして新聞の連載漫画を読んでいた姿を思い浮かべたりせずに済むから。ヘンリーは一面にも、ビジネス欄にも目を向けなかった。読むのはライフスタイルのページとスポーツ面だけ。どんなに眠たそうなときでも、常に姿勢を正して座っていた。くつろぐ姿を見たことがあったろうか。どうしても思いだせない。彼はまるで、〝待て〟と命令されたまま放っておかれて、何をしたらいいのかわからずに次の命令を待っている犬のようだった。

郊外の混雑した通りに車を走らせながら、周囲に目をやる。わたしと同じように一人で車を運転している女たちは、わたしの夫がどんな人間なのかを知っているだろうか。自分の夫がどんな人間なのかを知っているだろうか。もしかしたら、彼女たちの夫のほうがわたしの夫より下劣な人間なのかもしれない。もしかしたらわたしの夫は無実で、代わりに誰かがいまのわたしの立場に陥るかもしれない。そうして、今度はその誰かが寝室に閉じこもり、錯覚に満ちた過去をたどって、人生が狂いはじめた瞬間を見つけだそうとするのかもしれない。

　パステルピンクに統一されたカウンターで、女性客にメイキャップのサービスをしてやるのがわたしの仕事だ。スキンクリームとローションを買わせるためのサービスだけれど、そんなものを使っても、皺が消えることもなければ、若返ることもないし、もっと幸せな人生を歩めるわけでもないことは、どちらも承知している。仕事中は、ヘンリーにかけられた容疑のことを忘れていることもある。白い受話器を手に取り、ファンデーションが付かないように気をつけながら番号を押しかけたところで、ようやく思いだす。ヘンリーは診療所ではなく、拘置所にいる。電話も持っていない。もし持っていたとしても、アイシャドーの使いすぎでおかしな顔になっていた客の話などは、彼がいま聞きたいことではないはずだ。犯罪者となった夫は切り捨てるべきだとわかっていても、そうそう簡単にはいかない。指のささくれや、壊疽《えそ》にかかった手足のように、簡単に切り捨てることはできない。切り捨てたあとに残るかすかな痛みに耐えることはできても、自分自身を切り捨てることはできない。

「ダーリーン、誰かに電話？」同僚のアリーの声がする。アリーは毎日、黒い網タイツを履いている。もしかしたら洗っていないのかもしれない。

「いいえ」わたしは答えて、受話器を戻した。アリーは日焼けクリームのコーナーを離れると、隙間を縫いながら、こちらへ――電話と、レジスターと、〈冷光に輝く恋人《ルミネセント・ハニー》〉という甘ったるい匂いの新発売の香水が置いてある場所へ――近づいてくる。アリーとは、仕事帰りによくマルガリータを飲みに出かけるような仲だった。ヘンリーの逮捕後に、彼女が六時のニュースのインタビューに応えているのを見るまでは。彼はちょっと無口すぎると思っていた、わたしが目のまわりに青痣をつくって職場に出てきたこともあったと、アリーは話していた。けれど、あの痣はスキー板で転んで出来たものだった。転んだときに自分のスキー板をぶつけてしまったのだ。アリーもそのことを知っていたはずだ。あのニュースを見て以来、仕事に関すること以外では彼女と口を利いていない。

「調子はどう?」やけにゆっくりした口調でアリーは言った。そうしないと、早口でお喋りな彼女は、間《ま》が持たないのだろう。

「ほんとに心配してるのよ」アリーが言う。

「自殺を考えてるわ」わたしは答えて、様子を見守る。アリーは一瞬顔を凍りつかせると、目を倍の大きさに見開いて、いかにも気遣わしげな表情をつくった。その顔は、子供の頃に持っていた等身大の人形にそっくりだった。髪をカールさせたり、顔に化粧をしたりして遊んだあとは、全部洗い落とせるという玩具だ。「それで、今度はどこの局に話すつもり?」わたしは言った。

アリーは白衣に視線を落とした。売り子はみな、黒い服の上に白衣を着ることになっている。いかにもプロっぽく見せるためらしい。ヘンリーも白衣を着ていた。犯行の際には、何を着ていたのだろう。それ専用の服を持っていたのだろうか。それとも、普段着を着ていたのだろうか。買い物嫌いの彼に代わって、いつもわたしが買ってきていた服を。胃がもんどりうつ。アリーの網タイツや、白衣や、緑色のアイシャドーに反吐《へど》をぶちまけてしまいそうになる。

アリーはまだわたしを見つめている。他メーカーのカウンターにいるふたりの売り子が、こちらをちらちらと窺いながら、何やら囁き合っている。この数カ月間はずっとこんな調子だった。何を話しているのかはわかっている、わたしとヘンリーのことでしょと言ってやりたかった。けれど、彼の名前を口にするのが嫌だった。

「この新商品はどうかしら。〈冷光に輝く恋人《ルミネセント・ハニー》〉って香水のことよ。なかなかいいと思わない?」精一杯凄んで声をかける。ふたりは口紅を塗りたくった唇を大きく拡げ、作り笑いでうなずく。宗教の勧誘にきた女に向かって微笑むときのように。

アリーが首を振った。「ダーリーン、医者に診てもらうつもりはないの? あなたの抱えている問題は、わたしじゃ手に負えない。力になれそうもないわ。医者に診てもらうべきじゃないかしら」それだけ言うと、アリーは日焼けクリームのコーナーへ戻っていって、メイキャップ・カウンターの反対側にとどまっていた。

その日は時間の経つのが早かった。メイキャップのサービスを待つ客がいなくなると、アイシャドーの小箱をきれいに並べる作業に没頭した。ラベルが正面に、右側が上に来るように向きを整える。百三十六色をそれぞれの仕切りに収める。アリーのことは無視しつづけた。アリーはよそのメーカーの売り場までわざわざ足を運んで、ふたりの売り子と小声で話をしている。わたしはまだ昼休みもとっていなかった。フェイスパウダーを買いにきた女性客が、アリーのほうへ顎をしゃくって言った。「あなたばっかり働かされてるみたいね」あちらでは、アリーが奢ったカフェラテをみんなで飲んでいた。わたしには、欲しいかどうか尋ねもしなかった。先ほどの売り子たちと同じ笑顔で微笑みながら、わたしは代金を受けとった。ベリー・レッドのグロスを塗った唇が引き攣るのがわかる。ヘンリーに出会わなければよかった。七時に帰宅すると、玄関でパンプスを脱ぎ捨て、黒のスウェットパンツに着替えた。塩味のクラッカーとセヴンアップを手に、寝室のいつもの場所に腰を下ろした。

電話が鳴る。わたしは立ちあがり、毛足の長い絨毯につまさきを沈めながら、ヘンリーのナイトテーブルに向かった。寝室の電話器は、一九四〇年代の商品のレプリカだった。光沢のある白地をベースに、金色の受話口と送話口とダイヤルが付いている。

電話をかけてきたのは、ヘンリーの母親だった。二日前から毎日電話をかけてきて、彼に会いに行ってくれと懇願しつづけている。「ダーリーン。お願いよ、ダーリン」何か頼みごとをするときには、義母は決まってこの言い方をする。頭韻を踏むことで、わたしの決意を変えさせられるとでも思っているのだろうか。「あの子は拘置所に何カ月もひとりぼっちでいるのよ」

「わたしもここにひとりぼっちでいるわ。エレナ、あなただって、ウィチタにひとりぼっちでいる。そんなことは理由にならないわ」夫に先立たれて間もなく、エレナはカンザス州のウィチタに移り住んだ。夫の思い出から逃げたかったのかもしれない。それ以来、ほとんど独りきりの生活を続けている。わたしの知るかぎり、エレナが自ら他人と交流を持つのは、教会へ行くときか、わたしたちに電話をかけてくるときだけだった。

「あの子がどんなにあなたを愛しているか、知っているでしょう？　いつもすてきなプレゼントを贈っていたじゃない。花屋に頼んで毎月花を届けさせていた、あれはなんだったっていうの。あなたがあのしこりで悩んでいたときだって、懸命に世話を焼いていたじゃないの」

「あの花は、わたしが注文用紙を調理台の上に置いておいたの。それに、あのしこりの件は、結局なんでもなかった。それとこれとは話が別だわ」確かにヘンリーは、検査のとき病院についてきてくれた。けれど、もしも癌だという検査結果が出て、わたしが化学療法を受けることになっていたなら、その後も病院へ付き添って、わたしの手を握りつづけようとはしなかっただろう。いや、違う。それが真実でないことをわたしは知っている。あのとき病院で、ヘンリーは自動販売機にあった七種類全部のソーダ水を買ってきてくれた。わたしがどれを飲みたいのかわからなかったからだ。わたしが頼めば、ヘンリーはどこにでも行ってくれた。わたしはクラッカーを齧った。この一件が始まってから、口にする気になれたのは塩味の平べったいもの――アンチョビや、ビーフジャーキーや、クラッカー――だけだった。どうしてなのかはわからない。

「何が別だって言うの。苦難を共に乗り越えるのが夫婦でしょう？」エレナが言う。どうすれば電話を切ってもらえるのだろう。エレナはこの街にはいない。息子の面会にも一度も行っていない。弁護士に小切手を送っているだけだ。許可してもらえるものなら、ジンジャー・ブレッドや清潔な下着をいっぱいに詰めこんだ差し入れを送ることくらいはしたかもしれないが。わたしは思わず言った。「夫婦が苦難のもとになることもあるわ」クラッカーで口が渇く。話すのも億劫だ。わたしは言ったことを後悔した。

「なんてこと」腹を殴られでもしたかのように、息を吸いこむ音が聞こえる。けれど、一瞬の間を置いて、エレナはまた喋りはじめる。何があろうと、この会話のあいだは寛容な態度を貫くと決めているのにちがいない。たとえわたしが前回のように、彼女の息子は虫唾が走るほどの糞ったれだと言ったとしても。「前の夫とのことは、ずっと昔の話だわ。ヘンリーはわたしたちを愛している。手作りのカードを送ってくれたもの。それが証拠だわ」

わたしはクラッカーを嚙み砕き、セヴンアップで流しこんだ。気持ちが乱れているときには、いつもセヴンアップを飲む。胃を鎮めてくれる気がするから。けれど、いまはそれも効かない。「彼が本当に愛しているかどうかが、どうしてわかるの」

エレナの声が、刺《とげ》のある低い声に変わる。二十七年間の喫煙による喉のざらつきが耳に響く。「結婚の誓いを立て直すべきじゃないかって、わたしはいつもヘンリーに言っていたのよ」

もしヘンリーが拘置所の独房で擦り切れた毛布にくるまっているのではなく、いまもこの青い羽毛布団の下で眠っていたなら、エレナの言葉にわたしは思わず笑っていただろう。「彼がくたばるそのときまで、ぐつぐつと燃えたぎる愛を絶やさぬことを誓いますか」などと尋ねるような立会人のもとで、わたしたちは結婚の誓いを立てたのだ。けれど、この数カ月というもの、なぜか教会に引き寄せられている自分にも気づいている。不変の威厳を湛《たた》えた建造物の前を行ったり来たりしながら、膝が擦りむけるほどに祈りを捧げることができたならと願っている自分がいる。夫のしたことに関して、わたしにどんな責任があるというのだろう。ヘンリーはいつも祈っていた。ベッドに入ると密かに手の平を合わせ、小さな声で何ごとかをつぶやいていた。どうして彼は祈っていたのだろう。罪の意識から逃れるためだったのか。慰めや、赦しを得るためだったのか。それとも、ただの習慣だったのか。サーカスで芸を仕込まれた象のように、長老派教会信者の母親にしつけられたせいで、祈ることをやめられなかっただけなのだろうか。

ふと我に返ると、エレナがまた喋っていた。「わたしの言ったこと、ちゃんと聞いてたの?」

「もう切るわ。さよなら」わたしは言って、受話器を置いた。回線が切れる直前まで、「ダーリーン？　ダーリーン！」とわたしの名を叫ぶ声が聞こえていた。エレナはヘンリーのほかに子宝に恵まれなかった。ほかの精子は彼女に耐えられるほど強くなかったのだ。

エレナは何をどこまで知っていたのだろうかと、いつもの床の上へ戻りながら考える。自分や息子を殴るような男と別れなかったことや、ヘンリーを野球観戦に連れていってあげなかったことや、息子の犯罪者としての徴候に気づかなかったことで、彼女を非難することはできるかもしれない。けれど、わたし自身が見過ごしていた徴候はなかったのか。ヘンリーが自分では無神論者だと言いながら祈りを唱えていたことも、不眠症に悩んでいたことも、そのひとつではないのか。なのにわたしは眠りの深い性質《たち》で、彼がどの晩に家の中をさまよい歩き、どの晩に隣で寝ていたのかも知らなかった。本当は知っているべきだった。せめて、隣にいるかいないかくらいは気づいて然るべきだった。胃がもんどりうって沈みこむ。奈落の底に落ちていくような、奇妙な感覚に襲われる。

ピンク色のビーチサンダルを履いて、外に出る。冷たい夜気の中、ヘンリーの不眠症が伝染《うつ》ったかのように家の前を行ったり来たりしながら、ほかにも徴候はなかったかと思い巡らす。そのうちわけがわからなくなってきて、こんなことまで考えはじめる。十代の少女を暴行しようとしている男をひとり捕まえれば、ヘンリーの妻である自分を解放できるかもしれない。いや、老婆を強姦しようとしている男のほうが、ヘンリーより卑劣な人間だとみなしてもらえるだろうか。家々の窓にはカーテンが引かれ、人の姿は見えない。柔らかな黄色の室内灯や、テレビの青く明滅する光だけが、カーテン越しに透けて見える。夜の冷気に身震いする。けれど、身体はじっとりとした汗に濡れている。家に駆け戻り、服を脱ぎ捨てて、シャワーを浴びた。皮膚が赤剝けになりそうなほど強く身体をこすった。香り付きの二種類の石鹸とボディソープを使い、歯を食いしばるほど熱い湯を浴びた。それでも、汚れが落ちた気がしない。

流れ落ちるシャワーの音が、家の中に響きわたる。寝室が三つにバスルームが二つもあるだだっ広い新居の静寂を埋める。ワンフロアを占める主寝室には、重たい段ボール箱が山積みになっている。ヘンリーの縞模様のネクタイや、毎年の結婚記念日に彼から贈られたオルゴールや、式を挙げた日に彼が撮った写真――体重三百ポンドはありそうなエルヴィス・プレスリーのそっくりさんに抱きあげられ、恐怖で蒼ざめているわたしの写真――を箱に詰めることまではできたのに、どうして捨ててしまうことができないのか。箱を地下室にしまいこむことさえできずにいる。ヘンリーの残していった品々は、ベッドの足元や、化粧箪笥の横や、ウォークイン・クローゼット中で、煉獄へ送られるのを待っている。

巨大なキングサイズのベッドに寝転がり、腕をめいっぱい左右に拡げてみるが、やはり両端には届かない。からかうようなヘンリーの声が聞こえる。「前に試したときよりも、腕が長くなっているとでも思ったのかい、ダーリーン」わたしたちが最後に喧嘩をしたのは、このベッドの上だった。警察が朝早くに診療所へやってきて、診察が始まる前に彼を逮捕した日の前夜のことだった。いつもながらの喧嘩。結婚後に起こったすべての喧嘩や口論とそっくり同じ。まるでデジャビュのような奇妙な感覚に満ちていた。けれど、現実主義者のわたしはアレルギーの薬の副作用だと決めつけて、深く考えようともしなかった。いまになって思う。きちんと決着がつくまで、真実が姿を表わすまで、わたしたちは何度でもあの喧嘩を繰りかえさなければならなかった。なのにわたしは毎回それに失敗して、新たな喧嘩に移ることができなかったのだ。ヘンリーが逮捕されてからの二カ月間で、広い視野と洞察力が身についたと言えたらいいのだけれど、実際にわたしが手に入れたのは、胃から溢れかえりそうなほどの怒りと、悲しみと、喪失感の入り混じった感情だけだった。

「今日、アリーのボーイフレンドが職場に来たの。彼女をびっくりさせるために、セサミ・チキンと蘭の花束を持ってきたのよ」あの晩、わたしはレースのスリップ姿でベッドの上に寝そべりながら、ヘンリーに話しかけた。

「へえ……セサミね。あの辛いやつだろ」ヘンリーはスポーツ雑誌に目を向けたまま答えた。

「それはクンパオ・チキンでしょ」わたしは深く息を吸いこんでから言った。「わたしたちも真似してみない？　ランチのことよ。平日でも、ランチに行くことくらいはできるでしょ」

「今週は忙しいんだ。新学期が始まるから、歯の掃除をしてくれってていう患者が殺到してる」

「そういうことじゃないの。たまにはいつもと違うことをして、驚かせてほしいのよ。シャンパンを持ってピクニックに連れていってくれるんでもいい」

「きみが診療所のほうに来ればいいじゃないか。土曜日にどこかへ出かけてもいいし。その前に、電球とカーペット・クリーナーを買いに行かなきゃならないけど」雑誌のページをめくりながら、ヘンリーは鼻を掻いた。

わたしは努めて明るく、甘えるような口調で言った。「カーペット・クリーナーなんてどうでもいいじゃない。わたしには、ちょっとの骨を折る価値もないの？　ちょっとしたロマンスを与えてくれたっていいじゃない。たまにはあなたが率先して何かをしてほしいのよ。例えば、いきなり抱きしめてキスするだとか。わかるでしょ」そこでわたしはかっとなった。わたしの言ったことを、彼はまったく理解していないと思ったからだ。けれど、いまならわかる。ヘンリーはちゃんと理解していた。いつだって理解していた。物事を始める人間は彼であってほしいとわたしが望んでいることも。荒々しく迫ってほしいと望んでいることも。出会ったときにわたしが抱いた彼のイメージを、貫きとおしてほしいと望んでいることも。雨の中でわたしを抱き寄せ、激しくキスをしてほしいと望んでいることも。ただ、それは彼の望んでいることではなかった。ヘンリーはわたしを望んではいなかったのだ。

その晩の口論は徐々にエスカレートして、いつもの諍いに発展した。「どうしてきみは、自分の考えを押しつけずにはいられないんだい」ヘンリーは雑誌をふたつに折って溜息をついた。「このことは、明日の朝にまた話そう」

「一週間おきでもいいわ、ヘンリー。それでもいい」

「駆け落ちしたときだってそうだ。きみは一度言いだしたら引きさがることができなくて、おれがわかったと言うまで我を通すんだ」

「我を通すですって？　話をすり替えるのはやめてちょうだい。わかったわ。そういうことなのね！」

「何がそういうことなんだ」

「もうわたしに魅力を感じていないのよ！」わたしは上半身を跳ね起こした。ヘンリーはさらに深く枕に頭を埋め、じっと雑誌を見つめていた。そこに写っているフットボール選手の誰かがページから飛びだして、自分を救いだしてくれと祈っているかのように。

「疲れてるんだ。明日話そう」

「いつだってそうね」わたしは泣きそうな声で言った。明日話そう——数えきれないほど耳にしてきた言葉だった。彼は手を伸ばして、明かりを消した。「あんたは腰抜けの糞ったれだわ、ヘンリー」怒りに震える声で言うと、わたしはベッドの端まで寄って、丸くなった。眠るつもりはなかった。まるで針で突つかれているかのように、身体中がぴりぴりと痛んでいた。どちらかが謝るまで、目を覚ましていたかった。そのあと、彼の胸に抱かれて眠りたかった。けれど、どちらかがそれ以上何かを言う前に、わたしは薬でも盛られたかのように、ほどなく眠りに落ちた。

その晩、ふたりが初めて一夜を共にしたときの夢を見た。ゴルフ場に分厚いウールの毛布を拡げ、星空の下でわたしたちは愛し合った。彼のやさしくぎこちない手の動きは、ただ不慣れなせいなのだと思っていた。今後の性生活でもずっとそれが続くとは思ってもみなかった。あの晩、わたしたちは裸のまま毛布の上に横たわり、ヘンリーが勝手に星座をつくりだしては、それにまつわるお伽話を聞かせてくれた。ストーリーは『眠り姫』や『白雪姫』や『美女と野獣』とそっくり同じで、登場人物の名前だけが変えてあった。彼の腕はきつくわたしを抱きしめていた。身体に触れる感触は硬かった。あと少し力をこめたら、わたしを押しつぶすこともできるのではないかと想像すると、ぞくぞくするような興奮を覚えた。

翌朝目が覚めたとき、その夢のことをヘンリーに話したいと思った。週末ののんびりした朝には、ベッドの中でコーヒーを飲みながら、前の晩に見た夢の話を聞いてもらっていた。けれどその日は平日で、ヘンリーはすでに診療所に向かったあとだった。そしてその診療所の水槽に囲まれた待合室で、警察に逮捕されたのだった。被害者のひとりが新聞の写真を見て、ヘンリーが犯人だと証言していた。B五面に掲載された、〈街で五本指に入る歯科医〉を紹介する記事だった。同じ新聞のB一面には、紙面の半分を占めるほどの大きさで、容疑者の似顔絵が載っていた。その後、別の被害者の家に犯人がうっかり残していったコンドームから採取された精液と、彼のDNAが一致した。コンドームはきちんとティッシュペーパーに包まれて、便器の足元に置いてあったという。ヘンリーは、自分専用の本棚に作家名順に本を並べるような人間だった。トイレを見過ごすなんて、信じられないことだった。

保釈の申請は却下された。過去の旅行歴と罪状を鑑みて、逃亡の恐れがあるとの理由からだった。逮捕の直後から、マスコミや警察が家に押し寄せてきた。きれいに爪の手入れをしている、やけに饒舌な弁護士もやってきて、ヘンリーの弁護人を務めると申しでた。アメフトのクォーターバックが引き起こした家庭内暴力事件の裁判を、勝訴に導いたばかりだという腕利きだった。弁護士はただちに訴訟手続きを進めた。ただでさえ山積みの証拠をそれ以上増やす時間を、検察側に与えないために。そのことは確かにありがたかった。世間の関心はこの家を離れ、法廷や、痩せ細った身体で涙をいっぱいに浮かべた被害者たちへと移っていってくれたから。被害者はみな女子大生だった。五人くらいのグループで楽しそうに笑いながらメイキャップ・カウンターにやってきて、これから結婚式を挙げるのでメイキャップのサービスをしてほしいと頼んでくる女の子たちと、なんら変わりはなかった。

けたたましい電話の呼び出し音で目が覚める。ベッドの反対側まで転がっていって受話器を取る前に、エレナからの電話であることはわかっていた。ほかに電話をかけてくる人間はいない。

「わかってちょうだい。わたしはそっちへは行けないのよ」エレナの口調からは昨夜の冷淡な刺々しさが消え、心からすまなく思っているかのような弱々しい声に変わっていた。

「そんなこと、頼んでないわ」

「とにかく、そっちへは行けないのよ。あの男と別れなかったのは、息子のためだった。それがこんなことになるなんて……」電話の向こうで、エレナはすすり泣きはじめる。

「そっちへ行ったら、街の人たちから石を投げられて、追いだされるでしょうね。そうされても仕方ないと思ってるわ。ただ、五百マイルもの距離を旅するってことが、わたしには無理なの。ひどい腰痛を抱えてるのよ」

エレナの罪悪感の強さに圧倒されて、わたしは床に座りこんだ。「こっちに出てくる必要はないわ、エレナ。そんなことしなくていいのよ」

エレナのむせかえる声が回線を伝わってくる。「それでも、あの子はわたしの息子なのよ。それに、もしかしたらあの子がやったんじゃないのかもしれないわ。もしかしたらの話だけど。でも、やっぱりあの子が犯人で、凶悪な犯罪者なんだとしたら、それを産み落としたのはわたしなのよ」

わたしは脚を組んで座ったまま、受話器を耳に押しつけて、エレナの泣き声を聞いていた。何時間にも思える時間が過ぎた。やがて受話器をそっと受け台に戻す音がして、回線の途切れた音が響きはじめた。

わたしは受話器を膝に載せたまま、しばらくそこに座っていた。太陽が昇るにつれて、窓から射しこむ光が床の上をゆっくり移動していく。どれほどの怒りや悲しみを抱えようとも、エレナは息子と縁を切ろうとはしなかったし、今後もそうすることはないのだろう。けれどわたしは、この窮地から逃れるために夫と縁を切ることができる。だが、まずは彼に会わなければ。エレナがこちらへは来られないとわかっているのと同じように、理性ではなく、直感がそう告げている。わたしが我を通すことで彼に何をさせてしまったのか、それを知らなければならないのだ。顔を洗い、グレーのスラックスとクリーム色のセーターに着替えて、亡霊のような顔色を隠すために軽くファンデーションを塗る。口紅も塗ってはみたが、死体とピエロを合わせたような薄気味の悪い顔にしか見えない。わたしは肩をすくめて、玄関を出た。

シルバーブルーのオープンカーに乗りこみ、私道を出る。車はヘンリーが去年の誕生日に買ってくれたものだった。いまになって思えば、罪悪感を埋め合わせるためのプレゼントだったのかもしれない。低い声のディスクジョッキーがヘンリーの事件を話題にしている。話の中身は先月と代わりばえしていない。犯行の内容、近所の住民へのインタビュー、被害者の母親の悲痛な訴え。けれど、どういうわけか、そこにも何がしかの意味があるように思えてならない。この世に偶然などというものはないのかもしれない。あの太っちょのエルヴィスが「このふたりの結婚に反対する者はいませんか」と尋ねたとき、大きな黒髪の鬘《かつら》をかぶり、白いミニのドレスを着て写真係を務めていたプリシラ・プレスリーのそっくりさんが気絶したことにも、何か意味があったのかもしれない。わたしはアクセルを踏みこみ、郡拘置所へ向かって車を飛ばした。受付で名前を告げ、所持品検査を受けた。そして、傷だらけの木製のテーブルを隔てて夫と向かい合った。

ヘンリーの髪は後ろに撫でつけられていて、前よりも黒ずんで見えた。乾燥した唇はひび割れだらけになっていた。

「ダーリーン」とわたしの名前をつぶやいたきり、ヘンリーは黙りこんだ。

わたしたちはテーブルを見つめた。ふと爪を見ると、マニキュアが剝げてしまっている。先端の欠けた赤い爪から目を離すことができない。わたしは何度か瞬きをすると、目を閉じて言った。「本当にあなたがやったの？　あの女の子たちに乱暴をしたの？　わたしが家で眠っているときに」

ヘンリーはもう一度わたしの名前をつぶやいた。

「どうしても知らなきゃならないの」わたしは目を開けた。けれど、ヘンリーの顔を見ることはできない。

「おれと別れるつもりなのかい」ヘンリーが声を詰まらせる。

「できるならそうしたいわ」わたしはヘンリーの顔を見あ

げた。皺が濃くなっていた。ダイニングテーブルで向かい合って座っていたときには、気づきもしなかった。「でも、その前に……訊きたいことが……」

ヘンリーがそれを遮り、強さを取り戻した声で言う。

「最後にした喧嘩を覚えているかい。あのときおれは、きみが駆け落ちを迫ったんだと言った。けれど、そのことをおれは喜んでいたんだ。いまだって、きみに感謝している。きみがおれのもとを去っていったとしても、仕方のないことだと思う。でも、おれはきみと結婚できたことをいまも幸せに思ってるんだ。ここに入れられてから、ある夢を見る……」

「眠れるようになったの？」

「聞いてくれ。こんな夢を見るんだ」ヘンリーの口調は、これまで聞いたことがないほど力強かった。外見はいかにも弱っているように見えるのに、彼の声と、何かを伝えようとしている意志だけは、揺るぎないもののように思えた。いま目の前にいるヘンリーは、あの穏やかな話し方をする夫とは別人のようだ。「夢の中で、きみはおれの患者の親知らずを抜いている。それからおれに道具を渡して、最後の仕上げをしろと言う」

「親知らず？　わたしが歯の手術をしているの？」

「これは……」ヘンリーは深く息を吸いこんでから言った。「おれにとってはいい夢なんだ。ダーリーン、きみが出てくるから」

ヘンリーはわたしを引きとめたくて、こんな話をしているのだろう。彼がこんなふうになったことの責任の大部分が、わたしにあるとは思えない。けれど、まったく関係がないとも言いきれない。この何年かのあいだで、わたしは彼にどれほどの嘘をつかせたのだろう。「あなたがいつも祈っていたのは、そのことだったの？」

「いや、おれたちのことを祈っていた」

わたしは首を振った。そんな言葉は信じられない。

「ダーリーン、大丈夫だよ」ヘンリーが囁くように言う。わたしの名前が何か意味のあるものであるかのように。彼の乾いた唇で唱えるのを聞けば、わたしにも意味のあるものとなるかのように。そこには、共に暮らしていた夫の姿が戻っていた。わたしの乳癌検査の結果を一緒に待っていたときも、それとまったく同じ言葉を何度も何度も繰りかえし唱えて、その言葉がまるで絶え間なく降り注ぐ雨音のように、心を落ち着かせてくれるまで続けていた。

「罪を認めるよ。きみが望むなら、そうする。まだ示談にできる」

「やめて。お願い」わたしは首を振った。詳しい話など知りたくなかった。

ヘンリーは手の平を見おろした。わたしは彼の視線を追った。そこには、こわばった弱々しい手があった。かつてわたしの肩を包んでいた、強くてしなやかな手はもうどこにもなかった。とつぜん悟った。わたしはいままでわかっていなかった。彼が罪を犯していたということを。わたしが彼を、そのすべてを愛していたということを。彼が罪を犯していたあいだも、彼を愛していたということを。胸が波打つ。わたしは彼の強さを愛していたのではなかったのか。一緒に暮らしはじめたとき、誰の力も借りずに家具をアパートメントに運びいれてくれた、あの力強さを愛していたのではなかったのか。それなのに、彼がもっと強くなることを望んだ。もっと強引になることを望んだ。それは、彼があの女の子たちにしたことではなかったのか。わたしの望んだ、強さと力ではなかったのか。

この手は、わたしに触れたのと同じ手だ。震えながら、ぎこちない手つきでわたしの腹や胸を撫でたのと同じ手だ。あの女の子たちに打撲傷や、みみず腫れや、唇の裂傷を負わせ、目のまわりを腫れあがらせたのと同じ手だ。手首を縛りあげ、身体を揺さぶり、服を引き裂き、ベッドに押さえつけたのと同じ手だ。肺が締めつけられる。まるで痙攣しているかのようだ。目を閉じ、立ちあがって部屋を出る。彼が呼ぶ声が聞こえるが、返事はしない。このままあの部屋にいたら、わたしは彼に何をさせてしまうのか。それが怖かった。彼の嘘を信じてしまうことが怖かった。わたしはいつも、もっと強引な恋人を求めていた。いきなり抱き寄せて、前戯もなく身体を重ねてくるような誰かを、こちらから誘わなくても身体を求めてくれる誰かを求めていた。わたしたちの口論の種は、いつもそのことだった。彼には強さが足りない。男らしさが足りない。少なくとも、わたしにとっては。あの女の子たちの身に起きたことは、本当におぞましいことだった。けれど、恥ずかしいことに、彼がそういうことをわたしにはしてくれなかったことに、わたしはもっと腹を立てていた。彼が本当にわたしを求めていたなら、理性が利かなくなるほどに狂おしい欲求を感じていたなら、わたしにもそうしていたのではないかと腹を立てていたのだ。髪を引き抜かれ、首を締めあげられ、みみず腫れを負い、ベッドのヘッドボードに押しつけられて鼻血を流し、乳房に歯形を残される。そんなことをわたしは夢見ていたのだろうか。強い男の愛。真夜中に部屋に押し入って、ベッドにわたしを押し倒し、すばやく腕を捻じあげ、ネグリジェを引き裂き、それで手首を縛りあげて、汗と、精液と、血にまみれたわたしを残して去っていき、永久に人生を狂わせてしまうような男の愛を。彼は本当にわたしを愛していたのだろうか。彼が愛していたのは、あの女の子たちではなく、本当にわたしだったのだろうか。わたしは彼のもとを去らなければならないのだろうか。答えの出ない疑問を抱えて、わたしは視線を落とし、瘦せこけて折れそうに細い手の甲を見つめた。早くマニキュアを塗らなくては。

忠誠
Loyalty

スコット・トゥロー　横山啓明訳

『推定無罪』（一九八七年）などのベストセラー作家、スコット・トゥロー（Scott Turow）が本作を書きはじめたのは、一九九三年に第三作の『有罪答弁』を書き終えた直後だと言う。その後も長篇作品の合間に書き続けたが、そのテーマゆえなかなか完成しなかった。十一年をかけて書き終えた本作は《プレイボーイ》誌に掲載され、日本では《ミステリマガジン》の二〇〇六年七月号に訳載されている。

そもそもの始めは、四、五年前にまでさかのぼる。当時、わたしはクラリッサとの夫婦生活をなんとか続けており、エルストナー夫妻とはあまり顔を合わせていなかった。というのもクラリッサは過去のいきさつに神経を尖らせ、ポールとアンに会うと落ち着かなくなったからだ。夫婦同士で会うことはなかったが、ポール・エルストナーとわたしは、数カ月に一度ほど、お気に入りのスポーツを見に行くことにしていた——冬はバスケットボール、夏は野球。まずは早めの夕食をとるために、大学の体育館そばにある〈ギルズ〉へ行く。昔〈ギルズ・メンズ・バー〉と呼ばれていたこの店は、今も光沢のあるカシの羽目板が壁面に貼られ、古きよき時代の雰囲気をかたくなに守り通している。

あのときもわたしたちは、〈ギルズ〉でのんびりとくつろぎ、最近手がけた訴訟や子供のことを話し合っていた。そこへ男がやってきて、わたしたちのテーブルの近くで立ち止まった。エルストナーがその姿を見て、驚きに身を固くするのがわかった。男はわたしたちより一世代上で、年の頃は七十歳ほどであろうか。毛足の長いカシミアのトップコートを着て、シャツの袖口を留める大げさなカフスボタンが光に照り映えていた。薄くなった髪は、五十ドルはかけて刈り込んでいる。どれほど着飾っても板につかない人間がいるが、この男もそのたぐいだった。口に爪楊枝をくわえ、肉づきのよい顔には尊大さが染《し》み込み、がさつな印象を与えた。父親の代に移民し、厳しい環境で育ったごろつきといった感じだ。

「勘弁してくれよ」エルストナーはつぶやき、メニューで顔を隠した。「まったく、冗談じゃない。あいつを見るな」エルストナーはいつもやりすぎのところがある。二十年前、わたしたちがロースクールの学生だった頃は、バカなまねを繰り返したが、そんなものはご愛敬だ。ポールは結婚し、ふたりの娘を持つ父親でありながら、葉巻の煙で窒息しないように真冬に窓を全開にして車をすっとばし、耳覆いの上から黄色いヘッドフォンをつけ、たたきつける寒風などものともせずにローリング・ストーンズの曲に合わせて体を揺するのだ。年配の男よりも二倍も背丈がありながら、メニューの両端を耳に押し当てて顔を隠している姿に、まったくエルストナーらしいと思った。

「モーリー・モレヴァだ」男がようやく歩きはじめるとポールは言った。「おれのことを思い出してもらいたくないのさ」ポールは、モレヴァがそばに来てから噛むのを止めていたカツレツの塊をごくりと飲み込んだ。

モーリーになにをしたんだとわたしは訊ねた。

「おれが？　別になにも。神様に誓ってほんとうさ。モーリーはやられたんじゃない。やつが、あることをやらかしたのさ」エルストナーは、レストランのざわめきのなかで、ダイエットコークをじっと見下ろした。「他人《ひと》に話すべきことじゃないな」

「わかったよ」それ以上詮索はしないつもりで答えた。エルストナーは、グラスの縁の茶色の泡を氷で追いかけるように飲み物をくるくるとまわし、じっと考え込んでいる。秘密を打ち明けるべきかどうか脳裡にめぐらせているのだろう。

「大昔の話だ」ポールはようやく口を開いた。「天と地がわかたれる前のな。おれたちが、ロースクールを卒業して、一年もたたないころだ。おれはまだ、ジャック・バリッシュのところで働いていた。ジャックのことは覚えているだろう。あの事務所には、いつもいかれた連中が、出入りしていたよな。ジャックは売春婦たちを弁護し、物々交換みたいな形で代償を受け取っていたからな。おれも給料の半分は気の利いたものをもらったもんさ――カメラとかスーツとか」

「そうだったな」

「とにかく、そのジャックの依頼主は、わけのわからないペテン師ばかりだった。あのモーリー・モレヴァも依頼主のひとりさ。ドクター・モレヴァ。博士様だ。ビジネスの世界に入った化学者だよ。今から数年ほど前に、ニューヨーク証券取引所に株を上場しているティンカーなんとかって多角経営企業《コングロマリット》に、自分の会社を売却した。《ウォールストリート・ジャーナル》で読んだんだ。四千万か五千万ドルだった。連中にはポケットマネーなんだろうが、とにかく大金だ。昔、おれがジャックの事務所で働いている頃、会社はまだモーリーのものだった。

　そもそもは家庭用品の製造会社からスタートしたんだよ。漂白剤や染《し》み落としとかいった三流ブランドの商品を、個人経営の食糧雑貨店に置いてもらっていた。ところが、モレヴァは軍隊に商品を売り、頭角を現わすんだ。でかい契約をいくつか結んだが、そのひとつが、風防ガラス用洗浄液だ。ジープや飛行機、戦車、ヘリコプターに使う。あの男のことだ、もちろん、それだけで満足するはずがない。営業をかけ、ついに政府から、砂漠で砂がくっつかないように、洗浄液のなかにHD12だかなんだかの化学薬品を入れてくれという要望を引き出したのさ。モーリーは頭のいい男だ。当時、アメリカは何十万という兵士をベトナムのジャングルに送り込んでいた。あそこには砂漠がない。HD12だかなんだか知らないが、一ガロンにつき二ドル増しで加えることにした。ところが、モーリーは流れ作業の現場で、〝入れなくていい〟と指示を出す。

　工場で働いているのは、ひとり残らずモーリーの出身国の人間だった。モーリーの従兄弟のドラゴンもそのひとりだ。ドラゴンは九歳のころ、モーリーに手紙を書きはじめた。〝アメリカはぼくの夢です。どうしてもアメリカへ行かなければなりません。この国の共産主義者は嫌いです。連中は罪深い暴君で、すべての人たちの魂を奪い去っています〟モーリーはこうした手紙を十年にわたって読まされたが、目をかけてやることはなかった。ところが、ろくでなし野郎の御多分に漏れず、モーリーはビジネス以外では、ひどく気紛れでセンチメンタルなところがあった。それで、ドラゴンの運賃を出し、空港まで迎えに行き、頬にキスをする。工場で雇い、ダイヤモンドをちりばめたメダルを買ってやったりもした。故国ではシンボルとなっている蔓がアメリカ国旗を縁どっているデザインだよ。モーリーは教会の男性部会へ行くと、自分は年の若い従兄弟を救い出した英雄だと触れまわった。

とにかく、ドラゴンはしばらくアメリカに住むうちに、現実を知るようになる。モーリーの息子たちは、ぴかぴかの車を乗り回してかわいらしい妻を持ち、大きな家に住んでいる。一方、従兄弟のドラゴンは、毎日朝六時から工場で必死に働いているのさ。モーリーは従業員が交通渋滞に巻き込まれるのを嫌い、早朝から働かせていたんだ。それで、途中ははしょるが、ドラゴンは共産主義の偉大なところを再認識するようになるんだよ。どうして工場労働者はもう少し豊かになれないのか疑問に思いはじめた。しかも――哀れな子羊をお救いください――工場で組合を結成する話までしはじめた。利口じゃないよな。モーリーはふたりの息子を送り込み、ドラゴンを叩き出した。これは言葉のあやじゃない。ドラゴンは帽子もかぶらず、手袋もはめないまま、真冬の屋外に放りだされたんだ。〝おまえの帽子も手袋も買ってやった。この国にその粗末なピンク色のケツを据えることができたのもおれのおかげだ。出て行け〟って調子だ。

ドラゴンには辛い試練だったが、当のモーリーにも、もっとひどい災難が降りかかった。それから、二、三カ月もしないうちに、モハーベ砂漠で軍のヘリコプターが砂嵐に巻き込まれ、墜落したんだ。生存者はひとりで、風防ガラスの砂を払うことができなかったからだと証言した。

それで連邦の大陪審が捜査を開始した。それで、おれのボスのジャックもこの問題に関わるようになったのさ。もちろん、FBIは、洗浄液のなかにHD12が入っていなかったと疑った。モーリーはこう言ったよ。〝ちくしょう。とんでもない野郎が工場にいたようだ。もっとましな従業員を雇わなければ〟。悪くないだろう？ 弁護としては。使えると思わないか？」

なかなかのものだと思ったが、わたしは刑事法をかじったことがない。

「だめだったね。アメリカ陸軍協会《AUSA》は、言ったよ。〝いや、われわれは、モーリーをブタ箱へ送り込んでやる。おっかないお兄さんたちに、かわいこちゃんと呼ばれるようにな。

やつの大会社とやらを差し押さえてやる。モーリーはペテン師野郎だ〟〝そんなことできるわけがない〟ジャックは反論したよ。〝これは悲しい事故だ〟AUSAは突っぱねた。〝ちがうね。こっちには証人がいる〟」

「ドラゴンだな」

「おっと被告は有罪になりそうだぞ」

「じゃあ、モーリーは刑務所へ送られたのか？」

「ところが、とんでもない話でな。飛行指揮官の証言は却下されたのさ。モーリーは大手を振るって歩き回ってたよ。ここにおれが登場してくるわけだ」

興味がわいてきたことを示そうと、わたしは低くうなった。

「ある晩のこと、電話がかかってきた。真夜中すぎにだ。モーリーからだった。ボスのジャックと話がしたくて、あちらこちらに電話をしているのだが、つかまらないと言うんだ。急用でボストンへ行ったと答えると、モーリーは石でもひりだしたような声をあげたよ。ジャックの代わりに、おれに来てもらいたいって言い出した。当時は、車なんか持ってない。街の反対側に住んでいる姉貴のところへ行って、たたき起こさなければならなかった。それで、モーリーの指示通りに東へ車を走らせ、遠くの小さな町にたどりついた。木星の月がいっぱい見えるようなところだったよ。おれはトウモロコシ畑にいた。道路脇の公衆電話のそばで、時刻は午前二時三十分だったな。そこにモーリー・モレヴァのご登場だ。春のことだ。地面はぬかるみ、あらゆるものがすくすくと伸びる頃さ。土の匂いがあたりに満ちていた。月が明るかったな。モーリーはしわくちゃのシヤーサッカーのスーツを着ていた。膝まで泥で汚れていたよ。麦わらのフェドーラをかぶり、ブリーフケースを手にしていた。やつは車に乗り込み、家まで送り届けてくれと言った。それしか言わない。挨拶の言葉もなしだ。ありがとうでもない。〝出せ〟ときた。たいしたおしゃべり野郎だよ。足元に置いたブリーフケースの口が、少しあいていて、なにかの木の柄が突き出していた。爪はきれいに磨かれていたが、汚れが丸く指を囲んでいたっけ。片方の手のなかで、時々、鎖が音をたてた。そのうち、メダルが目に入った―

―ダイヤモンドをちりばめ、国旗と蔓。当時は、それがだれのものなのかわからなかった。なにやら恐ろしいヴードゥー教の儀式でも目にしているような気分だったよ。あのときのおれは脅えきっていたけれど、それから数日して、従兄弟のドラゴンがいきなり姿を消したと知ったときは、心底恐ろしかったね」

「モーリーにとってはまずいだろう。ドラゴンに消えてもらいたいと思っているのがだれなのか、証人を喚問するまでもない」

「ああ、そうさ。ところが、モーリーはバカではない。モーリーは罪に問われなかったよ。一週間ほどたつと、ドラゴンのおんぼろ車が空港で見つかった。そこで、FBIが乗客名簿を徹底的に当たったんだ。信じられるかい？　モーリーがド田舎で泥だらけになっていた晩に、ドラゴンは飛行機で国に帰っていたんだよ。座席を予約し、航空券も現金で払っていた。モーリーの工場で働いていた連中の証言では、ドラゴンは大金を手に入れると口にしていたらしい。そのなかのふたりの話では、彼らの叔母のタチアナから手紙が届き、ドラゴンは国に戻り、元気でやっているとその叔母の従兄弟のルーゴーが知らせてきたというんだ。

FBIはもちろん、モーリーの尻に食らいついたよ。やつがドラゴンを買収したとしか連中には考えられないからな。そこで銀行口座を徹底的に調べ、大陪審ではモーリーの簿記係を厳しく追及し、買収に使った金をあぶり出そうとしたが、無駄だった。FBIはインターポールに連絡し、ドラゴンの捜査を依頼した。ところが、ドラゴンは飛行機から降りたところでぱったりと消息を絶ってしまったんだ。

当時はおれはまだ若く、頭の血の巡りも悪かったんで、ほんとうに歯がゆくってな。弁護士事務所の依頼人だから、知っていることも話せない。どちらにしろ、恐ろしさのあまり頭が麻痺して、話そうにも話せなかったがね。ある日曜、モーリーを拾ったところへ行ってみたんだ。おれ自身を納得させるためにね。ある考えがあったんだ。モーリーのビジネスは化学工業だ。有害廃棄物のことは聞いたことがあるかい？」

「クラリッサがぼくらの結婚のことをそう呼んでいたよ」

エルストナーは話を中断し、声をあげて笑った。「いや、まったくだ。それで、当時、あそこにはブラウンフィールドって呼ばれる廃物投棄場があった。モーリーの工場で出た産業廃棄物を処理している会社が、その土地を所有していると推測したわけだ。今日では、環境保護局が海兵隊を送り込んで周辺を固めさせるところだが、当時は、金網のフェンスが張り巡らされているだけで、南京錠も壊されて用をなしていない有り様だった。なかに入ると、長い溝が何本も走っている。フットボール場の縦の長さよりももっとあったな。溝は二十メートルほどの間隔で掘られ、岩と土で埋め戻されている。新しく掘られた溝が一本あった。発泡スチロールや二百リットル用ドラム缶などが投げ捨てられ、一メートルほどの深さになっていたように思う。上から土をかぶせられるのだろう」

「ドラム缶のひとつに〝ドラゴン安らかに眠れ〟とでも書いてあった。そういう落ちだろう?」

「と思ってたんだ。ドクター・モーリーはドラゴンに、故郷に錦を飾らせてやると言っておきながら、最後には殺したんだとね。モーリーのような男は、脅しをかけられると、すぐに相手を殺す」

「じゃあ、ドラゴンのパスポートを持って飛行機に乗ったのはだれだ?」

「おれの考えか? 息子のだれかだろう。親戚同士だから、容貌も似ていたんじゃないのかな。それにドラゴンの事情にも精通しているしな」

「それでおまえはジャックの事務所を辞めたのか?」

「この事件のすぐ後、不動産関係のうまい仕事が舞い込んできてね。条件がよかったんだ。あそこを辞めてからも、ずっとびくびくさ。モーリーが肉切り包丁とか便所掘りシャベルだとか、とにかくあのブリーフケースになにやら入れて、おれを追いかけてくるんじゃないかってね。だから、今までだれにも話していなかったのさ」エルストナーはテーブル越しにわたしを見つめた。「こんな話、他人にできるわけがないだろう?」

これが数年前、友だちのポール・エルストナーが話してくれたことだ。今では、クラリッサと別れたので、もっと頻繁にポールと会っている。離婚当初、わたしはほとんど外出しなかったが、ポールの仕事仲間が、全米大学バスケットボール選手権での〈ハンズ〉戦のシーズンチケットを売りたいとエルストナーに持ちかけ、わたしは大喜びでそれを買った。

離婚した人たちの例に漏れず、わたしも新しい生活を始めるのだと意気込んでいた。より充実した日々を送り、ようやく本当の自分を取り戻すことができると喜んだ。ところが、ひとりでいると不安になるだけで、苦痛のみがひしひしと身に迫った。ある人間を愛さなくなるというのは、不思議なことだ。愛は、潮の満ち干きや岩板《プレート》の移動と同じように、不変の自然原理で、もっとも根本的な感情だと信じてきた。どうしてそうかんたんに捨て去ることができるのか？　わたしは、がらんとした高層マンションの一室に座り、夜の街を見下ろしながら、陰鬱な気持ちで何時間もこの問題について考えていた。

そもそもクラリッサと結婚したことが、まちがいだったたのか。それとも、子供ができて家庭に入り、姉と母親の死を経験してクラリッサは変わってしまったのだろうか。以前のクラリッサは、斜に構えて核心を突く言葉を投げかけ、はじめて出会ったときには、恐ろしく頭が鋭い女性だと思った。ところが、子供たちの健康を異常なまでに心配し、毎週小児科を訪れるようになった。また、舌鋒鋭い無神論者であったのが、四十歳のときにカトリックに帰依し、かつて宗教を軽蔑していたときのような恐い顔をして、息子たちに洗礼を受けさせるのだと言いはじめ、信仰心のないわたしは途方に暮れた。クラリッサを突き動かす情熱も、長い時間をかけて深くなっていった溝も、なにもかもさっぱりわからない。別れた理由は、ありふれたものだ。満たされないのは相手のせいだとお互いに思うようになり、憎しみを募らせていったのだ。

息子たちはクラリッサが引きとった。どこかの桟橋に置き去りにした乗客のように、息子たちのことはいつも心に引っかかっている。ふたりとも高校生で、ひとりは二年生、もうひとりは三年生だ。息子たちのことを思うとたまらない気持ちになる。しかし、自らの境遇を顧みると、さらに激しく落ち込むのだった。

仕事場に近いセンター・シティーのマンションに引っ越した。ここに住んでいるのは、ようやく人生を歩みはじめた二十代後半の若い人たちばかりだ。毎週、引っ越していく人たちがおり、妙に思った。常識的に考えれば、好きな相手が見つかり、一緒に暮らすために部屋を引き払ったということになるのだろう。手押し車に乗った家具、かばん、箱の山を荷物用エレベーターの前に見かけるたびに、だれかに名前でも呼ばれたように、そちらに目が向いてしまう。

わたしは、両手に荷物——クリーニングに出していた衣類、修理を頼んでおいた家電製品、夕食の食料品など——をいっぱい抱え、夜、独りで帰宅する人たちの仲間に加わった。二週間に一度、息子たちと会う。ほかの夜は、なるべく酒を飲まないようにした。生活の激変によって、軽度のアルコール依存症になるのは目に見えている。晩年の父がそうで、最初のマンハッタンにありつくために、日が沈むのを首を長くして待つ毎日だった。世の中で成功した四十代後半の魅力ある独身男性は、女性にもてると聞かされていたが、わたしは悲しみに沈むあまり、こういった方面に足を踏み出すこともできなかった。そこで、街で開かれる上品で知的なイベントに出かけるようになった。ロースクールに通うためにこの街に移り住んだ頃に、このような場に通う自分を思い描いていたものだ。ところがクラリッサは、そんなものは退屈だと愚弄していた——展覧会のオープニング、交響楽団の演奏会、講演会。こうしたイベントにひとりで出かける者はほとんどおらず、いつも場違いな気がしていたが、自分を磨かなければならないという切実な思いに駆られていた。

ある晩、福祉のためのチャリティー・ディナーと、内輪で受けているとしか思えない詩人の朗読会に参加した。会場となったのは、ウェスト・バンクにある豪華マンションで、昔からの知り合いである精神科医レオ・レヴィッツとその妻ルースの住まいだ。ルースは工業デザインの会社を経営しており、断続的にではあるが、わたしの長年の依頼主だ。レヴィッツ夫妻はともに六十代後半で、だれもがうらやむほど落ち着いて気品に満ちている。世界中を旅して集めたプリミティヴ・アートの絵画やオブジェが廊下に飾られ、スポットライトに浮かび上がっていた。わたしはひとり、芸術作品を鑑賞しながら、心を通わせた夫婦の生活は、このような美しい形で結晶するのだと深く心を打たれた。

十時になると、人々の姿もまばらになり、わたしもそろそろ仮面を外す支度にとりかかった。ほかの人たちの興を削がないように、明るく、ユーモアにあふれた自分を演出していたが、まもなく素顔に戻る。レヴィッツ夫妻に別れの挨拶をした。ドアから廊下へ出てエレベーターが来るのを待っていると、かすかにものを叩く音が聞こえた。頭上に天窓があることに気づき、驚きに声をあげた。

「なにかおっしゃいました?」エレベーター・ホールの向こう側で、背が高く、黒い髪をまっすぐに伸ばした女性が、ドアの鍵を開けようとしている。その晩、一、二度目にした女性で、わたしの直前に暇乞いをしていた。愛想のよい笑みを浮かべ、印象的な前歯がのぞいた。長細い顔に黒い瞳、わたしと同じくらいの年齢だが、若さを保ち、その魅力を充分に意識している。

「雨が降っているようですね」わたしは言った。晩秋、十一月も下旬で、雨ではなく雪という予報だった。傘を持ってきておらず、わたしのトップコートはずぶ濡れとなり、しみついてしまった部屋の淀んだ空気の悪臭を発散することになるだろう。

「ご覧になって」ドアの入り口から、リビングルームの窓に手を振った。見下ろすと雪混じりの雨で、濡れた通りが光を照り返していた。家庭を大切に思う賢いタクシー・ドライバーなら、もう仕事を切り上げていることだろう。

彼女はカレン・コールマーだと自己紹介した。部屋の壁は淡い黄色、ふかふかのじゅうたんは中国製だ。カクテル・テーブルにはココ・シャネルに関する本が開いたままのっていた。わたしたちは、今日の朗読会の詩人について話し合った。

「彼の作品は冷たい印象を与えたわ。でも、ほとんど理解できなかった」肩をすくめ、あまり頓着していない様子だ。

同じことを言いたかったけれど、それを口にする勇気がなかったのだとわたしは白状した。

「月並みで充分なのよ」とカレンは答えた。わたしは彼女が気に入った。このとき、自分を知ることが、とても大切なことのように思った。

今晩の集まりに出たのは、レヴィッツ夫妻と会うためか、それとも詩人に心惹かれたからかと訊ねられた。わたしはすぐに今の境遇について話しだし、クラリッサのことを、ついしゃべりすぎてしまった。カレン・コールマーは超然と構えて笑みを浮かべている。彼女は結婚指輪をはめておらず、ほかに男がいることはまちがいないだろう。

恋人と思われる男の写真を手に取った。部屋の隅に小型グランドピアノが置かれ、その黒檀の蓋の上に飾られていることから、大事な写真だとわかった。どことなく見覚えのある健康そうな年配の男で、朗らかな笑顔は明らかにカメラを意識したものだ。写真を見ながら、この女性の境遇を推し量った。離婚。まとまった金。彼女には十歳ほど年を取りすぎているが、人一倍の敬意を捧げているにちがいないこの男性。少しずつわかってきたことがある。離婚にはもうひとつの悲劇があるということだ。人生の折り返し地点にたどりついたにもかかわらず、基本的な夫婦の生活さえ送ることができないと思い知らされるだけではない。ほかの二軍の選手とともに、ふたたびコートに出るのを待ちながら、万年ベンチを温めている選手の仲間入りをすることでもあるのだ。

「父よ」わたしの目をとらえて言った。「二、三日前にそこに置いたばかり。和解しつつあるといったところね。母が死に、お互いにいたわりあっているのよ。長く続かないかもしれないけれどね。二年間、口も利かなかったわ」

両親は健在かと訊かれた。ふたりとも、もういないと答えた。彼女と同じように、わたしも最近母を亡くしていた。わたしはいつもクラリッサと別れることばかり考えていたのに、数年にわたってぐずぐずしていたのは、母のためだったのではないかと思っている。おそらくそうなのだろう。わたしはカレン・コールマーにそのことを話した。彼女にはなんでも話せるような気がしたし、彼女も真剣に聞いてくれる。

「男の人と問題ばかり起こすのは、父に原因があるんじゃないかと思っているのよ」

男と問題を起こすような女性には見えなかった。自分の行動に責任を持つタイプだ。

「三回も失敗しているの」そう言って左手の薬指を動かして見せた。

「えっ、三回も」つい言葉が口を衝いて出てしまった。

「ぼくだったら、電車に飛び込むところだ」

取り返しのつかない事態になって当然だが、彼女は納得したように悲しげな顔をした。

「それができたら、ずっと楽ね。残念だけれど」カレン・コールマーには子供がいない。これは大きな違いだ。クラリッサとよりを戻したいのか訊かれた。そのつもりはない。クラリッサは感情をむき出しにし、人を責めることばかり口にしていた——これほどまでに愛されたいのに、だれも愛してくれないというわけだ。そこで、クラリッサの気持ちを変えさせようとした。わたしが変わることはむりだからだ——それから数週間後、クラリッサの態度は変わり、哀れを誘うようになった。こんなに長く暮らしたのに？　クラリッサは言った。こんなに長く？　その言葉だけは、耳の奥に残っている。

帰る支度をしていると、カレンが傘を手にしてリビングルームに戻ってきた。

「雨に濡れても溶けやしないよ」

「返すためにまたここに来られるでしょう」カレンは笑みを浮かべ、わたしより一枚上手であると得意になっている。わたしの腕を取り、ドアへ導いた。

わたしは甘く、うずくような幸福感に浸っていたが、エレベーターで中ほどの階まで降りてきた頃に、ふと、カレンがクラリッサによく似ていることに気がついた。

当然、傘を返しに行った。前もって電話をし、彼女の部屋に着くと、すぐに雨が降りはじめ、大笑いとなった。わたしたちは通りの角にある小さなコーヒー・スタンドへ駆けていき、スツールに腰かけ、お互いの身の上を語り合った。

カレンの父親は化学製品を開発製造する会社を興し、数年前に大手のコングロマリットに売却した。カレンはその会社の販売部長をしているという。空港に行くと、注文仕立ての黒っぽいスーツを着て落ち着き払い、いかにも有能そうな女性たちをよく見かけるが、カレンもこうした洗練された女性たちのひとりなのだろう。彼女たちは、ぎりぎりになって荷物を手に飛行機に乗りこんでくる。

「ビジネスをやっているようには見えないな。ずいぶんと誠実だものね」

「だから成績がいいのよ。嘘はつかない。人を騙したことは一度もないわ」紙のカップの向こうから、黒い瞳がのぞき、遠まわしに戒めるような表情が浮かんだ。「販売部を統括する才能はないと思ってる。でも、最初の離婚の後、働かなければならなくなったのよ。子供のころ、兄たちが父とオフィスに出かけるのを見て、いつもねたんでいたわ」カレンの父親は、もうすぐ七十五歳で、株を買い占めて依然として会社に影響力を持っているという。

「お父さんと口を利いていないときは、どうやって仕事をしていたのかな」

「Eメールよ」カレンは声をあげて笑った。

波乱に満ちた人生を、ユーモアたっぷりにいなす逞しさには、舌をまいた。ちなみに、名字は二番目の夫のものらしい。

「あれは結婚とは言えないわね。カントリークラブで父の仲間だった人よ。年上で、上品だったけれど、うまくいかなかった。六週間一緒に暮らしたけれど、ある晩、パーティーの席で終わりになったのよ。以後、同じ屋根の下で暮らしたことはなかった。また、クレジットカードの名前を全部書き換えなくっちゃってうんざりしたわ。最初の離婚のあと、ようやく手続きが終わったところだったんですもの。ちがった名義の請求書が、今も毎日のように来るわ。あるとき、どうでもいいとふっきれちゃうけれど」

カレンの部屋に戻る途中、雷鳴が轟き渡り、いきなりバケツをひっくり返したような雨が降り始めた。小さな傘では用をなさず、通りの角にあるバスの待合所にカレンを引き入れ、そこでキスをした。映画の一場面を真似ているようで気恥ずかしかったが、彼女が付き合った男たちも、みな同じ衝動に駆られたにちがいない。

「粋ね」口紅がにじんだ下唇を指でこすりながら言った。

「あなたは、スマートな人」

次に彼女と会ったときは、川まで散歩に出た。またしとしとと雨が降ってきたが、冬にはよくあることだ。キンドル川は氷で覆われていた。

氷の上に立つと、足元で水が動いているのを感じることができる。三十メートルほど向こうにあるコーリー滝の震動が伝わってきて、水が渦を巻き、混沌とした流れを作り出しているのだ。

雨で氷の表面が光り、センター・シティーの街の明かりを照り返す。川ではスケートができた。カレンは子供のころからスケートに馴染み、実に上手に滑る。スケート靴をはき、優雅な身のこなしで氷上を舞った。わたしについてこいと言う。彼女にはいつも驚かされる。この女性は未開の大陸だ。ぞくぞくとした。彼女のことを思ったからでもあるが、これは武者震いだ。

「彼女には言うなよ。頼むぞ」バスケットボールの試合を見た帰り道、エルストナーとわたしは、ビールをひっかけていた。たいていはポールが誘う。アンが家で葉巻を吸うのを許さないので、帰宅前に最後の一服をするのだ。「さもないと、酸の入ったバットで骨を溶かされちまう」

そのことには、少し前に気づいていた。おそらく二回目にカレンと会ったときだ。少しずつ細かい点を思い出していった。しかし、エルストナーに話したように、すでにわたしは深みにはまっていた。

「声を大にして誓うが、一言も漏らすつもりはないよ。不《フ》思議《アニー》な巡り合わせだと思ってるんだろう」

「ああ、まったく面白《ファニー》い。こっちにとばっちりがなければ、大笑いするところだ」エルストナーは唇をゆがめた。「ドクター・モレヴァには会ったのか？」

わずか数日前、センター・シティーのオフィスへカレンを迎えに行ったときに顔を合わせていた。モーリーは着飾っていたが、笑うとすべてが台無しになった。虫歯がのぞく。血統を隠すことができない家畜みたいなものだ。娘に言わせると、モーリーは永遠に涸れることのない不平不満の泉ということになる。職場では横柄に構え、自分の下した判断がまちがっているとわかると、部下を叱責した。父親としては、娘を非難してばかりいて、大切なものはなにか、こんこんと諭すのを趣味としている。一緒にいる数分のあいだに、カレンがわたしの名前を三度も教えたにもかかわらず、モーリーは覚えてくれなかった。

「どこにでもいる、くだらない野郎って感じだな」

「しかも、人殺しだ」ポールが付け足した。

「カレンは父親を嫌っているようだ。内心ね」

エルストナーはふたたび体を震わせた。「おまえ、同年代の男たちのように、二十五歳の女を連れて歩いたらどうだ?」

「おいおい、お手柔らかに頼むよ。年齢なんて、どうでもいいことだろう」

エルストナーはうなり声をあげた。「深い仲になるっていうのに、どうでもいいだって?」

「ポール――」

「いいか。昔、女のことで、おまえに助言したことがあったよな」

ロースクールの三年のころ、エルストナーは背の高い黒髪の娘と付き合っていた。ホイッペット犬のようにきびきびとした身のこなしの上品な学部学生だ。とても気難しい娘だった。しかも魅力たっぷりだ。いかにもうんざりしたように微笑む。バイクに詳しく、メスカル酒の飲み方――食卓塩、ライム、そして虫を漬け込んだ酒――を教えてくれたのも彼女で、わたしたちの目にとても風変わりな女の子として映った。三度目のデートの後で、彼女はおまえには合わないとわたしはエルストナーに言った。エルストナーも同じ意見で、それは今に至るまで変わらない。二、三カ月後、ふとした気まぐれから、わたしは彼女に電話した。それがクラリッサだ。エルストナーは、ある理由から、この問題に触れようとしない。結婚したときも、二十二年間一緒に暮らしていた間も、不毛な結婚生活にはみじめさしかないと離婚を打ち明けたときも、エルストナーはお得意の冗談さえ口にしなかった。わたしのおかげで救われたと思っているのだろう。あるいは、抜け駆けされたと。彼はわたしが電話をかけたことを問題にすることはなかった。わたしもあえて訊ねない。

「それはない。女のことで助言なんかしてないよ」

「じゃあ、わざわざ嫌われるようなことを口にするのはやめにするよ」

すばらしいセックスをしたとき、まるで自分たちを中心に世界がまわっていると思うものだ。なにもかも——仕事、世のなかで起こっていること、街を行く人々——がどうでもいい遠い世界のできごとのような気がし、そのどれもが自分には無縁だと思う。生活のほかの部分は見せかけにすぎず、ふたたび目くるめく体験をするために気力を回復するひと時に過ぎないとみなすようになる。

休日、クラリッサとわたしは、息子と過ごす時間を割り振った。クリスマス休暇は、ペンシルヴェニアの彼女の両親のもとへ帰る。息子たちが遠くに行ってしまったと思うと辛かった。仕事仲間のひとりが、スカージェオンにある別荘を使ってくれと言うので、その言葉に甘えることにした。クラリッサは、寒いのが苦手で、何年ものあいだ、森のなかで冬の一時期を過ごしたことがない。機会を見つけて、カレンを誘ってみた。彼女は申し出を受け入れ、クリスマスに父親とぶつかり合わなくてすむと喜んだ。

二十五日の遅くに出発し、別荘に着くと嵐の音を聞きながら、クリスマスのディナーを楽しんだ。それから三日間は、中西部でよくあるように澄んで透明な日々が続いた。雪がまぶしく光を照り返し、雲ひとつない空に大気がぴんと張り詰め、心に染み込むようだ。何時間も雪のなかをトレッキングして疲れ果て、長く暗い夜をベッドで過ごす。ときどきうとうとし、読書をし、愛を交わして笑いあう。年末までに終わらせなければならない弁護士の仕事と、失敗した結婚の不安が待ち受ける大都市へ車で戻りながら、短いながらも思い焦がれていた時間を過ごしたことで、わたしの心は浮き立っていた。

それから二、三日、わたしはカレンの部屋で夜を過ごした。レヴィッツ夫妻はクラリッサとも知り合いだったと改めて思ったが、ふたりとも留守だ。自宅のベッドでもカレンの眠りは浅かった。はじめは、わたしがいるからではないかと気になったが、三、四時間眠ると目が覚めてしまうらしい。諦めたような顔をしているが、なにかありそうだった。恐ろしい夢に現われた悪魔を振り払うように、いきなり起き上がるのだ。

二日目の晩、わたしは訊ねた。「なんの夢だったんだい?」

カレンは首を振った。答えたくないのか、答えられないのか。裸の体を抱きしめるようにしている。そのほっそりとした背中に手を置くと、心臓が激しく脈打っているのがわかった。

「寝てちょうだい。落ち着くまで起きているわ」

どうするつもりか訊いた。

「いつものことよ。コニャックを飲むとか、エディット・ピアフを聴いて心を落ち着けるとか。シンフォニーでもいいわ。いろいろと考えるのには都合がいいのよ」

クラリッサも眠りが浅かった。彼女の対処方法は読書だった。真夜中に、枕を背に半身を起こし、小さなランプをつけて本を読んでいる姿をよく目にした。出張の唯一の楽しみは枕で顔をおおって眠らなくてすむことだった。

「火事の夢を見ていたのよ」カレンはいきなりそう言うと天井を見上げた。漆喰に薔薇形装飾が彫り込まれ、ふた昔も前のガスランプが吊るされている。「父と一緒に火に囲まれていたわ。炎が父へ押し寄せていくのだけれど、わたしはなにもできない」

「恐ろしいね」

「わからないのは、夢のことではないのよ。それにたいするわたしの反応。〝気をつけて〟と叫ぶだけでよかった。でも夢の中のわたし——その人は叫ぶことができるということさえ、わからなかった。そういう最低限のことも気づかないのに、夢の中のわたしをわたしだと、思えるわけがないでしょう」

おそらく、それが人生の本当の姿じゃないのかとわたしは答えた。わからないことだらけで、当然なすべきことすらできない。カレンはわたしの言葉にさほど注意を払わなかった。

「お父さんの夢はよく見る？」

カレンは唇を歪めた。「どうしてそんなことを訊くの？」

口にできるような理由はなかった。カレンはローブを取りに行き、寝てちょうだいと繰り返した。

翌朝、仕事場へ送り届ける車のなかでカレンは言った。

「父はあなたのことが気に入ってるわ。しっかりした人だって」

モーリーがなにを根拠に、しっかりしているなどと言うのかわからなかった。もっとも一年前は、自分でもそう思っていたのだが。

「父にはいい面もいろいろとあるのよ。ひとつの顔だけで生きているわけではないわ。戦争の英雄だって知っていた？」

「ほんとう？　どんな英雄なんだい？」

「どんなって、英雄は英雄よ。朝鮮で勲章をもらったの」

「人を殺したのかな？」

「あきれた。なんて質問なの。こう言ってるのと同じよ。〝ねえ、父さん、だれを撃ち殺したの？〟戦争だったのよ。人を救い、人を殺す。ほかのどんな理由で勲章を授けるのかしら？」車を降りながらカレンはわたしにキスをした。縁石で立ち止まり、屈み込んでわたしの目をとらえた。

「父のことが気になる？」

カレンとわたしは大晦日をエルストナー夫妻と過ごした。彼らの家でディナーを楽しみ、十二時が近づくと、ポールが葉巻を吹かすために毎晩のように訪れている地元の飲み屋へ行き、カウントダウンのドンチャン騒ぎに加わった。うまい関係を築くことができたと思う――エルストナーとわたしは、いつものようにお互いをからかいあい、女たちを楽しませた――同じ週の終わりに、ポールとわたしはスポーツ観戦へ出かけ、そのときポールは、アンともどもカレンが気に入ったと言った。

夕食後、大学の体育館へと車を走らせながらエルストナーは続けた。「カレンが父親の話をするたびに、パンツを濡らしそうになったけどな。いつもあんなふうに父親のことばかり話すのか？」

「一緒に働いているんだよ、ポール。カレンの上司なのさ」

わたしはあわてて繕ったが、エルストナーは深く突っ込むつもりはないらしく、あいまいにうなずいただけだ。

「実を言うとね」わたしはつけ足した。「おまえから聞いた話が、正しい結末を迎えることになれば、カレンはどうするだろうといつも思ってるんだ。つまり、モーリーが身内の者を殺したかどで逮捕され、カレンがその事実を知ったとしたら。おそらく、事情はずいぶんとちがったものになるだろう。そう思わないか？」

「たとえば？」

「カレンはモーリーの一面を見ているにすぎない。なんといっても父親だからね。だから、モーリーが娘をこき下ろすたびに、カレンは自分に過ちがあり、本当はモーリーは立派な男だと思ってしまうんだ。しかし、もし、モーリーが犯罪者で、人を殺したと知ったら、カレンは考え方を変えるだろう」未知なることを知り、新しいものの見方を身につけると、人生は活気にあふれ、より楽しいものになる。数カ月のあいだ、わたしはこの考えに駆り立てられており、それを口にすることで勢い込んだ。

ポールは答えた。「それはむりだろうな。モーリーは今も自由に歩き回っている。今ごろ、密告するようなやつはいないさ。そうだろう？」

「ああ。だが、わかっているのに、落ち着かないよ」

ポールは前方に目を据えた。試合を見に行く車で渋滞している。数メートル進んでは止まることを繰り返しながら、車の流れは駐車場へと吸い込まれていった。エルストナーはわたしに向き直った。言わんこっちゃないと顔に書いてある。

「そりゃあ、自業自得ってもんだろう」

「どういうことだ？」

「カレンの素性を知ったときに、さっさと身を引くこともできただろう」

「おいおい、彼女のことが好きなんだぜ。〝好き〟なんてもんじゃない」

ポールは考えながら、唇をおかしな形にひん曲げた。

「なあ、奇妙な話があるんだが、聞いてくれるかい」

「またか？」

ポールは言葉を切り、引きつったような笑顔をわたしに向け、訊ねた。「ロンダ・カーリングを覚えているかい？」

「ロンダ・カーリング？　アンと結婚する前に付き合っていた女か？」

「そう。彼女とのセックスについて話したことはあったかな？」

「やれやれ。ないと思うけどね」

「恥ずかしい昔の思い出ってやつだ。純潔だとかそんな話だよ」ここでポールは顔をしかめた。「聞いてくれ。ふたりの娘がいる男の〝悪しき日々の物語〟」

「安物のドラマじゃあるまいし。ロンダ・カーリングと純潔。場面が目に浮かぶよ」

「あのな。彼女、中途半端が好きだった」

「中途半端？」

「わかってるだろ。途中までしかやらないんだ。だから、無傷のままだったよ」

「わからないよ」わたしは答えた。

「そうか？　おれはほんとうにロンダのことが気に入っていた。それで、その中途半端だが、それはそれなりにいいんだ。気をもませ、悩み、ためらいつつも、まるで手術でもしたように心がむき出しになり、わくわくしちまう。何分の一ミリでも離れたら、おれたちはどうなっちまうんだろうっていつも思ってたよ。婚約するか、野垂れ死にするか」

エルストナーらしいとわたしは思った。

「ところが、まったくおかしなことに、なにもかもが、いらいらするようになった。彼女はどうしたんだ？　それとも、おれがおかしくなっちまったのか？　奇妙なことに、ロンダと会うと、怒りっぽくなったんだ。そうこうしているうちに感謝祭となり、おれはアンと出会った。彼女の兄貴の家でな。同じ頃、ロンダも職場の男に興味を持ちはじめた。おれたちは、疎遠になっていったよ。
それから半年ほどしたある晩、A&P（アメリカのスーパーマーケット）で買い物をしているときに、偶然、ロンダと出会い、一緒にコーヒーを飲みに行った。墓場の土を機械的に埋め戻しているような感じだったよ。ロンダは近況とともに、付き合いはじめた男から結婚を申し込まれた話をした。〝傷ついた？〟って訊くから〝自尊心がね〟って答えたよ。ロンダはすてきな笑顔を浮かべ、わたしたち、相思相愛だったものと言った。〝あなたはなんでも中途半端が好きだったわね、ポール〟これを聞いた途端、そのとおりだと思ったよ」

ポールは窓を開けて、駐車場係に金を払い、車を進ませた。エルストナーと話していると、彼の考えについていくのにいつも苦労する。

「なにが言いたいんだ？　カレンとの結婚を考えたほうがいいということか？」そう口にしながらも、ありえないと思っていた。クラリッサ以外の女性との結婚生活を思い浮かべることなど、このときのわたしにはまだ無理だった。

空きを見つけて車を停めると、ポールはわたしの顔をじっと見つめた。

「忘れてくれ」ようやく口を開いた。「与太話だよ」

わたしが働いている弁護士事務所は、一月の会計年度の終わりに、古臭いしきたりにのっとり、フォーマル・ディナーを開催する。社の繁栄を祝うものだが、年間の業績に歯噛みをする人たちの姿が、毎年のように散見される。わたしはカレンを同伴するのを楽しみにしていた。軋轢のある連中と口論にならずにすむし、家庭が崩壊して以来、引け目を感じていた同僚に、彼女を見せびらかすこともできるからだ。わたしはタキシードを着込み、カレンのオフィスへ迎えに行った。カレンはシルクの靴を汚さないように気を配りながら、凍りついた道を優雅な足取りで車までやってきた。彼女は夜会服を着ており、コートの合わせ目から、クレープ地のネックラインがのぞいていた。わたしは口笛を吹いた。車のドアから車内をのぞき込みながらカレンは微笑んだが、乗り込もうとしない。

「残念だけど行けなくなったわ。明日、プレゼンテーションがあるのよ。うちの課の者全員が、上で準備している。父がクライアントとの予定を変更したことを忘れていて、わたしが正装しているのを見て思い出したのよ。今晩、あなたと出かけるのをどれほど楽しみにしていたか、うんざりするほど言ってやったわ」車内に半身を入れた。「殺したくなっちゃった?」

「きみ以外のやつをね。モーリーのことは訊ねないほうがよさそうだ。ぼくのことを気に入っていると言わなかったっけ」

「ええ、そうよ。あなたへの嫌がらせではないわ。本当よ」カレンは悲しそうに首を振った。「ディナーが終わったら、戻ってきてくれない?」誘いかけるように眉を動かした。「家まで送ってほしいの」

真夜中近くに戻ってみると、カレンが取り乱しているのがわかった。娘のことに無関心すぎると、いつものように父親と言い争いをしたのだ。わたしは、モーリーにたいする怒りから、いつもの慎みを忘れた。

「モーリーのために、どれくらいの時間をそうやって苦しんでいるか、考えたことある?」

「そうね。何年も無駄にしてしまったように思うこともあるわ。だから?」

「どうして、害ばかりあって益のない生き方にへばりついているんだろうって、最近よく思うんだ」

「相続権を放棄しろっていうの?」

「距離を保てばいい。あの男と働けと強制されているわけではないんだ」

「家業なのよ。わたしはその家族の一員。兄たちの手にすべてを委ねることに反対なの。父のことが嫌いなのね?」

慎重に言葉を選んだ。「きみへの仕打ちががまんならないんだよ」

「わたしだって、よくそう思うわ。でも、あの人は父親よ。これはわたしの問題」その後、車が目的地に着くまでカレンはずっと無言だった。

今晩はこのへんで切り上げたほうがいいと思った。しかし、まだ、意見の食い違う点が多く、経験上、怒りを抱えたまま別れるのは危険だとわかっていた。わたしは彼女の部屋まであがった。酒を飲み、話をし、一番いいと思うことをやった。

お互いを愛撫していると、下半身になにも身につけていないカレンは、するりとわたしの腕をすり抜けた。なまめかしい笑みを浮かべながら、わたしのズボンからベルトを引き抜いた。次にチャックを下ろすつもりだろうと思ったが、カレンはわたしを押してベッドに腰かけさせ、膝の上に体を投げ出してきた。片脚を曲げ、膝頭にいたずらっぽく唇を押し当てている。カレンは丸めたベルトをわたしの手に握らせた。

「お仕置きをして」

顔を見つめるように、彼女の尻を見下ろす。わたしたちは新たな局面に立ち至ったのだ。なにも頭に思い浮かばず、「どうして?」と口にするのが精一杯だった。

「いけない? そんな気分なのよ」

「できそうもないな」ようやく言葉になった。

「楽しみたいのよ。やってとお願いしているの。縛りつけて鞭打つわけではないわ。ベルトが嫌なら、手でやって。わたし、好きなのよ」

なんとかぴしゃりと打った。

「力を入れて」カレンは言った。「もっと強く、続けて叩いてちょうだい。わたしが止めてと言うまでよ。喜びが満ちあふれるの」

わたしにはできなかった。

「むりだ」いきなりそう言うと、膝から彼女を下ろし、服を取りに立ち上がった。

「どうして?」

「こういうことはやりたくない」

「こういうことって? わたしを喜ばせることができないと言うの?」

「それとこれとは話がちがうよ」

「わたしはお願いしているの」

「できない」もう一度そう言うと部屋を後にした。

「カレンに話すべきだと思うんだよ」次の日の夜、わたしはエルストナーに言った。「父親のことをね」

今度はポールが黙り込んだ。その日、わたしは遅刻し、〈ギルズ〉には寄らなかった。体育館の古い柱によせて置かれたリノリウムの小さなテーブルに向かって、ふたりでホットドッグをほおばっている。

「だめだ」ポールは答えた。「それしか言えない。話すべきではないよ。おれのためにも、カレンのためにも。おまえ自身のためにも、やめたほうがいい。これは喜劇じゃない。現実なんだ。あの男は人殺しだぞ。頭もよく出訴期限法も心得ている。人を殺していながら、逮捕を免れている男だ。もう一度、やらないとどうしてわかる？」

「ポール。カレンは父親にはなにも言わないだろう。約束させる」

「おまえがおれに約束したようにか？」

「名前は伏せとくよ」

「やつにはすぐにわかる。おれたちが友だちだってカレンは知ってるしな」ポールは体の大きさで威嚇することは滅多にないが、このときはぐっと背筋を伸ばした。わたしは、ひとりきりでいることの心境をなんとか伝えたかった。愛によってふたたび目的のある生活を実現しようとしている男の気持ちをわかってもらいたかった。

「ポール。それで状況が変わるかもしれないんだ。カレンは目を開いてくれるだろう。モーリーとの関係を見直してくれると思うんだ。本気だよ」

「よく見ろと言えば、みんな目を開けると思っているのか？　こいつには、めでたしめでたし、なんてものはないんだよ。おまえは夢を見ている」

わたしは首を振った。「おまえのせいだぞ、エルストナー」

「おれが悪いだと？　あの話をしたからか？　モーリーの娘の存在すら知らなかったんだぞ」

「ちがう。この前、おまえが言ったことだよ。中途半端で止めるって話をしただろう。打ち明けなければ、宙ぶらりんだ。彼女に賭けてみたいんだよ。ほんとうにぼくが必要としている女性か確かめてみたい。彼女をとるか、おまえをとるかって問題じゃないよ」

エルストナーは席を立ち、こぼれた薬味がくっついた紙容器をゴミ箱に捨てた。席に戻ってくると口を開いた。

「彼女かおれかなんて言うつもりはない。話さないでくれと言いたいんだ。おまえは約束してくれた。おれには夜ぐっすりと寝る権利がある。だから、黙っていてほしい」エルストナーはわたしをじっと見つめ、一歩も引き下がろうとしない。トランプでお互いの手札の公開を要求しているみたいだ。特に名誉と忠誠という札を。

会場に入るとホーンが鳴り渡り、シュート練習の終わりを告げ、いよいよ試合がはじまろうとしていた。ポールはわたしを見つめたまま目をそらさない。

ついに根負けした。「言わないよ」


しかし、わたしは彼女に話した。

ベッドルームで別れてから、数日、カレンとは会わなかったし電話もしなかった。四、五日後、仕事から戻るとドアの前にふたつのものが置いてあった。きれいな薔薇を生けた花瓶と細長い箱だ。箱の中にはサスペンダーとメモが入っていた。「ベルトのことは忘れて……驚かせてごめんなさい……お願い、電話して」

翌日の昼、カレンと一緒にランチをとった。

ウエイターがいなくなるとカレンはすぐに口を開いた。

「怒らせてしまったわね」

「そんなことはないよ」

「いいえ。それは嘘。うまくやっていたのに、わたし、自分のことばかり考えてしまって。馬鹿だったわ」

わたしのことを道徳的に堅苦しい、その手のことには疎い男だと思っているようだ。「そういうことじゃないよ。ほかに考えていることがいろいろあるんだ」

「それはなに？」

「説明できないな」

「話してみて。お願いよ。袋小路に突き当たったままでいるのはよくないわ」

質問をのらりくらりとかわしていると、カレンはますます執拗になっていった。

「どういうこと?」カレンはテーブルに身を乗り出し、わたしの手に触れた。「なにが問題なの? はっきり言ってちょうだい」細長い顔に差し迫った表情を浮かべていた。それはわたしも同様で、ふたりともこの複雑な状況を脱して心を触れ合わせ、よりよい生活へ向けて自分を高めていきたいと思っている。ついに、エルストナーに言った通りの状況に陥った。危険は承知だが、途中で止めることができなくなった。

「耳にはさんだことがあるんだ」すらすらと舌が動き、われながら驚いた。ある話を聞いたんだよ。信頼できる筋からね。知り合いだ。元検察官だよ。わたしは話に夢中になるあまり、カレンが身を引いたのに気づかなかった。話し終わると、カレンは苦笑を浮かべながらわたしを見ていた。

「それで終わり? くだらない噂じゃないの。昔から、その手のたわ言には事欠かなかったのよ。ばかばかしい」

緊迫した数瞬が流れた。レストランは人でいっぱいだったが、腕時計が秒針を刻む音が聞こえてくるようだった。

わけがわからなかったが、カレンは理解していないだけだと思った。もう一度、ゆっくり繰り返すと、カレンは不信感をあらわにし、表情を強ばらせた。わたしはこれまで、クラリッサとのあいだに立ちふさがるガラスの壁を幾度となくたたき割ってきたが、それと同じ壁がするすると降りてきた。ガラスの壁の向こうからこちらを見つめるカレンは、驚くほど遠くへ行ってしまったように思った。

「どうして、わたしに話すの? わたしのことをそんなふうに見ていたわけ? その血が遺伝しているって?」

「まさか」

「じゃあ、なにが言いたいの? わたしが神経症だっていうこと? 父がごろつきかもしれないから?」カレンは激しながら、椅子の上で体勢を変えた。「わたしが知っている離婚した男の人って、精神分析を受けたことがないか、我の強い人ばかり。人の立場になって考えることね」テーブルから立ち去ろうとするカレンの腕をつかもうとした。

「触らないで!」わたしの手を乱暴に振り払った。「問題はわたしなのね。あなたはわたしなんか必要じゃないのよ。

父のことは口実にすぎない」

カレンは柱の向こうに消えてしまった。ひとり残され、みじめだった。ふたつのことだけは確かだ。カレンとの仲は終わった。ポールにこのことを話すことはないだろう。


三月下旬、〈ハンズ〉はもうひとつ痛い負けを積み重ね、ぶざまなシーズンを終えた。延長戦だった。〈ハンズ〉は一点差で負けており、試合終了まであと数秒というところだった。〈ハンズ〉唯一のスター・プレーヤーであるポッキー・コールが、ベースラインから切り込み、バスケットへと舞い上がった。体をくねらせ、ダンクシュートを決めようとした。ボールがアーチを描き、バスケットの真ん中へ落ちようとしたとき、ホイッスルが鳴った。

競馬ですったときのように、エルストナーはシーズン最終試合の入場券を引きちぎり宙に放り投げた。わたしたちは出口に向かい、ゆっくりと動く人々の列に加わった。上の階からわたしを見下ろす視線を感じた。モーリー・モレヴァだった。


「おやおや。そこにおられるのは、罪作りな男だな」モーリーの声に悪意を感じたわけではなかった。茶に変色した虫歯をわずかにのぞかせて笑っている。

「お互い様ですよ」

「そうは聞いておらんぞ。調子はどうかな？」

元気でやっていると答えた。

「奥さんとはまだよりを戻していないのかな？」

ドクター・モレヴァが、わたしの私生活を知っていることに驚いた。娘から話を聞いていたのだろう。カレンの迷惑になることは口にしないよう気を引き締めた。

「まだのようですね」と答えた。わたしは話し合いの場を持とうと何年ものあいだ主張していたが、クラリッサはかたくなに拒んでいた。ところが、最近、相談しようと言いはじめたのだ。態度を軟化させても、どう対処していいのかわからない。もう、気力もないし、興味もなかった。妙なことに、クラリッサを哀れに思うことがある。寂しさのあまり、考えを変えたことが、なんともかわいそうな気がする。後悔するような人間にはなりたくないというのが、クラリッサの口癖だった。

　モーリーは、連れを紹介した。ずいぶんと若い女性だ。

エルストナーはわれ関せずとばかりに突っ立ち、背後のだれもいないバスケットボールのコートを眺め、顔を背けていた。

「ドクター、ポール・エルストナーとお会いになったことはありますか?」肩に手を置くと、ポールは体をこわばらせたが、振り返り、モレヴァに挨拶をした。

「会った覚えはないな。もっとも、最近では自分の名前すら思い出せない始末だ。目も見えなくなってきたし、背中も痛い。おまけに物覚えも悪くなった。年々若くなっていくのではないと最近ようやくわかってきたよ」

　はじめて聞く冗談だというようにみんな笑った。列が動きはじめ、わたしたちは愛想よく手を振って別れた。

　車に乗り込んだときも、エルストナーはまだへそを曲げていた。「ありがとうよ。感謝感激だ。おかげで新しいお友だちができたよ」

「ほかにどうすればよかった？　それに——おまえのこと、忘れているようだし。覚えているとは思えないよ。とにかく、今晩のところはな」

「昔のことなど、ほとんど思い出しもしないんだろう。だから眠れるのさ」

　わたしは駐車場から車を出した。

「それで、カレンには話していないのか？　まっ、話しちまったほうに、全財産賭けるがな」

「打ち明けた」

　エルストナーは毒づいた。「そんなことだろうと思ってた」

「こんな結果になるとは思わなかったんだよ、ポール」

「冗談じゃないぞ。人はな、こうしたいと思えば、変わることができるんだ。おまえは老いぼれて、そいつがわからなくなってる。自分に愛想をつかすと人間は変わるんだよ」

「どのみち、カレンは信じなかった。危険はないさ。父親には話さないよ」

「どうしてそんなことがわかる?」

「まったく本気にしなかったからな」

このひと言で、ポールは黙り込んだ。車は街灯の下を走り抜け、ハイウェイに乗り入れた。数分ほどすると、エルストナーはふたたびむかっ腹をたてはじめた。

「話しちまうだなんて、まったく信じられない。ちくしょう。こうして、おまえの顔を見ていられるのが不思議なくらいだ」

「どうしてがまんしている?」わたしは急に真面目になって訊ねた。このひと言が、なによりもエルストナーを怒らせたようだ。

「おまえはおれの一部だからだよ。今まで生きてきて、どれくらいの人間と知り合った? おれは忠義に篤い。忠誠だとか忠義なんてのは、今時、流行らないけどな。それに二十五年間付き合ってきて、残念だなんて思ったこともない。おまえのことを理解していると誇りにしているくらいだ。おまえはいつも女とともに聖杯を探し求めている。変わらないよ」

「あのときは、いい反応が返ってくると思ったんだ」

「いいか、笑うなよ」わたしの拗ねたような態度にエルストナーは憤慨して指を突きたてた。「年をとるにつれ、おれはますます同じ映画を見るようになった。男と女が惹かれあうのは、お互いに異なった存在だからだろう? みんな、自分とちがうものを捜しているのさ。それ以上に夢中になれるものはない。男が自分とちがうから、女の心は騒ぐ。逆もまた真なりだ。それでその映画には、おまえみたいな価値観がまったくちがう狩人連中が出てきて、物語に深みを与えるんだ。それを見るたびに、ひとまわり大きくなりたいって気持ちになる。成長するんだよ」

そう言ったきり口をつぐみ、家に送り届けるまでエルストナーはひと言もしゃべらなかった。わたしも憤慨していたが、非難されてもしかたがない立場にあることも承知していた。わたしは、依頼主や株式証券業者からもらったキューバ産の葉巻を、ポールのためにダッシュボードのなかに入れておいた。ふとそのことを思い出した。エルストナーは目を細め、ラベルを読んでいた。

「一緒に吸おう」エルストナーが言った。

ポールと付き合っているうちに、わたしも、ときおり、葉巻を吹かすようになっていた。平和のパイプ（ネイティヴ・アメリカンが和解のしるしとして扱った）の知恵を思った。車の窓を全開にした。三月中旬の穏やかな晩だ。わたしたちはキューバ産の葉巻に火をつけ、車のシートを倒し、夢見心地で今シーズンを振り返り、仲直りをした。この十年、ベスト・フォーに必ず入っていた〈ハンズ〉だが、今年は全米大学バスケットボールの頂点を決めるトーナメント〈ビッグ・ダンス〉へも行けそうにない。勝敗を決する一瞬の見極めや、技術指導《コーチング》と精神力が才能を伸ばすことなどを長々と話し合った。これまで目にした偉大なチーム、それとは好対照の高校時代に所属していたチームの不甲斐なさへと話題は移っていく。

そろそろ戻る時間だとポールは言った。何十年も住んでいる家へ大股で歩いていくポールの後ろ姿を見送った。ドアの前でポールは、選挙運動中の候補者のように大げさに手を振った。バスケットボールのシーズンをなごり惜しんでいるのだろうか。わたしたちの仲が元に戻ったことを喜んでいるのかもしれない。しかし、後年、ドアへ続く階段の上に立って大きく手を振るポールの姿が、頻繁に脳裡によみがえるようになる。ポールはもっと先を読んでいて、それをあのようにして伝えていたのではないだろうか。ポールのように直感力のある人間は、わたしがクラリッサの元へ戻ると、わたし以上に感じ取ることができたのかもしれない。クラリッサにもわたしにも、お互いを慈しみあう新たな気持ちが芽生えた。それが徐々に大きく育ち、その結果、わたしはポールとあまり会わなくなっていった。ポールは理由を訊ねようとしなかった。むしろ、助言をあおげば、わたしたちの結婚生活をやりなおさせようと言葉を尽くしたにちがいない。

わたしがこういう思い出に浸るのも、先週、ポール・エルストナーが帰らぬ人となったからだ。肝臓癌が進行していたにもかかわらず、何カ月も気づかずにいた。病床に臥しているときに、よく見舞いに行った。ある日ポールは、癌で死ぬのでなければ、どういうふうに世を去るのか一覧表を作った――長々としたリストで、モーリー・モレヴァの名前もそのなかにあった――もっとも、ポールはその名を口にするとき、憎しみをこめることはなかった。人生が終わりに近づくと、多くの皮肉が出てくるもので、モーリーのような些細なことにはこだわらなくなる。

ポールは罪のない風変わりさを発揮し、その望みによって遺体は葉巻の灰のなかに埋葬された。とても寒い日で、墓地の各所で雪が山をなしていた。棺が穴のなかに下ろされ、葉巻のコロナの煙が漂うなか埋葬の儀式が執り行なわれた。もちろん、ポールには多くの友人がおり、わたしたちは墓を何重にも取り囲み、男も女も手渡された葉巻を精一杯灰にして、穴のなかに振り入れた。ポールが趣向を凝らしてくれたおかげで、儀式は滑稽なものになった。葉巻を吸い続ける人たちがいる一方で、タバコを吸わない人たちや多くの参列者は、ポールの歓迎すべからざる亡霊、つまり、葉巻の臭いが永久に服に染みついてしまうと気の利いたことを囁き合っていた。人々が寒さで縮こまるなか、儀式は三十分以上にもわたった。わたしは最後に灰を落とすグループのなかにいた。葉巻の火は、手袋を焦がしそうなほど迫っている。灰を振り落とす前に、わたしは棺に屈み込み、話しかけたい衝動に駆られた。しかし、浮かび上がってくるのは言葉の断片だけだ。わたしたちふたりの夢と、他愛のない会話。一緒にいると気持ちが楽になったこと。それからクラリッサとわたしは墓地を後にした。

バラクーダ
Barracuda

スコット・ウォルヴン　七搦理美子訳

本作でデビュー以来四年連続『ベスト・アメリカン・ミステリ』に登場したことになるスコット・ウォルヴン（Scott Wolven）。本作はウェブサイトplotswithguns.com（現在は休止中）に掲載された作品だが、画家であり、彼の創作にヒントを与え続ける兄のウィルに捧げられている。

透明な液体が頭の上にぶらさがっていた。そいつはスタンドのフックにひっかけられた袋のなかから、透明なプラスチックの管《くだ》を通って、おれの右腕に流れ込んでいた。看護師が入ってきて、おれの容態をチェックして点滴の量を調節すると、出ていった。部屋にはベッドがもう二台置かれていた。ひとつは誰も使ってなく、きちんと整えられていた。もうひとつには、おれよりたくさんの袋や機械とつながった爺さんが寝ていた。

「あんた、名前は?」爺さんが尋ねた。

「ポール」嘘だった。

「ポール、ずいぶんひどくやられたようだが、治らないってほどの傷じゃなさそうだな」

「かなり痛むがね」

「痛みってのは体から出ていく弱さなんだ。軍隊でそう教わった」

それには答えなかった。

爺さんは空《から》のベッドを指さした。その横のテーブルにはさまざまな手術器具が置かれていて、ステンレスの表面がまぶしい輝きを放っていた。おれは鋸のむきだしの歯を見つめた。おそらく骨を切るときに使うやつだろう。

「あのベッドは五時間前までおまわりが使っていた」爺さんは言った。「緊急手術を受けたんだ、あのベッドに寝かされたまま」

「へえ」聞くだけなら別にかまわなかった。そのベッドは、清潔な白のシーツと白い枕できれいに整えられていて、これまで誰にも一度も使われたことがないように見えた。

「白髪まじりの男で、最初ここに来たときは、おまわりだってことを言いたがらなかった。おれは自分のことを話したのに、あいつは何も話そうとしなかった。しばらくして、看護師に保険のことをあれこれ訊かれているのが聞こえたから、看護師がいなくなってから言ったんだ、『保険に入っているのか？　そりゃうらやましい話だ』って。するとあいつは『それだけのことはやってきたからな』って答えた。そこで『何の仕事をやっていたんだ？』って訊いたのは、仲良くやっていこうと思ったからさ。ここでくたばるのを待つあいだ、誰かとちょっとしたおしゃべりをするのも悪くないと思った。だけどやつは答えなかった。だから今度はもっと大きな声で訊いたんだ、『それじゃ、今は何をやっているんだ？』って。するとやつは『警備員だ』って答えた。それでピンときたのさ」

「ああ」

「で、こう言ったんだ、『それっておまわりが非番のときにやる仕事だろう？　あんた、おまわりなのか？』って。それでようやく白状した。軍隊でMPとして何年か過ごしたあと、ニュージャージー州でパトロール警官の職についた。そこを辞めてこっちへやってきたのが三十年前で、それからずっと制服警官をやっているんだと。まったくむかつく話さ」

「何か含むところがありそうだな、あんたの方にさ」

そこで話を終わらせる気は爺さんにはなさそうだった。

「おまわりが好きだなんてたわけたことをぬかすなよ。ぶちのめされてここに運び込まれたあんたのような人間が、世間を知らないわけがない」爺さんはベッドの片側に身を寄せた。「軍隊をやめたあと、おれは組み立てラインで部品をつくる仕事についた。避けられたはずのものも含めて何度か厄介なはめに陥ったが、定年まで首にもならず年金をもらえるようになったのは、たまたま運がよかったのさ。ここに入院して四年経った今でも、借金の取り立て屋からしょっちゅう電話がかかってくるがな。それから、誰かにタイヤレバーで殴られたんじゃないなんて言うのもよしてくれ。おれが何を言おうとしているか、わかるだろう？」

「いや、さっぱりわからない。こうなったのは仕事中の事故のせいだ」

爺さんは片肘をついて身を起こすと、おれの顔をじっと見た。「おれは世間知らずの人間じゃない。あんたもそうだろう?」

「ああ、そのとおりさ」そう答えて爺さんを黙らせせようとした。

「うぬぼれるなよ。あんたのような人間は年をとっても同じ過ちを繰り返すんだ」そこへ看護師が入ってきて、爺さんは黙り込んだ。看護師は爺さんの容態をチェックして薬と水をのませると出ていった。爺さんは、空《あ》きベッドの横のテーブルに載っている手術器具を指さしながら、ふたたび口を開いた。

「ああいう器具はちゃんと消毒されているのかな?」

「そうだと聞いている」

「だが、内側までは消毒できないだろう? ああいう器具は自分がどこにいたか覚えているんだ。ある日は誰かの命を救い、次の日は別の誰かを殺す。医者とちょっとしたゲームをやっているのさ。医者は自分が器具を使いこなしていると考えているが、ほんとうは逆なんだ」

「なるほど」

「おまわりが何かの発作を起こすと、連中がどっと入ってきてやつをとり囲み、移動式の衝立てでおれの視線を遮ろうとした。だけどパネルのすきまから、医者が考えていたより深く、鋸の歯がやつに食い込むのが見えた。それが起きたとたん、おれにはそうとわかったし、やつが仕返しを受けているんだとわかった。かつて誰かにやったことをやられているんだって」

看護師がのませた鎮痛剤か何かが効きすぎたのだろう、爺さんのおしゃべりは歯止めがきかなくなっていた。

「なあ、訊きたいことがあるんだが、正直に答えてくれるか?」

「もちろん」それも嘘だった。

爺さんは首をもたげて、部屋の隅の天井から吊り下げられたテレビを見た。画面は暗く、何も映し出されていなかった。爺さんは声をひそめた。「入院しているときはいつもそうだが、スイッチの入っていないテレビのなかに、帽子をかぶったダークスーツ姿の男が見えるんだ。そいつはあちら側からおれをじっと見つめている」爺さんはそこで少し間《ま》をおいた。「あんたも見たことがあるか?」

「ああ」そう答えてもらいたがっているように思えた。

「何度か」

「嘘つきめ」爺さんは吐き出すように言った。「ああいうのを見たら、あんたなんかベッドの上で漏らしちまうに決まってる」

翌朝、看護師ふたりと医者ひとりが入ってきて、爺さんを車輪付きのベッドに寝かせたままどこかへ連れていった。爺さんは眠っているように見えたが、おれのベッドの横を通り過ぎるとき、目を開けて言った。

「気をつけろよ。医者だってすべての患者の命を救うわけじゃない」

六十五日後、ようやく退院できるようになり、午前中の回診にきた医者が退院許可書にサインした。仲良くなったブロンドの看護師たちのひとりが、おれの隣に立って耳元で囁いた。さようなら、ミスター・誰かさん。病院はアディロンダック山地のすぐ近くにあり、看護師たちはおれのような患者をいやというほど目にしていた。六十五日間、ポール・ワグナーの病室にはひとりの見舞い客も訪れず、一本の電話もかかってこなかった。彼には治療費を払うつもりも、リハビリを続けるつもりもなかった。彼が曖昧に触れただけの保険会社から病院へ書類が届くことはけっしてないだろうし、強い酒を何杯か飲んで一日をやり過ごせたら、鎮痛剤は知り合いに売るつもりだった。ポール・ワグナーは病院から一歩外へ出た瞬間から存在しなくなった。

トラックは病院の駐車場にとめてあった。水没した排水溝に雨水が流れ込むあいだもそこにとめてあったため、タイヤまわりに小さな三角形の泥がこびりついていた。窓ガラスは埃と細かい砂の薄い層で覆われていた。北東部最大の森林を襲った嵐のせいだ。北の州境までのすべての湖から水が溢れ出たという話だが、森林地帯ではさまざまな話を耳にする。山と谷だらけの土地の厄介なところは、ひとつのできごとが違うふうに伝わることだ。その銃弾はどこから発砲されたか、どんなふうに響いたか、最初の通報はどんな内容だったか、誰が何を目にして何を耳にしたか。土地の形態が、ひとつの音からいくつもの異なる響きを生み出すわけだが、同じことが人間にもあてはまる。この土地での暮らしがおれたちに嘘をつかせるのだ。ときにはほかに選択の余地がない場合もある。六十五日間ポール・ワグナーであり続けるためにおれが自分に言い聞かせたのは、そういうことだった。

三度目の試みでエンジンはかかったものの、今にも途切れそうな音をたてた。ブレーキは固くなっていて、踏み込むと呻いたり軋んだりした。それでも何とかギヤを入れて車を出した。右腕と頭の傷の原因となった長さ一フィートのセラミック製の釘が、助手席側の床に転がっていた。あのときおれは仕事で山に入っていた。木材集積場から五十ヤードほど離れたところに、幹がまっすぐ伸びたカエデの木立を見つけたとき、まとまった金を手に入れるチャンスだと思った。樹皮と葉におおわれた七千ドル。それがもう少しで自分のものになる。金属探知機で木を一本一本調べて何の反応も示さないことを確認すると、集積場の男たちが帰ったあと、いちばん大きな木の幹にチェーンソーをあてた。そのとたん、同時にふたつのことが起きた。チェーンが切れ、チェーンソー本体がものすごい勢いで跳ね返った。そいつはおれの右腕にぶつかって骨を折り、次に頭にあたってヘルメットに深いへこみをつくった。チェーンの方は、オレンジ色のプラスチックの覆いから飛び出すと、銀色のリボンのように孤を描きながら、骨に達するほどの鋭い一撃を繰り出した。ケブラー製のズボンがその動きをとめてくれたものの、おれは血を流しながら地面に倒れ込んだ。

木立は誰かに守られていたのだ。木に釘を打ちつける理由はふたつしかない。ひとつは環境保護のためだが、そういうことに熱心な連中は、伐採人だって食べていかねばならないことがわかっていない。もうひとつは自分の財産を守るためだ。とくにおれというわけではなく、おれのような人間から木を守ろうとしたのだろう。森林で働く連中のなかには、良質な材木を盗もうとするおれのような人間が大勢いるし、切り倒されたときにはもう手遅れなのだ。

地主とその息子が大型トラックに乗って近づいてきたのは、そのときだった。何があったのか、親父の方はひと目で見てとったにちがいない。というのも、トラックの荷台のロックボックスから重さ十ポンドのゴム槌をとりだすと、そいつでおれの頭と背中を殴ったからだ。まるで、殴られるとはどういうことかおれが知らないとでもいうように。おれは痛みで意識が遠のき、気がつくと病院にいた。おれの上に木が倒れたのだと医者は思い込んでいたが、それはそもそも、おれを運び込んだふたりの男が言ったことだった。やつらはおれのトラックを駐車場にとめて立ち去っていた。鼓膜が破れたのも、背中にひどいあざができたのも、椎間板のひとつにひびが入ったのも、やつらに殴られたせいだが、少なくともトラックは残していった。駐車場から出ながら、運転席の下に手を伸ばした。そこに隠しておいた旧型の四五口径はなくなっていた。

左右に貯水池を見ながら車を南へ走らせ、地元に戻った。キャッツキル・パークの西端に位置するペパクトン・レザヴォア。このあたりでは、たいていのことは州警察環境保護課（DEP）の警官が処理する。何か重大な事件が起きた場合は、州犯罪捜査局（BCI）の刑事が捜査にあたる。地元警察というものはなく、たまに郡保安官のパトロールがある程度だ。黄色いスクールバスのうしろに車をつけたとき、後部非常口の窓越しに子供たちがおれに中指を突き立てるのを見て、もう九月の最初の週になっていることに気づいた。

借りている丸太小屋のなかはいやな匂いがした。冷え冷えとしているのは、夜間に気温が下がっても暖炉に火を入れる者がいなかったせいだ。テントウムシがひとかたまりになって天井にとまり、寒さから身を守ろうとしていた。郵便受けには二カ月分の請求書が入っていて、そのうちの何通かはぐっしょり濡れていた。電話は通じなくなっていた。あの日、仕事に行く前に払い込むつもりだった。支払いはきちんとやろうといつも思っているのだが、できたことは一度もない。

副業を再開するのにちょうどいい頃合いだ。かたぎでいるときのおれは、優秀な材木鑑定人だ。決められた手順にしたがって鑑定し、顧客に報告する。伐採して運搬しやすい長さに切って搬出するための費用を計算し、すべて売り物になる木かどうか、材木用の立ち木の市場価格は現在いくらになっているか確かめる。そうした情報を地主が欲しがるのは、税金対策のためだったり、売買の時機を決めるためだったり、しかるべき評価を手に入れるためだったりする。理由ならいくらでも挙げられる。おれは今の仕事が気に入っている。山にいるのも、そこで働くのも好きだ。どんな天候でもまったく気にならない。

だが、金のやりくりがつかなくなると、誠実とか正直とかいったことはどうでもよくなる。おおかたの人間と同じように、金とどう折り合いをつけるか、そっちの方がより重要なのだ。だからちょろまかす。材木をうまくちょろまかすには、教えることも教わることもできない技術が必要だ。おれの場合、立ち木を鑑定しながら何本かの木——虎杢カエデやアメリカトネリコといった最高級の材木——に印をつけ、伐採人たちがやってくる前日に切り倒す。つまり、高性能のチェーンソーを使ってひとりで切り倒すということだ。傷をつけて価値を損ねたくないから、鉤は使わない。幹がまっすぐな木を切り倒し、枝を払い、いつでも運び出せるようになると、相棒のデイヴがクレーン付きのトラックでやってくる。積み込める丸太の数は太さにもよるが、だいたい二十本といったところだ。積み終えるとすぐに出発する。行き先はたいていメイン州で、いつもおれたちから買ってくれる特製家具専門の職人が、そこで工房を開いている。いつも何も訊かず、いつも現金で払ってくれる。こつは盗みすぎないことだ。人に気づかれてしまうし、トラックで一度に運び出せる量には限りがある。たいていの材木会社は、鑑定人が副業で小金を稼いでいるのを知っているが、ことさらあげつらったりしない。それどころか、鑑定人に金を渡して自分たちに都合のいい鑑定をやらせている。たとえば、鑑定人に千ドル渡して、本当は十二万五千ドルの価値がある木立に十万ドルという低い鑑定額をつけさせるのは、その差額で損失や余計な出費を補うことができるからだ。たとえば、何本かの幹が曲がっていて良質な材木の条件を満たしていない、石油価格が上がった、天候が悪くて人件費がかさんだ、といった場合だ。このように、ちょろまかすといってもそのやり方はさまざまで、そのどれもが嘘と危険の上に成り立っている。

ガソリンスタンドまで車で行ってテレフォンカードを買うと、そこの公衆電話から、これまで仕事をしたことがある大会社にかたっぱしからかけていった。だが、今はどこも仕事がなく、いくつかの会社はおれが電話してきたことを胡散臭く思ったようだった。〈ヘイズ〉にかけるとモリー・ジョンソンが出た。おれはこうしたポストにある人間とは知り合いになるようにしている。カナダにいたとき彼女をディナーに連れ出し、そのあと入ったコーヒーショップでもおごったのは、そのためだ。彼女はおれが電話してきたことを喜んでいるようだった。

「ジョン、ちょうどよかった、うちの会社にある話を持ちかけてきた男性が、あなたのような人を探しているの。あなたが鑑定することになるって、その件のファイルにメモしておくわね。ただし、すぐにやってもらわなきゃならないんだけど。その人はここの重役の何人かと友人で、彼自身も大物よ。わたしが言いたいこと、わかるでしょ?」

「ああ、わかるとも」そう答えたとき、トラックがガソリンスタンドに入ってきた。おれは受話器に耳を押しつけて声を張り上げた。「モリー、恩に着るよ」

彼女は少し間をおいて話を続けた。「その件の担当者はまだ決まってないの。正式にはまだ引き受けていないから。でも、そうなるはずよ。鑑定の結果を待っているだけなんだから。実際、その人からもう小切手を受け取っているの。だから、きちんとした仕事をしてね、その人が何か文句を言ったら必ず重役たちの耳に届くから」

「ああ、そうする、ありがとう」モリーが教えてくれた名前と電話番号を紙切れにメモした。セオドア・モリソン。彼が〈ヘイズ〉に電話して持ちかけた話とは、ニューヨーク州北部に持っている土地の立ち木を伐採してくれというものだった。だが、それがどれだけいい話であろうと、〈ヘイズ〉は自分たちのやり方を変えたりしない。彼らは最初に外部の人間に鑑定させる。伐採の途中で地主の気が変わるという事態をできるだけ避けたいからだ。実際、おれも見たことがある。気が変わり、さまざまな思惑が入り乱れ、交渉は決裂する。切り倒された木はそのまま放置され、製材所に渡した金は回収できなくなる。したがって、最初に鑑定をおこなうのは賢明なやり方だ。そうしておけば誰もが誠実にふるまわざるをえなくなる、そう考えられている。だが、やることが増えるということは、ちょろまかす機会も増えるということだ。モリーが教えてくれたマンハッタンの番号に電話すると、秘書が応えた。

「ジョン・ソーンと言います、ミスター・モリソンと今お話しできますか？」

「しばらくお待ちください。どういったご用件でしょう？」

「ニューヨーク州北部に森林をお持ちですね。その伐採の件で。〈ヘイズ・カナダ〉からかけているんです」

「お待ちください」

モリソンが電話に出た。声から判断すると、実年齢よりエネルギッシュな老人のようだった。「ミスター・ソーン、〈ヘイズ〉に勤めているのか？」

「ジョンで結構です。それから答えはノーです、フリーランスで働いています。〈ヘイズ〉のモリー・ジョンソンが教えてくれたんですが、お持ちになっている土地の木をすべて伐採したいということで、立ち木の鑑定をフリーランスでやっている人間を探しているそうですね。彼女に勧められて電話しました。今も言ったようにフリーランスですから、毎週あちこちに電話して今どんな仕事があるか訊くことにしているんです」

「どこに住んでいるんだね？」彼の背後で、マンハッタンのコンクリートジャングルをつきぬけるように、かすかなサイレンの音が近づいてきて遠ざかり、やがて聞こえなくなった。

「ロスコーの北西、キャッツキル・パークの外側です。どのあたりかわかりますか？」

「あとで地図を見ればわかるだろう。ところで、何か信用証明書のようなものを持っているかな、それと、いつから仕事にとりかかれる？」

流れはおれに傾きかけていた。「〈ヘイズ〉に電話してトム・ウェストと話していただけますか。いわばわたしのお目付け役で、わたしの仕事も顧客も見てきていますから」

「わかった、そうしよう」彼は少し間をおいた。「それで、いつから？」

速さが求められる仕事では、ちょろまかしもやりやすくなる。少なくともやりにくくなることはない。「土地はどれくらいの広さで、伐採後はどうなさるおつもりですか？」

「広さは約五百エーカーで、まだ検討していないが、買いたいという申し出が今のところ二件きている。ひとつはコンドミニアムの開発業者からで、もうひとつはネイティヴ・アメリカンと関わりの深いオールバニーの弁護士からだ。新しい法律が成立したらカジノを建設しようと考えているらしい」

「伐採した材木はなるべく早く売ってしまいたいんですね？」

「ああ、そうだ。あそこへ行かなくなってもう二十年になるかな。昔はよく妻といっしょにキャンプしに行ったものだ。ところが、彼女がもっと暖かいところへ行きたいと言いだして、今ではすっかりそっちの方が気に入ってしまってね。つまり、フロリダのビーチでのんびり過ごすようになったんだ。いや、二十五年だ、まちがいない。家を建てようと基礎までつくったんだが、それきりだ。税金はすべて納めてある。昔は地元の人間に管理させていた。ノーランという男で、土地はそもそも彼から買ったものなんだが、だいぶ前に亡くなった」

すばやく考えを巡らせた。「地元の人間にやらせたのなら、今日中に測量図を取りに行けますが」

「地図は〈メンデンズ〉に預けてあるんだが、場所とかわかるかな？　請求書を送ってくれるか、それとも先に小切手を送らせようか？」

今ではおれが主導権を握っていた。「電信扱いで二千ドル銀行に振り込んでくれませんか？　あなたの秘書に口座番号を伝えておきます。小切手は受け取らないことにしているんです、換金に時間がかかるので」そこでひと呼吸入れて間合いをはかった。「〈メンデンズ〉の場所はわかりますから、これから取りに行きます」

立場が逆転したことに彼も気づいていた。「わかった。

とにかくできるだけ早く現地に入って終わらせてくれ。わたしからは以上だ。カレンに回すからそのまま待ってくれ」

「あなたと仕事ができて光栄です、ミスター・モリソン」

「わたしと仕事ができて光栄だろう?」彼はそう答えて、さもおかしそうに笑った。秘書が電話に出ると、振込先の銀行名と口座番号を伝えた。それから二十マイル車を走らせて〈メンデンズ〉で地図を受け取ると、その足で銀行へ行った。電信扱いで振り込まれるのを待っているのだと出納係の責任者に告げ、座って待った。一時間半後、彼女がカウンターから出てきて、口座の残高が二千ドル増えたと教えてくれた。ちょろまかしをやるとき、小切手はただの紙切れにすぎない。電信で送金する場合は、支払いを途中で止めることも、いったん振り込んだ金を取り戻すこともできない。口座に二百ドル残るようにして全額引き出すと、家に戻って請求書をチェックした。すべての支払いを済ませると、手元に三百ドル残る計算になる。ふだんから質素な暮らしを心がけているから、とりあえずはこれで何とかなりそうだ。その夜、明日入る森林の夢を見た。夢のなかで、どの幹もまっすぐな虎杢カエデの木立を見つけようとした。そのあいだ、チェーンソーとゴム槌にやられた腕と足の傷が痛み、一度は背中が動かせなくなった。ビールでのみ下した鎮痛剤が痛みを和らげてくれたが、この調子だと、木を一本切り倒すのにも相当苦労しそうだった。


翌朝、現地へ向かう途中、車をとめて相棒のデイヴに電話した。幸い彼は家にいた。

「やあ」

「くそっ。聖ペトロから借りた電話でかけてきたんじゃないだろうな?」

「怪我をしてしばらく病院にいたんだ」彼から返事はなかった。「それより仕事が入った」

「ここ三日のあいだにやれるやつじゃなきゃだめだぞ。場所はどこだ?」


おれは説明した。

「そこなら何度も通り過ぎたことがある。昔はノーランって男が管理していたんだ。猟をしに奥まで分け入ったこともある」

「まちがいなくそこだな」

「あんたのトラックを道路から見えるところにとめておいてくれ。トラックが見えなかったら、中止されたものとみなす」

「それでいい」

「それじゃ、そのときに」

「それじゃ、そのときに」おれがそう応えたときには、電話はすでに切れていた。

森林で働いていると、ものごとがよく見えるようになり、そうしたものごとがのちのちどんな悪影響を仕事にもたらすか、わかるようになる。たとえば、雨が降り続いたあと何トンもの材木を切り出して積みあげたとき、どのあたりの表土が崩れて機材を泥に沈めるはめになるか、といったことだ。人目を避けるため、トラックは車の通れない砂利道にとめた。運び出す用意ができたら、ディヴがやってくる道路が見えるあたりまで引き返せばいい。マーキング用の赤ペンキが入った缶を手に、木材集積場が斜面に設けられたなだらかな丘を登っていった。やがて集積場を眼下に見渡せるようになり、歩き続けて十分後、探していたものを見つけた。ここ何年かのあいだに目にしたなかで最高のカエデの木立。少なくとも二十本はあり、神の意志でそうなったかのように、どれも空へ向かってまっすぐ伸びている。それらのまわりに黄色のテープとオレンジのテープを張り巡らせた。ひととおり見てまわったら、そのなかの少なくとも二本は、今日のうちに切り倒されることになる。その後は歩きながら防水加工の手帳にメモをとった。誠実な鑑定と盗み出すための値踏みを同時におこなっていると、いつもそうだが、奇妙な気分になる。小川を渡って岩だらけの丘を登っていくと、その向こうにさらに鬱蒼とした森が見えた。これほどすばらしい土地をなぜモリソンが売りたがるのか、まったく見当もつかない。鹿の姿を一度も目にしていないのは妙だが、おそらく森のもっと奥にいるのだろう。丘の上にたどり着くと、そこから森のなかまで踏み分け道が続いているのがわかった。

森へ入っていくと、前方の木に寄りかかっていた男が銃をかまえた。銃は木の握りがついたレバーアクションのライフル銃で、銃身が短くしてあった。男は黒のワークジャケットを着ていた。

「立ち木の鑑定をしにきたんだ、モリソンに頼まれて。そう言えば、ノーランの友人なら誰が猟に入ってもかまわないと言ってたな」おれは唯一知っている地元の人間の名前を口にした。

男はうなずいた。「こっちへ来い」

おれは動かなかった。

「さっさと来い、さもなければここで撃たれて野垂れ死ぬことになるぞ」言われたとおりにすると、男はおれに前を歩かせながらいっしょに踏み分け道を下っていった。やがて、騒がしい音が聞こえてきた。前に一度、ケベックの伐採キャンプにいたとき、同じような音を聞いたことがあった。そこの連中が闘犬をやったときだ。

半分くずれかけた小屋が目の前にあらわれた。男たちがコンクリートの基礎の上に立ち、なかを見おろしていた。何頭もの犬が激しく吠え合い、低くうなり、キャンキャン鳴いていた。マジックテープをひきはがすような音がした。コンクリートの壁に体がぶつかる音、コンクリートを打ちっぱなしの床を爪でひっかく音が、そこへ加わった。男たちはそれぞれ調教用の長い鞭を手にしていた。それを振って犬を木箱に追い込み、滑車を使って木箱ごと基礎のへりの上にひっぱりあげているらしい。つまり、囲いのなかに入るのは、これから闘う犬だけということだ。まさしく闘犬場だ。

まわりに立っている男たちのなかに、見覚えのある州警官が何人かまじっていた。そのひとり、DEPの制服を着た警官が小屋へ入っていき、間に合わせの机についている男に賭け金を渡した。見張り役の男は、小屋の入り口付近でスツールに座っている太った男のところへ、おれを連れていった。古ぼけた水色のプリマス・バラクーダが、小屋の前にとめてあった。その脇を通り過ぎようとしたとき、なかにいたピットブルがおれに襲いかかろうとして、ものすごい勢いで窓にぶつかった。思わず二、三歩飛びのくと、太っちょが声を上げて笑った。車にはクローム製の魚のかたちをしたエンブレムがついていた。それを見て、バラクーダには幾重にも並んだ鋭い歯があることを思い出した。クロームは病院で見た手術器具を思い出させた。恐怖がこみあげると同時に、口のなかに生暖かい金属の味が広がった。

「たまげたな」

「あいつは車のなかにいるんだ」太っちょが答えた。「あんたを傷つけようたってできっこないさ」

「名前は何ていうんだ?」

「名前? あんた、何だ、五歳のガキか? ワンちゃんの名前が知りたいってか? あいつの名は〝動いているものなら何でも嚙みついて死ぬまで放さない〟さ。あいつは闘犬だ、名前をつける必要なんてどこにある? ひと月もしないうちに死んじまうのに」太っちょは咳き込みながら答えた。「どうしてもというのなら、〝バラクーダ〟とでも呼ぶんだな」

見張り役の男がライフル銃でおれを指しながら言った。

「森のなかをこいつがひとりで歩いているところを見つけた」

「なんで名前なんか必要なんだ?」太っちょはあきれたとでもいうように首を振り、あたりを見回しながらさも腹立たしそうに言った。「あんた、ここにいる連中の誰かと知り合いか? それともひとりで切り抜けられる自信があるのか? わかってるのか、あんたは今かなりやばいことになっているんだぞ」

おれはあたりを見回した。基礎の近くに立っている野球帽をかぶった男に見覚えがあった。何年も前の話だが、そいつの弟と釣りに行ったことがあった。弟の方は刑務所から出たばかりだった。おれは男を指さしながら言った。

「ラッセル・ワークと昔はよく釣りに行ったもんだが、あそこにいる、野球帽をかぶったおとなしそうな大男は、あいつの兄貴のジミーだと思う」まわりから金を受け取っているところを見ると、さっきまで行なわれていた試合でその男の犬が勝ったのにちがいない。すでに次の試合の準備が始まっていた。三人がかりで——肘まである革のグローブをはめたふたりの大男と、ベルトレンチからつくられた首輪を手にしたもうひとりで――バラクーダのなかにいる犬を木箱に閉じ込めようとしていた。体重百ポンドほどのその犬は、黒と白に色分けされた筋肉の塊のようだった。三人は何とか犬を木箱に閉じ込めると、囲いのなかにおろした。

太っちょが声を張り上げた。「おい、ジミー、こっちに来てくれ」

野球帽の男がこっちへやってきた。

「こいつを知ってるか？」

ラッセルとおれは一度、ダネモーラ刑務所で服役中のジミーに会いに、吹雪のなかを車で出かけたことがある。確か、ジミーはそこを出所したあと、また別の刑務所で何年か過ごしたはずだ。おれより少なくとも十歳は年上で、ラッセルとはもう五年以上会っていない。男はおれをじっと見つめた。チェーンソーとゴム槌のせいで、顔のあちこちに傷が残り、姿勢の保ち方に妙な癖がついている。今のおれは昔とはまったくちがうふうに見えるだろう。男はおれが誰だか思い出そうとした。

「ジョン、あんた、ジョンだな、ラストネームは思い出せないが」ジミーは太っちょに顔を向けた。「こいつは大丈夫だ。おれの弟の友人だ」

おれはそれまで止めていた息をついた。「ラッセルはどうしてる？」

ジミー・ワークはすでに闘犬場の方へ歩きだしていたが、肩越しに振り返って答えた。「死んだよ」見張り役の男も森のなかへ戻っていった。Tシャツの下で、汗が肋骨の上を流れ落ちるのがわかった。気分を落ち着かせようと牛乳配達用のプラスチックケースに座ったとたん、それが起きた。

さっきの警官がジミー・ワークをコンクリートの囲いのへりから突き落としたのだ。ジミーの体が床にあたり、犬が襲いかかるのが聞こえた。おれが囲いのへりに駆けつけたときには、犬はすでに彼の足をあごでしっかりと押さえ込み、腕の二カ所に噛み傷をつけていた。犬の糞尿と血で覆われた床にジミーから流れ出る血が加わって、あたりはひどい匂いがした。誰かが犬に向かって発砲し、おれたちはみな地面に伏せた。銃弾は跳ね返って囲いから飛び出し、鋭い音をたてながら森のなかへ消えた。男がふたり、囲いのなかに飛びおりると、犬の死体をジミーからひきはなしにかかった。犬のあごをゆるませるにはナイフを使うしかなく、血にまみれた床にまた新たな血が加わった。ふと気がつくと、騒ぎを引き起こした張本人が隣に立っていた。

「あいつは伐採の仕事をしているときに怪我をした。これからおれとおまえで病院へ連れて行く」

「冗談じゃない」

「ああ、冗談じゃない。いやだと言うのなら、今度、材木を積んだクレーン付きのトラックを貯水池のまわりで見かけたときは、車をとめて調べるからな。今度だけじゃない、その次もまたその次もだ。おまえの友人が免許を失うまでそうしてやる。伐採が入る前の森林から材木を運び出しておきながら、おれたちがまぬけで気づかないとでも思っていたのか?」

おれが運び込まれたのとは別の、シラキュース市郊外の病院へジミーを連れて行った。医者は治療を終えると、カーテンで仕切られた小さなスペースにおれをひっぱりこんだ。インド人とはっきりわかるその顔には、ひどく真剣な表情が浮かんでいた。何か気になることがあるのだ。彼の英語は少し堅苦しかったが、悪くはなかった。

「あの傷ですが、サー、あれは動物に、おそらく犬に嚙まれてできたものです。あなたが、そしてあのおまわりさんが言ったように、チェーンソーによるものではなく」

彼が暮らす世界では、相手にサーと呼びかけ、そう呼ばれるのにふさわしいふるまいを、誠実さと人間らしい思いやりを、期待するのだろう。おれもサーと呼ばれるに値する人間のようにふるまいたかった。だが、できなかった。

「いや、チェーンソーにやられたんだ。あいつは枝切り用の小型ソーを持って木に登っていた。そこで足を滑らせるか何かして落っこちたんだが、そのときソーのスイッチが入ったままだった。それでああいうひどい怪我をしたんだ」おれは自分と医者の両方に言い聞かせるようにうなずいた。

「ええ、あなたがあのおまわりさんにそう言えと言われた嘘のなかで起きたのは、そういうことですね。あなたがたが連れてきた男性は、動脈に穴が開いたせいで死んでいたかもしれないんですよ。どうか正直に話してください」

インドには森もチェーンソーもなければ、昼間から闘犬に興じる男たちもいないのだろう。「チェーンソーにやられたんだ」

「ええ、絶対そうじゃない」医者は首を振ってそう言うと、カーテンを押しのけて緊急医療室へ戻っていった。あのおまわりはあたりをうろうろしていたが、ジミーの命に別状はないとわかると姿を消した。ジミーの怪我は全治二カ月と診断された。やつがあんなことをしたのは、ジミーの犬の対戦相手に百ドル賭けて負けたせいだった。おれはディヴとの取り決めを守れず、鑑定書も提出しなかった。〈ヘイズ〉のモリーが二度とおれとは仕事しないこともわかっていた。〈ヘイズ〉の人間が現場を訪れたら、張り巡らしたテープがいやでも目に入る。それが何を意味するかわからないほど、連中も馬鹿じゃない。ジミーが入院しているあいだは二度見舞いに訪れ、退院後はひと月ほど自分のアパートに住まわせてやった。アパートに引っ越したのは、家賃が払えなくて小屋を出て行かざるをえなかったからだ。

そういうことがあってから初めてやつに出くわしたのは、〈コディ〉というバーへ飲みに行ったときだった。そこは玉突き台が一台あるきりで、貯水池から一マイルほど離れたところにあった。夜で雪が降っていた。一杯やって出てくると、やつのパトカーがトラックのうしろにとまっていた。

「よお」やつは車のなかから声をかけた。「お友だちのジミーはどこにいる?」

「知らないな、心当たりもない」ジミーはしばらく前から女といっしょに暮らしていた。

「あいつに会うことがあったら、見舞金を集めているところだって伝えてくれ。そうだ、おまえも今ここで財布ごと寄付したらどうだ?」

駐車場にはおれたち以外誰もいなかった。おれは覚悟を決めて答えた。「とっとと失せろ」

やつはパトカーのブレーキから足をはずし、トラックの後部に軽く衝突させた。「めちゃくちゃにしてやってもいいんだぞ。おまえは酒を飲んでるし、おれの方は車がどうなっても痛くもかゆくもない」

新しいトラックを買う余裕はなかった。ポケットから五十ドルとりだしてやつに渡した。

「聞き分けのいい坊やだ」やつは車を出す際わざと砂利を跳ね散らしながら、闇へ消えていった。

おれはガールフレンドの家へと車を走らせていた。公園を通りぬけたあたりでDEPのパトカーがあらわれ、うしろにぴたりとついた。そのまま一マイルほど走ったところで回転灯がついたのを見て、トラックをとめた。

警官が運転席の横に立ったとき、やつだとわかった。その手には銃が握られていた。「おまえは車線をたびたび変えながら猛スピードで車を走らせていた。おれは無謀運転をしている車を発見し、追跡したってわけだ」そう言いながら、やつはにんまりと笑った。その背後には深い闇が広がっていた。

「免許証ならここにある」

「おまえの免許証なんか欲しくない」酒の匂いをぷんと漂わせながら、やつは言った。「欲しいのは二百ドルだ」おれは財布を出して二十ドル紙幣を何枚かとりだすと、やつに渡した。

「ここが有料道路だってことを知らなかったんだな」

おれは何とも答えなかった。

やつはナイフをとりだして、運転席側のフロントタイヤの側壁に突きたてた。切り裂かれたゴムからナイフがひきぬかれると、空気の洩れる音がはっきりと聞こえた。

「フロントタイヤがパンクしてるぞ。パンク、パンク、パンク。こいつはまずいんじゃないのか」やつが今や銃とナイフを手にしているのに対し、おれは丸腰だった。

「なあ、もうそのくらいでいいだろう、勘弁してくれ」

「そうだな」やつはパトカーに戻りかけたが、トラックの後部のあたりで足をとめると、テールランプを強く蹴った。トラック全体がかすかに揺れた。「テールランプも壊れてるな。こいつも違反だ、直しといた方がいいぞ」やつは車に乗り込むと、トラックをまわりこんで前へ出た。パトカーが遠ざかるにつれ、前方の暗闇にぽつんと灯ったテールランプが少しずつ小さくなっていった。

それから二ヵ月後、貯水池近くの山道にやつのパトカーが放置されているのが見つかった。ドアは開いたままで、警察無線もついたままだった。車内には紙幣が散乱し、あちこちに血痕がついていた。まるで、緑の葉と赤い葉が風で吹き散らかされたかのように。捜査にあたったBCIは、紙幣はやつのものと断定した。何かとひきかえに誰かに金を払うため、この場所へやってきたのだ。だが、その誰かが受け取ったのは、金ではなかった。やつの命だった。

解説

アメリカのホートン・ミフリン社が毎年刊行している年刊ミステリ傑作選 *The Best American Mystery Stories* の二〇〇五年版をお届けする。

本シリーズのポケミス登場はこれが四冊目となるが、これまでの『ベスト・アメリカン・ミステリ　ハーレム・ノクターン』（ハヤカワ・ミステリ1768）、『ベスト・アメリカン・ミステリ　ジュークボックス・キング』（ハヤカワ・ミステリ1769）、『ベスト・アメリカン・ミステリ　スネーク・アイズ』（ハヤカワ・ミステリ1779）は、いずれも粒よりの作品が収録され好評であった。シリーズ・エディターのオットー・ペンズラーが「まえがき」で述べているように、本書にもまた巨匠から新人までの作品が分け隔てなく収められており、その質の高さには眼をみはらされる。

前巻までにならい、本書と同じく二〇〇四年に発表された作品を対象にした二〇〇五年のアメリカ探偵作家クラブ（MWA）のエドガー賞の受賞作をおさらいしておこう。最優秀長篇賞はT・ジェファーソン・パーカーの『カリフォルニア・ガール』（ハヤカワ・ノヴェルズ）、最優秀新人賞はドン・リーの『出生地』

（ハヤカワ・ミステリ文庫）、最優秀ペイパーバック賞はドメニック・スタンズベリーの『告白』（ハヤカワ・ミステリ文庫）が、それぞれ獲得している。最優秀短篇賞に輝いたのはローリー・リン・ドラモンドの「傷痕」（『あなたに不利な証拠として』〔ハヤカワ・ミステリ1783〕に収録）、最優秀デビュー短篇に贈られるロバート・L・フィッシュ賞は *Thomas Morrissey* の 'Can't Catch Me' が受賞した。

毎回交替するゲスト・エディターだが、今回はジョイス・キャロル・オーツがあたっている。前巻までの読者にはお馴染みのように、アメリカ文学界の大物でありノーヴェル賞候補とも言われる彼女は、またすぐれたミステリ作家でもあり、ロザモンド・スミス、ローレン・ケリーという別名義でのサスペンス色の濃い作品もある。彼女は本シリーズ開始以来の常連作家でもあり、二〇〇一年版（『アメリカミステリ傑作選2002』DHC刊）以来四年連続でその作品が選ばれていた。自身が作品選択にあたった本書では、残念ながら彼女の作品は楽しめないのだが……。次巻にあたる二〇〇六年版では、ふたたび彼女の作品が選ばれているのでお楽しみに。ちなみに二〇〇六年版のゲスト・エディターは、本書にも作品が選ばれているスコット・トゥローである。

（H・K）

HAYAKAWA POCKET MYSTERY BOOKS No. 1794

この本の型は，縦18.4センチ，横10.6センチのポケット・ブック判です.

検印
廃止

〔ベスト・アメリカン・ミステリ アイデンティティ・クラブ〕

2006年12月10日印刷　2006年12月15日発行

編　者　オーツ＆ペンズラー
訳　者　横山啓明・他
発行者　早川　浩
印刷所　中央精版印刷株式会社
表紙印刷　大平舎美術印刷
製本所　株式会社川島製本所

発行所　株式会社　早川書房
東京都千代田区神田多町2ノ2
電話　03-3252-3111（大代表）
振替00160-3-47799
http://www.hayakawa-online.co.jp

ISBN4-15-001794-8 C0297
Printed and bound in Japan

ハヤカワ・ミステリ〈話題作〉

1783
あなたに不利な証拠として
ローリー・リン・ドラモンド
駒月雅子訳
〈アメリカ探偵作家クラブ賞受賞〉男性社会の警察機構の中で、闘い、苦悩する女性警官たちを描く10篇を収録した注目の連作短篇集

1784
花崗岩の街
スチュアート・マクブライド
北野寿美枝訳
休職していた部長刑事ローガンは復帰早々連続幼児失踪事件に遭遇する。スコットランドの北都アバディーンに展開する本格警察小説

1785
白薔薇と鎖
ポール・ドハティ
和爾桃子訳
時は十六世紀。スコットランド王妃をめぐる陰謀を探る密偵ロジャーだが、いきなり遭遇したのは、ロンドン塔での密室殺人だった！

1786
手袋の中の手
レックス・スタウト
矢沢聖子訳
若き女性探偵ドル・ボナーに舞い込んだ依頼は、怪しげな宗教家の調査だった。ミステリ史上初の自立した女性探偵、待望の本邦登場

1787
最後の旋律
エド・マクベイン
山本博訳
〈87分署シリーズ〉盲目のバイオリン奏者を皮切りに起きる連続射殺事件。被害者をつなぐ糸とは？　大河警察小説の掉尾を飾る傑作

ハヤカワ・ミステリ〈話題作〉

1788 紳士同盟

ジョン・ボーランド
松下祥子訳

〈ポケミス名画座〉十人の元軍人が集合。その目的とは、白昼堂々、大胆不敵な銀行襲撃だった！　傑作強盗映画の幻の原作小説登場

1789 白夫人の幻

R・V・ヒューリック
和爾桃子訳

龍船競争の選手が大観衆の目前で頓死。その陰には、消えた皇帝の宝と恐怖の女神という二つの伝説が……ディー判事の推理が冴える

1790 赤髯王の呪い

ポール・アルテ
平岡敦訳

〈ツイスト博士シリーズ〉『第四の扉』以前に私家版として刊行された幻のシリーズ長篇第一作のほかに、三篇の短篇を収めた傑作集

1791 美しき罠

ビル・S・バリンジャー
尾之上浩司訳

戦地から帰郷して目にしたのは、旧友の刑事についての信じがたい記事だった——著者ならではの技巧が冴える傑作、ついに邦訳なる

1792 眼を開く

マイクル・Z・リューイン
石田善彦訳

〈私立探偵アルバート・サムスン〉探偵免許が戻り営業を再開したサムスンだが、最初の大仕事は、親友ミラー警部の身辺調査だった